KB155170

늦여름 소나기

늦여름 소나기

1판 1쇄 찍음 2021년 3월 19일
1판 1쇄 펴냄 2021년 3월 26일

지은이 | 킴쓰컴퍼니
펴낸이 | 정 필
펴낸곳 | (주)뿔미디어

기획·편집 | 심은지, 이영은, 배지은
표지·디자인 | 우 물

출판등록 | 2002년 9월 11일 (제1081-1-132호)
주소 | 경기도 부천시 소향로 17, 303(두성프라자)
전화 | 032)651-6513 팩스 | 032)651-6094
E-mail | dahyangs@naver.com
블로그 | http://blog.naver.com/dahyangs
비북스 | http://b-books.co.kr

값 12,000원

ISBN 979-11-6565-997-4 03810

※파본은 구입하신 서점에서 교환하여 드립니다.

※이 책은 (주)뿔미디어를 통해 독점 계약되었습니다.
저작권법에 의해 보호를 받는 저작물이므로 무단 전재와 무단 복제를 엄금합니다.

DAHYANG ROMANCE STORY

늦여름 소나기

킴쓰컴퍼니 장편 소설

목
차

1

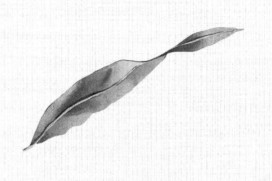

평일 낮. 한산한 지하 주차장 모퉁이를 돌던 하얀 경차 한 대가 갑자기 우뚝 멈춰 섰다.

"어?"

그 찰나, 차를 운전하고 있던 젊은 여자의 입에서는 놀라움과 울음이 뒤섞인 감탄사가 터져 나왔다.

현재 눈에는 보이지 않는 사건의 심각함.

하지만 이정은 알고 있었다. 불과 1초 전 양쪽 귀를 두드린 '드르륵' 소리가 무엇을 의미하는지. 등허리가 끈적하게 느껴지는 건 막 더워지기 시작한 날씨 때문만은 아닐 것이다.

"안 돼."

다시금 입술을 비집고 나온 소리에는 현실을 부정해 보겠노라는 간절함이 빼곡하게 스며들어 있었다. 그러나 이미 일어난 사고를 없던 일로 만들 수는 없었다. 사이드미러와 백미러를 살핀 두 눈은 소리만 듣고 막연하게 짐작했던 사고의 결과를 친절하게 뇌로 전달해 주었다.

엎질러진 물은 주워 담을 수 없다는 옛말이 사람을 이토록 소름 돋게 할 줄이야.

"세상에, 저 차 벤츠야?"

왜 조금 더 빠르게 브레이크를 밟지 못했는가에 대한 후회를 할 여력 따윈 없었다. 이정은 입술을 굳게 다물고 후진을 시작했다.

정신이 없는 와중에도 아빠가 알려 주었던 접촉 사고 대처법을 떠올린 스스로가 너무 기특해서 살면서 몇 번 해 본 적 없던 욕이 나올 지경이었다.

"젠장."

아빠는 핸들을 돌리지 말고 그대로 쭉 후진을 하라고 하셨지.

이정은 자신이 할 수 있는 가장 나쁜 말을 내뱉고서 브레이크 위에 얹어 둔 발을 액셀러레이터 위로 옮겼다.

드르륵.

다시금 소름 돋는 소리가 났지만 어쩔 수가 없는 선택이었다.

쾅.

차에서 내린 이정은 또 한 번 "젠장."을 읊조리며 오른손을 들어 흘러내린 머리카락을 쓸어 넘겼다. 그러곤 아랫입술을 지그시 깨문 채, 자신의 차에 비해 너무나 멀쩡한 눈앞의 SUV 차량을 바라보았다.

"후아."

위풍당당하게 세워져 있는 각진 하얀 차. 그리고 보닛에 달린 벤츠 엠블럼.

차에 대해 잘 모르는 이정이 보기에도 이 차는 벤츠 중에서도 제법 고가의 모델에 속할 것 같았다. 즉, 이정이 톡톡히 제값을 치러야만 이 사고가 마무리되는 것으로 앞으로의 이야기가 정해져 버린 것이다.

뭐 이런 슬픈 상황이 다 있지?

보험으로 해결할 수 있는 일이겠지만 내년에 붙을 보험료 할증을 생각하니 벌써부터 목뒤가 뻐근했다. 가만있는 차를 들이박았으니 이건 누가 봐도 100퍼센트 자신의 과실이 맞겠으나 알면서도 그 사실이 왜 이토록 억울한 것일까?

"휴."

천천히 심호흡을 한 이정은 하얀 SUV를 꼼꼼하게 살폈다. 뒷 범퍼가 푹 들어간 자신의 차와는 달리 SUV는 자세히 들여다봐야 보일 만한 미세한 흠집만 났을 뿐 말짱했다.

이래서 다들 좋은 차를 타고 싶어 하는구나.

부질없는 상념을 하는 것도 잠시. 곧바로 휴대폰을 꺼내 든 이정은 차 주인의 연락처를 알아내기 위해 몸을 움직였다.

예상대로 운전석 쪽 앞 유리에서는 차 주인의 연락처가 위풍당당하게 존재감을 과시하고 있었다.

제발 진상은 아니어야 할 텐데.

이 차가 얼마짜리인 줄 아냐고 나에게 삿대질을 하면 안 되는데.

몇 번의 신호음이 울리는 동안 이정은 제법 간절하게 빌었더랬다.

아니다. 아주아주 좋은 사람이 나타나, 이 정도 흠집은 괜찮으니 그냥 돌아가라고 해 준다면 평생 속죄하는 마음으로 살 수 있을 것 같았다.

— 여보세요?

이정의 환상을 뚝 끊어 내듯 상대방이 전화를 받았다.

그런데 왜일까? '여보세요?'라는 그 네 글자를 듣는 순간, 조금 전 차를 박았을 때보다 더 빠르게 전신에 소름이 돋는 이상한 기분을 맛본 건.

낯설기도 하고 익숙하기도 한 젊은 남자의 목소리가 알 수 없는 여운을 남겼고 이정은 그 목소리를 곱씹으며 현재의 상황을 말했다.

"저, 제가 지금 그쪽 차를 긁었어요."

— 네?

"코너를 돌다가 벤츠 앞쪽 범퍼를 스쳤네요. 지금 지하 주차장으로 와 주실 수 있나요?"

— 네, 바로 가겠습니다.

그나마 감사한 건 차 주인의 목소리에서 설명할 수 없는 진중함이 전해진다는 거였다. 목소리만 가지고 속단하긴 일렀으나, 사람을 면전에 두고 언성을 높일 사람은 아닐 것 같다는 예감이 들었다.

아니야. 어쩌면 이런 사람들이 막상 얼굴 마주 보고 이야기하면 더 진상을 부릴지도 몰라.

앞 범퍼도 모자라 뒷 범퍼까지 갈겠다며 억지를 쓰면 어쩌지?

차주를 기다리는 이정의 얼굴에 그늘이 드리워졌다. 살면서 사고 한번 치지 않고 무난하게 살아온 스스로를 '자다가도 떡이 생길 아이'라고 일컬었던 적도 있었는데, 지난 30년간의 아름다운 경력이 한순간에 허공으로 흩어져 버렸다.

시간이 얼마나 지났을까? 자신의 차를 빈자리에 주차한 이정이 초조하게 SUV 앞을 서성이고 있는데, 목적이 다분히 느껴지는 구두 소리가 조용한 지하 주차장에 울려 퍼졌다.

뒤돌아보지 않고도 알 수 있었다. 발소리의 주인공이 이 벤츠의 주인이라는 걸.

'휴.'

속으로 떨떠름한 숨을 삼킨 이정은 눈가에 미안함을 잔뜩 매달고서 천천히 뒤돌아섰다.

미안함. 그게 솔직한 그녀의 마음이긴 했다. 차 주인이 주차장으로 오는 동안 놀라움과 당황스러움이 가라앉고 남은 건 미안함뿐이었던 것이다. 조금 뒤 돈 문제 때문에 차주에게 약한 모습을 보이게 될지언정 일단은 자신의 마음을 표현하고 싶었다.

꿀꺽.

어깨가 들썩일 정도로 침을 삼킨 이정은 숙이고 있던 고개를 조금씩 들며 입을 열었다.

"죄송……."

죄송합니다. 원래는 그 말을 하려고 했다. 그랬는데…… 그 쉬운 말은 마무리되지 못했다.

"……."

발소리의 주인이자 벤츠의 주인으로 추정되는 한 남자가 두 눈에 들어온 그 순간부터 몸과 마음이 얼어붙기 시작했다.

멍하니 벌어진 입술 사이로 오가는 건 아무것도 없었다. 말도, 숨도 사라져 말라 가는 입술은 쉽사리 다물어지지 않았다.

감사하게도, 아니, 야속하게도 이정의 앞에 서 있는 남자는 아무런 말도 하지 않고 그녀를 기다려 주었다. 그녀와는 달리 아주 담담한 얼굴을 하고서.

"……."

이정의 이성이 제 기능을 하기까지는 꽤 많은 시간이 필요했는데 남자는 그때까지 아무런 미동도 하지 않은 채 가만히 서 있었다.

남자는 정말로 침착했다. 도대체 어디를 긁은 것이냐며 차를 살피려 들지도 않았고, 왜 운전을 똑바로 하지 않았냐는 질책도 하지 않았다. 그저 곧은 자세를 유지한 채 그녀의 시선을 온전히 받아 낼 뿐이었다.

"저기……."

하얗게 질려 버렸던 이정의 얼굴에 차츰 핏기가 돌기 시작했다. 이쯤 되니 혼란스러웠다. 차에 흠집을 낸 것에 대한 사과를 해야 하는데 어떻게 말을 시작해야 할지 갈피가 잡히지 않아서.

사고를 낸 게 처음이라…… 사고에 대해 말을 꺼내는 법 또한 알지 못했다.

"보험으로 처리하실 건가요?"

더는 지켜볼 수가 없었는지 내내 침묵하던 남자가 입을 열었다.

보험을 언급한 것과 남자의 존댓말.

밀려드는 서운함에 먹먹해지는 가슴을 누르며 이정이 고개를 끄덕였다.

"제 보험회사에 연락해서 사고 접수 할게요."

그러곤 휴대폰을 화면을 터치하며 번호를 검색하려 했다.

맞아. 이럴 때를 대비해 든 보험이니 보험회사 직원이 다 해결해 줄 거야.

아무렴, 이런 날 써먹으려고 비싼 보험료를 냈잖아.

최이정, 괜찮으니까 떨지 마.

아 젠장, 근데 보험회사 이름이 뭐더라?

하고자 하는 일이 뜻대로 되지 않으니 울분이 차오르며 눈앞이 어른거렸다.

이정이 허둥대는 동안에도 남자는 그 자리에 그대로 서 있었다. 버벅거리고 산

만하게 움직이는 이정과 달리 남자는 올곧고 또 반듯했다.

"그쪽도 보험회사에 전화하세요."

못난 모습을 보여 주는 게 싫었던 이정이 짜증 섞인 소리를 냈으나 돌아오는 대답은 없었다. 방금 전 그가 '보험으로 처리하실 건가요?'라는 말을 하지 않았다면 말을 못 하는 사람이라고 의심할 정도로 남자는 침묵, 또 침묵을 택했다.

잔뜩 일렁이는 세상. 그 세상 속에 서 있는 남자를 째려보던 이정의 눈에서 눈물이 한 줄기 흘러내렸다.

"씨. 왜, 왜 아무 생각이 안 나는 건데. 왜 내 보험회사가 어디인지 기억이 안 나는 거냐고."

익숙한 후크송을 회사 이름으로 개사해 TV 광고를 해 대는 그 유명한 보험회사. 그곳의 이름이 도통 떠오르지 않아서 울분 섞인 혼잣말이 나왔다.

"나 분명히 거기 아는데. 어제도 TV에서 광고를 봤는데!"

분명 알고 있는데 기억이 나지 않으니 몹시도 답답했다. 가슴이 자꾸만 들썩거리며 눈물이 나오려 했다. 학창 시절, 시험 문제의 답이 떠오르지 않을 때도 이토록 서럽지는 않았다.

기억력의 한계를 마주하게 된 이정은 시간을 벌기 위해 벤츠 차주에게 말을 걸었다.

"저기요."

역시나 이번에도 대답이 없는 남자. 하지만 그게 중요한 게 아니었다.

"어서 그쪽도 연락하라니까요. 왜 안 해요? 차 고쳐야 하잖아요. 저 비싼 차, 저대로 둘 거예요?"

"……."

"내가 도망가면 어쩌려고 그렇게 서 있는 건데요?"

아무 말이라도 해 주길 바랐으나 남자는 그러지 않았다.

"젠장."

앞으로 살아가면서 쓸 '젠장'이라는 말을 오늘 다 털어 쓴 이정은 결국 바닥에 쪼그려 앉아 버렸다.

비싼 벤츠에 생채기를 내서.

그놈의 보험회사 이름이 생각나지 않아서.

아무리 기억을 더듬어 봐도 알 수가 없어서.

아마도 그래서였을 것이다. 그 이유 말고 다른 이유가 있을 리 없었다.

2

"이봐, 우석진. 왜 그렇게 심각해?"

물었지만 대답은 돌아오지 않았다. 석진의 안색을 살피던 두현은 어깨를 으쓱하고는 입술을 쭉 내밀었다 집어넣었다.

석진을 알아 온 지도 어언 15년. 그에 관한 거라면 다른 사람들보다는 조금 더 많이 안다고 자부하는 두현은 더 캐묻지 않고 책상 위에 놓인 파일들을 갈무리했다.

석진은 대답하지 않겠다고 마음먹은 건 끝까지 입을 다물어 버리는 성격이었다. 더군다나 지금처럼 심기가 불편하다는 걸 온몸으로 티 내고 있을 때는 캐물어 봐야 소득이 있을 리 없었다.

그래도 두현은 궁금했다. 도대체 무엇이 우석진을 저토록 심각하게 만든 건지.

오전 회의 도중 걸려 온 전화 한 통. 그 전화를 받고 어딘가에 다녀온 뒤로 석진은 내내 심각했다. 도면을 보면서도, 고객의 전화를 받으면서도, 얼굴 곳곳에 서린 긴장감을 털어 내지 못했다.

나가서 무슨 일이 있었기에 저러는 걸까. 아, 아니다. 발신자가 누구인지는 모르겠으나 휴대폰 액정에 뜬 번호를 확인한 순간부터 이미 미간을 모으고 있었던 것 같기도 한데.

두현은 긴가민가 고개를 갸웃거리면서도 부지런히 손을 놀려 자신이 할 준비를 끝내고 석진에게 인사를 했다.

"나 「폴라리스」랑 미팅 있어서 1층에 다녀올게."

"응? 어. 수고해."

팔짱을 끼고서 초점이 사라진 눈으로 모니터를 응시하던 석진이 비로소 반응을 보였다. 까딱 눈짓을 하는 석진의 표정을 살피던 것도 잠시, 두현은 곧 사무실을 빠져나갔다.

"하아."

두현의 뒷모습을 물끄러미 바라보던 석진은 지켜보는 사람이 없다는 사실에 자세를 헝클어뜨리며 손을 모아 마른세수를 했다. 얼굴이 일그러질 정도로 거칠게 손을 써 봤지만 머릿속에 맴도는 잔상은 사라지지 않았다.

'내가 도망가면 어쩌려고 그렇게 서 있는 건데요?'

먼저 도망간 사람은 자신이었다. 달아나지 않으면 죄책감을 걷어 낼 수 없을 것 같아서 자신에 관한 모든 걸 지우고 두 번이나 도망을 갔다.

비겁하고 치사한 남자.

그런 남자에게 무슨 감정이 남아 있다고 최이정은 눈물을 보인 걸까?

석진은 셔츠의 위쪽 단추 두 개를 풀고 의자 등받이에 몸을 기댔다.

평소와 다름없는 하루였다. 카페에서 커피를 산 뒤 출근을 했고, 고객과의 미팅을 앞두고 직원들과 회의를 했다. 인근에 생길 프렌치 레스토랑의 인테리어 공사 건 때문에 직원들이 낸 아이디어와 자신이 낸 아이디어를 조율하고 협의안을 찾아가는 것까지는 지극히 일상적이었다. 까다로운 고객들을 상대하느라 속앓이를 했다는 직원의 푸념을 들어 준 것, 그것 역시 한 회사의 대표가 응당 해야 하는 단편적인 일에 불과했다.

하지만 그런 일상을 단절하듯 걸려 온 전화 한 통이 석진의 보통날 한가운데에 강한 점을 찍었다.

[010—XXXX—XXXX]

저장한 적 없지만 머릿속에 선명하게 남아 있는 휴대폰 번호. 그 번호가 액정에 떴을 때, 처음엔 최이정이 어떻게 자신의 번호를 알았을까, 하는 생각에 온몸이 떨릴 정도로 크게 놀랐다.

1초가량 기대했다. 그녀가 3년 만에야 마음을 정한 것일까? 기다리고 또 기다리다 지쳐 포기한 게 불과 얼마 전인데, 왜 이제 와서.

하지만 석진은 곧 체념했다. 현재 그가 쓰고 있는 번호는 그녀에게 알려 준 번호와 달랐다. 그녀가 갖은 노력을 기울인다 해도 이 번호를 손에 쥘 확률은 얼마 되지 않았다. 그러니 이건 우연이라는 것 말고는 다른 결론이 나오지 않았던 것이다.

그런데 우연이라 해도 이상하잖아.

사실 평소의 그라면 그 전화를 무시했을 것이다. 지금까지 그렇게 살아왔고 또 앞으로도 그렇게 살아갈 참이었다.

최이정이 원한 게 바로 그거였으니.

그런데…… 그게 안 됐다. 다른 사람도 아닌 최이정이어서.

그렇게 그는 이정과 재회했다.

최이정은 변함없었다. 누구에게나 밝은 기운을 뿜어내는 특유의 분위기도, 한 팔로 안아지던 여린 몸도, 그리고 걸핏하면 터지던 그 눈물샘도 그대로 간직한 채 세상을 살아가고 있는 모양이었다.

이 모든 일이 우연이라는 건 그녀의 표정을 보고서 확신했고, 그렇다면 그가 할 수 있는 일은 그녀를 모른 척해 주는 것뿐이었다. 그게 그녀를 위한 것이라고 믿었다.

아무리 그래도 그렇지.

내가 뭐라고 했지? 보험으로 처리할 생각이냐고 물었던가? 미친놈.

쾅.

맨주먹으로 힘없이 책상을 내리쳤다.

자신이 너무나 못나서 또다시 이 세상 끝으로 도망가고 싶었다.

우연, 인연, 운명, 그런 것들에 대해 사람들은 제법 많은 말들을 만들어 냈다. 우연이 세 번 반복되면 인연이라는 둥, 전생의 인연이 현생에서 운명이 된다는 둥. 그저 달달하기만 한 현실감 없는 말들.

석진은 그런 부질없는 말들을 믿지 않았다. 그런데,

'네가 이렇게 나타나면 내가 믿고 싶어지잖아. 망할 운명이라는 걸.'

애초에 감고 있던 눈을 더욱 꼭 감아 봤지만 소용없었다. 그럴수록 이정의 얼굴은 선명해졌다.

'나는 몰라도 오빠는 그럴 수 있잖아. 그러니까 우리 이러는 거, 나는 다 괜찮아요. 그냥…… 이래야 내가 원이 없을 거 같아서 그래.'

천천히 입을 맞춰 오던 그 여자, 최이정.

'아, 아, 오빠. 너무 깊어요. 잠깐만!'

석진은 두고두고 그날 밤을 후회했었다. 나 하나 건사하기도 벅찬 인생, 그러니 너를 두고 그 별장에서 나가 버릴걸, 나는 어쩌자고 너를.

책임지지 않아도 된다는 말에 움직인 몸과 심장은 여전히 그녀를 기억했다. 그리고 그녀를 생각할 때마다 석진은 죄책감에 몸부림쳤다.

책임이라는 말이 깔리면 모든 건 무서워졌다. 책임을 지건, 지지 않건.

'오늘 이후부터 평생 모르는 사람으로 살아야 한다고 해도 상관없어요. 혹시나 길에서 나 만나도 오빠는 나 알은척하지 말아요. 우리는 아무런 관계도 아닌 남남인 거고, 이건 일탈이니까. 내가 이렇게 말하면, 오빠 마음이 편해지는 거죠?'

왜 나는 그녀가 했던 하고많은 말 중에 모르는 사람으로 살자는 말을 깊이 새기고 있었고, 정말로 그 말을 실천해 보이려 했던 건지.

타인이 되길 자처하며 일삼았던 언행을 후회했지만 시간을 되돌릴 수는 없었다.

지잉지잉.

꼬리에 꼬리를 물고 이어지던 석진의 깊은 생각을 흐트러트린 건 휴대폰 진동 소리였다. 저장되어 있지도 않았고, 본 적도 없는 낯선 번호였다. 아마도 보험회사 직원일 테지.

"여보세요?"

그의 예감은 적중했다. 보험회사 직원은 사고 경위를 물은 뒤 석진이 원하는 합의 방향을 알고자 했다. 100퍼센트 상대방 과실이니 차는 원하는 대로 수리하면 될 것이고, 그 기간 동안 렌터카를 지급하겠노라 말하는 보험회사 직원의 목소리가 석진의 귓가를 의미 없이 스쳐 지나갔다.

길고 긴 설명이 끝나 갈 무렵이었다.

— 차는 언제 어디에 맡기실 건가요?

여태까지 직원의 말을 건성으로 듣고 있던 석진은 정확한 대답을 요구하는 물음에 이마를 문질렀다. 딴생각에 잠겨 있던 속내를 들킨 기분이었달까?

톡톡.

이마를 문지르던 손가락이 이번엔 미간을 두드리고 있었다.

— 고객님, 제 말 듣고 계시죠?

너무 오래 말을 하지 않았는지 보험회사 직원이 대답을 재촉했고 석진은 결심이 섰다는 듯 제법 냉정하게 답했다.

"없던 일로 하겠습니다."

— 네?

"차, 수리하지 않아도 될 것 같습니다."

석진은 그렇게 통화를 마무리했다.

✻ ✻ ✻

"저녁은?"

외근을 마치고 사무실로 돌아온 두현의 물음에 석진이 고개를 저었다. 그러곤 마침 쉴 시간이 되었다는 것처럼 두 눈을 감으며 기지개를 켰다.

"많이 남았어?"

"이렇게 철저히 준비해도 내일 의뢰인을 만나면 예상치 못한 걸 요구하겠지. 넌? 잘되어 가?"

"오늘 가 보니 마감 작업이 제법 괜찮게 돌아가더라. 인근에서는 눈에 띌 만큼 외관이 깨끗하게 잘 나왔어."

"다음 주면 결과물을 보겠네."

석진은 파티션에 붙여 놓은 사진들을 눈에 담으며 떨떠름하게 한쪽 입꼬리를 올렸다.

세상에 공짜는 없다고 했던가? 많은 돈을 지불한 고객일수록 더 많은 정신적인 고통을 준다는 걸 깨달아 가는 요즘이었다. 돈을 벌수록 인내심만 커졌다.

석진의 마음을 읽었다는 듯, 두현이 썩 괜찮은 제안을 했다.

"오늘은 이만 접고 나가지 그래?"

그래야 할까? 자리에 앉아 있는 시간에 비해 일의 진도가 나가지 않아 한숨을 쉬길 여러 번. 이런 날이야말로 일을 붙잡고 있는 것이 비효율적일지도.

"너희 집 앞에 있는 브로이에서 맥주나 한잔하자."

"글쎄다."

"이거 봐. 우석진 너 요즘 말라서 팔뚝에 핏줄이 아주 그냥 바짝 섰잖아. 10미터 거리에서 주사기 던져도 바늘이 알아서 네 힘줄 찾아가겠다."

석진의 얼굴에 갈등이 스치는 걸 읽은 두현이 조금 더 적극적으로 나섰다. 배가 고프다는 1차원적인 핑계를 대긴 했지만 오랜 친구이자 사업 동반자인 두현은 오늘 석진에게 술이 필요하다는 걸 직감한 것이다.

"내가 살 테니까 가자. 내일 일찍 출근하면 되잖아."

말이 끝나기가 무섭게 두현은 알아서 석진의 자리를 정리했다. 캐드 프로그램을 닫고, 컴퓨터를 끄고. 일사불란하게 움직이는 두현에게 마무리를 맡긴 석진은 자의 반, 타의 반으로 자리에서 일어났다.

"내 차로 가."

"그러지 뭐. 대신 내일 아침에 우리 집 앞으로 나 데리러 와."

"너 하는 거 봐서."

"한 번을 곱게 대답 안 하지."

이골이 났다는 듯 이죽거리면서도 두현은 웃었다.

그는 알고 있었다. 말은 삐딱하게 할지언정 석진은 내일 아침 집 앞에 차를 세우고 그를 기다리고 있을 거라는 걸.

그렇게 두 남자는 텅 빈 사무실의 불을 끄고 함께 엘리베이터에 올라탔다.

"차 몇 층에 세워 놨어?"

버튼 가까이로 검지를 가져가며 두현이 물었다.

"지하 4층"

두현의 손이 지하 4층 버튼을 눌렀다.

"많이도 내려갔네."

"거기가 제일 한가해서."

"네가 출근하는 시간엔 지하 1층도 한산할 텐데 뭣 하러 4층까지 내려가? 참 특이해."

의미 없는 놀림에 석진이 희미하게 웃었다.

— 지하 4층입니다.

제아무리 깊은 곳일지언정 엘리베이터를 타면 순식간이었다. 문이 열리기가 무섭게 두현이 앞서 걸었고 석진은 그의 뒤를 말없이 따라갔다.

한 걸음, 한 걸음. 매일 걷는 익숙한 길이었다. 그런데 몇 시간 전 이 공간을 걸었을 땐 지나치게 긴장했었던 것 같기도 하다.

네가 나를 기다린다는 걸 알고 내려왔으면서도, 어떻게 된 게 말 한마디를 제대로 하지 못한 건지.

나, 어쩌면 나를 3년간 기다리게 한 너에게 투정을 부린 거였을까?

놀라움에 파르르 떨리던 두 눈동자에 대한 잔상이 더욱 짙어짐을 느끼며 석진이 걸음을 옮길 때였다.

"어라? 차가 왜 이래?"

앞서 걷던 두현이 갑자기 멈춰 서더니 석진의 차를 살피기 시작했다.

"우석진! 누가 네 차 박은 거 같은데?"

유독 눈썰미가 좋은 두현은 보통 사람이라면 알아채지 못했을 만큼의 미세한 흔적을 찾아냈고 대답을 요구하는 것처럼 석진을 바라봤다.

"아침에 주차하다 벽에 살짝 스쳤어."

"네가?"

매사 빈틈없는 우석진이 이런 어처구니없는 실수를 했다고? 아니, 그보다 차를 긁었다면 진작 수리를 맡겼을 놈인데.

믿을 수 없어 하는 두현을 무시하고 먼저 차에 올라탄 석진이 시동을 걸었다.

"흠집이 제법 눈에 띄던데 저대로 둘 거야?"

뒤따라 탄 두현이 물었지만 석진은 대답하지 않았다. 온종일 고민해 봤지만 그 스스로도 답을 정할 수가 없는 문제였기 때문이었다.

최이정이라는 여자. 불쑥 나타나 흔적을 남기고 사람을 혼란에 빠트린 나쁜 여자. 매일 백 번쯤 생각나던 그 여자를 근래 들어 하루 아흔 번쯤 생각할 만큼 잊어 가고 있다 판단한 건 미련한 짓이었다.

눈을 떠도, 눈을 감아도, 여러 개의 그녀의 모습이 겹쳐 보이며 그를 괴롭혔다. 뽀얀 살결과 절정이 주는 쾌락과 고통에 울던 얼굴, 그리고 그 어떤 근심 걱정 없이 환하게 웃으며 다가오던 그녀의 걸음걸이…….

톡. 톡. 톡.

때맞춰 신호에 걸려 차를 세운 석진은 손가락으로 의미 없이 핸들을 두드리며 골똘히 생각에 잠겼다. 그러다 제법 큰 소리로 혼잣말을 했다.

"고쳐야겠지."

"뭘?"

조수석에 앉아 있던 두현이 왼쪽으로 고개를 돌리며 되물었다.

"아니다. 고쳐 달라고 해야겠어."

"이봐. 제발 주어나 목적어를 좀 붙여서 이야기하면 안 될까?"

"미안. 저쪽에 내려 줄 테니까, 택시 타고 가."

"야!"

"술은 내일 마시자."

석진은 곧바로 차를 갓길에 정차시켰다. 두현에겐 선택지가 없었다.

어안이 벙벙한 얼굴로 선 채 급하게 사라지는 하얀 SUV를 바라보던 두현이 몇 박자 늦게 몇 마디의 욕을 뇌까렸다.

"저 새끼, 오늘 미쳤어?"

* * *

— 고객님, 상대방 차주께서 차를 수리하지 않겠다고 하십니다.

보험회사 직원의 목소리는 들떠 있었다. 비록 작은 흠집일지언정 판금과 도색이 불가피한 상황이라 제법 큰돈이 들 거라 예상하던 때와는 대조적이었다.

반대로 이정은 침착하기만 했다. 사고에 대한 걱정을 덜었음에도 불구하고 그녀는 기쁜 내색을 비치지 않았다.

— 사고 접수는 지워 드리도록 하겠습니다.

이정에게서 아무 반응이 없자 제풀에 흥이 꺾여 버린 보험회사 직원은 통화를 마무리 지었다. 그때까지도 이정은 별다른 말을 하지 않았다.

우석진.

그를 그렇게 만나게 될 줄은 몰랐다. 아니, 그가 서울에 살고 있을 거라고는 상상조차 해 본 적이 없었다. 응당 미국에서 잘 살고 있어야 할 남자가 어쩌다 한국에 머물게 된 것일까? 하긴. 한국에 살고 있었다 한들 내가 그걸 알 자격은 없잖아.

결국 나 혼자 한 짝사랑인데.

아, 그 남자도 날 좋아했다 말했었지. 난 그 말에 너무 쉽게 감동해 버렸고.

내가 멍청했던 걸 누굴 탓해?

이정은 다시 원점으로 돌아온 생각을 매듭지으며 쓴웃음을 지었다.

사무적이고 건조했던 목소리와 눈빛. 그것만으로도 설명은 충분했다. 그는 이정이 바보처럼 눈물을 흘릴 때조차 아무런 반응을 보이지 않은 채 꼿꼿하게 서서 자리를 지켰다.

'보험회사에서 알아서 처리하도록 하겠습니다.'

그러곤 그 말만 남긴 채 먼저 자리를 떴다.

3년 전, 지연도 학연도 없는 낯선 땅에서 운명처럼 재회했을 때도 석진은 그랬다. 그는 이정의 마음을 한껏 흔들어 놓고서는 예정대로 자신의 길을 갔다.

그래도 그렇지. 나를 모르는 사람으로 대해도 된다는 말을 그렇게 철저하게 지킬 필요는 없잖아.

날 좋아했다면서.

나를 가졌으면서.

나쁜 새끼.

넌 늘 내가 하찮고 우스웠지?

"스읍."

또 언제부터 눈물이 흐르고 있었을까? 훌쩍이던 이정은 손등으로 눈물을 닦으며 그래도 석진을 알은체하지 않은 건 정말 잘한 일이었다고 자신을 칭찬했다.

"그래, 잘했어. 최이정."

오늘 오전, 서툰 운전 실력 때문에 비싼 차를 박았을 때만 해도 몰랐다. 큰돈을 쓰는 일보다 더 무서운 게 마음을 쓰는 일임을.

하지만 그 생각은 여기까지. 내일 오전 중으로 마감해야 할 일이 이정을 기다리는 중이었다.

내내 의자 위에 웅크리고 앉아 있던 이정은 그제야 몸을 일으켰다. 종아리와 붙어 있던 허벅지에서 땀이 줄줄 흘러내렸다. 비단 허벅지뿐만이 아니었다. 땀이 없는 편에 속하는 몸은 놀라울 정도로 흠뻑 젖어 옷을 적시는 중이었다.

피가 돌지 않아 저릿했던 다리를 서서히 펴고 자리에서 일어났다. 창문을 열까 생각했으나 몸의 열기를 더 빨리 식힐 수 있는 법을 택했다. 에어컨의 On 스위치를 누르자 네 평 남짓한 공간은 금방 시원해졌다.

아마 오늘은 손이 겉돌게 될 것이다. 수백 번, 수천 번, 그 남자의 생각을 하게 될지도 모른다.

받아들이자. 어느 여자가 첫사랑과 재회했는데 멀쩡할 수 있겠어?

다년간에 거쳐 습득한 잊는 법을 떠올리며 이정은 부지런히 몸을 움직였다.

투명한 유리컵에 얼음을 채운 뒤 땀에 젖은 머리를 올려 묶고 컴퓨터를 켰다. 다시는 그 남자 때문에 일을 그르치지는 않겠노라, 스스로 다짐을 해 가면서.

그렇게 몇 분 같은 몇 시간을 보냈다.

"하……."

각막이 바짝 마르도록 눈이 빠지게 집중하던 이정은 뻐근해진 오른쪽 어깨를 주무르며 시계를 보았다. 저녁 9시가 훌쩍 넘은 시간. 설명할 수 없는 만족감을 느끼며 자리에서 일어났다.

이거 봐. 난 정말 괜찮잖아. 몇 시간 동안 그 사람에 관한 생각은 조금도 하지 않고 내 일을 해 나간 거야.

배가 고팠다. 그러고 보니 오늘 아침 토스트 한 쪽을 먹은 뒤로 아무것도 먹지 못했다는 사실이 기억났다. 요리하는 건 좋아하지만 먹는 것에 큰 뜻을 두고 살지 않기에 이 또한 일상이려니 싶었다.

그래. 그 사람 때문에 굶은 건 아니야.

설핏 웃던 이정은 냉장고 문을 열어 간단히 요기할 만한 음식들을 찾았다. 그러다 문득, 치즈를 향해 뻗던 손을 멈췄다.

나는 왜…… 이 모든 걸 그 사람과 연관 짓고 있는 걸까.

마치 조건 반사처럼, 검은 슬랙스 위로 각 잡힌 하얀 셔츠를 입고 있던 잘생긴 한 남자의 얼굴이 떠올랐다.

도무지 감정을 읽을 수가 없던 공허한 눈동자와 날렵한 턱선. 그리고 말할 의지가 없다는 걸 보여 주던 꽉 다물린 입술.

'그런데 왜.'

차를 고치지 않겠다고 한 거지?

냉장고 문을 조용히 닫은 이정은 욕실로 향했다. 허둥지둥 필사적으로 일을 시작하느라 미뤄 뒀던 샤워를 하기 위해서였다.

샤워 시간은 평소보다 길어졌다. 더운 날씨임에도 뜨거운 물은 사람의 몸과 마음을 편안하게 해 주는 힘을 가지고 있었다. 쏴아, 하는 물소리와 함께 흰 거품들이 씻겨 내려간 후에도 이정은 꽤 오랜 시간 더운물 아래 서 있었다. 샤워를 끝내고 나면 밥을 먹어야지, 하는 생각을 하면서.

하지만 이정에겐 그럴 시간이 주어지지 않았다.

지잉지잉.

젖은 머리를 수건으로 털며 욕실 문을 열기가 무섭게 휴대폰 진동음이 들렸다. 이 시간에 나를 찾을 사람은 없는데. 무슨 급한 일이라도 생긴 걸까 생각하며 휴대폰을 찾아 든 이정은 액정에 선명하게 찍힌 번호를 보고 눈을 깜빡였다.

저장하지 않았지만 머릿속에 또렷하게 각인된 휴대폰 번호. 오늘 낮, 그녀가 먼저 전화를 건 적이 있는 번호이기도 했다.

지잉지잉.

모르는 사람의 전화를 받을 필요가 있을까? 설핏 갈등이 스쳐 지나갔지만 혹시나 차를 수리하지 않겠다고 했던 마음이 바뀌었을 가능성도 열어 둘 수밖에 없었다. 제법 오랜 시간 뒤, 이정은 통화 버튼을 눌렀다.

— 어디야?

여보세요, 라는 말을 하기도 전에 질문을 받았다. 목소리가 나오지 않았다.

— 말해. 너 지금 어디인지.

다정함이라고는 찾아볼 수 없는 일방적인 재촉.

— 최이정.

"마음이 바뀐 거예요? 그런 거라면 다시 사고 접수를."

— 최이정!

천근만근 무거운 형체 없는 덩어리. 그걸 꿀꺽 삼킨 이정이 겨우 입을 떼자 감정 실린 큰 소리가 되돌아와 말을 잘라 냈다.

희로애락을 담을 수 없는 얼굴을 가진 남자. 그런 남자에게서 나온 소리라고는 믿기 어려울 정도로 신경질적이었다.

움찔. 휴대폰을 쥔 손이 떨렸지만 이정은 멈추지 않았다.

"보험으로 처리하자고 했잖아요. 그대로 했는데 뭐가 마음에 안 드는 건데요?"

말을 하면서 깨닫는다. 이 남자에게 반항하는 건 늘 어렵기만 하다는 걸. 그래도 멈출 수가 없었다.

"하라는 대로 했더니 차 안 고치겠다고 해 놓고서 이제 와 왜 그래요? 후회되는 거면 계좌번호 줘요. 그런 방식으로 해결하고 싶었던 건데 내가 눈치채지 못했어요?"

— 다시 물을게. 너 지금 어디야?

"만나서 할 이야기 아니잖아요. 끊을 테니 계좌번호랑 금액 문자로 보내 주세요."

그 말을 끝으로 끊을 참이었다. 그게 힘들었던 지난 시간에 대한 예의라고 생각했고, 나 자신을 존중하는 법이라 믿었다.

그러나.

— 나야말로 네가 원하는 대로 해 줬잖아. 모르는 사람으로 남아 보려고 그렇게 조용히 살았는데 왜 내 앞에 나타나! 왜 하고많은 차 중에 내 차를 박았냐고! 왜 내가 채 잊기도 전에 다시 흔적을 남기는 건데! 최이정 네가 도대체 뭐기에!

이정은 전화를 끊지 못했다.

감정의 쓰나미가 한바탕 휘젓고 간 여파는 컸다. 정수리에서 시작된 어릿한 두통이 머릿속 전체로 퍼지자 석진은 다급히 입을 다물었다.

건조한 태도로 선을 긋던 이정은 숨소리조차 내지 않은 채 그대로 있었다. 너무 조용한 나머지 전화를 끊은 게 아닐까 하던 찰나, 이정이 말했다.

— 집이에요.

말을 해 놓고서야 깨달았다. 그냥 무시하면 끝날 일인데, 자신이 구차하게 굴고 있다는 걸.

"갈게."

— 여기가 어딘지.

"알아."

석진은 곧바로 전화를 끊고 목적지를 향해 핸들을 틀었다.

"하아……"

온몸이 흔들릴 정도로 소리를 지른 여파로 손이 덜덜 떨렸다. 하지만 멈출 수가 없었다.

최이정. 최이정. 최이정.

그녀에 대한 원망이 석진의 가슴을 짓눌렀다. 그런데도 오른발은 부지런히 액셀러레이터를 밟으며 그녀와의 거리를 단축시키고 있었다.

너를 몰랐다면 얼마나 좋았을까?

너 또한 나를 모르고 살았다면 얼마나 행복했을까?

이정을 알게 된 이후 벗어날 수 없었던 무거운 생각의 추를 밀어내며 석진은 무섭게 질주했다.

알고도 누를 수 없었던 휴대폰 번호.

알고도 찾아갈 수 없었던 주소.

우석진의 34년 인생에 있어 가장 큰 숙제를 남긴 여자, 최이정.

그 여자를 인정해야 할 때였다. 또 신기루처럼 사라질 밤을 만들게 될지라도, 오늘은 그래야 했다.

딩동.

엘리베이터를 타고 올라왔음에도 불구하고 숨이 찼다. 동시에 심장도 터져 버릴 것만 같았다.

딩동.

또다시 벨을 눌렀지만 문안에서는 아무런 인기척이 없었다. 틀린 주소로 찾아왔을 거라는 의심은 하지 않았다. 절대로 그럴 리가 없다. 다만 최이정이 숨었을까 봐 겁이 났다.

"최이정!"

오늘 여러 번 부르게 되는 이정의 이름. 성급하게 벨을 누른 것도 모자라 석진은 제법 간절하게 이정의 이름을 불렀다. 왜 이렇게 초조한 건지. 가슴이 답답해 앞머리가 들썩일 정도로 숨을 몰아쉬는 순간, 문이 열렸다. 그리고 곧 그토록 보고 싶었던 여자가 모습을 드러냈다.

"이정아."

손이 먼저 반응했다. 석진은 오른팔을 열린 문틈으로 밀어 넣었고 왼팔로는 문을 활짝 열어젖혔다.

"……."

저항감 없이 안겨 오는 여체를 다독인 석진이 한 발짝 나아가자 이정이 뒷걸음질 쳤다.

찰각.

현관문이 닫혔다. 그리고 곧 한 남자의 이성 또한 자취를 감추었다.

생각이 많았던 3년 전 그날 밤과는 다르게 석진은 본능에 몸을 맡겨 버렸다.

배려가 깔린 기다림은 아무 소용이 없지 않았던가? 그렇다면 이제 직진해야 할 때였다.

이성과 감성을 팽팽하게 연결하던 끈이 툭 하고 끊어지더니 그 사이에 있던 축이 온전하게 감성 쪽으로 기울어져 갔다.

운명.

그 망할 운명이라는 게 있다면 이정은 그의 운명이었다. 망설이고 싶지 않았다.

이정의 목덜미에 얼굴을 묻고 있던 그는 잔잔한 향기에 취해 머리를 움직였고 곧바로 이정의 입술을 물었다. 그로서도 이해가 가지 않는 처신이었지만 미치도록 이정이 고팠다.

서늘한 실내와는 또렷한 대조를 이루는 따뜻한 입술을 삼킬 듯 빨고, 힘없이 벌어지는 가지런한 치아 사이로 혀를 밀어 넣었다. 이정에 관한 거라면 무엇 하나 놓칠 수 없다는 듯 그녀의 숨 한 토막까지 욕심껏 들이켰다.

그녀를 알고 난 후, 이토록 막무가내인 적은 없었다. 이정의 앞에만 서면 감성보다 이성이 앞서 끔찍할 정도로 스스로를 채찍질하게 됐다.

그랬던 그가 변했다.

이 운명 앞에서.

그러면서도 속으로 간절히 바랐다.

제발, 책임지지 않아도 된다는 말은 하지 말아 달라고.

하지만 속으로 애원하는 사람의 행동이라 보기엔 무례하게, 석진은 이정을 양쪽 손목을 잡아당겼다.

"그만."

갑작스런 석진의 습격에 넋을 놓고 있던 이정이 뒤늦게 정신을 차리고 고개를 틀었다. 그리고 손목을 비틀며 그에게서 벗어나려 했다.

"놔요."

이정이 애원했지만 석진은 물러나지 않았다. 도리어 이정의 손목을 잡고 있는 손에 더욱 힘을 주었다.

"놓으라니까."

"놓을 거면 여기 안 왔어!"

"이런 식으로 사람 고문하는 거, 그만해요. 나 이제 어리지 않아요. 그렇게 까불었던 거 내가 얼마나 후회했는지 알아요?"

까불었다고? 네가?

석진의 입술이 비틀리듯 올라갔다.

모두 다 괜찮다며 나를 잡았던 너의 그 따스한 손길을 나는 평생 잊을 수가 없는데, 너는 어떻게 그걸 그렇게 쉽게 말하지? 설마, 그 후회 때문에 내게 아무런 연락도 하지 않았던 거야?

이정이 왜 이러는지 알기에 가슴이 저몄지만 여기서 물러난다면 스스로를 용서할 수 없을 것이다.

"네가 원하는 대로 해 줬잖아. 그러니까 이제 내 차례야. 이렇게 널 만났는데 내가 뭘 더 어떻게 해야 하는데?"

그토록 그리워했던 이정의 입술에 입술을 대며 힘주어 말한 석진은 그녀가 대답할 틈을 주지 않은 채 깊은 키스를 이어 갔다.

13년간 힘겹게 참아 왔던 감정들. 사는 동안 혼자만 앓겠다고 다짐했던 시간들이 무색해지는 순간이었다.

그깟 사고가, 차에 고작 한 뼘가량 흔적을 남긴 사고가 그의 인내심을 와르르 무너트렸다.

"제발 놔요. 놓고 그냥 가요. 나 모르는 사람이잖아. 오빠가 그거 원했잖아요."

"모르는 사람으로 지내길 원한 건 너였잖아!"

다급한 마음 때문인지 전후 관계를 따지며 침착하게 말을 할 여력이 없었다. 전신에 힘을 주며 어떻게든 그에게서 벗어나려는 이정의 움직임은 제법 처절했지만 그녀보다 더 처절한 사람은 석진이었다.

"그럼 네가 집에 있다는 걸 왜 알려 줬어?"

계속 모른 척 살 생각이었다면 날 무시하면 됐잖아. 네가 그랬다고 해도 난, 이렇게 너를 찾아왔겠지만 넌 날 피할 수 있었잖아.

이정이 대답할 틈을 주고 싶지 않기에 석진은 더욱 집요하게 그녀의 숨을 들이켰다.

두려웠다. 착한 사람의 입에서 나오는 뼈아픈 거짓말을 진심으로 믿게 될까 봐. 그렇게 될 바엔 애초에 그녀에게 말할 기회를 주지 않는 쪽이 나았다.

그녀가 지금 집이라는 말을 할 때부터, 그는 더 이상 그녀를 기다리지 않기로 마음먹었다.

"윽……."

놓지 않을 듯 힘을 꽉 주고 있던 손이 맥없이 떨어졌다. 이정의 손목을 놓은 석진의 손은 그녀의 티셔츠 속을 파고들었고 곧 부드러운 살결을 어루만지고 있었다. 3년 전에도 그리고 지금도 떨리긴 매한가지였으나 마음가짐은 달랐다.

"나, 너 안 놔줘."

겨우 숨 쉴 틈을 만들어 내어 구두를 벗는 와중에도 석진은 이정을 놓지 않았다. 한 손으로 그녀의 등을 감싼 채 다른 한 손으로는 그녀의 둔부를 움켜쥐었다. 양손을 쫙 펼쳐서 탐하고 있는데도 애가 닳았다.

키스를 하며 앞으로 나아가던 그가 눈을 떴을 때, 이정의 감은 눈에 매달린 눈물이 보였다. 아리는 가슴을 들키지 않으려 석진은 이정의 귀 뒤에 코를 박고 그녀의 체향을 한껏 들이켰다. 살 것 같았다.

"난 그날들을 잊은 적 없어."

네가 곁에 있어서 웃을 수 있었던 날들을 내가 어떻게 잊어?

그 밤을…… 넌 잊을 수 있겠어? 넌 다 모른 척할 수 있을지 몰라도, 난 이제

안 돼.

기다렸다는 듯 촉촉하게 젖은 채로 안겨 오던 몸과, 꽉 잠긴 채로 그의 이름을 부르던 목소리, 그리고 짙은 숨결까지.

이렇게 이정이 가까이 있으니 3년 전 그 밤의 기억이 더욱 생생해졌다.

나쁜 놈일 수밖에 없는 피를 타고났지만 사람이길 포기한 적은 없었다. 최이정이라는 이름 앞에서 한시도 자유로울 수 없었던 시간들을 되새기자 가슴이 뻐근하고 심장이 덜컹거렸다.

석진은 거친 숨소리를 숨기지 않은 채 이정의 혀를 찾아 깊게 빨았다. 집요한 그의 혀가 이정의 입 안을 한껏 헤집어 놓았다. 혀와 혀가 얽히고 부드러운 타액이 오갔다.

하아.

석진이 턱 밑까지 찬 숨을 고르기 위해 키스를 멈췄을 땐 모든 게 뜨거워져 있었다.

좁은 싱글 침대, 그 위에 이정이 잔뜩 흐트러진 상태로 누워 있었고 자신은 그녀의 몸을 반쯤 덮친 채로 얼굴을 내려다보는 중이었다.

"……책임지게 해 줘."

"……."

"이제라도 너를 책임지라고 해 줘."

13년은, 그것도 아니라면 3년은 너무 길었어. 그러니까 널 위해서 뻔뻔한 놈이 되어 달라고 말해 줘.

석진은 진심을 담아 이정에게 말했고 이정은 참았던 숨을 쉬기 위해 쌕쌕거리며 그의 눈을 바라보았다.

이 남자가 왜 이럴까? 원래도 속내를 알 수 없는 불친절한 남자였지만 그는 오늘 13년간 알아 온 모습 중 가장 이해할 수 없는 모습을 보여서 그녀를 혼란에 빠트렸다.

나를 책임지라고 말하라고?

그게 무슨 뜻인지 몰라 눈을 깜빡이는 사이 다시 그에게 혀가 물렸다. 질척이는 소리가 날 정도로 거칠고 무례한 키스였지만 점점 몸에 힘이 풀려 가고 달뜬 숨이 새어 나왔다.

이건 아닌데.

3년 전엔 자신이 석진을 붙잡았다. 한라산 소주를 제법 많이 마시고 취해 오랜 짝사랑을 털어놓았을 때 뜻하지 않게 그 또한 자신을 좋아했음을 알게 되었다.

그 후 믿을 수 없는 고백의 여운을 이기지 못해 그를 잡았다. 어른스러운 게 뭔지도 모르면서 자신도 이제 어른이라고 당돌하게 고개를 들기도 했었다.

후회하지 않을 거라고 했지만 곧바로 후회했다. 그의 빈자리를 눈으로 확인한 순간, 그렇게 되어 버렸다.

이 사람에게 나는 이만큼 가벼운 사람이었구나, 그게 아니라면 이 사람이 왜 나를 두 번이나 버렸겠어.

스스로가 못나게 느껴져 견딜 수가 없었다. 내가 그렇게 별로였을까, 하는 부질없는 생각도 했더랬다.

그랬던 자신이 또 후회할 일을 만들고 있다. 자신의 짧은 숨까지 모조리 삼키고 있는 그를 도무지 밀어낼 수가 없다. 곧 떠날 남자를 붙잡은 경험도 있는 마당에, 먼저 자신을 안아 주는 남자를 거부할 힘은 존재하지 않았다. 뒤늦게 고개를 돌리려는 시도를 하긴 했으나 그런 어설픈 노력은 그에 의해 쉽게 제지당했다.

석진의 손길이 허벅지 위를 스쳐 가는 순간, 이정은 그의 넓은 어깨를 잡고 눈을 감았다.

"하아."

몸이 뜨거워지고 허리가 뒤틀렸다.

잔뜩 힘을 준 발가락 끝에는 피가 통하지 않는 것 같다.

그런데도 달아날 수가 없었다.

키스가 이렇게 뜨거워도 되는 건지.

만에 하나 상처받을 자신을 배려해, 그가 예전처럼 떠날 수도 있다는 가능성을 열어 두긴 했지만 자신이 먼저 그를 밀어낼 수 없다는 사실이 몹시도 슬펐다.

"읏."

이정의 입술 사이로 새어 나온 숨을 삼킨 석진이 몸을 반쯤 일으켜 팔 사이에 가둔 그녀를 내려다보았다. 붉게 피어난 입술과 슬프게 흔들리는 두 눈동자가 그의 죄책감에 부채질을 해 댔다.

미안해. 그런데 널 확인해야 내가 살 것 같아.

이정의 뺨을 손으로 쓸던 석진은 더는 참지 못하고 다시 그녀의 입술을 물었다.

"흐."

세게 이정의 입술을 빨아 당기자 에어컨 때문에 서늘한 방 온도가 무색할 정도로 몸이 쉽게 달아올랐다. 단전 아래에서 더 강한 자극을 원한다는 신호를 보내왔지만 그는 오직 키스에만 집중했다.

이미 충분히 나쁜 놈이기에, 여기서 더 많은 걸 욕심내면 되돌릴 수 없다는 생각을 하는 스스로의 괴변이 웃겨 턱 하고 숨을 뱉었다.

"……."

시트를 말아 쥔 이정의 손이 떨리고 있었다. 질끈 감은 눈과 주름진 미간이 마음에 들지 않는다.

젠장, 내가 지금 무슨 짓을 하고 있는 거야?

이율배반적인 자신을 못마땅해하면서도 석진은 이정을 놓지 못했다.

석진이 집요하게 다가올수록 이정은 더욱 깊이 눈을 감았다. 눈을 감으면 지금 자신의 몸에서 일어나는 격한 변화를 외면해 볼 수도 있을 것 같아서였다.

하나 의미 없는 시도였다. 눈을 감으니 전신의 감각이 더욱 선명해졌다. 그러자 자신이 바보가 된 것 같아 눈시울이 뜨거워졌다. 그러나 울어서는 안 되었다.

분명 이 남자를 미워했다. 꿈에서도 이 남자를 만나지 않기를 바랐다. 혹시라도 만나게 되면 남자가 자신에게 했던 것들을 모두 잊어버리고 또다시 마음을 열게 될까 봐 꿈에서조차 석진을 피해 도망 다녔다.

그런데 그렇게 노력했던 결과가 겨우 이거였다니.

거봐. 역시 나는 이 남자를 만나지 말았어야 해. 하고 싶은 말을 다 하고 사는 나인데, 이 남자에겐 그 어떤 말도 할 수가 없잖아.

슬픈 생각들이 머릿속을 헤집는 와중에도 체온은 높아져 갔고 입술 사이로는 거친 숨이 터져 나왔다. 감은 눈 사이로 미간이 모였다.

숨 쉴 틈 없는 키스에 자존심도 없이 몸이 들썩이고 가슴 끝에선 찌르르한 전율이 일었다. 단전 아래가 뜨거워지는가 싶더니 몸 안에서 알 수 없는 변화가 일어났다. 나 자신도 알지 못하는 내 몸과 마음. 이 상황이 속상해서 이정은 기어코 눈물을 흘리고 말았다.

그걸 알 리 없는 석진은 밀어 내듯 이정의 양쪽 손목을 붙잡았다.

"제발. 너를 책임지라고 해."

그러곤 간절하게 자신의 바람을 다시 꺼내어 놓았다.

그런데 뭐가 문제였을까?

"……."

말을 끝내기가 무섭게 석진의 기억이 끔찍하기만 한 어느 순간을 향해 곤두박질쳤다.

'도예가 왜 그런 짓을 했을까요. 나는 그것도 모르고…….'

잔잔한 바람이 불던 여름밤의 운치를 와장창 깨트리던 이정의 엄마 석지영의 목소리.

'목소리 낮춰. 애들 깨서 듣기라도 하면 어쩌려고 그래?'

그리고 석지영을 달래던 이정의 아빠 최훈일 교수.

최이정이라는 존재에 마음이 설레어 쉽사리 잠을 이루지 못하던 밤, 조용히 산책을 다녀온 게 화근이었다. 창문이 활짝 열린 최 교수 부부의 방에서는 석진이 외면할 수 없는 진실이 화두가 되어 있었다.

'아니, 그래 놓고 자기는 죽으면 다야? 사람이 왜 그렇게 무책임해!'

천사 같다는 말이 아깝지 않을 정도로 인정 많은 지영이 격앙된 목소리로 입에 올린 사람은 다름 아닌 석진의 어머니 정도예였다. 만난 적이 없기에 기억에도 없는 존재일지언정 본능적인 호기심이 일어 그 자리에 멈춰 서게 된 석진은, 눈앞이 깜깜해진다는 것이 어떤 것인지 몸소 체험하게 되었다.

그때 그에게 주어진 선택지는 단 하나였다.

"……."

쌕쌕거리는 숨소리가 서서히 멈추는가 싶더니 방 전체가 조용해졌다. 서늘하고도 서먹한 분위기가 오늘 낮의 주차장을 에워쌌던 공기와 흡사했다.

내일이 없는 것처럼 이정의 입술을 탐하던 석진이 천천히 몸을 일으켰다. 평생을 괴롭힐 듯 하루도 거르지 않고 떠올리게 되는 그날의 기억들이 그를 죄책감의 구덩이 속으로 가뿐히 밀어 넣은 것이다.

항상 그래 왔던 것처럼. 어김없이.

두 손을 모아 거칠게 마른세수를 한 석진은 힘없이 고개를 몇 번 흔들다 자리에서 일어났다. 오랜 경험을 통해 깨달은 것이 있다면 그 어떤 짓을 한대도 악연의 굴레에서 벗어날 수 없다는 거였다.

내가 저지른 일이 아니라고, 나는 아무 상관 없는 일이지 않냐고 발버둥 쳐 본 적도 있었지만 세상엔 아무리 벗어나려 해도 안 되는 일이 분명히 존재했다.

"……이러려고 온 건 아니었어."

석진은 차마 이정을 바라보지 못했다. 대신 그녀가 그의 시선에서 벗어나 편히 일어날 수 있도록 몸을 움직였다. 이정에 대한 갈증이 일어 달뜬 얼굴 위에 물이라도 끼얹어야 살 것 같았다. 등 뒤의 기척을 느끼며 싱크대 물을 틀어 거칠게 세수를 해 봤지만 헛수고였다. 차가운 물이 얼굴에 스밀수록 현실은 더욱 생생해져 왔다.

나는, 지금, 최이정과 함께 있다.

"우리, 얼마 만이지?"

석진이 용기를 내어 뒤돌아서자 느슨한 티셔츠에 쇼츠를 입은 이정이 침대 모서리에 걸터앉아 있었다. 아무 일도 없었다는 듯 꼿꼿한 자세였지만 바닥으로 가 있는 그녀의 시선이 조금 전에 있었던 상황의 심각성을 대변했다.

"그때도 여름이었지."

이정이 대답하지 않자 석진이 다시 말을 꺼냈다.

이례적인 일이었다. 두 사람이 함께 있을 때 말이 많은 쪽은 예외 없이 이정이었으니까.

이정은 천천히 고개를 들어 석진을 올려다보았다. 그는 느슨하게 싱크대에 몸을 기댄 채 팔짱을 끼고 있었다. 방금 끼얹은 물기가 남아 있는 그의 눈 속에 담긴 진심이 무엇인지 도통 알 수가 없었다.

"모르는 사람 집에 왜 왔어요?"

그래서 목소리를 냈다.

3년 전, 앞으로 모르는 사람으로 살아도 좋다며 석진을 붙잡은 건 자신이었다. 하지만 오늘 낮, 석진이 정말로 모르는 사람 보듯 자신을 응시했을 때 느낀 마음의 통증이 여전히 선명했다.

나라는 존재를 얼마나 가볍게 여겼기에 저 남자는 저렇게 막무가내일 수 있는 것인지 화가 났고, 이 모든 일의 원인은 결국 그의 앞에서 자신이 가볍게 보였기 때문이라는 것에 더 화가 났다.

그렇게 아파해 놓고선, 바보같이 지금 내가 어디 있는지 친절하게 밝힌 자신의 선택은 평생 후회로 남을 것이다.

"내가 묻잖아요. 모르는 사람 집에 왜 왔냐고. 아니, 그 전에 모르는 사람 집은 어떻게 안 건데요?"

석진이 뭐라 할 새도 없이 목소리를 높인 이정은 곧장 후회 섞인 한숨을 쉬며 두 손으로 얼굴을 가렸다.

기대하고 있는 자신이 싫었다. 나같이 쉬운 사람이 어디 사는지 따위 우연히 알게 된 것일 수도 있건만, 그 사소한 것에 뭔가를 바라고 있는 자신이 너무나 초라하게 느껴졌다.

이정이 손으로 가린 얼굴을 한껏 찡그릴 때였다.

"내가 한국에 와서 제일 먼저 한 일이 뭐였을 거 같아?"

석진의 건조한 목소리가 에어컨이 만들어 내는 기계음을 밀어 냈다. 이정은 얼굴을 가리고 있던 손을 내렸다.

"그걸 왜 나에게 물어요?"

"네가 알아야 하는 이야기니까."

"관심 없어요, 나."

"그래도 알아 둬."

침착하게 서 있던 석진이 냉장고 문을 열고 생수를 꺼내 벌컥 들이켰다. 차가운 물로 속을 식혀 보려는 그 나름대로의 시도였으나 효과는 없었다. 오히려 속에서는 부글거리는 화가 더욱 높이 솟구쳤다.

"이거 너무하잖아. 네가 보고 싶어서 한국에 왔는데, 너를 피하기 위해서 네가 사는 곳부터 알아야 했다는 게."

텅 빈 생수병이 빠지직 소리를 내며 석진의 손안에서 구겨졌다. 이정은 어안이 벙벙한 채로 그를 지켜보아야만 했다.

"도대체 왜 이런 일이 생길까? 너는 왜 자꾸 내 앞에 나타나는 걸까? 나는 네가 사는 곳을 알면서도 너를 찾지 못하는데, 넌 그때마다 도저히 기다릴 수가 없다는 듯이 먼저 내 앞에 나타나."

석진은 이정이 도통 알아들을 수 없는 말을 남기고는 분을 참지 못해 천장을 향해 턱을 들어 올렸다.

신을 믿은 적이 없기에 신이 자신을 외면하고 있다고 생각해 본 적도 없다. 어머니 없이 아버지 밑에서 자라야 했던 다소 특이한 가족사도, 이민으로 인해 겪었던 타향에서의 힘든 과거사도 현실에 순응하며 열심히 살다 보니 그 색을 잃어 간 지 오래였다. 신을 원망할 시간에 눈앞에 닥친 일에 최선을 다하는 게 그가 이 세상을 사는 방식이었다.

그런데 최이정이 그의 인생에 등장한 이후부터 신과 운명을 찾는 일이 잦아졌다. 이정에 대한 자신의 마음을 깨달았을 때, 어쩌면 최이정이라는 존재는 신이 주신 선물일지도 모른다는 생각을 했다. 그녀와 함께 있으면 자꾸 웃게 되고 마음이 간지러워 괜스레 귀가 뜨거워졌는데, 몸에서 일어나는 그런 반응이 낯설지만 좋았다.

하지만 인생이 뜻대로 흘러가지만은 않는다는 걸 깨우치기까진 오랜 시간이 걸리지 않았다.

신의 장난이었는지 운명의 훼방이었는지 알 수는 없으나, 자신이 이정의 곁에 머무는 것 자체가 큰 죄라는 걸 알게 된 스물한 살의 그날, 석진은 신을 탓했다. 그리고 속으로 갖은 원망을 쏟아 냈다.

태어나서 처음으로 좋아해 본 여자에게 고백조차 하지 못하게 만든 건 너무 하지 않냐고. 이럴 거면 애초에 최이정을 모른 채 살게 하지 그랬냐고.

어쩔 수 없는 일이라 여기며 마음의 문을 걸어 잠근 이후로 10년이 지났다. 궁금하고 보고 싶고 그리운 마음을 억눌러 가며 지긋지긋한 인내를 키우다 보니 서른한 살이 되어 있었고, 이정에 대한 건 그렇게 추억의 단편으로 자리 잡는 듯했다.

그런데 3년 전, 그 지랄 같은 운명이 꿈틀거렸다. 보란 듯이 그의 눈앞에 이정이 나타나게 한 뒤, 다시 이정에게서 등을 돌릴 수밖에 없는 상황으로 자신을 몰아갔던 지랄 같은 운명.

석진은 10년 전보다 더 격하게 몸부림치며 신을 욕했다. 그 평범한 사랑 하나 내가 원하는 대로 해 주는 게 그리도 싫은 거냐며, 내가 뭘 그렇게 잘못한 거냐고 혼잣말로 수천 번 욕을 뇌까렸다.

차라리 뼈 마디마디가 부서질 정도로 내 몸을 혹사시키는 고통을 주시지. 그것도 아니면 천둥 번개와 태풍이 정신없이 몰아치는 바다 한가운데를 헤매게 하시지.

그랬는데, 그렇게 버텼는데……. 다시 최이정이 나타난 것이다.

매사 냉정하다는 평을 달고 사는 석진도 세 번째 만남 앞에서는 자제력을 잃고 말았다. 또 신이 나를 시험하려 드는 건가, 내가 더 알아야 하는 뭔가가 있을까, 그럼 나는 또 최이정을 놓아야 하나, 갖은 생각이 밀물처럼 밀려들어 그를 혼돈의 소용돌이 속으로 밀어 넣었지만 분명한 건 단 한 가지였다.

"난 쭉 너를 의식하며 살았어."

"……."

"단 하루도 네 생각을 하지 않은 적 없어."

"……."

"3년 전에, 내가 했던 말은 절대로 거짓말이 아니야."

전혀 생각지도 못한 석진의 말에 이정은 손가락이 하얘지도록 시트를 말아쥐었다. 그녀는 감히 숨소리조차 내지 못한 채 시력을 잃은 사람처럼 멍하니 시선을 떨구다 퍼뜩 몸을 똑바로 추슬렀다.

"이제 난, 아무 데도 가지 않을 생각이야. 지금껏 네 뜻을 존중했지만, 그것도 의미 없다는 걸 알았어."

심장이 튀어나올 듯 쿵쿵대 가슴을 꾹 누르고 싶은데 몸이 말을 듣지 않았다. 이정이 이러지도 저러지도 못하는 사이, 석진은 그녀의 바로 앞으로 다가와 있었다.

"알고 싶어졌어. 이게 운명인 건지, 아니면 더 큰 시련을 앞에 두고 신이 날 테스트하는 건지, 내가 직접 알아내야겠어. 아니. 이쯤 되니 아무래도 상관없다 싶어."

석진이 제법 비장하게 말했지만 이정은 여전히 오리무중인 얼굴로 애꿎은 입술만 깨물어야 했다. 묻고 싶은 게 많았지만 그가 무슨 말을 하는지 전혀 파악할 수 없는 지금, 그녀에겐 질문조차 쉽게 허락되지 않았다.

다만, 가장 이해할 수 없는 부분에 대해서는 짚고 넘어갈 필요가 있었다.

"번번이 제 발로 사라진 건 그쪽이잖아요."

"아니. 맞지만 아니야. 하지만 난 너에게 선택지를 줬어."

선택지라…….

이정은 3년 전의 그 밤을 곱씹었다.

돌이켜 보니 그가 나는 곧 떠날 텐데 넌 정말로 괜찮겠냐고 물었던 것 같다. 그래서 모른 척 살아도 상관없다고 답했었다. 설마 그걸로 이렇게 책임 회피를 하는 건가?

"갑자기 찾아와서 이게 무슨 억지예요?"

이정의 목소리가 날카로워졌다.

"갑작스러운 것도 알고 억지 부리는 것처럼 들릴 수 있다는 것도 알지만 나에게도 설명할 기회를 줘."

대화의 흐름이 답답해 이정은 한숨을 내쉬며 눈을 감았다.

"넌 신기하지 않아? 3년 전 우리가 제주도에서 우연히 만난 것도, 그리고 오늘 이렇게 사고를 통해 만난 것도."

"참 대단한 로맨티시스트처럼 말하네요. 왜요? 우연이 세 번이면 운명이라는데 지금 여기서 또 사라진 뒤에 이깟 우연 한 번 더 채우고 운명이라 말해 보지 그래요? 그럼 나도 믿어 볼게요."

구구절절 아픔이 스며들어 있는 말에 석진의 가슴이 내려앉았다.

이정의 여린 어깨가 더욱 좁아 보여 그녀의 어깨 위에 손을 올려놓았다. 움찔하는 떨림이 느껴졌지만 이정은 그의 손을 밀어 내지 않았다. 더한 짓을 해도 거부하지 않았던 여자였지만 그래도 이정이 보이는 모든 반응들이 석진의 심장을 긁어 댔다.

과거는 분명 족쇄였다. 벗어나고 싶지만 그럴수록 사지를 강하게 붙드는 무시무시한 올가미와도 같았다.

사지가 묶였다고 해서 죽을 날만 기다리는 사람처럼 가만히 있을 수 없었다. 그게 얼마나 허망한 일인지 지난 시간 동안 이미 충분히 배웠다.

미안하고, 안타깝고, 슬프고.

하지만 이정과 같은 공간에서 숨 쉬고 있는 지금이 새삼 벅차다. 이가 질끈 맞물렸다. 대단한 결심이 섰을 때 나오는 조건 반사적인 행동이었다.

"굳이 그럴 것까지야."

"……"

"넌 모르겠어? 지금 우리가 헤어져도 너는 다시 나와 만나게 될 거야. 네가 아무리 부정해도 우리 운명은 그렇게 정해져 있어."

이 모든 건 너를 잡으라는 신의 계시인지도 몰라. 13년 전에도, 3년 전에도, 어쩌면 그 끔찍한 사건의 굴레들은 결국 너를 향해 가는 길 사이에 놓인 사소한 장애물이었을지도 모르는데, 겁이 많았던 나는 의심해 보지 못했어.

"자꾸 그렇게 이상한 말만 할 거면 나가요. 솔직히 너무 억지야."

이건 아니다 싶었는지 이정이 어깨에 놓인 석진의 손을 밀어 내며 침대에서 일어섰다. 그리고 그녀가 할 수 있는 한 가장 무서운 얼굴을 하고서는 진지하게 경고했다.

"3년 전과 똑같은 말을 하게 될 줄은 몰랐네요. 오늘 일, 없던 일로 해 줄 수 있어요. 그리고 모르는 사람으로 남아 줄 테니까, 그냥 가요."

이정이 그럴수록 그녀를 잡아야 한다는 명제가 더욱 또렷해졌다. 석진은 다시 팔을 뻗어 이정의 손을 잡았다.

"미안해."

이정의 두 눈동자가 요동치듯 흔들렸고 석진은 그녀를 잡고 있는 손에 힘을 주었다.

이정을 이해할 수 있었다. 미쳐도 적당히 미칠 것이지, 불과 몇 시간 전까지만 해도 모르는 사람 보듯 대해 놓고선, 갑자기 말 같지도 않은 소리를 하는 남자를 도대체 누가 이해할 수 있을까?

더군다나 이정은 아무것도 몰랐다. 그녀가 모르는 게 속 편하다 여기면서도 어쩜 이렇게 무심할 수가 있었는지에 대한 울분이 차올랐다.

실제로 그녀는 뭐가 뭔지 전혀 모르겠다는 듯 멍해 보였다. 몇 마디 말을 하긴 했으나 평소보다 극도로 조용한 그녀의 상태만 봐도 알 수 있었다.

"정말로 미안해."

석진은 다시 미안하다는 말을 했다. 말을 하면서도 면목이 없었지만 그보다 더 진심 어린 말을 찾기는 어려웠다.

너에게 용서를 구하려면 네 상처의 크기를 먼저 알아야 할 텐데 과연 내가 잘할 수 있을지. 그 전에 네가 나를 피하지는 않을지.

석진의 단단한 팔이 이정을 품에 가두었다. 그녀가 세상 그 어느 곳으로도 달아나지 못할 만큼 강한 힘을 주자 두 사람의 가슴이 맞닿았다. 여전히 이정은 아무 말도 하지 않았다. 무섭도록 서늘한 침묵이었다.

3

새벽 6시 30분.

누구보다 일찍 출근해 도면을 수정하던 석진은 등 뒤에서 들리는 인기척에 고개도 돌리지 않은 채 흔들흔들 손 인사를 했다.

이 시간에 출근할 만한 사람도, 그리고 사장실에 노크 없이 들어올 수 있는 사람도 단 한 명뿐이었다.

"우석진. 너 나 버리고 가 놓고선 이렇게 태평하기냐?"

예외는 없었다. 두현이었다. 그가 저벅저벅 요란한 발소리를 내며 곁으로 다가오는 동안에도 석진은 꼿꼿하게 앉아 모니터만 바라보았다. 곧 그의 책상 위엔 24시간 운영하는 패스트푸드점의 아이스아메리카노가 놓였다.

"때릴 것처럼 들어서더니 언제 이런 커피까지 준비해 왔어?"

석진이 부러 무심한 얼굴로 빨대를 무는 걸 보며 두현이 이를 갈았다.

"옷이 바뀐 걸 보니 어제 다시 회사로 돌아와서 밤을 샌 건 아닌 것 같고, 도대체 어제 날 왜 버린 거야?"

"그게 궁금해서 밤새 잠은 어떻게 주무셨을까?"

빈정대던 석진이 눈을 들어 두현을 바라보았다. 아득한 과거와 현재를 헤매느라 어제 두현을 두고 간 것을 까맣게 잊고 있었다. 오늘 새벽, 텅 빈 사무실의 문을 열면서야 아, 내가 어제 그랬었지 하는 생각이 퍼뜩 들었고 차 없이 출근할 두현이 걱정되기 시작했다.

이른 새벽이라 그런지 얼굴이 살짝 붓긴 했지만, 두현은 정말로 화가 난 것 같지는 않았다. 진짜 화가 났다면 이렇게 커피를 사 왔을 리도 없겠지.

"오늘 바로 현장으로 갈 줄 알았는데 왜 사무실로 출근했어? 그것도 이 시간에."

두현의 배려가 어제 일에 대한 미안함을 배가시켰지만 석진은 천연덕스럽게 이야기의 화제를 바꾸었다. 남자들 사이에서 미안하다, 고맙다, 그런 말을 직접 꺼내 놓는 건 굉장히 낯간지러운 일이다.

"이 시키가 어디서 말을 돌려? 네 얄팍한 수에 넘어갈 줄 알았냐? 어제 일에 대해서 조금 더 이야기해야 할 것 같단 생각 안 들어? 나 진심 미아 될 뻔했다고."

"미아가 됐다면 더 재미있었겠네. 네 부모님께서 엄청난 돈을 걸고 너를 찾으려고 하셨을 텐데, 그럼 그 돈은 내 차지인가?"

"어라? 우석진 너 오늘 농담이 제법 길다? 너 진짜 무슨 일 있지?"

건들건들 설렁설렁 사는 것 같아 보여도 두현은 예리한 사람이었다. 이름만 대면 알 만한 기업의 자제인 두현은, 안정된 가정에서 자란 자만이 가질 수 있는 여유로운 모습의 마스크를 썼지만 냉철한 사업가의 기질을 앞세워 사람의 허를 찌르곤 했다. 그런 두현에게 아무 일도 없었다고 둘러대는 건 의미 없는 짓이었다.

어떻게 할까? 언젠가는 들키게 될 일, 두현에게 최이정이라는 여자에 대해 말을 해야 할까.

그런데 막상 말을 하자니 입이 떨어지지가 않았다.

'내일 만나. 일단은 만나서 이야기해.'

끝끝내 그의 요구에 응하지 않았던 최이정을 두현에게 어디서부터 어디까지 어떻게 설명해야 할지 어려웠다.

그런데도 오늘 아침, 지도도 없이 모호한 길 한가운데 덜렁 놓인 처지와 다를 바가 없음에도 기분이 바닥을 치지 않는 게 이상했다. 거의 뜬눈으로 밤을 새웠건만 쉐이빙크림을 바르고 면도를 할 땐 갑자기 가슴이 두근거려 움직임을 멈춘 채로 몇 초간 심호흡을 해야 했다.

이게 무슨.

그 순간, 이정과의 재회로 인해 자신의 심경에 확실한 변화가 생긴 걸 감지하게 되었다.

마음가짐이란 결국 한 끗 차이라는 걸 깨달은 어젯밤이었다. 그 망할 운명을 믿어 보기로 결심하니 모든 게 만만해 보이기도 했다. 이 쉬운 걸 하기까지 왜 13년이라는 시간이 걸렸는지 의아할 지경이었다.

'내가 잘못한 게 아니잖아.'

하지만 석진은 알고 있었다. 현재의 이 얄팍한 오만함은 금이 간 유리 막과도 같아서 누군가가 툭 건드리기라도 하면 와장창 깨어질 만큼 허술하기 짝이 없다는 걸. 유리 막이 깨어지면 날 선 유리가 바닥에 깔리고, 모든 진실이 드러날 것이다.

그리고 그곳에서 한 발짝이라도 움직였다간 씻을 수 없는 상처까지 덤으로 얻게 되겠지.

자신은 아무래도 상관없었다. 다만 이정이 다칠 수도 있다는 생각에 자꾸만 입술을 짓씹게 되었다.

하지만 접촉 사고가 만든 운명 같은 재회를 곱씹자니, 닥치지 않은 일을 두려워하느라 현재를 놓칠 바엔 먼저 움직이는 게 더 나았다.

걔가 발을 디디기 전에 내가 막아서면 되잖아.

세상…… 쉽네.

"여자? 설마 너 어제 여자 때문에 나 버린 거야?"

석진이 답하지 않자 두현의 말이 빨라졌다.

"남자가 우정을 버릴 이유가 몇 개나 되겠어? 돈 아니면 여자지. 근데 우석진에 대해 잘 아는 입장에서, 돈 문제는 아니라고 본다. 그럼 뭐겠어?"

두현은 자신의 말이 정답이라 단정 짓고는 심드렁하게 빨대를 물었다. 그러면서도 내심 석진이 '아니.'라고 대답하기를 기대했다.

하지만.

"맞아. 여자 문제."

"캑."

두현이 헛기침을 했다. 이거야말로 귀를 의심할 만한 소리였다. 석진에게 여자가 생긴 것보다, 석진이 너무 아무렇지 않게 긍정해 버린 이 상황 자체가 두현에겐 놀라운 거였다.

여자가 있다 해도 묵묵부답으로 일관하는 게 석진에게 어울리는 대처였다. 단 한 번도 석진이 연애를 하는 걸 본 적이 없었기에, 연애를 인정하는 석진의 모습에 대해 여러 종류의 밑그림을 그려 봤던 두현은, 자신이 예측했던 그 어떤 모습과도 맞지 않는 석진의 태도에 적잖이 당황하고 말았다. 석진이 허무할 만큼 쉽게 인정해 버리니 이게 농담의 연장인가 하는 의심까지 생길 지경이었다.

"네가 쉽게 인정하니까 내가 헷갈리잖아. 뭐야, 너. 진짜야?"

두현은 석진을 향해 한 뼘 더 가까이 얼굴을 디밀었다.

"그렇게 보면 진짜인지 가짜인지 보여?"

석진이 귀찮다는 듯 두현의 얼굴을 밀어 냈다. 그럴수록 두현은 더욱더 집요하게 석진을 쳐다보았다.

잠을 설쳤는지 눈이 충혈되고 얼굴이 초췌해 보이긴 했지만 그렇다고 타고난 잘생김이 어디 가는 건 아니었다.

내가 지금 이 녀석 잘생긴 걸 새삼 다시 확인하자는 건 아니고. 그러고 보니 분위기가 평소와 다른데?

정말로 석진은 뭔가 달라졌다. 그게 뭔지 콕 집어서 말할 수는 없지만 살짝 들떠 있는 것 같달까? 그답지 않게 싱거운 소리를 여러 차례 하는 것만 봐도 그랬다. 도통 뭐가 뭔지. 10년을 훨씬 넘게 알고 지낸 사이지만 석진의 깊은 속내를 알아내는 건 두현에게 여전히 어려운 일이었다.

어쩌면 그래서 석진을 좋아한 건지도 모르겠다. 가볍지 않아서, 또 신중해서.

참 나. 내가 이 시키랑 연애하는 것도 아니고.

그때, 석진이 들릴 듯 말 듯 한 작은 목소리로 혼잣말을 했다.

"……어디가 좋을까."

헉, 두현이 잽싸게 물었다.

"어디라니? 설마 그 여자랑 갈 곳?"

대답 대신 석진이 씁쓰레하게 웃었다.

"와, 진짜인가 보네. 하루 사이에 도대체 무슨 일이 있었던 거야? 응?"

설렘이 가득 담긴 눈으로 보채는 두현을 보자니 석진은 문득 그런 생각이 들었다.

속 편하게 이정과 둘이 밥 먹으러 갈 곳을 고민하고 있는 거면 정말로 좋겠다고.

여전히 불편한 사이일지언정 그녀를 불러낼 생각만으로도 심장이 이렇게 쿵쾅거리는데.

풀어야 할 문제는 수천 가지였지만 석진은 최대한 심플하게 생각하기 위해 안간힘을 썼다. 그리고 모니터 앞에 놔둔 휴대폰을 들었다.

[저녁에 만나.]

많은 고민 끝에 작성한 문자 메시지는 간결하기 그지없었다.

저녁에 만날까?

저녁에 나올래? 맛있는 거 사 줄게.

내가 말했지? 매일 보자고. 저녁에 나와.

권유하는 문장, 제안하는 문장, 다소 강압적인 문장 등을 놓고 고민을 했으나 결국 석진은 자신의 성품을 벗어나지 못했다.

갈 길이 멀었다. 이렇게 사소한 문자 메시지 하나조차 이정에게 맞춰 가지 못하는데 언제 오해를 풀고 언제 피해 왔던 연애를 제대로 할 수 있을는지.

문득 시계를 보니 아직 7시가 채 되지 않은 시간이었다. 이정은 아침잠이 많았는데 여전히 그러려니 싶어 결국 전송 버튼을 누르지 못한 석진은, 허무해진 손으로 휴대폰을 다시 책상 위에 올려놓았다.

나도, 내가 세상을 만만하게 보며 까부는 내 멋대로인 놈이면 좋겠어.

석진이 보내려던 문자 메시지를 단숨에 눈으로 읽은 두현이 헉하며 입을 벌렸다.

우석진이 진짜로 여자랑 저녁을 먹는 거야? 근데 이 녀석, 내가 옆에 있는데 너무 내 눈치를 안 봐 주네. 감추는 척이라도 좀 하지.

한숨을 내쉬며 설핏 미간을 구기는 석진을 눈여겨보던 두현이 보채기 시작했다.

"누군데? 응? 네가 머리도 손도 빠른 놈인 건 아는데 어떻게 여자까지 하루 아침에 뚝딱 만들어 냈냐고!"

"……원래 알던 여자야. 그 여자가 어제 내 차를 박았어."

석진의 차에 나 있던 거슬리는 흠집을 떠올린 두현이 다시 소스라치게 놀랐다.

"네가 한국에 아는 여자가 어디 있어?"

아주 어릴 때 미국으로 이민을 간 석진은 한국엔 지연이 없다고 했다. 그러니 학연이야 말해 무엇 하겠는가? 두현이 아는 한, 석진이 기억하는 가장 먼 과거의 시작점은 미국이었다. 평생을 미국에서 살다가 몇 달 전에 한국에 정착한 녀석이 아는 여자라니.

"있어. 내가 한국에서 아는 몇 안 되는 사람 중에 하나인 여자인데…… 그 여자가 나타났어."

두현이 무슨 생각을 하는 줄 아는지 모르는지 석진이 책상 위에 턱을 괴고 모니터를 응시했다. 하루아침에 다른 사람이 된 것 같은 석진에게 적응하기 쉽지는 않았으나 두현의 호기심은 계속되었다.

"그럼 어제 차에 난 흠집도 그 여자가 만든 거야?"

"응. 정말 우연히."

이게 진짜 무슨 일이지? 그 사고 때문에 알고 지내던 여자와 재회했다는 건가? 근데 그게 확률적으로 가능한 일인가? 우석진을 좋아한 여자가 일부러 이 녀석 차를 박은 건 아니겠지.

석진이 순순히 대답해 주는 것마저도 신기하다 여기던 찰나, 석진이 바지 주머니에 손을 찔러 넣으며 자리에서 일어났다.

"나 옥상 가서 바람 좀 쐬고 올게."

묻고 싶은 게 많았지만 두현은 엉겁결에 고개를 끄덕였다. 하고자 하는 걸 가로막고 물어봐야 우석진이라는 녀석은 대답해 주지 않을 거라는 걸, 잘 알아서였다.

솔직히 녀석은 오늘 충분히 많은 말을 했다.

＊ ＊ ＊

[저녁에 만나.]

밤새 잠을 설친 이정은 새벽녘이 되어서야 겨우 잠이 들었다. 그러곤 느지막이 일어나 커피를 내릴 때, 석진의 문자를 받았다. 눈으로 메시지를 읽은 뒤 휴대폰을 던지듯 식탁 위에 둔 이정은 커피메이커가 만들어 내는 소음에 집중했다.

모든 게 꿈만 같았다. 꿈만 같다는 말, 보편적으로는 행복할 때 나오는 말이었으나 단언컨대 이정은 지금 행복하지 않았다. 그저 너무 현실감이 없어서 어젯밤 일들이 오래된 흑백사진처럼 여겨질 뿐이었다.

딩동.

그때 다시 휴대폰이 울렸다. 그일까? 반사적으로 휴대폰을 향하던 손가락이 움츠러들었다. 이렇게 가볍게 구는 자신이 너무나 못마땅해서 혼자만 아는 오기를 부려 보기로 했다.

최대한 시간을 끈 뒤에 휴대폰을 확인해야지 다짐하고서 다시 커피메이커를 뚫어지게 쳐다보았다. 커피가 한 방울 한 방울 또로록 떨어지는 걸 보며 엄지손톱을 물어뜯던 이정은 허무하게 한숨을 쉬고 휴대폰을 들었다.

[어제 그 빌딩 1층에 피아토라는 레스토랑이 있어. 7시 예약 걸어 둘게.]

그가 내일 만나자고 했던 게 꿈이 아니었나 보다. 정확하게 장소와 시간을 통보하는 문자에 심장이 덜컹거렸다.

한없이 어려웠던 남자 우석진. 그에게 말을 걸고 그를 웃게 하고 그를 붙잡는 것에 익숙한 이정은 그가 먼저 손을 내밀어 오는 이 상황이 어색했다.

그에게 묻고 싶다. 도대체 나에게 왜 이러냐고.

남보다 못한 사이로 남길 원하는 사람처럼 내 눈조차 똑바로 보지 못하더니, 갑자기 찾아와 숨 막히게 키스하고, 대뜸 만나자는 말을 하는 당신의 의도가 뭐냐고 당차게 묻고 싶었다.

아니면…… 내가 나쁘지 않은 상대였나?

그 순간 온몸이 불에 덴 것처럼 화끈거렸다. 분명 고개를 빳빳하게 들고 그에게 따지는 장면을 떠올려 보려 했는데, 상상 속에 등장한 우석진이라는 존재만으로도 몸이 뜨거워졌다. 살갗이 아릴 만큼 퍼지는 열기가 이 무더운 날씨 때문이면 좋겠는데.

이정은 두 팔로 자신의 몸을 안아 그새 끈적해진 팔뚝을 가볍게 쓸어 주고 욕실로 향했다.

괘씸해.

그리고 샤워기에서 떨어지는 물을 맞으며 눈을 감았다.

위기는 여러 차례 찾아왔다. 모르고 살 때는 정말로 몰랐는데 그가 등장하고 나니 사방이 다 지뢰밭이었다. 자칫 잘못 건드렸다간 그의 문자에 답을 할 만한 수많은 요소들이 이정의 주변을 에워싸고 있었다.

첫 번째 위험 요소는 차였다. 접촉 사고 때문에 움푹 들어가 버린 차의 범퍼가 눈에 들어오자, 숨이 가빠 왔다. 당장이라도 전화해 당신 차를 고쳐 줄 테니 계좌번호를 알려 달라 말하고 싶었다. 오늘은 더 이상 차를 보고 싶지 않아서 아무래도 버스를 타야 할 것 같았다.

두 번째 위험 요소는 이정이 강의하는 곳 중에 하나인 「이룸 문화 센터」가 있는 빌딩이었다. 이정은 매주 수요일과 목요일 이틀에 걸쳐 주부들을 대상으로 보태니컬 아트를 가르치고 있었는데 하필이면 어제 이 빌딩에서 사고가 났다. 도대체 당신이 왜 거기에 있었냐고 석진에게 전화해 묻고 싶었다.

결국 그의 목소리가 듣고 싶어서 이러는 건가, 하는 결론에 다다르자 맥이 빠졌다.

문자에 대한 답을 보내지 않는 걸로 애써 자존심을 세우면 뭐 하나. 나는 결국 이따위인데. 관자놀이를 꾹 누른 이정은 현실을 잊기 위해 부지런히 몸을 움직였다.

무사히 강의를 마친 건 기적과도 같은 일이었다. 멍하니 석진에 대해 생각하다 헛손질을 해 수강생의 물통을 엎지르는 실수를 할 뻔했으나 가까스로 그 위기를 넘겼다. 제 발에 걸려 넘어질 뻔한 적도 있었지만 다행히 속히 몸의 중심을 잡았다.

"수고 많으셨습니다."

"네, 과제 잘하시고 다음 주에 뵙겠습니다. 다음 주쯤이면 완성된 수선화를 보실 수 있을 테니까 연습 많이 하시고요."

하지만 할 일을 다 마무리했을 무렵, 이정은 세 번째 위험 요소와 마주해야 했다. 하필이면 시간이 저녁 7시에 성큼 가까운 6시 20분이라는 게 바로 그것이었다.

초급반 강의가 있는 수요일은 오전 중에 일정이 마무리되지만, 목요일은 오후에 강의가 몰려 있었다. 그게 지금 이 순간 사람을 이렇게 곤란하게 할 줄은 몰랐다.

이정은 여전히 에어컨이 쌩쌩 돌아가는 강의실의 서늘한 벽에 기대어 서서 천천히 호흡을 가다듬었다.

당신이 쉬운 사람이면 좋겠어.

내 친구들 앞에서 하하 호호 웃으며 당신에 대해 이야기할 수 있을 만큼, 그렇게 만만한 사람이면 얼마나 좋을까?

'미안해.'

그는 마치 자신이 약자인 것처럼 미안하다고 말했지만 이정은 알고 있었다. 두 사람의 관계에 있어 여전히 키를 거머쥔 사람은 석진이라는 걸. 하루아침에 그를 의식하며 살게 된 자신의 모습이 그걸 여실히 대변하고 있었다.

심장이 무거운 추에 눌린 듯 아파 왔다.

[예약 그대로야. 그때 봐.]

멍하니 천장을 보고 있는데, 그에게서 세 번째 메시지가 도착했다.

이상한 남자다. 내가 답장을 보내지 않는데도 나에게 전화를 하지 않는다. 그리고 내가 거절할 거라는 것에 대한 의심도 하지 않는다.

나쁜 새끼.

갑자기 그가 보낸 모든 메시지가 꼴도 보기 싫어지며 그에 대한 마음이 닳는 것만 같다. 적어도 지금 이 순간은 그랬다.

"최이정!"

퇴근하는 직장인들로 북적이는 빌딩 1층 로비의 어수선함을 뚫고 익숙한 목소리가 이정의 이름을 불렀다. 곧 남자들 무리에 섞여 있는 한 사람이 보였다.

버스를 타고 출근한 게 이런 결과를 만들어 낼 줄이야. 차를 가지고 왔다면 일을 마친 뒤 곧장 지하 주차장으로 내려갔을 것이고, 그랬다면 석진과 마주치지 않았을 테지만 후회하기엔 이미 늦었다.

우연이 어쩜 이러니.

석진과의 우연은 자꾸만 이렇게 겹쳐지고 있었다.

"……."

석진은 성큼성큼 그녀에게로 다가왔다. 업무차 미팅을 다녀오는 건지 서류가 들었음직한 파일을 들고서, 어제와는 사뭇 다른 걸음걸이로 그가 그렇게 다가오고 있었다.

잠깐만. 저 사람도 이 근처에서 일하는 걸까?

처음엔 1층에서 기다리고 있던 그가 자신을 발견한 거라고 생각했는데 문득 그게 아닐 수도 있다는 예감이 들었다.

가까워지는 그를 쳐다보고만 있기가 민망해 시계를 보았다. 6시 40분. 약속 시간까지는 아직 조금 남은 시간.

다행이었다. 약속 장소로 가던 길이 아니라고 핑계를 댈 수 있다. 내가 일하는 곳이 여기라고, 나는 퇴근하는 길이었지, 절대 당신을 보러 가던 게 아니라고 당당하게 말할 수 있다.

"일찍 왔네."

알 수 없는 눈빛으로 쳐다보는 남자를 지그시 노려보다 하고 싶은 말을 참는 사람처럼 입술을 깨물었다. 분명 하려고 했던 말들이 많았는데 그가 앞에 서자 머릿속이 백지장처럼 하얘져 버렸다.

그러니까 나는, 당신을 보러 온 게 아닌데.

그러는 동안 두 명의 남자가 석진에게 다가왔다. 석진과 함께 있던 일행들인 것 같았다.

"대표님, 누구시죠?"

20대 후반 정도 되어 보이는 남자들이 흥미로운 표정으로 분위기를 살피며 석진의 대답을 기다렸다. 그 틈에 호기심 가득한 얼굴로 이정을 관찰하는 것도 놓치지 않았다.

그런데 또 다른 복병이 생겼다.

"어머나, 최이정 선생님!"

등 뒤가 소란해지는가 싶더니 이정의 강의를 듣는 수강생 두 명이 왁자지껄한 아우라를 풍기며 그녀의 곁에 다가와 섰다.

"아, 네. 아직 댁에 안 가셨어요?"

"저희 여기 1층에서 저녁 먹고 가려고요. 남편이랑 애들 다 밖에서 해결한다기에."

"네에……."

평소 유쾌한 입담으로 수업 분위기를 주도하는 주부 수강생들은 이정의 앞에 서 있는 석진을 보고 자기들끼리 눈짓을 주고받았다. 애인은 있느냐, 결혼은 했느냐, 물으며 젊은 여자 강사의 사생활을 캐내곤 하는 그녀들은 심상치 않은 기류를 감지하고 눈을 반짝였다.

뭐 이런 일이 다 있지.

상황을 정리할 필요가 있었다. 단둘만 있는 것도 아니고 보는 눈이 많으니

더더욱. 더군다나 저 남자는 지금, 내가 자기를 보기 위해 온 줄 알고 있잖아.

시간을 지체할 수 없었다. 결심을 굳힌 이정이 입을 열었다.

"저기."

"내 첫사랑."

하지만 이정의 목소리는 묵직한 저음 아래에 뭉개져 버리고 말았다.

사람들의 눈이 커졌다. 이정의 눈도 그들 못지않게 순식간에 크기를 키웠다.

나오려던 말이 목에 콱 걸린 것 같아 갑갑증이 일었지만 그 말을 뱉어 낼 수가 없었다.

그랬지. 당신도 날 좋아했다고 했었지.

당신에게 있어 사랑은 참 쉬운 거였고.

석진에게 먼저 첫사랑을 운운했던 건 자신이었다. 3년 전 제주도에서의 그날 밤, 이정은 당돌하게 자신의 마음을 에둘러 고백했었다. 뭐에 씐 건지 나 또한 너를 좋아한다고 말했던 남자가 남들이 다 보는 앞에서 첫사랑이라는 말을 입에 올린다.

그땐 그 고백에 취했지만, 이젠 아니다. 아니, 도리어 그 고백이 거짓이 아닐까 의심하고 있다.

당신은 뭘 믿고 그렇게 제멋대로야?

"어머, 어머, 어머."

눈 깜짝할 새보다 빠르게 대한민국 아주머니들이 발을 동동 구르며 격한 반응을 보였다. 첫사랑이라는 말이 주는 간지러움에 몸을 부르르 떤 그녀들의 얼굴에 대리만족이 주는 환희가 순식간에 차올랐다.

상냥하고 밝은 최이정 선생은 애인이 있냐는 질문에 외로워 죽겠으니 좋은 사람 있으면 소개해 달라며 엄살을 부리곤 했었다. 그러면서도 좋은 남자가 하나 있는데 만나 볼 생각이 있느냐고 물으면 괜찮다는 말과 함께 손사래를 치곤 했다.

그럼 그렇지. 저렇게 잘생기고 건실한 남자에게 눈높이가 맞춰져 있어서 그랬구나.

수강생들은 깊이 수긍했다.

그런데 첫사랑이라면 지금 두 사람은 연인 사이가 아니라는 건가?

알고 싶은 게 많아진 아줌마들의 입술이 달싹거렸다.

같은 공간에서 같은 것을 보았지만, 석진의 뒤에 서 있는 직원들은 심각한 표정이었다. 건축사무소 「상량」의 공동대표 중 한 명인 석진은 얼음장보다 더 차가운 남자였다. 직원에 대한 배려는 있을지언정 타인에 대한 관심은 없는 사람이었고, 석진의 그런 부족한 부분은 또 다른 대표인 정두현이 담당하며 이끌어 가는 회사가 바로 「상량」이었다.

이성에 대한 부분도 마찬가지였다. 석진의 외모와 분위기에 이끌려 그를 흠모하는 여직원들과 고객들이 다수 존재했으나, 석진은 그들을 직원이나 고객, 그 이상으로 대하지 않았기에 그로 인한 잡음도 적지 않았다. 그런데 방금 그 우석진 대표가 첫사랑이라고 했나? 사랑 따윈 믿지 않을 것 같은 우 대표가 지금 무슨 소리를 한 거야?

사람들을 그렇게 만들어 놓고도 석진은 당당하기만 했다.

"그럼 다음에 뵙겠습니다."

이정의 수강생들에게 인사를 하면서도.

"저 먼저 퇴근하겠습니다."

직원들에게 퇴근을 통보하면서도.

"가자."

이정의 손목을 잡으면서도 석진은 한결같이 건조하고 담담했다. 그가 너무 태연하니, 그가 만들어 놓은 이 분위기를 도무지 깨트릴 수가 없었다.

"이게 무슨 짓이에요?"

이정이 무슨 말이라도 할 수 있게 되었을 때는 이미 「피아토」라는 레스토랑에서 직원이 준 메뉴판을 받아 든 뒤였다.

"뭘 좋아하는지 잘 몰라서 일단 여기로 예약했어. 전에 여기서 회식을 했는데 음식 맛이 괜찮더라고."

"내가 지금 그걸 말하는 게 아니잖아요."

테이블 위에 놓인 메뉴판을 펼쳐 볼 생각도 하지 않은 채 이정이 맥없는 소리를 뱉자, 석진이 입을 꽉 다물며 그녀를 응시했다.

"……."

세포 하나하나까지 다 뚫어 볼 것 같은 석진의 예리한 눈빛은 기어코 이정의 시선이 테이블 위로 내려가게 만들었다. 그가 빤히 쳐다볼 때마다 딜레마에 빠지는 건 예나 지금이나 어쩜 이렇게 똑같은지. 난처함에 입술을 모으던 이정은 물 한 모금을 억지로 삼켰다.

답답했다. 우연마저 내 자존심을 깎아내리는 지금이.

이 남자에게는 내가 얼마나 한심해 보일까? 문자에 아무런 대답도 하지 않아 놓고선 제 발로 약속 장소에 나타난 내가 얼마나 가벼워 보이겠느냐란 말이다.

다시 물 한 모금이 이정의 목을 타고 흘러내렸다.

"날 만나려고 거기 서 있었던 게 아닌 거 잘 알아."

그 순간, 석진이 말했다. 속을 꿰뚫어 본 그의 말에 이정이 숨을 멈췄다.

"네가 날 피할 거 같아서 내가 널 찾아간 거야. 내 의식은 오늘 온종일 너만 따라다녔어."

석진이 말을 할수록 뭔가가 더 어려워지는 기분이 드는 건 하루 이틀 일이 아니라 이제는 이골이 날 법도 한데, 도무지 적응이 되지가 않았다. 결국 이정은 참지 못하고 물었다.

"무슨 말을 하고 싶은 건데요?"

"네가 이 빌딩을 드나드는 이유, 문화 센터 때문일 거라고 생각했어. 엘리베이터에 보태니컬 아트 강의에 관한 전단지가 붙어 있는 걸 본 적이 있으니까."

이정은 애타게 그의 다음 말을 기다렸다.

"그래서 오늘 아침에 문화 센터에 가서 강의 일정표를 봤지. 거기 네 이름이 있더라. 강의가 끝나는 시간에 맞춰서 여기로 약속 장소를 정한 이유가 그거야."

이번엔 석진이 물 한 모금을 삼켰다.

"넌 별로겠지만, 내 회사도 이 건물이야."

구겨지는 이정의 미간을 본 석진이 다시 메뉴판을 훑었다.

마음이 답답해 바람이라도 쐬려고 옥상으로 향하는 엘리베이터에 올라탔을 때, 정말 우연히 문화 센터가 떠올랐다. 설마는 진짜였다. 수요일과 목요일, 이정은 이곳에서 강의를 하고 있었던 것이다.

언제부터 이정이 내 곁에 와 있었을까?

석진은 자신의 아둔함을 자책하는 대신 이정과 자신이 만날 수밖에 없는 동선을 만들기 시작했다. 먼저 빌딩 1층에 있는 레스토랑을 약속 장소로 정했고, 이정이 그에 응하지 않을 시에는 지하 주차장에서 그녀를 기다릴 참이었다. 그런데 우연이 한 발짝 더 빨리 움직였다.

"어쨌든 우린 만났잖아."

"……."

"그러니 혹시나 자존심 상해 하는 거라면, 그러지 마."

양쪽 손목의 셔츠 단추를 하나씩 푼 석진은 스스럼없이 소매를 걷어 올렸다. 그러곤 이정을 대신해 무난한 메뉴 몇 가지를 골라 주문을 끝냈다. 곧 두 사람이 먹기엔 좀 많지 않나 싶을 만큼의 음식들이 테이블 위에 놓였다.

"내 마음 편하기 위해서 하는 짓이라고 여겨도 상관없어. 사실이니까."

무례한 말에 그를 지그시 노려보던 이정은 포크를 쥐여 주는 손길에 화들짝 놀라 버렸다.

"좀 먹어."

이정은 그가 쥐여 준 포크를 보다가 탁 소리가 나도록 테이블 위에 내려놓았다. 그러곤 더는 못 참겠다는 듯 단도직입적으로 물었다.

"왜 사라졌어요?"

"……."

"두 번이나 사라진 이유, 나는 들어야겠어요. 그래요. 3년 전에 나 혼자 두고 간 건 내가 너무 별로여서 그럴 수 있다고 혼자 이해했어요. 나로서는 어렵게 오빠한테 매달린 거였지만 능숙한 오빠에겐 나, 별거 없는 파트너였을 수도 있겠죠. 막상 날 가지고 나니, 같이 눈을 뜨기 싫을 만큼 내가 끔찍하게 여겨졌구나, 그렇게 생각했어요. 그렇게 생각하면 이해가 됐으니까요. 처음이라 서툴기도 했겠지만 타고난 내 몸이 별로인 걸 어쩌겠어요."

"잠깐만, 최이정."

"하지만 13년 전에 사라진 건 난 정말 이해가 안 가요. 어떻게, 어떻게 그래요? 나도 나지만 우리 가족에게 그러면 안 되잖아요. 이준이도 오빠 너무 좋아했고, 우리 부모님도 오빠에게 최선을 다했어요. 고맙다는 말 들으려고 한 건 아니지만 그래도 오빠는!"

말을 더 하려던 이정이 질끈 눈을 감았다. 곧 감은 눈 언저리가 따끔거리더니 뺨 위로 눈물이 또르르 흘러내렸다. 윗니로 입술을 꽉 깨문 이정은 미간을 모으며 울음을 참았다.

울면 지는 거야. 울지 마.

하지만 어제부터 그녀의 몸은 자꾸만 주인의 뜻을 거역했다.

석진이 흔적 없이 사라지고 난 며칠 뒤, 뭔가를 골똘히 생각하던 부모님은 '석진이가 미국으로 돌아갔나 보다.' 라고 말하며 그를 이해하는 모습을 보였지만 이정은 아니었다. 그해 여름이 다 지날 때까지 석진을 기다렸고, 그에게서 연락이 올까 봐 매일 밤 잠을 설쳤다. 야속하게도 그는, 때 묻지 않은 여고생의 순정을 무시하듯 그 어떤 연락조차 하지 않았다.

3년 전 제주도에서 그와 우연히 재회했을 때는 믿을 수 없는 인연이 기막혀 차마 깊이 추궁하지 못했다. 참지 못해 물어보긴 했지만, 과거의 그 순간이 화두에 오를 때마다 어두워지는 그의 얼굴에 마음이 아려서 진실을 향해 더 깊이 다가가지 못했던 것이다.

하지만 이젠 그럴 이유가 없었다. 좋아하는 남자에 대한 배려는 거기까지였다.

"……"

석진이 주머니에서 손수건을 꺼내어 그녀에게 내밀었으나, 눈을 뜬 이정은 손등으로 눈물을 지워 냈다.

"그래 놓고서는 내가 어디 사는지 알고 있었다고요? 뭐, 첫사랑? 그게 오빠가 할 소리는 아니죠. 그건 이미 3년 전에 충분히 이용했잖아요. 설마 부족했어요? 부족해서 어제 그렇게 나를……."

눈물이 뚝뚝 떨어지는 눈으로 석진을 노려보던 이정은 감정을 주체하지 못하고 주먹을 움켜쥐었다.

"나 이번 학기까지만 강의하고 여기 관둘게요. 내 일정표 봤다고 했죠? 그럼 그 시간 피해서 다녀 주세요. 나는 엘리베이터 타고 지하 주차장이랑 문화 센터 왕복하는 거 말고는 이 빌딩에서 안 움직일 테니까."

그러곤 차가운 말을 끝으로 자리에서 일어났다.

"안녕히 계세요."

석진이 얼이 빠져 버린 틈을 놓치지 않고 이정은 그렇게 자리를 떠났다.

"……."

참담한 얼굴로 빈자리를 보던 석진은 망설임 없이 그녀를 따라갔다. 제아무리 빠른 걸음으로 갔을지언정, 이정의 보폭은 키가 큰 남자의 것보다 한참이나 좁았고, 석진은 어렵지 않게 그녀의 어깨를 붙잡을 수 있었다.

"나한테 물었잖아. 그럼 대답은 듣고 가야지."

이정은 돌아서지 않았다. 차라리 잘된 일일지도 몰랐다. 착한 이정의 얼굴을 마주하면 죄책감의 무게가 커질 테니.

"왜 사라졌냐고 했지?"

들썩이는 그녀의 좁은 어깨를 잡은 손에 힘을 주며 석진이 그날을 회상했다.

"최이정 너는, 모든 게 다 처음이었던 나에게 과분한 여자였어. 13년 전에도, 그리고 3년 전에도."

"……."

"내가 감히 어떻게 널 별로라고 할 수 있겠어? 정말로…… 내가 널 가지는 거라는 생각한 적 없어. 나는 그냥, 나를 주고 싶었어."

퇴근 시간이라 많은 사람들이 오가는 복잡한 빌딩 로비에서 오직 두 사람만이 그렇게 멈춰 있었다. 소란하고 정신없는 분위기 속에서도 이정의 숨소리가 들리는 게 신기할 지경이었다. 석진은 천천히 이정을 돌려세웠다.

"이정아."

울음이 더 커진 그녀의 얼굴을 마주한 석진은 애타게 이정의 이름을 불렀다.

이대로 이정을 보내 버리면 두 번 다시 볼 수 없을지도 모른다는 긴장감이 전신에 퍼져 나갔다.

"말했지만 모든 게 다 처음이어서 겁이 났어. 여자를 좋아하는 것도, 또 여자와 같이 밤을 보낸 것도 다 처음이라, 어떻게 해야 널 감당할 수 있는지 알지 못했어."

그래서 참았고, 그래서 참지 못했어.

하지만 분명히 난 너에게…….

휴, 그게 뭐 얼마나 대단한 의미가 있었을까.

이정의 뺨 위로 쉴 새 없이 눈물이 흘러내렸다. 석진은 억지로 한숨을 삼켰다. 원망 가득한 새까만 눈동자가 날렵한 칼로 변해 가슴을 쓱 베어 낸 것 같았지만 억눌러야 했다.

참는 것과 참지 못하는 것, 그 둘 중 석진에게 더 익숙한 건 참는 거였다. 하지만 그 둘 중 어떤 게 더 옳은지에 대해선 그는 여전히 알지 못했다.

제기랄. 이런 쪽의 감정을 표현하고 다스리는 법을 배울 기회가 없었잖아.

그저 이정에 대한 마음을 참지 못했을 때가 더 심각한 후회를 남겼다는 것만 깊이 참고할 뿐이었다.

"내가 설명할게."

낮지만 또렷한 그의 목소리에 이정이 주춤했다. 어떤 이유였건 간에 절대로 석진을 용서할 수 없다는 마음과, 그래도 무슨 일이 있었는지 들어 보자는 마음이 팽팽하게 맞섰다. 제법 치열하게 싸우는 마음들 사이에서 이정이 간당간당하게 서 있을 때였다.

"손님, 계산을 하지 않고 가셔서요."

두 사람을 방해하는 인물이 등장했다. 레스토랑의 직원으로 보이는 젊은 남자였다.

"아, 죄송합니다."

생전 해 본 적 없는 실수를 한 걸 보면 마음이 너무 급했나 보다. 멋쩍어진 석진은 지갑에서 카드를 꺼내어 그에게 내밀었다.

"카드는 내일 찾으러 가겠으니 결제 부탁드립니다."

"네? 네네."

다소 이례적인 처신이었는지 이정과 석진을 번갈아 본 직원은 눈치껏 자리를 떠났다.

"가자, 바래다줄게."

이제 와 다시 저녁을 먹으러 가는 것도 우스운 일이고 당장 중요한 건 이정과 함께 있을 구실이었다. 그녀와 함께 있을 시간을 번 뒤, 그다음을 생각하고 싶었다.

"버스 타면 돼요."

하지만 이정은 그마저도 호락호락하게 수락하지 않았다.

"너 지금 위태로워 보여. 이럴 땐 걷는 것도 위험해."

당신과 함께 있는 게 더 위험해요.

이정이 말을 하려던 그 순간, 북적이는 빌딩 안에서도 들릴 만큼 요란한 번개가 치더니 하늘이 무너지는 듯한 소리가 울렸다.

콰쾅.

"어맛!"

놀라지 않고는 못 배길 정도로 큰 소리에 놀란 이정이 휘청거리자 석진이 그녀의 손목을 잡았다.

쏴아.

고개를 돌리자 빌딩 입구 쪽 유리문 너머로 폭포수처럼 쏟아져 내리는 빗줄기가 보였다. 갑작스러운 비에 당황한 사람들이 우르르 빌딩 안으로 뛰어 들어오는가 싶더니 순식간에 로비 전체에 비 냄새와 습한 기운이 퍼져 나갔다.

"거봐. 비까지 오잖아."

이정은 석진에게 잡힌 손목에 힘을 주어 빼내며 그에게서 벗어났다.

우연이 또 이정을 배신했다. 어떻게 이 타이밍에 기가 막히게 비가 내리는 건지. 석진의 말이 옳았다. 사지가 덜덜 떨리는 마당에 이 빗속을 헤치고 버스 정류장까지 갈 재간이 없었다. 하지만 그래도 해야 했다.

저기 있는 편의점에서 우산을 사서 나가자. 건물 앞에서 택시를 타면 돼.

"가자."

"됐어요."

"말 좀 들어!"

석진이 이성을 잃은 사람처럼 버럭 목소리를 높이자 지나가던 사람들이 일제히 두 사람을 향해 고개를 돌렸다. 민망함은 이정의 몫이 되었다.

"난 저 빗속으로 널 보낼 수 있는 사람이 아니야."

"두 번이나 날 버리고 떠난 사람치고는 참 다정하시네요."

"휴, 그래. 다 알겠으니까 일단 가."

여기서 더 반항하게 되면 석진이 어떻게 나올지 예측 불가였다. 그를 뿌리치고 달려가 봐야 금방 잡힐 게 뻔했고, 이 이상 분란을 일으켰다가는 강의하는 데까지 영향을 끼칠지도 몰랐다.

최이정, 현명하게 굴자.

결국 이정은 석진의 차에 올라타야 했다.

"소나기인 줄 알았는데 아닌가 봐."

스윽스윽 규칙적인 소리를 내며 와이퍼가 움직였다. 의미 없이 반복되는 움직임을 보던 이정이 다른 이야기를 꺼냈다.

"차 정말 안 고칠 거예요?"

석진의 차 앞에 섰을 때 자신이 남긴 흔적을 보게 되었고 그게 자꾸 마음에 걸렸다.

주인처럼 깔끔한 흰 차에서 유일하게 거슬리던 옥에 티 같은 흠집. 그걸 없애 주면 나도 내 마음속에서 이 남자를 지워 낼 수 있을까, 하고 생각하던 이정은 혼자서 과도한 의미 부여를 한 게 민망해 스커트 자락을 매만졌다.

"당분간은 고칠 마음 없어."

구겨진 이정의 스커트에 눈길을 주던 석진이 말했다.

"고쳐요. 아예 안 보일 만큼 작은 건 아니던데."

"그건 최후에 생각해 볼게."

"······최후요?"

때마침 신호에 걸렸다. 왼쪽 팔꿈치를 유리창에 갖다 댄 석진은 손으로 머리를 받친 채 신호등을 응시하고 있었다. 이정은 곁눈질로 그의 행동을 눈에 담았다.

"이렇게 미친 짓을 할 땐 그 정도 보험은 있어야 하지 않겠어?"

그 말을 하는 석진의 얼굴에 쓸쓸함이 스쳐 지나갔고 이정은 그 찰나를 놓치지 않았다. 그를 보고 있는 이정의 마음속에도 차가운 빗물이 쏟아져 내렸다. 비가 전하는 습한 기운에 눈가가 젖어 들 것만 같다.

"네가 날 끝까지 밀어내면 그땐 뼛속까지 치사해져 볼까 해."

신호는 여전히 빨간불인데 몸을 왼쪽으로 기울이고 있던 석진이 자세를 똑바로 했다. 꿀꺽. 그의 목울대가 움직였다.

"차를 고쳐야겠다고 수리비를 요구해야지. 계좌번호 따윈 없으니 얼굴 보고 이야기하자 하면, 네가 뭘 어쩔 거야?"

어이가 없을 정도의 억지였다. 석진이 농담을 하고 있다는 것도 모른 채 이정이 기가 찬 웃음소리를 냈다.

"누가 들으면 참······ 진심 같네요."

석진은 쓰게 웃었다.

"너는 신기하지 않아? 너랑 나, 중요한 순간마다 이렇게 비가 내리는 게."

"괜히 연결 짓지 마세요. 비는, 흔해요."

말은 그렇게 했지만 이정도 언젠가 그런 생각을 한 적이 있었다. 우석진이라는 남자는 비를 데리고 오는 남자 같다고. 그의 성인 '우'가 비 '雨(우)'를 뜻하는 건 아닐까, 생각하며 혼자 웃었던 날이 있었다.

그럴 수밖에 없었다. 그가 처음 나타난 날도, 그가 말없이 사라진 날도, 또 그와 재회했던 3년 전에도 이렇게 비가 내렸었다. 그리고 지금도 어김없이 비가 내리고 있지 않은가.

"비가 오면 조건 반사처럼 네 생각을 했어. 너도 다 기억할 텐데?"

"기억 안 나요."

애써 외면해 보려 했지만 그날들에 대한 기억은 여전히 선명하기만 했다. 떨쳐 내 보기라도 하려는 듯 이정이 의식적으로 눈을 깜빡였다. 하지만 침묵이 민망해 말이 헛걸음질을 친 것일까? 이정은 기어코 비와 석진을 연관 짓고 말았다.

"그렇게 비가 오는데도 떠난 이유가 뭔데요?"

"너희 가족들이 너무 고마워서."

대답은 빨랐지만 이해는 늦었다. 이정은 그가 한 말의 의미가 뭔지 단번에 파악하지 못했다.

"처음이었어. 이상적인 모습을 한 남자 어른을 본 것도, 또 남자 어른과 그런 대화를 해 본것도."

석진이 이정의 집에 머물렀던 13년 전.

'석진아, 산책 안 갈래?'

이정의 아버지 훈일은 아침 산책길에 종종 그와 동반하곤 했다. 날씨가 무더워 온몸이 땀에 젖기 일쑤였고, 이름 모를 벌레들의 습격을 받는 일이 다반사일지언정 석진은 훈일의 제안을 거절하지 않았다. 몇 가지의 불편함은 기꺼이 감수할 만큼 훈일와 함께 대화할 수 있는 그 시간이 좋았기 때문이었다.

석진을 미국 땅에 데리고 간 아버지는 돈을 버느라 다른 일에 관심을 둘 여력이 없었다. 이웃에 사는 아버지 친구의 아내가 석진을 돌봐 주기는 했지만 그에게 애정을 나눠 주지는 않았다.

다 큰 지금 돌이켜 보면 이해 못 할 일도 아니었다. 낯선 곳에서 뿌리를 내리려는 사람들은 그만큼 치열하게 삶을 파고들 수밖에 없었다. 내 몸 하나 건사하기도 힘든 마당에 남편 친구의 아들까지 신경 써야 했던 그 아주머니의 고단함을 이제는 헤아릴 수 있다. 덕분에 한국말을 꾸준히 사용할 수 있지 않았던가.

다만, 가슴이 허했을 뿐.

아버지 최훈일에 대한 이야기가 나오자 이정은 절로 숙연해졌다. 숙연해지는 건 석진도 마찬가지였으나 마음을 먹은 이상, 이야기를 멈출 수는 없었다.

"어머니…… 그래, 네 어머니."

나에겐 지영 이모.

하지만 기껏 운을 뗀 석진은 말을 잇지 못했다.

끼니때마다 식탁 위를 빼곡히 채우던 각종 반찬들. 그리고 따뜻한 찌개와 국. 이정의 어머니 석지영은 석진의 젓가락이 자주 가는 반찬을 기억했고, 단번에 그의 식성을 파악해 버렸다.

'잘 먹고 가. 내가 해 줄 수 있는 건 너 밥 잘 차려 주는 것뿐이야. 솜씨가 부족해서 네 입에 맞을지는 모르겠지만.'

지영은 겸손했으나, 석진은 태어나서 처음으로 식탐이 뭔지를 배웠다. 자꾸만 배가 고팠고 식사 시간을 기다리게 됐다. 지영은 그의 기대에 보답하듯 맛깔난 제육볶음과 감자수제비, 호박잎이 듬뿍 들어간 된장국을 식탁 위에 인심 좋게 올려놓았다.

올곧은 최훈일 교수와 다정한 석지영. 그 사이에서 태어난 최이정.

가족 간의 사랑이 뭔지 모르고 자란 자신이 이정을 좋아하는 건 처음부터 안 된다 생각했다. 누가 뭐라고 한 것도 아닌데 지레 자격지심이 생겼다. 오래전에 사라진 신분 제도가 되살아난 것 같은 기분을 맛봤다고 표현하면 적절할까? 넘봐서는 안 되는 높은 신분을 가진 여자를 훔쳐보는 노비처럼, 석진은 그렇게 속으로 이정을 흠모했다.

"널 좋아하게 되는 건 쉬웠지만 그걸 인정하는 건 쉽지 않았어. 아까도 말했지? 널 가진다고 생각해 본 적 없다고. 감히 나 따위가 어떻게."

말끝을 흐리는 석진을 보던 이정의 입술이 스르르 벌어졌다. 석진이 말했다. '감히'라고. 하지만 그거야말로 이정이 하고 싶은 말이었다.

미국의 명문 대학교에 다닌다는 사람. 큰 키에 날렵하고 잘생긴 외모를 가져서 누가 봐도 눈길을 사로잡을 만큼 근사한 남자가 자신을 좋아할 거라고는 '감히' 생각하지 못했다. 그래서 3년 전, 기대하지 못했던 그의 고백에 이끌려 그를 붙잡았으나 지금은 아니었다. 불쾌했다.

분명히 나쁜 남자다. 차 사고를 빌미로 사람 감정을 갖고 놀고, 그것도 모자라 어젯밤엔 불쑥 찾아와 제 욕구를 채우려 들었던 나쁜 사람. 그에게 맥없이 무너졌던 자신 또한 나쁜 사람이어서 말을 참는 것일 뿐, 충분히 모욕적이었다.

그런데 석진이 어쩐지…… 자꾸만 진심을 말하고 있는 것 같다는 생각이 든다. 어제도, 그리고 오늘도, 사람을 또 한 번 착각하게 만든다. 도대체 이 남자의 속내는 뭘까. 그냥 가슴이 아프다. 여태껏 무슨 질문을 했었는지 다 잊을 만큼.

가까운 거리긴 했지만 석진의 차는 빨랐다. 그는 신속하게 주차를 했고 아직 하지 못한 말을 하기 위해 뜸을 들였다. 아무래도 다음 말을 하기까지 시간이 걸릴 모양이었다. 시동을 끄지 않는 그의 선택이 그걸 예고했다. 와이퍼는 멈췄지만 에어컨은 여전히 차가운 공기를 쉼 없이 주입해 주었다.

얼마나 시간이 흘렀을까? 말을 하려는 사람도 말을 들을 준비를 하는 사람도 시간을 잊었을 무렵, 석진이 마른 입술을 뗐다.

"우리 어머니의 죄를 내가 너무 늦게 알았어."

이정의 얼굴이 잿빛으로 변하다 이내 하얗게 질리고 말았다.

"그게 무슨……."

"우리 어머니가 네 부모님께 못 할 짓을 했다고."

이건 정말 귀를 의심할 만한 이야기였다. 그리움이 너울대는 목소리로 나의 부모님을 칭송하던 남자가 갑자기 죄를 운운한다. 그리고 그 죄를 지은 사람이 이 남자의 어머니라고 한다.

다는 모르지만 우석진이라는 남자의 평탄하지 않은 가족사에 대해 어느 정도는 들었다. 그가 걸음마를 갓 뗐을 무렵, 그의 부모님은 남남이 되었다고 했다. 그의 아버지는 어린 아들을 데리고 미국행을 택했고, 그의 어머니는 한국에 남아 결혼과 육아로 인해 미뤄 두었던 꿈을 다시 펼치기 위해 고군분투했다. 얼마나 집요하게 꿈을 좇았는지 석진의 엄마 정도예는 죽기 직전까지도 자식을 찾지 않았다.

아마도 석진이 이정의 집에 나타나기 전날이었을 것이다. 친구가 갑자기 세상을 떠났다며 장례식장에 다녀온 엄마가 아빠를 붙잡고 한참이나 넋두리를 했었다.

'딱하기도 하지. 엄마가 누군지도 모르고 큰 녀석이 자기 엄마 장례식을 보기 위해 먼 길을 왔더라고요. 짠한 것. 그 와중에 도예 친정 식구들이 걔를 상주로 앉혀 놨어. 정

말 뭐 그런 사람들이 다 있어? 자기들이 해 준 게 뭐가 있다고.'

'도예 씨 집안사람들…… 지독하긴 했지. 정준 씨랑 도예 씨가 석진이 생긴 거 알고 야반도주했을 때, 두 사람 붙잡아다 정준 씨에게 못 할 짓 참 많이 했잖아. 그래 놓고서 두 사람 갈라서니까, 자기 딸이 낳은 애도 완전히 남 취급 했는데 뭘.'

'내 말이요. 정준 오빠가 석진이 데리고 미국 갔을 때, 그 사람들은 자기 딸 발목 붙잡는 존재들이 없어졌다고 속 시원해했을 거예요. 아, 속상해. 그 와중에 석진이 걔는 왜 그렇게 번듯하게 잘 큰 건지……. 정준 오빠가 너무 대단하고, 안타깝고……. 내가 그렇게 아들 한번 찾아가 보라고 해도 끝끝내 외면했던 애가 도예인데…….'

그때까지만 해도 이정에게 있어 석진은 슬픈 동화 속 주인공과 같은 존재였다. 이야기를 들을 땐 안타깝고 가슴 아프지만 책 속에 사는 남자 주인공처럼 현실에는 존재하지 않는 사람.

'엄마 친구 아들 우석진이야. 석진이는 미국에 사는데, 엄마가 우리 집에 좀 있다 가라고 했어. 이민 간 뒤로 처음 한국에 온 거라서 밥도 먹이고 쉬게 할 겸.'

하지만 다음 날 석진이 눈앞에 나타난 뒤로는 모든 게 달라졌다. 어제 엄마가 울먹이며 이야기했던 그의 가족사에 가슴이 몹시도 저몄고, 그럼에도 불구하고 그가 너무나 완벽한 사람이라는 것이 대단하게 느껴졌다. 비록 그의 투명한 눈 속에 외로움과 어둠이 공존할지라도.

그런데 그게 끝이 아니었을까? 자신의 어머니가 죄를 지었다고 하는 석진의 말속에 피할 수 없는 어두운 진실이 숨겨져 있다는 걸 깨닫자, 숨이 멎을 것 같은 고통이 엄습해 왔다.

"너는 전혀 몰랐어?"

석진이 물었다. 사실은 물으면서도 이정이 알 리가 없다고 생각했다. 훈일도, 지영도, 알아서 좋을 게 없는 무거운 이야기들을 자식들 앞에서 풀어놓을 사람들이 아니었다. 그래도 대화가 많은 부부 사이니 혹시나 이정이 오가다 그들끼리 주고받는 이야기를 들었을까, 하는 생각을 해 본 적이 있었다. 자신이 그랬던 것처럼.

그런데 역시. 이정은 아무것도 모르는 얼굴이었다.

"오빠 어머니…… 돌아가셨잖아요. 오빠는 어머니 돌아가신 뒤에 우리 집에……."

이정의 논리는 그거였다. 일의 순서만 놓고 보자면 도예가 죽은 뒤에 석진이 나타났고, 그 후로 한 달이란 시간 동안 무난하게 함께 살았는데 이미 죽은 사람이 뒤늦게 무슨 일을 할 수 있냐는 거였다.

뒤늦게 어떤 사고를 쳤기에 석진이 흔적도 없이 떠나 버린 건지 도통 이해가 가지 않았다. 무엇보다 과거에 석진을 대하던 부모님의 태도에서 그 어떤 이상한 점도 찾을 수가 없었다. 석진이 앞서 말한 대로 이정의 부모님은 석진에게 너무나 관대했다.

"미안하지만 설명이 더 필요해요."

짧은 시간 동안 혼자 여러 가지 계산을 해 보던 이정은 끝내 모든 걸 석진에게 맡겼다.

기다렸다는 듯 고개를 주억거리던 석진은 숨을 고르며 말의 수위를 정했다. 어제부터 거듭 고민해 본 문제였건만 막상 말을 하려니 이정에게 어디까지 알려야 할지 막막하기만 했다.

"우리 어머니가 너희 외삼촌에게 엄청난 빚을 진 모양이야."

고르고 골라서 담박하게 진실만을 말했거늘, 그래도 정신이 아득해지며 이마가 저절로 구겨졌다.

"나는 그걸…… 너희 집에서 한 달이나 머문 뒤에 알았고, 너희 부모님도 마찬가지셨어. 내가 떠나기 직전에 그걸 아시고 당황하셨던 거 같아."

그의 말에 소리 없이 흔들리는 두 눈동자와 떨리는 두 손. 바들거리는 어깨가 안쓰러워 그녀를 안아 주고 싶었지만 지금은 그럴 수 없었다.

섣불리 그녀를 향해 손을 내밀었다간 그녀가 부서질까 봐.

"이걸로 다 설명이 안 될 거라는 거 알아. 하지만 나도 어려서…… 물론 어렸다는 게 변명이 될 수는 없겠지만 나도 무서웠어. 우리 어머니가 어떤 죄를 저질렀는지 알게 되었는데, 내가 어떻게 너희 가족들과 마주 앉아 밥을 먹을 수가 있었겠어?"

스물한 살에 이정을 두고 도망친 이유는 정말로 그게 전부였다.

도무지 가늠이 되지가 않았다. 한국 돈으로 3억이라는 액수가 얼마만큼인지, 그 돈이 한 가정에 얼마나 큰 파장을 일으킬 수 있는지.

미국으로 돌아간 석진은 그날부터 돈을 벌기 위해 살았다. 미국에서 어느 정도 기반을 다진 아버지가 학자금과 생활비를 충당해 주었지만 석진에겐 그보다 더 많은 돈이 필요했다.

학생이 할 수 있는 아르바이트로는 몇억은커녕 백만 원도 모으기가 힘들다는 걸 깨달았을 무렵, 각종 경제 신문을 섭렵하기 시작했고, 경제에 박식한 친구들을 찾아다니며 돈의 흐름을 배우기 위해 매일 밤을 새웠다. 그리하여 그 끝에 얻은 결론은 투자를 위해서는 자본이 필요하다는 거였다.

석진의 삶은 더욱 치열해졌다. 졸업 전이라 취업을 할 수는 없었지만 고임금 인턴십 자리가 생기면 적극적으로 지원했고, 그렇게 조금씩 번 돈을 다양한 방법으로 투자하기 시작했다.

'도대체 너 무슨 짓을 하고 다니는 거야? 갑자기 왜 돈에 혈안이 되어 그러는 건데? 학과 공부랑 프로젝트만으로도 시간에 쫓기는 놈이 갑자기 왜 이래?'

하루하루 말라 가는 석진의 모습에 친구 두현은 걱정을 넘어 화를 내기 시작했다.

사실 가장 화가 난 사람은 석진이었다. 한 번도 본 적이 없는 어머니인데, 그녀가 저지른 일에 대한 책임을 왜 자신이 떠안으려 하는지 그로서도 명확하게 알지 못했다.

내가 왜 이럴까. 내가 왜 이 무모한 짓을 하려 들까.

맥주 한 캔으로 고단함을 달래며 문제의 뿌리를 파헤쳐 보던 어느 날, 그의 마음 한가운데로 이정이 걸어 들어왔다. 이정은 특유의 생글거리는 미소로 그를 보고 있었다. 그리고 그녀는 여전히 그를 기다리고 있다 말했다. 비록 상상 속에서만 사는 이정일지언정, 그녀를 놓을 수가 없었다.

그거였다. 누구도 갚으라고 한 적 없는 돈을 갚기 위해 몸부림친 이유가.

누군가가 그러지 않았던가? 사람 일은 모르는 거라고. 비록 도망쳐 왔지만 먼 훗날 언젠가 그녀를 다시 만났을 때, 최소한의 도리는 했노라 말하고 싶었다. 그리고 그녀의 부모님 앞에서 나는 우리 어머니와 다른 사람이라고, 당신들이 베풀어 준 은혜를 평생 가슴에 안고 살았노라고 당당하게 힘을 주고 싶었다.

돌이켜 보면 어린 주제에 자존심이 과하게 강했다. 안쓰러울 만큼.

만약 누군가 도대체 최이정이 뭐기에 이런 헛짓을 하냐고 묻는다면, 나는 뭐라고 대답할 수 있을지에 대해 고민했던 적이 있었다. '내 첫사랑'이라는 말을 한들 누가 이해해 주기나 할는지. 사람들이 나를 한심한 바보로 보겠구나 싶어 헛웃음이 나오기도 했지만 이상하리만치 멈춰지지 않았다.

'두현아. 부탁이 있어.'

한국 나이로 정확하게 스물아홉 살이 되던 해. 석진은 두현을 통해 3억이라는 돈을 훈일에게 전달할 수 있었다. 당시 한국에서 회사 생활을 하고 있던 두현은, 돈의 액수를 확인하곤 자초지종을 물었지만 석진은 서로 간에 말이 오가지 않아도 될 일이라 판단했다.

돈은 허무할 정도로 쉽게 되돌아왔다. 예상했던 일이었다. 그리고 훈일에게선 아무런 연락도 없었다. 훈일을 직접 만났던 두현은, 우석진의 부탁을 받고 왔다는 말에 훈일이 침통한 표정으로 입을 다물었다고 설명했다. 한참이나 그렇게 있다가 수표에 적힌 금액을 확인한 훈일이 조용히 돈을 되돌려주었다고 했다.

솔직히 훈일이 연락을 해 올 줄 알았다. 왜 이런 짓을 했냐고, 이 돈을 왜 네가 갚냐고 큰 소리로 호통이라도 칠 줄 알았다. 하지만 예상과 달리 조용하기만 한 훈일의 처신이 석진의 마음을 복잡하게 만들었다.

좀…… 원망도 했나 보다. 적어도 3년 전 이정과 우연히 재회하기 전까지는.

하지만 이정에게 그간의 일을 장황하게 털어놓고 싶지는 않았다. 그건 어디까지나 자신의 선택이었기에, 그로 인해 이정이 가슴 아파하는 건 싫었다.

"그럼…… 설마 3년 전에 사라진 이유도 우리 외삼촌 때문이었어요?"

짚이는 게 있다는 듯 이정이 긴장감이 서린 목소리로 물었다.

"……놀랐었지. 많이."

"그랬구나……. 그랬던 거였어. 내가 왜 쓸데없는 말을 해서……."

하늘에서 내리는 비만큼 이정의 눈에서도 눈물이 흘러내렸다.

어쩜 다들 하나같이 말을 아꼈는지. 다 알면서도 전혀 내색하지 않던 부모님에 대한 원망을 감출 수가 없었다. 떠난 석진의 빈자리로 인해 이정이 동동 발을 구르며 울 때, 착잡하게 그녀의 등을 쓸어 주던 엄마가 속으로 무슨 생각을 하고 있었는지 전혀 눈치채지 못했다.

그것도 모르고 나는, 나는, 왜 당신이 몰랐어도 될 일을 말해 버렸을까.

하필이면 실오라기 하나 걸치지 않은 채로 당신에게 안겼던 그날 밤에.

당신이 다정하게 내 어깨에 입을 맞추던 그때.

악몽 같은 진실들이 이정의 몸을 퍼들거리게 했다. 통제 불가능한 두려움이 엄습하자 아무 말도, 아무것도, 할 수가 없었다.

"미안해요. 내가 너무 말이 많았어요. 오빠를 만난 게 너무 반가워서, 그냥 가족들의 근황을 알려 주려다 보니까……."

땀으로 촉촉하게 젖은 짧은 머리카락이 목덜미에 닿던 느낌이 지금도 생생하기만 했다. 그러고 보니 그가 어느 순간 갑자기 움직임을 멈췄던 것 같기도 하다.

그런 당신을 놓고 나는 깊은 잠에 빠졌지.

눈물이 멈추기까지는 시간이 필요할 듯했다.

흐느끼는 소리를 내고 싶지 않은데 잇새로 자꾸만 울음소리가 터져 나왔다.

아닐 거야, 그럴 리가 없잖아.

힘써 부정해도 과거는 변하지 않는다는 것이 사람을 옥죄게 했다.

눈물을 닦는 것을 포기한 이정이 주먹으로 가슴을 퍽퍽 치기 시작했다. 이렇게라도 해야 답답함이 가실 것 같아서였다.

"왜 이래?"

하지만 두어 차례 가슴을 치던 손은 더 이상 움직이지 못하고 석진에게 강하게 붙들렸다.

"놔요."

거세게 움직이던 몸이 한순간 제압당하자 이정은 힘을 이기지 못해 버둥거렸다.

"이런다고 뭐가 달라져? 왜 너를 괴롭혀?"

네가 아프지 않기를, 오직 그 한 가지를 위해서 내가 이제껏 널 피해 살았는데 네가 왜 널 때려?

석진은 무섭도록 눈에 힘을 주었지만 이정은 그의 반응을 살피지 못했다.

"하아."

또다시 이정의 눈에서 눈물이 흘러내렸다. 젠장. 그리고 속으로는 욕이 나왔다. 어제와 오늘, 자꾸만 욕할 일이 생긴다.

3년 전 제주도.

절정에 이른 후 무너지듯 이정의 몸 위로 쓰러진 석진은 한참이나 숨을 고르다 그녀의 입술에 입을 맞춰 주었다. 애틋한 눈빛이 오가고 난 뒤 땀에 젖은 얼굴에 붙은 머리카락을 떼어 내 주며 다시 몸 곳곳에 입술을 내려놓던 그는 망설이는 투로 물었었다.

'지영 이모는 잘 지내셔?'

저녁을 먹는 동안에도 그가 가족들에 대해 궁금해하지 않는 것이 이상하다고 여기던 참이었다. 다른 사람도 아니고 그녀의 가족을 다 아는 석진이었기에 이정은 몇 년간 마음을 짓누르고 있는 고민을 털어놓았다.

'엄마…… 사실 엄마 때문에 여기 있으면서도 마음이 편하지가 않아요.'

'왜? 이모에게 무슨 일이 있었던 거야?'

'말하기 좀 그렇긴 한데, 우리 외삼촌이 3년 전에 돌아가셨거든요.'

'……외삼촌이? 왜? 어디 편찮으셨어?'

'아니, 아니. 어쩌다 그냥……. 돈 문제로 많이 힘드셨던 거 같아요.'

자살이라는 말을 대체할 수 있는 다른 표현을 찾기 위해 이정이 머리를 굴리는 사이, 석진은 눈치 빠르게 상황을 파악한 듯했다. 그의 얼굴이 창백하게 식어 간 이유를 단순히 한 사람의 죽음에 대한 애도 정도로만 여겼었다.

'그거 때문에 엄마가 많이 약해지셨어요. 최근에 안 건데, 정신과 약까지 드셨더라고

요……. 속상하게.'

몇 년간 남들에게 드러내지 못한 가슴속 깊은 곳에 있던 고민거리들을 내 속 편하자고 간신히 털어놓은 게 이렇게 큰 파장을 몰고 올 줄이야.

내가 너무 말이 많았어.

석진에게 팔이 잡힌 채로 이정은 또 흐느끼고 말았다.

"미안해요. 지금은…… 혼자 있고 싶어요."

그러다 겨우 한 말이 그거였다. 울음을 채 추스르지 못하고 겨우겨우 숨 쉬 듯 한 말에 석진의 눈에서 안타까움이 서려 나왔다.

"너 이러라고 한 말 아니야."

이정은 말이 없었다. 잠시 후, 그녀는 집으로 돌아가겠다는 듯 석진의 손을 밀어 내고 더듬더듬 짐을 챙기기 시작했다.

"그만. 이러지 마."

"내가 어떻게 안 이래요? 난 정말 아무것도 모르고……. 오빠 그렇게 가고, 우리가 다시 만났을 때도, 결국 내가 푼수짓을 해서 오빠만 더 힘들어진 거잖 아요. 아니야, 나 빼고 다 힘들었던 거잖아요. 오빠도, 엄마 아빠도. 아무것도 모르는 나는 석진 오빠 어디 간 거냐면서 부모님을 얼마나 괴롭혔는데!"

석진은 손으로 이마를 짚으며 눈을 감았다.

이러려고 용기를 낸 게 아니었는데. 나는 최대한 간결하게 말하려고 애썼는 데 왜 또 네가 슬퍼야 할까. 나라는 존재는 왜, 항상 너를 울릴까.

두서없이 주절거리면서도 이정은 자책하고 있었다. 남을 탓하지 않고 주변 사람들을 힘들게 했다며 자신을 깎아내리려 했다.

차라리 날 원망하지.

과거를 지울 수는 없으니, 그렇다면 이정에게 최선을 다하는 모습으로 면죄 부를 받아 보고자 하는 마음으로 용기를 냈는데 어떻게 된 건지 이 이야기의 전개는 복잡해져만 갔다.

"나 갈게요. 잡지 말아요."

석진이 헤매는 사이 이정이 차 문을 열고 밖으로 나가 버렸다. 폭우라는 말이 무색하지 않을 만큼 비가 쏟아지는데도 그녀는 우산도 없이 가방을 끌어안은 채였다. 뭘 생각할 겨를이 없었다. 석진도 차에서 내렸고 뛰어가는 이정을 따라 달려갔다.

그녀가 살고 있는 오피스텔 입구까지 몇 걸음이면 충분했건만 하늘에 구멍이 난 것처럼 내리는 비가 두 사람을 흠뻑 젖게 만들었다.

"오지 말라니까요."

이정이 쌕쌕 숨을 몰아쉬며 그를 올려다보았다. 그녀의 얼굴에서 흘러내리는 물이 눈물이 아니라 빗물이기를 바라며 석진이 고개를 젖혀 천장을 보았다. 그러곤 답답함을 털어놓았다.

"같이 있고 싶어서 이제야 겨우 용기 내 한 말인데, 네가 달아나 버리면."

하지만 석진은 엄살을 부리는 것에 익숙하지 못했다. 꺼내 놓은 말을 매듭짓지 못한 채 그가 다시 이정을 바라보았다.

나는 이제 어떻게 해야 해? 혼자서 할 수 있는 일은 다 했는데, 그래도 나는 자격이 없는 거야? 너는 이제 나를 보는 일이, 불편해진 거니?

오해를 풀면 모든 게 해결될 거라고 생각했던 자신의 단순함이 마음에 들지 않았다.

"연락……드릴게요. 그런데 지금은 혼자 있고 싶어요. 이해해 주세요."

이정은 그렇게 석진을 두고 종종걸음으로 사라졌다.

4

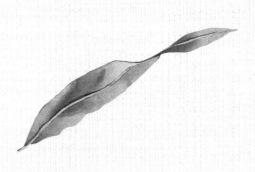

"휴."

아침 회의 시간. 곁눈질로 서로의 눈치를 살피던 「상량」의 직원들은 턱으로 석진을 가리키다 고개를 숙이기를 반복했다.

'내 첫사랑.'

기함할 만한 소리를 한 뒤 어떤 여자의 손목을 잡은 채 사라졌던 우석진 대표에 관한 소문은 스무 명 남짓한 직원들에게 일사천리로 퍼졌다.

'오, 우 대표도 남자 맞네? 그 여자 어땠어? 예뻤어?'

'화려한 미인형은 아니었어. 화장기 없이 수수하고 깨끗한 느낌? 그래도 예쁜 얼굴인 건 맞아.'

'우 대표는 도회적인 여자 좋아할 것같이 생겼는데 의외야.'

'왜? 난 그쪽이 더 잘 어울리던데. 우 대표 깔끔하고 담담하잖아. 옷도 단색으로 입고. 심지어 냉면도 밍밍한 평양냉면만 먹어!'

'참 나. 되게 어처구니없는 논리인데 은근히 설득당하게 되네?'

석진의 눈을 피해 이야기꽃을 피우던 직원들은 그 첫사랑이라는 여자가 석진을 부드럽게 만들어 주면 좋겠다는 쪽으로 의견을 모았다.

석진에 대한 직원들의 평가는 비슷비슷했다.

차가운 사람.

어딘가 모르게 어려운 사람.

그게 공통된 의견이었다. 뉴욕의 큰 에이전시에서 굵직굵직한 리모델링 프로젝트를 도맡아 했다는 경력이 무색하지 않을 만큼 일에 대한 감각이 좋고, 사람의 허를 찌를 만큼 예리한 면이 있긴 했으나 사생활에 대한 언급은 거의 하지 않는 게 석진이었다. 또 그에 공평하게 남의 일에 전혀 관심을 보이지 않기도 했다.

자신의 일을 남에게 미루지 않고 적절하게 직원들을 이끌어 가니 석진에 대한 나쁜 뒷말이 나오지는 않았으나 확실히 말을 걸기 쉬운 타입의 사람은 아니었던 것이다.

당장 지금만 해도 그랬다. 만약 두현이 여자의 손목을 잡고 사라졌다면 어제 그 여자는 누구냐, 어떤 사이냐 꼬치꼬치 캐묻고도 남았겠지만 석진에게는 그럴 수가 없었다. 석진이 몇 번째인지 모를 한숨을 쉬고 있는 마당에 그게 가당키나 한 일인가.

"네 첫사랑이 설마 네 차 긁은 여자야?"

회의가 끝나고 석진의 방으로 들어온 두현이 단도직입적으로 물었다. 직원들과 사담을 즐기는 두현이니 어제 일에 대해서 응당 보고를 받았을 것이다.

"맞아."

쉽게 수긍하는 석진의 반응에 두현의 입술이 삐죽 나왔다 들어갔다.

"그런데 왜 한숨이야? 어제 같이 저녁 먹은 거 아니었어?"

"그러게. 그 쉬운 걸 못 했다. 밥 먹는 게 뭐가 그렇게 어렵다고."

문득 어제 레스토랑 직원에게 맡긴 카드가 생각났다. 이따가 잠시 내려갔다 와야 할 듯싶었다.

"오, 대단히 어려운 여자인가 보네. 천하의 우석진을 이렇게 만들다니."

어려운 여자라. 어쩌다 최이정이 이렇게 어려운 여자가 되었지?

잘 웃고, 말을 잘 걸어 주던 상냥한 여자가 이제는 그의 연락조차 거부하고 있었다. 오전 내내 수시로 전화를 걸었지만 이정은 받지 않았다. 잘 잤냐고, 밥은 먹은 거냐고 문자로 물어도 묵묵부답이었다.

"여자에게 큰 잘못을 저질렀을 때, 어떻게 마음을 풀어 줘야 해?"

고민에 고민을 거듭했지만 뾰족한 답이 없었다. 석진은 결국 친구에게 도움을 청했다.

"잘못을 저질러? 네가?"

석진이 맥없이 고개를 끄덕였다.

이정과 자신의 문제가 단순하지 않다는 건 알았다. 하지만 지울 수 없는 과거때문에 머리를 싸매느니 차라리 아무것도 모르는 것처럼 이정에게 다가가 보는 건 어떨까 하는 싱거운 생각이 든 것이다.

"그새 무슨 잘못을 한 건데? 아니다, 아니다. 네 첫사랑이랬지? 그럼 미국에서 만났던 여자야? 뭐가 이렇게 복잡해?"

두현은 작정이라도 한 것처럼 말이 많아졌고 석진은 갈등했다. 다 이야기하자면 시간이 제법 걸릴 테고, 별개로 이정의 마음을 풀어 주고 싶은 욕심에 조급함이 밀려왔다.

"내가 과거에 잘못한 게 있는데, 그거 때문에 이 여자가 날 피해. 아, 며칠간 쭉 잘못하기도 했고……."

"에? 너 같은 녀석이 뭐 얼마나 큰 잘못을 했기에? 사고 때문에 우연히 만나기까지 해 놓고 그러는 건 좀 아닌데? 나라면 신기해서라도 확 그냥 막 그냥!"

두현의 말처럼 이렇게 믿을 수 없는 우연으로 재회해 놓고서 반갑다는 내색조차 할 수 없는 인연이 석진에게도 버겁긴 했다.

이정은 지금도 울고 있을지도 몰랐다. 과거를 곱씹고, 머리를 싸매다 또다시 자신을 자책하고 있을지도. 혼자 슬퍼할 그녀의 모습이 너무 선명해서 더욱 답답했다. 그러니 이 답답함을 이젠 떨쳐 내야만 했다.

"좀 복잡해. 화를 푸는 것까진 안 바라고 내 연락이라도 받았으면 좋겠는데 답이 없어."

아침 출근길. 이정의 집 앞에 차를 세워 두고 전화를 했었다. 하지만 그녀는 받지 않았다. 혹시나 밤새 잠을 설치다 겨우 눈을 붙인 그녀를 깨울까 봐 더 이상 전화를 걸 수 없었던 그는 마음이 무거워진 상태로 회사에 출근했다.

그 이후 쭉 이런 상태였다. 연락을 하면서도 걱정이 되어 자주 전화를 할 수 없는. 문자조차 조심스러운.

"와, 이거 실화야? 우석진이 여자 때문에 고민하는 게?"

"그만 놀리고 좀 도와주지?"

"양심도 없는 시키. 넌 도움을 청하는 사람의 자세가 안 됐어."

제대로 이야기를 해 주지도 않고 실속만 챙기려는 석진이 얄밉긴 했으나 두현은 미간을 긁으며 적절한 답을 고민했다.

어쩌겠어. 회사 동료이기도 하고, 대학 동창이기도 하고, 그 누구보다 가장 친하다고 말할 수 있는 절친의 일인 것을.

"아무튼 너, 조만간 자초지종은 다 이야기해 주기다?"

"알겠으니까 빨리 생각이라는 걸 좀 해 봐!"

"참 나. 자기가 할 생각을 나한테 미뤄 놓고 재촉은."

뻔뻔하게 나오는 석진이 낯설면서도 우스웠다.

어디 보자, 우석진에게 가장 어울리는 사과법이라…….

가볍게 말을 툭툭 뱉는 부류들과 다르게 매사 신중하지만 조근조근 사람의 마음을 달래 주는 데는 소질이 없는 사람이 우석진인데…….

"그럼 이건 어때?"

두현이 비장하게 한쪽 입꼬리를 올리자 석진의 눈 속에 기대감이 스쳤다.

"넌 말로 해서는 안 될 놈이야. 말 없는 게 멋있어 보이는 건 썸 탈 때나 그런 거고, 지금 같은 상황에서 네가 평소처럼 굴면 그나마 있던 마음도 다 까먹어."

"……그럼?"

제법 진지하게 눈썹을 들어 올리는 석진을 빤히 보던 두현의 시선이 점점 더 아래로 향했다. 높게 선 콧날, 꽉 다물린 입술, 곧은 목선과 남들보다 한 뼘은 더 넓은 어깨를 지나 그의 배꼽 아래까지 눈을 내리던 두현이 의미심장한 웃음을 지었다.

"내가 사우나에서 보니까 너, 그냥 벗은 몸을 보여 주는 게 더 빠를 수도 있어."

툭.

가차 없이 두현을 향해 이면지를 구겨 던진 석진은 세상 쓸데없는 대화에 한탄하며 모니터를 보았다. 답답함에 한숨이 저절로 밀려왔다.

저놈을 믿은 내가 바보지.

✳ ✳ ✳

한숨도 자지 못해 머리가 아팠다. 그런데도 잠이 찾아올 기미는 없었다.

"이러다 정말 죽을 수도 있겠어. 못생김도 병명이 되나?"

욕실 거울을 보던 이정은 혼잣말로 어색한 농담을 했다. 하지만 농담을 들은 거울 속 사람은 웃지 않았다. 푸석해진 얼굴이 보기 싫어 거울 위로 물을 끼얹어 버렸다.

뜬눈으로 밤을 새우는 날이 길어지고 있었다.

우석진.

그가 나타난 이후로 이정은 잠을 이루지 못했고 음식을 넘기지 못했다.

'우리 어머니가 너희 외삼촌에게 엄청난 빚을 진 모양이야.'

떨쳐 내고 싶지만 귓가엔 석진의 담담한 목소리가 생생하기만 했다. 한때는 근사하게 들렸던 그 목소리가 이렇게 사람을 괴롭힐 줄 몰랐다.

모르는 동안엔 눈치채지 못했다 해도, 알고 나서 돌이켜 보니 사건은 생각보다 심각했더랬다. 이정이 체감한 건 빙산의 일각에 불과할 정도로 단편적인 것들이었겠지만, 사실 그 정도만으로도 집안 분위기는 충분히 어둡고 무거웠다.

'어쩌자고 그랬어! 어쩌자고!'

석진이 떠난 지 얼마 되지 않은 어느 날. 그날따라 늦은 귀가를 한 이정이 현관문을 열고 집에 들어가기가 무섭게 걸음을 멈췄다.

'가족도 없는 사람처럼 자기 하고 싶은 대로 다 하고 산 걸로도 모자라 지금 돈 이야기가 나와? 네가 사람이야? 사람이 어떻게 이래?'

열려 있는 안방 문틈으로 울려 퍼지는 엄마 석지영의 울분 섞인 목소리는 사람을 소름 돋게 만드는 서늘함을 지니고 있었다. 이정이 기억하는 한, 이제껏 엄마는 저토록 크게 소리를 지르고 화를 낸 적이 없었다.

누가 착한 내 엄마를 흥분하게 만든 거지?

가방끈을 쥐고 있는 손에 힘이 들어갔다.

최근 엄마가 멍하니 넋을 놓고 있거나 아빠와 안방에서 뭔가를 의논하는 일이 잦긴 했는데 그러한 정황들이 지금 엄마가 이야기하는 문제와 연관이 있는 것일까?

하나 당장 안방으로 달려갈 수는 없었다. 아직은 어리다는 소리를 듣는 나이일지언정, 심상치 않은 분위기 정도는 파악할 만큼 자라 있었다.

'누나! 내 잘못은 내가 아니까 그 소리는 이제 그만 좀 해.'

그리고 곧 외삼촌 석택수의 목소리가 들렸다. 이정의 미간에 주름이 생겼다. 그러고 보니 사흘이 멀다 하고 이정의 집을 드나들던 외삼촌이 꽤 오랜만에 방문한 것도 같았다. 외삼촌의 방문에 뜸해진 데는 뭔가 이유가 있었던 모양이다.

'아는 애가 그래? 다 아는 애가 왜 그렇게 모자란 짓을 했냐! 나도 염치라는 게 있어. 뭘 얼마나 더 도와줘야 해? 나 정말 네 매형 볼 면목이 없어서 죽을 거 같아. 그러게 누가 그래? 알뜰살뜰 살면 남부럽지 않게 살 애가 왜 그런 미친 짓을 해?'

'내가 이렇게 되기까지 누나도 일조했다는 생각 안 들어?'

'뭐라고?'

'누나와 친한 사람이 아니었다면 그런 식으로 투자하지 않았을 거라고!'

'너 지금 그게 나한테 할 소리야?'

헙.

이정은 놀란 소리가 새어 나갈세라 얼른 두 손으로 입을 가렸다. 순간 눈에 안압이 몰리며 눈이 튀어나오기라도 할 것처럼 커졌다.

이정이 아는 지인들 중 가장 부자인 사람이 바로 외삼촌 석택수였다. 평소 서글서글한 성격의 소유자인 택수는 스스로를 '부자 외삼촌' 이라 일컬으며 이정과 이정의 동생 이준에게 넉넉한 용돈을 쥐여 주곤 했다.

실제로 택수는 인근에서 큰 식당을 운영했고, 사람들이 줄을 서서 먹을 정도로 식당이 문전성시를 이루는 것 또한 잘 알고 있었기에 이정은 택수의 경제적 능력을 의심해 본 적이 없었다.

그런데 지금, 엄마와 삼촌이 돈 문제로 싸우고 있다. 살갑게 서로를 챙기던 남매가 다시는 안 볼 사람처럼 목소리를 높이고 있는 것이다.

'누나, 이제 왔어?'

그때, 잠옷 차림의 이준이 눈을 비비며 방에서 나왔고 일순 안방이 조용해졌다. 그리고 곧 안방 문이 활짝 열리며 지영이 모습을 드러냈다.

'이정이 왔니? 이준이는 왜 깼어? 무서운 꿈 꿨어?'

지영은 어색한 눈으로 이정을 살피면서도 이준의 등을 토닥여 주었다. 이정은 지영을 뒤따라 안방에서 나온 택수에게 '안녕하세요.' 라고 인사한 뒤 눈치껏 자신의 방으로 들어갔다.

그 이후 이정은 아무것도 듣지 못한 사람처럼 지영을 대했다. 딱 봐도 지영이 택수로 인해 속을 끓이고 있는 듯했지만, 가뜩이나 심경이 복잡할 엄마를 들쑤시고 싶지 않았다.

하지만 손바닥으로 하늘을 가릴 수는 없었다. 이정이 무딘 사람처럼 모른 척해도, 집 안에 드리워지는 검은 그림자는 이정의 하늘에도 그늘을 만들었다. 마치 이래도 최이정 네가 아무렇지 않은 척할 수 있겠느냐고 시험하는 것처럼 가슴 아픈 날들이 이어졌다.

엄마는 고개를 떨어뜨렸다. 아빠가 노후를 위해 사 뒀던 시골 땅을 팔아 외삼촌의 부도를 잠시나마 늦춰 준 걸 알게 된 날에.

엄마는 말라 갔다. 야반도주를 한 외삼촌의 식구들이 자취를 감춘 뒤로.

엄마는 결국 실신했다. 외삼촌이 싸늘하게 식은 주검으로 발견되었다는 연락을 받고서.

꽃같이 곱고 순정 만화 속에 나오는 여자 주인공처럼 밝고 명랑했던 지영은 그렇게 빛을 잃어 갔다.

"하……."

먼 과거에서부터 시간을 거슬러 오던 이정은 끝끝내 욕실 바닥에 주저앉고 말았다.

시간이 약이 된 것인지, 가족들의 극진한 보살핌 덕분인지, 최근 지영은 기력을 되찾아 가고 있었다. 예전만큼은 아니라도 자주 웃음을 보였고, 의욕적으로 부엌살림을 하려 들었다. 최 교수가 이제야 한시름 놓았다는 말을 한 게 불과 몇 달 전이었다.

그런데 이게 무슨 운명의 장난이란 말인가.

"답답해."

제법 괜찮은 서른 살을 보내고 있다고 생각했다. 업계에서 능력을 인정받을 정도로 착실하게 커리어를 쌓아 왔고, 지금보다 미래가 더 나을 거라고 스스로를 호되게 채찍질하며 하루하루를 열심히 살아왔다.

그런데 종종 꿈에 등장해 가슴 한구석을 싸하게 만들던 남자가 실제로 인생 한복판에 등장해 심장을 흔들어 놓고 있었다.

답을 보내지 않아도 수시로 날아오는 문자 메시지들, 끝끝내 받지 않아도 수시로 걸려 오는 전화가 하루에도 몇 번씩 이정의 가슴을 덜컹거리게 만들었다.

집으로 죽이 배달되었다. 커피도 배달이 되는 세상이라는 걸 최근에서야 알게 되었다. 넋을 놓은 사이, 리시안 한 다발이 현관문 앞에 놓여 있기도 했다.

배달원들은 이정이 음식과 꽃을 되돌려 보낼 틈도 없이 현관문 앞에 물건만 놓은 채 사라졌고, 이정은 그렇게 석진이 보낸 것들을 받아들여야 했다. 답답했다. 그런데도 그에게 이것들 다시 다 가져가라는 연락을 할 수가 없었다.

석진이 존재감을 비칠 때마다, 이정은 현재의 석진이 어떤 사람인지를 생각해 보곤 했다. 직원들에게 대표님이라는 소리를 듣던 그 남자는, 겉모습만 봐서는 아쉬울 게 없는 사람이었다. 눈이 갈 정도로 잘생긴 외모를 가진 데다 틈이 보이지 않는 치밀한 분위기를 풍기기까지 하니 그가 손만 내민다면 어느 여자라도 그의 손을 잡지 않고는 배길 수가 없을 터였다.

'내 첫사랑.'

그런 남자가 나를 첫사랑이라고 말했다. 좋아했다는 말과 첫사랑이라는 말은 왜 그토록 다르게 다가오는 것인지.

심지어 어젯밤엔 오피스텔 앞에 세워진 그의 차를 보고 놀라서 몸을 숨기고 말았다. 석진은 자꾸 그답지 않은 행동으로 이정을 놀라게 했다.

그는 무엇을 원하고 있을까? 나보다 더 많은 걸 알고 있으면서도 나를 원하는 건가? 이 모든 걸 다 어떻게 감당해 내려고. 정작 자기도 무서워서 도망쳐 놓고선.

그래. 이 남자, 겁쟁이잖아. 두 번 떠난 남자는 세 번도 떠날 수 있는 거야.

정말로 내가 그의 첫사랑이었다면, 적어도 그는 나를 떠나서는 안 됐다. 스물한 살, 그때야 어려서 그랬다고 이해해 볼 수도 있겠지만 3년 전 제주도에서는 그렇게 홀연히 사라져서는 안 될 일이었다.

절대로 넘어가지 말아야지. 깊어질수록 아픔만 기다리고 있을 관계 따위, 무시하고 살아야지. 나를 위해서. 또 가족들을 위해서.

이정은 마음을 다잡았다.

✳ ✳ ✳

그렇게 시간은 1주일이 지나 있었다. 문화 센터 수업을 위해 집을 나선 이정은, 뜨거운 햇살이 낯설어 눈을 찡그렸다.

이정은 식물 세밀화를 그리는 일을 했다. 열심히 그림만 그리면 되는 직업의 특징상 집에서의 은둔 생활은 어렵지 않았다. 1주일에 두 번 있는 문화 센터 강의나 친구들과의 만남, 업무차 미팅이 있는 게 아니라면 이정은 거의 집 안에 머물렀다. 식물의 표본을 구하기 위해 1년에 몇 번 서울을 벗어날 때도 있었지만 그 외의 시간엔 주로 집에서 작업을 했다.

1주일 정도 집을 벗어나지 않은 건 특별할 것도 없는 일이건만, 오늘 햇살은 유독 부담스러웠다. 오래된 오피스텔에는 지하 주차장이 없었기에 건물 옆에 붙어 있는 지상 주차장에 차를 세워 두어야 했는데, 50미터 남짓한 그 길을 걷는 내내 이정은 얼굴을 찡그리고 있었다.

제 발로 석진이 일하고 있는 곳에 가야 한다는 사실이 마뜩잖았다. 줄기차게 연락을 해 오는 그의 행동으로 판단하건대 어쩌면 그는 문화 센터 앞에서 자신을 기다리고 있을지도 몰랐다. 그를 외면하는 법에 서툴렀기에 마음이 천근만근이었다.

속으로 오만 가지 상황을 상상하며 문화 센터에 도착했을 때였다. 예상과는 달리 석진의 모습은 보이지 않았고 이정은 찰나 허무함을 맛봤다. 다행스러운 상황인 건데 이상하게 기분이 가라앉았다.

"자, 한 주간 잘 지내셨나요? 과제 좀 볼까요?"

수요일 강의를 듣는 수강생들과 목요일 강의를 듣는 수강생들 사이에는 교집합이 없었기에 지난주 석진이 만든 '첫사랑' 에피소드에 대한 소란도 없었다. 내일 강의에서 호들갑을 떨 수강생들이 지레 두려웠지만 그건 그때 생각해 보기로 했다.

"수고 많으셨습니다."

세 시간에 걸친 수업은 무난하게 마무리되었다. 오전 10시에 시작되었기에 수업이 다 끝났음에도 시간은 겨우 오후 1시 남짓이었다.

곧장 지하 주차장으로 가야지.

이정은 그렇게 엘리베이터를 향해 걸음을 옮겼다.

하지만 제법 무난했던 몇 시간은 쉽사리 연장되지 못했다. 엘리베이터 앞에 서서 자신을 향해 손을 흔드는 사람을 본 순간, 이정은 그 자리에 우뚝 멈춰 섰다.

"최이정 작가님!"

큰 소리로 이정을 부른 남자가 조금 더 빠르게 손을 흔들었다. 이정으로서는 생각지도 못한 만남이었다.

"여기 어쩐 일이세요?"

이정은 남자를 향해 다가갔다.

"마침 여기 지나가다가 작가님 생각이 난 거 있죠? 전에 여기서 강의한다고 하신 거 기억하고 있었거든요. 회사 법인카드도 있겠다, 우리 작가님 맛있는 것 좀 사 드리려고 하는데 점심 같이 드시겠어요?"

"점심이요?"

이정이 되묻자 남자가 환한 미소를 지으며 눈을 설핏 찡끗거렸다.

문용진이라는 이름을 가진 남자는 출판사 편집 팀의 팀장직을 맡고 있으며, 이정과 함께 어린이를 위한 식물도감 시리즈를 하나씩 완성해 가는 중이었다. 이정은 그 식물도감에 들어갈 세밀화를 담당하고 있는 사람 중 한 명이었다.

함께 같은 목표를 향해 달려가는 사이이니 밥 한 끼 먹는 거야 별반 어려울 게 없었지만, 이정은 선뜻 대답할 수가 없었다. 평소 일을 핑계로 연락해 집요하게 근황을 묻는 용진을 불편하게 여겨 왔기 때문이었다.

용진은 법인카드를 내세우며 비즈니스 관계를 돈독히 하기 위한 식사 자리임을 강조하고 싶었는지 모르나, 이정은 부담을 한가득 집어먹고 말았다. 용진이 강의 스케줄을 기억하고 있다는 것도, 용진이 자신을 기다리고 있었다는 것도, 무엇보다 용진이 서른세 살의 미혼 남자라는 것도, 이정에겐 불편했다.

"이 빌딩 1층에 「피아토」라는 레스토랑이 있는데 거기 파스타가 되게 맛있다고 하더라고요."

이정이 대답을 미루는 사이 용진은 자연스럽게 적당한 자리를 들먹거렸다. 특유의 사람 좋은 웃음을 지어 가면서.

그는 절대 몰랐을 것이다. 그가 고심해서 선정한 레스토랑 이름을 듣는 순간, 이정이 아프리만큼 입술을 깨물었던 사실을.

"밥은 괜찮고, 차나 한잔하시죠. 마침 의논드릴 일도 있었어요."

석진과 함께 가서 고스란히 음식을 남기고 온 레스토랑에 다시 제 발로 들어갈 순 없었다. 식욕도 없는 마당에 굳이 다른 식당을 고르고 싶지도 않았다. 이정은 적당한 선에서 타협안을 제시했고 용진은 아쉬움이 가득 담긴 미소를 지으며 "좋습니다."라고 말했다.

이정은 더욱 세게 입술을 깨물었다. 요즘 들어 입술을 깨무는 일이 잦았다.

"요즘 엄마들 눈이 얼마나 높은지, 애들 그림책 하나를 고르는 데도 깐깐하기가 이루 말할 수가 없어요. 내용이 좋은가, 글밥은 적당한가, 그런 것들은 당연히 꼼꼼하게 살피는 거고, 최근엔 그림이 예쁜가에도 엄청 신경을 쓰더라고요. 좋은 그림이 아이의 창의력을 높여 준다고 믿는 거죠."

"네에."

이정이 지정한 커피 전문점에서 음료가 나오기가 무섭게 용진이 일 얘기를 꺼냈다. 용진은 정말 일 문제로 찾아온 것처럼 열심히 말을 하며 이정의 얼굴을 빤히 들여다보았다.

이정은 용진의 시선이 자신에게 향한 것도 모른 채 내내 딴생각 중이었다. 석진의 회사가 있는 빌딩이 아닌, 바로 옆 건물로 용진을 끌고 온 자신의 노력이 부디 헛되지 않았으면 좋겠다는 바람이 그 생각 속에 섞여 있었다. 그러지 않아도 생각이 정리되지 않은 마당에, 초췌해진 낯으로 석진을 볼 자신이 없었다.

"실사가 아닌 그림이 들어간 식물도감을 선호하는 현상이 처음엔 낯설었거든요? 사진보다 더 정확한 게 어디 있다고 저럴까, 저 같은 미혼자는 그렇게 생각할 수밖에 없어요. 그런데 작가님 그림을 보고 생각이 확 바뀌었다니까요? 와, 그림이 사진보다 더 정확하고 예쁘고……. 실제로 지난번 야생화 도감 시리즈도 반응 정말 좋았잖아요."

"……잘 도와주신 덕분이죠."

용진은 쉴 새 없이 말했고 이정은 게으르게 느린 대답을 했다. 하지만 석진을 향해 달려가는 이정의 의식은 부지런했다.

문화 센터와 주차장만 오가겠노라고 석진에게 먼저 말했던 건 자신이었는데 그 말을 지키지 않았다는 게 불편했다. 누구도 시키지 않은 일이었건만 잘못을 한 사람처럼 가슴이 옥죄었다. 요즘 뜻하지 않게 그와 맞닥뜨리는 우연이 반복되어서인지, 진정시켜 보려 해도 심장이 벼랑 끝에 매달린 것처럼 아슬아슬하게 움직이고 있었다.

"……."

유리창 너머에서 바쁘게 오가는 사람들을 의미 없이 보면서도 저 중 혹시나 석진이 있는 건 아닐까 하는 긴장감에 수시로 손을 움켜쥐던 이정은, 결국 손수건을 꺼내 손바닥을 닦았다. 실내 온도가 20도도 되지 않겠다 싶을 만큼 에어컨이 세게 돌아가고 있건만 어쩐지 자꾸 땀이 났다.

은둔 생활을 하며 보내던 어느 날, 문득 내가 그를 왜 피하고 있는지에 대해 의구심을 가져 본 적이 있었다. 가족들이 힘든 시간을 보내게 한 사건의 근원에 석진의 어머니가 있었다는 사실에 놀란 것이 그를 피하게 된 시발점이긴 했지만, 과연 그 이유가 전부인 걸까.

'엄연히 따지자면 그 사람도 피해자가 아닐까. 겨우 스물한 살이었는데 그 사실이 얼마나 무서웠을까. 스물한 살이면 정말 아무것도 모를 나이인데.'

며칠간 머리를 싸매고 고민하던 이정은 석진에 대한 이해심과 동정심이 움튼 걸 깨닫고 헛웃음을 터트리고 말았다.

누가 누굴 이해하려 드는 거야?

스스로가 한심해서 기가 막혔다. 생각이 거기까지 미치니 그를 만나서는 안 될 이유를 알 것도 같았다.

석진에 관한 거라면 모든 게 다 예외가 되었다. 하지만 그 예외를 인정하면 아프게 될 것이다. 아픈 건, 이제 싫었다.

"근데 무슨 일 있으세요?"

마른 눈으로 멍하니 먼 곳을 보고 있던 이정은 깜짝 놀라 자세를 고쳐 앉았다. 용진의 투박한 손바닥이 그녀의 얼굴 앞에서 흔들리고 있었다. 이정은 어색해서 괜스레 커피 잔을 집어 들었다.

"아, 아녜요."

"에이, 아닌 게 아닌데요? 그러고 보니 오늘 낯빛이 굉장히 안 좋아요. 혹시 마감 날짜 때문에 너무 무리하시는 거 아니죠? 그 정도는 제가 조율해 드릴 수 있으니 부담 가지지 마세요."

성실하게 차근차근 일하는 중이었고 이대로라면 무난하게 마감 날짜를 지킬 수 있겠다고 예상하는 중이었지만, 이정은 일단 어색한 웃음을 장착하고 고개를 주억거렸다.

끄덕, 끄덕, 끄덕.

그렇게 미세하게 움직이던 찰나 익숙한 넓은 등이 보였다. 이정의 눈이 가늘어졌다.

"……."

그러다 다시 번쩍하고 커진 눈이 한 남자의 각진 어깨를 주시하기 시작했다.

대낮의 진한 햇살을 고스란히 반사시킬 만큼 하얀 셔츠를 입은 넓은 어깨의 주인, 그는 이정을 이유 없이 숨게 한 장본인, 우석진이었다. 그가 아닐 거라고 부정하고 싶었으나 세상에 저렇게 넓은 어깨를 가진 남자는 흔치 않았다. 그리고 이정이 어깨만으로 알아볼 수 있는 남자 또한 이 세상에서 석진이 유일했다.

석진은 화면에 도면이 떠 있는 노트북을 테이블 위에 놓고서 고객으로 보이는 사람과 이야기를 나누는 중이었다. 그의 얼굴은 보이지 않았으나 노트북 화면 앞을 오가는 손과, 집중하여 석진의 말을 듣고 있는 중년 남자의 모습이 제법 진지한 분위기를 자아냈다.

이쯤 되니 신기하지도 않았다. 다만 억울했을 뿐.

의도치 않게 자꾸만 이상한 우연이 반복되게 하는 존재가 누구인 것인지 궁금할 지경이었다. 온몸에 퍼진 세포들까지 알아서 크기를 줄일 만큼 긴장하였음에도, 그건 어디까지나 혼자만의 부질없는 몸부림이었다.

한낱 우연 앞에서는 결국 아무것도 아닌 것을.

"아는 분이세요?"

애석하게도 이정은 자신이 보고 있는 사람이 누구인지 감추지 못했고, 용진은 진작부터 고개를 돌려 석진의 뒷모습을 훑고 있었다.

"아니요."

이정은 미련 없이 짐을 정리했다.

"저기, 팀장님. 일어나시죠."

석진을 본 이상 이곳에 앉아 있을 수 없었다. 그가 자신을 발견하기 전에 어서 떠나야 했다.

"저와 의논하실 일 있다고 하셨잖아요."

"네, 아, 저기."

마음이 너무 급했던 탓에 용진에 대한 배려가 없었다는 걸 자리에서 일어난 후에야 깨달았다.

그 순간 석진의 노트북을 다시 본 건 순전히 무의식이 시킨 일이었다. 앉아 있을 때보다 한껏 높아진 위치에서 석진의 노트북을 보게 되었을 때, 그의 노트북 화면에서 도면이 휙 사라지고 바탕화면이 나타났다.

"……."

아니, 저건…….

당장이라도 카페를 나갈 것처럼 굴던 이정은 그 자리에 선 채 다음에 해야 할 일을 잊고 말았다. 차가운 에어컨 바람이 명치끝을 파고들어 피를 얼려 버린 것인지, 도통 몸을 움직일 수가 없었다.

"최이정 작가님!"

용진의 목소리가 커진 건 당연한 수순이었다. 그리고 그 목소리에 석진이 뒤돌아본 것도 당연했다. 그가 돌아보기 0.1초 전에 그걸 예상했는데 막상 그와 눈이 마주치니 가뜩이나 굳은 몸이 더욱 딱딱해져 버렸다.

"이정아."

기어코 만남이 성사되었다.

숨고, 피하고, 외면했음에도 이루어진 만남.

석진 또한 놀랍다는 얼굴로 그녀에게 다가왔다.

"강의 끝나는 시간 기다리고 있었는데, 갑자기 급한 미팅이 잡혔어. 그러지 않아도 전화하려고 했는데 이렇게 만날 줄은 몰랐네."

석진은 아무 일도 없었던 것처럼 말했다. 왜 연락이 되지 않았느냐 탓하려 들지도 않았고 지나치게 반가움을 드러내지도 않았다. 제3자가 보기에 두 사람은 강의가 끝난 후 만나기로 약속한 사람을 같았을 것이다.

당신, 참 많이 변했네요.

뻣뻣하기만 했던 사람이 언제 이렇게 유연해진 건가요?

이정이 울분을 담아 석진을 쏘아보는 사이 석진의 고객으로 보이는 인물이 볼일이 다 끝났다는 듯 먼저 인사를 하고 사라졌다.

"흠흠."

용진이 어색함에 헛기침을 했다. 이정이 모른다고 했던 남자가 다정하게 이정의 이름을 부르고 그녀의 일정을 언급한다. 이정이 거짓말을 한 건 기정사실화되어 버렸고 이제 중요한 것은 저 남자와 이정이 무슨 관계인지를 파악하는 거였다. 하지만 용진은 말할 기회를 금방 빼앗겨 버렸다.

"아, 누구…… 만나는 중이었던 거야?"

석진과 눈이 마주치자 용진이 묵례를 했다. 석진 또한 적당히 고개를 움직이며 예의를 표했다. 하지만 이정에겐 그런 사사로운 것들이 보이지 않았다.

그녀는 다시 석진의 노트북 바탕화면을 주시했다. 그녀가 무엇을 보는지 궁금해 고개를 돌린 석진은 멋쩍은 듯 어색한 표정을 지었다. 이정은 믿을 수 없다는 얼굴로 석진을 다시 노려보았다.

미세하게 떨리는 미간과 입술 끝, 그리고 흔들리는 눈동자.

아무렇지 않은 척 나를 불러 놓고서 지금 떠는 거야?

우석진 당신, 이런 것도 할 줄 알았어?

이정의 가슴 한가운데에 여름의 들판이 펼쳐졌다. 그리고 그 들판을 가득 메운 쑥부쟁이들이 일제히 꽃을 피우기 시작했다.

그 꽃들이 곧 시들어 버린다 해도, 일단 지금은.

"팀장님, 죄송한데 먼저 가 보겠습니다."

"네?"

이정은 일방적으로 용진에게 만남의 끝을 알렸다.

"죄송해요. 이분이랑 할 얘기가 좀 있어서요. 일에 관해 의논하고 싶었던 건 메일로 보내 드릴게요."

낯선 행동만 하는 이정이 적응되지 않았지만 용진은 주춤주춤 자리에서 일어났다. 그러면서도 그는 호기심을 참지 못하고 물었다.

"작가님, 그런데 누구십니까?"

용진이 석진의 존재에 대해 물었을 때, 이정은 단 1초도 주저하지 않고 대답했다.

"제 첫사랑이요."

"……."

이정의 한마디에 상황은 종결되었고 석진의 마음속에도 한여름의 들판이 펼쳐졌다.

"……."

이름 모를 들꽃들이 어지럽게 피어 있는 그 들판에서는 석진이 기존에 이름을 알던 화려한 꽃 같은 건 찾아볼 수 없었다. 하지만 아쉽지 않았다.

들꽃의 향을 흠뻑 들이켰을 때 느껴지는 기분 좋은 아찔함과, 들꽃을 가만가만 어루만질 때 손등을 간지럽히는 바람의 시원함, 그리고 그 들꽃들의 이름을 하나하나 가르쳐 주던 여자를 바라볼 때의 두근거림.

그 모든 것들을 알게 해 준 한여름의 들판은 석진의 천국과도 같았다. 절대적이고, 고귀했다.

첫사랑이라는 말에 지나치게 떨어 버려서 석진은 아무 말도 하지 못했다. 말이 없는 건 이정도 마찬가지였다. 용진을 두고 커피숍을 나오면서도, 태양이 수직으로 꽂히는 도시 한가운데를 지나 석진의 회사가 있는 빌딩 로비에 들어서면서도 두 사람은 아무 말도 하지 않았다.

"점심은 먹었니?"

먼저 말을 한 건 석진이었다. 일 때문에 매일 오가는 익숙한 공간에 들어서자 넘실대던 감성이 누그러지고 이성이 제 크기를 키운 것이다.

"그것보다, 우리 어디 가서 이야기 좀 해요. 여기 말고, 조용한 곳에서."

이정은 석진의 손에 들린 노트북을 내려다보며 웅얼거렸다.

그녀가 무엇을 보고 놀란 것인지, 무엇을 궁금해하는 것인지 석진도 모르지 않았다.

"그럼 내 차로 가자. 조용한 곳, 알아."

이정이 제안을 마다하지 않고, 엘리베이터를 향해 앞서 걸었다. 그사이 석진은 직원으로 추정되는 누군가에게 전화를 걸어 부재를 알렸다.

석진이 차를 세운 곳은 한강 둔치였다. 1주일 전 비가 제법 많이 내린 탓인지 한강의 표면은 평소보다 더 적극적으로 넘실대고 있었다.

에어컨을 끄기엔 살인적으로 더운 날씨였다. 차창으로 들어오는 햇살만으로도 살갗이 익을 것 같았지만 이정에겐 사람을 괴롭히는 날씨 따윈 중요치 않았다.

"좀 놀랐어. 아니, 사실은 많이 놀랐어."

그리고 석진이 왜 놀랐는지 따위도 중요하지 않았다. 놀란 이유야 우연히 만나서거나 첫사랑이라는 말 때문일 것인데 먼저 겪어 본 입장에서 그런 종류의 놀라움은 이제 시시한 편에 속했다.

"노트북 좀 보여 주세요."

단도직입적인 말에 석진이 그럴 줄 알았다는 듯 눈끝을 접었다. 그러고는 뒷좌석에 놓아둔 노트북을 보고 한숨지었다.

"커피숍에서부터 갈등했어요."

당장 노트북을 빼앗아서 제대로 확인하고 싶은 욕구를 얼마나 참았는지 모른다. 커피숍에서는 그럴 틈도 없이 석진이 노트북을 접어서 위기를 넘겼고, 여기까지 왔지만 더는 미룰 수가 없었다.

이정은 적극적으로 몸을 돌려 노트북을 손에 넣었고 망설임 없이 그것을 펼쳤다. 곧 그녀의 눈동자에 꽃 한 송이가 맺혔다.

"……."

말릴 새도 없이 비밀을 들킨 석진은 시선을 차창 밖 먼 곳으로 돌려 버렸다.

"이 그림이…… 왜 여기에 있어요?"

왜 여기에 있는지 대충이나마 짐작할 수는 있었지만 그래도 이정은 소리 내어 물었다.

석진의 노트북 배경화면으로 깔려 있는 사진은 3년 전 이정이 제 손으로 버린 그림이었다. 하얀 종이 위에는 쑥부쟁이 한 송이가 곱게 피어 있었다.

작은 동그라미 모양으로 모인 노란 꽃술이 중심을 이루고, 연보라색의 꽃잎들이 촘촘하게 그 주위를 둘러싼 소박한 꽃 쑥부쟁이. 여름 들판에 차고 넘치는 꽃이 쑥부쟁이일지언정 이정에게는 그 꽃이 주는 의미가 컸다.

'오빠, 저 꽃 이름이 뭔지 알아요?'

'어떤 거?'

'저기, 한 무더기 피어 있는 연보라색 꽃.'

'그냥 들꽃 아닌가?'

'에이, 저렇게 질서 없이 피어 있어도 다 이름이 있어요. 저건 쑥부쟁이라는 녀석이고.'

'쑥부쟁이? 쉬운 이름은 아니네. 평범한 이름도 아니고.'

'그래도 꽃말은 평범해요.'

'뭔데?'

'기다림.'

'그게 너에겐 평범해?'

'기다리는 게 뭐 어려워요? 잘 참으면 되는 건데요 뭐.'

설렘, 희망, 사랑. 또 다른 어떤 꽃들의 꽃말이기도 한 단어들. 그 모든 것들을 쉽게 여기던 시절이었다.

기다림도 그랬다. 여름이 끝나기 전에 석진이 미국으로 돌아가야 한다는 건 알았지만 석진을 쉽게 좋아한 만큼 기다림도 쉬울 거라 믿었다. 하나 막연히 누군가를 기다리는 일이 쉽지 않다는 걸 곧 깨닫고야 말았다. 인생이 그랬다.

식물 세밀화를 그리는 일이 제법 손에 익었음에도 선뜻 쑥부쟁이를 그리려는 시도를 하지 못했다. 기다림이 얼마나 어려운 것인지 배웠기에, 쑥부쟁이를 그리는 일도 어려울 거라 생각했다.

다 지난 일이라고, 그저 좋은 추억일 뿐이라고, 석진에 관한 모든 걸 인정하게 된 게 스물일곱 살 무렵이었다.

이정은 쑥부쟁이를 그려 보기로 했다. 하는 일이 이건데, 그 꽃 한 송이 그리는 게 뭐 얼마나 어렵겠어, 하고 연필로 옅게 선을 그었다.

시작은 쉬웠지만 그다음은 어려웠다. 꽃을 최대한 실사처럼 그리기 위해 얼마나 많은 연구를 했는지 모른다. 좋은 표본이 될 만한 쑥부쟁이를 찾기 위해 들판을 헤집고 다녔고, 손가락 마디가 아플 정도로 붓을 움직인 끝에야 완벽한 쑥부쟁이 한 송이를 얻을 수 있었다.

'이게 뭐라고 그렇게 집착해?'

누군가의 참견을 들은 뒤에야 깨달았다. 이게 뭔지, 이게 뭘 의미하는지. 쑥부쟁이 꽃 한 송이를 힘겹게 피워 낸 건, 기억을 간직하고 싶다는 고집이 이뤄낸 성과였다. 그리고 그 기억 속에는 석진이 있었다.

그 이후, 이정은 얇은 스케치북 속에 그려진 꽃 한 송이를 누구에게도 보여 주지 않았고 가방 속에 항상 넣어 다녔다. 지나간 첫사랑을 여전히 그리워할 만큼 어리지 않다고 여기면서도, 그로 인해 가지게 된 살랑거리는 마음과 그에게 직접 할 수가 없어서 꽃으로 대체한 집착에 대한 추억 정도는 간직하고 싶었다.

스케치북을 들고 다닌 지 정확하게 3주일이 지났을 때, 제주도에서 석진과 재회했다. 그 운명 같은 만남에 가슴이 뛴, 이정은 이 모든 것이 자신이 그린 쑥부쟁이 때문은 아닐까, 하는 다소 바보 같고 억지스러운 추측을 했다. 무슨 일을 하느냐는 석진에게 대답 대신 스케치북을 보여 주면서, 이 쑥부쟁이 한 송이가 충분한 대답이 되었겠구나 생각해 보기도 했다.

하지만 그로부터 24시간이 채 지나지 않아 이정은 스케치북을 쓰레기통에 집어 던져 버렸다. 그리고 그 뒤로는 쑥부쟁이를 그리지 않았다. 식물도감 야생화 편의 삽화를 도맡아 그리면서도 쑥부쟁이 그림만큼은 다른 식물 세밀화 화가에게 업무를 분담시켰다.

그렇게 멀어진 그림을 이렇게 다시 보게 될 줄이야. 자기 자식을 알아보지 못하는 부모가 없듯, 자기 그림을 알아보지 못하는 화가도 없었다. 마치 3년 만에 만난 자식을 만지는 엄마처럼, 이정의 손이 노트북 화면을 쓸어내렸다.

"이걸 언제 찍었어요?"

"네가 잠들어 있을 때."

"아⋯⋯."

그래, 그럴 수 있지 여기면서도 눈시울이 뜨거워졌다. 내가 그랬던 것처럼 이 남자도 오늘 나를 만날 거라고 예상하지 못했을 것이다. 아까와 같은 경우는, 석진이 먼저 가 있는 곳에 자신이 들어간 격이었다. 그렇다면 이 꽃은 언제부터 그의 노트북 속에 홀연히 피어 있었을까?

남들이 들으면 과한 해석이라 할지라도, 석진 또한 끝이 없는 기다림 속에 있었다는 데 대한 안타까움이 밀려왔다. 여러 이유를 대며 키워 온 그에 대한 원망이 와르르 무너져 내렸다.

"휴대폰 카메라로 찍어 둔 걸 이미지 파일로 변환해서 저장했어. 해가 뜨기 전 새벽에 찍은 사진이라 실물 그림보다는 못하긴 한데⋯⋯. 그래도 가지고 싶더라."

감히 그림을 가질 수는 없었기에 석진으로서는 최선을 택한 거였다.

예뻐서.

추억이 서려 있어서.

이정이 그린 거니까.

꽃말이 남 일 같지 않아서.

쑥부쟁이 그림을 간직할 이유는 충분했다.

"이딴 걸 사진 찍을 시간에 차라리 간다는 인사라도 하지 그랬어요."

석진에 대한 경계심을 허문 이정이 천천히 제 목소리를 찾아갔다. 그리고 때늦은 원망을 했다.

"그래도 아예 유령처럼 사라진 건 아니었잖아. 나 맞춤법 되게 신경 써 가면서 편지 썼었는데."

"⋯⋯네?"

당신이 언제? 내가 일어났을 때, 당신은 내 옆에 없었잖아. 베개에 붙어 있던 당신의 짧은 머리카락 몇 가닥이 꿈이 아니라는 걸 증명했을 뿐.

편지라는 말에 이정의 눈이 커졌다.

그는 아무 말도 남기지 않은 채 떠났고, 그래서 그를 미치도록 미워했는데 지금 내가 무슨 말을 들은 것인지.

"아…… 역시."

이정의 반응에 석진이 탄식을 뱉으며 주먹으로 이마 한가운데를 짚었다.

이럴 줄 알았다. 어쩐지 좀 이상하다 싶었다.

이정을 두고 떠나는 큰 잘못을 저지른 건 맞지만, 또 이정이 화를 낼 만한 일이기도 했지만, 이정이 보이는 반응들이 그가 예상한 것보다 1퍼센트 더 격했던 데는 결핍된 뭔가가 있던 거였다. 물론 이정이 다 알고서도 그 정도로 화를 냈다 한들 석진이 할 말은 없었다.

"편지라니. 도대체 어디에 무슨 말을 써 놨기에 그래요?"

"당장은 떠날 수밖에 없었어. 그리고 널 깨우기엔 네가 너무 깊이 잠들어 있었고."

"……"

"기다릴 테니 연락을 달라고 적어 놨어. 그 스케치북 제일 뒷면에."

설마 내가 펼쳐 보지도 않고 휴지통에 던져 버린 그 스케치북에?

이정은 입을 다물지 못했다.

이제야 생생하게 기억이 났다. 하필이면 쑥부쟁이 그림이 펼쳐져 있던 스케치북때문에 화가 치밀었던 그 아침이. 이딴 기다림이 무슨 의미가 있을까 싶어 스케치북째로 쓰레기통에 던져 버렸던 충동적인 선택이 이렇게 깊은 오해를 만들었을 줄이야.

하아.

저절로 한숨이 나오고 또다시 눈가가 뜨거워지고 있었다.

내가 그 편지를 발견했다면 우린 어떻게 됐을까? 적어도 난, 딱 3년만큼 당신을 덜 미워했을 텐데.

돌이킬 수 없는 과거가 안타까워 이정은 결국 또 울어 버렸다.

✳ ✳ ✳

"그건 제 메일로 전송 부탁드립니다. 미팅은 내일 오전입니다."

우석진이라는 남자는 사람을 걱정시키는 재주가 뛰어났다. 이정은 밥을 뜨는 둥 마는 둥 하며 석진이 하는 말을 귀담아들었다. 언제 꺼 됐는지도 몰랐던 그의 휴대폰이 켜졌을 때, 모두가 앞다투어 석진을 찾았다. 석진은 이정에게 양해를 구한 뒤 사적인 내용은 하나도 없는 이야기들을 이어 가는 중이었다.

"왜 또 타일을 바꾸겠다는 건데? 그래. 아직은 괜찮은 단계니까 다시 고르라고 해. 이게 마지막이라는 거 강조하고."

고객과 통화를 하건, 직원과 통화를 하건 그는 한결같았다. 건조하고 사무적이었다.

"왜 안 먹어?"

그런 남자가 다시 휴대폰을 끄더니 전혀 사무적이지 않은 얼굴로 웃고 있었다. 저렇게 바쁜 사람이 이렇게 막나가도 되나? 어깨를 들썩인 이정은 국 한술을 떠서 입에 넣었다.

"하고 싶은 말 많을 거고, 궁금한 것도 많겠지만 일단 먹어. 사실 나도 배고파."

아무렇지 않은 척 태연하게 말을 걸기까지 그가 어떤 시간을 보냈을지 모르지 않았다. 이정 또한 그와 다를 바 없는 생활을 했으니까.

"오늘은 비가 안 오네."

일 얘기가 아닌 다른 이야기를 하는 것에 서툰 건 여전한 모양이었다. 석진은 싱겁게 날씨 이야기를 꺼냈고 표정 없이 그를 보던 이정은 젓가락을 들었다.

"먹어요. 이야기도 힘이 있어야 하죠. 일단은…… 먹어요."

일 말고는 다 서툰 남자의 밥 위에 잘 발린 고등어 살점 하나가 놓였다. 그의 반응을 볼 자신이 없어진 이정이 고개를 숙이고 물을 마셨다.

그녀의 마음속 여름 들판에 피어 있는 쑥부쟁이들이 바람결에 살랑살랑 흔들리고 있었다.

과거를 다 알지 못한다. 미래 또한 알지 못한다. 그래도 지금은 흔들려야지. 마구마구 흔들려야지.

이정이 용기를 냈다.

5

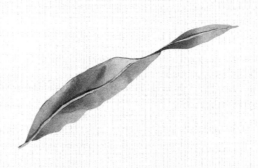

소박하고 조용했다. 그와 함께 있는 시간들이 그랬다. 이정은 원래 말이 많고 밝은 아이라는 평을 듣고 사는 사람이었으나 이상하게 석진과 있으면 덩달아 조용해졌다.

과거엔 이러지 않았는데.

그렇다고 해서 불편한 건 아니었다. 그가 떠나야 했던 이유를 이해했고, 그가 감춰 왔던 순애보를 알아 버렸다. 어쩌면 쇼에 불과할 수 있다는 의심을 하면서도 이정은 석진의 연락을 피하지 않았다.

그렇게 만남이 시작되었다. 서로가 '첫사랑'이었다고 규정지은 것 말고는 그 어떤 관계의 정의도 오가지 않았으나 연애를 시작한 사람들처럼, 아니 그보다는 덜 소란스럽게 두 남녀가 잦은 만남을 가졌다.

두 사람은 거의 매일 만났다. 만나자는 말을 하는 사람은 늘 석진이었다.

— 같이 점심 먹자. 20분 정도 뒤에 집 앞에 도착할 거 같아.

현장에 들렀다 오는 길이라며 전화를 해 온 석진은 요 며칠 그랬던 것처럼 함께 점심을 먹자고 말했다. 왠지 그가 이런 연락을 해 올 것 같아 아침 일찍부터 머리를 감고 간단한 화장을 한 채 작업을 하던 이정은, 기꺼이 나가겠노라 대답했다. 그러면서도 속으로는 혀를 찼다.

참 요령이 없기도 하지.

원래는 인부들과 같이 밥을 먹어야 하지만 너와 함께하기 위해 어렵게 빠져 나왔다고 생색 좀 내면 안 되나? 아니면 꼭 너랑 같이 먹어야 밥이 넘어갈 것 같다고 능청 좀 떨어 주면 안 되나?

물론 그가 절대 할 수 없는 일이라는 걸 안다. 그래서 그를 좋아했다. 무거워 서. 또 무거워서. 그래도 조금은 아쉽다. 첫사랑이라는 건 과거의 감정을 규정 짓는 표현이기에 지금 우리는 어떤 사이인지 궁금하기도 하다.

툭 까놓고 물어볼까? 당신은 나를 얼마나 좋아하느냐고. 당신도 나를 기다 렸던 거냐고.

하지만 지금은 용기가 없다. 밀려드는 어두운 생각들을 억지로 억지로 밀어 내며 현재만 집중하기에도 벅차다.

"먹을래?"

차에 타기가 무섭게 그가 아이스크림 하나를 내밀었다.

"곧 밥 먹을 건데 왜 이런 걸 사 왔어요?"

피식 웃은 석진이 아이스크림 포장을 벗겨 낸 뒤 다시 내용물을 내밀었고 이 정은 무심결에 그걸 받아 들었다.

"보석바네."

어쩐지 그와 어울리지 않는 조합이었다. 아무리 에어컨이 풀로 돌아가는 차 안이라지만, 기록적인 폭염이 이어지는 날씨에 아이스크림이 하나도 녹지 않은 걸 보면 이 근처에서 샀을 것 같은데……. 갑자기 이걸 왜?

그가 느끼기에도 자신답지 않은 일이었는지 말 없는 남자가 설명을 하려 든 다.

"두현이라고 공동대표 맡고 있는 친구가 있는데 오늘 내 현장에 같이 왔거 든. 내 차로 움직였던지라 현장 둘러본 뒤 녀석을 회사에 데려다주고 오려고 했는데 마침 걔도 약속이 있다고 근처에서 내려 달라 하더라고."

"그래서요?"

"어려운 건 아니니까 알겠다고 했는데 누구 만나러 가냐고 캐묻잖아."

차를 출발시킨 석진은 보석바를 베어 무는 이정을 곁눈질로 살폈다. 오물거리는 작은 입술이 귀여워서 자꾸만 눈이 갔다.

"뭐라고 했어요?"

"첫사랑 만나러 간다고."

사실 그대로 이야기했을 뿐인데 이정이 푸시시 웃었다. 그러다 다시 보석바를 앞니로 베어 먹었다.

"녀석이 보기엔 내가 되게 재미없는 사람인가 봐. 너를 만나면 무슨 이야기를 주고받냐고 묻더니 혹시 평소처럼 말없이 있는 거냐고 걱정하더라. 여자들은 그러면 달아난대."

이번엔 이정이 소리 내어 깔깔 웃었다. 두현이라는 사람이 누구인지는 몰라도 석진에 대해 제법 잘 아는 사람이구나 감탄하면서.

사소한 것에 감탄하느라 이정이 석진의 앞에서 3년 만에 크게 웃어 버렸다는 사실을 미처 깨닫지 못했다. 그 찰나의 경쾌한 웃음에 석진이 얼마나 설레어 하고 있는지도 모른 채, 이정의 입 안에서 보석바의 얼음 조각이 녹아 갔다.

"아무튼 약속 장소 근처에서 내린 녀석이 잠시만 기다리라더니 편의점에 들러서 그 아이스크림을 사다 줬어."

"왜요?"

"적당한 소재가 있으면 개그도 잘 나온다고 그 아이스크림 너에게 준 뒤에 이렇게 물어보랬어."

응?

눈을 둥글게 뜬 이정에게 석진이 물었다.

"도둑이 제일 좋아하는 아이스크림이 뭔지 알아?"

"……풉."

설마, 하고 멍하니 석진의 오른쪽 얼굴을 보던 이정이 웃기 시작했다.

아, 이 답답한 남자 같으니라고. 당신이 얼마나 무미건조해 보였으면 친구가 이런 유치한 개그를 가르쳐 줬겠어. 이런 걸 아재 개그라고 하던가?

겨우 웃음을 누른 이정이 대답했다.

"그래서 그분이 정답도 가르쳐 줬어요?"

"보석바를 손에 쥐고서도 정답을 모를 만큼 바보는 아니거든? 다시 되돌려 줄 사이도 없이 두현이가 튀어 버려서 이런 이야기까지 하게 된 거야. 하여튼 싱거운 녀석."

투덜거리는 석진의 입 앞으로 이정이 아이스크림을 들이밀었다.

"너무 차가워서 이 시리니까 나머지는 오빠가 먹어 줘요. 어릴 땐 앉은 자리 에서 뚝딱 먹어 치웠는데 이젠 차가운 게 싫어요."

"아, 괜히 줬나?"

두 입 남짓 남은 아이스크림을 급하게 입에 넣은 석진은 이정이 왜 이가 시 리다고 했는지 곧장 이해했다. 얼음 알갱이가 드문드문 씹히는 보석바는 시판 되는 다른 아이스크림들에 비해 어쩐지 더 딱딱하고 온도가 낮았다. 차가운 걸 싫어하면 이만큼 먹는 게 꽤 고역이었겠다.

시린 숨을 '허.' 하고 뱉는 석진을 보는 게 재미있어서, 이정은 또 웃었다.

"두현이가 훼방을 놓으려고 한 건가? 재미없는 수수께끼를 내라고 하고 또 차가운 아이스크림을 주라고 한 걸 보면. 그거 너 괴롭히는 일 같은데."

석진이 최근 두현을 서운하게 만든 것들에 대해 이렇게 복수하는 건가 고민 하는 동안에도 이정은 웃음기를 거두지 않았다.

바보. 이 남자 정말 아무것도 모르네.

언젠가는 두현이라는 사람을 만날 수 있을까? 첫사랑을 만나러 간다고 당 당하게 말한 것처럼, 이 여자가 내 첫사랑이라고 그 친구에게 나를 소개해 줄 날이 올까? 그런데 그렇게 많은 사람들이 우리의 사이를 알아 버리면 나중에 는⋯⋯.

여러 생각을 하던 이정은 대뜸 이렇게 말했다.

"그 친구분 말 잘 들어요. 좋은 사람 같아요."

우리를 웃게 해 준 그 사람, 우리 사이에 존재하는 서먹함의 크기를 줄여 준 그 사람, 정말 좋은 사람 같아요.

이정은 어두운 미래가 다가오는 시간을 조금 늦추어 달라고 빌었다.

✳ ✳ ✳

"최이정!"

"어? 어!"

"그래도 자기 이름은 알아듣네?"

테이블을 사이에 두고 이정과 마주 앉은 윤주가 입을 삐죽이며 커피를 마셨다.

"도대체 언제까지 멍때릴 거야?"

그러고는 혼잣말을 하듯 투덜거렸다.

"음, 네가 이 그림 채색까지 끝낼 수 있게 시간을 줘 볼까 했지."

이정은 천연덕스럽게 웃으며 윤주가 냅킨 위에 그린 그림을 보았다.

윤주의 앞에 놓인 정사각형 모양의 하얀 종이 냅킨 위에는 연필을 쥔 손으로 턱을 괴고 있는 여자가 스케치되어 있었다. 이목구비가 없는 그림이지만 누구를 모델 삼아 그렸는지는 추측이 가능했다.

"그림 그리기 싫다고 나를 불러냈으면서 또 이렇게 그림을 그렸어?"

냅킨을 든 이정이 그림을 보며 빙그레 웃자 윤주가 푸념을 했다.

"그러게나 말이다. 나는 그냥 이 일이 팔자인가 봐. 나도 모르게 자꾸 손이 움직이네. 썩을. 두 달 동안은 그림 안 그리고 쉬어 보려고 했는데 여행 가서도 내내 메모지에 그림을 그렸어."

"행복한 투정이란 생각 안 들어? 투덜거리기엔 지금 아주 잘나가시는 박윤주 일러레님."

"그래 봤자 프리랜서야. 언제 인기가 떨어질지 모른다고."

윤주와 이정은 대학 동창이었다. 성격이 비슷한 것 같기도 하고 아닌 것 같기도 한 두 사람은 1학년 때부터 함께 붙어 다녔고 졸업 후에도 대학 때 못지않게 자주 만나 사담을 나누곤 했다.

2년 전 윤주가 이정의 집 근처에 집을 구하면서 두 사람의 만남은 더욱 잦아졌다. 지난 한 달간 윤주가 유럽여행을 떠나 만나지 못한 것이 서로 알게 된 이래로 가장 오래 떨어져 있었던 시간이었을 만큼 두 사람은 돈독한 관계를 유지했다.

"그나저나 넌 참 인물 특징을 잘 잡아."

"그건 내가 좀 하지."

똑같이 서양화를 전공했으나 잘 그리는 대상은 분명 달랐다. 이정은 꽃과 식물을 잘 그렸고 윤주는 사람을 그리는 데 탁월한 재능을 가지고 있었다. 그 능력을 등에 업은 윤주는 현재 로맨스 소설 표지를 그리는 일러스트레이터로 활동 중이었는데, 업계에서 실력을 인정받아 승승장구하는 중이었다.

"시차 적응이 끝나고 나니까 날씨 적응이 안 되냐. 우리나라 왜 이렇게 더워?"

실내가 충분히 시원했음에도 호들갑스럽게 손부채질을 하던 윤주는 갑자기 이정의 얼굴을 요모조모 뜯어보기 시작했다.

"왜? 내 얼굴에 뭐 묻었어?"

이정이 두 손으로 뺨을 감싸자 윤주가 고개를 갸웃거렸다.

"이상해."

"뭐가?"

"네 분위기가 좀 달라져 보이는 건 기분 탓인가? 그나저나 최이정 너 살 빠졌어? 그래서 그런가."

체중을 재 보지 않아 정확히는 모르겠지만 바지를 입을 때마다 허리춤이 헐렁하다는 생각은 했다.

"맞아. 너 살 빠졌어. 가뜩이나 작은 얼굴이 CD만 해졌네."

'에이, 그건 아니지.' 라고 대답하려는데 휴대폰이 울렸다. 석진이었다. 이정이 주춤거리는 사이 휴대폰 액정에 떠 있는 '우석진' 이라는 이름을 본 윤주가 반응했다.

"우석진? 누구야?"

이정에 관한 거라면 모르는 게 없는 윤주였다. 이정의 가족, 이정의 일, 이정의 취향, 무엇하나 윤주가 모르는 건 없었다.

단 한 가지, 이정의 첫사랑에 관한 것만 뺀다면.

"누군데 전화를 안 받아?"

전화를 받을 수도, 받지 않을 수도 없는 상황이었다. 윤주가 한국에 없는 사이 일어났던 일들에 대해 아직 설명을 하지 않은 상태이기도 했지만, 여태까지 우석진이라는 존재에 대해 철저하게 비밀로 해 온 것이 마음에 걸렸다.

"어? 야!"

이정이 고민하는 사이 성격 급한 윤주가 통화 버튼을 눌러 버렸다. 윤주를 원망스럽게 노려본 이정은 마지못해 휴대폰을 귀로 가져갔다.

— 어디야?

그러고 보니 갑자기 나오느라 친구를 만나러 간다는 말을 하지 못했다.

"동네 카페에서 친구 만나고 있어요."

양쪽 눈에 호기심의 등불을 하나씩 매단 윤주가 귀를 쫑긋 세웠다. 한 마디, 한 마디가 조심스러웠다.

— 그래? 아, 그것도 모르고 점심 같이 먹을 생각으로 너희 동네 왔는데. 미리 연락할걸.

"우리 동네라고요?"

오늘 바쁘다고 했던 그였기에 이렇게 갑자기 찾아올 줄은 몰랐다. 미안하지만 어쩔 수 없다고 생각하며 말하려던 찰나, 윤주가 냉큼 소리를 질렀다.

"우리 동네면 여기로 오시라고 해."

"응?"

너는 이 사람이 누군지도 모르면서 그런 이야기가 나와?

하여간 윤주의 불도저 같은 성격은 알아줘야 했다.

"여보세요?"

115

이정이 다시 휴대폰을 귀에 바짝 가져다 대며 통화를 이어 가려 할 때.

— 그리로 갈까?

석진이 그렇게 말했다.

예상하지 못한 그의 도발에 이정은 눈만 깜빡거렸다. 친구와 함께 있다는데도 이쪽으로 오겠다는 의사를 밝히는 석진이 낯설었고, 무엇보다 윤주와 석진이 만나면 어떤 분위기가 될지 그것도 모르겠고, 또…….

그런데 이 남자, 일이 아니면 사람 만나는 거 별로 안 내켜 하는 타입 아닌가? 내가 잘못 알았나?

"아니, 안 와도 돼요."

마치 석진이 앞에 있는 것처럼 온몸으로 도리질을 하고 있자니 윤주가 다시 소리를 질렀다.

"와요! 어서 와요, 우석진 씨!"

그러고는 카페가 떠나가도록 카페의 이름을 들먹거렸다. 수화기 너머에서 그가 피식 웃는 소리가 들리는가 싶더니 '기다려.' 라는 말이 돌아왔다.

"어쩌자고 그래? 이 사람이 누구인 줄 알고."

"누구긴. 남자지."

울먹이는 소리를 내며 푸념하는 이정과는 달리 윤주는 시동 꺼진 불도저처럼 얌전히 커피를 마셨다. 하지만 이정을 알고 있었다. 석진의 등장과 동시에 윤주가 요란한 소리를 내며 불도저의 시동을 걸 것임을.

"우석진? 이름 좋네. 네가 나 없는 사이에 남자를 알게 됐구나? 역시 내 눈은 못 속여. 그래서 썸 타는 거야?"

"썸?"

"분위기를 보아 하니 아직 사귀는 것 같지는 않아서. 그 남자가 사귀자고 했어?"

"어, 저, 아니."

"그럼 썸 타는 단계네."

그가 사귀자는 말을 하지 않은 건 맞지만, 그렇다 해서 썸을 타는 것도 아닌 것 같은데.

"아니야. 그냥 아는……."

"뭐야, 우리 최이정을 얼굴 빨개지게 하는 남자가 사귀자고도 안 했어? 아유, 원래 썸이라는 게 애매모호해서 사람 잡지. 기다려 봐. 내가 딱 해결해 줄게."

아니라고, 네가 그러지 않아도 된다고 말리려는데.

"어? 저분이야?"

카페 문이 열리더니 이정을 발견한 석진이 성큼 다가와 윤주에게 인사를 했다.

"부르셔서 왔어요."

라고 그답지 않은 넉살을 부린 석진이 이정의 옆자리에 앉았다.

"이정이 대학 동기 박윤주예요."

윤주는 지극히 그녀답게 인사를 했다.

"우석진입니다."

평소와 다르게 구는 사람, 평소와 변함없이 구는 사람 사이에서 이정만 난감하게 되었다.

"점심 먹어야 하잖아요. 여기 샌드위치라도 먹을래요?"

애꿎은 끼니 걱정이라도 하지 않으면 어색함을 떨칠 수가 없었다. 주춤주춤 말을 꺼내는 이정이 귀엽다는 듯 석진이 지그시 웃었다.

"아니야. 요 앞에서 다시 현장으로 와 달라는 전화를 받아서 금방 다시 가야 해."

"그래도."

"일 다 끝내고 빵이라도 사서 사무실에 가지 뭐."

이정과 석진이 말을 주고받는 모습을 보던 윤주가 흡족한 미소를 지었다.

타고난 예쁜 얼굴을 안 써도 너무 안 쓴다 싶어 안타까웠던 최이정이 이런 남자를 찾느라 그렇게 연애를 안 했구나 싶을 만큼 석진은 괜찮은 남자였다.

외모가 다는 아니라 하고, 잘생긴 남자는 인물값을 한다지만, 내 성격도 내가 제대로 모르고 사는 마당에 다른 사람의 성격인들 어떻게 알겠는가?

얼굴도 못생긴 놈이랑 연애할 바엔 얼굴이라도 잘생긴 남자랑 하는 게 더 낫다는 게 윤주의 철학이었다. 그놈의 외모지상주의 덕에 수차례 뼈아픈 연애 경험을 했을지언정 윤주의 뜻은 확고했다.

역시 남자는 잘생기고 볼 일이다. 그리고 저 우석진이라는 남자는 배짱까지 갖췄잖아?

윤주의 사명감이 불타올랐다.

"나 같은 동네 백수는 처음 만난 사람이 명함 주면서 인사하는 게 그렇게 좋더라고요. 뭔가 일하는 느낌이 들어서. 혹시 명함 있으면 한 장 주시겠어요?"

프리랜서라는 좋은 말이 있건만 굳이 자신의 처지를 낮춰 가며 노골적으로 명함을 요구하는 윤주의 앙큼한 속내가 석진을 웃게 했다. 대뜸 친구를 찾아온 남자가 어디서 뭘 하고 사는 사람일까 궁금한 것은 인지상정일 터.

석진은 지갑에서 명함을 꺼냈다.

"아, 건축 쪽 일 하시는구나."

다 들리는 혼잣말을 하던 윤주는 부릉부릉 불도저의 시동을 걸었다. 그런 윤주를 보며 이정은 입술을 모은 채 어깨를 움츠렸다.

오랜 시간 가까이에서 지내 온 벗이 도발하기 직전에 짓는 특유의 표정을 알고 있다. 하지만 거기까지만 알아서 문제였다. 도통 어디로 튈지 모르는 윤주는 늘 이정의 예상을 뛰어넘는 짓을 해서, 사람의 간이 어디에 붙어 있는지 가슴을 문질러 보게 만들었다.

"그런데 두 사람, 무슨 사이예요?"

휴. 딱 해결해 준다는 게 저거였어?

이정은 당황했고 그래서 실언을 했다.

"그만. 그냥 아는 오빠라니까."

물잔을 든 석진의 손이 멈추는가 싶더니 그의 시선이 이정의 얼굴에 닿았다.

"아는 오빠?"

석진이 묻기가 무섭게 윤주가 능글거리며 이정을 놀리기 시작했다.

"그래? 그럼 이 우석진 씨에게 나 아는 애랑 소개팅 좀 해 보시라고 해도 돼?"

"야! 박윤주!"

얘가 점점.

윤주는 당황해서 시뻘게진 이정의 얼굴을 못 본 척하고 석진에게 물었다.

"혹시 여자 친구 있으세요?"

이쯤 되니 발끈 몸이 들썩였다. 윤주의 추진력에 의지한 적도 많았지만 이건 달갑지 않았다. 석진을 데리고 나가야 할까, 아니면 혼자라도 일어나야 하나 갈등할 때, 옆자리에 앉은 석진의 팔이 움직였다.

"제가 지금까지 뭔가 착각하고 있었나 봐요."

윤주의 그림이 그려진 냅킨이 석진의 손바닥 위에 있었다. 이정은 마른침을 꿀꺽 삼켰다.

"소개팅, 5분 뒤에 답 줘도 되나요? 그 전에 여자 친구 좀 만들어 볼까 하는데."

"네? 그게 무슨 말씀이신지?"

불도저 윤주를 당황시켜 놓고도 태연하게 그림을 보던 석진이 기어코 간지러운 말을 덧붙였다.

"그럴 일은 없겠지만 혹시 제가 고백했다가 거절당하면, 꼭 그림 속 이분으로 소개해 주세요."

윤주는 소리 없는 아우성을 내지르며 발을 동동거렸고 석진은 이정의 손을 잡았다.

"나 지금 현장에 가야 해서. 잠깐만 배웅해 주면 안 돼?"

"아니, 저기."

"못 들었어? 시간 5분밖에 없어. 아니다, 4분."

"오빠!"

"오호!"

참았던 소리를 내지르는 윤주를 두고 석진은 잡고 있던 이정의 손을 끌었다.

동네 단골들 위주로 장사하는 카페는 어수선한 골목에 자리 잡고 있었고 덕분에 주변은 소란스럽기 짝이 없었다. 불법 주차를 해 놓은 차들과 질서 없이 오가는 사람들, 위험하게 골목을 헤집고 다니는 오토바이들까지 더해져 낭만이라고는 찾아볼 수 없는 분위기 속에서 두 남녀가 마주 섰다.

뜨겁다 못해 따가운 여름의 햇살 아래에 선 석진이 쥐고 있던 냅킨을 이정의 눈앞에 갖다 댔다.

"나 이 여자랑 소개팅해?"

그러고는 장난기 다분한 말투로 이정을 재촉했다.

미워.

석진은 한 달간 한집에서 살았던 적이 있는 남자다. 몸과 몸을 맞대 본 남자이기도 했고 상처를 준 남자이기도 했다. 그런 남자였기에 너무 잘 알고 있다고 자신했는지도 모르겠다. 불과 며칠 전만 해도 그가 말수가 없고 요령이 없는 남자라 여겼는데 그마저도 진짜 그의 모습이 맞는 건지.

이제는 잘 모르겠다.

우리, 정말로 처음 만난 사람들처럼 이렇게 알아 가는 건가?

목석같던 남자가 보여 주는 낯선 모습들이 너무나 좋아서 이정은 고개를 가로저었다.

"하지 마세요."

그림 속의 나일지라도 싫어요.

내가 이렇게 샘이 많았나 싶어 부끄러웠지만 솔직하고 싶었다.

이정의 대답 때문이었는지 아니면 태양 때문인지 석진의 얼굴이 붉어졌다. 괜스레 헛기침을 하던 그는 아차차 하며 시간을 확인했다. 신호를 잘 받아야만 제때 현장에 도착할 수 있을 만큼만 시간이 빠듯했다. 그래도.

"그럼 이제, 나 아는 오빠 아니야."

할 말은 해야 했다.

"……네."

석진은 톡 하고 검지로 이정의 볼을 두드렸다.

학교 다닐 때 선생님이 그러셨다. 대답을 잘하는 학생이 예쁘다고. 그 말이 뭔지 이제야 알 것 같다. 대답 잘하는 학생만 예쁜 게 아니라 대답 잘하는 '여자 친구'도 예쁘구나.

마음 같아서는 이정을 차에 태워 당장 어딘가로 떠나고 싶었지만 지금은 어쩔 도리가 없다. 오늘도 야근이 확정되어 있지만 그래도 밤에 잠깐만 만나 달라고 보채 볼까, 싶다.

"가서 윤주 씨에게 말 좀 전해 줘. 나 소개팅 안 해도 된다고."

"……네."

역시, 대답을 잘하는 여자 친구는 예쁜 거였어.

"갈게."

손을 흔드는 이정을 사이드미러로 흘끔대며 석진은 부지런히 액셀러레이터를 밟았다. 그의 입가에 수줍은 미소가 번졌다.

태연한 척했지만 속으론 얼마나 떨었는지 모른다. 한편으론 자책했다. 자신은 당연히 이정과 연애를 한다고 생각하는 사이, 이정은 이 관계를 정의 내리지 못하고 있었음이 안타까웠다.

아무래도 앞으로는 말이 많아질 것 같았다. 최이정은 의외로 둔해서 일일이 말로 표현해 줘야만 알아듣는 여자니까.

오늘 밤에 너를 만나면 너에게서 은은한 풀 내음이 난다고 말해 줘야지. 만약 네가 시시하다는 표정을 지으면 내가 세상에서 제일 좋아하는 향기가 바로 마른풀에서 나는 냄새라고 정확하게 짚어 줘야지.

차가 신호에 걸렸다. 조수석에 얌전히 놓인 하얀 냅킨을 보다가 내가 이렇게 욕심이 많은 놈인가를 자문해 본다. 저 힘없는 휴지 조각까지 평생 간직하고 싶은 걸 보면 아무래도 물욕이 없진 않은 것 같다.

보관이 힘든 재질이니 액자를 사야 할까?

현재가 행복했다. 아무것도 모르는 여자와 연애를 하는 것처럼 마냥 좋았다. 과거와 미래를 힘들게 모른 척하며 조금 더 부지런히 현장을 향해 달려갔다.

"오늘부터 1일 하기로 했어?"

카페에 들어가자 기다렸다는 듯 윤주가 취조에 들어갔다. 뻔한 걸 물은 윤주는 말이 빨라지며 한껏 흥분 모드에 돌입했다.

"자, 이제 이실직고하시지? 언제 어떻게 만난 사이야? 보아하니 내가 여행 간 사이에 만났다고 하기엔 두 사람 꽤 친근해 보이던데."

예상 못 한 일도 아니었기에 이정은 침착하게 목소리를 가다듬었다. 석진이 제대로 일을 저지르고 갔으니 이제 10년 지기 친구에게 오랜 비밀을 털어놓을 때도 되었구나, 사뭇 비장해지기까지 했다.

"솔직히 불어. 오래전부터 알던 사람인데 최근에 다시 만난, 뭐 그런 사이?"

연애 경험이 많으면 이런 쪽으로 신내림을 받기도 하는 건가? 딱 맞아떨어지는 윤주의 가설이 이정의 팔뚝에 자잘한 소름을 만들었다.

"너 왜 그림을 그려? 그냥 타로카드 같은 거 들고 여기서 자리를 깔지."

이정이 쉽게 인정하자 윤주가 흥을 탔다.

"오, 역시 그런 거구나. 그래서 언제부터 안 건데? 네가 나한테 말을 안 한 걸 보면 되게 어릴 때 알던 사이 같은데 아니야?"

"맞아. 나 고등학교 1학년 때 우리 집에서 잠시 살았던 오빠야."

"어머나, 어머나. 우리 석지영 여사님 과거에 숙박업에 종사하신 거야?"

"숙박업이라니?"

"하숙 치셨냐는 거지."

뭐, 하숙? 참 기발해.

아무래도 윤주가 여기서 자리를 까는 일은 일어나지 않을 것 같았다.

"그건 아니고 오빠는 미국에서 컸는데, 한국에 들렀을 때 잠시 우리 집에 산 적이 있어."

"아하, 그래서 그 시골에서 눈이 맞았다고? 그러다 우석진 씨는 미국으로 돌아가고 최근에 두 사람이 다시 만나게 된 그런 이야기? 그러다 5분 전부터 오늘부터 1일?"

되게 심플한 것 같은데 윤주의 말에는 틀린 부분이 없었다. 석진을 짝사랑했다고 생각했으나 그가 나를 첫사랑이라 하는 걸 보니 과거에 두 사람의 동시에 눈이 맞은 것도 맞았고, 석진을 최근에 다시 만나게 된 것도 맞았다. 물론 더 보탤 이야기가 많긴 했지만 일단은 그 정도로 하고 넘어가도 충분했다.

"미국 있던 사람이 한국에 오게 되고, 그러면서 과거에 좋아했던 너한테 연락해서 썸을 타셨다?"

하지만 그건 아니었다. 석진은 이정을 피하기 위해서 이정이 어디 사는지, 이정의 휴대폰 번호가 뭔지 알아봤노라 했었다.

연락하기 위해서가 아니라 피하기 위해서.

그런 개인 정보를 어디서 알아냈을까 문득 궁금해지긴 했으나 사람들의 개인 정보가 헐값으로 거래되는 세상에서 그쯤이야 싶기도 했다. 피하고 의식해도 결국 만났는데 그게 뭐가 중요하겠어.

"아무튼 우석진 씨한테 밥 사라고 해. 나 정말 큰일 했으니까."

속도 모르고 윤주는 자신이 생각한 것들이 틀림없다 판단하고 뿌듯하게 어깨를 올렸다.

"큰일은. 나 아까 너 때문에 곤란해서 죽는 줄 알았어."

"죽어도 좋아서 죽어야지, 계집애."

"아무튼 박윤주 너!"

이정이 버럭 한다고 해서 할 말을 못 할 윤주가 아니었다. 입이라는 건 말을 하기 위해 달린 거라는 걸 몸소 보여 주는 사람 중 하나가 윤주였으니.

"아유, 이제 내가 밥이 넘어가겠네. 내가 우리 최이정 저 예쁜 얼굴로 혼자 방에 박혀서 그림이나 그리는 게 속 터졌는데 괜한 걱정 했네. 자기 할 짓은 다하고 사는데 내가 왜 너 땜에 어젯밤에 치킨을 남겼나 몰라."

"배불러서 남긴 거 알거든?"

"아니야. 치킨을 잘 먹던 중이었는데 네 생각을 하는 순간 목에 탁 걸렸다고."

한마디를 안 지지. 입술을 뽀로통하게 내밀고 있자니 석진이 굶은 게 생각났다.

매일 만나긴 해도 그가 한가한 사람으로 보인 적은 없었다. 현장 방문을 핑계로 찾아와 같이 점심을 먹고 나서는 속히 사무실로 돌아가기 바빴고 야근은 일상이었다.

게다가 그는 주말에도 일을 한다고 했다. 비가 오면 그나마 현장은 쉬지 않냐는 이정의 질문에 석진은 현장이 한가한 날도 사무실에서 도면을 손봐야만 업무가 돌아간다고 대답했다. 그 말 끝에 미안한 기색을 비치는 석진을 보며 잘 챙겨 먹고 다니기만 하라고 일러두었건만 오늘 그가 끼니를 거르게 했다.

"그런데 두 사람은 만나면 주로 뭐 해?"

윤주는 다시 냅킨 위에 그림을 그리기 시작했다. 이정은 쓱쓱, 볼펜이 만들어 내는 검은 선들을 눈으로 좇았다. 이번에도 사람을 그리는 것 같은데 누구를 그리는 걸까, 궁금해하면서.

"별거 없어. 오빠가 바빠서 밥 먹고, 커피 마시고 그게 다야."

"진짜? 시시하네. 하긴 만난 지 얼마 안 된 데다 오늘부터 1일인데 뭐 얼마나 대단한 걸 했겠어?"

시시하다 생각해 본 적도 없고 대단한 걸 원했던 적도 없는데 윤주가 그렇게 말하니 그와 함께 보냈던 시간이 좀 단조로웠던 것 같기도 하다. 바쁜 그를 지나치게 배려했던 게 아닌가 싶기도 하고…….

문득 그 사람이 소개팅도 안 하게 된 마당에 소개팅할 시간에 영화라도 보자고 할까, 그런 생각이 들었다. 당돌한 내 모습을 다 아는 사람에게 내가 너무 얌전했지.

그사이 윤주의 그림은 제법 구체적으로 변해 갔다.

"어쩜. 윤주 너 진짜 대단하다."

윤주가 만들어 낸 선들이 마법을 부렸나 보다. 그림 속에는 다른 사람도 아닌 석진이 앉아 있었다.

"아니까 칭찬은 하루에 한 번만."

겸손인지 과시인지 모를 소리를 하고서 윤주는 어깨를 으쓱해 보였다.

"그런데 우석진 씨 로맨스 소설 표지 남자 주인공 느낌이란 말이지. 나중에 작업할 때 써먹게 제대로 된 사진 좀 보내 줘 봐. 다들 표지 제안서에 남주를 유명 연예인같이 그려 달래서 지겨웠는데 이런 느낌 가진 사람, 참신하고 좋네."

너른 어깨와 자연스럽게 흘러내린 앞머리, 마른 듯하면서도 균형 잡힌 몸을 가진 셔츠 차림의 남자가 옆자리를 쳐다보고 있다.

그가 보고 있는 곳에 내가 앉아 있었겠지.

마음속에 살랑 습한 바람이 지나가고 바람결에 초록빛이 짙어진다.

"나 이거 가져도 돼?"

그러고 보니 석진의 사진 한 장조차 가지고 있지 않다는 걸 깨달은 이정이 그림에 욕심을 부렸다.

"이게 얼마짜리인지 알지? 사람들이 비싼 그림은 용케 알아보고 다들 욕심을 부리네?"

우쭐대긴 했지만 윤주는 순순히 냅킨을 내어 주었다. 대단할 것도 없는 그림인데 이정은 그림 속 석진과 마주하자 수줍음을 탔다. 잘 익은 홍매실 색깔로 물드는 이정의 뺨을 보자니 윤주도 그저 좋았다.

자신이 누군가와 만나고 헤어지기를 수차례 반복하는 동안, 이성에는 관심 없다는 듯 자기 일만 열심히 하던 친구가 서른이 되어 만난 사람이 어쩐지 괜찮은 사람 같다. 석진이 어떤 사람인지 아직 자세히는 모르지만 이정이 마음을 열었다는 것만으로도 윤주는 안심할 수 있었다.

이정은 대나무 같다는 고루한 표현이 어울리는 사람이었다. 남들은 사진 한 장만 가지고도 쉽게 그려 내는 식물 세밀화이건만, 이정은 그 하나를 쉽게 그려 낸 적이 없었다. 최적화된 표본을 찾아 산과 들을 쏘다니고, 솜털 같은 뿌리 하나를 표현하기 위해 밤을 새웠다. 동기들이 현실을 사느라 그림을 포기하는 와중에도 이정은 자신의 길을 걸었다.

그런 이정이 오랜 시간 알아 온 끝에 선택한 사람이라는데, 친구의 입장에서 반대할 이유가 없다. 다만 한 가지, 가르칠 건 가르쳐 줘야겠지.

윤주가 짓궂게 고개를 들었다.

"그 오빠도 혼자 살지?"

"혼자 살지."

이정이 냅킨 귀퉁이를 만지작거리며 천진하게 대답했다.

"히야. 지금부터 진도 쭉쭉 나가기에 최적의 조건이네. 너도 세상 모든 남자들이 최고로 쳐준다는 혼자 사는 여자니까 장애물도 없고."

냅킨을 넣기 위해 에코백 속 파일을 꺼내던 이정이 반짝하고 눈을 크게 뜨자 윤주가 그간 이정을 지켜보며 간직했던 답답함을 토로했다.

"최이정! 네 나이 서른이야. 너 그 나이 되도록 남자랑 잔 적 없지?"

홍매실색이었던 이정의 두 뺨이 잘 익은 수박 속살 색깔이 되었다. 후다닥 주변을 둘러본 이정은 윤주 쪽으로 고개를 디밀며 검지를 입술 앞으로 가져갔다.

"야! 목소리 좀 낮춰. 누가 듣겠다."

"나야말로 누가 들을까 봐 겁난다. 이렇게 고운 처자가 생리하는 용도로만 자궁을 쓴다는 걸 알면 사람들이 얼마나 놀라겠니?"

너무 기가 막히니 말이 안 나왔다. 멍하니 윤주를 바라보던 이정은 피식, 웃음을 터트려 버렸다.

＊ ＊ ＊

"그냥 집으로 가지 그랬어요."

이정이 잰걸음으로 다가가자 팔짱을 끼고 차에 느슨하게 기대어 있던 석진이 허리를 폈다.

시간은 새벽 2시였다. 바쁜 건지 몇 시간 동안 연락이 없던 남자가 문자 메시지로 '자니?' 라고 물어 온 시간이 이미 새벽 1시 30분이었다. 자지 않고 일을 하고 있었다고 답을 보내자 그가 곧장 전화를 해 왔고 잠시라도 얼굴을 볼 수 있겠냐고 물었다. 대답을 주저하자 잠시만 기다려 달라고 하더니 기어코 집 앞으로 들이닥쳤다.

"연애를 시작한 날이라 꼭 자정 안에는 보러 오고 싶었는데, 결국 그날을 넘겨 버렸네."

"아, 난 또 무슨……."

새삼스러운 그의 말이 쑥스러워 농담이 나왔다.

"이렇게 질척거리는 건 전 남친들이 하는 일이라던데요?"

"전 남친?"

"늦은 시간에 자냐고 묻고, 집 앞에 찾아오고 이러는 거……."

농담이라는 건 상대방이 찰떡같이 알아들어야 재미있는 법인데, 설명이 길어지니 김이 새 버렸다.

"그럼 전 남친도 하고 현 남친도 하지 뭐."

더 재미없는 대답이 돌아왔음에도 이정은 웃었다. 어쩐지 웃음 끝이 썼다.

알고 있다. 이렇게 시작된 연애가 두 사람만 아는 연애로 끝난다면 이 시간이 슬플 이유가 없다는 것을. 윤주의 말대로 이 남자는 괜찮은 사람이고 내가 좋아하는 사람이기도 하니까, 둘만 조용히 연애하면 우리도 남들처럼 소소한 행복을 만들어 갈 수 있을 것이다.

하지만 석진의 속내에 어떤 사연이 억눌려 있는지 다 헤아릴 수는 없다는 사실을 실감할 때마다 이정은 자신의 한계와 마주하게 되었다. 엉킨 인연들이 만들어 낸 복잡한 문제들은 생각만 해도 숨이 막혔다.

암암리에 금기어가 되어 버린 부모님에 관한 이야기, 그리고 그가 다시 나타난 뒤부터 불편해진 부모님과의 통화.

석진은 바지 주머니에 두 손을 찔러 넣은 채 어둠 속에서 이정을 내려다보고 있었다. 좋고 귀한 것에 감히 손을 내밀지 못하고 눈으로만 표면을 건드려 보는 사람처럼, 그렇게 이정을 바라보았다. 그의 시선을 감당해 내지 못해 고개를 떨군 이정이 중얼거렸다.

"이제 와 속죄하는 거죠?"

"응?"

"불쑥 우리 집 문 열고 들어와서 나 덮치려던 사람이 온데간데없어서요."

석진은 말하지 못했다. 사실이니까.

감정을 누르지 못해 선을 넘으려 했고 이렇게 이정이 마음을 열지 못했다면, 그 순간은 이정에게 다시 상처가 되었을 것이다. 그래서 섣불리 이정을 만질 수가 없다.

솔직히, 이제라도 정말로 잘해 보고 싶어서.

툭툭 발끝으로 바닥을 건드려 보던 이정이 고개를 들었다. 피곤하긴 한지 해쓱해진 석진의 얼굴로 손을 가져간 이정은 잠시 주저한 끝에 그의 앞머리를 쓸어 보았다.

마음이 아프다. 그래도 지금을 놓고 싶지는 않다. 열일곱 살, 딱 그때만큼만 철이 없고 싶은 욕심이 고개를 든다.

"내가 이렇게까지 자리를 깔아 주는데, 연애도 시작한 마당에 한번 안아 주는 게 그렇게 어려워요?"

석진은 아무 말도 하지 않았지만 두 사람의 가슴이 맞닿은 건 순식간이었다.

"엇!"

열대야가 기승이라는 뉴스가 매일 보도되는 그런 날씨에, 두 사람은 더위를 잊은 채 한참이나 그렇게 서로를 끌어안고 서 있었다. 별이 보이지 않는 도시의 밤, 두 사람의 마음속에 별이 하나씩 그려졌다.

평생 이 사람이랑 연애만 해야지. 아무도 모르게 꼭꼭 숨어서 그냥 이렇게 좋아만 해야지.

감은 눈 속 세상에서 별똥별이 떨어졌다.

✳ ✳ ✳

[1층에 있어. 그 앞에서 기다리면 너 곤란할까 봐.]

일은 다 저질러 놓고 이제 와 이런 배려를 왜 한담?

강의가 끝나고 휴대폰을 켜자 어쩌면 어렴풋이 예상했던 문자가 와 있었다. 아마 오늘쯤엔 그가 시간을 낼 것 같다고 짐작했는데 틀리지 않았나 보다.

석진의 일이 바빠서 얼굴을 못 본 지도 어언 이틀째였다. 매일 봐도 보고 싶을 마당에 이틀이나 공백이 생겨 버리자 마음이 조급해졌다. 어서 그에게 달려가고 싶어서 손이 빨라졌다.

"어머나, 우리 최이정 선생님, 남자 친구가 문자 보냈나 보다."

사랑에 빠진 여자의 표정은 감출 수가 없다고 했던가? 삼삼오오 모여서 미술 도구를 정리하던 수강생들이 오지랖을 떨며 웃었고, 이정도 굳이 아니라고 손사래 치지 않았다.

근사한 포스를 풍기는 남자가 최이정 선생이 자신의 첫사랑이라고 했다는 소문은 단톡방을 넘나들며 급속하게 일파만파 퍼져 버렸고, 목요일 반 수강생들만 알던 이야기가 이제는 문화 센터 직원들까지 다 아는 뉴스가 되었다. 이미 석진에게 마음을 연 마당에 사실인 걸 아니라고 하고 싶진 않았다.

다만 억울한 건, 소문이라는 것이 있는 그대로의 사실만 착착 전달하는 게 아니라는 부분이었다. 놀랍게도 사람들의 입방아 속에서의 이정은, 석진과 결혼까지 약속한 여자가 되어 있었다.

"그래서 최이정 선생님 결혼은 언제 하세요?"

"네?"

"결혼해도 강의는 계속하셔야 해요!"

"아, 아녜요. 저 아직 결혼 생각 없어요."

"에이, 원래 아무 생각 없다가 얼굴에 분칠하고 식장에 들어가는 게 결혼이에요. 호호호."

어쩌다 소문이 이렇게 나 버렸을까? 한바탕 소란이 있을 거라는 예상은 했지만, 결혼할 여자가 되어 있을 줄이야.

숨 막히는 오해였으나 이상하리만큼 갑갑하지가 않았다. 우석진, 그가 나를 새로운 세상 속에 넣어 두고 새롭게 숨 쉬는 법을 알려 주는 걸까? 그런 거라면 이쪽 세상 공기도 뭐 나쁘지는 않네.

혼자 해 본 생각이 유치해서 이정은 실없이 웃고 말았다.

"많이 기다렸어요?"

석진은 식당들이 쭉 늘어선 빌딩 1층의 초밥집에서 이정을 기다렸다. 혹시나 수강생들과 마주치지 않을까 걱정이 되긴 했으나 그가 시간을 아끼기 위해 했음직한 선택에 말을 덧붙이긴 싫었다.

"아니. 강의는 어땠어?"

"어려울 게 없는 일인데요 뭐. 다들 저보다 더 잘 그려요."

이정이 겸손을 떨자 잠시 말없이 그녀를 보던 석진이 무심하게 메뉴판을 들었다.

"너무 겸손한데? 수상 이력만 가지고도 책 한 권은 거뜬히 낼 사람이."

"어? 그걸 어떻게 알았어요?"

석진은 웃음을 참기 위해 입술을 깨물었다. 이 빌딩에서 가장 흔한 것이 문화 센터 전단지인데, 설마 내가 그걸 그냥 흘렸을까.

"이런 문화 센터에서 수업하기엔 스펙이 너무 좋던데 왜 굳이 시간을 내서 강의를 하는 거야?"

이정이 질문의 요지를 제대로 파악하지 못해 고개를 갸웃거리자 석진이 첨언했다.

"최이정, 여기서 소수 인원만 두고 강의하기엔 아까운 사람이잖아."

이정이 대학이 아닌, 규모도 작은 사설 기관에서 강의를 하는 이유가 궁금했다. 지금 이정이 하는 일을 무시해서가 아니라, 그녀가 너무 대단한 사람이었다는 걸 뒤늦게 알아 버려서였다.

어린 날, '나는 공부가 세상에서 제일 싫어요.' 라고 말하던 이정은 의외로 근사한 경력을 가지고 있었고, 그쪽 분야에서는 손에 꼽힐 만큼 실력을 인정받는 사람이었다.

검색을 해 보니 이정이 식물도감 프로젝트를 진행한다고 했던 출판사 또한 큰 규모를 자랑하는 곳인 데다, 이정이 작업한 '야생화 도감' 은, 아이가 있는 집이라면 꼭 갖추어야 할 도서 목록에 이름을 올린 책이었다.

이정은 겸손하게 '그냥 식물이랑 꽃을 그려요.' 라고 말했지만 인터넷 속 정보들이 말하길, 그녀는 그 이상의 것을 해내는 사람이었다.

바탕화면에 깔려 있는 쑥부쟁이가 이렇게 비싼 꽃이었을 줄이야.

앞으로는 이 여자에게 섣불리 꽃 선물을 할 수가 없겠구나, 혀를 내두른 석진은 이정에 대한 애정 위에 기특함을 추가했다.

그러게 왜 공부가 싫다는 말을 수시로 하고 다녀서 사람의 기대치를 낮춰 놓은 거야?

석진이 왜 그런 질문을 했는지 파악한 이정이 조금 늦게 대답했다.

"그게…… 표본 구하거나 자료 조사 할 때 말고는 너무 집 밖을 안 나가게 되더라고요. 국제 대회 준비할 때는 시간이 흐르고 계절이 바뀌는 것도 모르고 정말 그림만 그렸거든요. 부모님도 그렇고 주변에서도 그렇고, 주기적으로 외출할 일을 만들어서 주변도 둘러보고 해야 한다고 걱정을 하셔서요."

납득이 가는 논리였다. 목적이 주기적인 외출이라면 문화 센터 강의보다 더 적절한 일도 없었다. 집에서 가깝기도 하고, 취미로 하는 사람들을 대상으로 강의하니 준비 시간도 많이 걸리지는 않을 것이다.

솔직히 석진에겐 감사한 선택이었다. 덕분에 이정과 재회했으니까. 의문이 풀리면서 안도감이 찾아들었다.

하지만 이정에겐 할 말이 더 남아 있는 모양이었다.

"더 큰 데서 강의를 하려면 석사, 박사 과정까지 밟아야 하는데, 사실 난 공부가 너무 싫어요."

"뭐?"

기막혀하는 석진을 앞에 두고, 열일곱 살 때의 모습과 조금도 다르지 않은 얼굴을 하고서 이정이 볼멘소리를 했다.

"내가 그리는 식물에 관한 거라면 영어사전 뒤적여 가며 정말 열심히 자료를 파헤쳐요. 그건 재미있으니까. 근데 대학원에 가면 그 외 공부들을 너무 많이 해야 하잖아요. 논문도 영어로 써야 하고……. 공부 때문에 내가 재미있어 하는 일로부터 멀어지고 싶지는 않아요."

참 나. 이 욕심 없는 여자를 어쩌면 좋을까. 뛰어난 실력을 가지고 있으면서 여전히 재미를 좇는 서른 살의 이정이 석진을 웃게 만들었다.

다행이다. 네가 여전해서.

다행이다. 네가 행복해서.

하고 싶은 말을 삼킨 석진은 다시 메뉴판을 들여다보았고 이정은 그의 얼굴 위로 드리워진 촘촘한 속눈썹 그림자를 원 없이 감상했다.

"왜?"

너무 빤히 쳐다봤는지 메뉴판을 보던 석진이 고개를 들었다. 그의 눈썹이 자상한 곡선을 그렸다.

이정은 순간 부끄러운 짓을 하다 들킨 것처럼 움찔 몸을 뒤로 물렸고 석진은 더 할 말이 있냐고 눈으로 묻고 있었다. 그냥 당신이 좋아서 쳐다봤다는 말을 하지 못하고 우물쭈물하던 찰나, 문득 아침에 했던 생각이 떠올랐다.

"조금 이상한 질문인 건 알지만요."

"응?"

"내가 먼저 만나자고 하면 시간 만들어 줄 거예요?"

말을 한 사람 입장에서도 엉뚱하기 그지없는 소리였지만 이정은 올 것이 왔구나 하며 물 한 모금을 넘겼다.

어쩌면 조금 불만이었나 보다. 석진이 만나자고 하지 않는 이상, 먼저 약속을 잡으려 들지 않는 자신의 용기 없는 모습이. 그는 바쁜 사람이라고 지레 선을 그어 버리는 소심함이.

그것들이 만나 마음속에서 티끌만 한 덩어리를 만들고 있었나 보다. 남들 눈엔 드러나지 않지만 나만 아는 불편함이 못내 거슬렸는지 말이 제법 심술궂고 당돌하게 나와 버렸다.

석진의 머릿속에서 깨달음의 빛이 휙 하고 지나갔다. 그리고 그 빛의 속도보다 더 빠르게 대답이 나왔다.

"물론."

석진을 바라보는 여자의 두 뺨에 웃음이 어린다. 두근거림을 숨길 뜻이 없는 이정이 보채듯 물었다.

"되게 늦은 밤에도?"

"안 될 게 뭐 있지? 같은 서울 하늘 아래 있는데."

"그럼 한낮에도?"

"네가 원하는 건 다 해."

기대한 것 이상으로 족족 대답을 주는 남자의 목소리는 건조하기만 했다. 짧은 침묵이 흘렀다.

"그러니까 마음껏 써먹어."

수줍게 모인 입술을 물잔으로 숨긴 이정이 고개를 떨어뜨리는 모습을 보던 석진은 지극히 현실적인 세상으로 이정을 데리고 왔다.

"여기 초밥은 별론데 장어덮밥은 한 끼 먹기 괜찮아."

"그럼 나도 그거 먹을래요."

생선을 좋아하는 취향은 변하지 않았나 보다. 지루한 표정으로 기다리던 직원에게 주문을 넣고 그다음에 할 말을 고르는 석진에게 이정이 또 한 번 시험지를 내밀었다.

"밥 먹고 바로 들어가 봐야 하는 거죠?"

기대감이 서린 눈을 동그랗게 뜨고서.

"아니. 안 가도 돼."

이보다 더 모범적인 답안이 있을까? 이거야말로 백 점짜리 답이었다.

"거짓말."

"괜히 대표겠어?"

간질거리는 대화의 여파를 감당해 내지 못한 두 사람은 잠시 동안 서로가 아닌 먼 곳을 봐야 했다. 그때, 예상하지 못한 방해꾼이 등장했다.

"우 대표를 여기서 만나네?"

호탕한 목소리로 인사를 해 온 사람은 다름 아닌 두현이었다.

"어? 분당 현장 간다더니?"

석진이 이정의 눈치를 살피며 알은척을 하는 사이, 두현은 떡하니 석진의 옆자리에 앉았다.

"후딱 보고 왔지. 점심을 걸러서 혼밥 하러 왔는데 사랑하는 친구를 여기서 보네. 아이쿠, 뭐 이런 우연이 다 있대?"

석진의 눈총을 모른 척한 두현이 어색하게 사람 좋은 웃음을 지었다.

우연인 척했지만 다분히 계산된 만남이었다. 직원 중 하나가 우 대표가 1층 초밥집에 들어가는 걸 봤다고 말을 하기가 무섭게 머릿속 더듬이를 세운 두현은 머리가 시키는 대로 몸을 움직였다. 주책을 떤 보람은 있었다.

살다 살다 우석진이 만나는 여자를 직접 마주하게 될 줄이야.

가히 기록할 만한 날이었다.

"어디서 듣고 온 게 뻔히 보이는데 우연은 무슨. 아무튼 인사해. 이쪽은 최이정."

두현의 능청을 가볍게 무시한 석진이 두 사람을 서로 소개해 주었다. 석진도 사업가이니만큼 어떤 면에서는 포기가 빨랐다. 더 말할 일이 아니면 친구를 포용해야 했다.

"반가워요. 석진이랑 같이 장사하는 정두현입니다. 대학 동기기도 해요."

"그분이실 거 같았어요. 보석바 사 주신 분 맞죠? 반가워요."

"오, 기억해 주시네요? 솔직히 그 개그 되게 웃기지 않았어요? 우석진 얘가 하는 말들보다 훨씬 재미있었을 텐데."

해사하게 웃는 이정을 보던 두현이 척 하니 엄지를 세웠고 석진은 모른 척 고개를 돌려 버렸다.

"우석진, 요즘 날 외롭게 만든 것도 모자라서 이제 대놓고 외면하냐?"

"너 지금 좀 과해."

석진은 타박했으나 두현의 반응은 절대 과한 게 아니었다. 석진의 첫사랑이 나타난 뒤 가장 피해를 보는 사람이 두현이었다. 길에서 버려지는 경험을 해 본 것에 대해서도 유감이 많았지만, 가장 편한 식사 메이트를 잃은 부분에 대해서도 불만이었다.

하지만 이정을 마주 보고 있자니 석진에 대한 원망이 눈 녹듯 사라졌다. 화사한 옷을 입고 있지도 않았고 화장기가 거의 없는 얼굴을 하고 있었지만, 이정은 내재된 뭔가를 가지고 있는 여자였다.

이정이 일부러 석진의 차를 박은 게 아닐까 의심했던 것을 속으로 속죄한 두현은 눈을 조금 더 가늘게 떴다.

"이름이 최이정이라고요? 최씨 고집 유명한데 잘됐어요. 고집이 센 여자 아니면 우리 석진이 감당하기 힘들 거라는 생각을 쭉 했거든요."

"적당히 하자."

"너야말로 적당히 해. 왜 맨날 너 혼자 밥 먹으러 사라져?"

"뭐?"

"불쌍한 나도 좀 데리고 다니라고. 얼마나 좋아? 둘보다 셋이 더 좋다는 말도 몰라?"

"한국에 그런 말이 있어?"

"있지! 너 처음 들어?"

옥신각신하는 두 남자를 지켜보던 이정은 결국 '풉' 하고 웃음을 터트리고 말았다. 매사 철두철미해 보이던 석진이 의외로 허당스러운 면을 드러내는 것도 재미있었고, 오랜 친구라는 말이 거짓이 아님을 증명하듯, 두현이 그 틈을 파고드는 것도 유쾌했다.

"거봐. 이정 씨도 얼마나 즐거워하나? 딱 봐도 내 개그가 취향인 것 같은데."

함께할 명분을 얻은 두현은 적당한 메뉴를 추가로 주문한 뒤 다시 진지하게 이정을 살폈다. 그러던 찰나, 갑자기 두현이 한쪽으로 고개를 기울였다.

잠깐만, 최이정…… 최이정? 에이, 설마.

두현이 놀라 눈을 키운 것도 모른 채 석진은 이정을 바라보고 있었다.

＊ ＊ ＊

이정을 주차장까지 바래다주고 오겠다는 석진을 기다리는 내내 두현은 심란하게 대표실을 서성거렸다. 깜깜해도 너무 깜깜해서 감히 추리조차 하기 어렵지만 분명히 뭔가가 있었다. 두현은 이 알 수 없는 기분이 제발 아무것도 아니기를 바랐다.

괜스레 펜을 딸깍거려 보기도 하고 메모지에 낙서를 해 보기도 했다. 애초에 막 그린 그림이니 그대로 둘 필요가 없어서 미련 없이 메모지를 구길 때, 석진이 들어왔다.

"왔어?"

"무슨 일 있어? 왜 서서 난리야?"

무심하게 자리에 앉은 석진이 '점심 잘 먹었어.' 라고 인사했다. 하지만 지금 두현에게 중요한 건 그게 아니었다. 시간을 끌고 싶지 않았다.

"석진! 너 나 눈썰미 좋은 거 알지?"

"새삼스럽게 왜?"

두현의 눈썰미가 타고난 거야 석진도 인정하는 바였다. 그런 걸 눈썰미라고 해도 좋은지는 모르겠으나 두현은 자신의 눈으로 본 것들에 대해서는 정확하게 오래 기억하는 사람이었다. 다른 사람들은 여태껏 모르고 있는 차에 생긴 흠집을 유일하게 발견한 사람도 두현이 아니었던가?

철푸덕. 석진의 책상 모퉁이에 한쪽 엉덩이를 걸친 두현은 어렵사리 입을 열었다.

"나, 이정 씨 본 적 있는 것 같아."

난 또 뭐라고. 석진이 대수롭지 않게 반응했다.

"이 빌딩에서 일한 지 몇 달 되었다고 했으니까, 오다가다 부딪친 적이 있지 않을까? 넌 사람을 잘 기억하잖아."

"아니. 나도 처음엔 그렇게 생각했는데 아니야."

아니……라고? 스르륵 석진이 고개를 들었다.

"그리고 이 빌딩 안에서는 이정 씨를 본 적 없어."

"……그럼?"

석진의 눈에 조금 더 힘이 들어갔다.

"돌려 말하지 않을게. 이정 씨, 최훈일 교수님 딸이야?"

두 남자 사이에 적막이 흘렀다. 가끔은 무섭도록 조용한 침묵이 정확한 한마디의 대답보다 더 무서울 때가 있었다. 두현은 자신이 어두운 진실을 향해 한 발짝 내딛고 있음을 직감했다.

"정두현, 무섭네. 최 교수님 이름을 아직도 기억하다니."

다 채워져 있던 셔츠 단추 하나를 풀며 석진이 씁쓰레하게 한쪽 입꼬리를 올렸다. 숨을 깊게 들이켠 석진은, 어쩌면 두현이 이정보다 더 많은 것을 알게 될 수도 있겠다는 생각을 했다.

"내 친구 중에 최훈일이 있다고 했던 거 기억 안 나? 그래서 기억하고 있어."

"그런데 이정이를 어떻게 본 거야? 설마 그 자리에 있었어?"

그럴 리가 없다고 생각하면서도 석진이 재차 확인하려 들자 두현이 단호하게 고개를 저었다.

"그건 절대 아니야. 아니지. 있었다고 보는 게 맞나?"

불안함에 깊어지는 석진의 눈을 응시하던 두현은 그의 어깨를 두드려 주었다.

"미리 전화를 하고 가진 만남이었지. 내가 최 교수님 연구실에 들어갔을 때, 거기엔 최 교수님만 계셨던 게 아니었어. 어떤 여자 하나가 열심히 뭔가를 그리고 있었는데, 그 여자가 누구였을 거 같아?"

대답이 필요하지 않은 수수께끼였다.

"그 여자의 이름을 부른 최 교수님이 잠시만 자리를 비켜 달라고 했고, 그 여자가 나간 다음 딸이라고 설명하시더라. 학생이라 하더라도 연구실에 젊은 여자와 단둘이 있었다는 것에 대해 내가 오해할까 봐 구태여 그런 말을 하신 거지. 솔직히 금방 지나간 그 여자의 이름을 기억하지는 못했어. 그런데 얼굴은 기억하고 있었나 봐."

하지만 그것만으로는 이정이 최 교수의 딸이라 확신하기엔 부족했다. 두현은 천천히 석진에 관한 것들을 곱씹었다. 한국에는 마땅하게 연락을 할 만한 친척조차 없다 말했던 석진이 어느 날 누군가에게 큰돈을 대신 전달해 달라고 부탁했다.

그리고 몇 년 뒤, 첫사랑이 나타났다고 말했다. 공교롭게도 두 사람 모두 성이 최씨였는데, 비록 흔한 성일지언정 두현에겐 생각의 빌미를 제공했다.

"네가 만나는 사람이어서가 아니라, 이정 씨, 뭔가 깊은 인상을 심어 주는 이미지야. 짙지 않아서 짙고, 큰 특징이 없어서 더 특징이 있달까?"

두현이 덧붙인 말에 석진이 공감의 고갯짓을 했다. 그보다 더 이정을 잘 설명하는 말도 없겠거니 여기면서.

석진은 금액이 큰 공사가 엎어졌을 때보다 더 침통해했다. 아는 사람이 적을수록 좋은 일이었기에 말을 아꼈고, 그러다 보니 이정도 석진이 최 교수에게 돈을 전달한 부분에 대해서는 전혀 모르고 있었다. 두현이 비밀을 지켜 줄 거라는 것에 대해 의심하지는 않지만 그래도 말이 조심스러워졌다.

석진에게 시간을 주던 두현이 다시 나섰다.

"뭔가가 있지? 그러지 않고서는 네가 심각할 이유가 없잖아."

"……맞아."

더할 나위 없이 곧은 인품을 가진 최훈일 교수의 딸이 최이정이라는 것은 감사할 일이지 마음을 짓누를 일이 아니다.

"미국에 있는 네가 한국에 있는 사람에게 왜 그렇게 큰돈을 보냈는지도 궁금했고, 최 교수라는 사람이 그 큰돈을 조용히 거절한 것도 인상적이었어. 뭐 물론 그 돈을 받았다 해도 기억엔 남을 일이었겠지만."

석진은 두현을 이해했다. 두현이었기에 깊게 묻지 않은 거였지, 다른 사람이었다면 무슨 일인지 설명하지 않으면 네 부탁을 들어주지 않겠다고 거래를 하려 들 수도 있는 문제였다. 사실 이만큼 참아 준 것도 감사할 지경이었다.

"네 어떤 부분을 건드는 일이라는 걸 어렴풋이 눈치챘나 봐. 그래서 말 안 했는데, 나도 이제 물어보자. 너 옛날에 왜 그렇게 돈 벌었어? 막말로 개처럼 돈 번 이유, 최 교수랑 연관이 있는 거지?"

"……."

"내내 추리해 봤거든? 하지만 도통 떠오르는 게 없어. 너와 이정 씨, 그리고 최 교수님, 뭔가 있지? 그런데 이상해. 네가 큰돈을 빌릴 만큼 사고를 칠 놈도 아니고, 그분도 네 돈을 거절하셨잖아. 이제는 네가 좀 솔직해지면 좋겠다. 이정도면 나, 너 많이 배려해 주지 않았냐?"

답답한지 벌떡 몸을 일으킨 두현이 숨도 쉬지 않고 물 한 잔을 들이켰다.

"하아."

그래도 갑갑증이 가시지 않는지 좁은 대표실을 서성이는 두현을 지켜보던 석진은 땀으로 젖어 든 손을 깍지 끼고 마른 입술을 뗐다.

"그래, 네 말대로 고생 많았어. 고마워."

두현이 걸음을 멈추고 석진을 응시했다.

"내가 아는 건 전부 말해 줄게. 심지어 최이정이 모르는 것까지 전부 말해 줄 테니까, 혹시 이정이 보더라도 내색만 하지 말았음 좋겠어. 지금부터 이야기하겠지만 나, 이정이 되게 어렵게 만났어."

왜인지 목이 꽉 메어 왔다. 세 차례의 헛기침으로도 시원해지지 않는 걸 보면 몸의 문제가 아닌 마음의 문제인지도 몰랐다. 어렵사리 목청을 가다듬고 한참이나 뜸을 들인 뒤, 석진은 가라앉은 목소리로 이야기를 시작했다.

"예전에 내가, 어머니 장례식 때문에 한국에 갔다가 잠시 머물렀던 적이 있다고 했었지? 뒤늦게 그 사실을 알고, 넌 왜 너에게 연락하지 않았냐고 서운해했고. 그때 있었던 일이야."

그렇게 시작된 이야기는 한참이나 과거를 헤집고 다녔다. 두현이 기억하는 한, 석진을 알게 된 후 그가 이렇게 많은 이야기를 하는 건 처음 있는 일이었다.

두현은 안타까움에 미간을 모았고, 이야기의 어느 부분에서는 화를 냈다. 또 도무지 이해할 수 없다는 혼잣말도 여러 번 했다.

팔은 안으로 굽는다고 했던가? 답답한 구석이 있는 친구일지라도 두현이 보는 석진은 더할 나위 없이 괜찮은 사람이었는데, 그런 석진이 여자를 위해 사서 고생 한 이야기를 듣고 있자니 자꾸만 가슴을 두드리게 됐다. 석진은 단순히 이정을 위해 한 일이 아니라고 했지만 그래도 답답하긴 매한가지였다.

태어나서 처음으로 가족이 뭔지 느끼게 해 준 사람들이었다고?

얼굴도 기억 못 하는 어머니일지언정 세상에 태어나게 해 준 사람이니 외면할 수 없었다고?

아, 우석진 이 시키 진짜 병신 아니야? 이딴 개소리를 내가 언제까지 들어 줘야 해?

세상에서 제일 무감한 놈인 줄 알았던 친구의 새로운 면을 접하게 되자 대낮부터 소주가 당겼다. 두현은 당장이라도 석진을 끌고 나가고 싶은 충동을 가까스로 눌러야 했다.

"최 교수님이 그 돈을 거절하지 않으셨으면 했어. 그 당시엔 나도 몰랐는데, 이미 이정이 외삼촌은 자살……을 한 뒤였으니, 유가족들이 편할 리가 없었겠지. 그런데도 그분은 결국 그런 선택을 하셨어."

"당연한 거 아니야? 네가 진 빚도 아닌데 거절하는 게 맞는 거지. 뭐 그런 거에 의미를 두냐?"

"그렇지. 그래도 난 지금도 안타까워. 이정이 집도 경제적으로 타격을 입었을 게 확실하거든. 인정 많은 분들이시니 핏줄의 어려움을 무시할 수 없었을 텐데, 교수도 정해진 월급을 받는 직업이라 도움을 주는 데도 한계가 있었겠지. 솔직히 그 돈을 받았을 때, 최 교수님이 꽤 곤란한 상황에 직면해 있었을 거라 생각해. 그런데도 거절하셨고."

"참 대단한 천사 나셨네. 아 씨, 짜증나."

울분을 참지 못한 두현은, 석진이 말릴 새도 없이 대표실 문을 열고 밖으로 나가 버렸다.

담배를 피우고 올 거라 생각했던 두현은 한참이 지나도 돌아오지 않았다. 석진이 그에게 전화를 걸자, '미친 새끼'라는 말이 돌아왔다. 그러고도 20분이나 더 뒤에 돌아온 두현은, 정말로 제대로 연애를 하는 거냐고 석진에게 재차 물었다. 석진은 고개를 주억거렸고, 두현은 이정 씨 친구 중에 괜찮은 사람 없냐며 자신의 외로운 처지를 한탄했다.

한탄 속에 스며들어 있는 배려의 무게를 절대로 잊어서는 안 되겠지.

석진이 희미하게 웃자 대표실이 원래의 분위기를 찾아갔다.

＊ ＊ ＊

원래는 두현과 술이라도 한잔할까 했다. 하지만 밤 9시쯤, 큰손 고객이 술이나 한잔하자며 두현을 찾은 탓에, 두현은 세상 불만이 가득 찬 얼굴로 입을 내밀며 먼저 퇴근을 했다.

한참 일을 더 하던 석진이 시계를 봤을 때, 시간은 이미 밤 11시를 넘겨 있었다.

잠들었을까?

내내 조용했던 휴대폰을 들며, 석진은 이정을 생각했다.

전 남친처럼 질척대고 싶어지는데, 그러면 이정이 웃을까?

그녀는 의외로 자주 연락하는 스타일이 아니었다. 원래 그런 건지, 아니면 사람을 가리는 건지, 그게 좀 궁금했다. 그러면서도 그의 연락엔 즉각 대답을 해 왔다. 이른 아침이건, 늦은 밤이건, 그의 연락을 기다린 사람처럼 전화를 받았고 답문을 보냈다. 그래서인지 이정이 주로 언제 작업을 하는지, 몇 시에 잠자리에 드는지 감이 오지 않았다.

나는 자기 전에 전화를 했는데.

나는 아침에 일어났다는 문자도 하는데.

별거 아닌 거에 서운함을 느끼던 석진이 픽 웃음을 터트렸다. 이런 걸 의식하고 서운해하는 스스로가 낯설긴 했으나, 자신을 에워싼 공기가 균형을 잃고 흔들리는 느낌이 싫지 않았다.

그래도 그렇지. 당장 낮에만 해도 먼저 연락하면 와 줄 거냐고 물어 놓고 왜 나를 안 써먹어?

먼저 연락을 하면 혹시나 잠들어 있는 사람을 깨우는 게 아닐까 주저하며 퇴근 준비를 하는데 갑자기 휴대폰이 진동했다. 본 적이 없는 번호였다.

이 시간에 모르는 번호라······. 미세한 불안함을 감지한 석진이 통화 버튼을 눌렀다.

"여보세요?"

현장도 일을 진작 마감한 시간인데 무슨 사고라도 생겼나 싶어 얼른 전화를 받았다. 하지만 발신자는 의외의 인물이었다.

— 우석진 씨?

늦은 밤인데도 밝고 카랑카랑한 목소리가 석진을 불렀다. 어? 내가 이 목소리를 어디서 들어 봤더라? 석진이 정답을 찾기도 전에 발신자가 신원을 밝혔다.

— 저 기억하시죠? 박윤주.

"아, 네. 안녕하세요."

그런데 무슨 일로 이 시간에 나를?

— 다른 게 아니라, 제가 일 문제로 열받는 일이 있어서 술이나 한잔하자고 이정이를 불러냈는데 이정이가 너무 취했어요.

"네?"

방금 전에 시간을 확인했건만 다시 시계를 보게 되었다. 최이정이 취했다고?

— 지금 테이블에 엎드려 잠들었으니까 석진 씨가 좀 와 주면 안 될까요? 장소는 문자로 보낼게요.

"곧바로 가겠습니다."

망설일 종류의 일이 아니었다. 석진은 서둘러 책상을 정리했다.

급하게 차를 몰고 이정에게 가는 내내 눈앞이 캄캄했다. 최이정은 술을 잘 못 마시는 애인데 무엇이 이 여자를 취하게 만들었을까? 혹시 나와 만나는 것에 있어 말 못 할 어려움이 있었던 건 아닌지. 갖은 걱정과 두려움이 엄습했다.

혹시 내가 낮에 무슨 실수를 했나? 두현이랑 함께 밥을 먹다가 어떤 부분에서 서운함을 느낀 건가?

"어서 오세요."

윤주가 목적지로 알려 준 곳은 이정의 동네에 있는 선술집이었다. 어떻게 이런 차분하고 조용한 곳에서 감당이 안 될 만큼 술을 마실 수가 있지? 급한 마음에 재빨리 눈을 움직이자 아는 얼굴 하나가 보였다.

"어! 여기예요"

석진을 부른 장본인이 반갑게 손을 흔들었다. 그리고 곧, 윤주와 마주 앉아 있던 여자가 고개를 돌렸다.

"이정아."

윤주에게 인사할 새도 없이 석진이 성큼 다가가자 이정이 눈을 휘둥그레 뜨고는 그를 올려다보았다.

"여기 어쩐 일이에요?"

술에 취했다고 하기엔 너무나 정상적인 얼굴을 하고서 이정이 물었다.

"너 괜찮아?"

"내가 왜요?"

도무지 영문을 모르겠다는 듯 끔뻑이던 눈이 일순 날카로워지며 윤주를 향했다.

"박윤주! 너 장난쳤지?"

이정이 빽 소리를 지르자 윤주가 미안한 기색 하나 없이 사과를 했다.

"죄송해요. 이정이가 고민을 좀 하기에 제가 살짝 오지랖 좀 떨었어요."

휴. 일단 이정이 멀쩡하다는 것에 안도하며 석진은 이정의 옆자리에 앉았다. 얼마나 놀랐으면 여기까지 어떻게 왔는지조차 기억이 안 날 정도였다. 낮에 만났을 때도 잘 웃고 잘 먹던 여자가 왜 그렇게 술을 마셨을까, 그게 혹시나 나 때문은 아닐까 싶어 숨을 쉬는 것도 잊고 왔더니 다리가 풀리는 기분이었다.

석진이 숨을 고르느라 말이 없자 윤주가 괜히 자세를 고쳐 앉으며 석진의 눈치를 봤다.

"제 생각보다 많이 놀라신 거죠? 죄송해요. 그냥 같이 이야기하다가 제가 석진 씨 부르랬더니 이정이가 절대로 안 된다고 하잖아요."

"윤주야!"

이정이 말을 가로막자 윤주는 더 하려던 말을 꿀꺽 삼키며 입술을 입 안으로 말아 넣었다.

"미안해요. 내가 화장실 간 사이에 윤주가 장난을 친 것 같아요."

"아니야, 너 아무 일 없으면 됐어. 진짜야. 그리고 윤주 씨, 괜찮으니까 사과

143

하지 않아도 돼요.”

어쩔 줄 몰라 하는 이정과 윤주를 달래며 석진이 웃었다. 놀란 건 맞지만, 친한 친구 사이에 이 정도 짓궂은 장난이 오가는 건 이해 못 할 일은 아니었다. 덕분에 이정을 볼 수 있게 되었으니 화를 내고 싶지도 않았다.

“그럼 저는 이만 집에 가 볼게요.”

석진이 괜찮다는데도 좌불안석으로 앉아 있던 윤주는, 그의 만류에도 불구하고 굳이 자리를 피해 주었다. 그녀는 머리를 조아리며 사라졌으나 석진은 떠나는 윤주의 얼굴에 어린 뿌듯함을 발견하고 말았다. 박윤주라는 여자는 꽤 재미있는 사람인 게 분명했다.

이거, 사과받을 일이 아니라 내가 고맙다는 말을 해야 할 일 같은데.

“늦었으니까 우리도 일어나요.”

자정이 넘은 시간이었고 석진은 몇 시간 뒤 출근을 해야 했다. 그가 이렇게 와 준 것만으로도 마음이 천근만근인데 가뜩이나 피곤한 사람을 더 붙잡고 있을 수가 없었다. 이정이 석진의 팔을 이끌었지만 석진은 미동이 없었다.

“그래도 여기까지 왔는데 나도 너랑 술 좀 마시면 안 돼?”

도리어 나긋한 말투로 이정을 설득하려 들었다.

“윤주 씨랑은 마셔 줬으면서 나랑은 술 안 마셔 줄 거야? 어쩌면 윤주 씨가 원한 게 이런 거일 텐데.”

어머나, 이 남자가.

얼빠진 사람처럼 말을 못 하는 이정을 무시하고 석진이 자기 몫의 맥주를 주문했다. 곧 그의 앞에 500밀리리터 맥주잔이 놓였다.

“그럼 맞은편에 앉아요. 이렇게 나란히 있는 거, 좀 이상한데.”

꿀꺽 맥주를 마시는 석진을 보며 이정이 개미만 한 목소리로 말했지만 그 의견 또한 지그시 무시당했다.

“얼굴 보는 건 낮에 했으니까 지금은 다른 걸 해야지.”

“…….”

시간이 흐를수록 석진은 다른 사람이 되어 갔다. 메말라서 쩍쩍 갈라진 땅처럼 건조하던 남자가, 자꾸만 푸딩처럼 말랑해진다. 예고하고 변한다 해도 맞춰 가기 어려울 것 같은데, 그는 작정을 한 사람처럼 하루하루 빠르게 변하고 있다. 아니, 원래 이런 사람이었는데, 내가 몰랐던 걸까?

석진은 왼손으로 맥주잔을 드는 불편함을 감수하며 오른손으로 이정의 손을 잡고 있었고, 간간이 따스한 눈으로 그녀를 바라보았다. 그의 시선 때문에 이정의 얼굴에 열꽃이 피어오를 때, 석진이 말했다.

"그래서 넌, 언제 날 부를 거야?"

이정의 얼굴이 조금 더 붉어졌다.

✳ ✳ ✳

"왜 날 어려워해? 연락도 먼저 하지 않고, 술 먹다 보고 싶다고 부를 수도 있는 건데, 넌 왜 그런 걸 안 해?"

이정을 집까지 바래다주는 길, 술을 한 잔 마셔 기분이 달짝지근해진 석진이 가벼운 투정을 부렸다. 가만가만 그와 발맞춰 걷던 이정이 낮게 웃었다. 불과 두 시간 전, 윤주가 했던 말과 석진이 한 말이 너무나 비슷해서였다.

'사귀는 마당에 뭐가 어려워? 술 먹다 생각나서 전화했다고 하면 되잖아.'

그러게. 이렇게 한걸음에 달려와 주는 사람인데 나는 뭐가 그렇게 어려운 걸까?

작업을 하면서도, 집 안을 정리하면서도 곰곰이 생각해 봤었다. 연인 사이가 된 마당에 석진에게 먼저 연락을 하는 게 왜 이토록 어려운 건지 생각하고 생각해 본 끝에 내린 결론은, 솔직히 좀 어처구니없었다.

"실감이 안 나서 그런 거 같아요. 겁도 나는 것 같고. 내가 연락을 했는데 오빠가 안 받으면 어쩌나, 아니, 없는 번호면 어떻게 하나, 나 그런 생각을 하는 것 같아요."

그가 더 서운해하도록 내버려 둘 수가 없어서 솔직한 마음을 터놓자 석진이 그 자리에 우뚝 멈춰 섰다.

"만나고, 밥도 먹고, 통화도 하는 사이인데도 여전히 그래?"

지은 죄가 있으니 할 말은 없는데 이상하게 억울했다.

나는 네가 가까이 있는 것만으로도 벅찬데 너는 아직 나를 받아들이지 못하다니.

발밑의 세상이 흔들리는 기분이었다. 단순한 서운함, 그것과는 분명히 다른 감정이 울컥 심장을 눌렀다. 시간이 필요한 문제라는 걸 아는데 조급해진다.

"아, 그런데 오늘 너무 후텁지근하지 않아요? 하루 종일 비가 내릴 듯 말 듯 꾸물거리기만 하고 습도도 높고. 차라리 속 시원하게 비가 내리지."

석진을 의식했는지 이정이 아무 의미 없는 손부채질을 해 가며 애꿎은 날씨 탓을 했다. 그러다가 샐쭉하게 석진을 노려보았다.

"그런데 오빠도 나, 되게 조심스럽게 대하잖아요."

"응?"

석진은 단번에 말의 의미를 파악하지 못해 되물었지만 이정은 여운을 남긴 채 답하지 않았다.

태연하게 손을 잡을 때, 따뜻하게 눈을 맞출 때, 석진은 종종 고민이 가득 담긴 표정을 짓곤 했다. 그리고 그는 좀처럼 욕심을 부리지 않았다. 집 앞까지 와 놓고서도 집 안에 발을 들이려 하지 않았고 스킨십을 하는 데 있어서도 생각이 많아 보였다.

석진이 왜 그러는지 알면서도 서운했다. 당신이 나를 만져야 나도 당신을 향해 손을 내밀 텐데. 당신의 얼굴이 내 손에 익어야 내 마음도 당신에게 익숙해질 텐데.

내가 너무 밝……히나?

"그게 무슨 소리야? 자세히 얘기를 해야 내가 알아듣지."

이게 자세히 할 수 있는 이야기가 아닌데. 그래도 또 당돌한 여자가 되어 볼까, 이정이 고민할 때였다.

"어?"

아무런 기척도 없이 하늘에서 비가 쏟아지기 시작했다. 종일 머금고 있던 습기를 한 방에 터트리듯, 그야말로 앞이 보이지 않을 정도의 소나기가 하늘에 구멍이 뚫린 것처럼 쏟아져 내렸다.

"뛰어."

석진이 먼저 뛰었고, 이정도 그에게 손목이 잡힌 채로 급히 다리를 움직였다. 비가 올 것 같은데, 라는 말을 온종일 입에 달고 있었으면서 우산도 없이 외출했다니.

하지만 후회할 시간조차 없었다. 일단은 비를 피해야 했다.

"아! 오빠, 내 차로 가요. 거기 우산 있어요."

집에서 50미터가량 떨어진 주차장이 보이자 이정이 소리쳤다. 어지간해서는 집까지 쭉 달렸을 텐데 지금은 50미터도 50킬로미터로 느껴질 만큼 비가 내렸기에 당장 비를 막아 줄 뭔가가 절실했다. 이미 흠뻑 젖은 마당에 우산이 무슨 의미가 있겠냐만, 석진도 이정의 차 쪽으로 방향을 잡았다.

"휴."

그리고 두 사람은 짠 것처럼 동시에 차에 올라탔다.

"무슨 비가 이렇게 내려?"

차에 조수석에 앉고 나서야 시트가 젖을 수도 있다는 걸 깨달았다. 그냥 갈 걸 그랬나? 석진은 바지 주머니에 있던 손수건을 꺼내 이정에게 내밀었다. 습기를 머금고 있긴 하지만 얼굴을 닦기엔 부족함이 없어 보였다.

"이미 젖었는데."

그러면서도 이정이 손수건을 받았다. 손수건으로 얼굴을 꾹꾹 누르던 이정은 갑자기 큭, 하고 웃음소리를 흘렸다.

"왜?"

석진이 묻자 이정이 손수건으로 얼굴을 반쯤 가렸다. 하지만 손수건이 그녀의 웃음소리까지 감춰 주지는 못했다.

"뭐가 그렇게 재미있어?"

비에 젖어 흘러내린 앞머리를 이마 뒤로 넘기며 묻던 석진도 그냥 웃어 버렸다.

알 것 같아서였다. 최이정이 웃는 이유를.

"낯설지가 않지?"

"네."

역시. 그런 이유가 맞는 거구나.

"우리 같이 사업할까? 비가 안 내려서 걱정인 곳이 있다면 우리가 가서 도와주는 거야."

"정말?"

"그거보다 더 쉽게 돈 버는 일이 어디 있겠어?"

다시 가벼운 웃음이 오갔다.

대충이나마 얼굴을 수습한 이정은 뒷좌석에 놔둔 우산을 찾기 위해 몸을 틀었다. 유비무환이라 했던가? 이렇게라도 우산을 구비해 놓길 잘했다. 3단 우산이라 작긴 해도 잠시나마 비를 피할 수는 있……, 그런데 우산이 어딨지?

"아이 씨."

손으로 조수석 뒤에 달린 주머니 속을 더듬어 봐도 잡히는 게 없었다. 이상하다. 분명히 여기 넣어 뒀는데.

우산을 찾느라 몰랐다. 좁은 경차 안, 조수석에 앉아 있는 남자와 얼굴이 한껏 가까워져 있다는 것을. 석진이 크게 숨을 뱉었고, 그 숨 끝이 볼을 간지럽힌 후에야 이정이 그를 향해 고개를 돌렸다.

눈이 마주쳤다.

서로의 얼굴에 서로의 숨이 닿았다.

차 유리를 두드리는 빗소리가 데시벨을 높여 갔다.

두 사람 모두 알고 있다. 보편적으로는, 아니 본능적으로도 지금 이 분위기라 어떻게 흘러가야 하는지를. 그런데 누구 하나 섣불리 움직이지 않았다. 그렇다고 시선을 돌리지도 않았다.

"지금은 내가 어렵지 않은가 보네. 가만히 있는 걸 보면."

습한 공기 아래로 석진의 목소리가 가라앉았다. 이정은 가만히 그의 두 눈을 들여다보았다. 비가 내리는 도시의 밤이 이렇게 자비로운 줄 몰랐다. 도시의 밤은 시골의 밤보다 밝았고, 그래서 석진의 얼굴을 원 없이 감상할 수 있었다.

"오빠 왜 조심하지 않아요? 이 차 안에서 무슨 일이 생길 줄 알고."

석진의 이마에서 흘러내리는 물기를 닦아 준 이정의 손가락이 그의 턱에 닿았다. 놀란 건지 간지러운 건지 석진이 고개를 움직이자, 두 사람의 입술이 더욱 가까워졌다.

"진짜…… 오빠 맞네요."

"그럼 지금까지 누구랑 있었던 거야?"

이정이 석진의 턱을 들어 올렸다. 두 사람의 입술이 맞붙을 수 있을 만큼만 손끝에 힘을 주니 갑자기 온 세상이 어두워졌다. 이상하다. 도시의 밤은 이만큼 어둡지 않은데. 하지만 세상 전체가 어둠에 휩싸였음에도 무섭지가 않았다.

누군가가 따스한 손길로 나를 끌어안아 주어서, 누군가가 불보다 더 뜨거운 입술로 온기를 전달해 주어서, 온몸을 적신 물기가 다 증발해 버릴 것만 같다.

"너한테서 비에 젖은 풀 냄새가 나."

석진이 입술을 달싹이자 이정은 기다린 것처럼 입을 열었고 곧 두 개의 혀가 감겼다.

누군가의 입에서 달뜬 소리가 새어 나왔다. 누군가의 젖은 머리카락 틈을 누군가의 손가락이 비집고 들었다. 누군가가 누군가의 귓불을 깨물기도 했다.

"이정아."

석진이 간절하게 이정의 이름을 불렀고, 이정은 대답 대신 그의 목을 안았다. 숨 쉴 시간도 허락하지 않겠노라는 암묵적인 동의하에 두 사람은 다시 서로의 숨결을 받아들였다.

비는 더욱 거세어졌고 차 안의 습도도 보통보다 조금 많이 높아졌다.

6

"아니, 정말 그러지 않아도 돼. 날씨가 너무 더워서 여기 도착하기도 전에 상한다니까?"

벌써 20분째 통화가 이어졌다. 드라마를 보다 생각이 났다며 전화를 해 온 지영은, 혼자 사는 이정을 걱정하며 그녀가 좋아할 만한 반찬들을 쭉 나열했다. 일에 몰두하면 종종 끼니를 거르곤 하는 딸의 나쁜 습관을 지영이 모를 리가 없었다.

— 깻잎조림 같은 건 아이스 팩 넣어서 보내면 안 상해. 열무도 된장에 좀 무쳐 줄까? 그러게 왜 사서 고생이야? 집에서 일하면 좀 좋아?

"말했잖아. 이 책 만드는 동안에는 출판사 사람들 자주 만나야 해서 어쩔 수가 없다고."

— 그러지 말고 집에 좀 내려와. 딸 얼굴 까먹겠다.

결국 이 말이 하고 싶어서 우리 엄마가 길고 긴 잔소리를 한 걸까? 이정은 저도 모르게 배시시 웃음이 나왔다. 조만간 집에 내려가겠다며 착하게 대답하자, 지영은 아닌 척하면서도 흡족해했다.

— 주기적으로 고기도 먹어 줘야 해. 집에 고기 냄새 배는 거 싫으면 윤주랑 나가서 사 먹어.

"알겠어."

대충 통화가 마무리되어 가나 했는데 지영의 잔소리가 다시 시작되었다.

엄마는 참 신기했다. 공부가 잘 안 된다고 하면 밥을 먹으라고 했고, 머리가 아프다고 해도 밥을 먹으라고 했다. 심지어 기분이 안 좋을 때도 일단 밥을 먹으라고 했다.

'엄마는 밥이면 다 되는 줄 알아.'

어린 날엔 이해하지 못했지만 이젠 어렴풋이 알 것도 같다. 대신 공부를 해 줄 수도 없고, 대신 아파 줄 수도 없기에 엄마는 밥을 택한 거였다. 그렇게라도 자식에게 도움이 되고 싶었던 엄마의 마음을 헤아리게 된 이상 잔소리 좀 그만하라고 툭툭거리고 싶진 않았다.

— 방학이라 같이 붙어 있을 줄 알았는데 네 아빠도 학회 가 버리고 이준이는 군대에 있고, 엄마 심심하니까 너라도 좀 와.

아무래도 통화가 길어질 조짐이 보였다. 이참에 환기라도 할까? 내내 문을 꼭 닫은 채 에어컨을 가동했다는 사실이 이제야 심각하게 와닿았다. 에어컨을 끄고 창문을 열자 평생 친해질 것 같지 않은 습한 공기가 바람을 타고 집 안으로 들어왔다.

"내 강의 듣는 아주머니들은 남편이 집에 있으면 귀찮다던데 엄마는 참 이상해."

끈적이는 바람을 들이켜며 말하자 엄마가 후후 웃는다. 그 웃음소리에 맞춰 휙휙 허리를 돌리던 이정이 한 팔을 쭉 뻗으며 기지개를 켤 때였다.

— 이상할 거 없어. 내가 부모가 있니 형제자매가 있니? 이 세상에 의지할 사람은 네 아빠랑 너희들밖에 없는데 내 식구를 귀찮아하면 안 되지.

위로 위로 뻗어 가던 이정의 팔이 멈췄다.

일찍 돌아가신 엄마의 부모님, 먼저 다른 세상으로 가 버린 엄마의 하나뿐인 남동생.

처음 듣는 이야기가 아니었다. 도리어 엄마의 뻔한 레퍼토리라고 해도 좋을 만큼 자주 듣던 말임이 분명한데, 오늘만큼은 다른 날처럼 그 말을 듣고 흘려 버릴 수가 없었다.

갑자기 목이 메어 왔다. 어쩐지 슬퍼지는 것 같기도 하다.

왜 외삼촌은 스스로 삶을 놓아 버렸을까. 우리 엄마 가슴 아프게. 덩달아 나도 슬퍼지게.

— 참, 너 남자 만나 볼 생각 있어?

무거운 기운을 감지했는지 지영이 화제를 전환시켰다.

"응?"

시큰거리는 콧날을 찡긋거리며 이정이 묻자 마치 기다린 것처럼 지영이 말했다.

— 김 교수님이 자기 아들이 서울에서 직장 다니고 있다며 아빠한테 네 이야기를 했다더라.

김 교수님이 누군지도 모를뿐더러 그의 아들 또한 평생 몰라도 될 것 같았다. 이정은 1초의 고민도 없이 거절했다.

"됐어. 나 바빠."

그러자 지영은 몹시 쉽게 이정의 뜻을 받아들였다.

— 그래. 이 좋은 세상에 결혼이 필수는 아니지. 너 하고 싶은 거 마음껏 하고 살아.

"……."

보통의 엄마라면 그래도 만나는 보라고 해야 하는 거 아닌가? 혹은 만나는 사람이 있는 거냐고 의심을 하지 않나?

엄마가 너무 쉽게 포기하자 어쩐지 서운한 마음이 들었다. 만약 지영이 일단 만나는 보라고 설득하려 들었대도 곤란했을 텐데, 다행이라 여길 상황임에도 서글픔이 밀려왔다.

우석진. 그가 생각났다.

'석진아, 자, 이렇게 먹는 거야. 너 미국에서 이런 건 못 먹어 봤지?'

아니, 지영과 함께 있던 석진이 생각났다. 호박잎으로 싼 밥을 석진의 입에 넣어 주던 지영과 어색하게 그걸 받아먹던 석진의 모습이 지금도 생생하기만 했다.

'우리 이준이는 언제 커서 너처럼 이렇게 의젓해질까? 석진이 너 미국 가지 말고 그냥 우리 집에서 살래? 이모가 밥은 잘 먹여 줄게.'

석진의 어떤 모습이 그렇게 좋았는지 모르겠지만 지영은 그에 대한 애정을 숨기지 않았고 석진도 천천히 지영과 가까워지고 있었다.

어쩌면 그가 사라졌던 날, 착한 우리 엄마는 나보다 더 아파했을지도 모르겠다. 그가 사라진 이유를 눈치채고 죄책감을 떠안은 채 몇 날 며칠을 잠 못 이루었을지도. 그것도 모르고 나는 그를 찾아내라고 엄마를 들들 볶았는데.

그런데 외삼촌의 죽음이 그에 대한 엄마의 마음을 어떻게 바꾸어 놓았을까?

"엄마."

엄마를 불러 놓고도 이정은 말을 잇지 못했다. 궁금한 것이 많은데도 우석진이라는 이름을 차마 꺼낼 수가 없었다.

— 왜? 아유, 걱정 마. 안 만나도 좋다는 말 진심이니까. 결혼은 의무가 아니라 선택이니 분위기에 휩쓸려서 결혼할 생각은 하지 마.

이정은 대답하지 않았다. 차라리 엄마가 시집가라고 잔소리를 한다면 마음이 조금 나아지지 않았을까 싶었다. 그럼 그와 만나고 있다는 걸 밝힐 수 있는 명분이라도 만들어질 것 같아서.

엄마, 차라리 누구라도 좋으니까 연애 좀 하라고 잔소리해 줘.

당장 시집가지 않으면 날 안 보겠다고 해 줘.

엄마에게 있어 내가 누구를 만나냐보다 결혼이 더 중요한 문제라면, 그럼 나 우석진이라는 사람을 데리고 가도 될까?

엄마, 제발 결혼만 한다면 다른 건 다 괜찮다고 말해 줘.

하고 싶은 말이 물먹은 솜처럼 불어나고 있었다. 이정은 무거운 마음으로 엄마와의 통화를 마무리했다.

전화를 끊은 뒤로 이정은 내내 열일곱의 여름을 생각했다.

소나기가 내리던 밤과 무더웠던 한낮의 열기, 온 가족이 좋아했던 복숭아.

복숭아의 달콤한 맛을 떠올리니 입 안에 군침이 고이며 식욕이 돌았다. 시간은 9시이고 그는 접대 약속이 있다고 했다. 그래도 우석진이라는 남자를 불러 볼까 하는 요망한 도전 정신이 고개를 들었다.

정말로 내가 부르면 언제라도 달려오긴 할는지.

망설이던 이정은 깔끔하게 마음을 접고 윤주에게 전화를 걸었다.

"우리 복숭아빙수 먹으러 안 갈래?"

윤주는 마침 쉬는 중이었다며 흔쾌히 콜을 외쳤다.

지갑을 챙기던 이정은 문득 투정 부리던 석진이 생각나 그에게 문자 한 통을 남겼다.

[윤주랑 복숭아빙수 먹으러 가요.]

곧 답이 왔다.

[다음엔 나조 같이 머거.]

나조? 머거? 그답지 않은 오타에 웃음이 나왔다. 아마 사람들의 눈을 피해 몰래 메시지를 보내느라 그런 거겠지.

＊ ＊ ＊

"세상 참 좋아졌어. 우리 어릴 땐 팥빙수가 전부였는데 요즘은 멜론빙수, 티라미수빙수, 복숭아빙수까지 없는 게 없어."

이정의 말에 윤주가 기겁을 했다.

"야, 최이정. 네가 그렇게 말하니까 세상을 한 60년은 산 사람 같잖아. 왜, 아예 차라리 보자기에 책 싸서 10리 길을 걸어 학교 갔다고 하지 그러니? 아이스께끼 한 개 가격이 5원이었다고 하면 되려나?"

그러면서도 윤주는 부지런히 빙수를 떠서 입에 넣었다.

"너 안 불렀음 어쩔 뻔했어? 왜 이렇게 잘 먹어?"

"오늘 글 작가가 내 초안을 되게 마음에 들어 해서 기분이 좋은 상태라 세상 모든 게 다 맛있어."

눈처럼 소복이 쌓인 얼음과 달콤한 복숭아를 함께 입에 넣으니 이 여름이 가 버리는 게 아쉬워졌다. 겨울엔 복숭아를 먹을 수가 없는데.

그런데 겨울이라······.

그와 나, 겨울엔 어떤 모습으로 함께하고 있을까? 겨울옷을 입은 석진을 본 적이 없다. 차가워진 그의 손은 어떤 느낌이려나? 어쩐지 겨울과 그는 어울리지 않는다. 눈을 맞으며 서 있는 그는 더욱 낯설다.

"최이정, 또 무슨 생각을 그렇게 해?"

"아, 그냥."

"그냥은 무슨. 우석진 님 생각 하겠지."

"티 났어?"

"야, 내 입 속에서 씹히고 있는 복숭아도 알 거다. 최이정이 우석진만 생각 하고 사는 거."

"꼴 보기 싫어도 참아 줘. 너 남자들이랑 만나고 헤어질 때마다 내가 그 사연 다 들어 주고 달래 줬으니까."

꼴 보기 싫을 리가 있나.

처음으로 하는 연애에 설레어 하는 친구가 보기 좋아서 윤주도 덩달아 들뜬 날을 보내는 중이었다. 작업을 하다가도 이정을 떠올리면 피식피식 웃음이 나올 정도였다.

그렇게 이정과 석진, 두 사람에 대해 곰곰이 생각해 보던 윤주는 문득 궁금증이 생겼다.

"그래서 두 사람 진도는 좀 나갔어? 키스는 했니?"

둘 다 스무 살 풋내기도 아니고. 아니지, 요즘 스무 살 풋내기들도 만난 지 하루 만에 뜨거운 밤을 보내기도 한다는데.

"그런 것 좀 묻지 마."

"반응 보니 키스는 했네. 그럼 됐어."

젊잖아 보여도 석진이 남자 구실은 하는구나 여긴 윤주가 복숭아빙수를 푹 퍼서 입에 넣는 순간, 이정의 휴대폰이 울리더니 액정에 석진의 이름이 떴다.

"여보세요?"

이정은 반사적으로 전화를 받았고.

"아, 네. 무슨 일이시죠?"

갑자기 어깨를 옹송그렸다.

뭐야, 석진 오빠가 전화한 거 아니었어? 심상치 않은 기운이 느껴졌다. 윤주가 숟가락을 테이블 위에 내려놓았다.

무슨 일이 생긴 거냐고 윤주가 눈으로 물었으나 이정은 일단 통화에 집중해야 했다. 석진의 휴대폰으로 전화를 건 사람이 석진이 아니었기 때문이다.

— 이정 씨, 어떻게 하죠? 석진이가 술에 많이 취해서 잠들었는데 석진이 집으로 와 주실 수 있을까요?

다급한 두현의 목소리.

솔직히 처음엔 장난인 줄 알았다. 윤주가 그런 것처럼 두현도 장난을 치는 거라고 생각했다. 그런데 장난이 아닌 모양이었다.

— 도통 이 녀석을 혼자 두고 갈 수가 없어서요. 제가 같이 있어 주고 싶은데 하필 저희 집에서 급한 호출이 와서……. 석진이가 이 정도로 술을 많이 마시면 꼭 고열에 시달리거든요. 어쩔 땐 두드러기도 올라오고.

"네? 고열이요?"

당황한 이정은 벌써 지갑을 챙기고 있었다.

"주소 문자로 좀 보내 주시겠어요? 지금 갈게요."

— 네.

도대체 술을 얼마나 마셨기에. 접대 약속이 있어서 직원들과 함께 나가는 중이라고 할 때만 해도 석진의 목소리는 짱짱하기만 했다.

그런데 잠깐. 혹시 아까 문자 메시지 속 오타도 술에 취해서 그런 건가? 마음이 급해졌다.

"왜? 석진 오빠 무슨 일 있대?"

'석진 씨'였던 호칭이 '석진 오빠'로 바뀐 것도 모른 채 윤주가 덩달아 벌떡 일어났고, 이정은 고개를 끄덕였다.

"술을 많이 마신 상태로 집에서 잠들어 있다는데 가 봐야 될 것 같아."

"집에서 잔다는데 무슨 상관?"

"술 마시면 열이 난대."

술 마시고 얼굴 안 뜨거워지는 사람이 어디 있다고.

윤주는 남아 있는 복숭아빙수를 보며 아쉬운 입맛을 다신 뒤, 이정과 함께 빙수 가게를 빠져나왔다.

"네 차로 갈 거야?"

"그래야지."

"아서라. 여기선 우리 집이 더 가까우니까 내 차로 가."

그리고 기꺼이 이정의 운전기사를 자처했다. 아직 운전이 서투른 이정이 사고를 낼까 봐 겁이 나서였다.

※ ※ ※

"되게 빨리 오셨네요?"

현관문을 연 두현이 두 여자를 맞이해 주었다. 멀쩡하게 서 있긴 했지만 두현에게서도 짙은 술 냄새가 났다. 두현을 향해 예의를 갖춰 인사한 이정은 석진의 안부를 물었다.

"도대체 얼마나 마신 거예요?"

그러곤 침실이 어디인지 찾기 위해 두리번거리자, 두현이 멋쩍은 웃음을 지었다.

"석진이가 원래 섞어 마시는 거에 약하거든요. 오늘 고객이 양주에 맥주를 섞어 마시는 타입인데, 석진이만 노리더라고요."

"아니, 요즘 세상에. 침실이 어디예요?"

남자 혼자 살기엔 집이 너무 컸다. 방으로 추정되는 여러 개의 문 중에 이정이 침실로 보이는 곳을 손으로 가리켰고, 두현이 고개를 끄덕였다.

이정이 방으로 들어가는 걸 보며 안심한 두현은 그제야 윤주의 존재를 알아차리고 인사를 했다.

"아, 인사가 늦었네요. 이정 씨 친구분 되시나 봐요."

"네. 박윤주예요. 운전기사 겸, 필요하면 힘도 쓸 겸 왔는데 힘쓸 일은 없어 보이네요?"

"반가워요. 윤주 씨가 쓸 힘 미리 당겨쓴 석진이 친구 정두현입니다."

침실 쪽에서는 기척이 없었다. 윤주는 잠시 혼자만의 고민에 빠졌다.

아무래도 최이정은 여기 있어야 하겠지? 정두현 저 사람은 집에 갈 태세인데. 어머, 그럼 최이정 오늘 우석진 씨랑 단둘이 이 집에 있는 거야? 세상에, 대박! 나도 어서 집으로 가야지.

"그쪽이 힘을 다 쓰셨다니 전 이만 가 볼게요."

석진이 술에 취했건 취하지 않았건 어서 이 집을 조용하게 만들어 주는 것이 응당 도리라 여긴 윤주가 두현에게 까딱 인사를 하고 신발을 신었다. 그때, 두현이 윤주를 잡았다.

"초면에 실례인 거 알지만 저기 큰길까지만 저도 태워 주실 수 있나요?"

"네?"

"이 일대에선 택시가 잘 안 잡혀서요. 술을 마실 거라 차도 회사에 두고 왔고."

"안 될 거 없죠. 보아하니 저와 뜻이 비슷한 분 같은데 태워 드릴게요."

무언가에 홀린 듯이 싱긋 웃는 윤주를 바라보던 두현이 물었다.

"뜻이 비슷하다니요?"

"우석진 씨, 진짜 폭탄주 몇 잔에 난리가 나는 사람 맞아요?"

두현은 얼빠진 사람처럼 윤주를 쳐다보았다.

"취해서 뻗는 것까지는 인정. 근데 정말 고열에 시달리고 두드러기가 날 정도로 심각한 상황을 앞두고 있는 거면, 병원으로 데려갔어야지 왜 최이정을 불렀어요? 쟤가 꽃 그리는 거 말고 뭘 할 줄 안다고."

"어, 저, 그게."

나쁜 짓을 하다 들킨 사람처럼 주춤거리던 두현이 뒷머리를 털었다. 최이정을 달려오게 하는 것까지는 쉬웠는데, 최이정의 친구가 이 정도로 의심이 많은 사람인 줄은 몰랐다.

'술 취하니까 최이정 되게 보고 싶네.'

집으로 향하는 택시 안에서 술과 잠에 취한 석진이 중얼거렸고, 그걸 용케 들은 두현은 술김에 오지랖을 떨어 보기로 했다. 사랑하는 남녀가 함께 있을 만한 정당한 명분을 만들어 주겠다는데, 솔직히 나쁜 일을 하는 건 아니지 않은가?

그런데 뜬금없이 등장한 이정의 친구가 눈을 가늘게 뜨고 사태를 파악하려 드니, 등줄기에서 땀이 흐르는 것 같았다.

"잘못을 따지는 게 아녜요. 좀 전에도 말했지만 우린 뜻이 비슷하다니까요. 서른 넘은 어른들이 너무 얌전해 주셔서 둘이 여행이라도 보내야 하나 고민하던 참이거든요."

시원시원한 윤주의 말에 두현이 곤란함을 싹 지우고 환하게 웃었다. 없던 병을 만들어 내고, 조용한 집안에 일이 생겼다고 거짓말까지 한 것이 찝찝하던 차에, 윤주가 대수롭지 않게 여겨 주니 고마울 따름이었다.

"아무튼 좋은 일 하신 착한 분이시니까 제가 큰길 지나 댁까지 모셔다드릴게요."

"하하, 감사합니다."

잔뜩 마신 알코올이 싹 날아가는 기분이었다. 두현은 홀가분하게 웃으며 윤주를 따라나섰다.

한편 이정은 잠든 석진을 어떻게 다뤄야 할지 몰라 눈꼬리를 내렸다. 아무래도 두현을 좋게만 봐서는 안 될 것 같았다.

그녀가 오기까지 시간이 좀 있었을 텐데 옷이라도 갈아입혀 줄 것이지, 사람을 저대로 눕혀 놓기만 하면 다야?

바깥에서 달칵, 하고 현관문 닫히는 소리가 들린 걸 보니 윤주도 두현도 이 집을 떠난 듯했고, 현재 석진을 감당할 사람은 오롯이 자신밖에 없었다.

"오빠."

스탠드 조명만이 켜진 방. 조용히 석진을 불렀으나 그는 미동조차 없었다.

"……."

조금 더 그를 지켜보던 이정은 결심을 굳히고 석진의 셔츠 단추를 하나하나 풀어내기 시작했다. 이미 만져 본 적이 있는 몸인데도 처음인 것처럼 손이 덜덜 떨렸다. 그러다 불현듯 두현이 한 말이 생각나 석진의 이마를 짚어 보았다. 다행이 열이 나는 것 같지는 않았다.

"오빠, 정신 좀 차려 봐요."

간신히 셔츠를 벗겨 냈을 땐, 아무것도 걸치지 않은 그의 상반신을 보게 됐다는 데 대한 부끄러움을 느낄 새도 없이, 힘들어 죽겠다는 말이 먼저 나왔다. 그래도 석진이 무사하다는 사실을 위안으로 삼았다.

그의 체온은 정상이었고 두드러기가 올라올 낌새도 없었다. 차마 그의 바지까진 벗기지 못한 이정은, 물수건으로 석진의 얼굴을 닦아 주었다. 그리고 침대 곁에 서서 잠든 석진의 얼굴을 살폈다.

'그러고 보니 자는 얼굴은 되게 오랜만에 보는 것 같네.'

13년 전, 집 마당의 정자에서 책을 읽던 석진이 단잠에 빠진 모습을 본 적이 있었다. 모로 누운 채 몸을 웅크리고 자던 그 모습이 다시 생생하게 되살아났다. 잠자는 모습이 의외로 어린아이 같아 신기했지만, 석진에게는 봤다는 걸 내색하지 않았다. 혼자만 알아야지, 다짐하며 마음속에 그 모습을 저장했었다.

잠자는 석진의 얼굴은 예전과 달라진 게 하나도 없었다. 여전히 말갛고 앳된 얼굴이 너무 여려 보여서 예전처럼 곁에 있어 주고 싶었다.

대단한 어른처럼 느껴지던 남자도 결국은 사람이었다. 석진도 고객이 주는 술을 거절하지 못하는 사회인이었고, 과음을 하면 취했다. 오늘 석진의 다양한 면을 보게 되었다는 생각이 들어 두현에 대한 원망이 싹 달아나 버렸다.

"흐음."

반듯하게 누워 있던 석진이 몸을 뒤척이더니 자세를 바꾸어 모로 누웠다.

'치. 그렇게 등을 보이면 내가 당신 얼굴 못 볼 줄 알고?'

깊은 잠에 빠져 있는 사람이 한 행동에 유치한 서운함을 느낀 이정은, 그의 얼굴을 볼 수 있는 침대 반대쪽으로 이동했다. 그리고 바닥에 주저앉아 침대에 턱을 괬다.

문득 궁금했다. 나와 떨어져 사는 동안 이 남자의 삶은 어떠했는지.

그리고 나와 이 남자는 앞으로 어떤 미래를 맞이하게 될지.

잘될 거야.

잘되겠지.

미래만 생각하면 마음속에 어둠이 밀려오려 했다. 이정은 그냥 눈을 감아 버렸다.

"어?"

언제 잠이 든 걸까? 눈을 뜬 이정은 낯선 공간을 확인하고서는 벌떡 몸을 일으켰다. 자신이 누워 있던 곳이 어디인지를 깨닫기까지는 오랜 시간이 걸리지 않았다.

여기는 그의 방이고, 나는 어제 바닥에 앉은 채 잠이 든 것 같은데 누가 날 침대에 눕혔지?

자동적으로 텅 빈 옆자리를 보게 됐다. 침대 시트에 주름이 진 걸 보니 누군가가 누워 있었다는 건 알겠는데…….기분 나쁜 기시감이 엄습하자 숨이 막혀 오려 했다.

이 남자, 어디로 간 거야?

그때, 문밖에서 인기척이 나더니 편한 티셔츠 차림의 석진이 침실에 들어왔다. 방금 씻은 건지 물기가 남아 있는 얼굴을 한 그는, 어젯밤 일 때문인지 괜스레 이정의 눈치를 살폈다.

휴우, 놀란 가슴을 쓸어내린 이정은 야속하다는 듯 석진을 올려다보았다.

"언제 일어났어요?"

"그보다 네가 왜 여기 있는 거야?"

"도대체 술을 얼마나 마신 거예요? 술 많이 마시면 열나고 두드러기도 올라

온다면서요? 그런 사람이 융통성도 없이."

석진은 이정이 무슨 말을 하는지 도통 알아들을 수가 없어서 눈을 깜빡거렸다.

두드러기라니? 내가?

"섞어 마시는 술에 약한 편이기도 하고, 억지로 술을 받아 마시다 보니 정신을 놨나 봐. 어제 두현이랑 택시 탄 것까지는 기억나는데, 그다음부터는 기억이 없어. 그래도 술 때문에 두드러기가 나고 그러진 않는데?"

억울한 표정으로 어젯밤 일을 되짚어 보던 석진은 곧 '아!' 하는 소리와 함께 헛웃음을 쳤다.

"혹시 두현이가 전화했어?"

"네. 오빠 과음하면 상태가 안 좋아져서 지켜봐야 한다고."

석진이 다시 웃기 시작했다. 이정과 자신 사이엔 아무래도 큰 공통분모가 존재하는 듯했다. 그게 뭐냐면.

"네 친구도, 내 친구도, 정상은 아닌 것 같아."

어쩜 다들 그렇게 거짓말을 잘하는지.

석진은 서른네 살이 되도록 두드러기가 뭔지도 모르고 살았다. 사실 안 맞는 음식을 먹을 때마다 두드러기로 고생한 사람은 두현이었다.

그제야 사태를 파악한 이정이 기가 막힌다는 듯 실눈을 뜨고 석진을 노려보았다. 그러다 벽에 걸린 시계를 보며 현재 시간을 확인했다.

"출근해야죠?"

"오늘 토요일인데?"

"오빠 주말이라고 쉬고 그런 거 없잖아요."

대답 대신 어깨를 으쓱한 석진이 침대 모서리에 걸터앉았다. 그리고 말했다.

"자고 일어나도 예쁘네?"

"……."

바짝 가까워진 그의 얼굴 때문에 긴장한 이정이 숨을 멈췄다. 부끄러워 죽을 것 같았다. 화장이야 원래 잘 안 하고 다닌다 쳐도 세수도 안 한 얼굴을 그가 빤히 보는 게 싫었다. 이러려고 여기 온 게 아닌데…….

"왜 얼굴이 빨개져?"

얼굴을 가리려던 이정의 양손이 석진에게 단단히 붙들렸다. 그렇게 이정을 옴짝달싹 못 하게 만든 석진은 그녀의 이목구비를 하나하나 눈에 담다가 입술에 가볍게 입을 맞췄다.

"어?"

따뜻한 입술이 닿았다 떨어지는 순간, 이정은 꼼짝 없이 그대로 굳어 버렸다. 키스라고 할 수도 없고 입맞춤이라고 하기에도 짧았던 스침이 사람을 긴장시켰다.

둘만 있는 집, 그리고 그의 침대 위.

사실 이정이 긴장할 이유는 충분했다.

어느새 이정의 머리카락 사이로 다섯 손가락을 넣은 석진은 그녀의 뒤통수를 서서히 끌어당겨 이마를 맞붙였다.

"어라? 열나는 사람은 최이정인데?"

당신과 이렇게 가까이 있는데 내가 어떻게 멀쩡할 수 있겠어요.

콩닥거리는 심장 소리가 들릴까 봐 발가락이 움츠러드는 기분을 느끼며 이정이 눈을 감았다.

석진은 기다렸다는 듯 다른 손으로 이정의 어깨를 잡았고 뒤통수를 잡고 있던 손으로 턱을 들어 올렸다.

나 때문에 불편한 잠을 잔 여자에게 이래도 되는 건가, 찰나 고민이 스쳐 갔지만 입술과 혀끝에서 전해지는 전율이 미치도록 자극적이어서 이정을 놓을 수가 없었다. 참았던 욕망이 꿈틀거렸다.

어처구니없게도 3년 전, 제주도의 밤이 떠올랐다. 이정에게 씻을 수 없는 상처를 남겼던 것을 되풀이하고자 하는 건 절대로 아니었다. 그저 이정을 안았을 때 차올랐던 진심의 온도와, 세포가 진동하며 만들어 낸 떨림, 달뜬 전율 끝에 찾아온 고요함이 새삼 그리워졌다.

안 되는데, 잘 참았는데, 이래도 되는 걸까? 이렇게 너를 안으면 난 변한 게 조금도 없다고 네가 날 비난할지도 모르는데.

아니다. 달라졌다.

자기합리화라고 할지 몰라도 석진에겐 더 이상 물러날 곳이 없었다. 더 알아야 할 어두운 진실 따위 존재할 리 만무했다.

너를 위하는 척하면서 실수로 끝낸 일, 다시는 그런 일을 되풀이하지 말아야지.

갈등한 게 무색하리만치 입술은 더 깊이 맞물렸고 혀와 혀가 엉키고 풀리기를 반복했다. 숨소리를 통해 전달된 떨림 속에는 애절함이 녹아 있었다.

오해는 하지 마. 나는 너를 단 한 번도 쉽게 여긴 적이 없어.

말로는 고백할 수 없는 진심을 손끝에 담은 석진이 조심스럽게 이정의 목덜미를 쓰다듬었다. 기억하고 있던 것보다 더 보드라운 촉감에 놀란 것도 잠시, 그의 손은 조금 더 대범해져 갔다.

사실 이정과 재회하고 난 뒤부터 줄곧 이런 순간을 그려 왔는지도 모르겠다. 그 희미했던 욕망이 오늘은 선명해진 것뿐.

잠결에도 뚜렷하게 느껴지는 갈증 때문에 눈을 뜬 이른 아침, 바닥에 앉아 침대에 머리를 기댄 채 잠든 이정을 발견한 순간부터 몸이 꼿꼿해짐을 느꼈지만 애써 욕구를 억눌렀다.

살짝 열린 이정의 입술, 무방비하게 벌어진 블라우스 앞섶이, 그리고 플레어스커트 아래로 보이는 매끈한 종아리가 자꾸만 시선을 끌어도, 억지로 모른 척하며 이정을 안아 침대에 눕혀 주었다.

물 석 잔을 말끔하게 비워 낸 뒤에야 알았다. 물로도 해결되지 않는 갈증이 남아 있다는 걸. 지난밤 하지 못한 샤워를 하며 차가운 물로 온몸을 적셔 봐도 내면의 갈증이 자꾸만 석진을 괴롭혔다.

결국, 이렇게 너를 파고들어야 해결될 일이었던가?

"이정아."

이정의 귓불을 조심스레 물었다 놓은 석진이 그녀의 이름을 불렀다. 이정은 대답 대신 석진의 어깨에 손을 올려놓았다. 다시 입술과 입술이 닿았을 때, 석진은 이 모든 것을 오롯이 받아들이기로 했다.

내가 너를 좋아하니까, 우리는 괜찮아.

충분히 황홀해 미칠 것 같은데도 자꾸만 더 욕심이 난다. 더 만지고 싶고 더 느끼고 싶은데, 그럼 이 여자가 달아날까? 이제 난 아무 데도 가지 않는데. 너를 안고 난 뒤에, 내 온 진심을 다해 너를 지키기로 마음먹었는데, 너는 지금 무슨 생각을 하고 있을지.

조용히 고개를 숙인 석진은 이정의 쇄골 위를 빨았고 다음 순간 이정의 목이 뒤로 젖혀졌다.

"웃."

그 찰나를 놓치지 않은 석진이 블라우스 위 단추를 풀자 이정의 가슴이 드러났다. 비록 브래지어에 가려져 있을지라도 원래의 아름다운 곡선이 숨겨지지는 않았다.

석진의 입술은 주저 없이 가슴골을 파고들었다. 자꾸만 젖혀지던 이정의 몸은, 블라우스 틈새를 파고들어 등을 쓰다듬는 석진의 손에 의해 균형을 잡았다. 호크가 풀어지며 브래지어가 느슨해지는가 싶더니 가슴 위로 에어컨 바람이 스쳤다.

"아아."

이정이 차갑고 서늘한 바람을 느끼기가 무섭게 석진이 그녀의 살갗에 입을 맞췄다. 온몸이 그에게로 빨려 들어갈 것 같은 아찔함을 견디지 못한 이정이 자잘하게 떨며 소리를 냈고, 그녀를 잡고 있는 그의 몸은 단단해져 갔다.

지금 이 순간 필요치 않은 옷들이 하나씩 침대 아래로 떨어졌다. 스스로가 원해서 벗어 내기도 했고, 마주한 사람을 더 깊이 만지고 싶어서 장애물이 될 만한 조각들을 치워 버리기도 했다. 불처럼 뜨거워진 두 몸이 간절하게 서로를 안았다.

"말해 주세요."

석진을 받아들이며 이정이 쉿소리를 냈다. 이정의 가슴 언저리를 배회하던 석진의 머리가 멈췄다.

"다 괜찮을 거라고 말해 주세요."

석진은 후회했다. 조금 전 머릿속으로 되뇌었던 말을 진작 입 밖으로 내어놓지 못해 이정의 마음을 불편하게 했다는 것이 새삼 미안해졌다.

"우리는 다 괜찮을 거야."

우리의 과거도, 우리의 현재도, 우리의 미래도 다 괜찮을 거야.

석진은 자신의 다짐을 확인시켜 주듯, 이정의 붉고 선명한 입술을 머금었다. 그러곤 온 마음을 담아 눈을 맞춰 주었다.

그의 잔잔한 미소에서 확신을 얻은 뒤에도, 이정은 조금 더 그에게 기대고 싶어 했다.

"우리는 행복할 거라고 말해 주세요."

언젠가 그가 그랬던 것처럼, 나를 책임지라는 말은 하고 싶지 않았다. 다만 당신이 '우리'라는 말에 대한 책임을 져 주기를, 이정은 간절히 바랐다.

"우리는 행복할 거야."

석진도 바라는 바였다.

"그거면…… 돼요."

이정이 엷게 웃었다.

석진과 함께하면서부터 시작된 미래에 대한 무거운 두려움이 일시적으로나마 싹 걷히는 기분이었다. 무거운 것일수록 아래로 내려앉는 습성이 있어서, 행복한데도 마음이 무거워 절절매야 했는데 부쩍 두통약을 찾게 되는 일이 잦았던 나날들이 잠시나마 잊혔다.

일말의 희망을 찾은 두 사람은 다시 서로를 애타게 안았다. 석진이 조금씩 밑으로 내려가는가 싶더니 그의 숨결이 배꼽 아래를 간지럽혔다.

"하……."

비틀리는 이정의 몸을 다독일지언정 석진은 멈추지 않았다. 맹세컨대 살면서 이토록 뭔가에 깊게 몰두해 본 적이 없었다. 하지만 어쩐지 지금보다 더 강한 집중력이 필요한 듯했다. 일분일초가 애달프고 아쉬웠다.

이 여자는 몸 곳곳에 들판의 향기를 숨겨 놓고 사는 것일까. 가슴에서 왈칵 풍기는 들풀 내음을 음미하던 석진이 이정의 살갗을 빨아 당겼다. 이번엔 빗물을 머금은 들꽃 향이 맡아지며 단전 아래로 피가 몰렸다. 이미 그의 눈앞에서는 자잘한 꽃잎들이 바람의 속도에 맞춰 흩날리고 있었다.

"너무 밝아요. 블라인드 좀 내려 줘요."

그리고 그 꽃들보다 더 아름다운 한 여자가 그의 아래에서 꽃보다 더 여리게 움직이고 있었다.

해가 빨리 뜨는 여름의 아침이 부담스러워진 이정은 한 손으로 시트를 당겨 보려 했지만 석진은 그럴 틈을 주지 않았다. 햇살을 받아 빛나는 이정의 몸이 너무 아름다워서, 그녀의 응석을 들어줄 수가 없었다. 아니, 응석 부릴 틈조차 허락하지 말아야겠다는 지극히 남성적인 욕심이 몸과 함께 팽창했다.

"아프면 이야기해."

소리가 날 정도로 이정의 손에 입을 맞춘 석진은 다시 그녀의 얼굴에 자잘한 입맞춤을 내려놓았다. 간지러운지 얼굴을 찡그리던 이정이 나긋하게 물었다.

"그럼 관둘 거예요?"

"아니. 네가 덜 아플 때까지 기다려 줄 거야."

기다리는 것과 관두는 건 엄연히 다르니까.

"내가 자꾸 아프다고 하면요?"

3년 전, 모든 아픔을 혼자 감당하려 했던 여자가 이정이었다. 두 번이나 몸을 나누는 동안 이정은 단 한 차례도 아프다는 말을 하지 않았다. 피가 날 정도로 입술을 깨물고 주름이 생길 정도로 이마를 찡그리면서도, 온몸을 활짝 열어 석진을 받아들였던 것이다. 정말로 이정은 그랬다.

다시 생각해도 이정에게는 지은 죄가 많았다. 그녀는 석진이 여자를 많이 안아 봤을 거라 여기고 있었지만, 사실 석진에게도 이정이 처음이었다. 너무 아파하는 이정을 어떻게 대해야 하는지 몰랐기에, 그녀를 더 궁지로 몰아넣었을지도 몰랐다.

그리고 지금도 그는 알지 못했다. 다만 그는 한 가지만은 잘할 자신이 있었다.

"끝까지 기다릴게."

그의 대답에 이정이 큭큭 웃었다.

이마에 흘러내린 그녀의 머리카락을 정리해 주던 석진은 곧 단호한 소리를 냈다.

"그래도 관두지는 않아."

이정이 희미하게 고개를 끄덕이기가 무섭게 석진이 그녀의 작은 몸을 파고 들었다. 기시감이 밀려오는 아픔에 미간을 모았지만, 이정은 석진의 어깨를 잡은 손을 내리지 않았다.

그가 움직이자 살이 아리고 심장이 뛰었다. 하지만 곧 아픔을 덮을 만큼의 큰 흥분에 휩싸여 아픔이 시시해져 버렸다. 자신조차 몰랐던 몸속의 어떤 길을 그가 서서히 밀고 들어올 땐, 온몸이 부르르 떨릴 정도의 강한 전율이 전신을 지배했다.

숨이 가빠 오고 몸이 흔들렸다. 몸속 깊은 곳 어딘가를 석진이 쿡쿡 찌를 때마다, 무수히 쏟아지는 빗줄기 아래에 서 있는 것 같은 한기가 들었다. 외롭고 싶지 않아서 그의 허리를 두 다리로 휘감자 더욱 강렬한 뜨거움이 다리 사이를 눌러 댔다.

참아 내야지. 이 남자에 관한 건 모두 다 내가 가질 거야.

"하아."

거칠어진 숨소리를 숨기지 못하며 석진이 몸부림쳤다.

환희와 쾌락, 그리고 이정에 대한 애정이 한 곳에서 들끓어 그의 몸짓에 힘을 실어 주었다.

마치 자신의 결핍을 채워 보려는 것처럼 처절하게 움직일지언정, 이상할 정도로 외로움이 느껴지지 않았다. 이정을 안으로 깊이 들어갈 때마다 마음속 깊은 곳에서 뜨거운 햇살이 일렁거렸다. 태양처럼 절대적인 존재가 되어 이정의 모든 것을 알고 싶었다. 그녀가 가진 모든 것을 만지고 싶었다.

완전히 두려움을 떨친 석진은 목 놓아 이정의 이름을 부르며 질주했다.

이정은 말이 없었다. 쌕쌕거리던 숨소리가 바람 소리보다 더 작아질 만큼 안정을 찾은 뒤에도 말을 하지 않았다. 볼에 입을 맞추고, 땀에 젖은 얼굴을 손으로 만져도, 알 수 없는 표정으로 석진을 바라만 볼 뿐, 입을 열지 않았다.

"왜 말이 없어?"

그녀를 품에 안으며 석진이 물었다. 맨가슴에 이정의 뜨거운 얼굴이 닿으니 심장이 간질거렸다. 손으로 그녀의 등을 쓸어내리던 석진이 "응?" 하고 물으며 대답을 재촉했다. 그의 가슴에 맞붙은 이정의 입술이 달싹거렸다.

"또…… 실수하게 될까 봐."

"……."

가슴이 아린다는 말이 뭔지 알 것 같았다. 석진은 한숨을 감추지 못했다.

"넌 한 번도 틀린 적이 없어."

이정을 안은 손에 힘을 주며 석진이 다시금 한숨을 쉬었다.

실수를 한 것도 나고, 틀린 것도 나인데 왜 네가 가슴을 졸일까. 이제야 나는, 내가 왜 살아왔는지, 내가 어떤 존재인지, 너를 통해 깨달아 가는데 넌 왜 이토록 생각이 많은 걸까.

티 없이 맑았던 여자에게 필요치 않은 어둠을 알게 한 것이 미안했지만, 더 이상은 그날의 일을 입에 담고 싶지 않았다. 석진은 이정의 이마에 키스했고 그녀가 고개를 들어 자신을 보게 했다.

서로를 눈동자에 담은 채 그렇게 한참을 있었다. 말하지 않아도 다 알 수 있다면 얼마나 좋겠는가 싶다가도, 말하지 않아서 애틋하기도 했다.

"나 궁금한 거 있어요."

석진의 단단한 팔뚝을 잡으며 이정이 눈을 빛냈다. 조금 전의 우울함은 툭 털어 버린 목소리였다. 적어도 석진이 느끼기엔 그랬다.

"뭔데?"

"내 스케치북에 뭐라고 적어 놨어요?"

이정은 쑥부쟁이가 그려진 스케치북을 미련 없이 쓰레기통에 집어넣었다고 말했었다. 흔적도 없이 사라진 남자가 너무나 야속해서 나름대로 분풀이 대상을 찾게 되었고, 그때 가장 먼저 눈에 걸려든 것이 스케치북이었다고, 비싼 물건을 깨지 않은 게 어디냐 했다.

"별거 아니야."

"치."

"내 부끄러운 과거에 대해 너무 많이 궁금해하지 마."

나, 전과는 다른 사람이 되었다는 걸 보여 주기 위해 어지간히 애쓰는 중이니까.

이정이 간절한 눈빛으로 바라봤지만 석진은 잔잔한 미소를 머금은 채 진실을 함구했다. 너를 기다리겠다는 메모. 그리고 그 끝에 담은 전하지 못한 진심. 이제는 얼굴을 보며 다 말해 줄 수 있는데, 굳이 부끄러운 기억의 한 조각을 펼쳐 보고 싶지는 않았다.

"오늘도 더울 건가 봐요."

꼼지락거리던 이정이 슬쩍 몸을 돌려 창밖을 보았다. 그러자 석진이 기다린 사람처럼 그녀의 머리에 팔베개를 해 주며, 여린 등에 입을 맞추었다.

그렇게 두 사람은 멍하니 밖을 바라봤다. 아침 8시가 채 되지 않은 시간인데도 바깥은 환했고, 침실로 내리꽂히는 아찔한 햇살이 오늘도 폭염주의보가 내릴 것임을 예고하고 있었다.

"이제 7월인데, 8월은 얼마다 더 더울까요?"

"나도 걱정이야. 한국의 여름이 이렇게 덥고 습하다는 걸 13년 전에는 미처 몰랐어."

"그럴 리가요. 13년 전에도 기록적인 더위가 찾아왔다고 뉴스에서 맨날 떠들었는데."

"그랬나? 기억 안 나."

말하는 석진의 목소리는 담담했지만, 사실 그해 여름날의 단편 중 그 어떤 것도 기억 속에서 허투루 내보낸 적이 없었다.

미국이라는 나라는 거대한 자본주의를 내세워 여름을 지배했다. 어딜 가나 에어컨이 풀가동되었기에 더위를 느낄 틈이 없었다.

하지만 13년 전의 한국은 달랐다. 습식 사우나 못지않은 더위가 이어지다 소나기가 한바탕 쏟아져 내리고, 그러다 다시 더워지는 날씨의 연속이었다. 심지어 그 당시 이정의 집에는 에어컨이 없었다. 선풍기가 몇 대 있긴 했지만 그마저도 이정의 가족들에겐 무용지물이었다. 더우면 더운 대로 여름을 나는 것이 옳다는 게 훈일의 지론이었고 가족들 누구도 거기에 토를 달지 않았다.

"에어컨도 없는 그 집에서 어떻게 살았나 몰라요. 지금도 여름엔 너무 더워서 집에 가기가 싫어요. 엄마는 날 보고 싶어 하는 것 같은데……. 에어컨을 사준다고 해도 살 거면 벌써 샀다고 한사코 마다하잖아요. 계절을 거스르면 병난다고."

마치 석진의 마음을 읽은 것처럼 이정이 푸념을 쏟아 내자 석진이 싱긋 웃었다.

"에어컨에 의지하는 걸 보니 최이정 도시 여자 다 됐네? 가만히 앉아 있으면 더위 속에 숨어 있는 바람이 느껴진다고 했던 사람이 너 아니었어?"

"설마 내가 그렇게 간지러운 소리를 했어요? 세상에."

"네가 한 말 맞아. 나는 너 말고 다른 여자 앞에선 날씨에 대해 불평해 본 적 없거든."

"뭐야, 기억 안 난다고 하더니."

볼을 부풀리던 이정은 다시 몸을 돌려 석진을 보았다. 분명 땀을 흘렸음에도 그에게서는 짙은 머스크 향이 났다. 맨살에 닿은 그의 피부는 딱 기분 좋을 만큼의 따스한 체온을 유지하고 있었다. 에어컨을 세게 틀어 놓은 방에서 이불을 덮고 있다니 이게 무슨 호강에 겨운 짓인가 싶었지만 석진에게서 떨어지고 싶지가 않았다.

"우리 오늘 바다라도 보러 갈까? 여름엔 다들 휴가 가잖아."

이정이 그의 가슴에 얼굴을 비비며 머스크 향을 원 없이 들이켤 때, 석진이 다정하게 물었다.

"그런데 정말 출근 안 해도 괜찮아요?"

"내가 그렇게 바쁜 사람으로 보였어?"

"바쁘잖아요. 레스토랑 오픈 날짜 맞추느라 주말도 없이 일하는 거 다 아는데."

야속해하면서도 다분히 걱정 섞인 말투를 듣던 석진은 아쉬움에 사로잡혀 벽시계를 노려보았다. 아닌 게 아니라 바쁜 나날들의 연속이기는 했다. 회사가 자리를 잡아 가는 단계였기에 이 잠깐의 게으름에도 양심이 움찔거렸다.

그래도 지금을 놓치고 싶지는 않았다.

"그냥 이렇게 딱 한 시간만 있고 싶어요."

시계를 보는 남자를 의식한 이정이 소박한 타협안을 내어놓았다. 서운하지만 무능한 사람보다는 열심히 사는 사람이 더 좋았다. 석진을 이해할 수 있었다.

"나는 이렇게만 있어도 좋은데 오빠는 싫어요?"

이게 싫으면 세상에 좋을 일이 뭐가 있을까?

석진은 이정의 얼굴을 덧그리듯 만지며 조금이라도 더 이 시간을 연장할 수 있는 방법을 궁리했다.

일단 두현에게 전화를 해야겠지. 그리고 조금 늦는다고 말하면 두 시간 정도는 벌어 볼 수 있을 것 같은데.

그나저나 최이정을 이 집에 끌어들인 게 그 녀석인데, 무슨 소리를 할는지.

부끄러움은 잠시겠지만 이 순간은 아름다운 추억으로 영원히 남을 것이다. 반쯤 몸을 일으킨 석진이 협탁 위에 놓아둔 휴대폰을 집어 들자 이정이 그를 유심히 살폈다.

"두현이한테 메시지 남기려고. 전화해 봐야 더 피곤해질 것 같아."

"뭐라고 보낼 건데요?"

"미안하지만 네 말대로 출근을 안 할 수는 없어. 그래도 어제, 고객 비위 맞추느라 노력을 좀 했으니까 지각 정도는 수습해 주지 않을까?"

너를 나에게 보내면서 내가 이 정도 요령을 부릴 거라는 것 정도는 헤아리고 있었겠지.

아무렴. 정두현이 어떤 녀석인데.

"어? 두현이네."

오래 알고 지낸 사람들 사이에는 텔레파시가 흐른다고 누가 말했던가? 석진이 메시지를 작성하기도 전에 두현에게서 먼저 전화가 걸려 왔다.

"여보세요?"

전화를 받은 석진이 설핏 인상을 구겼다.

"너 목소리가 왜 그래? 응, 응, 하아, 나야말로 너한테 부탁을 좀 하려고 했는데 어쩔 수 없지 뭐. 알겠어."

이정은 일이 뜻대로 돌아가지 않음을 눈치채고 말았다.

"무슨 일 있대요?"

"응, 갑자기 몸살 기운이 올라와서 도무지 일어날 수가 없대. 오후에 출근할 테니 오전에 예약된 고객 상담 좀 대신해 달래."

"흠."

한 시간은커녕 지금 당장 이 시간을 끝내야 한다는 게 아쉬웠다. 눈꼬리를 내리며 서운함을 표출하던 이정이 미련을 담아서 속닥거렸다.

"솔직히 나, 기대했었나 봐요."

"응?"

"대단한 건 아닌데……. 오빠 집에서 오빠가 만들어 준 음식도 먹어 보고 싶고, 오빠 셔츠도 입어 보고 싶고, 같이 TV도 보고. 그런 거 할 생각에 잠시 설레었어요."

자신이 말하고도 민망해 적당히 넘어가려는데, 석진이 고개를 숙이더니 이정의 가슴 위를 길게 핥았다. 그걸로도 모자랐는지 목마른 사람처럼 가슴 끝을 빨던 석진은 이정의 손가락 사이사이에 자신의 손가락을 끼워 넣었다.

"30분 정도는 시간 있으니까 내가 하고 싶은 대로 하게 해 줘."

"……."

"그럼 오늘 저녁에는 네가 원하는 거 전부 다 해 줄게."

따뜻한 석진의 혀가 입술과 뺨, 귓불을 핥아 댔다. 그의 혀가 닿는 곳마다 열꽃이 피어오르는 것만 같았다.

잠시 후 있을 잠깐의 이별이 아쉬워 지금을 허투루 보내고 싶지 않았다. 이정은 천천히 몸을 열어 석진의 몸에 자신의 몸을 맞춰 나갔고, 곧 극한의 쾌감에 떨며 교성을 내질러 버렸다.

＊＊＊

집으로 돌아온 이정은 가장 먼저 윤주에게 전화를 걸었다. 어젯밤 석진과 함께 있었다는 사실이 부끄럽긴 했으나 인사도 하지 못한 채 윤주를 보낸 게 못내 마음이 걸려서였다. 하지만 연결음이 여러 번 반복되는 동안에도 윤주는 전화를 받지 않았다.

'이상하네.'

다른 사람도 아닌 윤주가 전화를 받지 않으면 신경이 쓰였다. 두 사람 모두 지방에서 올라와 서울에 혼자 살았고, 집에서 온종일 일을 하는 프리랜서이다 보니 매일 서로의 안부를 묻는 것이 습관이 되어 있었다. 아플 때나 무슨 일이 생겼을 때, 서로에게 가장 먼저 연락하는 것 또한 당연한 수순이었다.

'아픈가?'

윤주가 다시 연락을 하겠거니 여기며 머리를 올려 묶은 뒤 작업에 몰두했다. 오늘 저녁에 함께 있자는 그의 제안을 흔쾌히 받아들였으니 평소보다 두 배는 더 집중해서 일을 해야 했다. 표본 조사 때 찍어 뒀던 강아지풀 사진들을 확인하며 스케치 방향을 잡고, 적당한 색감을 궁리했다. 그러는 동안 석진에 관한 것, 그리고 윤주에 관한 것을 까맣게 잊은 이정은 온전히 일에 집중한 채 시간을 보냈다.

드릉드릉 소리를 내는 휴대폰 진동음이 집중력을 흩트려 놓았을 땐 시간이 정오를 훌쩍 넘겨 있었다. 휴대폰 액정에 '윤주'라는 글자가 선명하게 떠올랐다.

"여보세요?"

뻣뻣해진 목덜미를 문지르며 전화를 받는 순간 그런 생각을 했다. 어제 일러스트 하나를 마감한 윤주가 밤새 드라마를 몰아 본 뒤 늦잠을 잤을 수도 있겠다고. 하지만 윤주의 목소리는 갓 잠에서 깨어났을 때와는 사뭇 달랐다.

— 이정아…….

심각하고도 잔뜩 가라앉은 목소리가 심상치 않았다. 이정은 마른침을 꿀떡 넘겼다.

"너 어디 아파? 목소리가 왜 그래?"

— 하아.

대답을 생략한 윤주가 땅이 꺼지도록 한숨을 쉬었다.

심상치 않은 기운을 느낀 이정이 도대체 왜 그러냐고 재차 묻자 윤주가 곧 집으로 갈 테니 기다려 달라고 말했다. 사뭇 비장한 느낌이 감돌았다.

❋ ❋ ❋

집 안으로 들어오기가 무섭게 냉장고를 뒤져 시원한 보리차 한 잔을 원샷한 윤주는.

"나, 어젯밤에 정두현 그 남자랑 잤어."

라고 말했다.

마치 물이 참 시원하네, 라고 말하는 것과 다를 바 없는 말투였다.

어처구니없는 소리도 정도껏 해야지, 훅 하고 던진 말치고도 너무 수위가 세서 이정이 입을 벌린 채 아무 말도 하지 못하자, 윤주는 "그 사람이랑 모텔에서 원나잇 했다고!"라고 다시 한번 말한 뒤 철퍼덕 침대 위에 쓰러졌다.

이게 농담은 아닌 것 같은데.

이럴 땐 위로를 해야 하나, 아니면 친구를 야단쳐야 하나, 고민하던 이정은 일단은 윤주의 다음 이야기를 기다렸다.

침대 위에서 발을 동동거리며 소리 지르기를 수차례, 실성한 사람처럼 이상한 웃음소리를 흘리던 윤주는 한참 만에야 어젯밤 일을 간략하게나마 늘어놓았다.

사실 뻔한 이야기였다. 석진의 집을 나선 두 남녀가 어쩌다 술이나 한잔하자는 데 뜻을 모았고, 그러다 분위기가 농익게 되었다는, 젊은 남녀 사이에서는 충분히 일어날 수 있는 이야기였다.

좀 놀란 건 맞지만 두 사람을 힐난할 일은 아니었다. 하지만 윤주가 곧이어 밝힌 진실이 이정을 기함하게 만들었다.

"나 진짜 나쁜 년이야. 알고 보니 그 사람, 애인이 있지 뭐야."

"응?"

놀란 건 당연했다. 얼마 전 함께 식사를 할 때만 해도 괜찮은 친구가 있으면 소개해 달라고 넉살을 떨던 두현에게 애인이 있다고? 그런데도 윤주와 같이 밤을 보냈다고?

아무래도 보통 문제는 아닐 성싶었다. 이걸 석진에게 물어봐야 하나, 퍼뜩 그런 생각이 들긴 했지만 일단은 윤주의 말을 더 들어 봐야 할 것 같았다.

"그놈의 술이 문제지. 아니다, 최근에 먹은 석류 엑기스 때문에 호르몬이 넘실거린 게 문제인가? 그 남자가 너무 섹시해 보이잖아."

"석류 엑기스?"

그러고 보니 윤주가 얼마 전 석류 엑기스의 효능을 예찬하긴 했다. 출판사에서 윤주의 생일을 기념해 형식적으로 보내 준 선물인데, 그걸 먹은 뒤로 여성 호르몬이 왕성해진 게 분명하다는 것이 윤주의 논리였다. 그런 게 어딨냐고 반론했지만, 윤주는 헤어진 전 남친의 카톡 사진을 보는데 야한 생각이 나서 당황스러웠다고 말해 이정의 속을 훗훗하게 만들었던 것이다.

아무리 그래도 그렇지, 애인 있는 남자와 원나잇을 한 이유가 석류 엑기스일 수는 없었다.

"넌 정말 아무것도 모르고 그랬던 거지?"

"알면 내가 그랬겠니? 하, 볼 장 다 보고 같이 잠들었는데 그 사람 휴대폰이 울리잖아."

"그런데?"

"새벽 2시였나? 여자 이름으로 온 메시지가 뜨더라고. 자기, 왜 오늘 호텔에 안 온 거냐고."

"자기?"

"뭘 더 생각할 게 있겠니? 그 사람 깨면 서로 민망할 테니까 바로 나와 버렸어."

"아이고……."

우석진이라는 남자와 나에게는 어려웠던 일들이 다른 사람에겐 왜 이토록 쉬운 것일까?

그나저나 정두현 씨, 정말로 애인이 있나?

당장이라도 석진에게 묻고 싶어 이정의 손가락이 꼼지락거렸으나, 그걸 눈치챈 윤주가 냉큼 이정의 휴대폰을 빼앗아 들었다.

"너 절대로 묻지 마. 끝까지 모른 척하라고. 정두현 그 사람도 아마 석진 오빠한테 비밀로 할 거 같으니까 너만 입 다물면 돼."

일단은 고개를 끄덕였다. 윤주의 말대로 두현이 석진에게 아무 말도 하지 않았는데, 그걸 먼저 언급했다가는 윤주가 석진을 똑바로 보지 못하는 상황이 벌어질 터였다. 정말로 두현이 임자가 있는 몸이라면 그도 석진에게 어젯밤 일에 대한 언급을 일절 하지 않을 테니, 괜한 소리를 해서 가장 친한 친구와 좋아하는 남자가 서로 불편해하는 일은 없었으면 했다.

"걱정 마."

이정은 쿨한 척하면서도 불안함을 숨기지 못하는 윤주의 손을 꼭 잡아 주었다.

＊ ＊ ＊

"도와줘."

석진이 막 고객과 상담을 끝냈을 무렵이었다. 대표실 문을 열고 저벅저벅 들어온 두현은 대뜸 석진의 손을 잡고서는 도와 달라고 말했다.

"왜 이래?"

두현의 손을 밀어 낸 석진이 눈을 위아래로 움직이며 두현을 살폈다.

어제 술을 더 많이 마신 사람도 자신이었고, 제대로 잠을 이루지 못한 사람도 자신이었는데, 그 모든 상황이 일어나게 한 장본인인 두현이 인사도 생략하고 도와 달라고 말하니 당황스러울 수밖에 없었다.

그런데 이 녀석, 몸살 기운이 있다더니 왜 이렇게 멀쩡한 거야?

술이 덜 깬 느낌은 있을지언정 두현에게서 몸살 기운 같은 건 찾아볼 수가 없었다. 건들거리는 게 취미이긴 해도 매사 성실한 두현이 거짓말을 했을 리는 없는데.

"몸살이라며? 출근 안 할 줄 알았는데 왜 왔어?"

그래도 친구가 아프다는데 의심을 하고 있을 수는 없지 않은가. 석진이 걱정을 얹자 자신의 자리에 앉은 두현이 손을 모아 마른세수를 하고선 울상을 지었다.

"진짜 이상하네. 무슨 일 있어? 도와 달라는 말은 또 뭐고?"

아무래도 무슨 대단한 일이 생기긴 한 듯싶었다. 다른 때라면 석진의 꽁무니를 졸졸 따라다니며 어젯밤 일에 대해 소상히 말해 보라고 들러붙었을 두현이 오늘은 세상 심각했다. 큰손 고객이 주선한 소개팅 자리에서, 스무 살 연상의 여자와 마주 앉았을 때도 태연하게 상황을 잘 넘긴 두현이었기에, 석진도 덩달아 인상을 썼다.

"너 혹시 윤주 씨 연락처 아냐?"

지루한 시간이 흐른 뒤 두현이 입을 열었을 때, 석진은 깜짝 놀라 커피가 든 컵을 떨어트릴 뻔했다.

"……."

멍하니 두현을 바라보던 석진은 결국 웃음을 터트렸다. 어제 그 난리가 난 와중에도 두현의 눈에 윤주가 들어찬 모양이었다.

"모르지만 알아내는 거야 어렵지 않지. 왜? 마음에 들어?"

석진의 눈이 책상 위에 놓인 윤주의 그림을 향했다. 윤주가 냅킨 위에 슥슥 그려 준 최이정을 버릴 수가 없어서, 액자에 넣어 둔 뒤 수시로 들여다보곤 했다. 남들 눈에는 크로키에 불과한 그림일지언정 석진에겐 그 의미가 각별했다.

"마음에 드는 건 드는 건데……. 우씨, 그 여자 진짜 이상해!"

마른세수로도 부족했는지 두현이 잘 손질한 머리를 손으로 헝클어뜨렸고 석진은 어안이 벙벙한 채로 두현을 지켜봐야 했다.

"아니, 그 여자 왜 그래? 어제 내가 술김이긴 하지만 분명히 끌린다고 했거든? 그 여자도 내가 귀엽대. 자기랑 잘 맞을 거 같대. 그래 놓고서 갑자기 사라지면 어쩌란 건데? 자기가 무슨 신데렐라야? 목걸이는 왜 풀어 놓고 가? 이정 씨한테 좀 물어봐 줘. 혹시 그 여자 집안에 초상났냐고."

"……정두현. 좀 알아듣게 말하지 그래?"

두서없이 다다다다 쏟아지는 말들 중에서 석진이 알아들을 수 있는 말은 몇 개 되지 않았다. 설령 알아들었다 하더라도 자초지종을 파악하기가 어려웠다.

"내가 별로였나? 아니거든? 그 여자가 아무리 연기를 잘한다 해도 그렇게까지 좋은 척을 할 수는 없잖아. 그리고 나 솔직히 못하는 편 아닌데!"

석진의 인내심에도 한계가 오기 시작했다. 어렵게 이정을 놓고 출근하면서도 큰 불만을 가지지는 않았는데, 늦게 출근한 동업자가 횡설수설하니 두통이 오려고 했다. 겨우 가라앉은 술기운이 역류하는 기분이었다.

"정두현. 진정하고 똑바로 말해. 윤주 씨랑 무슨 일이 있었던 거야?"

"아 씨 진짜. 내 입으로 더는 말 못 해. 윤주 씨 연락처나 좀 가르쳐 줘."

"이거 무슨 비매너야?"

"너라면 말할 수 있겠냐? 내가 어제!"

뭔가 더 말을 하려던 두현은 몇 마디의 욕을 뇌까리며 석진의 책상 위에 놓인 아이스아메리카노를 한 방울도 남기지 않고 다 마셔 버렸다.

"아무튼 바로 알아봐 줘. 그 여자 연락처."

그리고 자신이 알고자 하는 바를 다시금 강조했다.

＊ ＊ ＊

네 남녀가 24시간이 채 지나기도 전에 다시 한자리에 모였다. 어젯밤 석진의 집에서 잠시 조우했던 사람들이 석진의 동네에 있는 브로이의 한 테이블에 둘러앉았다. 갖은 우여곡절 끝에 만들어진 자리이니만큼 테이블 주변엔 어색함이 감돌았다.

맥주가 나왔지만 아무도 술잔에 손을 가져가지 않았다. 어젯밤, 이정을 제외하곤 모두 과음을 했기에 술은 형식적으로 주문한 것에 불과했다.

"최이정, 너 왜 쓸데없는 짓을 해? 이런 자리면 안 왔어."

윤주는 이정의 옆구리를 찌르며 이를 악물었다. 무슨 일이 있더라도 윤주를 데리고 나와 달라는 연인의 부탁과, 무슨 일이 있더라도 우석진과 정두현을 만나지 않게 해 달라는 친구의 부탁 중, 이정은 응당 연인의 부탁을 들어줄 수밖에 없었다.

[두현이 난리도 아니야. 윤주 씨 연락처 가르쳐 주지 않으면 내 멱살이라도 잡을 것처럼 굴어. 혹시 저녁에 윤주 씨 데리고 나와 줄 수 있어?]

석진의 문자만으로도 이정이 윤주를 데리고 나올 이유는 충분했다. 윤주의 예상과는 달리 두현은 석진에게 뭔가를 말한 것 같았고, 그렇다면 이 자리에서 두 남녀의 오해가 풀릴 수 있기를 바랐다.

"이정 씨한테 그러지 마세요. 제가 윤주 씨 다시 만나게 해 달라고 석진이 괴롭혀서 이렇게 된 겁니다."

"뭐라고요?"

애꿎은 이정만 쏘아보던 윤주를 달랜 건 두현이었다. 평소와 달리 숫기 없는 모습으로 말한 그는 에어컨이 잘 돌아가는 실내에서 손수건을 꺼내 땀을 닦았다. 그 모습만 본다면 좋아하는 여자 앞에서 어떻게 해야 할지를 몰라 진땀을 흘리는 남자와 다를 바가 없었다.

"참 나. 이봐요, 정두현 씨. 그쪽이 만날 사람은 제가 아니라 딴 분 같은데요?"

"……네?"

"그쪽 여자 있잖아요. 깊은 밤에 왜 호텔에 안 오냐고 메시지 보내는 여자가 버젓이 있는데 어디서 개수작이에요?"

말을 쏘아붙인 윤주는 그래도 후련하지 않은지 손으로 부채질을 하기 시작했다.

"하, 나 환장하겠네. 누가 나한테 그런 문자 메시지를 보냈단 말입니까?"

두현도 발끈하고 나섰다. 그는 당장 억울함을 풀어 보려는 듯 휴대폰을 탁소리가 나도록 테이블 위에 얹어 놓았다.

"자, 보세요. 가뜩이나 외로워 죽겠는데 나 참 억울해서."

하지만 윤주는 만만찮은 여자였다.

"그사이 지웠는지 어쨌는지 내가 어떻게 알아요? 그 여자 이름이 뭐였더라. 박씨였는데."

그때, 그 모든 상황을 지켜보던 석진이 설마 하는 표정으로 입을 열었다.

"저기, 윤주 씨. 흥분 좀 가라앉히고요. 혹시 두현이 휴대폰에 뜬 그 여자분 이름이……."

설핏 석진의 입가에 웃음기가 스쳤다.

그 웃음의 의미를 파악하지 못해 이정이 어리둥절해하는 사이 석진이 두현의 휴대폰을 손에 넣었다.

"너 뭐 해?"

두현의 물음에도 아랑곳하지 않고 휴대폰을 확인하던 석진은 뭔가를 발견하고 허무하게 웃었다.

"윤주 씨. 혹시 그 여자 이름이 박아라 아니었나요?"

"어? 저, 네. 맞는 것 같기도 하고."

석진이 너무 당연하게 여자 이름을 들먹이자 도리어 윤주가 주춤거렸다. 그러자 이번엔 두현이 크게 웃기 시작했다.

"뭡니까, 설마 박아라가 보낸 문자에 그렇게 사라진 겁니까? 아, 맞아. 그러고 보니 박아라 그 시키가 어제 문자 보내긴 했더라. 내가 정신이 없어서 답도 안 했네."

"하여간 박아라, 그 이름 때문에 참 가지가지로 사람 곤란하게 만들어."

두현을 거든 석진도 굳이 웃음을 숨기지 않았다. 그럼 그렇지, 하는 후련함이 담긴 웃음이었다.

호탕하게 웃는 두 남자를 앞에 둔 윤주와 이정의 눈이 마주쳤다. 두 여자의 얼굴에는 여지없이 당혹감이 스쳤다. 두현이 '시키'라고 하는 걸 보니 박아라가 남자인 것 같긴 한데, 그 이름 때문에 생긴 일치고는 상황이 다소 극단적으로 치달아 있다는 게 윤주와 이정을 부끄럽게 만들었다.

"저기요들. 왜 웃는지 말은 해 주고 웃으셔야죠."

그래도 일말의 자존심을 챙기기 위해 윤주가 새침을 떨었다. 이미 상황을 짐작해 버렸지만 저지른 일이 있기에 주저하는 말투였다.

"들으셨잖아요. 박아라는 제 초등학교 동창이고요. 석진이랑도 같이 만난 적이 있어요. 녀석이 호주에 사는데 엊그제 한국에 와서 얼굴 한번 보자고 연락한 거예요. 호텔에 머무니까 당연히 호텔로 오라고 한 거고요. 그게 뭐 잘못됐습니까?"

두현이 구구절절 사실을 말하자, 이정이 배를 잡고 웃기 시작했다. 온종일 분노를 감당하지 못하는 윤주를 상대하느라 솔직히 진이 좀 빠져 있었는데 이렇게 유쾌하게 이야기가 진행되니 속이 다 시원했다. 거리낌 없이 웃고 있는 석진을 보는 것 또한 기분이 좋았다.

저 남자, 다른 사람들과 있을 때는 이런 모습으로 웃고 대화하는구나.

마냥 까칠하고 표정을 잃은 사람처럼 굴 거라 여긴 건 기우였다. 나이를 먹고 회사를 이끄는 남자는 이정의 생각보다 더 유하고 유쾌했다.

"그 집 부모님은 아들 이름을 왜 그렇게 지으셨대."

멋쩍어진 윤주가 맥주잔에 입술을 숨겼다. 하지만 투명한 맥주잔은 그녀의 웃음까지 가려 주지는 못했다.

"왜요, 아라 형은 박아영, 아라 동생은 박아준, 다들 얼마나 남자다운 이름을 가지고 있는데."

"풉!"

윤주는 기어코 맥주를 뱉고 말았다. 석진은 그녀에게 종이 냅킨을 내밀며 상황을 정리했다.

"오해는 풀리셨죠? 제가 두현이를 꽤 오래 봐서 아는데, 얘 머리가 나빠서 한 번에 두 여자 만날 타입은 아니에요."

"야, 우석진! 너 도와준다고 나와 놓고서 그렇게 말하면 내가 곤란하지. 내가 얼마나 머리가 좋은데."

"그렇게 머리가 좋은 놈이! 아, 아니다. 말을 말자. 이건 아들 이름을 그렇게 지으신 박아라 아버지가 잘못하신 거야."

두현을 의미심장하게 흘겨본 석진이 먼저 자리에서 일어났다. 두현의 누명도 벗겨 줬겠다, 내일 스케줄도 비워 뒀겠다, 이제 할 일은 한 가지밖에 없었다.

"그럼 저희는 먼저 가 볼게요. 이정아, 가자."

"네? 벌써요?"

이정이 두현과 윤주의 눈치를 봤다. 좀 갑작스러워서였다.

"저 두 사람 우리가 사라져 주는 게 더 좋을 거야."

석진은 이정이 뭐라고 할 새도 없이 그녀의 손목을 잡아 일으켰다.

✳ ✳ ✳

함께 집에 들어서기가 무섭게 석진이 와락 이정을 안았다.

"새삼 억울하네."

그러고는 이정의 목덜미에 얼굴을 파묻으며 크게 숨을 내쉬었다.

"뭐가 억울해요?"

간지러움에 몸을 꼬면서도 이정은 석진을 밀어 내지 않았다.

"더 빨리 둘만 있을 수 있었는데 정두현이 사고를 치는 바람에 늦춰졌잖아."

"아직 9시도 안 됐는데요."

"나한테는 늦은 시간이야."

더는 참을 수가 없어서 이정을 번쩍 안아 든 석진은 그대로 침실을 향해 갔다. 과거에 대한 죄책감 때문에 선뜻 이정을 만지지 못했던 시간들은 이미 먼 과거였다. 제대로 불이 지펴진 몸은 온종일 이정을 생각하게 했고, 당장이라도 그녀를 만지고 싶어 수시로 시계를 보게 됐다. 누군가 시계 초침을 붙잡고 있기라도 한 건지, 그 어느 때보다 시간이 더디 가는 하루를 보낸 끝에 이정과 둘만 있게 된 지금, 말을 하는 시간도 아까울 지경이었다.

이정이 다칠세라 그녀를 곱게 침대 위에 눕혀 준 석진은 한 치의 망설임도 없이 적극적인 키스를 시작했다.

"질 수 없잖아. 어제 처음 만난 애들도 그랬다는데, 우리가 더 많이 해야지."

"그런 게 어딨어요?"

말을 단번에 알아들은 이정이 얼굴을 붉혔지만 석진은 개의치 않았다. 그의 손은 이정의 등을 더듬으며 원피스 지퍼를 찾는 중이었다.

"10년도 넘게 널 좋아했는데 그런 걸로 지고 싶지 않아."

이정은 귀여운 승부욕을 감추지 못하는 한 남자의 목을 끌어안고는 팔에 조금 더 힘을 주며 그의 얼굴이 자신의 얼굴과 한껏 가까워지게 만들었다.

"내가 그렇게 좋아요?"

그리고 당돌하게 물었다.

"그렇게 묻는 거 보니 최이정 같아. 이제 와 하는 말인데 너 왜 이렇게 얌전해졌어?"

쪽 소리가 나며 두 남녀의 입술이 만났다가 떨어졌다.

"열일곱 살 최이정은 날 놀라게 하는 게 특기였는데, 서른 살 최이정은 너무 생각이 많아."

이번에는 두 남녀의 이마가 만났다가 떨어졌다.

"아무 생각 하지 말고 예전처럼 날 자꾸 당황하게 만들면 안 돼? 이제 난 다 받아 줄 수 있는데."

"……정말로 날 감당할 수 있겠어요?"

이정의 두 다리가 석진의 긴 종아리를 감쌌다.

"나만 널 감당할 수 있도록 해 주면. 나만 봐 준다고 약속하면."

"무조건 다 받아 준다고는 안 하네요?"

석진이 이끄는 대로 원피스 소매에서 팔을 하나하나 빼내며 이정이 그를 노려보았다.

"그런 표정 지어도 최이정은 착해 보여."

"기왕이면 이런 표정 지어도 예쁘다고 해 주세요."

브래지어가 헐거워졌다. 거추장스러워진 속옷을 벗어 내면서도 이정의 눈은 석진을 향해 있었다. 거리낄 게 없어지자 이정이 조금 더 대범해졌다. 그녀는 반듯하게 채워진 석진의 셔츠 단추를 하나하나 풀어냈고 조금 더 욕심을 내어 그의 벨트에 손을 가져갔다.

"처음부터 지금까지 넌 예쁘기만 했어."

서툴게 벨트를 푸는 손길을 받아들이며 석진이 지그시 웃었다.

"너 때문에 아무것도 할 수 없을 만큼, 넌 예뻐, 이정아."

그리고 다시 길고 진한 키스가 시작되었다.

"으."

숨이 막힐 것 같다는 말을 이럴 때 쓰는 거겠지. 키스가 농밀해질수록 두 사람의 몸이 더욱 밀착되었다. 자꾸만 꼬이는 다리를 어떻게 해야 할지 몰라서, 이정은 필사적으로 석진을 붙잡았다.

누가 좀 가르쳐 줬으면 했다. 이럴 땐 어떻게 해야 괜찮아지는지, 괜찮아질 수 없다면 어떻게 해야 손쉽게 당신을 가질 수 있는지.

"내가 어떻게 널 예뻐하지 않을 수가 있겠어?"

석진도 최선을 다하는 중이었다. 온종일 시계를 보며 애달파했던 것을 보상이라도 받아 보려는 듯, 이정의 목덜미, 배, 그리고 유려한 곡선을 드러내는 가슴에 높은 온도의 입김을 불어 넣자 도리어 그의 체온이 달아올랐다.

희고 여린 이정의 몸이 자신의 손길에 반응하는 걸 보는 게 좋았다. 그리고 그녀의 반응으로 인해 자신의 몸이 딱딱해져 가는 것 또한 미칠 것 같은 쾌감을 맛보게 했다.

이정의 입술을 머금었다가 숨을 들이켠 석진은 그걸로는 부족해 뺨과 귓불을 빨아 올렸다. 짙어진 신음 소리와 헐떡이는 숨소리가 누구의 것인지 알 수는 없었지만 가고자 하는 길이 어디인지, 그는 분명히 알고 있었다.

"오빠."

간절하게 부르는 소리에도 석진은 고개를 들지 않았다. 도리어 조금은 뻔뻔하게 이정의 몸을 혀로 적셔 나갔다. 그러자 이정이 여태껏 들어 본 적이 없는 소리를 내며 자지러졌다.

결국 몸과 몸이 맞물렸다. 이정이 시트를 말아 쥐었고, 석진은 그녀가 숨 쉴 수 있도록 키스로 입술을 열어 주었다.

"아웃. 하."

석진은 생애 최고의 순간을 원 없이 누리고자 안간힘을 썼다. 팽팽하게 흔들리는 이정의 가슴 위에서 꽃이 피어나는 듯했다. 한 몸이 되어 다다를 수 있는 쾌감의 순간을 위해, 석진은 질주하고 또 질주했다.

행복했다. 내 손으로 누군가를 잡을 수 있다는 것이, 내 스스로 누군가를 욕심내고 있다는 것이 너무나 행복해서 눈가가 뜨거워질 것만 같았다. 말로는 다 표현할 수 없는 강렬한 감정. 지금을 위해 달려오는 동안 맞닥뜨린 험난한 과정에는 다 이유가 있었음을, 석진은 뒤늦게나마 천천히 알아 갔다.

✳ ✳ ✳

한차례 뜨거운 순간이 지나가자, 석진에게 안겨 쌕쌕 숨을 쉬던 이정은 뜬금없이 그의 귀를 깨물었다.

"아야."

전혀 아프지 않은데도 요란하게 아픈 척을 하자 이정이 까르르 웃었다.

"안 아픈 거 다 아는데 엄살은."

"네가 어떻게 알아? 너도 깨물려 볼래?"

석진이 장난스럽게 입을 벌리자 이정이 고개를 뒤로 물렸다. 그래 봐야 독안에 든 쥐였다. 석진은 이정이 그로부터 단 1센티도 멀어지지 못하도록 팔에 힘을 주었다. 잠시 버둥거리던 이정이 석진의 품을 파고들며, 천장을 올려다보았다.

"이 집, 오빠가 구한 집 아니죠?"

"어떻게 알았어? 두현이 부모님이 소유하신 많은 집 중에 하나인데, 때마침 비게 되어서 내가 쓰게 됐어."

"어쩐지. 그럴 거 같았어요."

"응?"

알쏭달쏭한 말을 하고서 잠시 숨을 죽이던 이정이 반쯤 몸을 일으켜 석진을 내려다보았다. 가슴이 드러난 것도 아랑곳하지 않은 채, 벗은 상반신을 그대로 보여 주던 이정은 할 말이 있는 것처럼 아랫입술을 달싹였다.

"왜? 할 말 있어?"

석진이 그녀의 마른 등을 쓸어 주며 묻자, 이정이 다시 고개를 들어 천장을 보았다.

"그냥 갑자기 이 집이 갑갑하게 느껴져서……. 바다가 보고 싶어요."

이 너른 집이 갑갑하다고? 그것보다, 바다가 보고 싶다고?

다소 두서없는 논리였지만 이정이 한 말이라 흘려 넘길 수가 없었다. 고민은 짧았고 행동은 빨랐다.

"가자."

석진이 시트를 젖히며 휙 하고 일어났다.

"정말?"

바다가 보고 싶다는 말을 한 사람은 자신이면서, 이정은 좀 요란하게 놀라고 말았다. 이 사람, 무슨 불도저도 아니고 왜 이렇게 추진력이 강해?

"응. 부지런히 가도 자정이 넘어서야 도착하겠지만 그래도 가자. 내가 어제도 물었잖아. 같이 휴가 가자고."

"그건 그렇지만……. 나 아무런 준비도 안 되어 있는데요?"

"준비가 필요해? 차 키랑 지갑만 있으면 되지. 그리고 너도 있고."

내가 당신에게 중요한 존재가 되어 간다는 건 알겠지만, 그래도 생필품이 되어 줄 순 없잖아요. 여행을 가려면 필요한 것들이 몇 가지 있을 텐데…….

석진은 머뭇거릴 시간을 주지 않았다. 정작 바다가 보고 싶은 사람은 이 남자가 아니었을까 하는 생각이 들 만큼 그는 준비를 서둘렀다. 그리고.

"왜 이렇게 긴장되지? 나쁜 짓 하는 사람처럼."

기대감을 숨기지 않았다.

충동적으로 내뱉은 말이긴 하지만, 그를 기쁘게 한 것 같아서, 이정은 혼자 뿌듯한 미소를 지었다.

❋ ❋ ❋

"아는 곳 있어요?"

"두현이가 예전에 말해 준 곳이 있어. 사람 없고 한적한 곳이라던데 휴가철이라 어떨지 모르겠어."

"두현 씨가 그런 곳을 어떻게 알았대요?"

"글쎄다. 예전에 사귀었던 여자랑 가 보지 않았을까?"

스스럼없는 논리에 이정이 어머, 하고 눈을 크게 떴다. 이제 두현은 단순히 석진의 친구가 아니라 윤주와 관련된 인물로 관계도가 재정립된 것이다.

"아차차. 윤주 씨한테는 절대로 비밀."

이정이 그럴 리 없다는 걸 알면서도 석진이 너스레를 떨었다. 그러고서도 혹여나 친구가 밉보일까 봐 부연 설명을 덧붙였다.

"사실 너와 함께 바다에 가고 싶다는 생각을 쭉 하고 있었어. 그런데 내가 아는 곳이 있어야 말이지. 그래서 어제 두현이한테 물어봤었는데 마침 오늘 네가 딱 바다 이야기를 하잖아."

"그럼 이거 운명인 거죠?"

"말해 뭐 해? 운명, 인연, 필연, 다 해당되는 이야기지."

"바다 가고 싶다는 말 안 했음 서운할 뻔했네요."

한밤중의 고속도로는 한산하기 그지없었다. 과속 단속 카메라가 있다는 내비게이션의 안내 멘트에 일시적으로 속도를 줄이긴 했지만, 석진의 차는 제법 빠르게 질주하는 중이었다. 어제도, 오늘도, 피곤할 수밖에 없는 일정을 소화했던 그가 아무런 내색 없이 손을 잡아 주자, 이정은 마음을 담아 그의 손등에 키스해 주었다.

"오, 또 나왔다. 최이정스러운 거."

벗은 몸을 구석구석 다 본 사이인데도 건전하기 짝이 없는 스킨십에 그답지 않게 유난을 떤 석진은, 애틋한 미소를 지으며 더욱 속도를 높였다.

다 지난 일이지만, 평생 잊지 못할 슬픈 꿈을 꾼 날이 있었다.

석진은 무수히 많은 사람들 사이를 걷는 중이었다. 모르는 길이었지만 목적지가 없었기에 아무런 상관이 없다 여기고 의식의 흐름대로 걸음을 옮기던 그때. 그의 앞에 한 여자가 나타났다. 이정이었다.

'이정아.'

거리낄 게 없었다. 현실에서 볼 수 없는 존재를 꿈에서나마 볼 수 있다는 사실에 마냥 설레었다. 그래서 이정을 붙잡았다. 하지만 이정은 석진을 보고 있지 않았다.

'이정아, 나 안 보여?'

'보여요.'

여전히 그에게서 고개를 돌린 채 이정이 말했다.

'날 봐야지.'

'보고 있잖아요. 이렇게.'

'제발 날 보라고.'

'보잖아요! 잘 보여요, 나는.'

그가 아무리 애원하고 빌어도 이정은 끝내 고개를 돌리지 않았다. 어떻게든 그녀가 자신을 보게 해야 한다는 것 말고는 다른 걸 생각할 겨를이 없었다. 그녀의 어깨를 붙잡아 흔들어도 보고, 고래고래 소리를 질러도 봤다.

네가 어떻게 나를.

네가 왜 나를.

이정이 그러는 이유를 모르지 않는데도, 자꾸만 그녀를 탓하며 참 처절하게 무너지고 또 무너졌다.

서운함과 울분이 뒤엉켜 허우적거리다 잠에서 깼을 때, 애석하게도 석진은 그 모든 게 꿈이어서 다행이라 말하지 못했다. 차라리 꿈이 나았다.

네가 내 앞에 있으니까.

널 만질 수라도 있으니까.

그래서 슬펐다. 하지만 꿈에 대해 슬픔을 느끼는 건 나만 아는 일이니까 괜찮아, 하며 석진은 그렇게 그 꿈을 기억했다.

그래도 이젠 괜찮을 것 같았다. 다시 그 꿈을 꾼다 해도, 속히 현실로 돌아와 이정과 눈을 맞출 수 있었다. 억지로 힘을 써서라도, 이정이 오직 자신만 바라보도록 그녀의 얼굴을 감싸 쥐면 될 일이었다. 봐 줄 때까지 간지럽히고 깨물고 안아 주고, 그럼 이정은 제풀에 지쳐 그를 바라볼 터였다.

피곤해서 바싹 마른 눈동자에 일순 물기가 차올랐다. 이정이 볼세라 다급하게 눈을 깜빡인 석진은 어서 바다가 나타났으면 좋겠다고 담담하게 말했다.

* * *

"아무것도 안 보이네요."

세 시간을 쉬지 않고 달려온 바다 앞에서 이정은 당혹감을 드러냈다. 두현이 추천한 한적한 바다는 한적하다 못해 적막했다.

어쩜, 이 계절에 바다가 이렇게 조용할 수가 있어?

"그래도 소리는 들리잖아."

석진 또한 적잖이 놀라긴 했지만 풀 죽어 있는 이정을 북돋워 주기 위해 지금 이 바다가 좋은 이유를 찾으려 했다. 그리고 실제로도 석진은 이곳이 정말로 좋았다.

고요하고 어두워서 맞잡고 있는 손의 온기에 집중할 수 있다는 것도, 밤하늘의 별이 선명하게 보이는 것도 더없이 만족스러웠다.

내가 나이를 먹어서 감성적으로 변한 걸까? 아니면 최이정이 아직 어린 걸까?

석진이 가늠해 보는 사이, 이정이 다시 볼멘소리를 했다.

"어쩜 이렇게 어두울 수 있지? 이런 곳에서 두현 씨는 그 여자랑 뭘 했을까요?"

"음…… 저 밤하늘의 별보다 네 눈이 더 빛난다는 말을 하지 않았을까?"

"풉, 그분이라면 그랬을 수도 있어요."

열대야가 기승인 날씨도 바다 앞에서는 맥을 추리지 못했다. 간헐적으로 부는 바람이 살랑하고 소금 냄새를 흩뿌려 주고 지나간 자리에는 기분 좋은 서늘함이 남아 있었다.

할 수 있는 일은 바다를 보는 게 다였다. 피곤함이 엄습해서인지 아니면 잔잔한 분위기를 즐기고 싶어서인지 누구 하나 선뜻 나서서 바다에 발을 담그려 하지 않았다. 그래도 괜찮았다.

"오빠."

"응?"

말없이 바람을 느끼던 이정이 잡고 있는 손을 흔들었다.

"오빠도 그런 말 좀 해 봐요."

말의 속뜻을 단번에 이해하지 못한 석진이 "응?" 하고 물었다. 그러다 곧 고개를 절레절레 저으며 웃었다.

"안 돼. 난 절대로 그런 말 못 해."

"두현 씨도 하는 걸 오빠가 왜 못 해요? 오빠 유능한 사람이잖아요."

"유능한 거랑 이거랑 무슨 상관이야?"

"상관없으면 더 잘하겠네. 어서 말해 봐요. 별보다 내 눈이 더 빛난다고. 그리고 사실 그 말도 오빠가 지어낸 거잖아요. 두현 씨가 그랬는지 안 그랬는지 어떻게 알아요?"

웃는 것 말고는 할 수 있는 게 없어서 석진은 소리 내어 웃었고, 그럴수록 이정은 집요해져 갔다. 마치 열일곱 살, 세상에 겁날 게 없었던 그때의 그 모습을 그대로 재연하려는 것처럼 그녀가 응석을 부렸다.

"충분히 느끼한 말도 잘할 수 있다는 거 증명해 보이고선 이러기예요? 응? 자, 봐요. 내 눈 똑바로 봐요. 어떤 생각이 들어요?"

절대로 물러날 수 없다는 듯 이정이 그의 허리를 안으며 얼굴을 디밀었다. 바람에 머리카락이 흩날리는 것도 아랑곳하지 않고, 이정은 집요하게 석진을 바라보았다. 그것도 모자라 어깨를 떨며 그의 반응을 유도했다.

"최이정, 그만."

"뭘 그만? 조금 전엔 잘만 하시더니. 아까 차에서 운명이 어쩌고 하신 분, 어디 가셨어요?"

"그거 나 아니야."

"그럼 누군데요? 하늘 아래 이렇게 잘생긴 남자가 또 있으려고? 내가 아는 한 우석진 씨밖에 없는데."

얘가 점점.

생각지도 못한 외모 칭찬까지 곁들이며 아양을 부리는 이정이 마냥 예뻐서 더욱 대답을 미루고 싶었다. 내가 대답하지 않으면 이 여자는 밤새 나를 안고서 내 눈을 봐 주지 않을까? 유치하지만 그런 생각이 들었다.

행복해서일 것이다. 눈물 나게 행복해서. 어둠 속에서도 확실히 알 수 있을 만큼 빛나는 행복이라서 이렇게 자꾸 시간을 끌게 되겠지.

순간을 이런 식으로 조금씩 연장해 나가면 너와 나는 평생 이렇게 행복할 수 있지 않을까?

세상에 존재하는 대부분의 동화책들이 '그리고 행복하게 살았습니다.'로 끝나는 것처럼, 너와 나도 지금 그 '행복하게 살았습니다.'에 충실히 부응하고 있는 거라면 더없이 좋을 텐데.

"으응? 일부러 딴생각하는 척하는 거죠?"

고개를 비스듬히 기울인 이정이 한껏 사랑스러운 미소를 짓고 있었다. 이정의 눈에 보이는 자신의 표정도 그녀와 크게 다를 것 같진 않았다. 사랑은 감춰지는 게 아니니까.

"이정아."

그녀의 이름을 부르는 목소리에도, 그녀의 등을 쓰다듬는 손길에도 사랑이 존재했다.

"네."

갑자기 진지해진 분위기에 웃음기를 싹 거둔 이정이 눈을 깜빡였다. 이 사람이 무슨 말을 하려고 이러나, 긴장한 기색이 역력했다.

"지난 몇 년간, 나 제법 단단해졌어."

이게 무슨 말일까, 가늠해 보는데 그가 조금 더 무게를 실어 말했다.

"네가 나에게 기대도 무너지지 않을 만큼 성장했으니까, 넌 그냥 내 곁에 있기만 하면 돼."

"……."

"난 무슨 일이 있어도 널 안 놓을 거야. 그러니까 너도 이런 날 이용해."

자신이 한 말이 진심임을 증명해 보이려는 듯 석진이 이정의 양손을 꼭 붙잡았다. 이정은 아무 말도 할 수가 없었다.

그가 무슨 말을 하는 것인지, 너무 쉽게 알아 버려서 더욱 입이 떨어지지 않았다.

어린 날부터 신파를 싫어했다. 결말이 해피 엔딩인 걸 알고 있을지라도, 끝을 향해 가는 과정이 험난하면 책을 덮어 버리곤 했다.

드라마를 보지 않는 이유도 그거였다. 저렇게 갖은 고충을 다 겪고 두 남녀의 사랑이 이루어진들 그 상처는 절대로 없어지지 않는다 여겼기에, 우여곡절 끝에 다다른 해피 엔딩에 공감하지 못했다.

그래서 어떻게든 피해 보려 했다. 두 사람 사이에 놓인 갈등이 무엇인지 잘 알고 있고, 그로 인해 그의 앞에서 다 내려놓고 웃은 적이 없음에도 불구하고 문제를 언급하고 싶지는 않았다.

말로 해 버리면 진짜가 될까 봐.

신파 속 주인공이 내가 되긴 싫어서.

하지만 사뭇 비장해 보이는 석진의 검은 눈동자를 정면으로 보고 있자니, 피하는 것만이 답이 아니라는 걸 인정해야 했다.

이정이 미약하게 눈을 깜빡였다. 잔잔하지만 소심하게 파도가 부서지는 소리가 났다.

"갑자기 네가 말이 없어질 때가 있어. 잘 웃고, 잘 먹다가 너무 갑자기."

환하게 빛나다가 Off 버튼 하나에 빛을 모두 잃어버리는 샹들리에처럼, 네가 일순 너의 빛을 거둬들일 때가 있어.

"네가 왜 그런지 알아서 너를 달래 주지 못했어. 괜히 달래려 들다가 너를 슬프게 할까 봐. 나…… 너무 잘 알잖아. 누가 너를 있게 했는지, 네가 어떻게 자랐는지, 또 너에게 소중한 게 뭔지."

가슴 한가운데에 난 길을 타고 뜨거운 뭔가가 역류하다 명치에 걸렸다. 그래도 억지로 삼켜야 했다. 아직은 아무 일도 일어나지 않았고, 내 손에 최이정이 닿아 있으니까.

이정의 손을 놓은 석진은 그녀의 뺨과 목선 그리고 어깨를 쓰다듬어 주었다. 간지럽다고 몸을 움츠릴 법도 한데, 이정은 담담하게 그의 손길을 받아들였다.

"네가 가진 것들을 놓게 하고 싶지는 않아. 그렇다고 해서 내가 널 놓고 싶지도 않고."

나도 나에게 소중한 것 하나쯤은 가지고 싶어서.

"오빠."

이정이 자신의 어깨에 올라와 있는 석진의 손에 손을 얹었다.

잘해 왔다고 생각했는데 아니었나 보다. 최대한 많이 웃으며 밝은 모습만 끄집어내려 노력했는데 아무래도 틀린 성싶었다. 자신이 무심결에 지은 표정을 하나도 놓치지 않고 있었던 석진에 대한 미안함이 밀려듦과 동시에 그는 아무것도 모를 거라 여겼던 자신의 아둔함이 답답했다.

"그러니까 날 의식해서 가족들과 거리를 두지는 않았으면 해."

"……"

"말했지만 난, 어떤 경우에도 널 놓지 않을 거야. 결말은 같아. 그러니까 넌 하던 대로 네 자리를 지키면 돼."

왈칵하고 차오른 눈물을 참기 위해 이정이 미간에 힘을 모았다.

석진과 함께 있을 때 엄마, 아빠, 동생 이준이 전화를 걸어 오면 휴대폰을 가방에 넣으며 그의 시선을 분산시키려 했다. 어쩌다 가족에 대한 이야기가 나오려 하면 애꿎은 대상을 걸고넘어지며 화제를 돌려 버렸다.

그게 석진에 대한 배려가 아니라 자신을 달래기 위한 일이었음을 모르지 않았지만 어쩔 도리가 없었다. 그와 함께 있으면 행복했고, 그 분위기를 깨트리고 싶지 않았으니까.

하지만 그런 사소한 결정들이 가족들을 걱정시키고 석진을 불편하게 만들어 버렸다. 어리석었고, 미련했다.

"흘러가는 대로 가 보자. 그러다 모서리를 만나면 내가 네 앞에 설게. 부딪쳐도 내가 부딪치고, 아파도 내가 아파."

"이 사람, 참."

이정이 팔을 들어 석진을 꽉 끌어안았다.

"운명을 운운하던 사람, 모른다고 하더니 여기 있네요."

그러곤 까치발을 들어 입술을 그의 귀에 가져간 뒤 파도 소리보다 조금 더 작게 속닥거렸다.

차라리 네 눈이 별보다 더 빛난다는 말을 들어 낼 걸 그랬다. 그랬으면 지금처럼 눈물을 참을 일은 없었을 텐데. 어쩐지 슬프고, 어쩐지 뭉클했다. 그에게 장난처럼 가벼운 농담을 걸어 봐도 그랬다.

할 수 있는 게 없어서 뙤약볕에 증발해 버린 빗물처럼 사라져 버렸던 남자는 온데간데없고, 세상 끝까지라도 함께 가 줄 수 있을 것만 같은 남자와 몸을 맞붙이고 있었다. 자존심도 없는 심장은 여지없이 콩닥거렸다.

남자는 변했는데 그를 대하는 이정의 마음은 같았다. 그래서 자꾸 눈물이 났다.

이 사람이 내 얼굴을 보기 전에 어서 눈물을 말려 버려야지.

이정은 석진을 더욱 꼭 끌어안았다.

이 여름이 영원했으면 했다.

✳ ✳ ✳

바다가 조용해서 속내를 터놓을 수 있다는 건 좋았지만 두 사람이 하룻밤을 머물 곳을 찾는 건 쉽지가 않았다. 한참을 헤매다가 허름한 모텔에 들어섰을 때가 이미 새벽 4시였고 석진과 이정은 그대로 깊은 잠에 빠졌다.

삐걱거리는 침대와 온도 조절이 잘되지 않는 에어컨에 대해서 누구 하나 불평하지 않았다. 함께 있는 시간이 좋아서 그런 사소한 불편함 정도는 크게 와닿지 않아서였다.

아침에 눈을 떴을 땐 시계의 작은 바늘이 10을 향해 가고 있었다. 흐르는 시간이 아까워 서둘러 나갈 준비를 마친 두 사람은 유명 맛집 블로거가 소개한 섭국집으로 향했다.

이정의 앞에 수저를 놔 주던 석진이 멋쩍게 웃었다.

"그래도 첫 여행인데 너무 준비가 없었나?"

그러곤 미안한 기색을 비쳤다. 당당하게 차 시동을 걸던 사람답지 않게 소심해진 모습이 귀여워 이정이 큭큭 웃었다.

"완벽하게 다 예약하고 온 여행보다 더 기억에 남을 거예요."

진심으로 이정은 그렇게 생각했다. 바다가 보고 싶다는 말에 '다음에 꼭 가자.' 라고 대답하지 않고, 다소 불편하게나마 이렇게 움직여 준 것이 이정은 정말로 고마웠다.

배가 부를 때 먹는 정찬보다 배가 고플 때 먹는 김밥 한 쪽이 더 맛있을 때가 있는 법이었다. 지금이 딱 그랬다.

"속초에 이렇게 오게 될 줄 몰랐어요."

"나도 진짜 몰랐어. 그냥 바다를 볼 생각으로 왔는데 거기가 속초랑 가까운 곳인 줄 누가 알았겠어?"

이정도 석진도 속초는 처음이었다. 숙소를 찾느라 도로를 배회하다 10킬로미터만 더 가면 속초가 있다는 걸 알려 주는 표지판을 보지 못했다면 이렇게 생동감 넘치는 바다 마을을 그냥 지나쳐 버릴 뻔했다.

"섭국 나왔습니다."

그리고 홍합이 섭으로 불리기도 한다는 걸 평생 모르고 살았겠지.

"얼핏 봐서는 해장국이랑 비슷해 보이는데. 이게 홍합인 거지?"

"네. 홍합 처음 봐요?"

"미국에도 홍합 있거든? 와, 맛있겠다."

정말 속초에 오지 않았다면, 먹는 걸 앞에 두고 즐거워하는 그의 모습도 한 번 덜 보게 되었을 것이다. 인상을 쓰며 뜨거운 국을 후후 불어 먹는 석진을 보다가 이정도 섭국 한 숟갈을 조심조심 떠먹었다. 입 안 가득 바다의 맛이 퍼지더니 칼칼한 매운맛이 목을 타고 흘러내렸다. 광고성 블로그 포스팅에 속은 날이 허다했는데 이번엔 다행히 제대로 된 맛집을 찾았다.

"예전에 이모도 이런 매운 국을 끓여 주셨잖아."

"……."

섭국 맛에 감탄하던 이정이 입 안에 든 밥을 씹지도 못한 채 석진을 보았다. 그가 말한 '이모'는 그의 친이모가 아닌 자신의 엄마였다. 적당히 식은 국을 한 술 넘기듯 쉽게 말했을지언정, 석진이 많은 생각 끝에 한 시도라는 걸 알 수 있었다.

피할 수 없다면 자연스러워지는 쪽이 낫다고 여긴 걸까?

"엄마가 끓여 준 매운 국이 한두 가지였어야죠."

그가 그걸 원한다면 자신도 노력할 차례였다. 이정은 두 박자 늦게, 그의 말을 자연스럽게 받아 주었다.

"그런가? 음, 제일 기억에 남는 건 메기매운탕. 나 그때 메기 처음 먹어 봤거든? 메기 대가리 보고 징그러워서 저걸 어떻게 먹나 했는데 너무 맛있는 거야. 수제비도 떠서 넣어 주셨지, 아마. 근데 넌 그걸 끝까지 안 먹더라?"

"우엑. 메기는 진짜 못 먹어요. 그나저나 날 편식하는 한심한 애로 본 거 아니에요?"

"잘 기억 안 나."

"어? 진짜 그런 생각 했나 보네요."

"기억 안 난다니까."

어울리지 않는 새침을 떨며 석진이 뚝배기에 밥을 말았다. 한때는 그의 저런 모습이 신기했었다. 깔끔한 귀공자처럼 생긴 남자가 아무거나 소탈하게 잘 먹는 모습은 열일곱 여고생의 고개를 갸웃거리게 만들었다. 피자나 파스타만 깔짝댈 것처럼 보이는데 의외라며, 동생 이준과 식탁에서 눈빛으로 생각을 공유하기도 했었다.

"그 매운탕, 언젠가 다시 먹을 거야."

이정이 다시 숟가락질을 멈췄다.

"뭘 그렇게 놀라? 내가 어제 그렇게 말했는데도 모르겠어? 어차피 결말은 정해져 있다는 거."

석진은 어제오늘 여러 번 사람을 놀라게 했다.

"기왕이면 다른 메뉴를 생각해 봐요. 난 긴 수염 달린 물고기를 먹고 싶지 않아요."

일상적으로 보이지만 곳곳에 뼈가 박힌 의미심장한 대화를 주고받는데도 밥은 또 넘어갔다. 이렇게 서서히 그날을 향해 가는 건가? 어쩐지 희망이 보이는 것 같았다.

신파도 싫고 아픔을 겪는 것도 싫은데, 동화나 드라마 속 주인공들이 왜 행복한 결말을 위해 고군분투하는지 이해가 되기도 했다. 가치가 있는 일을 향해 가는 과정이라는 믿음만 있다면, 아픔과 고통도 하찮게 여겨질 수 있다는 걸 서른이 되어서야 짐작할 수 있게 되었다.

"잘 먹었습니다."

맛있게 밥 한 그릇을 비운 두 사람은 목적지를 고민하며 차를 향해 걸었다. 오늘 더위도 만만찮겠다며 중앙 시장 구경보단 바다가 보이는 카페에 가는 게 좋겠다고 의견을 일치시킬 때.

"너, 최이정 아니야?"

누군가가 이정에게 알은척을 했다.

"어?"

걸음을 멈춘 이정이 소리가 난 쪽을 향해 고개를 돌렸다. 그러곤 안면 있는 얼굴을 확인하고서 당황스러운 듯 시선을 떨궜다. 하지만 그것도 잠시. 석진의 손을 놓은 이정은 곧바로 이름을 부른 사람에게 다가가 인사를 했다.

"안녕하세요, 아저씨."

다른 사람도 아닌, 아빠의 고향 친구 조민철을 속초에서 만날 줄이야. 민철은 이정의 아빠 최훈일과 자주 왕래하는 친구 중 하나였기에 이정에게도 제법 친근한 사람이었다.

"혹시나 했는데 이정이 맞네. 아무리 세상이 좁다지만 어떻게 여기서 널 만나냐."

"저도 놀랐어요. 여긴 어떻게 오셨어요?"

"응, 회사 워크숍 때문에 속초에 왔는데, 나이 좀 있는 사람끼리 이른 점심 먹으러 여기 들렀어."

"아, 그러셨구나."

그러고 보니 그가 어느 대기업의 임원이라고 들었던 것 같다. 민철의 회사 동료로 보이는 사람들은 이미 식당에 들어간 뒤였다.

"그런데 너는 여기 어쩐 일이냐?"

눈으로는 석진을 보고 있으면서 민철이 굳이 확인하려 들었다. 친구의 딸을 여행지에서 만난 어른이라면 충분히 할 수 있는 질문이었으나, 이정은 대답을 위해 머리를 굴려야 했다.

"당일치기로 바다 보러 왔어요."

굳이 '당일치기'라는 말을 넣어 버리니 대답이 어색해졌다. 그냥 바다 보러 왔다고 할걸. 후회해도 늦은 일이었다.

"안녕하세요."

편치 않은 분위기를 감지한 석진이 나섰다. 그는 민철에게 반듯하게 인사한 뒤 자신을 소개했다.

"이정이랑 만나고 있는 우석진이라고 합니다."

"아, 반가워요. 나는 이정이 아빠 친구예요. 이정이가 아기일 때부터 이정이를 봐 온 사람입니다."

충분히 부담될 법한 관계의 정의를 들먹이며, 민철이 석진에게 악수를 청했다. 그러면서도 눈으로는 석진을 면밀히 관찰하기 시작했다. 훈일과 각별한 의리를 다져 온 민철이 석진을 예사로 본다는 건 있을 수 없는 일이었다.

"너 서울에서 일한다는 말은 들었다만. 언제 서울로 돌아가니?"

석진을 충분히 살핀 민철이 다시 이정에게 말을 걸었다. 언제 서울로 돌아가냐는 질문 속에는 어른의 보수적인 걱정이 담겨 있었다.

"당일로 왔다니까요. 당장 마감도 있고요."

"속초는 그렇게 후딱 다녀갈 곳이 아닌데. 일 너무 열심히 하는 거 아니야?"

이정의 말을 전부 믿는 건지 아니면 그런 척하는 건지 흡족한 웃음을 짓던 민철은 이제 식당으로 들어가 봐야겠다고 말하며 바지 뒷주머니에서 지갑을 꺼냈다. 그러곤 이정의 손에 오만 원짜리 지폐 몇 장을 쥐여 주었다.

"자, 이걸로 저 친구랑 맛있는 거 사 먹고 가. 요즘은 여자들도 밥값, 커피값 다 내는 세상이라며?"

"아저씨. 왜 이런 걸 주고 그러세요?"

만날 때마다 넉넉하게 용돈을 쥐여 주던 민철의 인심을 모르지는 않는데, 예의상 받기엔 많은 금액이었다. 이정이 되돌려주려 했지만 민철은 단호하게 거절했다.

"받아. 아저씨 돈 잘 벌어. 너도 네 앞가림하는 건 안다만, 여기까지 와서 만났는데 내가 널 어떻게 그냥 보내? 훈일이가 여기서 우리 집 애들 만났어도 나처럼 했을 거야. 그럼 나 간다."

잡을 새도 없이 민철은 가게 안으로 들어가 버렸고, 이정은 덩그러니 서서 손에 쥐고 있는 돈을 내려다보았다.

"……."

만날 때마다 마냥 반가웠던 아저씨와 이렇게 마음 무거운 만남을 가지게 될 줄은 몰랐다. 단순히 일방적으로 돈을 받게 된 것 때문만은 아니었다.

솔직히, 겁이 났다. 용돈을 쥐여 줄 만큼 인심 좋은 아저씨가 아빠에게 과연 어디까지 이야기를 할지. 아저씨가 우석진이라는 이름을 기억할 만큼 머리가 좋지 않기를 바라면 나쁜 건가?

"일어나지 않은 일에 대한 걱정은 그만. 그리고 무슨 일이 생겨도 그건 다 과정일 뿐이야. 너무 걱정하지 마."

이정이 무슨 생각을 하는지 눈치챈 석진이 한 팔로 그녀의 어깨를 안았다. 습하고 짠 바닷바람을 폐 속 깊이 들이켠 그는, 여기까지 와서 심각해지는 건 좀 너무하지 않냐며 이정에게 장난을 걸었다.

7

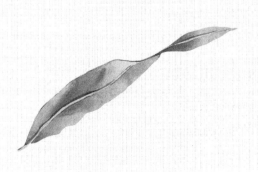

"밥은 먹고 일하자."

점심도 거르고 일하던 석진은 두현이 휙 던진 샌드위치를 받아 들었다. 오후 3시가 되도록 점심을 거른 건 마찬가지였는지 성급하게 종이 포장을 벗긴 두현이 샌드위치를 크게 한 입 베어 물었다.

"일은 잘됐어?"

허가 문제로 공무원과 맞짱을 뜨고 오겠다며 사무실을 나섰던 두현은 제법 만족스럽게 고개를 끄덕이며 우적우적 샌드위치를 씹었다.

"안 되면 공무원이고 뭐고 세게 나갈 마음으로 갔는데, 제법 융통성 있는 사람이라 이야기가 수월하게 진행됐어. 신축 레스토랑 건에 대해서도 미리 언질 좀 해 뒀고."

"고생이 많았네."

"맞아. 비싼 돈 들여 가며 미국에서 유학하고 오면 뭐 하나? 사람들은 건축 사무소 한다고 하면 되게 멋진 줄 아는데 그거 드라마의 폐해야. 진짜 오롯이 도면 작업하고, 현장 관리만 하면 얼마나 좋아? 뭔 놈의 절차가 이렇게 까다로운지. 게다가 시끄럽다고 허구한 날 민원에. 아유."

적당히 공감하는 표정을 지으며 석진도 샌드위치 포장을 벗겼다. 배가 고픈 것도 모르고 일했는데, 막상 음식을 쥐니 손이 빨라졌다. 적절한 타이밍에 끼니를 해결하게 해 준 두현에게 고마워질 정도로 샌드위치는 맛있었다.

아닌 게 아니라 두현에게 고마운 게 한두 가지가 아니었다. 공동대표로 나란히 이름을 올린 회사일지언정, 석진은 건축에 관한 일이 아니면 크게 관여하지 않았다. 물가가 비싸기로 유명한 서울에서 번듯한 사무실을 구한 것도 두현이었고, 공무원들을 만나거나 민원을 해결하는 일에도 대부분 두현이 능력껏 나서 주었다.

'미국에서 잘나가는 놈을 데리고 왔는데 내가 이 정도는 해야지. 단, 1년만이야. 1년 뒤엔 너도 적응해서 나처럼 맨땅에 헤딩 좀 하겠지.'

두현의 논리는 그랬으나 석진은 알고 있었다. 전 세계 어디로 간다 한들 이보다 더 좋은 동업자를 만날 수 없다는 걸. 그래서 더 열심히 일했고, 관여하는 공사마다 좋은 결과물을 얻기 위해 노력했다. 다행히 지금까지는 부끄럽지 않은 대표로 그럭저럭 자리매김하는 중이었다.

"참, 이정 씨는 요즘 바쁘다며? 둘 다 바쁜데 연애가 되냐?"

"그래도 매일 퇴근길에 잠깐씩은 보려고 해. 오늘 중으로 마무리할 작업물이 있다고 며칠 고생하던데, 아직 소식이 없네. 방해하고 싶지 않아서 연락 기다리는 중."

"뭐? 기다려? 야, 그런 게 어딨냐? 목소리 듣고 싶고 궁금한데 배려고 나발이고 그딴 거 필요 없다고 본다."

게 눈 감추듯 샌드위치 하나를 다 먹은 두현이 이번엔 친구의 연애를 걱정해 주었다. 그 순간 석진은, 저렇게 두루두루 주변을 살필 줄 아는 것도 대단한 능력이라는 생각을 했다. 윤주와 두현이 만나는 걸 알고도 그 연애에 대해 캐물은 적이 없었는데, 지나가는 말이라도 두현에게 윤주의 안부를 물을 걸 그랬다.

같은 방에서 일하다 보니 뜻하지 않게 듣게 되는 통화 내용들과 부쩍 일의 속도를 높여 퇴근을 서두르는 두현의 모습으로 인해, 윤주와 두현이 제대로 연애를 시작했음을 확인했다. 하지만 군이 시시콜콜 그에 대해 물을 필요성을 느끼지 못했었는데 두현의 입장에서는 서운했을지도 모른다.

그건 그거고, 나 정말 최이정에게 전화를 해 봤어야 하나? 일이 끝나는 대로 연락 주겠다는 이정의 말을 너무 순진하게 믿은 건가?

"세상엔 참 다양한 직업이 있는 것 같아. 식물세밀화를 그리는 일이라니. 이정 씨 바쁜 거 끝나면 대표실에 걸 그림 하나 그려 달라고 하자."

중이 제 머리 못 깎는다고, 남들이 쓸 공간을 신경 쓰느라 정작 대표실은 휑하기만 했다. 두현과 함께 텅 빈 벽을 응시하던 석진은 다른 아이디어를 내어 놓았다.

"윤주 씨한테 부탁하지 그래?"

"에이, 그건 안 돼. 자기 일 하는 것만으로도 벅찬데 이런 것까지 맡길 순 없지."

"뭐야, 그럼 최이정은 돼? 걔도 무지 바빠."

"삭막한 사무실엔 식물 그림이 더 잘 어울려서 그런 걸로 넘어가 주면 안 되겠냐? 아 근데 윤주 일하는 거 보면 안쓰러워서 말이지."

그럼 나는 최이정이 안 안쓰럽겠냐?

윤주가 사라졌다며 하늘이 흔들릴 정도로 불안감을 표출하던 두현은 세상에 다시없을 팔불출이 되어 있었다.

이러니 내가 이 녀석의 연애에 대해 군이 관여를 안 한 건지도.

석진은 다 먹은 샌드위치 포장지를 구겨 휙 하고 쓰레기통에 던졌다.

식사도, 휴식도 충분하다고 여긴 건지 두현이 곧장 컴퓨터를 켰다. 그러고는 무심하게 모니터를 보며 말했다.

"그보다 토요일 저녁에 넷이 술 한잔하고 싶은데 괜찮아? 나 그렇게 경우 없는 사람 아니다? 어쨌거나 두 사람 덕을 봤으니 한턱 쏠게."

이번에도 두현이 선수를 쳤다.

어떻게 된 게 나는 저런 생각을 왜 못 할까?

스스로에 대한 답답함을 느끼며 석진이 "좋아."라고 말했다. 그러자 두현이 고개를 돌려 석진을 쳐다보았다.

"근데 나 뭐 하나 물어봐도 돼?"

"묻지 말라 한다고 안 물을 거 아니잖아."

"그건 그렇지. 내가 생각을 좀 해 봤는데 애매해서 너에게 확인을 받는 게 나을 것 같아."

궁금한 건 참지 못하는 두현이 뭔가 말을 하려 할 때였다. 석진의 휴대폰이 잔잔한 음악 소리를 내며 주인을 찾았다. 이정이었다. 두현에게 '잠깐만' 이라는 손짓을 하며 석진이 전화를 받았다.

"일은 잘했어?"

두현의 말대로 배려고 나발이고 그냥 전화해 볼걸, 이라는 늦은 후회를 하며 묻자 그렇다는 대답이 돌아왔다. 며칠 잠을 제대로 이루지 못해서인지 피곤함이 잔뜩 서린 이정의 목소리가 사람의 애간장을 녹였다.

잠시 나가서 얼굴이라도 보고 올까? 죽이라도 먹여야 할까?

— 그것보다 오빠.

하지만 이정의 목소리가 어두운 데는 다른 이유가 있는 모양이었다. 잠시 고민하는 듯하던 이정이 석진을 불렀다.

"응, 무슨 일이야? 말해."

안 좋은 일이라도 있는 건가. 석진이 반사적으로 미간에 주름을 만드는 순간, 이정이 침착하게 말했다.

"좋지 않은 소식이 있어요."

석진이 자리에서 일어났다.

＊ ＊ ＊

8월의 평일. 고속도로는 한산했다.

— 엄마가 계단에서 굴러 다리를 다치셨대요. 실뼈가 부러져서 깁스를 했나 봐요.

이정이 말하기가 무섭게 차 키부터 챙겨 든 석진은, 기꺼이 집까지 태워 주겠노라 말했다. 운전이 서툰 이정은 버스를 타고 가면 된다고 했으나, 이정을 그렇게 보낼 수가 없었다.

"이러지 않아도 되는데. 정말 괜찮아요?"

바쁜 남자가 만사 제치고 곁에 있어 주는 상황이 고마우면서도 미안했다.

"날 위해서야. 후회할 일은 과거에 다 했어."

석진이 너무 아무렇지 않아서 더 마음이 쓰였다.

윤주에게 듣기로는 석진이 작업을 한 카페, 레스토랑과 같은 공간들은 예외 없이 그 동네의 핫플레이스가 되어 SNS에서 유명세를 타는 중이고, 그로 인해 문을 연 지 1년이 채 안 되는 「상량」도 밀려드는 공사 문의를 받느라 직원을 늘릴 계획을 가지고 있다 했다. 그런 회사의 대표를 운전기사로 부리다니. 몸은 편하지만 별개로 미안한 마음이 들었다.

"하필 아빠도 해외 학회 가시고. 엄마는 나 바쁘다고 비밀로 한 모양인데, 이웃 아주머니가 전화를 주셨어요."

게다가 속상함까지 더해져 울적해졌다.

아주머니는 지영이 3일 전에 다쳤다고 했다. 계단 청소를 하다 발을 헛디딘 게 사고의 원인이었는데, 이웃들의 도움으로 인근 대학병원에서 깁스를 하고도 가족들에게 비밀로 해 달라고 한 모양이었다. 학회에 가 있는 남편과 군대에 가 있는 아들, 마감 때문에 바쁘다는 말을 입에 달고 사는 딸에게 마음의 짐을 얹을 수가 없었던 것이다.

나, 나름대로 엄마에게 잘해 주려 노력하는 딸인데.

아빠도 자상한 가장이고, 군대에 있어 어쩔 도리가 없을 뿐, 이준이도 엄마 일이라면 두 발 벗고 나서는데.

내가 아무리 바빴다 해도 엄마가 아픈 것보다 일을 우선시할 사람이 아니라는 거, 우리 엄마는 왜 몰랐지?

"세상의 엄마들은 다 왜 그럴까요. 왜 다 혼자 희생하고 견디려 할까요?"

이정은 결국 울적해진 마음을 드러내고 말았다.

자식 키워 놔 봐야 다 소용없다고 했던가? 지금 자신이 딱 그 짝이었다. 일도 일이지만 석진과 연애하는 데 정신이 팔려 엄마에게 너무 소홀했던 게 미안해서 견딜 수가 없었다.

그만하기 망정이지 혼자 있는 집에서 더 크게 다쳤다면 무슨 일이 생겼을는지. 생각만으로도 아찔해서 자꾸만 눈물이 나왔다.

"어쩌다 생긴 사고인데 자책을 왜 해? 이렇게 가찮아. 가서 잘 간호해 드리면 되니까 너무 마음 아파하지 마."

석진의 듬직한 오른손이 이정의 손을 꽉 잡아 줘었다.

"……."

그때, 이정은 자신이 하지 않았어도 될 말을 했다는 것을 깨달았다. 다른 사람도 아닌 석진에게 엄마의 희생을 운운해서는 안 되는 거였는데.

아, 최이정. 아무리 놀라고 속상했기로서니…….

"……오빠."

"네가 잘못한 건 없으니까 사과 금지."

역시.

이정은 눈을 감고 아랫입술을 깨물었다.

석진이 잘못한 게 없다고 말했을지언정 무심결에 한 말이 그의 마음에 걸려든 건 맞았다.

"잘못한 건 우리 어머니야. 네가 실수하거나 잘못한 건 없으니까 그런 표정도 짓지 마."

석진은 정말로 그렇게 생각했다. 이정이 미안해 어쩔 줄 몰라 하는 게 느껴졌지만 그녀가 틀린 말을 한 게 아니었다. 자식을 위해 참고, 희생하고, 인내하고. 그게 사람들이 보편적으로 어머니에 대해 떠올리는 그림이 아닐까?

시대가 변하고 개개인의 성향은 다르다 해도 지금껏 만나 왔던 사람들의 대부분이 그랬다. 어머니 이야기가 나오면 눈물짓고 가슴 먹먹해했다.

그냥 자신의 어머니가 이상한 거였다. 어린 자식을 순순히 남편에게 떠맡기고 자유를 찾아간 사람.

212

주변에서 아들이 보고 싶지 않냐 물어도, 워낙 오래전 일이라 얼굴조차 기억나지 않는다며 마치 아주 옛날에 헤어진 연인에 대한 이야기를 하듯 얼버무렸다는 사람.

'그 사람이 미친 거지.'

그리고 그런 미친 사람이 저지른 일 때문에 몇 년간 사서 고생 한 나도 미친 놈이고.

그래서 지금 떳떳하게 이정의 손을 잡을 수 있다는 건 감사했지만 넘을 수 없는 장애물은 여전히 존재했다. 그게 안타까웠다.

한참을 달리다 보니 인터체인지가 나왔고 차는 곧장 지방도로 접어들었다. 그때부터 석진의 가슴이 뛰기 시작했다. 자신이 기억력이 좋은 편이라 여기긴 했으나, 이 정도일 줄은 몰랐다.

13년 전 오갔던 길들이 눈앞에 펼쳐지자 이상하리만치 가슴이 요동쳤다. 10년이면 강산이 변한다고, 동네는 석진이 기억하던 모습과 분명 많이 달랐다. 있던 건물이 없어지고 없던 길이 생겼다. 작은 마트가 있던 자리에는 우체국이 있었고, 과거엔 없었던 카페가 보이기도 했다.

그런데도 모든 게 너무나 익숙해서 설레었다. 전쟁에 참전했던 용사가 13년 만에 고향에 돌아갔을 때 느낀 기분이 이런 걸까? 그건 너무 과한가?

시골의 번화가를 지나자 지극히 시골스러운 길이 펼쳐졌다. 양쪽으로 펼쳐진 초록색 논을 감상하며 죽 뻗은 시멘트 길을 달리니 어느덧 그리웠던 동네의 입구에 다다라 있었다.

여기에 이렇게 다시 오게 될 줄이야.

한국에서 일을 시작한 뒤, 이 시골 마을에 와 볼까 하는 생각을 안 한 건 아니었다. 궁금하기도 했고 그립기도 해서 내비게이션 목적지에 동네 이름을 찍어 보기도 했다.

하지만 선뜻 움직여지지가 않았다. 예전 그 느낌이 아니라 실망할까 봐 크게 마음이 동하지 않기도 했고 몇 안 되는 아는 얼굴을 만나게 될까 봐 우려되기도 해서였다.

걱정은 기우였다. 그리고 정말로 보고 싶었던 얼굴과 함께 있으니 실망 따위를 할 겨를이 없었다. 마냥 좋았다. 당장이라도 이정의 손을 잡고 시골길을 거닐어 보고 싶을 만큼 감성이 동했다.

"도착."

동네 입구에 차를 세운 석진은 고개를 좌우로 기울이며 뻐근해진 목을 풀어 주었다. 차창 밖으로 보이는 익숙한 초록색에 시선을 두니 장거리 운전의 피로가 싹 가시는 기분이었다.

"고마워요. 가까운 거리가 아닌데."

"덕분에 너랑 드라이브했잖아. 아니다. 이런 상황에 할 소리는 아닌가?"

"사실은 나도 진작 그런 생각 했는데 뭐. 같이 있어서 좋다고."

두 사람이 마주 보고 웃었다. 하지만 그다음이 문제였다. 웃음이 사그라들었을 무렵, 서로의 눈을 바라보고 있으면서도 누구 하나 쉽게 입을 열지 못했다. 거대한 장애물 앞에 서서, 선뜻 넘어설 용기를 내지 못하는 사람들처럼.

"어서 가 봐."

이정이 시간을 확인했다. 여름이라 해가 길어 주변이 환했지만 오후 6시면 곧 저녁을 먹어야 할 시간이었다. 쉼 없이 달려와 준 그를 그냥 보내는 게 마음에 걸렸다.

"오빠. 같이 안 갈래요? 저녁은 먹고 가요."

이정은 오는 내내 했던 생각을 어렵사리 말했지만 석진이 거절했다.

"이모 다 나으시면. 만약 건강하신 상태라면 나도 용기 내서 들어갔을 거야. 그런데 지금은 아닌 것 같아. 몸도 불편하신데 마음이라도 편하게 해 드려야지."

이정도 더는 붙잡지 못했다. 잘못한 게 없는 석진이 스스로를 불편한 존재로 단정 짓는 게 못마땅했지만 그의 말처럼 지금은 타이밍이 아니었다.

"곧 같이 가게 될 곳인데 왜 그런 표정 지어? 오늘은 상황이 안 따라 주는 거고."

사실 석진도 생각해 봤었다. 다리가 아픈 지영을 모른 척하기 그래서 마음

단단히 먹고 이정의 집에 들어가면 어떨까 하는.

그런데 석진이 아는 지영이 너무 좋은 사람이라는 게 발목을 잡았다.

동생을 죽음까지 몰고 간 원인 제공자의 아들. 그런 사람을 앞에 두고도 지영은 화를 내지 않으리라. 어쩌면 불편한 다리로 일어서서 석진이 좋아했던 음식들을 차리려 들지도 몰랐다. 혹은 눈물부터 왈칵 흘릴지도. 그래서 지금은 지영을 만날 수가 없었다.

"그럼 먼저 가 볼게요. 조심히 가고 꼭 전화 줘요."

"응. 너 짐은 잘 챙겨 온 거지? 혹 빠트린 거 있으면 연락해. 택배로 보낼게."

"네."

"윤주 씨 시키지 말고 나한테 시켜. 이건 명령이야."

"그럴게요."

잠시나마 활짝 웃은 이정은 조수석 문을 열다 말고 몸을 돌려 석진을 보았다. 그리고 의미심장한 눈으로 그의 눈을 응시했다.

"왜? 안 가?"

"가긴 갈 건데, 막상 이 동네 오니까 꼭 해 보고 싶은 게 생겨서요."

"뭐?"

말이 끝나기가 무섭게 이정이 석진의 얼굴 앞으로 자신의 얼굴을 바짝 들이댔다.

"……."

서로의 숨결이 얼굴에 닿을 만큼 가까운 거리에서 석진의 어리둥절한 표정을 눈에 담던 이정은 그에게 냉큼 입을 맞췄다. 그러고는 자신이 한 행동이 부끄러워 도망치듯 차에서 내려 버렸다.

"어!"

석진이 잡을 새도 없이 이정이 멀어져 갔다.

쟤는 옛날이나 지금이나 어쩜 저렇게 몸이 가벼울까?

손으로 자신의 입술을 쓸어 보던 석진은 혹여나 이정이 넘어질까, 그녀의 뒷

모습을 끝까지 눈으로 배웅했다.

그때, 딩동 하고 메시지가 도착했다.

[나 고등학생 때 오빠한테 입 맞추는 꿈 꾼 적 많아요. 여기 오니까 왠지 그렇게 해 보고 싶었어요.]

여러 번 반복해서 메시지를 읽던 석진은 조심히 들어가고 자주 연락 달라는 내용의 답을 보냈다. 그리고 속으로 생각했다.

넌 꿈에서 나랑 입만 맞췄니? 난 너랑 더한 것도 해 봤는데.

오기까지가 어려웠을 뿐, 추억의 한가운데 들어서니 어쩐지 서울에 돌아가기가 싫어졌다.

"어떻게 하나."

석진은 쉽게 시동을 걸지 못했다. 에어컨을 끈 지 오래된 차 내부의 온도가 높아지기 시작했다.

대문을 열고 집에 들어선 이정은 뛰듯이 마당을 가로질러 현관문 비밀번호를 눌렀다. 문이 열리기가 무섭게 엄마를 찾았다.

"엄마!"

거실 소파에 누워 TV를 보던 지영이 깜짝 놀라 일어났다.

"어머, 이정아."

지영의 오른쪽 다리를 감은 깁스가 가장 먼저 눈에 들어왔다. 혹여나 지영이 걸을세라 이정이 먼저 움직였다.

"거기 앉아 있어. 일어나지 마."

냉큼 지영의 곁에 앉은 이정은 걱정스럽게 그녀의 다리를 살폈다.

"도대체 어쩌다 이런 거야? 왜 말을 안 했어?"

어떻게 이정이 여기 오게 되었는지 짐작한 지영은 살갑게 딸의 등을 두드려 주었다. 며칠 전까지만 해도 집 안이 적적해서 이정이 들러 주었으면 했지만, 다리를 다치고 나니 딸의 방문이 반갑지만은 않았다. 객지에서 일하느라 고생하는 딸, 잘 챙겨 먹여 줄 수도 없는데 어쩌나 하는 우려가 앞섰다.

"너 바쁘다며. 10월 초에 책 나온다고 하지 않았어?"

"일이 있다 해도, 엄마가 아프면 당연히 와야지. 손이 있는데 여기라고 일을 못 해?"

이정은 집 안 곳곳을 살펴보기 시작했다. 가족 같은 이웃들이 도와주긴 했겠으나, 집 안은 평소 지영이 직접 쓸고 닦던 때와는 확실히 달랐다.

집이 더러워지는 꼴을 못 보는 엄마가 이렇게 살림에 손을 놨을 정도면 도대체 얼마나 몸이 불편한 건지. 이런데도 나에게 연락을 안 한 우리 엄마를 미련하다고 해야 할지, 착하다고 해야 할지.

"엄마, 저녁은 먹었어?"

"아니, 아직. 옆집 동현이 엄마가 조금 있다가 와서 차려 준다고 했는데 그마저도 사실 귀찮아서 오지 말라고 하려던 참이야."

"아유 참."

속상한 마음이 터져 버리고 말았다. 입을 삐죽 내민 이정은 결국 손등으로 눈가를 쓸어내렸다. 이 불편한 몸으로 며칠 동안 넓은 집을 혼자 지켰던 지영의 지나친 독립심이 몹시도 속상했다.

"왜 울어? 엄마 괜찮아."

"이게 뭐가 괜찮아? 엄마가 이러면 우리가 미안해서 엄마를 어떻게 봐?"

"네 아빠 주말이면 오셔. 그리고 이번 학회 얼마나 열심히 준비하셨는데 나 때문에 발표 망치면 어떻게 해?"

또 이런다. 언제쯤이면 엄마는 힘들다는 말을 할까?

외삼촌 석택수가 좋지 않은 방법으로 세상을 떠났을 때도 지영은 눈물을 흘리기만 할 뿐, 가족에 대한 헌신을 멈추지 않았다. 하루도 청소를 거른 적이 없고, 매끼 따뜻한 밥상을 차렸다. 가족들이 만류해도 지영은 그렇게라도 해야 잊을 수 있다고 고집을 부렸다.

지영은 끈질겼다. 무기력해지고, 사람이 많은 곳에 가면 호흡 곤란이 오고, 악몽 때문에 잠을 이루지 못하면서도 현실을 살아가려 했다. 그러다 보니 정말로 지영이 괜찮아지는 날이 오긴 했으나 이정은 무모하게 버티는 엄마가 늘 안

쓰러웠다.

한 번이라도 귀찮고 힘들다고 요령을 부려 줬으면.

이정이 엄마에게 바라는 건 그거였다.

"밥 차려 줄게."

"아니야. 엄마가 할게. 얼굴이 반쪽이 되어 갖고 밥은 무슨."

이번에도 마찬가지였다. 지영은 성치 않은 몸을 일으키려 했고 이 와중에 딸의 끼니를 걱정한다.

"엄마, 좀!"

이정은 결국 소리를 지르고 말았다. 화내지 말아야지, 엄마에게 잘해야지, 백 번 천 번 다짐했지만 소용없었다. 이 상황이 속상해서 또 눈물이 났다.

＊ ＊ ＊

뼈가 빨리 붙게 하는 약이 독하다는 말이 진짜인지 저녁 식사 후 약을 먹기가 무섭게 지영이 골아떨어졌다. 따뜻한 물수건으로 지영의 몸을 닦아 준 뒤에야 이정도 2층에 있는 자신의 방에 올라갈 수가 있었다.

설마 우리 엄마, 내 방 청소하고 내려가다 다쳤나?

주인이 오래 비운 방엔 먼지 하나 없었다. 여름용 침구가 단정하게 놓인 침대 위와 깨끗하게 정돈된 책상을 보니 이젠 고개가 저어졌다.

우리 엄마를 누가 말려.

이정은 환기를 위해 창문을 활짝 열었다. 서울에서는 기온이 조금 내려간 밤에도 에어컨 없이는 견디지를 못했는데 시골집에서는 달랐다. 남쪽과 동쪽으로 난 창문 너머로 바람이 들어오고 나가기를 반복하자 시골의 상쾌한 공기가 사람의 기분을 전환시켰다. 개구리 울음소리가 다소 시끄럽다 싶을 만큼 귓가를 괴롭히자 비로소 집에 온 게 실감이 났다.

참, 오빠 어디쯤일까? 아직 도착했을 시간은 아닌데.

밥을 차리고, 설거지를 하고, 거실과 안방 바닥을 걸레로 뻑뻑 문지르고.

하지 않던 가사 노동을 몰아서 하느라 석진을 걱정할 틈이 없었다. 한 번에 두 가지를 잘하지 못하는 자신의 아둔함을 원망하며 가방 속에 넣어 둔 휴대폰을 찾았다.

부재중 전화가 와 있으면 어쩌나 했는데 걱정과는 다르게 그에게선 연락이 없었다. 애꿎은 출판사의 연락과 잘 도착했냐는 윤주의 메시지를 확인하던 이정이 볼을 부풀렸다. 몇 시간 동안 연락을 하지 않은 건 자신인데, 어쩐지 허전하고 허했다. 그러고 보니 제법 자주 연락을 해 오는 석진에게 익숙해진 건지도 몰랐다.

운전하느라 손을 쓸 수 없어서겠지.

검지로 통화 버튼을 누른 이정은 리드미컬하게 울리는 통화 연결음을 들으며 창문 너머의 밤하늘을 올려다보았다.

— 여보세요?

유일하게 아는 별자리인 북두칠성의 별이 몇 개인가를 헤아릴 때 석진이 전화를 받았다.

"어디까지 갔어요?"

대뜸 묻고 나서 보니 그의 주변이 조용했다. 고속도로를 달리는 중이라면 블루투스가 만들어 낸 특유의 진동음이 느껴질 텐데, 석진의 목소리는 너무 또렷하고 가까웠다.

— 지금? 도착했어.

아, 그래서였구나. 그런데 도대체 시속 몇 킬로로 갔기에 벌써.

"나 때문에 고생 많았죠? 일 밀려서 야근하는 거 아니에요?"

— 글쎄다. 고생한 건 잘 모르겠고 일은 확실히 밀린 것 같아. 근데 뭐, 내가 대표니까 직원들 고생 좀 시키면 안 되려나?

생전 생색이라는 걸 낼 줄 모르던 남자가 이렇게 말하는 걸 보니 시간을 많이 뺏긴 했나 보다. 고맙고 미안하다는 말을 하려는데 석진이 먼저 치고 나왔다.

— 나 정말 도착했어. 최이정 집 앞에.

"우리 집? 응?"

퍼뜩 서울 오피스텔을 떠올려 보던 이정이 설마 하는 마음으로 고개를 내리자 대문 밖에 서 있는 석진이 보였다. 그는 이정과 눈이 마주치기가 무섭게 한 팔을 쭉 뻗어 손을 흔들었다.

"와!"

당연히 서울에 있어야 하는 남자가 여기 왜?

이 기분을 어떻게 설명하면 좋을까? 벌어진 입술이 다물어지지가 않았다. 벅차다는 말이 뭔지 비로소 알 것만 같은 기분이 들자 발이 먼저 움직였다. 엄마가 깨면 안 될 텐데. 그러면서도 발이 자꾸 빨라졌다.

나, 정말 나쁜 딸인가 봐. 다친 엄마 때문에 눈물짓고 있을 땐 언제고, 우석진이라는 남자에게 냉큼 달려 나가는 걸 보면.

대문을 열고 나가기가 무섭게 석진이 보였다.

"치."

너무 반가우니 선뜻 그에게 다가설 수가 없었다. 이정은 그 자리에 우뚝 멈춰 서서 석진을 바라보았다.

오가는 사람 하나 없는 조용한 시골 마을 모퉁이에 그가 서 있었다. 짙은 어둠 속에서 유일하게 빛나는 존재감을 과시하면서. 비단 그가 입은 하얀 셔츠가 반사판처럼 가로등의 오렌지빛을 반사시켜서 그런 것만은 아니었다.

"도저히 서울로 돌아갈 수가 없었어. 보고 싶은 게 너무 많아서."

움직이지 않는 건 석진도 마찬가지였다. 그는 이정의 전신과 그녀의 뒤에 자리한 시골집을 한눈에 담으며 그렇게 서 있었다.

이 마을에서 보는 노을이 얼마나 아름다운지, 바람을 따라 흔들리는 풀들이 어떤 소리를 내는지, 졸졸 흐르는 개울의 물줄기가 얼마나 힘찬지, 일일이 확인을 했음에도 불구하고 자꾸 아쉽고 발이 떨어지지 않았던 이유를 찾은 기분이었다.

결국은 이 여자를 찾아다닌 산책이었다.

바람을 느끼는 법을 알려 주고, 개울에 발을 담근 채 장난을 걸어오던 여자를 두고 내가 혼자 뭘 한 거지?

"그런데 네가 제일 보고 싶었어."

단 두 걸음 만에 다가온 석진은 이정의 뺨을 어루만지다 곧 그녀의 뜨거운 입술을 머금었다. 혹시나 아는 사람이 지나가다 이 모습을 보게 될지도 모른다는 경계심은 무디기만 했다. 입술에서 느껴지는 부드러움과 혀에 감기는 촉촉함이 좋아서 고개를 비스듬히 기울이다 보니 세상 모든 것들에 대해 무감해졌다.

나는 뭐 하러 몇 시간을 쏘다녔을까? 손바닥만 한 이 동네를 돌고, 돌고, 또 돌고. 결국 최이정에게 가는 길이라는 걸 모르지 않았는데.

"꿈보다는 현실이 확실히 더 나은 것 같아요."

스르륵 석진의 목을 팔로 감으며 이정이 말랑하게 속삭였다. 그러고는 말을 하느라 멈춘 키스가 아쉬워, 다시 석진의 입술 안에서 작은 숨을 뱉었다. 석진은 이정의 허리를 감싼 손에 더욱 힘을 주며 그녀를 받아 주었다.

어렸기에 전하지 못한 풋풋한 마음들이 농익으며, 시간이 흘러갔다.

나이를 먹는다는 게 꼭 나쁜 것만은 아닌지도 모르겠다. 어른이어서 가능한 일들이 있고, 어른이 되었기에 과거에 저지른 나의 과오를 너그럽게 넘길 수 있게 되었다. 이정에게 상처를 준 건 평생 미안하겠지만, 석진은 자신이 마냥 나쁘게 시간을 보낸 건 아닌 것 같다는 생각을 했다.

"아, 이러니 내가 어떻게 돌아가겠어. 최이정이 이렇게 좋은데."

어느새 두 사람은 손을 맞잡은 채 걷고 있었다. 일찍 잠자리에 드는 노인들이 주로 거주하는 마을에는 어둠이 빨리 찾아들었고, 밤의 색깔 속에 몸을 가린 두 사람은 느긋하게 발을 맞추었다.

"동네 다 둘러봤어요?"

"응. 그때와 달라진 게 거의 없더라. 저쪽 산 아래 집이 새로 생긴 거 말고는."

"달라진 게 없긴. 우리 집도 많이 낡았잖아요. 13년 전엔 갓 지은 새집이었는데."

"아니야. 그때 좋은 자재로 집을 지었는지 낡았다는 느낌은 못 받았어. 벽에

페인트칠이 벗겨진 거 말고는 그대로던데."

걷다 보니 손만 잡고 있는 게 아쉬워졌다. 이정의 허리를 당겨 안은 석진이 그녀의 정수리에 입을 맞추었다.

"솔직히 말해. 나랑 만나는 거, 막막했지?"

그리고 지금도 그런 거지?

이정이 고개를 까딱 옆으로 기울이며 석진을 째려보았다. 그녀의 눈가엔 웃음기가 자글거렸다.

아니라면 거짓말이다. 막막하고 불안하다. 하지만 자꾸 웃음이 나온다.

그로 인해서, 또 나를 위해서.

"그래도 우리 잘하고 있다는 생각 안 들어?"

이번에도 이정은 웃기만 했다.

과거가 지워지는 것 같다. 조용히 앞만 보고 걷던 남자가 나를 봐 주고, 털끝 하나 건들지 않을 것처럼 긴장하던 남자가 나를 잡고 있다. 지금만큼은 현재가 아니라 과거를 사는 것 같다.

동네 한 바퀴를 다 돌고 집 앞에 다다랐을 때, 두 사람 모두 곧 헤어져야 할 시간이 왔음을 깨달았다. 이별의 시간이 얼마가 될지 모르지만 그저 아쉽고 애틋해서 둘 중 누구도 먼저 손을 놓지 못했다.

"시간 날 때마다 자주 내려오도록 할게."

"꼭 자주 와요."

서울에서 한참이나 떨어진 곳이지만 마음에도 없는 괜찮다는 말을 하고 싶진 않았다. 당돌하게 말하는 이정의 머리를 쓰다듬어 준 석진은 이제 들어가 보라며 그녀를 재촉했다.

그러자 두 사람 사이에 작은 실랑이가 오갔다.

먼저 들어가.

먼저 가세요.

그야말로 소소하고 달달한 신경전을 벌이느라 두 사람 모두 눈치채지 못했다. 불과 10미터 떨어진 곳에서 누군가가 그들을 지켜보고 있었다는 사실을.

아내가 다쳤다는 소식을 뒤늦게 접하고 한국으로 달려온 최훈일 교수는, 젊은 남녀의 아름다운 순간을 깨트릴 수가 없어 그렇게 한참이나 자신의 몸을 숨겨야 했다.

※ ※ ※

행복하면 근시안적인 시각을 가지게 된다. 사랑해도 시야가 좁아진다. 이 행복만 바라보기에도 바빠서, 탁한 빛을 내는 과거나 오묘한 기운을 흘리는 미래 따위에 관심을 둘 여력이 없다.

이정을 만난 후, 석진은 그랬다. 무섭도록 현재에 집중했고, 그녀와 함께하는 한 시련 따위가 있을 리 없다고 여겼다.

어려웠던 과거를 되새김질하고 아득한 미래를 걱정한다고 한들 달라질 게 뭐가 있을까? 사랑과 행복은 주식이 아니다. 수치화할 수도 없거니와 축적된 데이터들과 비교하여 미래를 예측할 수도 없다.

하긴, 주식이라 한들 어디 예상대로 흘러갔던가? 예상외의 변수가 언제 나타날지 모르는 세상 속에서 불안감에 사로잡혀 현재를 놓치느니 그냥 지금을 즐기는 게 여러모로 현명했다.

아니다. 다 핑계다. 사실 최이정이 너무 좋아서 다른 건 보이지가 않는 현재를 표현할 핑계.

그나저나 최이정, 넌 언제쯤 서울에 오게 될까? 출근 도장을 찍는 것처럼 짧게나마 매일 가져 온 만남이 너무나 소중하다는 건 이미 알고 있었다.

연료탱크를 수시로 점검하고, 부족한 연료를 수시로 채우는 것처럼, 최이정을 만나야만 자신도 몰랐던 내면의 결핍이 보였고 이정을 만져야만 온전해지는 것 같았다. 그런데 이정이 시골집에 가 있어 매일 만나지 못하니 수시로 기운이 빠지고 일하는 속도가 느려졌다.

3일이 한계인가? 아무래도 오늘은 이정을 보러 가야겠다.

"너 잠은 자면서 사냐?"

"죽지는 않아."

"밤새는 데 이골이 난 직업을 가진 건 맞는데 요즘 너 너무 무리해."

수면 부족으로 뻑뻑해진 눈을 비벼 대는 석진에게 두현이 참견을 했다.

그 누구보다 지영의 다리가 빨리 낫기를 바라는 사람 중 하나가 두현이었다. 이정이 서울을 떠나고 난 뒤, 석진은 물 마시는 시간도 아껴 가며 일에 매진했는데, 두현은 그게 마냥 걱정스러웠다. 그 모든 노력이 이정과 만날 시간을 축적하기 위한 것임을 잘 알았기 때문이다.

그것 말고도 또 다른 이유가 있었다. 거의 매일 만나던 동네 친구가 사라진 것에 대한 불만을 한껏 표출한 윤주가, 한동안 이정의 집에 내려가 있겠다고 선포를 한 것이다. 대학 땐 방학 기간마다 갔던 곳이라며 다부지게 짐을 싸려 드는 윤주를 겨우 말리긴 했지만, 석진의 말대로 불도저 같은 성향을 가진 여자의 표본이 윤주인지라 두현은 문득문득 불안해하는 중이었다.

"직원들이 자꾸 물어봐. 우 대표 무슨 일 있냐고. 내일이 없는 사람처럼 일만 한다고 다들 너 걱정해."

"내일이 없나 보지."

석진은 모니터에서 시선을 떼지 않은 채 심드렁하게 대답했다.

"우 대표가 돈독이 올랐나, 그것도 아니면 여자 친구랑 헤어져서 일만 하는 거냐, 다들 난리야. 차라리 그냥 우석진이 여자 때문에 시간을 쌓는 중이라고 하면 안 돼? 그럼 다 이해할걸?"

"내 일을 내가 하는 건데 뭐 하러 내 사생활을 들먹여야 해?"

어쩌다 직원들이 이정을 알게 되긴 했지만 거기까지였다. 소소한 개인사에 대해서는 최대한 함구하는 게 옳았다.

"우석진 뭘 모르네. 연애는 암살과는 달라."

"뭐?"

그제야 석진이 고개를 돌렸다. 두현이 말한 암살이 자신이 아는 암살과 같은 말일까 생각하면서.

"야, 연애라는 건 들켜야 시작되고, 소문내야 잘되는 거라고. 쉬쉬하면서 숨겨 봐야 네 속만 타는 거다."

억지스러운 두현의 논리에, '그럼 그렇지.'라는 혼잣말이 나왔다. 그나저나 늦어도 오후 7시 전에는 출발하고 싶은데 그때까지 일을 끝낼 수 있을는지.

피식 웃은 석진은 미리 적어 놓은 스케줄을 보며 자신의 시간을 쪼개어 보았다. 다소 빠듯하긴 하지만 그래도 큰 무리는 없겠구나 생각하고 있을 때였다. 휴대폰 진동이 울리는가 싶더니 모르는 번호가 액정에 선명하게 떠올랐다.

✲ ✲ ✲

늘 가던 카페에 들어서자 훈일이 손을 들며 알은체를 했다. 석진은 그 자리에서 정중하게 허리를 숙였다. 그걸로도 모자라 훈일과 악수를 하면서도 다시 예의 바르게 인사를 했다. 13년 만의 만남이었다.

"오랜만에 뵙습니다."

"몸 안 아끼고 일하는 거 아니지? 예전에 비해 살이 좀 빠진 것 같은데."

흰머리가 늘었고 눈가의 주름이 깊어졌지만 훈일의 선한 인상은 그대로였다. 그리고 그의 다정한 말투 또한 여전해서 사람을 작아지게 만들었다.

서울에 볼일이 있어서 온 김에 찾게 되었다는 훈일의 연락을 받았을 때, 석진은 그가 모든 것을 알고 자신을 찾아왔음을 직감했다.

— 아빠가 예정보다 일찍 돌아오셨어요.

이정이 최 교수의 귀국 소식을 알려 주기도 했거니와, 속초에서 훈일의 친구와 인사를 나눈 뒤, 어쩌면 이런 일이 생길지도 모른다고 마음을 다잡고 있던 참이었기에 많이 당황하지는 않았다. 이정이 아무 말도 없었던 걸로 봐서는 그녀도 모르는 만남이었는데 이 또한 예측한 부분이었다.

"네가 한국에서 일하고 있을 줄은 몰랐어."

"대학 친구가 새로 건축사무소를 오픈하면서 한국에 오게 되었는데, 아직 1년 채 되지 않았어요."

한국에 왔으면서 왜 연락을 하지 않았느냐 물으려던 훈일이 말을 아꼈다. 자신에겐 진심일지언정 석진에겐 인사치레에 불과한 말로 들릴 수 있다는 걸 알아서였다. 사실 석진을 그렇게 만든 장본인이 자신이었다.

"드시죠."

주문한 음료가 나왔다. 시원한 얼그레이 티를 한 모금 마신 훈일은 석진에게도 음료를 권했다. 석진은 이 모든 행동이 본론에 접근하기 위한 과정이라고 생각했다.

훈일은 딸과 헤어져 달라는 말을 하러 서울까지 먼 걸음을 한 것이다. 훈일을 만나러 오는 동안, 혹시나 하고 품었던 기대는 그의 어두운 표정을 보는 순간 사그라든 상태였다. 입 안을 맴도는 사과주스의 뒷맛이 쓴 이유도 아마 곧 듣게 될 이야기들에 대한 불편함 때문이리라.

"석진아. 사실 너에게 사과하러 왔어. 미안하다."

석진이 감정을 숨긴 얼굴로 훈일을 응시했다. 솔직히 이 또한 그의 예상 속에 있는 장면이었다. 훈일은 타인에게 상처 주는 말을 할 줄 모르는 사람이었으니까 이쪽이 더 자연스러웠다.

"뭐가 미안하십니까? 교수님은 저에게 잘못하신 적이 없습니다."

그리고 저 또한 그렇습니다. 부도덕한 어머니를 가진 것도, 최이정을 좋아하게 된 것도, 모두 제 잘못은 아닙니다.

하지 못할 말이 성대 언저리를 맴돌았다.

"내가 현실에 치여서 어른답지 못하게 행동했어. 나름 학자 소리 듣고 살면서 대우받는 만큼 그에 걸맞게 처신해야 했는데, 네가 보낸 돈을 되돌려 보내면서도 너에게 그 어떤 말도 할 수가 없더라."

훈일은 떨리는 손을 움직여 석진의 손을 잡았다. 석진은 차마 훈일을 쳐다볼 수가 없어 고개를 떨궜다. 이 또한 예상한 일인데, 감정이 출렁거렸다.

"도대체 그 큰돈을 어떻게 모은 거냐?"

"……운이 좋았습니다."

"운만 가지고 만들 수 있는 돈이 아닌 걸 내가 잘 알아. 그리고 네가 나쁜 방법으로 돈을 벌 녀석이 아닌 것도 잘 알고. 그래서 가슴이 찢어질 것 같았어.

이 녀석이 이 돈을 만들기까지 얼마나 몸과 마음을 혹사시켰을까 싶어 한동안 꽤 힘들었어. 한편으론 내 아내를 원망하기도 했나 봐. 왜 너를 우리 집에 데리고 와서……."

석진은 한숨을 넘겼고 훈일은 한숨을 뱉었다.

잠시 후, 훈일이 다시 말을 이었다. 정두현이라는 사람이 그 돈을 가지고 왔을 때, 이정의 외삼촌은 고인이 되어 있었고 남겨진 유가족들은 불어난 빚에 발목을 잡혀 생존을 걱정하는 단계였다고. 훈일이 유동 가능한 재산을 동원해 그들을 도와도 밑 빠진 독엔 물이 채워지지 않았다.

"솔직히 그 돈이 너무 탐났다. 명색이 학생들을 가르치는 사람이면서 그런 물욕을 부렸다는 사실이 너무 싫어서 한참 힘들었지. 간신히 거절하긴 했지만 마음으로는 거절하지 못한 거야."

"……."

"그래도 나, 그거 하나는 장담할 수 있어. 그 돈을 받는 게 당연하다고 생각한 적은 절대로 없어. 그런데 너무 염치가 없어서 너에게 연락조차 못 했어. 네가 무슨 마음으로 우리 집을 나갔는지, 네가 무슨 생각으로 그 돈을 보냈는지, 감히 내가……. 거절했기에 망정이지 내가 만약에 네 돈을 받기라도 했다면……."

아버지뻘의 어른이 감정에 북받쳐 말을 잃는 모습을 보는 건 석진에게도 쉽지 않은 일이었다. 가뜩이나 테이블 위에 가 있던 시선이 더욱 집요해졌다.

석진도 사람인지라 훈일에게 서운한 적도 있었다. 왜 먼저 연락하지 않는 걸까, 어떤 말을 해도 좋으니 그가 먼저 연락해 주길 바랐다.

하지만 모두, 이정의 삼촌 석택수가 죽은 걸 몰랐을 때의 이야기였다. 가려져 있던 진실을 알게 된 이후로 석진은 훈일을 이해했다.

'나는 식물을 연구하는 사람인데 당연히 자연 가까이에서 살아야 하는 거 아니겠니? 사실 마음 같아선 더 깊은 산속에 들어가고 싶지만, 나에겐 딸린 식구가 있으니 이정도 선에서 타협을 한 거야. 석진아, 남자 구실, 어른 구실, 가장 구실 하기가 이렇게 어려운 거다. 좋아하는 것만 보고 살 수도 없고, 나만 보고 살 수도 없어. 다 하나씩 맞춰

가며 사는 거지.'

물욕이라고는 없는 고고한 식물학자 최훈일 교수. 편도 한 시간이 넘는 거리를 출퇴근하면서까지 굳이 시골 생활을 고집하는 이유가 뭐냐고 묻는 석진에게 그가 해 줬던 대답이 지금도 잊히지가 않았다.

"늦었지만 미안하다. 널 고생시켜서."

석진의 손을 놓은 최 교수가 얇은 여름 재킷 안주머니에서 손수건을 꺼내 말아 쥐었다.

"……."

그러곤 부연 설명을 시작했다.

"내 월급이 차압당하자, 이정이는 상금을 받을 때마다 그 돈을 그대로 나에게 보내더구나. 이게 맞는 건가, 가장으로서 자괴감이 컸다. 내가 안정된 교수직을 택하면서 예측해 봤던 내 미래에, 그런 그림은 없었으니까."

"그 정도로 일이 컸던 겁니까?"

"많이 심각할 땐 그랬어."

이건 이정에게선 듣지 못한 이야기였다. 이정은 자신이 고생했던 것에 대해선 일절 언급하지 않았다. 석진은 자신도 모르게 심장 언저리를 문질렀다.

이런 걸 나비효과라고 해야 할까. 누군가가 만들어 낸 작은 문제 하나가 한 가정을 삼킨 걸로도 모자라 다른 가정까지 흔들어 버렸다. 그로 인해 최이정은 한창 멋 부리고 철없이 굴 나이에 가계를 걱정하느라 속을 끓였다.

그래 놓고서도 나를 받아 준 건가? 그 고생을 하고도 나만 보면 먼저 웃어 준 건가?

미치겠다는 말로도 모자랐다.

"그런 표정 짓지 마. 그래도 우리는 무너지지 않았어. 아니, 다 극복했고, 너에게 고맙고 미안했다는 말을 할 수 있는 이런 날도 왔어."

그러곤 훈일은 조상님 덕을 봤다고 덧붙였다. 돌아가신 부모님이 재력가였던 덕에, 물려받은 줄도 몰랐던 땅이 수십 년 만에 재개발되어 뜻하지 않은 횡재를 가져왔다고, 훈일은 그렇게 석진을 다독였다.

글쎄.

석진은 과연 그 말을 어디까지 믿어야 할지 몰라 심란하게 훈일의 손을 쳐다보았다. 돈을 받지 않았음에도 훈일은 마치 큰 잘못을 한 사람처럼 스스로를 낮추고 있었다. 그런 훈일이 미웠다.

차라리 그때 그 돈을 받고 이정을 하루라도 빨리 고생에서 벗어나게 해 주었다면 서로가 좋지 않았을까 싶었다.

그 돈에 대한 생색이라도 낼 수 있었다면…… 지금부터 할 이야기가 쉬워졌을지도 모른다는 헛된 욕심이 가슴속에서 일었다.

아무튼 교수님은 참, 대단한 분이시구나.

한참이나 침통해하던 석진이 고개를 들어 훈일을 똑바로 바라보았다. 훈일은 석진의 눈을 피하지 않았다.

"교수님."

석진이 미동도 하지 않은 채 훈일을 불렀다. 그리고 말했다.

"정말 그때 그 돈 이야기 때문에 저를 보러 오신 겁니까? 하필이면 이 타이밍에요."

훈일은 대답하지 않았다. 대신 석진의 눈을 피해 카페 유리문 쪽으로 고개를 돌렸다. 파르르 떨리는 훈일의 입꼬리가 대답을 대신했다. 그 찰나 석진은 참담함을 맛봤다.

누가 유비무환이라 했나? 백 번 천 번 마음을 다잡고 맞닥뜨린 상황인데도 앞이 캄캄해졌다.

"내가 왜 왔는지 눈치챈 분위기니 돌려 말하지 않을게. 한국에 와서 네가 먼저 이정이한테 연락을 한 거야?"

혹시나는 역시나였다.

"그건 아닙니다. 그렇게 쉽게 이정이를 찾을 거였다면 아예 한국에 들어오지 않았을 겁니다."

석진의 말을 단번에 이해하지 못한 듯했지만, 훈일은 질문을 덧붙이지 않았다. 그는 현재 마음의 여유가 없어 보였다. 남의 말에 귀 기울일 줄 아는 인자

한 학자가 아닌, 딸을 생각하는 한 가정의 가장이 석진의 앞에 앉아 있었다. 석진의 마음이 조금씩 조금씩 세상의 끝으로 밀려났다.

"봤어. 두 사람이 집 앞에 있는 거. 분명히 석진이 너라는 걸 아는데도 어두워서 내가 잘못 본 거라고 부정했어."

훈일은 말했다. 생전 처음으로 딸의 휴대폰을 훔쳐보게 되었다고. 두 사람이 깊은 관계임을 확인시켜 주는 증거들을 본 뒤, 훈일은 석진의 연락처를 머릿속에 저장했다. 그리고 며칠을 고민하다 서울 방문을 계획하게 된 것이었다.

"석진아."

"네."

"나는 그때도 너희 두 사람이 서로 좋아하는 거 알고 있었어. 두 사람 모두 어렸고, 누가 봐도 예쁜 사람들이었으니 서로에게 더 끌렸겠지."

마음을 티 내지 않기 위해 전전긍긍하며 노력했던 순간들이 있었다. 그땐 제법 진지했나 보다. 들키면 안 되는 줄 알았고, 정말로 아무도 모른다고 생각했다.

하지만 훈일이 그 모든 걸 알고 있었다 해도 부끄럽거나 억울하지는 않았다. 이제 와 생각해 보면, 훈일이 모르는 게 더 이상할 만큼 어설프게 처신했던 것 같기도 하다.

석진은 조용히 다음 말을 기다렸다. 하고 싶은 말을 하기 위해서는 상대방의 말부터 경청하는 것이 순서였다.

"너도 나중에 결혼해서 딸을 낳아 보면 내 마음을 알게 될 거야. 새파란 청춘 남녀가 한집에 같이 살게 되다 보니, 딸 가진 아비로서 신경 쓸 게 많았어. 네가 그런 녀석이 아닌 걸 알면서도 밤에는 거실에서 나는 소리에 예민해지고, 날이 더워질수록 짧아지는 이정이 옷차림이 그렇게 신경 쓰이더라. 그래서 딸이 남자 앞에서 얼굴 붉히는 걸 보면 걱정이 앞서고 그랬어."

기억이 나는 것도 같았다. 바지가 왜 그렇게 짧은 거냐는 훈일의 지적에 입술을 삐죽이던 이정이. 이정과 늦게까지 거실에서 TV를 보던 날, 음식을 짜게 먹은 것 같다며 수시로 부엌을 들락날락하던 훈일도. 그땐 대수롭게 여기지 않았던 일들이 모두 딸 가진 훈일의 견제였던 것이다.

"그러면서도 나중에 이정이가 너 같은 남자를 데리고 오면 어떨까, 그런 생각도 했어. 나이답지 않게 올곧고 묵직한 네가 좋아서, 너를 탐내기도 했다. 네가 갑자기 떠나고 나서야 알았어. 아, 녀석도 겨우 스무한 살이구나. 내가 이 녀석을 너무 어른으로 봤구나. 그제야 네가 네 또래 아이들처럼 보이더라."

"……그때 인사도 없이 떠난 건 진심으로 죄송합니다."

훈일은 단호하게 선을 그었다.

"그 또한 내가 너에게 사과할 일이야. 네가 그렇게 떠난 것도, 네가 나에게 돈을 보낸 것도, 모두 내 경솔함에서 시작된 거잖아. 너는 한국에서 좋은 기억만 가지고 편히 미국으로 돌아갈 수도 있었는데."

에어컨이 쉼 없이 돌아가는 실내임에도 얼그레이 속에 든 얼음이 녹아 갔다. 컵 표면에 맺힌 물방울들을 검지로 쓸어내리던 훈일의 미간에 주름이 깊어졌다.

"아무리 생각해 봐도, 이건 아닌 것 같아."

그리고 곧 석진의 미간에도 어색한 주름이 생겼다.

"교수님."

"면목 없지만 네가 멈춰 줬으면 한다. 사람 마음이라는 게 말처럼 쉽게 바꿀 수 있는 게 아니라는 걸 알지만, 그래도 석진아, 멈춰 주면 안 될까?"

가슴이 댕강 잘린 기분을 맛보면서도 석진은 이성의 끈을 놓지 않았다. 아니, 놓을 수가 없었다.

그러니까 내가, 어쩌려고 했더라? 최 교수님이 최이정과 헤어지라고 말씀하시면 뭐라고 할지 분명히 생각해 뒀는데…….

여러 번 눈을 깜빡이며 정신을 차려 보려 해도 자꾸 시야가 일렁거렸다. 목 뒤부터 천천히 근육이 수축되기 시작했다. 빛의 속도로 깊은 땅에 처박힌다 한들 이보다 아플까?

석진은 두 주먹에 불끈 힘을 주고 현재를 버티기 위해 안간힘을 썼다.

"너희들은 젊고 건강하니까 잘 견뎌 낼 수 있을 거라고 억지로 나를 설득하며 여기까지 왔어. 이 와중에도 내 딸한테는 이런 말을 할 수가 없어서 이렇게 너를 붙잡고 있는 한심한 사람이 나야."

"……."

"그러니까 석진아. 모자란 사람 소원 들어주는 셈 쳐 줘. 만난 지 얼마 안 된 것 같은데, 더 깊어지기 전에 정리해 주면 안 될까? 내가 부탁해도 안 되겠니?"

하아.

테이블 위에 놓인 컵이 와르르 쓰러져도 이상하지 않을 만큼 커다랗게 한숨을 쉰 석진은 힘겹게 입술을 움직였다.

"교수님."

당장 무슨 말을 해야 할지 모르겠지만 뭐라도 말하지 않으면 평생 후회할 것 같아서였다.

"만난 시간이 중요하지 않다는 거, 저 이정이 통해서 배웠습니다. 13년 전, 채 한 달도 안 되는 시간이 저에겐 어떤 의미인 줄 아십니까? 저 한국 나이로 올해 서른네 살이에요. 그런데 아직까지, 저 그 기억에 잡혀 살아요. 그런데 어떻게…… 그렇게 쉽게 말씀하십니까?"

훈일이 쉽게 말했을 리 없다는 걸 알았다. 그래도 말이 그렇게 나와 버렸다. 훈일이 어떤 표정을 짓고 있는지 따위를 살필 여력이 없었다.

"이런 날이 올 줄도 모르고 저는, 그러니까, 언젠가 교수님 가족들을 만났을 때 떳떳해지려고……. 저는 제가 할 도리를 다하지 않았습니까. 모두 이해하고 계시면서 대체 왜 이러시는지 솔직히 이해가 가지 않습니다."

좋아하는 게 기준이라면 최이정을 이렇게 좋아하는데.

최이정 또한 나를 이렇게 좋아해 주는데.

훈일과 대화하는 동안에도 이정은 수차례 석진을 찾았다. 그가 어쩔 수 없이 대답을 못 해도 바빠서 그러려니 여기며 그를 걱정해 주는 여자가 최이정이었다.

이런 우리에게 헤어지라니. 부모를 선택하지 못한 건 내 잘못이 아닌데 너무 가혹하잖아.

"죄송하지만 그럴 수가 없습니다."

예상했다는 듯 훈일은 담담했다.

"저, 교수님 존경합니다. 낯선 땅에서 평생 돈만 좇느라 저에게 관심 한번 주신 적 없는 저희 아버지가 아니라, 그 한 달간 저를 보살펴 주신 교수님에게서 아버지가 뭔지를 배웠어요. 이런 제가, 교수님 뜻을 거스르는 거, 저로서도 되게 가슴 아픕니다. 그러니 제발 방금 그 말씀은 거두어 주세요."

여기서 이정을 놓을 거였다면 다시 만나지도 않았다. 이정에게 못 할 짓을 너무 많이 한 것도 맞고, 그로 인해 가끔은 잠든 이정의 얼굴조차 똑바로 보지 못할 때도 많지만, 그래도 이정을 놓을 수는 없었다.

이게 추억에 대한 집착인지, 운명에 대한 지나친 신봉인지는 몰라도, 석진에게 있어 여자는 최이정 하나뿐이었다.

그런 여자와 제대로 시작조차 해 보지 못하고 13년간 감정을 끓었다면 그걸로 충분한 게 아닐까? 이만하면 내가 잘못한 것도 없는 일에 충분히 공을 들인 게 맞는 거잖아.

다 이해한다면서 결국 가슴 아픈 말을 하는 훈일이 미치도록 원망스러웠다. 애원해도 끝끝내 대답을 하지 않는 훈일의 고집이 싫었다.

"석진아."

그가 다정하게 제 이름을 부르는 것조차도 숨통을 틀어막는 듯했다.

"다 책임지겠다고, 내가 다 맞서겠다고 세뇌시켜 가면서 이정이 겨우 잡았어요. 제가 왜 그랬을까요?"

거기까지였다. 더 말하면 남은 감정마저 와르르 쏟아 낼까 봐 겁이 난 석진은 입술을 입 안으로 말아 넣고 숨을 골랐다.

저도 좋아하는 거 하나쯤은 욕심내 볼 수 있잖아요.

교수님은 제가 어떻게 컸는지 아시잖아요.

타국에서 잘 크느라 고생이 많았다고, 13년 전에 제 어깨를 두드려 준 사람도 교수님이시잖아요.

하고 싶은 말은 아직 많이 남아 있었지만, 그건 어린 사람의 투정에 불과했다. 아니, 어쩌면 이미 충분히 투정 부린 건지도 모른다.

이만하면 훈일에게 자신의 뜻은 다 밝힌 듯싶었다. 어른의 말을 거역한다는 것이 이렇게 마음 불편한 일인 줄 알지 못했기에 감정을 누르는 것 또한 어려웠지만 어쩔 도리가 없었다.

다 혼자 참고 견뎌야 하는 일이다. 최이정은 모르게, 나 혼자 감내할 일 중 하나가 추가된 것뿐이다.

석진은 그렇게 마음을 달랬다.

테이블엔 불편한 공기가 감돌았다. 누구 하나 선뜻 말을 하지 못했다. 한때는 동네 사람들에게 다정한 부자지간 같다는 얘기를 들었던 두 남자가 서로를 어려워하는 중이었다.

"쉽지 않을 걸 알고 오긴 했는데."

최 교수가 한 손으로 안경을 밀어 올리고는 다른 한 손으론 거칠게 눈을 문질렀다.

"석진아. 남편, 아빠, 교수, 그 모든 역할 사이에서 균형을 잡는 게 어렵다는 말을 한 적이 있을 거다."

"……네."

"만약 이정이 아빠로 너와 마주했다면 내가 너를 반대할 이유는 없어. 너는 누가 봐도 잘 큰 남자고, 사위로 탐낼 만한 사람이니."

아픈 말을 뒤에 하는 칭찬은 중요하지 않았다. 석진은 미동 없이 훈일을 바라봤다.

"나는 지금, 내 아내의 남편으로서 내 가정을 지키려고 하는 거야. 그래도 안 되겠니?"

"……."

최이정에 관해서는 할 말이 많았는데 막상 이정의 엄마 석지영의 이야기가 나오자 할 말이 급격히 줄어 버렸다. 잔인하게도 훈일은 그 틈을 놓치지 않았다.

"이 이야기는 이정이도 몰라. 그래도 내가 왜 이렇게까지 너를 아프게 하는지, 너도 알아야 할 것 같아."

그리고 곧, 이어진 훈일의 이야기에 석진의 세상이 암전에 갇혀 버렸다.

✳ ✳ ✳

"우석진, 그만!"

술잔을 낚아채는 두현의 손길이 퍽 거칠었다. 허망하게 두현을 쳐다보긴 했으나 석진은 저항하지 않았다. 다만 허탈한 한숨을 누르며 두 손으로 얼굴을 감쌌다.

"이 몸으로 과음을 하려고? 이런 식으로 네 수명 단축시키는 건 나한테도 좋을 게 없어. 어렵사리 비싼 돈 들여서 널 데리고 왔는데 이러기야?"

두현은 빼앗은 술을 보란 듯이 벌컥 들이켰다.

'나 잠시만 자리 비워. 최 교수님이 여기 오셨대.'

어쩌면 석진이 훈일을 만나러 갈 때부터 이런 상황을 예상했던 건지도 모르겠다. 두 사람 사이에 좋은 이야기가 오갈 것 같지는 않았으니까. 그래도 사람 일은 모르는 거라며 석진이 밝은 얼굴로 돌아오는 모습을 상상해 보기도 했는데 기대는 여지없이 무너진 모양이었다.

"최 교수님이 도대체 뭐라고 하신 건데? 아니, 말하지 마. 내가 더 화가 날 것 같으니까."

팔은 안으로 굽어야 한다. 하늘이 두 쪽이 나도 두현은 석진의 사람이었다. 여느 남자들의 대화 방식이 그러하듯, 툴툴거리고 서로를 깎아내리는 것처럼 말할지언정 두현에겐 내 친구에 대한 자부심이라는 게 있었다. 우울한 가정환경 따위가 흠이 될 수 없다고 여길 만큼, 석진은 성실하고 강직했다.

그런 석진이 잘못도 없이 상처를 받는 게 기분 좋을 리가.

마치 자신이 욕을 먹은 것 같은 수치심이 울컥 차올랐다. 먼저 술을 먹자고 한 사람은 석진이었는데 두현이 더 술을 많이 마신 꼴이 되었다.

"그래서 뭐라시던데? 헤어지라고 하셔? 네 어머니가 저지른 일, 네가 그렇게까지 성의를 보였는데도 못마땅해 죽겠다고 하셔?"

더 말하지 말라고 할 땐 언제고 두현이 제 입으로 울분을 터트렸다. 석진은 아무 말도 하지 못했다. 훈일이 헤어지라고 한 건 맞지만 그 이유는 다른 곳에 있었다. 하지만 그걸 두현에게 털어놓고 싶지는 않았다.

'이정이 엄마의 상태가 최악으로 치달았을 때 일이야. 우울증 때문에 힘들어하던 이정이 엄마가 스스로 삶을 놔 버리려고 했어. 내가 만약 조금만 늦게 집에 돌아갔다면……'

두려움과 쓸쓸함이 공존하던 훈일의 눈빛이 마음을 아리게 했다. 석진은 술을 더 마시고 싶은 충동을 눌렀다. 취하면 실수를 하게 될 것만 같았다.

얼마 전 이정의 고향 집 앞에서 그런 생각을 한 적이 있었다. 그가 지금 저집 안으로 들어가면, 지영이 자신의 손을 잡으며 밥은 먹었냐고 물어 올 거라고. 어두운 과거의 일들이 있으니 거리낌 없이 웃지는 않더라도, 가슴속 사연을 꾹 누르고 석진을 챙기려 드는 게 지영답다고.

하지만 훈일의 말을 듣고 난 뒤, 그런 상상이 얼마나 순진했는지를 깨달았다.

사람이 죽은 일인데 내가 너무 쉽게 생각했던가?

현실을 사는 내가 아무리 몸부림쳐도 이건 어쩔 수 없는 일인 건가?

동생을 잃은 슬픔에 지영이 스스로 생을 포기하려 했었다는 말을 들으니 한 줄기 빛도 없는 암실에 기약 없이 갇혀 버린 기분이 들었다.

우울증이 그렇게 무서운 건지도…… 사실 처음 알게 되었다.

젠장. 그런 건 알고 살 필요가 없는 건데.

"참 어렵다."

두현은 애석하게 흘러나온 석진의 혼잣말에도 기민하게 반응하며 소리를 질렀다.

"지랄하네. 어려울 게 뭐 있어? 당장 이정 씨 찾아가서 데리고 와. 그리고 애를 가져. 그럼 어쩔 건데? 둘이 좋아하고, 애도 생겼다는데 그분들이라고 별수 있어?"

석진은 멀뚱히 두현을 쳐다보았다. 두현의 말에서 기시감을 느꼈기 때문이었다.

훈일과 헤어지고 사무실로 돌아가는 길. 이정과 헤어진다는 건 있을 수 없는 일이고, 다른 방법이 없을지 골똘히 고민하다 두현의 말대로 아이를 가지면 어떨까, 하는 생각을 설핏 가졌었다. 하지만 궁지에 몰려 그런 궁리를 했다는 것만으로도 어두운 죄책감이 엄습했다.

"그분들 가슴에 못 박는 거. 내가 할 수 있는 일이 아니야."

"최 교수님이 오늘 네 가슴에 못 박은 건? 그건 있을 수 있는 일이고?"

"두현아."

"그분, 왜 그렇게 이기적이야? 무슨 사연인지는 모르겠다만 너 할 만큼 했잖아. 그리고 지금 잘 살잖아. 과거가 무슨 힘이 있냐? 이미 다 지난 일인데."

자신이 차마 하지 못한 말을 가장 가까운 벗이 대신 해 주고 있었다. 그런데도 후련하지가 않았다.

손목에서 피를 철철 흘리며 쓰러져 있는 아내를 발견한 최 교수의 기분이 어땠을지 이해가 간다는 게 문제였다. 그러면 안 되는 건데, 석진의 상상 속에서는 이정이 새빨간 피를 흘리고 있었다. 그리고 그런 이정을 안으며 절규하는 사람 또한 최 교수가 아닌 자신이었다.

미칠 것 같은 감정.

아무리 소리를 질러도 되돌릴 수 없는 선택.

그 상황 속에서의 자신은 공포감에 사로잡혀 바들바들 팔을 떨어 댔다.

소위 스스로가 객관적이라고 칭하는 사람들은, 석진과 그 사건에는 아무런 연결 고리가 없다고 판단할지 모르나 사람 일이 어디 그렇게 단순하던가?

"그래. 말이 나온 김에 묻자. 오해할까 봐 미리 분명히 해 두자면, 나 이정 씨 정말 괜찮은 사람이라고 생각해. 그리고 윤주한테 들어 봐도 이정 씨 착하고 좋은 사람이 맞아. 하물며 네가 택한 사람인데 내가 왜 흠을 잡아?"

석진의 말수가 줄어들수록 두현의 말이 많아졌다. 두현의 입장에선 미칠 노릇이었다. 이 무슨 신파란 말인가? 오래된 광고에서 흘러나온 대사처럼 그냥 이 두 사람 사랑하면 안 되나?

하지만 그럴 수 없다면?

그렇다면 두현에겐 석진이 먼저였다.

"그런데 나, 이해가 안 갈 때가 있었어. 네가 왜 이렇게까지 이정 씨를 좋아하는지. 10년이 넘는 시간 동안 가슴에 품고 있었던 것도, 이정 씨 때문에 네가 희생한 것도, 내가 보기엔 좀 과했어. 이정 씨 어떤 부분이 너를 이렇게 만든 거야?"

석진은 술을 그만 마셔야겠던 생각을 굽히고 얼음이 든 잔에 술을 채웠다. 술 한 모금 머금었을 뿐인데도 찌르르한 기운이 온몸에 퍼졌다.

"……."

술기운이 도니 이정이 보고 싶었다. 한 팔로 그녀의 허리를 당겨 안고 선명한 붉은 입술에 입을 맞출 수 있다면 이 우울함이 가실 텐데. 눈부시게 과학이 발전하는 세상인데 왜 아직 순간 이동이 불가능한 건지 한탄스러웠다.

"이야기를 좀 하라고, 이 미련한 중생아."

"꽃 같아서."

두현의 말과 석진의 말이 겹쳐졌다.

"너답지 않게 왜 시를 쓰고 난리?"

"내가 태어나서 처음 본 꽃이라서."

이번엔 석진이 두현의 말을 끊었다. 별 미친 이유가 다 있다는 듯 헛웃음을 치는 두현을 무시하고 석진이 말을 이었다.

"난 스물한 살이 될 때까지 꽃을 본 적이 없어."

"그게 무슨 말 같지도 않은 소리야? 세상에 널린 게 꽃인데."

"맞아. 흔한 게 꽃이지. TV에도 나오고 꽃집에서도 팔고 어느 집 담장 너머에도 피어 있고, 지천에 깔린 게 꽃인데 난 그걸 본 적이 없어."

이 시키가 갑자기 왜 시인이 되고 난리야? 시 같은 건 교과서에 실린 게 아니라면 평생 읽어 본 적도 없을 녀석이.

성격 급한 두현이지만 꾹 참고 석진의 다음 말을 기다렸다.

"남들이 다 예쁘다고 말하는 꽃을 볼 수 있을 만큼 마음이 여유롭지 못했어.

아니다. 나에게 꽃이 뭔지 가르쳐 준 사람이 없었어. 꽃이 꽃이지 뭐. 그걸 아는데, 아, 나 이럴 땐 한국말을 참 못해."

"……."

이쯤 되니 두현도 석진을 타박하지 못했다. 이혼한 부모, 이민, 일을 하느라 자식을 등한시한 아버지. 석진이 상세하게 말하지 않아도 그가 어렵게 자랐음은 당연지사였다. 그런데 어린 날의 석진은 자신이 예상한 것보다 훨씬 더 외로웠던 모양이었다.

"최이정을 처음 만난 날, 소나기가 내렸어. 그땐 지영이 이모라고 불렀던 이정이 엄마랑 버스를 타고 가는데, 막막한 거야. 어머니 친구였다는 말에 지영 이모를 따라나선 건 맞지만, 이래도 되나 싶고. 그 상황에서 비가 내리니까 그냥 불안했어. 심리적인 문제도 있었겠지. 생전 본 적도 없는 어머니였지만, 그 사람이 죽었다는 게 울적했어."

지금도 생생했다. 지영을 따라 고속버스에서 내려 택시를 잡으려는데, 때마침 낡은 마을버스가 나타났다. 미국에서 온 아이에게 한국의 다양한 모습을 보여 줘야 한다는 사명감 때문이었을까? 지영은 오지 않는 택시를 기다리느니 마을버스를 타자고 말했다. 뭐가 뭔지도 모른 채 석진은 버스에 올랐다.

'아이고 이걸 어쩌니. 비가 온다는 말이 없었는데. 딸한테 전화해야겠다.'

버스가 출발하기가 무섭게 하늘이 꾸물거리더니 머지않아 하늘에서 비가 쏟아지기 시작했다. 까짓 비쯤이야 맞아도 그만이고, 또 살면서 비를 맞은 일도 손에 다 꼽을 수 없을 만큼 많았는데 이상하게 기분이 가라앉았다. 허둥지둥 휴대폰을 찾는 지영이 만들어 낸 부산함도 석진의 우울함을 누그러트리지 못했다.

'어머, 늦지 않고 마중 나왔네.'

그러나 묵직한 우울함은 오래가지 않았다. 버스가 목적지에 멈춰 서기도 전, 차창 밖으로 누군가를 발견한 지영이 손을 흔들기 시작했고 곧, 지영이 바라보는 쪽으로 고개를 돌린 석진의 눈에 한 무더기 꽃이 가득 찼다.

'아.'

자그마한 버스 정류장 안에서 커다란 꽃다발을 들고 있는 소녀. 고등학생쯤 되었을까?

입에 올리기엔 부끄러운 말이지만 석진은 한눈에 소녀와 꽃을 구분하지 못했다. 꽃다발이 커서 그녀의 얼굴을 가린 탓이라고, 처음엔 그렇게 단정 지었다.

'엄마! 들판에 휴대폰 갖고 나가기 잘했어. 손님이 온대서 예쁜 꽃들로 고르는 중이었는데 엄마한테 전화가 왔잖아. 웃기게도 엄마 전화 받고 집에 가기가 무섭게 비가 내리지 뭐야?'

하지만 버스에서 내려 소녀와 마주한 순간, 석진은 깨달았다. 꽃과 소녀를 구분하지 못한 건 비단 꽃다발이 크기 때문만은 아니라는 걸.

'비도 오는데 여기까지 꽃을 왜 갖고 나왔어?'

'손님을 환영한다는 의미로. 안녕하세요.'

곧 석진의 품에 이름 모를 들꽃 다발이 폭 하고 안겼다. 예뻤다. 꽃도, 수줍게 웃는 소녀도. 그게 석진이 살면서 처음 받아 본 꽃이었다.

'우산도 들고 짐도 들어야 하니 손이 없죠? 꽃 제가 다시 들게요.'

'괜찮아요. 다 들 수 있습니다.'

그리고 석진은 처음으로 무엇인가에 대해 욕심을 부려 보았다. 다소 무리를 해서 우산을 든 팔을 구부려 꽃을 안은 석진은 다른 한 손으로 캐리어를 끌며 모녀를 따라 시골길을 걸었다.

며칠 뒤 이정이 말했다. 엄마가 미국에서 온 오빠 하나를 집에 데리고 오겠다고 말했는데 어머니를 여읜 그의 처지가 안타까워 뭔가 해 주고 싶었다고. 바랐던 건 그 사람이 웃는 것, 단 하나였는데 석진이 아무런 반응이 없어서 당황했었다고.

"사람 마음 얻는 게 참 어려운 줄 알았는데 때론 쉽기도 해. 목석같은 우석진이 그깟 꽃에."

자초지종을 들은 두현은 혀를 끌끌 차면서도 공감하는 듯 긴 숨을 뱉었다.

애초에 묻는 것 자체가 멍청한 질문이었다. 최이정을 왜 좋아하냐니. 석진이 바보가 아닌 이상, 그럴 만하니 그랬겠지 여기면 될 걸 뭐 하러 그런 걸 물어서는 이런 간지러운 소리를 들어야 한담.

에잇, 찔러도 피 한 방울 안 나올 것처럼 냉랭하게 굴 땐 언제고 우석진 이녀석, 왜 이렇게 물러 터진 거야?

그때, 바(Bar)에 흐르는 음악의 잔잔한 비트를 타고 석진의 휴대폰이 울렸다. 이정이었다.

"받아. 네 꽃이 널 찾는다."

두현의 애정 담긴 빈정거림에 쓰게 웃은 석진은 더 늦기 전에 전화를 받았다.

❋ ❋ ❋

"여기 어떻게 온 거야?"

몸이 천근만근인 상태로 현관문을 열기가 무섭게 석진의 눈이 커졌다. 응당 불이 꺼져 있어야 할 싸늘한 집 안을 인지하기도 전에 익숙한 여자가 그의 앞에 다가와 있었다. 정말 기대하지 못한 일이었다. 불과 몇 시간 전까지만 해도 마당에 주렁주렁 열린 포도를 따고 있다고 했던 여자가 어떻게 여기에.

"내가 여기 있으면 안 돼요?"

놀랄 줄 알았다는 듯 만족스러운 표정을 지으며 이정이 싱그럽게 웃었다. 시간이 밤 10시에 가까워져 있건만 이정에게선 고단함이나 어두움을 찾아볼 수가 없었다. 그저 사랑하는 남자와 함께 있다는 만족감만이 그녀를 에워싸고 있었다.

"어제나 오늘은 오빠가 나타날 줄 알았는데 소식이 없어서 성격 급한 내가 나섰어요. 나 되게 못된 사람이라는 거 이번에 느꼈잖아요. 오빠가 그 먼 거리를 왔다 갔다 해 준 것만으로도 고마워해야 하는데 며칠 잠잠하니까 보고 싶어서……."

석진이 구두를 벗기가 무섭게 그의 목에 팔을 두른 이정이 고개를 젖혀 얼굴을 올려다봤다. 석진은 이정의 깨끗한 이마 위에 입을 맞춰 주었다.

사실 어제 최 교수를 만나지 않았더라면 이정을 만나러 갔을 것이다. 몸이 고단할지언정 마음까지 고단하고 싶지는 않았으니까.

하지만 최 교수가 충격적인 이야기를 남기고 간 이후, 도무지 이정의 얼굴을 마주할 자신이 없었다. 헤어질 마음은커녕 평생 붙들고 있을 여자인데, 그깟 시련 하나조차 온전히 감추지 못하는 자신의 나약함을 들키고 싶지 않기도 했다.

그런데 괜한 걱정을 했나 보다. 막상 이정의 등허리를 감싸고 있자니 석진이 지을 수 있는 표정은 단 한 가지였다. 안면근육들이 자동적으로 호선을 그리며 그의 얼굴을 웃게 만들었다.

"내가 만약에 시골집으로 가는 길이었음 엇갈릴 뻔했잖아."

"치, 내가 그렇게 대책 없는 애로 보여요?"

"그런 면도 없지 않아 있고."

"어? 내 어떤 면이 대책 없어 보여요? 두현 오빠 통해서 오빠 동선 철저하게 파악한 뒤에 온 건데."

"언제부터 호칭이 두현 씨에서 두현 오빠로 변한 거야?"

"지금 그게 중요해요?"

아니. 너 말고 중요한 건 없어.

억울해하며 입을 내미는 이정이 귀여워서 또 웃음이 나왔다. 석진은 그대로 이정을 꼭 끌어안았다.

적어도 이 순간만큼은 두려울 게 없었다.

이렇게 내가 붙잡고 있는데 최이정이 어딜 가겠는가.

달아나려고 하면 붙잡을 것이고 누군가가 떼어 놓으려 해도 떨어지지 않을 것이다. 꽃이 없는 세상을 상상할 수 없는 것처럼, 최이정이 없는 인생은 이제 무의미했다.

✳ ✳ ✳

먼저 산책을 하자고 말한 건 이정이었다. 시골집에서 산책하던 게 습관이 된 것 같다며, 피곤하지 않으면 30분만 걷자는 제안을 석진도 마다하지 않았다.

집을 나서 큰길을 건너자 한강 옆으로 이어진 산책로가 펼쳐졌다. 8월 중순의 밤, 도시의 바람은 후텁지근하고 불쾌했지만 두 사람의 발걸음은 꽤 가벼웠다. 이정의 속도에 맞춰 발을 떼며 석진은 폐부 깊이 바람을 들이켰다.

"솔직히 말해요. 무슨 일 있죠?"

이정이 말을 건 건 그때였다.

"무슨 일?"

되묻긴 했지만 이정이 무슨 말을 하는지 석진은 단번에 눈치채 버렸다. 제아무리 노력해도 자꾸 힘이 빠지는 목소리를 이정이 놓쳤을 리가 없다. 이정의 숨소리 하나도 놓치지 않기 위해 신경을 곤두세우는 노력이 비단 일방적인 것이 아님을, 석진은 너무 잘 알고 있었다.

"요즘 일이 잘 풀리지 않았어. 아직 한국 사람들과 일하는 것에 대해 내성이 부족하기도 하고……. 마음이 조급한 거에 비해 결과물이 흡족하지 않아서."

급하게 둘러댄 거짓말이었지만 고맙게도 이정은 그의 말을 그대로 받아들였다. 석진이 무엇 때문에 고통받는지 꿈에도 모르는 얼굴이었다.

"그럴 거 같다고 생각했어요. 입소문 타고 사람들이 많이 찾아온다면서요?"

"도대체 정두현은 윤주 씨한테 얼마나 많은 이야기를 한 거야? 너는 어쩌다 두현이랑 이렇게 가까워진 거고."

가벼운 타박에 이정이 웃었다. 화제는 자연스럽게 다른 곳을 향해 흘러갔다.

"윤주한테 전화하면 항상 두현 오빠랑 같이 있더라고요. 윤주를 사이에 두고 대화하다 보니까 호칭도 편해지고 그런 거죠."

"마음에 안 들어. 다시 두현 씨라고 해."

"어? 오빠 지금 질투해요?"

질투? 내가?

살면서 처음 받아 본 질문에 어처구니없어하던 석진은 허탈한 웃음을 터트리고 말았다. 부정하려 해 봐도 이건 명백한 질투가 맞았으니까.

그래도 그렇지. 내가 오빠라는 호칭 하나 때문에 정두현을 질투하는 날이 오다니.

석진이 자신을 자각하는 사이 이정이 그의 손을 놓고 몇 발 앞서 걷기 시작했다. 석진은 이정의 여린 뒷모습을 바라보았다. 당장 한 걸음만 크게 디뎌도 만질 수 있는 거리인데도 뭔가 아쉽다.

감히 만질 수가 없어서 애써 간격을 유지했고, 감히 곁에 있을 수가 없어서 피해 왔던 여자인데, 온 마음을 열어 보듬어 버리고 나니 이제 자신의 삶에 이정이 없다는 건 상상조차 할 수 없는 일이 되어 버렸다.

석진은 급히 이정의 손을 잡았다.

"우리도 맥주 마실까?"

그러곤 군데군데 모여 술을 마시는 사람들을 가리켰다.

사랑이 석진을 변하게 했다. 예전엔 불편해 보였던 일 중 하나인 야외 음주가 지금 당장 하지 않으면 애가 탈 것처럼 대단히 특별한 일이 되었다. 함께 있는 시간은 늘 공평하게 소중하지만 기왕이면 다양한 추억들로 그 시간을 채우고 싶다는 욕심이 생긴다.

"오, 센스! 한강에서 맥주 마시는 거, 나 되게 해 보고 싶었어요. 저걸 해야 서울에 산다는 게 실감 날 것 같아서."

"그랬어? 말을 하지."

"말하려고 했는데 오빠가 먼저 말해 줬잖아요."

적극적으로 이끄는 힘에 순순히 끌려가며 석진은 속도 없는 사람처럼 마냥 웃었다.

나는 자꾸 더 많은 걸 욕심내겠지. 웃는 너의 모습을 보기 위해 내 욕심을 조금씩 더 연장해 나가겠지. 지금 이 순간만큼은 온전했으면.

주문 같지 않은 주문을 속으로 읊조려 보았다. 납덩이를 매단 것처럼 무거웠던 마음이 가벼워지며 휙 하니 다시 높이 솟아올랐다.

"짠!"

소리를 내며 캔을 부딪친 이정이 맥주 한 모금으로 입을 축였다. 제법 힘을 낸 밤바람이 그녀의 머리카락을 가지고 장난을 쳤지만 이정은 아랑곳하지 않고 유유히 흐르는 한강을 바라봤다.

이정과 함께 벤치에 나란히 앉은 석진은, 맥주를 마셔야 한다는 것도 잊고 그녀의 옆모습을 감상했다. 머리카락으로 조금 가려진 얼굴이라도 충분히 예뻐서 도시의 모든 빛이 모두 그녀를 향해 있는 것만 같았다.

"너무 조급해하지 말아요. 물론 말로는 쉽다고 여길 수도 있겠지만……."

그리고 연인의 고민을 덜어 주려는 그녀의 마음도 빛이 났다. 너무 눈이 부셔서 임기응변으로 했던 거짓말이 미안해질 지경이었다.

"그래도 난 가끔, 잘될 거야, 잘하고 있다, 그런 뻔한 말들을 통해서 힘을 얻어요. 그런 말을 내가 사랑하는 사람이 해 주면, 그게 진짜처럼 들리거든요. 잘하지 못해도 잘하고 있는 것 같고, 잘될 것 같지 않은 일도 정말 잘될 수 있겠다 싶고. 아, 이게 뭐라고 되게 오글거리네."

부끄러울 게 하나도 없는데 이정은 석진이 있는 쪽으로 고개를 돌리지 못했다. 그러다 용기를 내어 맥주 캔을 벤치 위에 올려놓고 석진의 손을 당겨 잡았다.

"힘든데 힘들지 않으려고 하지 말아요. 감기가 오려고 할 때, '아프면 안 되는데' 하고 발을 동동거려도 결국 감기는 와요. 아무리 노력해도 결국 스트레스만 받는 거죠. 그게 뭐야. 다 견딜 수 있는 건데 그냥 아프고 말지."

혼잣말 비슷한 당찬 소리에 석진이 피식 웃는 걸 확인한 이정이 목소리에 조금 더 힘을 실었다.

"힘든 것도 마찬가지예요. 그냥 받아들이면 될걸, 힘들지 않으려고 하니까 더 힘들어지는 게 아닐까요?"

조근조근 담담한 이정의 말 한 마디 한 마디가 석진을 울컥하게 만들었다. 속이 척척해지는가 싶더니 심장 아래가 쓰려 왔다.

"그래도 우리 알잖아요. 그 감기도 지나가는 거. 어떤 노래 가사에도 있던걸요? 결국 다 지나간다고."

"그런 노래가 있어?"

"네. 나중에 집에 가서 들을까요? 그 노래는 조용한 곳에서 들어야 좋거든요."

"그러자. 궁금하네."

힘들 땐 힘들어하면 된다.

다 지나간다.

비록 이 시련이 감기처럼 금방 지나가는 짧은 것이 아니더라도, 언제 다 지나갈지 기약이 없더라도, 어떻게 해야 다스릴 수 있을지 정답이 없다 할지라도, 결국 다 지나갈 일이다.

일이 잘 풀리지 않는다는 말에도 이렇게 과한 위로를 듣고 말았는데 만에 하나 네가 모든 걸 알게 된 그날, 너는 과연 지금처럼 나를 감싸게 될 수 있을까?

세상에서 가장 멍청한 기대를 하게 되는 지금이 사뭇 슬펐다. 쓴침이 삼켜지지 않았다. 아직 차가운 맥주를 머금고 목에 힘을 주자 입 안에 탄산의 청량감이 남았다.

'아내는 이제 겨우 괜찮아졌어. 약 없이도 잠을 자고, 밝게 웃게 된 지 얼마 안 된 사람이 다시 과거를 떠올리게 하고 싶지 않아. 석진아. 네가 어디까지 들었는지 모르지만 이정이가 아는 것보다 우리는 더 많이 힘들었어.'

하지만 최 교수가 남긴 모든 말들을 어떻게 삼켜야 하는지는 알 수가 없었다. 가슴에 박힌 쓰라린 덩어리는 도대체 무엇을 먹어야 소화될 수 있을까? 이것 또한 알아서 지나가는 거라면 우린 얼마나 행복할지.

"휴. 그만."

석진이 줄줄이 밀려드는 우울한 생각을 끊어 내며 혼잣말을 했다. 그 목소리가 제법 커서 이정이 의아한 표정을 지었다.

"아니야. 너랑 있는 동안 일 생각 하는 거 그만하겠다는 뜻이었어."

"아직도 그런 생각을 했어요?"

방금 지은 표정을 싹 지워 내며 이정이 다정하게 눈초리를 접었다. 석진은 이정의 손에 깍지를 끼며 세상에서 가장 어려운 부탁을 꺼내 놓기 위해 목을 가다듬었다.

"이정아."

"왜 갑자기 목소리를 깔고 그래요?"

이정이 겁이 나는 척 엄살을 떨었다. 그러나 그 와중에도 그녀의 말투는 상냥하기만 했다. 찬찬히 이정의 두 눈을 마음에 담은 석진은 시선을 내려 잡고 있는 두 사람의 손을 보았다. 그리고 곧 결심을 세웠다.

"너는 어떤 경우에도 네 자리를 지켜 줘."

"그게 무슨 말이에요? 내 자리?"

"응, 네 자리."

두서없는 생뚱맞은 말을 이정이 이해하지 못할 거라는 걸 예상했다. 그런데도 당장은 이렇게 말할 수밖에 없었다.

"내 자리라……. 지금처럼 오빠 옆에 있는 거?"

이정이 맞잡은 손을 들어 보이며 코 위에 찡긋 주름을 만들었다. 석진은 네 말이 맞노라고 눈으로 대답을 해 주었다.

최이정의 자리.

석진이 생각하는 최이정이 있어야 할 곳은 비단 자신의 옆자리만이 아니었다. 최훈일 교수와 석지영의 딸로 태어나 그들의 무한한 사랑을 받고 자란 이상, 이정은 평생 부모님께 도리를 다해야 했다.

지나친 욕심이겠지만 이정이 모든 걸 잘해 줬으면 하는 게 최종적인 석진의 바람이었다. 그리고 그러기 위해 모든 희생을 해 볼 참이었다.

버텨 줘. 나는 끝까지 가 볼 테니, 최이정 너도 나를 놓지 마. 그리고 너의 가족도 놓지 마.

"나는 여기 있잖아요. 그러니까 내 걱정은 하지 말아요."

이정은 제법 다부지게 말했고 현재에 만족한 석진이 먼저 자리에서 일어났다.

"오늘 같이 있을 거지?"

그리고 이정을 일으켜 주었다.

✳ ✳ ✳

격정적일지언정 거칠어지지는 않기를. 이정과 몸으로 사랑을 나눌 때마다 석진은 스스로를 채찍질했다.

"하, 이것도 직업병이죠?"

땀이 촉촉하게 밴 몸을 석진에게 맡기며 이정이 희미한 웃음을 흘렸다.

"뭐가?"

"오빠는…… 후, 집요해요. 단 1밀리도 허투루 넘기지 않을 만큼 집요해."

그녀의 무릎 위에서부터 허벅지 안쪽으로 자잘하게 입을 맞춰 나가던 석진이 움찔거리는 이정의 다리를 꽉 붙잡았다.

"간지러워요."

"싫은 건 아니잖아."

이정이 엉덩이를 들썩이며 달아나려 했지만 그러도록 내버려 둘 석진이 아니었다.

여기 있겠다고 약속해 놓고선 네가 어딜 가.

그녀의 양쪽 무릎을 누른 석진은 집요하다는 평가가 무색하지 않도록 이정의 살을 집요하게 핥았다.

"아아. 그만."

"그럼 너도 나에게 집요해져 봐. 내가 하는 일보다 네가 하는 일이 더 세밀할 텐데."

말은 그렇게 했지만 현재 모든 주도권은 석진에게 있었다. 그는 자꾸 오므리려 드는 이정의 두 다리를 힘주어 밀며 그녀에게 다가갔다.

숨을 들이마시는가 싶던 이정이 숨을 멈춘다. 그러다 참았던 숨을 몰아 뱉는다. 그녀의 불안정한 숨소리만으로도 석진은 충분히 달아오르고 있었다. 혼자 잠 못 이루었던 어제가 무색해진다.

흘러가는 대로 이렇게 맡겨 보고 싶다. 그럼 어딘가엔 가 있겠지. 무조건 너와 함께, 나는.

"정말 너무 간지러운데."

뜨거운 욕망에 사로잡힌 석진은 이정의 애원을 지그시 무시하고 현재에 집중했다. 여린 살을 깨물어 보다가 길게 핥아 올렸다. 그것도 모자라 소리가 날 정도로 빨아 당겨 버렸다. 반쯤 감은 눈에 하얀 살결과 그 위에 만들어진 붉은 흔적들, 그리고 소심한 잇자국들이 보였다.

그래 봐야 며칠이 지나면 다 사라질 거잖아. 네가 날 평생 잊을 수 없도록 네 몸에 흉터를 만들어 버리면 안 될까?

고민은 짧았다. 어떤 경우에서도 이정이 아파서는 안 된다. 그래도 이건 괜찮겠지.

"읏."

"하."

긴 애무를 마무리한 석진은 단번에 몸을 앞으로 밀었다. 쾌락은 뜨겁고도 강했다. 하지만 알고 있다. 이것이 시작에 불과하다는 걸.

"날 봐."

잔뜩 힘이 들어간 감은 눈이 떠지는 순간부터 석진이 움직이기 시작했다. 서로의 눈을 응시하며 하는 섹스는 남자를 절정에 한 뼘 더 가까워지게 했다.

내가 정말 미친 걸까.

자신으로 인해 풀려 가는 눈동자가 몹시도 아름다웠다. 초점을 잃고 멍해져 가는 표정이 사람을 더 빨리 움직이게 만들었다. 석진은 생각했다. 전지전능한 신이 나타나 지금 여기서 '그만.'을 외쳐 주면 좋겠다고.

이 세상이 여기서 멈춰 버리면 너와 나는 이렇게 몸을 붙인 채 영원히 함께 있을 수 있잖아. 네가 눈물지을 일도, 내가 머리를 싸맬 일도 없잖아. 시간을 멈출 수 있는 신, 그런 신은 지금 어디에 있을까.

"오늘, 아, 왜, 너무 거칠어요."

석진이 허리를 움직일 때마다 이정의 머리가 침대 헤드에 조금씩 더 가까워졌다.

"조금만 더."

거칠게 군 적이 없는데 거칠다는 평가를 들었지만 억울해할 일은 아니었다. 사랑해도 다를 수 있고 이 정도의 다름이라면 상관없다.

석진이 멈출 기미를 보이지 않자 이정이 파들거리는 팔을 들어 올려 그의 목을 꽉 끌어안았다. 서로의 가슴이 밀착되고 석진의 이마에서 떨어진 땀방울이 이정의 머리카락 속에서 자취를 감추었다.

맞닿은 두 개의 나체가 점점 체온을 높여 갔다. 에어컨이 습기를 날려 버린 시트가 서걱거리는 소리를 냈고 차가운 공기 속에 두 남녀의 신음 소리가 섞여 들었다.

몸과 마음 깊은 곳에서 나오는 소리를 굳이 참고 싶지 않았다. 그 어느 때보다 솔직한 소리를 연달아 꺼내며 석진이 조금 더 빨리 움직이기 시작했다.

짐승이라 해도 어쩔 수 없다. 짐승보다 못한 놈이라 해도 수긍할 것이다. 네가 내 몸을 물고 있을 때만 느낄 수 있는 이 쾌락을 일말의 죄책감 없이 평생 누릴 수 있다면.

예민해진 오감이 팽창하며 그 능력치를 키웠다. 손에서 느껴지는 젖은 피부가, 눈에 보이는 어지러운 세상이, 혀에 퍼지는 따끈한 숨 냄새가, 위태롭게 울려 퍼지는 여자의 쉿소리가, 무엇보다 익숙해지다가도 새삼 다시 맡아지는 들꽃의 향기가 석진을 단단히 옭아맸다.

몸짓은 더 농염해지고 쾌감이 커졌다. 이 시간을 연장하기 위해 위태롭게 버틸수록, 어쩐지 더 안전한 세상을 향해 발을 디디는 것만 같다. 따스하고 아찔하다.

낯설지만 무섭지가 않았다. 석진은 터질 것 같은 심장을 내버려 두고 이정의 몸을 움켜쥐었다. 입술이 닿는 곳마다 더운 숨을 불었고, 혀가 스쳐 간 곳은 다시 고개를 움직여 이로 깨물어 버렸다.

"아아, 제발."

이정의 눈에 보이는 건 흔들리는 석진의 검은 머리카락이 전부였다. 베개도 없이 평평하게 누워 있는 탓에, 또 그가 자꾸만 중심을 부딪쳐 오는 탓에, 그의 머리카락 말고는 제대로 볼 수가 없었다. 석진의 숱 많은 머리카락 사이에 손가락을 끼워 넣었다. 멈추지 않는 그를 기다리던 손이 그의 목덜미를 지나 어깨 위에 내려앉았다.

"흑."

그 순간 더 깊이 쿵 하고 다가오는 움직임으로 인해 필사적으로 그의 어깨를 붙잡았다. 강력한 전기가 온몸을 관통하면 이토록 강한 충격을 받게 될까? 새된 교성이 나왔다. 그런데도 마음만은 더없이 충만했다. 손가락, 발가락, 머리 끝까지 빠르게 전달되는 쾌감.

오늘따라 석진의 몸짓이 더 처절하고 외롭게 느껴지는 건 오랜만에 그를 안아 들떠서일 거라고, 이정은 그렇게 믿었다. 스멀스멀 다가오려는 나쁜 기억들을 힘껏 밀어내며 이정이 필사적으로 몸서리쳤다.

"아!"

석진이 가볍게 이정의 몸을 뒤집었다. 이정은 본능적으로 무릎을 굽히며 엉덩이를 들었고 그런 자신의 행동이 부끄러워 시트를 당겨 얼굴을 가렸다.

"읏."

아랫배가 난도질을 당하는 것처럼 들쑤셔졌다. 착착 살이 부딪치는 소리에 맞춰 가슴이 흔들린다. 숨이 가빠 오는 건 이제 새삼스럽지도 않았다.

설마 죽진 않겠지.

숨 쉴 시간까지 아껴 가며 버티는 이정의 등 위에 석진이 자신의 상반신을 얹었다.

"이정아."

이정의 이름을 부르는 목소리가 갈라졌다. 절정이 기다렸다는 듯이 다가왔다. 그냥 받아들이기는 아쉬워서 몇 번 더 이정의 이름을 부르고, 몇 번 더 몸을 움직이자 이젠 더 참을 수 없는 경지에 이르러 있었다.

펑.

몸 안에서 소리 없는 폭발음이 울려 퍼졌다. 그대로 숨을 멈춘 채 허리를 뒤로 젖혀 봐도 폭발한 분화구는 제가 뱉어 낸 것을 다시 거둬들이지 못했다.

파정의 여파를 조절하지 못해 그대로 멈춰 버린 석진은 한참 동안 말을 하지 않았다.

그대로 잠이 들었던 걸까? 가슴께에서 미약한 바람의 기운이 느껴져 눈을 떴을 땐 세상이 고요하기만 했다. 품 안에서 이정이 쌕쌕 고른 소리를 내며 눈을 감고 있었다.

'휴.'

석진은 그녀의 보드라운 등을 손으로 쓸어 주고 살짝 벌어진 입술 위에 입을 맞췄다. 어둠 속에서도 이정에 관한 건 선명하기만 했다.

'석진아.'

그렇다고 해도 최 교수님의 목소리까지 선명할 필요는 없는데.

뻐근해져 오는 가슴을 숨기기 위해 이정을 더욱 당겨 안았다. 아무도 보지 못하게, 아무도 알지 못하게, 자신만 아는 비밀 하나를 꼭꼭 숨기고 눈을 감았다.

이건 반항이 아니라 사랑이다.

이건 거부가 아니라 다짐이다.

뜨거운 여름밤에, 더 뜨거워진 몸을 다스리지 못해 뒤척이다 석진은 그렇게 잠이 들었다.

8

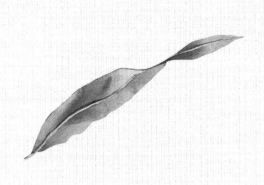

"기다리실 것 같아서 연락드렸습니다. 찾아뵙고 싶습니다."

휴대폰 너머로 훈일의 숨소리가 들렸다. 석진은 질끈 눈을 감았다.

— 네 목소리를 들어 보니 굳이 만나지 않아도 될 것 같다.

"……예상하셨을 거라고 생각합니다. 받아 주시지는 않아도, 이해는 해 주실 것 같고요."

— 이해가 가서…… 내가 더 치사해져도 너는 괜찮을까?

뒷덜미가 뻣뻣하게 굳으며 휴대폰을 쥔 손에 바짝 힘이 들어갔다. 뻐딱함과 최 교수. 절대 어울리지 않는 조합이었다.

"그러지 않으실 거라고 믿습니다."

— 이렇게 시간을 끌고 버텨도 내 생각엔 변함이 없어. 네가 나타나고 난 살얼음판 위를 걷고 있어. 혹시나 이정이 엄마가 알게 될까 봐 일이 손에 잡히지 않아.

"……죄송합니다."

어떻게 해야 이 문제를 풀어 나갈 수 있을지 방법을 가르쳐 달라는 말을 해

255

볼 참이었으나 부질없었다. 석진은 사과했고 훈일은 다시 말을 잃었다.

"정말 죄송합니다."

거듭된 사과에도 훈일은 물러서지 않았다.

— 이정이, 우리 집으로 불러들일 참이다.

"네?"

— 다 컸으니 서울에서 살아 보는 경험을 해 보는 것도 나쁘지 않아서 허락은 했다만 여러 가지로 못마땅하던 참이었어. 출판사 일 같은 건 여기서 해도 상관없어 보이니까 문화 센터 일 정리하고 내려오라 할 거야.

"교수님."

훈일이 어떻게 치사해질 수 있겠느냐 했던 생각이 얼마나 알량한 것이었는지 곧바로 깨달았다. 훈일은 가족을 위해서라면 못 할 일이 없는 사람이라는 걸 간과했다.

최이정이 서울을 떠난다고?

불과 한 시간 전까지만 해도 생기 넘치는 목소리로 전화를 받았던 이정이었다.

— 엄마가 아파서 급히 집에 내려간 사이에 후배 하나가 대타로 문화 센터 강의를 해 줬거든요. 오늘 나가서 점심이나 사 줄까 해요. 그리고 오늘 저녁엔 오빠한테 밥을 살까 하는데 나랑 만나 줄 거예요?

특유의 밝은 목소리는 여전히 생생한데…….

몸이 멀어지는 게 문제가 아니었다. 이 사랑으로 인해 이정이 희생을 해야 하는 게 싫었다. 단단히 마음을 먹은 훈일은 시간을 끌지 않을 테고 곧 이정에게 단호한 입장을 표현할 것이다. 주저하는 이정의 얼굴을 마주할 자신이 없었다. 벌써부터 그랬다.

"제 문제로 이정이를 힘들게 하지는 말아 주세요."

— 이게 왜 너의 문제라고 생각해? 이건 두 사람의 문제야. 남들 눈엔 견고해 보여도 아직 이정이 엄마는 파도 앞에 있는 모래성과 다를 바가 없어. 사소한 자극 하나에도 언제든 무너질 수 있다는 말이야. 이 사람을 혼자 두고 학회

에 갈 수 있는 지금의 평온함을, 네가 깨지 말았으면 좋겠다.

훈일은 통화의 장점을 십분 이용하는 중이었다. 얼굴을 마주하고 있을 때는 조심스럽게 말을 이어 가던 훈일이 제법 단호하게 자신의 뜻을 밝혔다. 솔직히 훈일의 냉정한 면이 석진에겐 낯설게 느껴졌다.

다르게 생각하면 훈일도 그만큼 절실하다는 거였다. 공감이 가서 마음이 아렸다. 자신이 이정과 함께하는 시간을 놓지 못하는 것과, 훈일이 지금의 평온에 대한 애착을 버리지 못하고 있는 현실이 너무나 흡사했다.

"지금 가겠습니다. 아직 방학 기간인데……. 그럼 댁에 계신 겁니까?"

통화가 길어져 봐야 좋을 게 없다고 판단한 석진이 먼저 나서자 훈일이 단칼에 거절했다.

— 여기까지 와서 이정이 엄마 눈에 띄기라도 하면 어쩌려고. 그리고 만약 내가 학교에 있었다고 해도 지금은 널 만나고 싶지 않아. 내가 할 말은 다 했다.

"제가 할 말이 끝나지 않아서 그래요. 교수님 원래 제 이야기 다 들어 주시는 분이잖아요."

— 그건 내가 널 아낄 때의 이야기지.

그렇다면 이젠 아닌 겁니까?

저는 이제 우리 어머니와 같은 대우를 받아야 하는 사람인가요?

큰 충격이 머리를 강타했다. 제대로 된 애정을 받아 본 적이 없기에 애정에 굶주리는 게 뭔지 모르고 컸지만, 지금 이 순간 애정 결핍이 뭔지 비로소 알 것 같았다.

누군가가 나를 외면하려 할 때, 내가 얼마나 외로워질 수 있는지……. 생뚱맞지만 어린 날 어머니에게 버림받은 충격의 크기가 얼마나 엄청났을까 하는 생각이 들었다.

기억에서 완전히 사라진 그 시절 속에서 나는 많이 울었겠지.

눈앞의 모니터가 일렁거렸다.

젠장. 이 무슨 억지야. 직면한 문제들만으로도 머리가 터질 것 같다고 생각할 땐 언제고 왜 쓸데없는 과거까지 끌고 오는 거야.

주먹을 이마 위에 얹고 눈을 감았다. 차라리 감은 눈 속 세상이 더 밝게 느껴질 지경이었다.

— 내가 말을 잘못한 거 같다. 나는 지금도 너를 아껴. 그리고 앞으로도 그러고 싶어. 너도 알겠지만 나는 사람을 미워하는 것에 익숙하지 못해."

석진이 충격에 말을 잃자 훈일도 당황한 게 틀림없었다. 그는 원래의 모습을 되찾고 자신이 한 말을 수습하려 들었으나 이미 석진은 큰 상처를 얻고 말았다. 지금 그럴 처지가 아니라는 걸 아는데도, 눈을 잔뜩 머금은 구름처럼 마음이 낮아지고 있었다.

"그래도 이정이…… 저는 못 보냅니다."

그래서 훈일에게 하는 반항이 마냥 미안하지는 않았다.

함께 있을 수만 있다면 무엇이든 할 수 있었다. 자신의 등장으로 인해 불편해지는 사람이 있다면 등을 돌린 채 외면해 버릴 것이고, 지금 당장 떠나라고 한다면 미련 없이 짐을 정리할 것이다.

단, 무엇을 하든 어디로 가든 최이정과 함께여야 했다. 그것만은 포기할 수가 없었다.

"저도 제 고집대로 해 보겠습니다. 아무래도 조만간 뵙게 될 것 같네요."

그 이후 훈일이 뭐라고 했는지에 대한 기억은 없다. 전화를 끊은 뒤 빌딩 옥상을 찾았고 호흡 곤란을 일으키던 환자가 산소마스크를 씀과 동시에 급하게 숨을 몰아쉬듯 급박하게 숨을 들이켰다.

연일 최고 체감온도를 기록하는 여름, 서울의 매캐한 공기에 의지해 호흡을 찾아가려 애를 쓰니 골에 자잘한 균열이 생기는 것처럼 두통이 밀려왔다.

어떻게 해야 할까, 너를.

너에게 지금 너의 자리를 지켜 달라고 말한 건 나인데, 나는 왜 네가 오직 내 곁에만 머물 수 있는 방법을 궁리하는 것일까.

석진은 자신이 거짓말을 했음을 시인하고 말았다. 최 교수 내외의 착한 딸, 그 자리를 포기하지 말아 달라고 요구했던 건 자신의 죄책감을 덜어 내기 위한 얄팍한 술수에 불과한 거였다. 그렇게라도 말하면 마음이 좀 편해질 거라고 여겼던 건지도 모르겠다.

"하, 씨."

욕이 나왔다.

나는 왜 아직도 몸을 사리고 있나. 설마 착한 사람이 되려고 했던 건가? 내가 언제부터 그런 부류였다고.

당장 이정을 만나 전에 했던 말을 정정할 필요가 있었다. 아무 데도 가지 말고 내 곁에만 있으라고, 자식 이기는 부모 없으니 언젠가는 다 함께 행복해질 거라고 이정을 설득해야 했다.

"……."

급해지는 마음과는 반대로 몸은 힘을 내지 못했다. 전화를 걸지도, 당장 달려가지도 못한 채 석진은 그렇게 오도카니 서 있었다.

앞만 보고 달려도 빠듯한 인생이라 영화관에 가 본 적이 손에 꼽힐 정도임에도 불구하고, 이 세상에 존재하는 모든 슬픈 사랑 영화 속 주인공들보다 자신이 더 비참하게 느껴졌다.

＊ ＊ ＊

훈일은 석진이 예상한 것보다 빨랐다. 훈일이 이정을 집으로 불러들이겠노라 선언한 다음 날, 석진은 그늘진 이정의 얼굴을 봐야만 했다.

"집에 다녀와야 할 것 같아요."

문화 센터 강의가 있는 날이라며 잠시 얼굴을 볼 수 있겠냐고 물어 오는 이정의 목소리가 심상치 않았기에 짐작은 했었다.

"이모, 많이 안 좋으셔?"

그래도 석진은 모른 척을 했다. 이게 자신을 위한 것인지, 훈일을 위한 것인지 애매모호했지만 두 사람 모두 이정을 지켜야 한다는 것에 있어서는 뜻이 맞았으니까.

"아니 엄마는 괜찮은데……. 아빠가 아침에 갑자기 이제 서울 집을 정리하라고 하시더라고요. 수입이 안정적인 직업도 아닌데 뭣 하러 방세를 내는 데 돈을 쓰냐고."

뿌루퉁하게 입을 내민 이정이 빨대 끝으로 아메리카노 속 얼음을 툭툭 건드리다가 "내가 그 정도 능력도 없이 여기 사는 줄 아나?"라는 불만 섞인 혼잣말을 했다. 석진은 동조해 주지도, 그렇다고 반박하지도 못한 채 가만히 앉아 있었다.

몸이 멀어지는 걸 겁내는 게 아니었다. 머나먼 나라 미국에서도 그리워했던 여자인데 차로 몇 시간 거리를 왕복하는 것 따윈 일도 아니었다. 미국이었다면 옆 동네에 다녀오는 격이었으니.

석진이 두려워하는 건 이게 시작이라는 점이었다. 이정이 고향 집에 내려가게 된다면 훈일은 자신이 하고자 하는 일의 첫 단추를 꿰게 되는 셈이다.

그리고 그다음은? 훈일이 다 큰 딸을 감금할 사람이 아니라는 건 알았지만 지금 훈일의 추진력으로 봤을 때, 사람 마음은 속단할 수 있는 게 아니었다. 무슨 일이 생길지 아무도 알지 못했다.

어떻게 말을 해야 할까. 네가 꼭 서울에 있어야 하는 명분이 뭘까.

"내가 알아서 한다고 했더니 아빠랑 같이 살면 작업하는 게 더 수월하지 않겠냐고 하시더라고요. 사실 내 일이 이거니까 수시로 아빠한테 전화해서 자문을 구할 때가 많긴 해요. 예전에 함께 살 때는 아빠랑 같이 작업하기도 했고……. 출판사 미팅도 매일 하는 게 아니니 일이 있을 때 서울에 다녀오면 된다고 완강하게 말씀하시는데, 휴."

석진은 애꿎은 커피만 괴롭혀 대는 이정을 조용히 응시했다. 이정이 서울에 살지 않아도 되는 이유에는 무엇 하나 틀린 점이 없었다. 그럼에도 불구하고 그녀가 뱉어 내는 긴 한숨에는 당혹감만 스며들어 있는 것이 아니었다.

"나랑 멀리 있기 싫어서 그런 거지? 네가 지금 평소보다 흥분한 이유."

머리로는 오만 가지 생각을 다 하면서도, 석진은 일단 지그시 웃었다. 큰 위기 앞에서도 농담할 수 있는 여유가 조금도 달갑지 않았지만 그래도 웃어야 했다.

"오빠는 지금 농담이 나와요?"

"왜? 진짜잖아. 너 나 때문에 서울에 있고 싶은 거 아니야? 설마 윤주 씨 때문은 아닐 테고."

아무것도 모른 채 샐쭉 눈을 흘기던 이정이 석진의 태평함을 탓했다.

"그러는 오빠는요? 오빠 내가 멀리 있어도 괜찮아요? 어쩜 하나도 안 서운해하지?"

"그럴 리가. 심장이 떨어져서 저기 모서리까지 굴러간 거 안 보여?"

"세상에. 당신 누구세요? 우석진 씨가 아니라 정두현 씨죠? 내가 아는 우석진 씨는 그런 말을 할 남자가 아닌데 어디 확인 좀 해 봐요."

심란하게 미간을 구기던 모습을 거짓말처럼 싹 지워 버린 이정이 석진의 뺨을 장난스럽게 꼬집었다.

"어어."

석진이 피하듯 얼굴을 돌리는 모습을 보고 있자니 웃음이 나왔다.

부모님이 몰랐으면 하는 연애. 하지만 언젠가는 인정받지 않을까 하는 막연한 기대감에 의지해서 사랑을 하는 건 생각보다 쉬웠다. 조마조마한 날이 있을지언정 석진의 앞에만 서면 신기할 정도로 아무런 생각이 들지 않았다.

마냥 행복했고 또 소중했다.

하지만 웃고 있는 지금, 가슴의 정중앙이 슬쩍 아리다. 갑자기 그러시는 게 어디 있냐고, 내가 당장 아버님을 만나 설득해 보겠다고 나서 줄 수 없는 석진의 처지가 안타까웠다. 웃고 있어도 웃는 게 아니라는 말을 이정은 이렇게 배워 갔다.

이정이 자신도 모르게 송곳니로 입술 안을 깨물 때였다. 석진이 전혀 예상치 못한 말로 이정을 깜짝 놀라게 했다.

"같이 가자. 최 교수님 뵈러."

귀를 의심할 수밖에 없는 이야기였다. 이 남자가 슬금슬금 장난을 걸어온 이유가 결국 이 말을 하기 위함이었나? 그럴 리가 없는데.

"……"

너무 갑작스러운 제안에 송곳니에 힘이 들어갔다. 눈에 힘을 주고 석진의 얼굴을 살폈으나, 그에게서 장난기를 찾기는 어려웠다.

"진심이에요?"

"조금 전에 말했잖아. 너랑 떨어질지도 모른다는 생각만으로도 심장이 바닥으로 굴러가 버렸다고. 그럼 막아야지."

"오빠."

"나는 농담 아니었어."

설마 하는 이정에게 석진이 쐐기를 박았다.

"아직 이모는 모르시는 게 좋겠지. 거기까지 바라진 않아."

"어, 저……."

이정이 어안이 벙벙한 채로 입술을 달싹였다. 언젠가 해야 할 일이라고 생각하긴 했으나 너무 먼 곳에 미뤄 뒀나 보다. 아니다. 만난 지 두 달이 채 되지 않은 지금, 석진이 이렇게 나서는 게 너무 빠른 것이다.

그런데 지금 질서를 따질 때가 아니었다. 번쩍 스친 생각이 이정의 이성을 붙잡았다.

"오빠."

"응."

"아빠를 만나면요? 만나서 뭐라고 할 건데요?"

당장 집으로 내려오라고 불러들인 딸이 남자와 함께 등장한다. 그것만으로도 시골집에 내려가야 하는 가장 큰 이유가 추가될 텐데, 그 남자가 하필 우석진이라면?

싫었다. 그가 아파지는 건 무조건 싫었다. 차라리 몸이 멀어질지언정 이 아슬아슬한 평화를 하루라도 더 연장하고 싶었다.

"내가 빌어야지. 어차피 할 일, 지금 하는 것뿐이야. 너를 만난 뒤로 플랜 B 따위는 없었어."

눈이 바짝 마르는가 싶더니 온몸이 뻣뻣하게 굳어 갔다. 눈을 깜빡여 보려고 해도 눈꺼풀이 말을 듣지 않았다.

무모하지 않은 남자가 자꾸만 무모한 시도를 한다. 그리고 이 남자의 중심에 내가 있다.

"오빠가 왜요? 왜 빌어요?"

곧 강의가 시작될 시간이었다. 시계를 확인하고서도 이정은 일어나지 못했다. 그녀의 목소리가 높아졌다.

"잘못했으니까."

"뭘요? 잘못한 게 뭔데요? 13년 전에 인사하지 않고 떠난 거요? 그게 빌어야 할 정도로 큰 잘못이에요?"

"내가 저지른 잘못의 크기는 내가 판단하는 게 아니라 상대방이 판단하는 거야. 너희 부모님 입장에서는 괘씸하게 여겨졌을 수도 있어."

이정은 기막혀했고 석진은 흔들림이 없었다.

"모르겠어? 나는 뭘 해도 괜찮아."

"그렇다고 해서."

그는 이정의 말을 딱 자르고 현실을 짚었다.

"시간을 더 끄는 게 잘못이야. 그래. 네가 교수님 뜻을 거역하지 못해 집으로 내려가야 한다 치자. 그럼 네 마음이 편할까? 아니, 나라고 괜찮을 것 같아?"

순간 할 말이 없어진 이정이 혀끝으로 마른 입술을 적셨다. 그리고 고개를 내렸다.

"넌 분명히 날 감추려고 하겠지. 그리고 너 스스로 죄인이 될 텐데, 내가 그걸 어떻게 두고 봐?"

"그래도……. 그럼 오빠가 더 힘들잖아."

"적어도 교수님에게만큼은 거짓말하지 말자. 일단 교수님껜 다 밝히고 해결해 보기로 해."

눈을 길게 감았다 뜬 석진이 한숨을 숨겼다. 비록 야속한 언행을 거듭하는 최 교수일지언정 이정에게 모든 걸 다 말할 리 없었다. 막막하지만 믿어 보기로 했다.

"일단 생각해 볼게요. 시간이 벌써."

강의 시간이 촉박해지자 이정이 대화를 다음으로 미루며 짐을 챙겨 들었다. 아무래도 이렇게 시간에 쫓기며 할 이야기는 아닌 듯했고, 강의에 늦을 수는 없었다. 답답함과는 별개로 마음이 바빠졌다.

"어!"

하지만 다급한 손길은 금방 붙잡히고 말았다.

"왜요?"

이정이 행동을 멈추고 석진을 바라봤다. 주름 하나 없이 빳빳하게 다려진 하얀 셔츠를 입고 단정하게 머리를 넘긴 석진을 처음 보는 것도 아닌데 오늘따라 그가 달라 보였다. 심장이 간지러웠다.

미안해서.

아파서.

그런데도 이 남자만 보면 설레어서.

"10분 남은 건가?"

오른손으로는 이정의 손목을 잡은 채 왼쪽 손목을 들어 시간을 확인한 석진이 기함할 만한 말을 했다.

"지금 너, 안고 싶어."

"⋯⋯네?"

이정의 눈동자가 속절없이 흔들렸다.

"참을 수 있을 거라는 생각 애초에 안 했어. 거봐. 네가 앞에 있어도 나는 너한테 안달하잖아. 지금도 이런데 내가 널 보낼 수 있을 것 같아?"

저에게 안달한다는 남자를 앞에 두고 이정은 억울하다는 생각을 했다.

당신은 아무것도 모르면서. 내색하지 않으려 노력할 뿐, 사실 내가 더 안달하고 있는데.

"너 며칠간 고향 집에 내려가 있는 동안에도 충분히 외로웠어. 그걸 또 하라고? 그것도 기약 없이? 난 못 해."

"⋯⋯."

점차 붉은색으로 변하는 이정의 뺨을 보던 석진이 휙 하고 자리에서 일어나 그녀를 이끌었다.

"오빠, 아니, 오빠!"

그러고는 동동거리며 어쩔 줄 몰라 하는 이정을 데리고 비상구 계단 쪽으로 성큼성큼 걸어갔다.

쾅.

문이 닫히기가 무섭게 이정을 벽에 밀어붙인 석진은 양팔 사이에 그녀를 가두고 비스듬히 고개를 기울였다. 그의 눈빛이 너무 뜨거워서 이정은 턱을 내리며 시선을 깔았다. 가끔 석진이 이런 식으로 도발할 때면, 뒷덜미가 뜨끈해지고 욕망이 뭔지를 배워 가게 된다.

"이렇게 있으니까 진짜 하고 싶어지네."

이정의 입술 위에 석진의 엄지손가락이 닿았다. 간지럽게 그녀의 입술을 건드려 보던 석진이 집요하게 이정의 눈을 내려다봤다.

"너만 보면 자꾸 딴생각이 나서 큰일 났어."

그제야 고개를 들어 그와 눈을 맞춘 이정이 손을 올려 석진의 허리를 안았다.

"나 정말 시간 없는데."

"알아."

"알면 됐어요."

뒤꿈치를 든 이정이 먼저 석진의 입술에 입을 맞췄다. 소리 없는 짧은 입맞춤이 아쉬워 석진은 그녀의 두 뺨을 부여잡고 적극적으로 키스를 시작했다.

말랑한 입술이 저항 없이 벌어지고 뜨거운 살덩어리 두 개가 밀착되어 엉켰다. 석진에게 더 가까이 닿으려는 이정의 노력이 그녀의 허리를 뒤로 휘게 만들었다. 달뜬 숨을 내보내는 입술은 쉽게 떨어지지 못했다.

이러면 안 되는데, 나 늦는데.

정확한 시간 개념도 소용없었다. 부드럽게 목덜미를 감싸며 입술을 붙여 오는 석진 때문에 머리가 어질거려 판단력이 흐려졌다. 아랫입술이 깨물리고 윗 입술이 빨렸다. 진하고도 야릇한 키스는 이정의 몸과 마음을 단단히 옭아맸다.

서울을 떠나고 싶지 않았다.

석진의 곁에 있고 싶었다.

서울에 있어야 할 명분이 너무나 분명했기에 이제부터 고민을 해 봐야 했다. 솔직한 자신의 마음을 포장할 수 있는 객관적인 이유가 뭔지에 대해. 그러니까 아빠도 납득할 수밖에 없을 만한 확실한 거짓말.

✻ ✻ ✻

"나 임신이래."

이정이 파인애플 통조림을 따던 손을 멈췄다.

"……뭐?"

짧은 시간에 너무 크게 놀라 버리니 말이 제대로 나오지가 않았다.

"그럴 수도 있지. 인생이 다 이런 거 아니겠어?"

정작 이정을 놀라게 한 윤주는 아무렇지도 않게 풀썩 침대 위에 주저앉아서는 에어컨을 틀라고 지시했다. 이정이 미동도 없자 윤주가 몸을 일으켜 리모컨을 손에 쥐었다.

"뭘 그렇게 놀라?"

이정은 눈만 끔뻑이고 있었다.

이게 놀랄 일이 아니면 뭐가 놀랄 일인가 묻고 싶은데 여전히 말이 나오지가 않았다. 윤주가 너무 태연하니 도리어 자신이 비정상 같기도 했다.

"참 이상하지. 요 며칠 자꾸 파인애플 통조림이 먹고 싶었던 게 임신 때문이었나 봐. 싱싱한 파인애플 말고, 시원한 설탕물 속에서 헤엄치는 파인애플 통조림이 먹고 싶은 거야."

"어, 저……."

"그러지 말고 어서 그 파인애플 좀 갖다줘. 기왕이면 얼음 좀 띄워서."

"어? 어."

넋 놓고 있던 이정은 제법 큼직한 그릇에 파인애플 통조림을 쏟아붓고 얼음 몇 조각을 넣은 뒤 포크를 찾았다.

"잘라서 줄 걸 그랬다."

"아니. 이렇게 베어 먹고 싶었어."

그러곤 윤주에게 그릇째 파인애플을 넘겨주었다.

"네가 많이 놀라긴 했나 보다? 드라마 같은 데서 보면 아빠가 누군지부터 묻는데 넌 안 묻잖아."

윤주가 아빠라는 호칭을 들먹이고서야 깨달았다. 정말로 윤주의 아이가 누구의 아이인지 조금도 궁금해하지 않았다는 걸. 아니다. 아빠는 당연히.

"두현 오빠?"

통조림 국물을 쭉 들이켠 윤주는 파인애플을 우적 베어 물고는 고개를 끄덕였다.

"그 사람 말고 또 누가 있어?"

윤주는 속 시원하게 인정했지만 이정은 정말로 심각해지고 말았다. 두현이 아빠여서라기보다는 결혼도 하지 않은 친구에 대한 걱정이 앞서서일 것이다.

"오빠도 알아?"

"축하한다는 말은 확실히 안 나오지?"

"아아."

"그래. 솔직히 나도 좋지는 않으니까."

연이어 이정의 뇌를 흔들어 놓고선 윤주는 태평하게 파인애플을 먹었다. 이정은 무엇 하나 섣부르게 말할 수가 없어서 윤주가 다시 말을 할 때까지 묵묵히 기다렸다.

"그 사람 아직 몰라. 알면 기겁하지 않을까? 이제 겨우 한 달 만난 여자인데 임신이라니."

호로록 국물을 더 마신 윤주는 손등으로 입술을 닦고 한숨을 쉬었다.

이 상황에서 고작 한숨만 쉴 수 있는 배짱은 어디서 나온 건지.

이정은 제 친구지만 윤주가 참 대단하긴 하다고 인정하면서 그녀의 등을 두드려 주었다.

"병원은 다녀왔어?"

"응. 내 가방 안에 초음파 사진 있어."

이정의 눈길이 집 현관 앞에 놓인 에코백을 향했다. 당장 사진을 확인하고 싶었지만 지금은 윤주를 챙길 때인 것 같았다.

"나 생리가 칼이잖아. 이틀째 소식이 없기에 혹시나 하고 병원에 가니까 임신 맞대. 날짜 계산해 보니 오빠랑 처음 잔 날 생긴 것 같아."

"같이 가 달라고 하지."

"병원에 갈 때까지만 해도 만약에 임신이면 아무도 모르게 지워 버리려고 했거든? 그래서 너한테도 말 안 했지."

다음 말은 듣지 않아도 될 듯싶었다. 윤주는 생각을 실천에 옮기지 못한 거였고 지금 갈등하는 중이었다. 무심하게 구는 만큼 무서움을 타고 있다는 걸, 윤주의 오랜 친구인 이정이 모를 리가 없었다.

돌이켜 보면 윤주는 갑자기 맞닥뜨린 큰일 앞에서 감정을 드러낸 적이 없었다. 그녀의 엄마가 교통사고로 갑자기 세상을 떠났을 때도 눈물 한 방울 흘리지 않은 채 장례식장을 지켰고, 7년을 사귄 남자가 다른 여자와 바람이 났을 때도 서러운 기색 하나 없이 그를 보내 버렸다.

사람들은 그런 윤주를 지독하다고 했다. 윤주도 스스로를 독종이라 일컬으며 자신을 깎아내리곤 했지만 이정은 알고 있었다.

윤주는 독한 게 아니라 늦은 거였다. 아픔을 실감하기까지, 또 사랑을 인정하기까지 다른 사람보다 조금 더 많은 시간을 필요로 할 뿐, 남들처럼 상처받고 남들처럼 힘들어했다.

엄마가 돌아가시고 한 달 뒤, 집 안을 청소하다 발견한 엄마의 브로치를 붙들고 1년간 매일 밤 눈물짓는 것도 윤주였고, 헤어진 연인이 집에 놓고 간 쉐이빙크림을 2년 뒤에야 쓰레기통에 넣은 것도 윤주였다.

"통조림 하나 더 먹을래."

"응."

그런 윤주를 알기에 이정은 그녀에게 시간을 주기로 했다.

"이번에도 얼음 띄워 줘?"

"응. 듬뿍 좀 넣어 줘. 임신이란 게 참 이상하지. 아침까지만 해도 멀쩡했는데 임신인 거 알고 나니 속이 울렁거려."

"신기하네."

당장 두현에게 연락을 하라고 길길이 날뛰어 봐야 윤주만 더 속상해질 것이다. 그렇다고 아이의 생명을 놓고 훈수를 두고 싶지도 않았다.

만약 윤주가 아이를 낳는다면, 내가 힘닿는 데까지 도와주지 뭐.

그릇 안에 얼음을 퐁당퐁당 담그며 이정이 혼자 마음을 추스를 때.

"저기 이정아."

윤주가 갑자기 간곡한 목소리로 이정을 불렀다.

한 톤 낮아진 윤주의 목소리에 이정은 바로 고개를 들었고, 뭐든 들어줄 테니 말해 보라 했다. 그 와중에도 언제까지 두현에게 비밀로 해야 할까, 하는 생각이 들어서 가슴이 답답해졌다.

윤주의 눈치를 보아 하니 당장은 임신 사실을 숨기고 싶은 듯한데, 그게 옳은 일인지에 대해서는 생각을 더 해 봐야 할 것 같았다. 이건 석진과 고민을 나눌 수도 없는데.

아니다. 지금 내가 이럴 때가 아니지.

"말해 봐."

잡념을 뿌리친 이정이 다부지게 웃어 보였음에도 윤주는 입을 앙다물고 조용히 눈동자만 움직여 댔다. 그러다가 말했다.

"나 무서워서 그런데 한동안 너랑 같이 지내면 안 될까? 네가 우리 집에 와도 상관없고, 너만 괜찮으면 내가 여기 와서 네 컴퓨터……."

윤주는 말을 마무리하지 못한 채 두 손으로 얼굴을 감쌌다. 이정은 곧바로 침대 모서리에 걸터앉아 있는 윤주에게 다가가 그녀의 목을 안아 주었다.

"너 5분만 더 태연했으면 나 화났을지도 몰라."

아무리 억센 윤주라 해도 임신 앞에서 담담한 게 짜증이 나던 참이었다. 모친상과 실연, 그리고 원치 않는 임신 중 모친상이 가장 가슴 아프겠거니 여기면서도, 이정은 윤주의 정수리에 뺨을 비볐고 윤주는 이정의 팔을 붙잡았다.

"알아. 그냥 정두현에게 말하면 되는 거. 말은 할 거야. 그런데 나에게도 생각할 시간이 필요해서 그래. 그때까지만 같이 있자."

"걱정 마. 너 원하는 대로 해 줄 테니까."

두현이 어떤 반응을 보일지는 오리무중이었다. 하지만 이정이 아는 두현은 절대로 윤주를 외롭게 만들 것 같지는 않았다. 그렇다 해도 이건 윤주의 일이었기에 어쭙잖은 말로 그녀를 닦달할 수는 없었다.

"이상해. 분명히 콘돔을 썼거든?"

"세상에 완전한 피임법은 없다고 대학 교양 시간에 배웠잖아."

"결혼과 가족생활이라는 교양이었지, 아마. 그때만 해도 그 희박한 불량품이 나한테 올 줄 몰랐지."

막막한 와중에도 두 사람은 웃었다. 그러나 웃음은 오래가지 못했다.

"이정아."

이정의 품에 기대 있던 윤주가 시무룩하게 털어놓은 고백 때문이었다.

"왜 정두현 그 사람은 엄청난 부자일까?"

"응?"

"얼마 전에 오빠랑 차를 타고 가는데 그 사람 어머니가 전화하신 거야. 오빠가 전화를 받기가 무섭게 어느 대기업을 들먹이면서 그쪽 집안 딸이랑 선보라고 하신 거지. 하필 블루투스 연결이 되어 있었고, 어머니는 빠르게 따발총을 쏘셨고, 나는 그걸 들어 버렸네?"

"……."

얘가 대차게 임신 사실을 밝히지 못하는 이유가 이것 때문이었나?

두현이 건재한 사업가 집안의 아들이라는 건 알고 있었지만 그 사실이 이 순간 윤주의 마음을 옭아매고 있다는 것이 몹시도 의외였다. 두현이 부자라서 두 팔 벌려 환영하는 것도 윤주답지 않았지만 그의 든든한 배경 때문에 주저하는 것도 윤주답지 않았다. 괜히 속이 상했다.

임신이 윤주를 잠시 약해지게 만든 것이길 바라며 이정이 윤주와 나란히 앉았다. 그래도 기왕 이야기가 나온 거, 분명히 해 둘 게 있어서였다.

"그때 두현 오빠는 뭐라고 했어?"

"만나기 시작한 여자 있다고 하던데? 지금 이 여자가 어머니가 하는 말 다 들어서 아들이 곤경에 처했다고 하면서 끊더라?"

그때 함께 있지는 않았지만 상황이 어땠을지는 충분히 그림이 그려졌다. 두현은 그러고도 남을 위인이었고 그렇다면 윤주의 신뢰를 저버린 것도 아니었다.

"그럼 뭐가 문제야?"

"그래서 문제지. 오빠 어머니가 오빠를 호출해서 내 신상을 캐내지 않으셨을까? 재벌가에 눈높이가 맞춰져 있는 분인데……. 과연 오빠가 나에 대해 뭐라고 했을지 너무 궁금한데 묻지 못하던 참이었어. 그러다 오늘 이런 빅뉴스가 생기고."

두현이 어련히 알아서 했을까 하는 마음이 들면서도 괜찮을 거라 위로하지 못하는 상황이 힘들었다. 이정이 말을 아낄수록 윤주는 말이 많아졌다.

"결국 내 탓이야. 정두현과 하는 연애가 어떤지 파악하기도 전에 애를 빌미로 결혼을 논해야 하는 상황이 된 거잖아. 난 그게 싫거든? 그냥 나 혼자 애 키우면 안 될까?"

"오빠한테 임신한 거 다 알리고?"

"응."

"오빠가 그걸 지켜볼 거 같아? 내가 아는 두현 오빠는 책임감 때문에라도."

"그러니까, 그 책임감. 그거 때문에 내가 왜 굽혀야 해?"

이정의 말을 싹뚝 잘라 낸 윤주가 콧등에 주름을 만들었다. 지켜보는 이정의 마음엔 그보다 더 많은 주름이 생겼다.

"윤주야."

불안불안하게 이름을 부르자, 코를 몇 번 훌쩍이던 윤주의 눈가가 젖어 들었다.

"흑."

고인 눈물은 오래 머물러 있지 못했다. 억눌려 있던 눈물들이 마치 제 길을 알고 있는 것처럼 쏟아져 내리기 시작했다.

"아직 일어나지 않은 일이잖아. 그분들이 어떤 분인지 모르는데 지레 마음 아파하지 마."

울음이 섞여 목이 잠겨 가면서도 윤주는 제 할 말을 다 했다.

"너도 알겠지만 우리 아빠 나 일곱 살 때 돌아가시고, 우리 엄마 혼자서 공장 일 해 가며 미대 뒷바라지해 주셨잖아. 운이 좋아서 이제 내가 돈을 좀 벌긴 한다만……. 그럼 뭐 하니? 나는 고아인데. 차라리 정두현이 보통 직장인만 되었어도 애가 생겼으니 결혼하자는 말이라도 해 보겠다. 이건 뭐…… 누가 알았어? 정두현 그 사람이 이렇게 부자인지. 그 사람들이 날 얼마나 우습게 볼까."

상기된 뺨을 두 손으로 누르던 윤주는 이정이 건넨 티슈로 눈물을 닦다가 숨을 헐떡였다. 혼자 감정을 억누르고 끙끙 참는 모습을 보는 것보다는 덜 괴로웠지만 그래도 윤주가 안쓰러운 건 매한가지였다.

해 줄 수 있는 위로는 한정적이었다.

"누가 우리 윤주를 우습게 봐? 내년까지 스케줄이 다 찼을 만큼 능력 있는 일러스트레이터를."

건실한 부모님을 선택할 수 없었던 건 윤주의 탓이 아니었다. 하지만 모든 역경을 딛고 지금에 이른 윤주의 노력은 칭송받아 마땅했다. 고루하다 할지라도 이정은 진심으로 친구의 재능과 열정을 존중했고 부디 지금 하는 말들이 모두 진심이라는 걸 윤주가 알아주길 바랐다.

"그래, 내가 뭐가 아쉽니?"

고맙게도 윤주는 이정의 뜻을 알아주었다. 울컥 치솟는 감정을 누르려 노력하면서도 이정의 말을 부정하려 들지 않았다.

"손만 움직이면 돈 벌지, 너 같은 친구 있지. 맞아. 부모가 없다는 이유로 아직 닥치지도 않은 일로 나를 깎아내리는 거, 이제 안 할래. 내가 날 사랑하지 않으면 누가 날 사랑해?"

누군가 말하는 대로 된다고 했었지.

이정은 그 말이 사실이었으면 했다. 친구일지언정 윤주를 부러워한 적이 많았다. 그녀의 손에서 만들어지는 시원시원한 연필 선을 좋아했고, 하고 싶은 말을 다 하는 배짱을 동경한 적도 있었다.

'자신감이 뭔지 알아? 말 그대로 자신의 감각이야. 난 자신감 하나로 버티는 거고, 그거 없으면 죽어. 너도 마찬가지야. 우리처럼 그림 그리는 애들은 결국 자신감으로 싸우는 거니까 너도 감각을 잃지 마.'

이정에게 자신감이 뭔지를 알려 준 사람 또한 윤주였다. 부잣집 딸들이 득실대는 서양화과에서도 윤주는 단연 돋보이는 존재였고, 진정한 자신감이 뭔지를 몸소 증명해 보이며 이정을 이끌어 주었다.

그런 윤주가 어깨를 늘어트리는 일은 없어야 했다.

"큰일이긴 해도 박윤주가 신세 한탄할 일은 아니야. 그러니 힘내."

무섭고 걱정되고 불안했지만 윤주보다 고민이 더 클 수는 없었다. 이정이 억지로나마 입꼬리를 올리자 윤주도 다부지게 고개를 끄덕였다. 그녀 나름대로 지금 괜찮아야 하는 이유를 열심히 찾는 듯했다.

"그래. 언젠가 나에게 부모님이 없는 게 문제가 되면 우리 최 교수님이 아빠 노릇도 해 주실 거야, 그치? 우리 석 여사님도 내가 부모 없다고 무시당하는 거 눈 뜨고 보시겠어?"

그리고 정말로 적절한 답에 도달해 있었다.

"나 초음파 좀 봐도 돼?"

그제야 이정도 윤주의 아기에 대해 관심을 드러냈다. 아직은 날씬하기만 한 배 속에 생명이 들어 있다는 게 새삼 신기하기도 하고 눈물이 날 것 같기도 했다.

"엥? 이 점이 아기야?"

"그렇대. 이 점이 점점 커진대."

"성별은 아직 모르는 거지?"

"나도 물어봤는데, 의사 선생님이 그건 용한 무당 찾아가서 물어보래. 지금은 자기도 알 수가 없다고."

"뭐? 와, 그 선생님 괴짜네. 야, 너 당장 병원 바꿔."

어쩐지…… 어쩐지 윤주가 아이를 지울 것 같지 않아서 초음파 사진 속 생명체를 스스럼없이 살펴볼 수가 있었다.

너에게 정을 줘도 되겠지.

깨알보다 작은 점을 보는 이정의 눈길이 섬세하기만 했다.

그러다가 문득 '윤주 때문에 시골집에 갈 수가 없겠네.' 하는 핑곗거리가 떠올라 헙, 하고 입을 다물어 버렸다.

✳ ✳ ✳

문제는 윤주가 아니라 자신이었다. 윤주가 임신 소식을 알린 지 3일이 채 지나지 않아 이정은 아빠와 대립해야만 했다.

— 그래서 서울에 계속 있겠다고?

"말씀드렸잖아요. 윤주가 몸이 아파서 한동안은 제가 같이 있어 줘야 할 것 같아요."

작업을 하던 윤주가 자신의 이름이 나오니 모니터에서 눈을 떼고 이정을 바라보았다. 괜찮다는 눈짓으로 그녀를 안심시키고 이정이 휴대폰을 매만졌다.

— 어디가 어떻게 아프기에 네가 필요한 거야?

석진도 석진이지만 윤주를 혼자 두고 시골집에 갈 수는 없었다. 그리고 이만한 이유면 아빠도 이해해 줄 거라 믿었다. 그런데 아니었다. 훈일은 뜻을 굽히지 않았다.

— 조금 있으면 9월이야. 가을 학기 시작하기 전에 내려오라고 아빠는 충분히 말했어.

"아빠. 지금 윤주가."

— 최이정!

이정이 움찔 몸을 떨었다. 이정이 기억하는 한 아빠는 성과 이름을 붙여 그녀를 부른 적이 거의 없었다. '이정아.', '우리 딸.' 듣기만 해도 꿀이 떨어지는 목소리로 딸을 찾던 분이 왜 이러시지?

그렇다고 해서 윤주가 임신했다는 걸 밝힐 수도 없는 노릇이라 이정은 가슴이 답답해져 왔다. 최 교수는 그 틈을 놓치지 않았다.

— 윤주 때문인 거면 윤주도 같이 내려와. 너희 두 사람 모두 여기서 일해도 상관없잖아.

"아빠. 시간을 좀 주세요. 지금은 어쩔 수 없는 사정이."

휴대폰 너머에서 들리는 땅이 꺼질 것 같은 한숨 소리가 이정의 말을 끊어냈다. 할 수만 있다면 이정도 한숨을 쉬고 싶었다.

이제 엄마도 괜찮고 나 또한 서울에서 잘 지내고 있는데 아빠가 왜 이러실까. 혹시 말 못 할 어려움이라도 있는 건가 싶어 아빠의 속내를 떠보려 할 때였다.

— 석진이 때문이니?

가슴이 철렁하고 내려앉았다.

"……."

아빠가 그걸 어떻게 아시냐고 묻지 못했다.

— 알겠지만 석진이는 안 된다.

이정이 물을 새도 없이 최 교수가 단단히 못을 박은 탓이었다.

"아빠."

전화는 끊어져 있었다. 이정은 허탈한 얼굴로 휴대폰을 응시했다.

설마.

'알겠지만.'

아빠의 그 전제가 어쩐지 소름 끼쳤다. 어떻게 된 것일까?

아빠가 말한 내가 아는 것은 어디까지인 거지?

그것보다 그와 내가 만난다는 걸 아빠는 어떻게 알았을까.

"아!"

푸근한 웃음을 지으며 용돈을 쥐여 주던 민철이 떠오른 건 당연한 수순이었다.

그렇지. 비밀로 해 달라고 한 적은 없으니 그 아저씨가 아빠에게 날 봤다고 이야기하는 거, 당연하잖아. 그런데 나는 왜 이렇게 태평했던 건지.

정신이 아득해지더니 머리가 무거워졌다. 손으로 이마를 감싸 보아도 묵직한 두통이 퍼지는 속도는 빨랐다.

13년 전, 부모님은 석진이 떠난 이유에 대해, 또 그의 어머니에 대해서도 이정에게 언급하지 않았다. 그러나 지금 훈일은 이정이 모든 걸 알고 있음을 확신하고 그녀를 닦달하고 있었다.

마치 다 알면서 네가 어떻게 그럴 수 있냐고 꾸짖는 것처럼.

피 맛이 날 정도로 입술을 깨물고 있는지도 모른 채, 이정은 미간에 주름을 만들었다. 흐릿해지며 흔들리는 시야 속에서 석진이 보였다.

'내가 빌어야지.'

다시 '설마.' 하는 말이 나왔다.

미묘한 말들로 사람을 의아하게 만들었던 석진과 아빠 사이에 연결 고리가 있는 건 아니겠지.

석진이 그런 소리를 할 때만 하더라도 무모하다고 여겼다. 죄지은 거 없이 눈치 보는 이 연애에 대한 회의가 불끈 치고 올라와서 그냥 해 본 말일 거라고 쉽게 치부했다. 그 와중에도 너를 못 보낸다는 말에 심장이 뛰었었다.

"이상해."

아닐 거라 부정하면서도 마음이 불안하게 두 남자 주변을 서성거렸다.

분명히 뭔가가 있어.

석진을 만나야 했다. 마음이 바빠졌다.

✳ ✳ ✳

당장 그의 사무소로 찾아가 전화를 걸었지만, 전화 잘 받는 걸 천직이라도 되는 것처럼 여기던 남자의 목소리는 들을 수가 없었다. 오전에 통화할 때까지만 해도 오늘은 외근 없이 사무실에서 도면만 수정할 거라 했던 석진이었다.

왜 전화를 받지 않을까.

잠시 망설인 이정은 두현의 번호를 찾았다.

― 어쩌죠? 석진이 지금 사무실에 없는데. 전화 안 받아요?

"네."

― 요 앞 카페 현장에 갔어요. 현장이 시끄러운가? 왜 전화를 안 받지?

카페라 하면 석진이 최근에 집중하고 있는 곳을 말하는 것일 텐데.

현장이 「상량」이 있는 빌딩에서 도보로 5분이면 갈 수 있는 거리라며 석진이 대강 위치를 설명해 준 기억이 났다.

― 급한 일이에요? 그럼 같이 간 직원 번호 알려 주고요.

이정은 두현의 호의를 정중하게 거절했다. 미심쩍은 구석이 많은 아빠의 말 때문에 냉큼 달려오긴 했지만 지금이 낮 시간이라는 걸 감안하니 그의 일을 방해하고 싶지 않아졌다.

심증만 가지고서 서두를 수는 없지. 전화를 못 받을 상황일 수도 있는 거잖아.

어디 시원한 데 가서 기다릴까, 생각할 때 아직 전화를 끊지 않은 두현이 이정을 불렀다.

― 그런데 이정 씨.

"네."

대답을 하기가 무섭게 두현이 자신을 부른 이유를 눈치채고 말았다.

요 며칠 윤주는 불안정했다. 혼자 살기 싫다며 이정의 좁은 원룸에 들어온 것도 모자라 일 핑계를 대며 두현을 피했다. 3일 남짓이긴 하지만 연애를 시작한 지 얼마 되지 않은 두 사람의 사이를 감안하자면 두현의 입장에선 애가 탈 일이었다.

"오빠, 윤주가 요즘 속 썩이죠?"

― 어? 어떻게 알았어요?

"저 요즘 윤주랑 같이 살잖아요. 지켜봐서 알죠 뭐."

― 아아.

이해가 간다는 듯 대꾸하던 두현이 '말이 나온 김에.'를 전제로 며칠간의 억울함을 토로했다. 두현이 말하는 윤주는 이정이 본 그대로였다. 전화도 잘 받지 않고, 받아도 끊기 바쁘고, 목소리는 착 가라앉아 있고.

— 일이 많아 그렇다는데 그건 늘 그래 왔잖아요. 분명히 나한테 서운한 게 있는 것 같은데…….

두현에게 사실을 말해 주고 싶어 입이 간질거렸지만 그건 월권이었다. 애가 닳아 한탄하는 두현에게 공감하면서도 이정은 윤주의 입장을 제대로 설명해 주지 못했다.

— 설마 그것 때문은 아니겠죠?

"뭐요?"

— 최근에 함께 있을 때 저희 어머니가 전화를 하셔서 안 해도 좋을 말을 좀 하셨거든요.

"……."

— 나도 나이가 있다 보니 선보라고 하신 건데 그걸 윤주가 들었어요. 표정이 싸해지더라고요. 윤주 보란 듯이 만나는 여자 있다고 큰소리를 치긴 했는데 그 이후 윤주가 냉랭해진 것 같아요.

물론 윤주의 마음에 주렁주렁 매달린 추 중 하나는 두현의 어머니가 보탠 것이 맞았지만 알은척을 할 수는 없었다. 그래도 물어볼 수 있는 이야기는 있었다.

"그 이후 어머니는 아무 말씀 없으세요? 어떤 여자를 만나냐고 물으셨다거나……."

— 아유, 가만 계실 양반이 아니죠. 그날 저녁에 집에 들어가서 제대로 털렸어요.

현재 자신의 고민도 잊고 이정이 숨을 죽였다. 윤주가 우려했던 일들이 정말로 일어나긴 한 모양이었다. '그래서 오빠는 뭐라고 했어요?' 라고 선뜻 물을 수가 없었다. 윤주도 이런 마음이었으리라.

— 솔직히 다 말했어요. 가감 없이 모두. 어떻게 컸고 뭐 하는 사람인지까지 전부.

하지만 예상외로 두현은 당당하기만 했다.

— 이정 씨 무슨 생각 하는지 알아요. 그런데 윤주에 대해 숨길 필요 없잖아요.

"……."

— 만난 지 얼마 안 되어서 어머니에게 커밍아웃한 게 마음에 걸리긴 하는데, 그거 말고는 저 부끄러울 거 없어요. 부모님 일찍 돌아가신 건 윤주 잘못이 아니고, 윤주는 또 자기 일 잘하는 애고.

"……맞아요. 윤주 정말 좋은 애 맞아요."

— 어쩌다 순서가 좀 이상하게 되어서 석진이랑 이정 씨 보기 부끄럽긴 해요. 하지만 아무리 취했어도 저 사람 가립니다. 설마 제가 아무 여자나 붙잡고 그랬겠어요? 하하하.

두현이 너무 아무렇지 않으니 지레 긴장한 게 억울할 지경이었다. 곁에 사람을 잘 두지 않는 석진이 오랜 시간 동안 우정을 다져 온 사람이라 하니 두현에 대한 막연한 신뢰는 있었지만 두현은 기대 이상의 말로 이정을 안심케 했다.

"그래서 어머니는 뭐라고 하셨어요?"

그제야 이정도 정말로 궁금했던 질문을 꺼내 놓을 수 있었다. 질문을 하면서도 두현만 이런 마음이라면 아무래도 괜찮다는 생각이 들긴 했지만 사람이어서 가지는 호기심을 억누를 수가 없었다.

— 만난 지 얼마 안 되었으니 잘 만나 보라고 하시던데요? 나이도 있으니 사람 마음에 상처 주는 짓 하지 말라고도 하셨고요.

"네?"

— 왜 놀라요? 설마 윤주가 막장 드라마처럼 김치 싸대기라도 맞을 줄 알았어요? 에이, 설마.

솔직히 그랬다. 윤주가 우울해질까 봐 입 밖에 내지 않았지만 드라마 속 부잣집 시어머니들이 현실과 동떨어진 캐릭터는 아닐 거라고 생각하며 혼자 한숨 짓기도 했었다. 그런데 시원시원한 두현의 말을 듣자니 불안감이 조금씩 걷혀 가고 있었다.

— 이정 씨. 다른 사람은 몰라도 우리 어머니는 내가 좋다면 다 좋아하실 분이에요. 아버지는 몰라도 어머니는 그래요. 아버지야 뭐, 어머니가 하자는 대로 하실 분이고……. 아무튼 그림 그리는 직업이 마음에 든다고 하셨어요.

체한 줄도 몰랐는데 가슴 사이에 뭔가가 걸려 있었던 걸까? 두현의 말에 미끄덩하고 뭔가가 소화되는 기분이었다.

— 그러니까 행여나 이정 씨도 그런 걱정은 말아요.

"네."

— 그것보다 윤주, 무슨 일 있는 게 분명한데 그게 뭐냐니까요!

"아이고."

두현의 목소리가 너무 커서 하마터면 휴대폰을 떨어트릴 뻔했다. 싱긋 코를 찡끗거린 이정은 무의식적으로 휴대폰을 째려보다가 두현이 좋아할 만한 답변을 들려주었다.

"우리 집에서 그림 그리고 있어요. 지금 가 보실 거면 파인애플 통조림 사 가지고 가세요. 혹시나 윤주가 전화 안 받으면 저한테 연락 주세요. 비밀번호 알려 드릴 테니까 윤주 데리고 나가서 맛있는 것 좀 사 주시고요."

— 오! 우석진도 모르는 그 집 비밀번호를 알려 준다고요?

"비밀번호야 저녁에 또 바꾸면 되니까요."

이정의 진심 어린 농담에 환호성을 지른 두현은 받은 은혜는 당장 갚아야 된다는 심산으로 이정의 이름을 불렀다.

— 이정 씨!

"네."

— 지금 여기 1층에 있는 거죠? 석진이 보러 온 거 맞죠?

"어? 어떻게 알았어요?"

— 설마 그 정도 촉도 없이 나이 먹었겠어요?

그 정도 촉으로 윤주의 임신도 알아채 주면 안 되나요?

마음의 여유가 생겨서인지 그런 생각이 들었다. 그리고 스스로의 생각이 어처구니없어서 입술을 깨물었다. 이정의 속내를 모른 채 두현은 지극히 두현답게 경쾌했다.

— 석진이 있는 곳 정확한 위치 문자로 보낼 테니까 찾아가 보세요. 그 녀석 일할 때 얼마나 까칠한지 이정 씨가 좀 봐야 해.

"아……."

듣고 보니 석진이 일하는 모습을 본 적이 없었다. 그를 찾아온 목적도 잊은 채 냉큼 웃음이 나왔다.

— 1층이면 거기 과일주스집에서 수박주스 여섯 잔만 사서 갖다줘 봐요. 인 부들이랑 직원, 석진이까지 총 여섯 명이 거기 있거든요. 녀석이 요즘 그 주스 에 꽂혔던데 아주 좋아할 거예요. 공사 중이라 에어컨도 안 돌아가서 땀 좀 빼 고 있을 겁니다.

"알겠어요."

투명한 웃음소리를 전하며 두현이 전화를 끊었다.

그런데 커피가 아니라 수박주스? 이 남자는 단걸 안 좋아하는…….

"아……."

아니었다. 시럽을 넣지 않은 아메리카노라는 커피 취향이 확고할 뿐, 석진은 달달한 음식을 좋아하는 사람이긴 했다.

지영이 미숫가루를 타 줄 때면 꿀을 많이 넣어 달라 말했고, 달아야 맛있다 며 수박화채 속에 흰 설탕을 들이부어 이정의 빈축을 사기도 했었다.

오래된 일이라 잊고 있었는데. 그래도 이제 석진에 대해 잘 안다고 생각했는 데.

혼자 만들어 낸 편견을 지우고 이정은 과일주스집을 찾아갔다. 그 찰나, 제 발 석진이 아무것도 몰랐으면 좋겠다는 바람을 가져 보았다.

두현이 알려 준 곳은 생각보다 더 가까웠다. 언젠가 석진은 도보로 5분 남짓 이라고 했지만 그렇게 시간을 재는 게 무색할 정도로 가까운 곳에 있어서 허탈 할 지경이었다.

"혼자 있네?"

건물 1층, 통유리로 내부가 훤히 들여다보이는 넓은 공간 속에 석진이 있었다. 두현의 말과는 달리 석진은 혼자였다. 어수선하기 그지없는 무채색 공간 속에 놓인 그가 고개를 젖히고 천장을 봤다. 그러다 나무로 세운 가벽을 콩콩 쳐 보기도 했다.

마뜩잖은 구석이 있는 걸까?

석진은 손에 들린 큼직한 수첩을 펼쳐 메모를 남겼다.

당장 그를 부르고 싶었지만 이정은 유리문 너머에서 그를 지켜보기만 했다. 석진이 고개를 조금만 돌리면 눈이 마주칠 텐데, 그러니 그가 자신을 발견할 때까지 기다려 보기로 한 것이다.

저 사람은 한여름에도 늘 저렇게 소매가 긴 셔츠를 입더라.

앞머리를 뒤로 넘긴 모습도 근사하던데 왜 앞머리로 이마를 가렸을까?

마치 TV 속 연예인을 보는 것처럼 석진을 지켜보고 있을 때였다. 펜 꽁지를 입술에 대고 뭔가를 곰곰이 생각해 보던 석진이 아차, 하는 얼굴로 주머니에서 휴대폰을 꺼냈다.

그의 눈이 유연한 호선을 그리는 걸 보며 이정도 따라 웃었다.

부재중 통화 목록에서 내 이름을 보겠지.

당돌하게도 그런 확신이 들었다.

그럼 곧 내 휴대폰이 울릴 텐데, 저 남자가 얼마나 놀라려나?

띠리리리리.

그러나 이정의 휴대폰보다 석진의 휴대폰이 더 먼저 소리를 냈다. 텅 빈 공간에서 휴대폰이 진공음을 만들며 벽과 부딪쳤다.

화들짝 놀란 이정은 머쓱한 얼굴로 석진을 지켜보았다.

달갑지 않은 고객의 전화인가 보다. 언제 웃었냐는 듯 서늘하게 눈을 편 석진이 망설이는 기색으로 휴대폰 액정을 바라보았다. 그러다 짧은 한숨을 뱉고 전화를 받았다.

"네, 교수님."

이정은 그대로 몸을 돌려 버렸다.

왜 그러는지도 모른 채 석진을 등지고서야 내가 왜 이러지, 하는 생각이 들었다. 자라 보고 놀란 가슴 솥뚜껑 보고 놀란다더니 저 남자가 아는 교수님이 어디 우리 아빠뿐이겠어? 생각하며 1초 전 태도를 지우고 몸을 돌리려 할 때였다.

"······그럴 수 없다고 분명히 말씀드렸습니다. 그러니까 이정이 재촉하시는 거 그만해 주세요."

이정······이?

평소보다 한 톤 높은 석진의 목소리가 이정의 몸과 마음을 꽁꽁 묶어 버렸다. 발을 디디고 있는 땅 아래가 와장창 소리를 내며 부서지고 몸이 그 아래로 한없이 추락하는 기분이었다. 아찔하고 무서웠다.

"교수님이 그러실수록 이정이만 더 힘들어지는 거 아시잖아요."

애써 긍정적으로 다른 가능성을 열어 보려 해도 지금 석진과 통화하는 사람이 아빠일 거라는 무시무시한 예상이 벼락처럼 이정의 몸을 강하게 강타했다.

뭔가가, 있었구나.

두 사람 사이에, 뭔가.

나는 그것도 모르고서 1차원적인 생각에 갇혀 철없는 투정을 부린 거구나.

차마 석진을 다시 볼 수가 없었다. 그의 여상했던 말들과 쌉싸래한 표정 사이사이에는 많은 의미들이 들어 있었으나 그걸 눈치채지 못했다니.

어쩌면 우석진 저 남자는 안간힘을 쓰며 도와 달라고 말한 것일지도 모르는데······.

예고 없이 받은 충격에 눈앞의 세상에 일렁거렸다. 아무리 떨쳐 내 보려 몸부림치고 세차게 부정을 해 보아도 뼛속 깊이 자리 잡은 불안 요소는 현실 속에 등장해야만 직성이 풀리는 모양인지 기어코 이렇게 사람의 발목을 잡았다.

몰랐던 거 아니잖아.

다 알고 시작한 사이잖아.

인정을 해 봐도 정상적인 사고는 불가능했다.

참담함과 서러움 그리고 서운함.

그러면 안 되는 걸 아는데 처음으로 아빠가 부끄러웠다.

차라리 나에게 말씀하실 것이지.

정수리가 익을 정도의 햇살을 가르며 터덜터덜 걷자니 이마에 땀이 맺히고 음료가 든 캐리어를 쥔 손이 얼얼해져 왔다. 하지만 그런 사소한 몸의 반응에 신경 쓸 만큼의 여유가 없었다.

당장 아빠와 석진 중 누군가를 붙잡고 자초지종을 파악해야 할 것만 같은데, 그마저도 결정이 쉽지 않았다. 누구의 이야기부터 먼저 들어야 하는 건지, 누구의 말을 따라야 하는 건지, 그 우선순위를 정하는 게 몹시 어려워 울컥하고 울음이 솟구쳤다.

결국 이정은 그 자리를 뜨고 말았다.

＊ ＊ ＊

석진이 들어가자 밖으로 나갈 준비를 하던 두현이 대뜸 물었다.

"이정 씨 못 만났어?"

"응?"

"이정 씨가 요 아래서 전화했어. 너 전화 안 받는다고 무슨 일 있냐고."

석진이 행동을 멈췄다. 부재중 통화 목록에 뜬 이정의 이름을 보고 그녀에게 연락하려던 찰나에 훈일의 전화를 받았고, 되풀이된 훈일과의 신경전 때문에 허탈하게 사무실로 복귀하던 참이었다.

"이정이가 여기서 전화한 거 맞대?"

여기까지 와 놓고선 그냥 돌아갔을 최이정이 아닌데.

"너 수박주스 사다 주라고 하니 알겠다고 웃으면서 끊었어. 둘이 엇갈렸나? 어서 전화해 봐."

두현의 말이 끝나기도 전에 석진은 이미 통화 버튼을 누르고 있었다.

신호음이 여러 번 울렸으나 이정의 목소리를 들을 수는 없었다. 다시 전화를 걸어 볼까 하던 석진이 두현을 불렀다.

"윤주 씨 연락처 좀 알려 줄 수 있어?"

284

"지금 두 사람 같이 있지 않을 텐데. 윤주 이정 씨 집에 있대서 나 잠시 거기 가려던 참이거든."

"일단 줘 봐."

"이정 씨가 집에 도착했으려나?"라고 혼잣말을 한 두현이 윤주의 번호를 불렀다. 윤주는 곧장 전화를 받았지만 성과는 없었다.

— 이정이 오빠 만난다고 나갔는데 못 만났어요?

석진은 손바닥으로 이마를 꾹 누르며 미간을 모았다.

길이 엇갈렸을 수 있고 어쩌다 휴대폰 벨소리를 못 들었을 수도 있다. 원치 않게 그런 식으로 꼬이는 건 언제든 일어날 수 있는 일이다.

그런데 숨이 턱 막히며 다음 말이 나오지 않았다. 가슴 한가운데에서 서늘한 불안감이 퍼지기 시작했다.

"아닐 거야."

짚이는 장면이 있었지만 부정하고 싶었다.

겉으로 봐서는 감정이 없는 얼굴로, 석진은 그렇게 혼잣말을 했다.

9

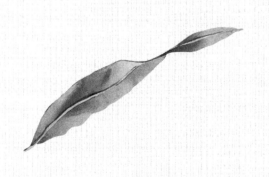

이정에게서 연락이 온 건 바깥이 어둑해졌을 즈음이었다. 시계의 작은 바늘이 8을 향해 가고 있을 때 이정이 석진을 찾았다. 셀 수 없을 만큼 전화를 하느라 지치고, 이정이 갈 만한 장소를 떠올려 보다 그녀에 대해 아는 게 정말 없다는 걸 깨닫고 좌절할 무렵이었다.

　기껏 떠올린 곳이 한강, 동네 카페 정도라 복장이 터질 것만 같아 셔츠 단추를 풀어 젖히던 석진은 성급하게 전화를 받았다.

　"너 어디야? 어디냐고!"

　안도감과는 별개로 화를 내고 말았다. 종일 눌러 놨던 감정이 훅 하고 터지는가 싶더니 두통이 들끓으며 안압이 몰렸다.

　— 출판사에서 급하게 보자고 해서요. 미안해요. 전화 많이 했던데.

　석진과 달리 이정은 침착했다. 세상이 꺼질 것처럼 동동거린 몇 시간이 억울해 미칠 것 같았으나 석진은 다시 평정심을 되찾았다.

　"미안. 소리 질러서."

　그리고 이 상황에서 생략해도 무방했을 법한 사과까지 했다. 그렇게라도 시간을 벌어 마음을 가라앉히고 싶었다.

"전화는 왜 안 받았어?"

— 무음으로 해 놓은 걸 몰랐어요. 미팅이 길어졌는데…….

"그사이 휴대폰을 한 번도 안 봤다고?"

— ……아무래도 출간 날짜가 다가오다 보니까 구성이랑 그런 것들을…….

"이정아."

거짓말에 서툰 건지 마음이 아픈 건지 이정은 주저하고 있었고 석진은 그걸 놓치지 않았다.

들었구나.

조용하던 최 교수가 하필이면 그 타이밍에 전화를 해서, 이정이 하필이면 그때 거기 있어서. '하필이면' 하는 일들이 연속으로 일어나 이정이 몰랐으면 했던 것들이 수면 위로 드러나 버렸다.

갖은 노력에도 불구하고 무거운 진실들은 이렇게 둥실 떠올랐지만, 아직도 더 무거운 진실들이 남아 있었다. 철저하게 이정이 몰랐으면 하는 그런 이야기들이.

"어디니? 저녁 먹자. 나 배고파."

석진이 말했다.

— 나, 1층에 있어요.

이정은 가까이 있었다. 감사하게도.

"왜 숨겼어요?"

1층 로비 모퉁이에 서 있던 이정은 돌려 말하지 않았다. 석진이 나타나기가 무섭게 이정은 그를 원망했다.

"종일 어디 있었던 거야?"

"그게 중요한 게 아니잖아요."

"난 중요해. 얼굴이 왜 이래?"

"일단 여기서 나가요. 직장 앞에서 난리 치고 싶지 않으니까."

걱정을 가득 담고 이정의 얼굴을 살피던 석진은 그녀의 손을 잡았다. 해쓱해진 얼굴선도, 하얗게 질린 낯빛도, 사람을 걱정시키기에 충분했다. 휴대폰 너머로 들리는 담담한 목소리에 속아 억울함을 품었던 게 미안해 미칠 지경이었다. 이정은 괜찮지 않았다.

"어서…… 나가요. 나 울지도 몰라. 나 여기서 울면, 부끄러워서……."

"그래. 내 차로 가자."

끌어안듯이 이정의 어깨를 감싼 석진이 걸음을 옮겼다. 그의 품에 반쯤 몸을 기댄 이정은 한 손으로 입을 가리고 있었다. 석진의 걸음이 빨라졌다. 이정을 위해서라도 그녀가 우는 모습을 남에게 보이고 싶지 않았다.

고맙게도 이정은 버텨 주었다. 엘리베이터를 타면서도, 주차장 끝에 세워 둔 차를 향해 가면서도 소리 내지 않았다. 조금만 더, 조금만 더, 하는 마음으로 그녀를 이끈 석진은 들썩이는 이정의 어깨를 다독이며 부지런히 걸었다.

"미워. 너무 미워. 다 싫어 죽겠어!"

하지만 어차피 터질 눈물은 제대로 쏟아져야지만 제 소명을 다하는 거였다. 이정은 차 문이 닫히기가 무섭게 꾹 참았던 눈물을 꺼내 놓았고 석진은 차분하게 시동을 걸어 내부 온도를 낮췄다.

조마조마하고 그러다 울컥하고 그걸로도 부족해 아무 일도 일어나지 않았다고 스스로를 달래며 며칠 같은 몇 시간을 보냈더니 막상 이정의 앞에서는 덤덤할 수가 있었다. 다행이었다.

"왜 말 안 했어요? 아빠가 우리 사이 안 거, 그걸 오빠에게 말한 거, 왜 말 안 했냐고요. 왜 혼자만 알았냐고요!"

울먹이는 와중에도 이정의 목소리는 정확했다. 석진은 입술을 곧게 펴고 침통하게 고개를 숙였다. '들었니?' 라고 물을 필요가 없어졌다. '어떻게 알았니?' 는 더욱 의미 없는 말이었다. 숨이 턱턱 막혀 오는 갑갑증을 견디며 이정의 등을 쓸어 주었다.

"나는 오전에 아빠가 오빠 이름을 들먹일 때만 해도 나한테만 물은 건 줄 알고…… 오빠는 모르는 줄 알고……."

하지만 반전은 더 남아 있었다.

"뭐?"

이정의 등을 쓸어 주던 석진의 손이 멈췄다. 참담한 자괴감이 그의 가슴을 사정없이 눌렀다.

"교수님이…… 나에 대해 말씀하셨다고?"

낮에 통화를 할 때만 해도 훈일은 그런 기색을 비치지 않았었다. 완강하게 그의 뜻을 고수하는 입장을 드러내긴 했으나 이정에게 알을체했다는 데 대해서는 함구했던 것이다.

가족을 위해 무슨 일이든 할 수 있다고 했던 말이 이렇게 무서운 결과를 가져올 줄이야.

현재 훈일의 우선순위는 아내 지영이었고 그 아래에 이정이 있었다. 휘어지지 않겠다는 듯 꼿꼿하게 나오던 훈일의 모습이 눈에 선했지만, 그래도 그가 이정에게까지 이럴 줄은 몰랐다.

온몸이 싸늘하게 식으며 외로워졌다. 제가 훈일의 가족이 아니라는 사실에 소외감을 느꼈고, 한편으로는 자신과의 관계를 단절시켜 놓기 위해 딸에게까지 초강수를 둔 최 교수에게 서운함을 느꼈다.

"아빠는 알고 계셨어요. 아마 속초에서 만난 아저씨가 말씀하셨겠죠. 그럼 오빠는요? 오빠는 어떻게……."

설마 아빠와 만난 건가요?

그 말을 하려던 이정의 눈동자가 참담하게 가라앉았다.

온종일 도시를 배회하며 해 본 갖은 예상들 중 하나일 뿐이었다. 그 장면 다음엔 가슴이 낫으로 베인 것처럼 아픈 상황이 자동적으로 그려져 애써 열어 보지 않으려 했던 광경.

"……."

석진의 눈가에는 슬픈 냉기가 깃들어 있었다.

"휴."

이정이 숨을 들이켰다. 그리고 눈물로 젖은 입술을 열었다.

"아빠가…… 우리 헤어지라고 하셨어요?"

석진은 입술을 입 안에 말아 넣었다. 난감함을 고스란히 드러내며 애꿎은 핸들만 만지작거리는 석진에게 이정이 재차 물었다.

"오빠를 도저히 용서 못 하시겠대요?"

석진은 또 묵묵부답이었다. 그의 침묵이 이정을 서럽게 만들었다.

"도대체 왜요? 그래요. 인사 없이 떠난 건 서운하셨을 수도 있어요. 그래도 아빠는 오빠가 아무 잘못도 없는 걸 알면서 어떻게……."

석진을 만난 이후로 쌓여 온 불안감이 분노로 변해 이정의 심장을 걷어찼다. 반동에 의해 심장이 크게 흔들렸고 희망과 자신을 이어 주던 가느다란 끈이 끊어져 버렸다.

그래, 희망.

희망이 있다고 믿었다. 적어도 오늘 아침까지만 해도 그랬다. 언젠가 부모님이 석진과의 연애를 알게 된다 해도, 우주만큼 넓은 마음을 가진 분들이니 그를 포용해 주실 거라고 생각했다.

너무 허황된 바람이 아닐까 싶다가도, 석진이 자연스럽게 가족들 사이에 녹아드는 그 여름을 떠올리면 자꾸만 희망이 생겼다.

그런데 그 희망이 얼마나 무거운 것이었는지 이제야 깊이 체감해 버렸다. 어쩌면 처음부터 알고 있었던 사실을 뒤늦게 인정하게 된 건지도 모른다.

"교수님은 그러실 수 있어."

석진은 최 교수를 이해하는 입장을 보였지만 이정은 아니었다. 아빠가 미웠다. 당장 '그럴 수 있어.'라는 말만 해도 그랬다. 그 누가 어떤 잘못을 하더라도 '그럴 수 있어.'라며 쓴소리조차 아끼던 아빠가 왜 석진에게만 예외를 두는 건지, 실망감이 밀려들었다.

"나, 아빠한테 물어볼 거예요."

"그러지 마."

"아빠도 다 알잖아요. 잘못한 사람이 오빠가 아니라는 거, 진짜 잘못한 사람은!"

말끝에 힘을 주던 이정은 결국 그 말을 다 마무리 짓지 못했다. 해서 좋을 말이 아니라면 하지 않는 게 나았다.

"그렇게 입 다물고 있지만 말고 이야기 좀 해 줘요. 우리 아빠를, 언제 만났어요?"

대신 지금 상황이 얼마나 최악인지를 알아내는 쪽을 택했다.

이젠 더 이상 어른들만의 문제가 아니었다. 자살, 빚, 그 끔찍한 일들을 마냥 다른 세상의 일로 치부해 버릴 수가 없었다. 당장 석진만 하더라도, 이미 오래전부터 진실과 맞서고 있었는데 자신만 한발 물러나 있고 싶지는 않았다.

이제 이 모든 건 나의 일이 되어 버렸다.

"전에 시골집에서 너와 내가 같이 있는 걸 보셨대. 그 이후에 서울에 오셨어."

"……."

이정은 입술을 짓이기듯 깨물었다.

살면서 처음으로 아빠가 틀린 선택을 했다는 걸 받아들이는 순간이었다.

'아빠 왔어!'

여느 때와 다름없이 인자한 표정을 지으며 학회에서 돌아왔던 아빠였다.

'왜 숟가락을 내려놔? 설마 살 빼고 그러는 거 아니지? 여름을 견디려면 든든하게 먹어야 해.'

시골집에 있는 동안, 매 끼니마다 딸의 식사량을 걱정할 만큼 다정했던 아빠가 왜 내 자식이 아닌 다른 사람의 자식에게 군이 모진 말을 했을까?

잘못한 건 없지만, 만약 잘못을 했다고 해도 가장 가까운 친자식의 이야기를 먼저 들어 주는 것이 아빠에게 어울리는 처신이었다. 아빠가 무슨 일을 하든 다 그만한 이유가 있을 거라 여겨 왔고, 실제로 단 한 번도 아빠에게 실망한 적 없는 이상적인 삶을 살아왔지만 이번만큼은 아니었다.

"차라리 나를 야단치셨으면 좋았을 텐데……."

결국 오늘처럼 우석진이라는 남자를 걸고넘어지실 거, 그냥 처음부터 나에게 속 시원히 밝히셨다면 더 나았을 텐데.

"휴."

한숨이 저절로 나왔다. 동시에 비로소 석진을 이해할 수 있게 되었다.

비록 이렇게 만남을 이어 가고 있을지언정, 두 번이나 제 곁에서 사라진 그에 대한 원망이 예고 없이 가슴을 짓누를 때가 있었다.

그와 하는 연애가 너무 좋아서 내색하지 않고 있다 보니 자연스럽게 그 아픔이 잊혀 가고 있기는 했지만, 그녀의 기억 속에서 완전히 사라진 과거는 아니었던 것이다.

나에게라도 인사는 했어야지.

편지를 남길 거였다면 눈에 잘 보이는 곳에 펼쳐 뒀어야지.

뒤늦은 안타까움이 밀려와 혼자 석진을 노려본 적도 있었다. 이렇게 잘해 줄 거면서 내일이 없는 듯 철저하게 자신의 존재를 감춘 그가 야속했나 보다.

그런데 그래서는 안 되는 거였다. 이렇게 살짝만 현실에 발을 담가도 깊이를 알 수 없는 소용돌이에 빠진 것처럼 어지러운데, 이 남자는 오죽했을까 하는 이해심이 동했다.

"오빠는…… 안 힘들어요?"

곰곰이 뭔가를 생각하던 석진은 대답 대신 이정의 손을 잡아 주었다. 그러곤 쓸쓸하게 입술을 깨물다 마치 스스로에게 주문을 걸듯이 말했다.

"과거에 이미 다 힘들어서 이제 괜찮아."

"……."

"너무 힘들어서 두 번이나 도망을 가 봤는데, 현실을 피하는 것보다 운명을 피하는 게 더 힘들었다는 걸 최근에 알았거든."

변명 같겠지만 그땐 그랬다.

짧은 시간, 아무리 고민을 해 봐도 문제를 해결할 수 있는 뾰족한 방안이 떠오르지 않아 조금 더 깊이 생각해 볼 시간을 벌고 싶었다. 그리고 할 수 있는 선에서는 수습을 해 보려 노력했다.

하지만 틀렸다. 나름대로는 최선이라고 여겼던 일들이 누군가에게는 '도망'이라고 일컬어지며 하지 않은 것만도 못한 일이 되어 있었고 또 누군가에게는 돌이킬 수 없는 상처를 주고 말았다.

그리고 당장 스스로도 그 선택을 '도망'이라고 하며 뼈저리게 후회하고 있지 않은가?

"이젠 알아. 나는, 운명을 거스르면 안 돼."

가슴 쓰린 과거를 더 생각하고 싶지 않았다.

드릉.

부드러운 엔진 소리를 내며 지하 주차장을 빠져나온 차가 시내에 진입할 때까지 말을 하지 않던 석진이 아득하게 차창 밖을 쳐다보다가 갑자기 피식, 허무하게 웃었다.

"왜, 웃어요?"

이정이 빤히 보자 괜히 한쪽 눈썹을 들었다 올린 그가 말했다.

"그냥, 그런 생각이 들어서."

"무슨 생각?"

"이렇게 너 데리고 미국으로 가 버리면 안 될까 하는."

"품."

멋쩍어하는 석진과는 다르게 이정은 제법 경쾌하게 웃었다. 운명을 거스르면 안 된다고 무게를 잡던 남자가 보여 준 솔직한 모습에서 동질감을 느꼈다.

뭐야, 어른인 척은 혼자 다 하더니.

살짝 기시감이 드는 걸 보니, 무의식중에 그와 같은 생각을 해 봤던 것 같기도 하다.

"농담이야. 알지?"

"모르겠는데? 내 마음은 벌써 미국행 비행기 탔어요."

능청스럽게 고개를 까딱 기울이며 쳐다보는 두 눈이 귀여워서 볼을 살짝 꼬집어 주고, 그걸로는 모자라 신호에 걸린 틈을 타 뒤통수를 끌어당기며 짧게 입맞춤을 나눴다. 3초 남짓한 시간 동안 일어난 사소한 스킨십이었지만 효과는 있었다.

어둡고 근심스러운 현실이 그 순간만큼은 저 멀리 밀려나고, 가슴에 턱 걸려 있는 뾰족한 가시가 일시적으로나마 뭉툭해져서 비로소 가벼운 숨이 흘러나왔다.

너와 함께하는 매 순간이 이렇게 좋은데 우리가 어떻게 헤어져?

석진은 그렇게 또 웃었다. 웃으면 복이 온다는 막연한 그 말이, 현실이 되었으면 했다.

"어라? 저거 두현이 아니야?"

억지로 웃을 일을 만들고, 그러다 웃기도 하며 이정의 집 근처에 차를 세운 석진은 저 멀리 서 있는 건장한 남자를 가리키며 이정을 쳐다보았다. 이미 어둠이 내려앉아 있었지만, 가로등 불빛이 쨍해서 사방은 훤하기만 했다. 오늘도 열대야를 피할 수 없을 것을 예고하는 밤, 가로등 아래 두현이 서 있었다.

"두현 오빠, 맞는데요?"

실눈을 뜨고 두현을 확인한 이정은 곧 침통한 얼굴을 하고서 심란하게 입술을 모았다. 호주머니에 양손을 찔러 넣은 두현은 차에 기댄 채로 뭔가를 골똘히 생각하는 중이었다.

툭, 툭, 툭.

구두 끝으로 바닥을 규칙적으로 건드는 모양새가 심상치 않았다. 찌는 듯한 밤, 도무지 감정을 알 수 없는 표정을 하고서 두현은 혼자만의 세상에 빠져 있었다.

"무슨 일 있나? 윤주 씨랑 싸운 거 아니야?"

요 며칠 윤주가 이정의 집에 머물고 있다는 걸 들은 석진이 당장이라도 밖으로 나가려 하자, 이정이 그를 붙잡았다.

"오빠, 잠깐만!"

"응?"

"잠깐만요."

석진의 팔을 붙들면서도 이정의 눈은 두현에게 가 있었다.

뜻밖의 일들이 펼쳐져서, 두현과 윤주가 만난 것에 대해 신경 쓸 겨를이 없었다. 매사 밝은 두현이 저렇게 착잡한 모습을 숨기지 못하는 걸 보면 무슨 사달이 났어도 났다는 건데, 과연 윤주가 어떻게 나왔을지는 아무리 머리를 굴려 봐도 예측 불가였다.

설마 윤주가 두현 오빠를 아예 안 만나 준 건 아니겠지?

두현과 통화를 끝낸 게 몇 시간 전이니 두 사람이 아직 만나지 않았을 리는 없다 생각하자, 긴장감에 입 안이 말랐다.

꿀꺽.

이정은 마른침을 삼키고 초조하게 석진을 바라봤다.

"왜? 넌 뭐 아는 거 있어?"

"휴. 오빠……."

예삿일이 아니기에 친구의 비밀을 지켜 주는 게 철칙이건만 갈등에 휩싸인 것만 같은 두현을 보자니 윤주의 외로움을 달래 줄 수만 있다면 비밀을 누설해 버리고 싶은 기분이었다.

예전에 윤주가 두현을 오해했을 때 가운데서 석진이 나서 준 것처럼 이번에도 이 남자가 해결 방안을 쥐고 있으면 얼마나 좋을까, 하는 바람이 일었다.

"뭔데 그래? 정두현 쟤 지금 윤주 씨한테 전화하는 거 맞지?"

석진의 시선을 따라가니 두현이 이정이 사는 오피스텔 건물을 멀뚱히 바라보며 누군가에게 전화를 걸고 있었다.

윤주가 피하는구나.

이정이 그렇게 생각하는 순간, 애꿎은 석진의 휴대폰이 울렸다.

"어?"

액정에 두현의 이름이 선명하게 떠오르자 석진과 이정은 마치 짠 것처럼 서로 눈을 맞췄다. 이정이 어서 받으라는 고갯짓을 했고, 석진도 주저 없이 전화를 받았다.

"여보세요?"

덩달아 긴장한 이정은 슬며시 휴대폰 쪽으로 귀를 가지고 갔다. 그리고 곧, 쩌렁쩌렁한 두현의 목소리가 두 사람을 깜짝 놀라게 했다.

— 나, 아빠 된대!

거두절미하고 터져 나온 말에 석진이 눈을 휘둥그레 떴고 이정 또한 석진 못지않게 눈을 크게 뜬 채로 두현을 보았다.

방금 전까지만 해도 심란해 보이던 사람은 온데간데없었다. 두현은 그야말로 활짝 웃으며 가로등 불빛 너머 어딘가를 보고 있었다. 지켜보는 눈이 있다는 걸 알 리 없기에 그는 순간순간의 감정에 충실한 모습을 가감 없이 드러내는 중이었다.

덕분에 이정은 그의 감정이 변하는 과정을 제 눈으로 확인할 수 있었다.

심란해했을지언정 그는 받아들인 것이다. 그리고 지금, 가장 친한 벗에게 소식을 알려 온 거였다. 기뻐서인지, 혹은 두려워서 이렇게라도 자신의 감정을 속여 보려 하는 것인지, 그건 이정이 알 수 있는 게 아니었다.

어쨌거나 그녀는 다행이라고 생각했다. 가슴 가운데 걸려 있던 돌덩어리가 쓰윽, 하고 미끄러지더니 소화 기관 어딘가로 흘러가는 기분이었다. 이정이 큰 숙제를 해결한 것처럼 가슴을 쓸어내리자 석진의 궁금증이 더 커졌다.

"아빠가 되는 건 뭐고, 이정이 넌 이걸 알고 있었던 거야?"

석진은 휴대폰 너머의 두현과 옆자리에 앉은 이정에게 동시에 말을 걸었다. 이정이 뭐라 선뜻 대답을 못 하자 석진이 "내리자."라고 말하고는 차 문을 열었다. 이대로는 답답해서 안 되겠다는 듯 성큼성큼 걷는 석진을 발견한 두현이 놀라서 소리를 질렀다.

"어? 네가 왜 여기 있어? 깜짝 놀랐네."

"네가 날 놀라게 한 거에 비하면 아무것도 아닐 텐데?"

"아, 아, 그거?"

멋쩍게 웃던 두현은 석진을 뒤따라오는 이정을 보고 손을 흔들었다.

"이정 씨!"

"윤주가 이야기했나 봐요?"

"뭐, 어쩌다 그렇게 됐어요, 하하하."

두현이 기뻐서 다행이긴 한데, 이정은 그가 참 신기한 사람이라고 생각했다. 만난 지 얼마 안 된 여자가 임신을 했다는데 어쩜 저렇게 빨리 마음을 다잡을 수가 있는 걸까? 곧이곧대로 감정을 표현하는 모습도 이정에겐 생경하기만 했다.

석진이라면…… 과연 어땠을지 궁금해지는 건 왜인지.

"뭐야, 그럼 진짜야? 이정이 넌 알고 있었고?"

매사 침착하던 사람도 놀랄 수밖에 없는 소식이긴 했다. 두현이 다른 것도 아니고 임신을 가지고 장난칠 사람이 아니라는 걸 알면서도 반신반의했던 석진은 평소보다 격앙된 목소리로 재차 확인하려 들었다.

"맞아요, 오빠. 윤주 임신했어요."

"허, 참 나!"

"짜식, 축하한다는 말부터 해야지 그 반응은 뭐냐?"

"내가 왜 이러는지 몰라서 물어?"

"난 전혀 모르겠는데? 그래서 말인데, 우석진! 넌 삼촌이 되면 뭐 사 줄래? 유모차는 네가 사 주는 거지?"

"이 미친놈!"

어지간히 놀란 석진과 들떠 있는 두현은 완전히 상반된 모습을 이뤘다.

"그래서 윤주 씨는?"

하고 싶은 말은 많았지만 '축하한다.'는 인사를 기다리는 두현에게 현실적인 걱정을 쏟아 낼 수 없다 여긴 석진은 일단 화제를 전환시켰다. 윤주가 어디에 있는지는 막 궁금해하던 참이었던 이정도 덩달아 두현의 대답을 기다렸다.

"냉면이 먹고 싶다서 당장 외출하자니까 준비하고 나오겠대. 이 시간에 문을 연 제대로 된 냉면집이 있으려나 모르겠어. 일반 고깃집 냉면은 맛이 없는데 말이지."

마치 대단한 걱정이라도 하는 것처럼 인상을 찌푸리는 두현을 보자니 이정의 입가에 흐뭇한 웃음이 맺혔다.

윤주가 임신 사실을 밝힌 건 정말 잘한 일이라는 생각이 드는 순간이었다. 누가 뭐라 해도, 윤주 배 속에 있는 아기는 최이정이라는 사람보단 정두현이라는 사람과 함께 먹는 냉면을 더 선호할 것이라고 감히 확신할 수 있었다.

이심전심이라고 이정에게 찡끗 눈짓을 한 두현은 이번엔 석진을 단속하려 들었다.

"네가 그럴 리는 없겠지만 너 절대로 윤주 앞에서 불편한 기색 드러내지 마. 욕을 해도 나한테만 해, 알겠어? 배 속 아기가 다 듣는단 말이야."

임신 사실을 안 지 길어 봐야 고작 몇 시간일 텐데, 벌써부터 태교에 돌입한 두현 때문에 석진은 어처구니가 없어 말을 잇지 못했다.

"윤주, 괜찮아요?"

대신 이정은 여전히 궁금한 게 많았다.

"한바탕 울고불고 난리가 났다가 이제 괜찮아졌어요. 아니 뭐 내가 괜찮다는데 어쩌겠어요? 일단 냉면 먹고 앞날에 대해 이야기해 보기로 했어요."

"넌? 넌 괜찮아?"

이정이 윤주에 대해 걱정을 했듯이 석진도 두현을 챙겼다.

아까 분명히 보았다. 두현의 얼굴에 스쳤던 갈등의 깊이를. 그랬기에 서로에 대해 잘 알지도 못하는 마당에 어떻게 아이부터 가질 수 있냐는 추궁은 평생 하지 않을 참이었다.

두현은 태연하게 어깨를 펴고 있었지만 앞으로 저 양쪽 어깨에 얼마나 큰 책임을 짊어지게 될지 알아서 걱정이 되었다.

두현은 그랬다. 그는 한번 결정을 내린 일에 대해서는 절대로 후회하는 기색을 비치지 않는 사람이었다. 어차피 자신이 선택해서 저지른 일인데 뭘 어쩌겠냐는 게 그의 논리였다. 일을 함에 있어서도 마찬가지였다. 다소 까다로운 공사를 계약해 일이 복잡해질 때도, 자신이 사인을 한 일에 대해서는 군말 없이 뒷감당을 해냈다.

세상엔 희생 없는 책임은 존재하지 않았다. 제3자가 봐도 다소 황당한 이 상황. 두현은 늘 그래 왔던 것처럼 특유의 웃음을 지으며 천연덕스럽게 모든 난관을 다 헤쳐 나갈 것이다.

석진은 그게 다행스러우면서도 걱정스러웠다.

"내가 괜찮고 말고 할 게 어디 있어? 며칠간 힘들었던 사람도 윤주고, 앞으로 더 힘들 사람도 윤주인데."

역시나 두현은 석진의 예상 안에 있는 대답을 꺼냈고, 이정은 그런 두현을 보며 친구에 대한 마음의 짐을 덜어 냈다. 겉으로 보면 석진만 심각한 사람 같은 이상한 분위기였다.

"세 사람이 왜 같이 있어요?"

마침 윤주가 등장했다. 마음고생을 해서인지 볼살이 좀 빠지긴 했지만 모든 걸 초월한 사람처럼 그녀의 낯빛은 괜찮았다. 어떤 과정을 통해 이런 평화를 찾게 된 건지, 앞으로 어떻게 할 것인지에 대해서는 두현과 윤주 두 사람만이 알겠지만 적어도 현재는 행복해 보였다.

"여기서 우연히 만났어."

"흠, 석진 오빠 표정 보니까 소문 다 났나 보네, 그렇지?"

부지런히 눈을 굴리며 분위기를 파악한 윤주는 이정의 동의를 구했다. 이정이 미묘하게 웃자, 두현이 분위기를 주도했다.

"그럼 다 같이 가요. 내가 살 테니까."

"오늘 같은 날 두 사람 사이에 끼어들 만큼 눈치 없지 않아. 조만간 같이 모이고 오늘은 둘이 먹어."

석진의 말이 틀리지 않다고 생각했는지 흘깃 윤주의 반응을 살핀 두현은 순순히 물러났다.

"그럼 내일 봐. 혹시 나한테 잔소리할 생각이면 우석진 너 출근 안 해도 돼!"

"나한테 잔소리 들을 짓이라도 하셨나 봐?"

"됐고, 이정 씨, 우리 가 볼게요. 아깐 고마웠어요!"

윤주는 뭔가 더 할 말이 있는 것처럼 입술을 달싹이다가 전화하겠다는 손 모양을 만들고는 두현과 함께 사라졌다.

"흠……"

얕은 한숨 소리를 흘린 이정은 더운 날씨도 무시한 채 석진의 손을 힘주어 잡았다.

조금 전까지만 해도 두현이 의연하게 대처해 줘서 다행이라 여겼고, 걱정이 싹 사라지는 기분이었는데, 윤주에 대한 걱정이 사라지니 자신이 떠안은 현실의 문제가 뚜렷하게 수면 위로 떠올랐다.

엉겁결에 웃기도 하고, 어쩌다 다른 사람들의 고민에 얽혀 시간을 보냈더라도 본질적인 문제는 여전히 그대로 남아 사람의 가슴을 답답하게 만들었다.

"늦었는데 우리도 저녁 먹어야지?"

석진이 말을 하고 나서야 허기를 느꼈다. 무엇을 먹는 게 좋을까 고민해 보자니 한숨이 나왔다.

기억력이 감퇴되나?

그것도 아니면 사회생활 좀 했다고 내공이 쌓여, 어지간한 시련 앞에서도 끼니를 챙길 만큼 노련해진 건가?

1초 전까지만 해도 앞으로 닥칠 일들이 막막해 머릿속이 어질거렸는데, 고새 또 딴생각을 할 수 있게 된 자신을 어떻게 받아들여야 할지 몰라 그냥 실없이 웃어 버렸다.

기왕이면 긍정적으로 생각해 보기로 했다. 이 남자를 몹시도 좋아하기에, 그 다음에 대해서 깊이 생각하지 못해 이런 거라고. 아직 나는 남자에게 미쳐서 앞뒤 분간을 못 해도 크게 욕먹지 않을 나이라고 단정 지어 버리니 무모한 배짱까지 생겼다.

막말로 내가 울고불고 매달리면 아빠가 뭘 어쩌겠어?

그것도 아니면 나도…… 아이를 가지면 안 되나?

절대로 쉽지 않을 거라는 걸 알면서도 만만치 않은 미래를 대비해 힘을 비축하고 싶었다.

"나 고기 먹을래요."

임신을 하고서도 저렇게 씩씩하게 사는 윤주도 있잖아. 사람들 모두 제각각 고민거리 하나씩은 다 안고 사는 거지 뭐.

"그래, 가자."

배 안 고파요, 아무거나 괜찮아요, 그런 대답이 아니어서 좋았다. 석진은 경쾌하게 대답하며 이정의 손을 이끌었다.

＊ ＊ ＊

전날 늦은 시간에 잠들었음에도 불구하고 새벽 5시에 눈이 번쩍 떠졌다. 힘든 하루가 될 거라는 예감이 스치자 10분만 더 눈을 붙이고 있을까, 하는 갈등이 일었지만 미련 없이 침대를 벗어나 욕실로 향했다.

캄캄한 사무실에 불을 켜고 대표실로 들어가 자리에 앉았는데도 6시가 채 되지 않았다. 아무도 없는데 그냥 버텨 볼까 했으나 벌써부터 더위가 심상치 않아서 에어컨을 켜고 커피를 내렸다.

몇 시간 뒤, 폭풍의 한가운데로 걸어 들어갈 사람치고는 아주 태연한 모습을 하고서, 석진은 평소와 다를 바 없는 시간을 보내는 중이었다.

'같이 최 교수님을 만났으면 해.'

최 교수가 이정에게까지 두 사람의 사이를 언급한 이상, 더는 미뤄서는 안 될 일이었다. 하지만 이정은 섣불리 대답하지 못했다.

'네가 원한다면 나 혼자 내려갈게. 사실은 그게 더 나을지도 모른다고 생각하던 참이야.'

'아니, 그러지 말아요. 이제부터는 뭐든, 나랑 같이해요.'

그렇게 모든 건 정해졌다.

'내일 오후에 시간을 비워 볼게.'

'그래요. 아빠에겐 내가 연락할게요. 일단은…… 나 혼자 간다고 말하는 게 나을 것 같아요.'

두 사람은 사뭇 비장하게 서로를 바라보았다. 그리고 몇 시간이 흘러 이렇게 새로운 아침을 맞이한 것이다.

허락까지 바라지는 않아야 한다. 제발 반대만 하지 말아 달라고 매달려 볼 참이었다. 당장 많은 걸 욕심내지 않겠으니, 인생에서 두 번째로 맞이한 찬란한 여름날을 조금만 더 누릴 수 있게 해 달라고 그렇게 사정하면…… 우린 함께 가을을 맞이할 수 있을까?

할 말을 차근차근 마음속에 정리하고 마시기 좋게 식은 커피로 입술을 축였다. 그리고 현실을 살기 위해 컴퓨터를 켜는데 딩동 하고 울린 메시지 알림음이 그의 관심을 이끌었다.

[우석진 씨 휴대폰이죠?]

누군가가 그를 찾고 있었다.

한여름 날, 이른 아침에.

상대방이 나를 알고 있는 듯한 뉘앙스를 풍기는 문자 메시지를 거듭 눈으로 확인하던 석진은 낯설지 않은 휴대폰 번호 뒷자리를 읊조려 보았다.

"……"

이제야 발신자가 누군지 알 것 같았다.

이정의 휴대폰 번호 끝자리와 똑같은 번호를 쓰는, 최훈일 교수가 아닌 또 다른 사람. 아직 확실한 게 아닌데도 벌써부터 앞치마를 한 채로 환하게 웃는 지영의 모습이 보이는 듯했다.

그 집 전화번호가 이거였지, 아마.

가족끼리 사이좋게 통일시킨 휴대폰 끝자리 번호에 연연해서는 안 된다. 행복한 가족들이 자신으로 인해 갈등을 겪게 될 것이라고 미리 죄책감을 가져서도 안 된다.

석진은 떨리는 손끝에 힘을 주며 또박또박 메시지를 작성했다.

[네, 맞습니다.]

누구인지 짐작이 가는데 누구냐고 묻고 싶진 않았다. 간결한 대답을 보내기가 무섭게 액정 위로 조금 전 그 번호가 떠올랐다. 번호의 주인은 이제 그의 목소리를 원하고 있었다.

"……"

쉽게 통화 버튼을 누를 수가 없었다. 전화를 건 사람이 싫어서는 절대로 아니었다. 다만 마음의 준비가 덜 되었을 뿐이다. 싸늘해진 최 교수의 마음을 돌리지도 못했는데, 지영이 저를 어떻게 생각하고 있는지 전면에서 받아들일 용기가 없었다.

그래도 지영이 이모는…… 나를 미워하지 않아야 하는데.

이정을 보고 싶어 했던 만큼, 이정을 알게 해 준 그녀의 엄마 석지영도 석진에겐 그리움의 대상이었다. 석진이 아등바등 빚을 갚으며 몇 년의 시간을 보내는 데는 이정뿐 아니라 석지영도 상당히 큰 이유를 차지했다.

솔직히 그 여름, 이정의 집을 떠나기가 싫었다. 평생 어떻게든 이 사람들과 함께하고 싶다는 욕심에 한국에서 학업을 마무리할 수 있는 방법까지 궁리했었다.

뜻하지 않게 인연이 엇나갔고 이정과 양심이 아픈 연애를 시작한 이상, 지영이 먼저 인연의 끈을 자른대도 겸허히 받아들여야 하는데……. 그런 상황은 상상만으로도 가슴이 저몄다.

꾹 통화 버튼을 눌렀다. 이정이 남이 될 수 없는 것처럼, 지영도 석진이 외면할 수 있는 사람이 아니었다.

"여보세요?"

힘겹게 전화를 받았지만 상대방은 말이 없었다. 다만 한 줄기의 공허한 한숨 소리가 석진의 추측이 옳았음을 알려 주었다.

"여보세요?"

다시 상대방을 소환하자 그제야 지영이 그의 이름을 불러 주었다.

— ……석진아. 이모야. 지영이 이모.

너무나 그리웠던 목소리가 자신의 이름을 부르는 순간, 다 큰 성인 남자의 눈가에 눈물이 차올랐다. 시간이 흐르면 순리대로 감흥이 식어 버리는 그런 가벼운 인연이었다면 얼마나 좋았을까? 바람도 집착이 될 수 있다는 걸 너무 늦게 알아 버렸다.

— 석진아…… 이모가 너무 이른 시간에 연락했지?

10년 하고도 3년이 더 지난 뒤에야 듣게 된 목소리가 석진을 일깨웠다. 스쳐 가는 삶의 한순간이었다고 억지로 치부하기엔, 자신이 이정의 가족들을 깊이 좋아했다는 걸.

이 사람들과 행복했으면.

나의 가족들이 이 사람이었으면.

다섯 살 난 꼬맹이 때도 하지 않았음직한 막연한 상상을 하며, 티 나지 않게 그들의 관심을 원했던 나날들이 눈앞에서 찬란하게 펼쳐졌다.

"……이모."

꿀꺽, 억지로 과거의 감정들을 삼켜 보려 했으나 완전히 실패해 버렸다. 그 시간 속에 존재했던 지영을 불러 보자니 당장이라도 그녀가 보고 싶어 애가 끓었다.

— 석진아…….

지영의 목소리 끝이 잘게 떨리고 있었다.

다행이다. 전후 사정이 어떻건 간에, 이모가 나에게 화를 내지 않아서 다행이다.

또 한 번 울컥 치솟아 오르는 감정을 삼키려 시도한 석진은, 제풀에 지쳐 다시 지영을 불렀다.

"이모. 잘 지내셨어요?"

지영이 이 번호를 알았다는 것 자체가 좋지 않은 일임을 예감했음에도, 그리고 그녀가 지난 몇 년간 어떻게 살아왔는지 아는데도, 또 앞으로 그녀의 속을 원치 않게 들쑤시게 될 텐데도, 석진은 진심으로 지영이 잘 지냈는지가 궁금했다.

이모.

착한 나의 이모.

그리고 최이정의 엄마.

— 나야 잘 지냈지. 너는? 한국에 언제 온 거야?

잘 지냈다는 말을 듣자 가슴이 와르르 무너져 내린다.

스스로 삶을 포기할 만큼 힘든 시간을 보내 놓고서 잘 지냈다고 말하는 지영에게 뭐라고 해야 좋은 건지, 용광로에서 달구어진 쇳덩어리가 가슴 가운데를 누르는 것처럼 온몸이 쓰라리고 아파 오는 것 같았다. 잘 지냈냐고 물은 사람은 자신인데, 지영의 대답이 너무 슬펐다.

"온 지 얼마…… 안 됐어요."

— 그래, 그랬구나. 네가 정말로…… 이렇게 한국에 왔구나.

"네, 이모. 어쩌다 보니, 이렇게 왔어요."

— 그래. 네 목소리가 너무 가까워, 석진아.

울컥하고 뭔가가 역류할 것처럼 속이 뒤틀렸다. 지영의 화난 목소리가 어떤 건지 알게 될까 봐 내심 두려움에 떨었던 것일까? 다정하기 그지없는 따스한 울림이 바짝 긴장하고 있던 석진을 달래 주었다.

하지만 석진은 알고 있었다. 이렇게 다정한 지영도 딸을 위해서라면 못 할 일이 없는 사람이라는 걸. 착한 사람이 극한 상황에서 드러내는 매몰참이 얼마나 무서운 건지를 최 교수를 통해 익히 깨달았던지라, 울먹일 정도로 반가움을 드러내는 지영에게 뭐라 더 말을 할 수가 없었다. 너무 그리웠다는 말이 자꾸 입 안에서 맴돌아 힘겹게 어깨를 들썩이는 석진을 대신해 지영이 어색한 침묵을 끊어 내 주었다.

— 보고 싶어. 우리 석진이 얼마나 잘 컸나, 이모가 너무 보고 싶어.

마음으로는 이미 지영에게 부지런히 달려가는 중이었다. 시골길 저 끝에 서 있는 지영을 향해 부지런히 달리고, 또 달렸다. 하지만 몇 발 내딛지 못하고 석진의 앞을 가로막는 사람이 있었다.

최훈일 교수. 그가 살벌한 눈으로 석진을 노려보았다. 상상 속에서 일어난 일인데도 등줄기에 땀이 흘렀다.

이모는 내 번호를 어떻게 알게 된 것일까?

이정이 별다른 말이 없었던 걸 감안하면, 지영에게 석진의 번호를 알려 줄 사람은 훈일이 유일했다.

하지만 그런 논리는 앞뒤가 맞지 않았다. 훈일은 석진을 어떻게든 숨기고 감추려 하고 있지 않은가? 뙤약볕 아래서 깨끗하게 증발해 버린 물웅덩이처럼, 지영이 알기 전에 석진이 흔적 없이 사라지는 것이 훈일이 원하는 바였고, 그래서 그토록 모진 말을 했을 터인데.

— 남편 휴대폰을 우연히 봤는데 통화 목록에 네 이름이 있잖아. 혹시나 했어. 그런데 정말 네가 맞구나. 차마 남편에겐 물어보지 못하고 혼자 밤새 고민했어.

불행인지 다행인지 지영은 석진의 궁금증을 금방 불식시켜 주었다.

그랬구나.

그렇다면 이해가 갔다. 훈일이 그러했듯, 지영은 지영대로 많은 걸 헤아리는 중이었다. 남편이 석진과 연락을 했음에도 왜 그 사실을 비밀로 했는지 알기에, 그녀 나름대로도 남편 몰래 석진을 찾은 거였다.

"……."

지영의 그런 마음이 석진을 너무 아프게 했다. 모든 걸 차치하고, 지영이 여전히 사랑 많은 사람이라는 부분에서 가슴이 먹먹해졌다.

너무나 미운 친구.

그런 그녀의 아들.

그래서 차마 드러낼 수 없는 애정.

그러나 지영이 자신을 미워하지 않고 있다는 사실에 감히 안도할 수가 없었다. 이렇게 무한한 사랑을 가진 지영에게 앞으로 상처를 주어야 하다니. 벌써부터 얼이 빠질 것만 같았다.

— 네 목소리 들으니까 좋기도 하고, 미안하기도 하고 그래. 석진아, 이모가 하나만 묻자.

"……네."

— 너 그때, 내가 하는 말 듣고서 그렇게 간 거지?

"……."

— 그거 아니면 네가 그렇게 갈 리가 없잖아. 말이 많지는 않아도 경우 바른 녀석인데, 네가 휙 하고 사라진 이유는 그거밖에 없을 거라고 생각했어. 맞아?

석진의 침묵은 수긍이 되어 버렸다. 지영은 흐느꼈고, 석진은 고개를 숙였다.

— 미안해, 너무 미안해. 너는 죄가 없잖아. 넌 그냥 새파랗게 어린 애였는데…… 내가 어쩌다가…….

만약 이정과 재회하지 않은 상황이었다면 지영을 달랬을 것이다.

이모 울지 마세요.

이모 난 괜찮아요.

아니, 이모 미안해요. 그래도 그렇게 사라지는 게 아닌데.

하지만 오늘 오후, 최 교수를 찾아가기로 마음먹고서 하루를 맞이한 상황이라 섣불리 입을 뗄 수가 없었다.

피차 곤란하긴 마찬가지였을까? 지영은 '미안, 나 갑자기 일이 생겨서.' 라고 말하며 급히 전화를 끊었다. 석진은 뜨끈해진 머리를 손바닥으로 누르며 의자 등받이에 몸을 기댔다.

"굿모닝!"

한참 두통을 달래는데 두현의 목소리가 들렸다. 아득해진 정신을 일깨우며 억지로 눈을 뜨자 샌드위치 꾸러미를 책상 위에 올려놓는 두현이 보였다.

"일찍 출근해 놓고선 일 안 하고 뭐 해?"

"어, 저⋯⋯. 그런데 넌 얼굴이 왜 그래?"

밤샘이 일상인 직업이라 서로의 초췌해진 얼굴을 보는 일이 다반사건만 오늘 두현의 얼굴은 좀 심각했다. 짙게 내려앉은 다크서클과 부스스한 머리, 그리고 잿빛에 가까운 안색까지, 무엇 하나 정상으로 보이는 게 없었다.

"잠을 못 잤어. 한 10분 눈 붙였나 몰라."

"왜?"

왜냐고 물었지만 두현이 잠 못 이룰 이유는 충분했다. 갑자기 아빠가 되었다는데 태평하게 잠을 이루는 것이 더 이상할 수도 있었다.

"휴, 너 혹시라도 이정 씨한테는 입도 떼지 마."

"응?"

"솔직히, 걱정돼. 이걸 부모님께 어떻게 말해야 하나⋯⋯. 하루라도 빨리 정리해야 하는 문제인데 당장 뭐부터 해결해야 할지 막막해서 이것저것 생각하다 보니 해가 뜨더라."

부모가 된다는 건 시작부터 쉽지 않은 거구나. 이런 수많은 고민과 선택의 과정을 거쳐서 부모가 되었으니 자식에게 그만큼 애정과 집착을 드러낼 수 있는 거겠지.

어젯밤까지만 해도 두현이 마음의 갈피를 잡은 줄로만 알았는데, 이건 그토록 쉬운 문제는 아니었나 보다.

두현의 어깨를 두드려 주며 자리에서 일어난 석진은 최대한 담백하게 물었다.

"그래도 커피는 마실 거지?"

"커피는 조금 이따. 잠깐만, 너 내 이야기 좀 들어 줘."

낯빛보다 더 어두운 목소리로 두현이 석진을 잡았다. 그리고 씁쓸하게 입맛을 다시며 고백했다.

"사실은 어머니가 선을 보라고 하셔."

"뭐? 너!"

차마 말을 잇지 못한 석진이 눈썹을 추켜올리자 두현은 순순히 긍정했다.

"맞아. 이정 씨한테는 부모님도 윤주 좋아하신다고, 내가 다 알아서 했다고 거짓말했어. 그럼 뭐라고 해? 윤주가 걱정하는 부분이 그건데, 우리 어머니가 팔짝 뛰었다고 솔직하게 말해?"

"그럼 그냥 부모님께는 아직 말씀 안 드렸다고 했어야지."

답답함에 쓴소리를 얹으면서도 석진은 이게 무슨 소용인가 싶었다. 차라리 무조건적으로 두현의 편을 들어 주는 게 옳은 것인가 자책해 보는데 두현이 넋두리를 했다.

"술에 취해서 어쩌다 시작한 연애지만 그래도 나, 윤주 정말 좋아. 이렇게 짧은 시간에 이렇게 좋아질 수 있나 싶을 정도로 좋아. 연애를 많이 해 본 건 아닌데, 우리끼리 하는 말로 그만큼 속궁합 잘 맞는 여자도 없었고, 함께 있을 때 나 많이 웃게 해 주는 여자도 없었어. 나는 늘 다른 사람을 웃기려고 애쓰는 사람이 잖아. 그런데 윤주랑 있을 땐 그런 생각 안 해도 돼. 난 그게 너무 좋다고."

속궁합이라니. 너무나도 솔직한 이유에 미간을 모으는데, 그 뒤를 따르는 또 다른 이유가 석진의 가슴을 두드렸다.

두현의 말이 옳았다. 두현은 남을 웃게 하는 데는 천부적인 재능을 가졌으나, 누군가에 의해 두현이 웃는 모습은 제대로 본 적이 없었다. 명목상 가장 친한 친구지만, 석진도 두현을 웃게 하는 사람은 아니었다.

잘못한 게 없는데도 괜히 미안해졌다. 지금 누굴 걱정할 때가 아님에도.

"솔직히 당장 결혼까진 생각 못 했어. 그래도 이렇게 만나다 언젠가 결혼해도 괜찮을 여자라는 생각은 아마 세 번째 만났을 때쯤 했던 거 같아. 나, 그건 장담해."

굳이 장담하지 않아도 두현이 진심이라는 건 석진도 알고 있었기에 반박하지 않았다. 더 말해 보라는 눈짓을 하자 두현은 평소 성격대로 시원시원하게 사정을 설명했다.

"그러던 차에 윤주가 어머니랑 통화하는 내용을 들어 버렸잖아. 야, 그래도 내가 사람 상대하며 돈 버는 놈인데, 윤주가 무슨 생각을 하는지 어떻게 몰라? 일단 연애라도 마음 편히 해 보자 싶어서 서로를 위해 한 거짓말인데……. 윤주는 그래서 편해졌지만, 어머니한테 솔직하게 말했다가 한바탕 난리가 났어. 지금도 화내는 중이시고."

그런 어머니께 임신 소식을 알리는 것, 그건 상상만으로도 머리가 아플 일이었다. 어쩐지 좀 쉽게 간다 했다. 두현이 3대 독자이고, 대기업까지는 아니더라도 실속 있는 중견 기업의 자제인 걸 알았기에 그가 쉽게 연애를 허락받았다는 게 꽤 의아했었다. 윤주를 무시해서가 아니라, 두현의 집안이 너무 대단했다.

그래도 사실일 거라고 치부한 이유는 몇 번 뵌 적은 없지만 부잣집 사모님답지 않게 시원시원한 성격을 가진 두현의 어머니를 괜찮은 분이라고 평가해서였는데 역시, 어쩔 수가 없었던 것일까?

두현도, 나도, 이 여름을 넘기기가 참 힘들구나.

"흠, 같이 고민을 좀 해 보자. 일단 커피는 거르지 말자고."

누구나 자신이 안고 있는 삶의 무게가 가장 무거운 법이기에 감히 내가 더 힘들다는 말을 하고 싶진 않았다. 커피를 내린 석진은 입맛을 잃은 두현의 손에 샌드위치를 쥐여 주었고, 자신 또한 보란 듯이 아침 식사를 시작했다.

꽤 나쁜 아침이었다. 누군가의 고통으로 자신의 고통을 잠시 잊어야 하는 기분, 하지만 그 '잠시'가 지나면 직접 자신의 문제를 해결해야 한다는 것이 석진의 아침을 더욱 힘들게 만들었다.

10

슬픈 감정에 허덕이느라 자신이 전화를 끊은지도 몰랐던 지영은 멍하니 천장을 바라보았다. 한참이나 그렇게 공허한 시간을 보낸 뒤에야 비로소 하루를 시작할 수 있었다.

　부지런한 남편은 해가 일찍 뜨는 여름엔 다른 계절보다 훨씬 더 일찍 일어나 몸을 움직였다. 그는 방학이라고 해서 게으름을 피우는 법이 없었다.

　오늘도 훈일은 급히 손봐야 하는 논문이 있다며 집을 나섰는데, 아마도 늦은 오후가 되어서야 귀가하게 될 것이다. 그렇게 얻게 된 시간이 지영에게 용기를 준 거였다.

　그야말로 힘든 하루였다. 다시 석진에게 전화를 해 볼까, 아니면 이정에게 석진이 한국에 있다는 사실을 알려야 할까, 그 어려운 문제들을 고민하다 보니 시간이 흘렀다.

　지영이 정신을 차렸을 땐 오후 5시가 넘은 시간이었다.

　"휴, 올여름은 너무 더워."

　예상대로 훈일은 오후가 되어서야 집으로 돌아왔다. 다리가 불편한 지영은 자리에서 일어나지 못한 채 눈으로 훈일을 맞이했다.

"어서 와요."

"씻고 내가 저녁 차릴 테니까, 당신은 그냥 앉아 있어. 괜히 나서지 말고."

이마에 흐르는 땀을 손수건으로 연신 닦아 내며 욕실로 가느라 훈일은 지영의 표정을 보지 못했다. 차가운 물로 몸을 씻고 나왔을 때에야 그는 집 안 분위기가 심상치 않음을 알아챘다.

"여보."

고저 없는 지영의 목소리에 젖은 머리를 수건으로 털던 손이 멈췄다.

"왜 그래? 무슨 일 있어?"

무슨 일이 있다는 건 지영의 표정만으로도 알 수 있었다. 온종일 부지런히 일하는 매미 소리가 거실의 고요함을 무례하게 헤집어 놓던 그 순간, 지영이 힘겹게 말을 꺼냈다.

"석진이…… 한국에 있는 거 당신은 알았던 거죠?"

아무 말도 하지 못한 채 눈에 바짝 힘을 주는 훈일을 보며 지영은 힘없이 고개를 끄덕였다.

모를 리가 없다는 걸 알고 한 질문이다. 훈일의 휴대폰에서 본 아는 이름 하나에 심장이 쿵 내려앉았던 그 순간, 우석진이라는 이름이 아예 드문 건 아니니 혹 동명이인은 아닐까 의심도 했었다. 하지만 그게 아니라는 걸 직접 확인한 마당에, 이런 질문이 무슨 의미가 있을까 싶다.

"내가 허술했어. 그동안은 통화 내역도, 문자 내역도 잘 지웠는데."

순순히 인정하는 남편의 태도가 지영을 더욱 답답하게 만들었다. 석진의 흔적을 없애려 한 훈일의 노력이 누구를 위한 것인지 잘 알기 때문이었다. 그래서 함부로 남편을 다그칠 수가 없었다.

"그래도 말은 해 주지 그랬어요? 그건 그거고, 석진이는 석진인데. 나는 요즘도 가끔 걔를 생각했어요. 겨우 스무 살 남짓한 애가 그렇게 우리 집을 떠날 때 어떤 마음이었을까, 돌아가서도 얼마나 힘들었을까를 생각하면 내가 죄인이 된 것만 같아서."

"당신이 뭘 잘못했어? 잘못한 건."

"잘못한 건 어른들이죠. 당신도 그거 알잖아요!"

훈일은 두통이 퍼지는 머리를 손바닥으로 꾹 누른 뒤 지영의 곁에 앉았다.

지영의 말은 다 옳다. 하지만 이 타이밍에서 석진이 죄가 없다고 해 버리면, 더 큰 문제가 기다리고 있기에 함부로 인정을 할 수가 없었다.

나이를 먹을수록 입이 무거워져야 한다는 걸 그 어느 때보다 깊이 체감하고 있는 요즘, 훈일은 또 침묵을 택했다.

"당신 마음은 알아요. 내가 당신 그렇게 만들었으니까."

"……."

남편의 마음이 어둠 속 어딘가를 헤매는 것도 모른 채, 지영은 차분하게 상황을 정리하려 노력했다. 석진이 다녀간 여름 이후에 휘몰아친 시간들이 너무 어둡고 혼란스러워 모든 걸 다 포용할 수는 없었으나, 그래도 죄가 없는 아이에겐 어른스러운 모습을 보이고 싶은 것이 솔직한 지영의 마음이었다.

대단하지 않은 상차림에 감동하며 진심으로 고맙다는 인사를 하던 20대 초반의 청년을 지영은 좋아했다. 낯선 사람의 집에서 지내는 것이 불편할 법도 한데, 그런 내색 없이 잔잔하게 스며드는 청년을 보며 몰래 눈시울을 붉힌 날도 있었다.

석진을 보던 지영은 종종 마당의 자두나무 쪽을 향해 고개를 돌리곤 했다. 같은 나무에 달린 자두들이라 해서 똑같은 속도로 익어 가는 것은 아니었다. 가장 높은 곳에 매달려 햇빛에 과하게 노출된 자두는 나뭇잎이 햇빛을 가려 주는 자리에 매달린 녀석들보다 훨씬 더 빨리 익었다. 태양의 뜨거움을 가감 없이 견뎠기에, 다른 놈들보다 더 조숙해질 수밖에 없었던 것이다.

미국이라는 큰 땅덩어리 안에서 어떤 고생을 하며 자랐기에 녀석은 저렇게 빨리 성숙해진 것일까? 도대체 곁에 어떤 사람들이 있었기에 별거 없는 콩나물국 한 사발도 저토록 감사히 먹을 수가 있는 걸까?

석진이 소리 없이 사라졌을 땐, 그에게 미치도록 미안하면서도 한편으로는 녀석이 제 나이다운 짓을 했구나 싶어 또 한 번 혼자 눈물지었다.

석진의 엄마 도예는 미웠지만 맹세코 석진을 미워한 적은 없었다. 아니, 은
연중에 그러려고 노력을 해 왔던 거겠지. 그랬기에 지금, 지영은 석진이 너무나
보고 싶었다.

"석진이가 먼저 당신한테 연락을 했어요?"

착잡하게 입을 다물고 있는 훈일이 좀처럼 대답할 기미를 보이지 않자 지영
이 한 번 더 안달했다.

"내가 또 아플까 봐 당신 나한테 말 안 한 거예요?"

"……."

"왜 그랬어요? 그렇게 당신한테 연락했을 때 걔 마음이 어땠겠어. 그 마음
헤아려 주는 게 어른이 할 일이고 도리지. 아무리 내가…… 나도 할 말은 없지
만 여보, 나 때문에 그런 거면 난 괜찮으니까."

"괜찮으니까, 그 녀석 여기 오게 하라고?"

지영의 말을 댕강 자른 훈일이 되물었다.

"……."

지영은 근래 본 적 없던 남편의 싸늘한 태도에 놀라고 말았다.

"과거는 과거고, 네 어머니가 저지른 일 같은 거 우리는 하나도 연연하지 않
겠다고 하면서 그 녀석을 이 집에 불러들이란 말이야? 그래서 무슨 이야기를
할 건데? 다 지나간 일이니 마음 쓰지 말고 편하게 자주 보자고 해? 당신 설마
그게 말이 된다고 생각하는 거 아니지?"

"여보……."

"겨우 괜찮아지고 있었어. 어려웠던 시간도 지나갔고, 당신도 예전처럼 자
주 웃게 됐고. 그런데 석진이를 다시 보자고? 당신, 석진이 보면서 예전 일 생
각 안 할 자신 있어?"

지영이 뭐라 대답하려 했으나 훈일은 그럴 틈을 허락하지 않았다.

"난 없어. 나는 녀석 목소리만 들어도 도예 씨가 생각나서 머리가 아팠어.
그래, 석진이 입장에서는 억울하겠지. 기억조차 없는 엄마인데 내가 그렇게 연
결 짓는 거 불쾌할 거야. 하지만 내가 안 되는 걸 어쩌라고? 그 시간들이 너무

끔찍해서, 난 최대한 빨리 다 털어 내고 싶은데 석진이를 보면 그게 안 될 것 같아. 당신은 다 잊었어? 우리가 어떻게 살았는지!"

좀처럼 화를 내지 않는 남편이 목에 핏줄이 설 정도로 목소리를 높이고 있다.

"……."

기민하게 구는 남편이 정상이었다. 지영도 그걸 알았다. 그리고 그녀의 마음 또한 제대로 갈피를 잡지 못하고 있는 게 사실이었다.

석진을 생각하면 정을 줬던 시간 속에 놓인 것처럼 아련한 감정에 휩싸이다 가도, 도예와 택수를 생각하면 석진을 똑바로 볼 자신이 없어졌다.

"석진이를 만나면, 쳐다보는 눈빛만으로도 걔한테 상처를 줄 수 있어. 그런 불편한 사이가 될 바엔 차라리 안 만나는 게 나아."

애석하게도 훈일은 지영의 여린 마음을 정확하게 짚었다. 지영은 한숨을 여러 번 쪼개어 쉬며 가슴을 쓸어내렸다.

곧 환갑을 바라보는 나이건만 삶을 살아가는 건 여전히 어려워 한숨이 나온다. 좋아하는 마음, 잘해 주고 싶은 마음은 분명히 선한 것인데, 왜 이렇게 고민을 해야 하나 싶다.

자꾸만 죄인이 되어 가는 이 상황이 마음에 들지 않아 반박을 해 보고 싶지만, 남편이 말하는 그 '끔찍한 시간' 속에 자신의 극단적인 선택 또한 포함되어 있다는 것이 너무 가슴 아파서 입술을 꾹 모아야 했다.

"그래서 당신, 석진이한테 전화했어?"

말하는 대신, 지영은 순순히 고개를 끄덕였다. 이런 긍정이 남편의 화를 돋울 수도 있다는 걸 알지만 거짓말을 하고 싶지는 않았다. 하고 싶은 말을 다 참고 있는데 거짓말까지 하게 된다면 더 답답해지게 될 것이기에.

"녀석은 뭐래?"

"서로 제대로 말을 못 했어요. 그래서 나는 더 미안했고."

"당신이 무슨 잘못을 했다고 미안해?"

냉랭하게 지영에게 말하면서도 훈일 또한 착잡한 감정을 억눌러야 했다.

잘못한 거 없이 매사 신중하게 최선을 다해 살아왔는데, 왜 우리 부부는 석진에게 미안해하고 있는 것인지 도무지 알 수가 없었다.

한층 더 높아진 매미 소리가 사람들이 말을 잃은 거실의 공기를 흔들어 대는 그 순간.

딩딩딩.

현관문에 매달에 놓은 풍경이 특유의 맑은 소리를 내며 울렸다.

"어, 어, 석진아!"

반사적으로 고개를 돌린 지영은 예고 없이 들이닥친 방문객에게 놀라, 딸이 곁에 다가온 것도 모른 채 입을 벌렸다.

자리에서 벌떡 일어난 지영은 불편한 다리 때문에 걸음을 내디딜 수 없음을 안타까워하며 동동거렸다. 방금 전까지만 해도 막상 석진을 만나면 그를 어떻게 대해야 할지 몰라 막막하기만 했는데, 석진이 눈앞에 있으니 그런 고민이 무색할 만큼 애가 닳았다.

반가움이 너무 커서 놀라움이 시시해질 정도였다. 지영은 그렇게 석진을 맞이했다.

"어떻게…… 어머, 석진아! 석진이 맞지?"

지영이 연신 석진의 이름을 부르자 움직일 수 없는 그녀를 대신해 석진이 먼저 다가갔다.

"이모."

지영의 앞에 선 석진은 감정을 추스르기 위해 입술을 꽉 깨문 채로 그녀의 손을 잡았다.

"맞구나. 석진이 맞네. 어쩜 변한 게 하나도 없어. 그때도 지금도 우리 석진이 너무 멋져."

석진은 자신을 보려고 눈을 깜빡이는 것도 잊은 지영을 위해 억지로 입꼬리를 양쪽으로 끌어당겼다. 지영이 이미 눈물을 흘리고 있었기에, 자신까지 울어 버릴 수는 없었다.

조금이라도 긴장을 풀면 와르르 무너져 내릴까 봐, 양쪽 입가에 더욱 힘을 줘야만 했다. 이럴 걸 각오하고 왔는데, 예상을 뛰어넘는 감정이 휘몰아쳐서 안면 근육이 자꾸만 떨려 왔다.

"내가 전화해서 이렇게 온 거야?"

"……."

"그래, 잘 왔어. 너무 잘 왔어. 내가 너 얼마나 보고 싶어 했는데."

"……저도, 알겠습니이모가 너무 보고 싶었어요."

두 개의 목소리가 각자의 사정에 의해 흔들리고 있었다. 엄마와 석진을 지켜보던 이정은 고개를 숙인 채로 애꿎은 에코백 끈만 만지작거렸고, 내내 석진에게 모진 말을 해 왔던 훈일도 지금은 침묵으로 일관했다.

잔뜩 꼬인 실처럼 사연이 얼기설기 엮여 있더라도 반가움이라는 감정을 야박하게 차단해서는 안 되었다. 그건 한때나마 행복했던 시간에 대한 배반이라는 걸 훈일도 알고 있었다.

고개를 숙이고서도 아빠의 반응을 살피던 이정은 엄마와 석진을 보았다.

이렇게 네 사람이 이 집 거실에 있으니 꼭 그해 여름 같네.

돌이켜 보면 아름답기 그지없었던 그 여름을 회상하던 이정을 일깨운 건 지영의 천진한 한마디였다.

"그런데 어떻게 두 사람이 같이 왔어? 이정이 넌, 석진이가 한국 온 거 알았어?"

"응? 아……."

대답을 고민하는 이정보다 지영이 더 빨랐다.

"석진이 너, 이정이한테는 연락했구나. 그래, 둘이 잘 지냈으니 그럴 수 있어."

다 이해한다는 듯 수긍해 버리는 지영이 이정의 말문을 막아 버렸다. 눈가에 울음기를 매단 채 석진의 어깨를 쓸어 주는 지영의 손길이 너무 다정해서, 도무지 뭐라고 말을 할 수가 없었다.

엄마라는 사람은 그때도 지금도 너무 착했다. 다 큰 딸이 남자와 함께 왔는데도, 두 사람의 관계를 조금도 의심치 않는 엄마의 맑은 영혼이 오늘만큼은…… 너무 부담스러웠다. 그렇다고 모든 걸 다 알면서 이 상황을 지켜보고만 있는 아빠가 더 낫다는 건 아니었다.

"그래도 그렇지. 저 양반이랑 이정이한테는 연락을 해 놓고서 왜 나만 쏙 뺀 거야? 이모 서운하려고 해."

"……."

석진은 악의 없는 원망을 받아들이며 제 손을 잡고 있는 지영의 손을 보았다. 세월의 굴곡을 숨길 수 없는 거친 손은 그때도 지금도 따스하기만 해서 사람의 마음을 자꾸만 아프게 했다.

"일단 앉아. 이정아, 냉장고에 차가운 보리차랑 포도 있어. 그것 좀 꺼내 와."

언제까지고 등을 쓰다듬어 줄 것 같은 손이 멈추더니 지영이 석진에게 자리를 권했다. 도둑이 제 발 저린다고 석진은 최 교수의 눈치를 봤으나, 최 교수는 별다른 말 없이 먼저 자리에 앉았다.

가시방석이 있다면 지금 여기 이 자리를 놓고 말하는 것이리라. 장미 줄기로 촘촘하게 짜서 만든 방석에 앉은 것처럼 온몸이 따가운 와중에도 석진은 잠자코 지영에게 다시 손을 내어 주었다.

'가자. 최대한 빨리 일 마무리할 테니까 어서 같이 가.'

지영의 전화를 끊기가 무섭게 석진은 마음을 정했다. 원래 예정되어 있었던 일이었기에 이정도 그의 통보에 별다른 의구심을 가지지 않은 채 알겠다고 말했다.

하지만 석진의 차에 올라타고서는 이정도 좀 놀랐다. 최 교수의 연구실이 아닌 시골집이 목적지라니. 그녀는 '아빠만 보는 게 아니라 엄마까지 보는 거예요?'라고 물으며 내비게이션의 목적지를 재차 확인했다. 석진은 다부지게 고개를 끄덕여 보였고 그렇게 두 사람은 여기까지 오게 됐다.

언젠가는 일어났어야 하는 일이 지영의 전화 한 통에 더 빨리 진행된 것뿐인데, 그게 전부라고 하기엔 지금 이 분위기는 여름 공기만큼이나 습하고 무거워 석진의 등은 진작에 젖어 있었다. 하지만 해결해 나가야 할 숙제가 있었기에 정신을 차려야 했다.

꿀꺽.

마른침을 삼키자 목울대에서 진동이 느껴졌다.

어디서부터 말을 해야 할까? 이모는 다 받아들일 수 있을까?

머릿속으로 오롯이 최 교수만을 마주하며 몇 번이고 시뮬레이션을 그려 봤었는데, 예상치 못한 지영의 등장으로 인해 계획에 혼선이 빚어졌다. 하지만 이곳에 오기로 결정한 사람은 자신이었고, 그랬기에 이젠 물러설 수도 없었다.

하지만 당장은 앞으로 나아갈 수도 없었다.

다정했던 사람이 차갑게 변모하는 모습을 받아들이는 것이 얼마나 고통스러운 건지를 최 교수를 통해 배웠다. 식어서 파랗게 변한 최 교수의 눈빛에 이제 겨우 적응했는데 다시 그 고통을 겪어야 한다. 아직은 아니지만, 지영이 변하는 모습을 마주하는 건 더욱 가슴이 쓰라릴 것이다.

잘못한 건 없다고 자부하면서도 나쁜 짓을 한 것 같은 죄책감을 가지고 있는 마당에, 지영이 하염없이 따스하게 나와 버리니 앞날이 더욱 걱정되었다.

이모는, 왜 이렇게 착한 사람이어서.

보고 싶다는 말은 할지언정 만나자는 말은 하지 못했던 지영은, 막상 그가 등장하자 오랜만에 만난 혈육을 대하듯이 반가움에 어쩔 줄을 몰라 하고 있었다.

그녀라고 왜 다른 감정을 품지 않았겠는가? 단란하고 행복했던 가정이 처참하게 어둠 속을 뒹굴게 한 원흉의 핏줄이 앉아 있는데 노여움, 분노, 배신감과 같은 나쁜 종류의 감정을 왜 품지 않겠느냔 말이다.

하지만 그 오만 가지 복잡한 감정들이 뒹구는 와중에도 지영은 결국 스스로의 선함을 착실하게 따르는 사람이었다. 그런 지영의 손에 잡혀 있는 이상, 이정과 사랑하는 사이라는 말을 당돌하게 먼저 꺼낼 수는 없었다.

"마셔요, 오빠. 엄마 아빠도 드세요."

이정이 덜덜 떨리는 손으로 테이블에 보리차를 한 잔씩 놓은 뒤에야 지영이 석진을 놓아주었다. 집 안의 공기는 좀 전보다 더욱 무거워졌다. 네 사람 사이에 장마철의 먹구름이 떠다니는 듯했다.

"마셔. 너 보리차 좋아했잖아. 결명자도 조금 넣었는데 괜찮을 거야."

하지만 지영은 이 공기 속에 있으면서도 분명 달랐다. 그녀가 석진의 앞으로 물방울이 송송 맺힌 유리잔을 디밀었다.

"고맙습니다."

선한 사람은 기억마저 선하구나.

세상에서 공기 다음으로 흔한 게 물인데, 잠시 스쳐 간 손님이 좋아한 물까지 기억하는 지영의 배려가 석진을 목메게 했고, 그녀가 준 차가운 보리차가 그의 체내 온도를 식혀 주었다.

맞아. 평생 생수만 꿀떡꿀떡 마시고 살아온 터라서 내가 이 보리차를 참 신기해하며 좋아했었지.

보리차를 마시고 나서야 잊고 있던 자신의 취향을 상기시킨 석진은 다시 물을 입 안에 머금었다. 이 와중에 추억 팔이를 하며 물을 자꾸 넘기는 성마름이라니.

"생각이 많았는데, 그래도 널 보니까 좋아. 잘 왔어."

지영이 마른 입술을 떼어 내며 드러낸 본심에 한고비를 넘긴 거구나 싶으면서도 지극히 당연한 물음이 생겼다.

제가 최이정을 좋아한다고 해도 이모는 괜찮으세요?

문득 가져 본 의문보다 더 잔인한 건 현실이었다.

"여전히 좋아하는구나. 더 마셔."

석진이 깨끗하게 비운 유리잔 앞으로 지영이 손대지 않은 자신의 잔을 밀어 줄 때였다. 여린 손목에 새겨진 선명한 흉터 하나가 석진의 눈에 들어왔다.

"……"

주인의 허락 없이 재생된 기억이 혼돈을 불러오기 시작했다. 외면해 보려 제 무릎을 쳐다봤지만 헛수고였다. 내 잘못이 아니라고 스스로 체면을 걸어 왔던 시간들이 무색하리만치 흉터의 잔상은 너무나 또렷해서 등골이 싸해지며 전신의 세포가 뻣뻣하게 경직되었다.

이토록 한눈에 들어오는 흉터를 이정은 왜 여태 몰랐을까?

보고 싶지 않아도 보이는 흉터인데, 누구보다 엄마를 사랑하는 딸이 전혀 모르고 있었다는 게 단번에 이해가 가지 않았다. 하지만 달리 생각해 보면, 이해 못 할 일도 아니었다.

자살 시도라니.

화목한 가정에서 오순도순 살아온 이정으로서는 의심조차 할 수 없는 일이 겠지. 설령 흉터를 발견한 이정이 어쩌다 다친 거냐고 물었다손 쳐도, 지영은 적당히 얼버무리며 별거 아닌 것처럼 흉터의 원인을 설명했을 것이다.

난 잘못한 게 없는데.

정말로 내 잘못이 아닌데.

차라리 이정이 아무것도 모르는 게 다행이다 싶을 지영이었다. 저 흉터 속에 담긴 진실을 알았다면 이정은 절대로 이렇게 석진의 곁에 있을 수가 없었다.

"어디서부터 물어봐야 할까? 한국엔 언제 온 거야? 지금 서울에 있는 거지?"

조용한 세 사람 사이에서 지영이 적극적으로 이야기를 꺼냈다.

"네. 온 지 1년이 채 안 됐어요. 서울에서 친구랑 같이 작은 회사를 운영하는 중이에요."

"난 네가 미국에 쭉 있을 줄 알았어."

"저도 그럴 줄 알았는데, 여러모로 인연이 닿았어요."

"그랬구나……. 아버지는 잘 계시지?"

"네. 하시는 일이 잘되어서 바쁘신 것 같아요."

"다행이다. 한국이나 미국이나 먹고살기 힘든 건 마찬가지일 텐데, 그래도 바쁜 건 좋은 거야."

간단히 근황에 대한 이야기를 주고받고 나니 대화의 소재는 쉽게 고갈되고 말았다. 형식적인 거 없이 하하 호호 웃으며 별별 사소한 것들까지 다 물어 대던 대한민국 아줌마는, 수시로 서른이 넘은 청년의 눈치를 살폈다.

그래도 지영은 이유 없는 침묵이 오래가는 것을 원하지 않는 사람이었다. 뚝 단절된 이야기의 불씨를 어떻게든 되살리기 위해 골똘히 생각하던 그녀는, 찰나 눈을 반짝이며 석진에게 물었다.

"참, 너 결혼한 건 아니지?"

지영은 자신을 제외한 세 사람의 얼굴이 새하얗게 변한 줄도 모르고서 석진의 대답을 기다렸다.

"아직이요."

"그럼 만나는 사람은 있고?"

지영을 제외한 남은 사람들은 알고 있는 이야기였다. 그리고 지영을 제외한 남은 사람들이 내내 긴장하고 있는 이유 또한 '만나는 사람'에 대한 대답 때문일 것이다.

대답을 해야 하는 사람은 석진이었다. 그가 지금 결정권을 쥐고 있었다.

불안하고 아슬아슬하지만 딱 이만큼의 평화라도 유지할 텐가, 아니면 본격적으로 갈등의 문을 열어 볼 것인가.

이정은 오른쪽에 앉아 있는 아빠와 맞은편에 앉아 있는 석진, 두 남자에게 절대로 공평할 수 없는 자신의 마음을 깨달았고, 안타까움에 떨며 석진을 바라봤다.

1억 년 같은 1초는 그렇게 흘렀다.

"만나는 사람, 있어요."

마음이 석진을 향해 기울어져 있어서였을까? 석진의 대답에도 이정은 크게 놀라지 않았다.

결국 저 말을 하려고 여기까지 온 남자다. 어쩌다 보니 숨 돌릴 틈도 없이 드러나게 되었을 뿐, 석진이 여기까지 와서 해야 할 일은 결국 이거였던 것이다.

탁.

그럼에도 아빠가 테이블 위에 컵을 내려놓는 소리에 왜 이토록 놀란 건지 모르겠다. 절대로 큰 소리가 아닌데, 심장이 덜컹하고 내려앉는 충격을 느낀 건 효심보다 사랑을 크게 받아들이고 있는 데 대한 양심의 채찍질인 건지도.

세 사람 사이에 팽팽한 신경전이 오가는 와중에도 지영은 또 맑았다. 마치 여우비가 내리는 날처럼, 하늘의 해는 쨍쨍한데 앞이 보이지 않을 정도로 내리는 비에 땅이 젖어 가는, 흡사 그러한 상황이 되어 버렸다. 지영만 맑고, 나머지 사람들은 흐린 그런 대조가 좁은 공간에서도 극명했다.

"어머, 그래? 한국 여자야?"

"네."

"여기 와서 만났어?"

"네."

"네 나이도 있는데 결혼……. 아, 아니다. 요즘 젊은 사람들은 이런 이야기 싫어한다며? 하긴, 나도 그래. 나 얼마 전에 이정이한테도 그랬어. 결혼이 필수는 아니니까 꼭 할 필요는 없다고. 우리 때야 혼기 차면 가는 거였지만 요즘은……."

잔소리가 아닌 말이 잔소리같이 느껴졌는지 지영은 말을 매듭짓지 못한 채 입을 다물었고 석진은 보고 싶지 않아도 자꾸 보이는 지영의 손목을 응시하다가 최 교수의 헛기침 소리에 정신을 일깨웠다.

"흠흠."

사람의 헛기침 소리가 이렇게도 서늘할 수 있다니.

이쯤에서 알아서 멈추라는 경고가 날아왔음에도 석진은 최 교수를 보지 않았다. 시린 그의 눈을 보면 마음이 약해져 이 어려운 만남이 정말로 별거 아닌 단순한 만남으로 끝날지도 몰라서였다.

자신의 나약한 면을 드러내며 현실을 외면할 찬스는 젊은 날 다 소진해 버렸고 그로 인해 이정이 씻을 수 없는 상처를 떠안았으니 이제 남은 건 직진뿐이었다.

"그래도 궁금하네. 석진이 네가 어떤 여자를 만나고 있는지. 나도 참 주책이지?"

훈일에겐 불편한 이야기일지언정 석진에겐 기회였다. 그리고 그는 기회를 놓치지 않았다.

"많이 궁금하세요, 이모?"

그의 한마디에 이정과 훈일이 동시에 반응을 보였다.

"오빠!"

"석진아!"

짠 것처럼 포개어진 두 개의 목소리.

"……."

그 순간부터 지영의 두 눈동자가 소리 없이 떨리기 시작했다. 겉으로는 훈일과 이정, 석진을 번갈아 가며 살피는 것처럼 보였지만 분명히 지영의 눈동자는 떨리고 있었다.

여우비 내리는 날씨는 자취를 감추었다. 어두컴컴한 먹구름이 해를 가리고, 온 세상이 어두워지며 비가 쏟아져 내렸다.

이 비가 잠시 스쳐 가는 소나기이길.

그래야 언젠가 다시 태양이 보일 거라는 희망이라도 가질 수 있을 테니까.

속으로 간절히 바라며 석진이 입을 열었다.

지영의 의심은 현실이 되어 버렸다.

＊ ＊ ＊

"나에 대한 반항인가?"

집 뒷산을 오르는 내내 한마디도 하지 않던 최 교수는 동네가 한눈에 보이는 지점에 다다라서야 크게 숨을 쉬고서 싸늘한 물음을 던졌다.

석진이 터트린 폭탄은 소리 없이 강했다. 도대체 얼마나 충격을 받은 건지 지영은 다정한 눈길을 거두어들인 채 입을 다물었고, 그대로 일어나 조용히 방으로 들어가 버렸다. 그리고 이정이 그 뒤를 따랐다. 이정은 걱정 말라는 눈짓을 했지만 그럴 수가 없어 덩달아 몸을 일으키는데, 훈일이 석진을 제지했다. 그러곤 밖에서 이야기하자는 말을 하고서 먼저 신발을 신었다.

시간은 저녁을 향해 가는데 사방이 훤히 보일 만큼 날은 밝았다. 주머니에 손을 찔러 넣고서 한참이나 마음을 가다듬던 최 교수는 다시 석진을 다그쳤다.

"네가 이러라고, 내가 그 끔찍한 과거까지 꺼내 놓은 줄 알아?"

"죄송합니다."

"널 닦달하면서 내 마음이 편했을 리가 없잖아. 넌 죄가 없다는 걸 그 누구보다 내가 잘 아는데. 네가 말도 안 될 만큼 많은 돈을 마련할 정도로 어떻게든 벗어나 보려고 노력했다는 걸 내가 잘 아는데, 그런데도 그렇게 밀어내야 했던 내 입장을 이런 식으로 능멸해?"

조금도 틀린 말이 아니어서 마치 소금을 뿌린 것처럼 심장이 쪼그라들었다. 그래도 석진은 후회하지 않았다.

"아까 너도 다 봤잖아."

무엇을 말씀하시는 거냐고 하려던 찰나, 지영의 손목이 떠오른 건 참으로 슬픈 이심전심이었다.

"나에겐 평생 가지고 갈 아픔이야. 기울어진 가세 때문에 이정이와 이준이는 하지 않았어도 좋았을 고생을 너무 많이 했어. 남들은 아비가 명색이 교수인데 풍족하진 않아도 누릴 건 누렸을 거라고 생각하겠지만, 이정이는 학교 다니는 내내 등록금과 재료비 고민을 달고 살았어."

"……."

"속도 없는 것. 그 고생을 하고서도 널 만나? 그리고선 너와 버젓이 우리 집에 같이 들어와? 휴, 내가 어떻게 남의 집 자식을 탓하겠나? 내 딸부터 내 마음대로 안 되는걸."

연거푸 내쉬는 훈일의 한숨 소리가 더욱 깊어졌다. 그런 훈일의 곁에서 덩달아 한숨을 쉬는 건 무례하다고 여긴 석진은 잠자코 훈일의 이야기가 끝날 때를 기다렸다.

"아등바등 고생해 가며 그림 그리는 딸에게, 제 엄마가 죽으려 했다는 말을 차마 할 수가 없었어. 가족을 위해서 웃으며 버티는 딸이 너무 예뻐서, 우리의 가장 비참했던 순간까지는 들키지 말자고 아내와 약속했어. 아내도 그건 정말 아니었다고, 깊이 반성하면서 차츰 좋아졌고. 그런 내가 군이 그 아픔까지 드러내야 했을 때, 내 자존심이 얼마만큼이나 엉망이 되었을지, 그걸 네가 알았다면 이럴 수가 없어."

"교수님."

"날 부르지 마! 설마 사랑이라고 할 텐가? 너무 사랑해서 사랑으로 다 극복해 보겠다고 할 거야?"

정확하게 정곡을 파고드는 소리에 움찔거린 건 잠시였다. 석진도 자신이 짚어야 할 부분에 대해서만큼은 양보할 마음이 없었다.

"많이 좋아합니다. 이정이, 제가 많이 좋아해요."

"그건 진짜로 좋아하는 게 아니야. 정말로 좋아하면 상대방의 모든 걸 다 포용해야 해. 그런데 나는, 네가 절대로 포용할 수 없을 만큼 끝까지 이 관계를 반대할 거야. 너는 나를 지방에 있는 대학교에서 조용히 연구나 하는 힘없는 사람으로 봤을지 몰라도, 나는 내 가족을 위해서 못 할 게 없는 사람이야."

"압니다."

누구보다. 제가 잘 압니다.

"그래서 그해 여름엔 그런 생각도 했습니다. 제가 교수님의 아들로 태어났으면 얼마나 좋았을까 하고요. 모기에만 물려도, 풀잎에 손만 베여도 저를 걱정해 주는 사람이 있다는 게 너무 좋아서, 나는 왜 이렇게 행복한 가정에서 태어나지 못했을까, 처음으로 부모님을 많이 원망했어요. 못났죠. 스무 살이 넘어서 그깟 자잘한 상처에 엄살을 부리고 싶어졌으니까, 그보다 더 못난 놈이 없죠."

소리 없는 바람이 지나가며 훈일과 석진의 콧등에 돋은 땀방울을 훔쳐 갔다. 두 사람 사이에는 위태로운 긴장감이 감도는데, 두 사람을 둘러싼 자연은 부지런히 제 일을 했다. 꽃잎과 풀들은 바람에 맞춰 흔들리고 새는 목청껏 울었다.

"그러다 이정이를 좋아하게 되었다는 걸 알았을 땐, 차라리 잘됐구나 했습니다. 제가 교수님 아들이면 이정이를 이성으로 좋아할 수 없었을 테니까, 정말 다행이라고 여겼어요. 그 행복은 얼마 가지 않았지만 그 여름 이후로 제 행복의 기준은…… 교수님의 가정이 됐던 것 같아요."

그리고 언젠가 결혼을 하게 된다면, 저는 교수님 같은 가장이 되고 싶었어요.

내 가족을 위해 못 할 게 없는 사람. 그런 사람이요.

그런데 어떻게 해야 그런 사람이 될 수 있는지 도무지 알 길이 없어서, 교수님을 꼭 다시 뵙고 싶었어요.

최 교수가 사탕발림으로 치부할 수도 있을 법한 말을 삼킨 석진은 진심을 토한 뒤 울렁거리는 가슴을 진정시켜야 했다. 훈일은 석진에게 시선을 두지 않은 채 손 가까이 있는 애꿎은 풀잎을 뚝뚝 끊어 냈다.

"제 뜻과 상관없이 교수님의 가정에 시련을 안긴 점, 그것도 모자라서 이렇게 또 한 번 집안을 흔들어 놓은 점, 다 잘못했습니다. 특히 오늘 일은…… 죄송합니다. 그래도 틀렸다는 생각은 안 합니다. 아까 사랑으로 극복할 거라 말할 거냐고 물으셨죠?"

"······."

"솔직히 사랑은커녕, 애정이 뭔지도 모르고 컸어요. 그 이유는······ 아실 테고요."

"······."

"얼마나 막막했는지, 교수님 앞에서 사랑으로 극복해 볼 거라고 큰소리칠 수 있는 사람이면 차라리 좋을 것 같다는 생각을 했습니다. 그렇게 당당하게 큰소리칠 만큼 사랑이 뭔지 아는 놈이면 더 쉽지 않았을까 해서."

풀잎을 끊어 내던 훈일의 손이 멈췄다. 석진은 세월의 흔적을 피하지 못한 주름진 손을 보다가 조금 더 깊이 숨겨 둔 마음을 쏟아 냈다.

"이렇게 아무것도 모르는 놈이, 그거 하나는 알고 있습니다. 세상 까칠하고 냉정하고 피도 눈물도 없는 사람이라는 평을 들으며 살아왔는데, 이상하게 이정이만 보면 달라지고 싶었어요. 따뜻하고 싶었고, 말을 많이 하고 싶었고, 무엇보다 잘해 주고 싶었어요. 그러다 제 한계를 깨닫는 순간엔, 그냥 이정이가 저를 더 많이 좋아해 줬으면 하고 바랐습니다. 그럼 저도 받은 대로 되돌려줄 수 있을 테니까. 그렇게 사랑도 배워 갈 수 있을 거라고, 저는 그런 마음으로 이정이 만났습니다."

훈일은 그제야 비스듬히 고개를 돌려 석진을 보았다. 원망도, 애정도 없는 건조한 표정으로 그는 그렇게 한참이나 석진과 눈싸움을 했다.

"사랑하는 법은 몰라도, 사랑인 건 압니다. 그 여름 이전에도, 그 여름 이후에도, 이정이 아닌 다른 여자를 마음에 담은 적 없습니다."

"······."

"기억에 대한 고집일 수도 있고, 집착일 수도 있겠죠. 그래서 이정이한테 상처를 주기도 했지만 제가 원하는 단 한 가지는."

"우석진!"

"딱 한 시간만이라도, 아무 근심 없이 함께 웃었던 그 시간을 되돌려 보는 겁니다."

잔잔하게 일렁이던 바람이 크기를 키웠다. 휘리릭 풀잎들이 서로에게 몸을 비비는 소리가 귓가를 간지럽히고 바람에 밀려 지쳐 버린 잠자리가 이름 모를 들꽃 위에 앉았다.

"석진아."

매일 보는 뒷산의 풍경들을 새삼스럽게 한 면 한 면 살피던 훈일은 쓸쓸하게 양쪽 눈썹을 올렸다가 안경을 벗고 감은 눈을 문질렀다.

그리고 물었다.

"넌, 정말로 다 받아들일 수 있겠니?"

"네."

1초의 망설임도 없이 대답하는 석진에게 훈일이 재차 물었다.

"네가 알고 있는 것보다 더 많은 문제가 있다 해도, 넌 정말로 괜찮은 거야?"

질문의 의미를 단번에 이해하지 못하는 석진에게 훈일은 암울한 여지를 주었다.

"내가 단순히, 내 가족만을 지키기 위해서 너에게 못 할 짓을 하고 있다 생각해?"

그럼…… 뭐가 더 있다는 건가?

충분히 혼란스럽고 충분히 버거운데, 뭐가 더 남았다는 건지.

심장 한가운데로 습한 산바람이 비집고 들어온다.

"석진아, 제발. 세상엔 절대로 안 되는 일들이 있어."

"무슨 말씀이십니까?"

"나도 사랑을 해 본 사람이라, 네 마음 모르지 않아. 나 역시도 아내와 아이들을 사랑하니까 힘든 시간에 대한 의무감을 가질 수 있었던 거다. 하지만 나는, 이 이상을 참아 낼 수는 없을 것 같다."

"이, 이상이요?"

"선을 넘지 마. 그럼 네가 다쳐."

사람을 안달 나게 하는 일 중 하나가 여지를 남기고서 그다음 이야기에 대해 함구하는 것이다. 석진 또한 지극히 평범한 사람이었기에 훈일이 숨기고 있는 진실에 대해 더 다가가기를 원했다. 훈일은 경고했지만, 여기까지 온 이상 또 한 번 뒤로 물러날 수는 없었다.

"제가 판단하겠습니다. 다쳐도 제가 다치고, 이겨 내도 제가 이겨 내겠습니다. 도대체 뭐기에 저에게 이러시는 겁니까?"

"그만하자. 이정이 엄마가 괜찮은지 가 봐야 해. 많이 놀랐을 거다."

정말로 산을 내려가려는 듯 걸음을 떼는 훈일을 석진이 다급하게 붙잡았다.

"이대로 가면 교수님은 억지로 저를 보내고 오늘 일을 없던 일로 만들어 버리려고 애쓰시겠죠. 그럼 이모는요? 이모는 과연 다 잊으실 수 있을까요?"

"……."

"어차피 제가 다 엎질러 버렸는데, 없던 일이 될 수는 없겠죠. 그런 거라면."

"우석진! 제발 순진한 소리 그만 좀 하라고. 순진한 거냐, 눈치가 없는 거냐, 너는 왜!"

그런 거라면 어떻게든 지영의 마음을 움직이기 위해 노력해 볼 거라고 말하려던 석진은 제 손을 홱 밀어 버리는 훈일의 야멸참에 놀라 입을 다물었다.

"아무리 내 가족이 소중하다 한들, 내가 정말로 내 가족만 지키려고 네 가슴을 할퀴었을 것 같아? 잠시 스쳐 간 손님이었을지라도, 너한테 애정이 있어서 내가 이런다는 걸 너는 진짜 모르겠어?"

애정 없는 몸짓보다 더 무서운 건, 사람을 몰아치듯 추궁하는 목소리였다.

인자한 최훈일 교수가 이런 표정을 지을 수 있을 거라고는 단 한 번도 상상조차 해 보지 못했다. 새빨개진 얼굴, 핏줄이 튀어나올 것처럼 안압이 몰린 눈을 하고서 훈일이 씩씩대고 있었다. 저러다 쓰러지는 게 아닐까 싶을 정도로 훈일은 가쁘게 숨을 쉬어 댔다.

"네가 얼굴도 모르는 엄마가 진 빚을 갚으려고 돈을 보내왔을 때, 네가 이렇게 이정이를 좋아한다고 말할 때, 나는 도무지 널 어떻게 해야 할지 모르겠단 말이다. 나라고 왜 너를 반대하고 싶겠니!"

"교수님……."

"솔직히 우리가 뭐가 있어? 재산이라고는 시골에 집 한 채 있는 게 전부야.

이정이? 겨우 4년제 졸업하고 자기 좋아하는 일 좇느라 물욕 없이 사는 아이, 네 눈엔 마냥 예쁠지 몰라도 밉게 보려면 미워할 사람이 천지일 거야. 순진해서 세상 돌아가는 것도 모르는 아이를 네가 좋다고 하는데, 내가 왜 반대를 하겠어? 우리가 뭐 그렇게 대단하다고!"

석진은 자신이 이 상황에서 무슨 말을 해야 할지 몰라 숨을 쉬는 것도 잊은 채 훈일의 다음 말을 기다렸다. 더할 나위 없이 소중한 딸을 억지로 깎아내리는 훈일의 속내에 뭐가 담겨 있는지를 알아야 했기 때문이다.

하지만 훈일은 그다음을 말하지 않았다.

뭐 얼마나 엄청난 비밀이 기다리고 있기에…….

"뭔가, 말씀하시기 어려운 사정이 더 있는 겁니까?"

결국 답답한 사람이 우물을 파는 법이었다.

"네가 나타나고서 나는 내가 판도라의 상자를 쥔 사람 같다는 생각을 했다."

감정이 격해져 소리를 지른 후의 여파를 달래지 못한 훈일의 어깨는 다소 높이 오르내리기를 반복했다.

판도라의 상자라.

석진은 이보다 더 적절한 비유는 없을 거라 인정하고 있는 자신의 처지가 싫었다. 도대체 그 상자 속에 뭐가 얼마나 더 담겨 있는 건지 몰라도, 벌써부터 숨이 막힐 지경이었다. 하지만 물러설 수도 없었다.

이젠, 그 상자를 다 열어야 할 때였다.

"알고 싶습니다."

"……."

"전부, 모두, 다 알고 싶습니다."

훈일 또한 받아들이고 있었다. 석진이 여기까지 온 이상, 이젠 바닥을 내보여야 했다. 빛나는 청춘은 천둥과 번개를 두려워하지 않았다. 어지간한 난관 정도는 가볍게 극복해 나갈 수 있다 믿었고, 실제로 석진은 이정과 함께하기 위해 그 어떤 희생도 감내할 듯한 패기를 보인다.

흐지부지 물러서는 놈이 아닌, 이렇게 단단한 사람이 내 딸을 좋아해 주는 건 감사한 일이지만, 지금은 한낱 감상에 취해 석진을 받아들일 때가 아니었다.

우석진.

이 사내 하나만 보고서 마음을 열어 버리면 누군가의 가슴앓이는 필수적으로 동반되어야 한다는 걸 훈일은 알고 있었다.

내 가족이 더 이상 희생할 순 없어.

그리고 이미 남들보다 훨씬 더 많이 마음을 다치며 살아온 이 녀석도, 속 편하게 살아야만 해.

비록 당장은 두 사람이 아플지라도 그래야만 해.

사실 가장 좋은 방법은 아무것도 모르는 사람처럼 과거를 함구해 버리는 거였지만, 사람의 앞일은 모르는 법이기에 있었던 일을 없었던 일로 묻어 버리는 시도를 할 수는 없었다.

결국 훈일은 마음을 잡았다.

"이건 너와 내 딸을 갈라놓기 위해서 하는 말이 아니야."

결과적으로 그렇게 되어야 하겠지만, 누구도 아프지 않길 원한다는 훈일의 진심이 곁들여진 전제였다.

"말씀하세요."

"그럼에도 불구하고, 지금부터 할 이야기들을 내 딸한텐 비밀로 하고 싶은 이유는, 널 위해서이기도 해."

"……알겠습니다."

앞으로 무슨 말을 듣게 될 줄도 모르고서 석진은 일단 대답했다.

조급하고, 초조한 몇 초가 그렇게 지나간 뒤, 마치 세상을 다 내려놓은 얼굴로 훈일이 말했다.

"이정이 외삼촌과 네 어머니의 관계에 대해 한 번도 의심해 본 적이 없는 거지?"

"……."

후텁지근한 여름 날씨에 마음이 녹아내렸다. 열기를 매단 채 뚝뚝 떨어지는 마음들이 석진의 심장을 적셨다.

얼굴이 달아오르고 뜨끈한 무엇인가가 성대를 눌러 버려서 아무 말도 할 수가 없었다.

이것이…… 판도라의 상자에 끝까지 담겨 있었던 그 진실이었구나.

'열지 말 걸 그랬다.'

그리고 열지 말고 그냥 모른 척 살아 달라고 최 교수님께 부탁드릴 걸 그랬다.

직진만 남았다며 우회하는 요령 따위 염두에 두지 않았던 오만함이 벼랑 끝에 서 있던 석진을 아주 쉽게 밀어 내 버렸다.

"세상에 완전한 비밀은 없는 법이지. 나와 내 아내의 귀에까지 들어온 그 몹쓸 관계에 대한 소문이 과연 어디까지 퍼졌을지……."

"……."

"백번 양보해서 내 집에서 일어난 일은 평생 입 다물어 줄 수 있어. 하지만 난, 내 집을 벗어난 일들로부터는 너와 이정이를 지켜 줄 수가 없어."

간당간당하게 정상 궤도를 걷던 마음이 경로를 이탈했다.

처참하게 인상을 찌푸린 석진은 중지와 약지로 미간을 눌렀다.

✳ ✳ ✳

훈일과 집으로 돌아왔을 땐, 갖은 반찬들이 빼곡하게 채워진 식탁이 석진을 기다리고 있었다. 몸도 불편한 지영이 이렇게 상을 차릴 때까지 오랫동안 자리를 비웠던가, 혼자서 셈을 해 보던 석진은 무거운 마음으로 의자에 앉았다.

"내가 다리가 불편해서 이정이 시켜 있는 반찬만 꺼냈어. 그래도 여기까지 왔는데 밥은 먹고 가야지."

지영이 말했음에도 누구 하나 선뜻 수저를 쥐지 못했다.

잔인한 진실게임 중이라고, 석진은 그렇게 생각했다.

모든 진실을 알고 있는 사람은 훈일과 지영, 두 사람이었고 자신과 이정이 아는 진실은 각자 달랐다. 훈일은 이정이 모르는 이야기라고 선을 그으며 마지막 진실을 털어놓았지만, 자신과 훈일이 이 집을 비운 사이 지영과 이정이 어떤 대화를 나눴을지, 도무지 짐작이 가지 않았다.

집 안으로 들어오기가 무섭게 식탁에 앉게 되었기에 이정과 뭐라 말을 나눌 새도 없었다. 평소 그녀의 성격대로라면 그에게 매달려 아빠와 무슨 대화를 한 거냐고 물었을 텐데 무슨 일이 있었던 건지 이정은 조용히 자리를 권할 뿐이었다.

하긴, 이 마당에 이정이 화사하게 웃는 것도 이상하긴 하겠지만.

'이제 난 더 해 줄 말이 없다. 이 정도면 내가 반대하는 이유로는 충분했을 거라고 생각해.'

그 말을 끝으로 입을 다물어 버린 훈일은 집까지 오는 내내 침묵을 유지했다. 게다가 지영마저 목소리를 잃었으니 저녁 식탁이 마치 최후의 만찬처럼 느껴졌다. 너무나 그리워했던 지영의 밥상을 앞에 두고 석진은 미각을 잃었다.

"늦었으니 자고 가."

억지로 밥 한 공기를 다 비웠을 무렵 지영이 말했고, 석진도 거절하지 않았다.

아직 생각을 다 정리하지 못했지만, 무슨 결정을 내린다 하더라도 당장은 이 집을 벗어날 수가 없어서였다.

다만, 이정과 자신의 관계에 대해 그 어떤 말도 하지 않고 있는 지영의 속내가 뭔지 몰라 두렵긴 했다. 자고 가라는 그 말이 마치 지영의 마지막 배려일지도 모른다는 생각이 들었다.

"이정아, 이준이 방에 이불 좀 봐 줘. 난 피곤해서 쉬어야겠어."

지영이 일어나자 훈일도 미련 없이 식탁을 떠났다. 젊은 남녀가 한집에 있다는 사실이 신경 쓰여 집 안에서 나는 소리에 기민하게 반응했다고 하던 훈일마저 모든 걸 다 포기한 사람처럼 방으로 들어가 버린 뒤, 석진은 비로소 이정과 단둘이 있을 수 있게 됐다.

"후회해요?"

식탁을 깨끗하게 정리한 뒤, 이정이 물었다.

"아니."

"아빠가 당연히 화를 내셨겠죠."

이정의 말처럼 훈일은 화를 냈다. 하지만 화보다 더 무서운 게 있다는 것을 알게 해 주었다.

"할 말 없지 뭐. 내 마음 편하자고 이렇게 갑자기 내려와서 집안을 들쑤셨으니까."

이정은 긍정도 부정도 하지 않은 채로 식탁 위를 톡톡 두드리기만 했다.

"넌? 이모가 뭐라고 하셨어?"

훈일을 따라 뒷산을 오르면서도 꽉 닫힌 안방 문이 떠올랐다. 지영이 절대로 그럴 사람이 아닌 걸 알지만, 그래도 혹시나 이정이 크게 야단맞지는 않을까 우려하는 자신의 이기심에 치를 떨어야 했다. 이 와중에도 이정만 생각하는 자신의 편협적인 사고가 너무나 마음에 들지 않았었다.

"⋯⋯엄마가 뭐라고 했을 것 같아요?"

"좋은 이야기는 하지 않으셨겠지."

반나절 사이에 평소보다 턱이 더 갸름해진 채로, 이정이 머뭇거리며 입술을 깨물었다. 그리고 말했다.

"엄마는⋯⋯ 그래도 내 편에 서 주실 줄 알았는데⋯⋯."

흐려진 말끝에 무슨 이야기가 생략된 건지 짐작이 갔다.

이래저래 오늘은 모두에게 힘든 날이었음이 분명했다.

"그래서 넌? 많이 힘들어?"

"⋯⋯각오했던 거니까요. 언젠가는 일어날 일이었겠죠."

각오를 했다 해도 힘들지 않은 건 아닐 것이다.

"내가 다 알아서 해야 하는 일들인데 널 아프게 한 건 미안해."

차라리 이정을 데리고 오지 말 걸 그랬다. 그냥 혼자서 이 모든 역풍을 맞았어야 하는데 생각이 짧았다.

미안하다는 말이 또 한 번 목구멍 언저리까지 치밀어 올랐으나 그래 봐야 괜찮다고 응수할 이정을 알기에 피차 우울한 과정은 생략하기로 했다.

"오빠."

"응."

"이럴 거면 나, 다른 남자들이랑 연애라도 해 보고 오빠를 만날 걸 그랬어요."

후회가 담긴 소리를 하고서 이정이 씁쓸하게 웃었다.

"그랬으면 나는 더 똑똑해졌겠죠."

"······응?"

"난 오빠가 좋거든요. 첫사랑이랑 연애를 한다는 데 대한 의미 부여를 하는 건지, 그냥 우석진이라는 남자를 좋아하는 건지, 도무지 모르겠는 거죠. 다른 사랑을 해 본 적이 있어야 비교해서라도 내 마음을 확인할 수 있을 텐데, 이 와중에도 부모님보다 오빠를 더 걱정하는 내 마음이······ 왜 이런 건지 모르겠어요."

부모님이 들을까 염려한 탓인지 이정은 들릴 듯 말 듯 목소리를 낮추고 오직 석진만 알아들을 수 있도록 입술을 달싹였다.

나를 좋아한다는 말.

사랑하는 여자에게 들은 고백.

"나도 너를 좋아해. 많이."

아린 가슴을 외면하며 석진이 말했다.

이정이 무슨 말을 하고자 하는지 아는데도, 그냥 듣고 싶은 말만 듣고, 하고 싶은 말만 해 버렸다. 훈일에겐 이정을 좋아한다는 말을 꽤 여러 차례 강조해 왔음에도 당사자인 이정에겐 그런 말들을 너무 아낀 게 아닌가 해서.

"내가 널, 많이 좋아해 이정아."

"······."

이정은 눈 밑이 붉어진 채로 석진을 봤다.

힘들다는 말을 차마 할 수가 없어서 엄살을 부려 보려 한 건데 석진이 그럴 여지를 잘라 내 버리고는 난데없는 고백을 해 왔다. 이 상황에서도 여지없이 가슴이 뛰었다.

그래서 미안하고 그래서 아프다.

"전에도 말했지만 선택하라고 하지 않아. 넌 부모님 속을 태우면서 행복할 수 없는 애고, 그런 너와 있으면 나도 행복할 수 없어."

"오빠, 자리 깔아야겠네요?"

"깔 땐 깔더라도 일단은 지금 일부터 해결하고."

에어컨 바람 속에서 살던 도시 남자에겐 시골집의 활짝 열어 둔 창들로 들어오는 자연 바람이 약하게 느껴진 모양이다. 석진이 셔츠를 걷어 올리기 위해 고개를 숙이자 그의 이마에 맺힌 땀방울이 이정의 눈에 들어왔다. 당장 땀을 닦아 줄 만한 게 보이지 않아 손으로 앞머리 아래의 땀을 훔쳐 내 주자 그가 희미하게 웃었다.

"각자 자러 가자. 방에 계셔도 아마 이쪽 일에 신경 쓰고 계실 거야."

"그래요. 나, 되게 크게 소리 내면서 2층으로 올라갈 테니까 오빠도 1층에 있다는 거 확실하게 티 내요."

식탁 의자를 뒤로 밀며 일어난 이정이 이준의 방에 눈길을 주며 별로 웃기지 않은 농담을 했다.

부모님 속에 실컷 불을 질러 놓고서 이런 식으로 행동하는 게 무슨 소용이 있을까, 싶긴 했지만 언제까지고 감성을 파고들 수는 없는 거니까.

사실 이 남자랑 할 건 다 했는데. 어쩌면 부모님도 예상하고 계실 텐데.

이대로 올라간다 해도 쉽게 잠이 올 것 같지 않았다. 여름의 밤은 짧다지만 오늘 밤은 길고 힘들 것이 분명했다. 그런 거라면 밤새 고생할 나를 위해 작은 보상 하나쯤은 있어야 하는 거 아닌가?

이정은 즉흥적으로 고개를 들었고 석진의 입술에 자신의 입술을 갖다 대었다.

날씨만큼이나 뜨거운 입술이었다.

나, 드디어 이 집 안에서 이 남자와 나쁜 짓을 했네?

공부를 잘하는 모범생은 아니었을지언정 부모님 속 한번 썩인 적 없이 살아왔는데, 이렇게 크게 반항을 하려고 여태 그렇게 살았나 싶어 심장이 쪼그라드는 기분이었다. 그래도 석진을 놓을 수는 없었다.

'안 돼. 이정아. 석진이를 걔 엄마랑 떼어 놓고 생각하는 거, 엄마는 간신히 그렇게 할 수 있지만 너희는 안 되는 거야.'

꾹 눌렀던 입술을 떼어 놓던 이정은 괜히 안방 쪽으로 귀를 기울이다 다시 석진을 바라봤다.

석진은 미동 없이 서 있었다. 놀란 듯했지만 놀란 기색을 드러내지 않은 채로. 그러다 그 역시도 안방 쪽을 의식한 듯 고개를 틀다가 이정의 목덜미를 감쌌다.

"소리 안 낼게."

석진이 고개를 숙였다. 뜨거운 두 입술이 맞붙고 온기가 오갔다.

누구도 입술을 열지 않는 소심한 입맞춤이었다.

✳ ✳ ✳

"이정아, 자니?"

문밖에서 들리는 인기척에 이정이 벌떡 일어났다. 이런저런 생각 속을 헤매느라 뒤척였는데 어느 순간 잠들었나 보다. 밖이 여전히 어둑한 걸 보니 아직 아주 이른 새벽 시간인 듯했다.

"들어오세요."

문이 열리고 불이 켜진다. 그리고 불편한 다리를 이끌고 엄마가 들어온다. 편히 못 잔 얼굴, 부스스한 머리를 한 엄마는 굉장히 피곤해 보였다.

"깨워서 미안."

"괜찮아."

침대 발치에 앉은 지영은 쉽사리 딸의 눈을 보지 못했다.

혼기가 꽉 찬 자녀가 배우자가 될 사람을 데리고 왔을 때의 경험담을 공유하는 지인들 틈에서, 지영은 이정이 그 누구를 데리고 온다 해도 일단 반대부터 하는 부모는 되지 말자고 다짐하곤 했었다. 내 자식 귀한 만큼 남의 자식도 귀하게 대해 주는 그런 어른이고 싶었다.

막상 닥치면 얼마나 욕심이 많아질지 모를 일이었으나, 지영은 이정의 배우자감에게 많은 걸 바라지 않았다.

그냥 열심히 제 일을 하고, 밝은 사람이면 좋겠다.

그리고 화목한 가정에서 자란 구김 없는 사람이면 좋겠다.

내 살림이 넉넉하지 않은데 돈 많은 사위를 탐내서는 안 될 일이었고, 이정이 가진 딱 그만큼만 갖춘 사람이면 가족으로 받아들일 수 있을 것 같았다. 그런데 이정이 석진을 데리고 왔다. 지영은 자신의 멍청함을 자책해야 했다.

내 집에서 함께 살았던 아이들, 내가 차려 준 밥을 한 식탁에서 먹은 아이들이라 남매 같은 사이일 거라고 생각했는데 이정이 하고많은 남자 중에 석진과 만나고 있었을 줄이야.

석진이는 절대로 안 된다고 덮어 놓고 반대부터 한 몇 시간 전 일이 마음에 걸렸으나, 지금도 이정에게 할 수 있는 말은 사실 한 가지였다.

석진이는 안 돼.

사람을 좋아하게 된 게 잘못이 아닌데, 평생 연애에 관심 없어 하던 딸이 서른 살이 되어 시작한 연애를 축복해 줄 수 없는 엄마의 마음도 사무치기만 했다.

밝은 사람은 아니지만, 화목한 가정에서 자란 사람은 아니지만, 어디 내어놓아도 흠잡을 곳 없는 석진을 반대해야만 하는 현실이 몹시도 싫어서 견딜 수가 없었다.

"이정아."

"응."

"석진이가 그렇게 좋아?"

대답이 필요치 않은 질문을 해 놓고서도 혹시나 하고 기대를 하게 되었다.

'이렇게 엄마가 반대하는데 내가 어떻게 오빠를 만나?'

대충 그런 종류의 대답이 나왔으면 했다. 이정은 착한 딸이니까.

"엄마에겐 미안한데 오빠가 잘못한 건 없잖아. 오빠 어머니가 그렇게 만드신 건데, 오빠까지 안 된다고 하는 건 너무한 거 아니야?"

"······맞아."

맞아서 나도 속상해, 딸아.

"그냥 이게 운명이구나 싶었고, 옆에 있어 주고 싶어. 무엇보다 같이 있으면 아무것도 안 해도 가슴이 뛰어. 누굴 좋아해 본 적도 없고, 좋아해 볼 마음도 없이 살았는데······. 마음이 도무지 내 뜻대로 되지가 않아. 그러니까 엄마 아빠가 양보해 주면 안 돼?'"

342

"……."

"당장 결혼한다는 거 아니잖아. 그냥 만나는 거야, 엄마. 그래도 엄마 아빠 속일 수가 없어서 이렇게 온 거야, 우리. 그냥 잘 만나라고 해 주면 안 될까?"

그게 말처럼 쉬우면 이렇게 젊은 아이들의 가슴에 대못을 박지도 않았을 것이다. 답답하다는 듯 숨을 들이켜던 지영은 앞서 삶을 포기해 버린 동생 석택수와, 그의 아내 지효민을 떠올렸다.

'형님, 이 사람…… 어쩌면 죽어서까지 날 괴롭혀요? 후, 어쩜 이래? 갖은 돈고생을 시켜도 내 남편이라 다 참았고, 무책임하게 죽어 버려도 어떻게든 빚을 갚아 보려고 이렇게 살고 있는데. 형님이 말 좀 해 보세요! 동네 사람들이 하는 말이 뭔지, 그게 사실인지, 형님이 말 좀 해 보시라고요! 형님은 다 알았죠?'

택수의 사업이 망해도, 택수가 죽어도, 효민과 지영의 사이는 멀어지지 않았다. 도리어 서로 껴안고 울면서 어려움을 함께 견뎌 냈었다. 하지만 뒤늦게 택수의 외도 사실이 밝혀졌을 땐, 효민도 참았던 분노를 터트리며 지영을 노려보았고 지영은 죄가 없는데도 효민에게 거듭 사과를 했다.

내가 내 동생을 잘못 키운 탓이라고. 미안하다고.

그래서 지금 지영은 힘들었다. 잘못 없이 죄인이 된 기분이 어떤 건지 알기에 석진이 안쓰러웠고, 아무리 미운 동생일지라도 그놈의 피가 뭔지 자꾸만 편협한 사고를 하게 되는 자신이 싫어서 옷장 깊숙이 숨겨 놓은 정신과에서 처방받은 약이 간절해질 지경이었다.

그래도 안 되는 건 안 되는 것이다. 누군가 그랬다. 세상에서 공짜로 먹을 수 있는 몇 안 되는 것 중 하나가 나이라고. 단지 더 많이 살았다는 이유로 어른이 되었을지언정, 이럴 땐 어른이 해야 할 일을 하는 것이 맞았다.

비록 내 자식이 아프게 될지라도.

"이정아."

"엄마."

지영은 두 팔을 뻗어 이정을 끌어안았다. 여전히 어린아이처럼 푹 안겨 오는 이정의 등을 다독여 주던 지영이 잘근 입술을 깨물었다.

미안해, 이정아.

엄마가 많이 미안해.

원치 않게 찾아왔던 고난에 허덕이느라 자식들의 걱정을 샀던 과거의 그 시간들만으로도 평생 속죄하는 마음으로 살 요량이었는데 이렇게 또 한 번 딸의 심장에 대못을 박으려니 마음이 절절하게 미어졌다.

그래도 어쩔 수가 없었다.

미안해.

지금부터 네가 아플 수밖에 없는 말을 하게 되어서, 엄마가 미안해.

엄마가 못나서, 너무너무 미안해.

* * *

태풍이 오기 직전의 조용함이 이런 거구나.

뉴스에서는 A급 태풍이 북상 중이라는 보도를 하며, 태풍 피해를 최소화하기 위한 노력을 기울일 것을 당부했다.

그런 뉴스를 흘려들으며 아침을 먹은 뒤, 이정은 조용히 뒷정리를 했다. 석진은 곁에서 그녀를 도왔다.

석진은 그림자 인간이 되어 있었다. 훈일은 아예 새벽 일찍 연구실로 출근해 버렸고 지영은 꼭 필요한 말만 할 뿐 석진과 부딪치지 않도록 동선을 최소화했다.

뭘 해도 석진부터 챙기고 들던 지영은 온데간데없었다. 아침이 밝자 석진은 그야말로 불청객이 되어 버렸다.

이정의 부모님이 무슨 말을 하신다 해도 다 받아들일 각오를 하고 왔지만, 이렇게 아무 말도 없는 상황에 대해서는 미처 대비하지 못했다.

"씻고 올게요."

지영은 안방에, 이정은 욕실로 간 사이 석진은 거실 유리창 너머로 보이는 마당을 멍하니 쳐다봤다. 아침 이슬에 젖은 참나리꽃과 또 다른 이름 모를 꽃들이 여기저기 피어 있어도 마당의 대표색은 초록이었다.

석진은 보리차 한 모금을 억지로 넘기고 생각에 잠겼다.

우리 어머니와, 최이정의 외삼촌.

그들의 부적절한 관계.

불편하게 삼킨 아침 식사가 위장에 남아 있는 느낌이 들며 속이 메슥거렸다.

'이정이 외삼촌과 네 어머니의 관계에 대해 한 번도 의심해 본 적이 없는 거지?'

훈일이 최후의 수단으로 꺼낸 불편한 진실 때문에 제대로 잠을 이루지 못했더니 어릿한 편두통까지 양쪽 뇌를 짓눌러 댔다.

하지만 너무 오랜 시간 동안 충분히 고통받아 온 탓인지, 충격을 받아들이는 데도 내성이 생겼나 보다. 놀라긴 했지만 그들의 불륜이 제 일로 와닿지는 않은 것이다.

솔직히 기억 속에 없는 엄마가 아닌가?

모르는 사람들이 저지른 몰랐던 일에 대해서는 이미 최선을 다했다.

고통의 수치를 객관화할 수는 없지만 다른 고통과 비교할 수는 있었다.

스물한 살의 여름, 그날에 비하면 지금은 몹시도 괜찮았다. 어머니라는 사람에 대한 기대가, 그녀가 진 빚을 갚기 위해 고군분투하는 동안 모두 증발해 버렸기 때문일 것이다.

다만 앞으로가 문제였다.

그림자 취급을 받더라도 이렇게 꾸준히 얼굴을 보이면 미운 정이라도 주시지 않을까?

고루한 표현이지만 내가 잘하겠다고, 내가 이정이를 책임지겠다고 하면 조금이라도 마음을 열어 주시지 않을까?

이 상황을 단번에 해결할 수 있는 못된 방법도 있었지만 그걸 실행할 수는 없었다. 더 이상은 이 가정에 불행의 씨앗을 던져서는 안 됐다.

"아직은 덜 더운데 나가 볼래요?"

집안 분위기 탓인지 덩달아 말이 없었던 이정이 막 씻은 사람 특유의 산뜻한 향기를 풍기며 다가왔다. 석진은 닫힌 안방 문을 쳐다봤으나, 이정은 무시하고서 그를 이끌었다.

마을 한가운데를 가로지르는 개울가에 다다를 때까지 두 사람은 손을 잡고 걸었다. 먼저 손을 잡아 온 건 이정이었다. 손가락 사이사이를 파고드는 여린 손가락들을 힘주어 잡으며, 석진은 이 여름이 무사히 지나갔으면 좋겠다고 생각했다.

반팔이 아닌 긴팔을 입은 이정을 보고 싶었다. 맞잡은 손 사이로 땀이 흐르지 않는 계절에 더욱더 거리낌 없이 이 손을 잡고서 한국의 가을을 보고 싶었다.

이렇게 시간을 보내면, 가능하겠지.

귀가 들리지 않는 놈처럼, 뱀도 없는 놈처럼, 누가 뭐라 하든 지금처럼 이 손을 잡고 있으면 무사히 가을날 한가운데에 놓이게 될 것이다.

"정말로 태풍이 오긴 올 건가 봐요."

이정의 말을 듣고 보니 바람이 심상찮았다. 먼 산의 나뭇잎들이 바람에 부르르 떠는 모습이 확연히 보였고, 머리카락이 이리저리 흩날렸다. 들판의 벼들도 바람 앞에서 맥없이 기울어져 갔다. 바람에서 비 냄새가 나기 시작했다.

퐁당.

개울가에 앉은 이정이 손에 잡힌 작은 돌멩이를 던졌다. 돌멩이가 물속으로 사라지는 모습을 보던 석진은 고요함을 깨고서 다시금 자신의 마음을 털어놓았다.

"훗날 돌이켜 보면, 이 과정은 잠시일 거야."

"……."

"난 그렇게 생각하기로 했어. 네가 언젠가 그랬지? 다 지나가는 거라고. 어차피 걸릴 감기를 미리 겁내지 말라고. 나도 그렇게 생각해. 지금 이렇게 아파도, 언젠가는 다 나아."

퐁당.

다시 이정이 돌을 던졌다. 그러다 물었다.

"다 나아도, 어딘가에 흉터는 남겠죠."

다시 퐁당, 돌 하나가 개울물 속으로 사라졌다.

"그리고 누군가는 기억하겠죠. 내가 많이 아팠었다는 걸."

의미심장한 말에 석진은 앉아 있는 땅이 무너지는 것 같은 어질함을 느꼈다.

"난 정말 괜찮은데, 나는 다 나았는데, 누군가는 자꾸만 날 의식하게 될 수도 있어요. 수시로 괜찮냐고 묻고, 내가 아팠던 때를 떠올리면서 수시로 날 살피고……. 그럼 난 굉장히 불편할 거예요. 내 몸만 편해졌다고 해서 예전처럼 살 수 없을 것 같아요."

아침 햇살에는 그늘이 드리워져 있었다. 정말로 비가 쏟아지긴 하려나 보다. 그래서인지 이정도 평소보다 어두운 얼굴빛을 띠고서 의미 없이 돌을 던져 댔다.

석진은 그 무기력한 움직임을 쳐다보았다.

도대체 지금, 얘가 무슨 말을 하고 있는 거지?

"운명이라고 믿었지만, 사실 우리…… 그 우연한 만남에 너무 큰 의미를 두고 있었던 건지도 몰라요."

"이정아!"

다시금 돌을 던지려던 그녀의 손목이 공중에서 붙들렸다. 석진은 이정을 쳐다봤지만 그녀의 시선은 개울의 표면 어디쯤에 가 있었다.

"미안해요. 운명보단, 더 많은 것들에 대해 생각할 나이가 되어서."

공허하게, 허망하게, 한곳을 응시하면서 이정은 그렇게 이별을 고했다.

"우리 헤어져요."

"……"

"이미 너무 큰 흉터를 가진 가족들한테…… 더 큰 상처를 줄 수가 없어요."

그리고 나 스스로도, 자신이 없어요.

"미안해요."

거짓말처럼 세상이 어두워지고 있었다.

쾅.

이웃 마을 어귀에서 천둥이 치는 소리가 들렸다.

11

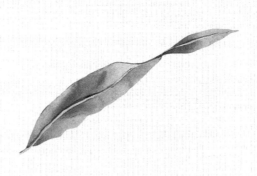

"어쩌다 이런 상황이 닥친 거야?"

가슴에 붕대를 칭칭 감은 채 누워 있는 환자를 보며 석진은 할 말을 잃었다. 도대체 얼마나 피를 흘린 건지 이마를 감싼 하얀 붕대 위엔 갈색으로 변한 핏자국이 선명했다.

"재수가 없었지 뭐."

석진을 놀라게 한 장본인은 이 와중에도 웃었다. 슬금슬금 오른손을 들어 브이 자를 그린 두현은 정말로 괜찮다고 말하며 석진을 달랬다.

"그래도 다른 사람이 안 다친 게 어디야? 다쳐도 대표인 내가 다쳐야지."

바짝 마른 목소리를 내며 자신의 건재함을 표시하려 했으나, 누가 봐도 두현은 환자가 맞았다.

"이럴 땐 제발 아무 말도 하지 마."

석진은 속상한 기색을 숨기지 못했지만, 두현은 여전히 웃기만 했다.

휴우, 진짜 이 상황을 어쩌면 좋을까?

석진은 절대로 괜찮지 않아 보이는 표정을 고스란히 드러내며 거듭 한숨을 쉬었다. 뻐근해진 두 눈을 감고 눈두덩을 눌러 봐도 도무지 정신이 원래 상태로 돌아올 기미가 보이지 않았다.

'우리 헤어져요.'

하필이면 이정이 이별을 고하던 그때, 휴대폰이 울렸다. 받지 않았다. 받을 수가 없었다.

하지만 휴대폰을 끄려고 하던 그 순간, 절대로 외면할 수 없는 문자 메시지가 석진을 붙잡았다.

[전화 좀 받으세요. 정 대표님이 많이 다치셨어요. 지금 병원으로 이송 중입니다.]

눈앞에서는 연인이 헤어짐을 말하고 있는데 가장 친한 친구가 다쳤다고 한다. 그것도 많이.

다급하게 느껴지는 직원의 메시지를 보자니 이게 무슨 일인가 싶었다.

충격을 받는 데도 내성이 생겼다고 자만했던 마음이 한없이 초라하게 짓밟혀 버렸다. 온 세상이 고요해지고 눈앞이 새카매지는 암흑의 시대가 열렸다.

'난, 아무 말도 못 들었어.'

'오빠!'

'아무 말도 못 들은 걸로 할 테니까, 너도 허튼 생각 하지 마. 정말로 난, 아무것도 못 들은 거야.'

그다음부턴 기억이 희미하다. 정말로 아무 말도 못 들은 사람처럼 손을 내밀어 이정을 일으켰고, 그녀를 집까지 바래다줬다. 이정이 억지로 손을 빼내려고 했던 것 같기도 한데, 그럴 틈을 허락하지 않았다. 그러곤 지영에게 또 오겠다는 말을 남기고서 차에 올라탔다.

태풍을 뚫고 사정없이 속도를 내며 서울에 도착했다.

— 현장 갔다가 각자 차로 움직이던 중이었어요. 정 대표님이 앞장서서 가시던 길이었는데 그만……

두현의 휴대폰 액정이 깨진 탓에 가족들에게는 연락하지 못했다는 직원의 말을 들었으니 더욱더 부지런히 달릴 수밖에 없었다. 찰나 윤주에게 이 소식을 알려야 하나 갈등했지만, 그녀가 임산부인 점을 감안하면 도무지 그럴 용기가 나지 않았다.

이 모든 게 교통사고 때문이었다. 이른 아침, 분당 현장으로 가는 길에, 역주행하는 음주 운전 차량과 부딪치는 바람에 두현의 갈비뼈가 부러지고 만 것이다. 아슬아슬하게 장기를 건드린 뼈 때문에 긴급 수술이 이루어졌고, 그 결과 천만다행으로 위험한 고비는 넘긴 듯했다.

"휴, 이젠 부모님께 연락드려야지? 어머님 번호가 어떻게 돼?"

수술이 잘되었다는 의사의 설명을 들은 뒤, 그제야 한숨을 돌린 석진이 휴대폰을 꺼냈다.

최이정.

휴대폰을 쥐니 반사적으로 그녀가 떠올랐다.

"잠깐만."

아무것도 못 들은 걸로 하겠다는 말을 확인 사살 하려는 것처럼 석진은 그녀에게 잘 도착했다는 메시지를 남겼다. 그리고 곧 전화하겠다는 말을 덧붙였다.

내가 과연 잘하고 있을까에 대한 의문이 꼬리를 물고 이어졌다.

간신히 살아남긴 했지만 두현은 목숨을 잃을 뻔했다. 그런 친구를 앞에 놓고서 연인의 이별 통보에 골머리를 썩는 자신이 과연 옳은 것일까? 그 어떤 장애물도 다 극복하겠다고 마음먹고 찾아간 연인의 집에서, 친구의 사고 소식을 듣고 냉큼 달려오는 선택을 한 건 또 어떻고.

하지만 생각을 하는 시간조차도 허락되지 않았다. 아들의 사고 소식을 듣고 달려오신 두현의 부모님을 맞이하기 무섭게 일 폭탄이 몰아쳤다.

— 우 대표님, 분당 헤어숍 공사 건 말인데요. 고객님과 통화를 좀 하셔야 될 것 같습니다. 정 대표님을 찾으셔서요.

— 우 대표님, 카페 공사요. 전기 작업을 하려고 보니 문제가 좀 있는 모양입니다. 건물주랑 이야기를 해 봐야 할 것 같은데, 와 주실 수 있습니까?

태풍이 찾아왔다. 창밖으로 보이는 도심의 모습이 예사롭지 않았다. 우산이 뒤집혀서 허둥지둥하는 사람들, 곧 꺾일 것처럼 흔들리는 나뭇가지들, 물이 가득 차오른 도로와 거북이처럼 느리게 앞으로 나아가는 자동차들.

그 모든 정황을 눈에 담으며 석진은 이정을 생각했다.

분명 어젯밤까지만 해도, 부모님보다 연인을 걱정하는 자신의 마음을 안타까워했던 여자에게 밤새 무슨 일이 있었던 것인지 갈피를 잡을 수가 없었다.

아니다.

짐작 가는 일이 어디 한두 가지여야지.

그렇다면 이정은 과연, 어디까지 알게 된 것일까?

물 폭탄이 펑펑 떨어지는 시내를 운전하였다. 물에 3분의 1쯤 잠긴 앞차의 바퀴를 보자니 내 차도 같은 모습으로 직진 중이라는 걸 알 수 있었기에 신경이 바짝 일어섰다.

제대로 잠을 이루지 못하고 장거리 운전을 한 데다, 여러 가지 충격적인 일들로 마음이 소용돌이 속을 빙글빙글 도는데도, 절대로 사고를 내서는 안 된다는 사명감을 가지고서 두 손으로 핸들을 쥐었다.

시동을 걸기 전 이정에게 전화를 했으나 그녀는 받지 않았다. 두현의 사고 소식을 알리는 건 윤주에게 맡기기로 했다. 어차피 윤주가 알게 된다면 이정의 귀에 들어가는 것 또한 순식간일 테니까.

와이퍼는 자신의 능력 그 이상으로 바쁘게 움직였지만 그보다 더 빨리, 더 많이 쏟아지는 빗물을 감당해 내지 못했다. 시야는 흐렸고, 사정을 알 리 없는 고객들은 수시로 그를 찾았다.

이 비가 싫었다.

그에게 비는 이정과 함께 있는 시간을 적셔야 의미가 있었다. 외줄 타기를 하는 것처럼 마음이 불안할 때 내리는 비는 조금도 달갑지가 않았다.

너를 보러 가야 하는데.

네 곁에 내가 있어야 하는데.

자기 할 말만 쏟아 낸 고객이 전화를 끊자, 석진은 곧장 이정의 번호를 찾아 통화 버튼을 눌렀다.

하지만 이번에도 그녀는 받지 않았다.

지영과 훈일은 지금 딸과 무슨 이야기를 나누고 있을까?

차라리 그들이 아무 말도 하지 말았으면 하고 바라는 건, 과한 욕심인 걸까?

이런 소외감, 너무 싫은데.

어서 일을 정리하고 이정을 만나러 가야 하는데, 두현이 움직이지 못하게 된 이상 그럴 날은 까마득하기만 했다.

＊ ＊ ＊

"전화 안 받아?"

지영이 물었고 이정은 진동음을 만들어 내는 휴대폰을 들고 있었음에도 고개를 저었다.

여름용 식탁보를 뜨개질하던 지영은 벌써 몇 번째 실을 푸는 중이었다. 평소 같았으면 이틀 만에 거뜬히 완성했을 터인데, 어쩐지 자꾸만 손이 엇나가고 실이 엉켰다. 계속해서 밀려드는 우울한 생각 속에 갇히기 싫어서 부지런히 손이라도 움직이면 괜찮을까 기대했는데, 육체가 정신을 누르지는 못했다.

"올해 과일 농사, 벼농사 다 엉망이라고 옆집 은영이 엄마가 가뜩이나 우는 소리를 했는데, 괜찮은가 모르겠어."

어차피 잘되지도 않는 뜨개질감을 미뤄 놓고 딸의 관심을 돌리려 해 봤지만, 이정은 거실 바닥에 웅크린 채로 창밖만 쳐다볼 뿐, 말이 없었다.

"그래도 이 동네는 태풍 영향권을 피해 가서 다행이야. 참 그렇지. 농사짓는 사람들과 한동네에 사니까 평생 이렇게 날씨에 민감해. 정작 농사에 대해 아는 건 없지만 마음은 반쯤 농부야."

"……"

하루 사이에 무기력해진 딸이 걱정스러웠지만, 딸을 이렇게 만든 주범이 자신이었기에 지영은 최대한 말을 아꼈다.

이정의 휴대폰이 수시로 울릴 때마다 지영의 가슴은 덜컹덜컹 소리를 냈다. 그렇게 한참을 떨던 지영은 벨소리가 멎고 나서야 가슴을 쓸어내렸다.

하지만 이상했다. 안심이 되긴 했으나, 마음은 더욱더 불편해져만 갔으니.

석진을 멀리하기로 한 딸의 결정이 조금도 달갑지가 않았다. 딸이 순리대로, 이치대로 살았으면 해서 과거사의 한 토막을 어렵사리 털어놓은 건 자신인데, 고민한 시간이 허망할 정도로 쉽게 효녀의 길을 택한 딸의 모습이 왜 이렇게 가슴에 사무치는 것인지.

'이정아, 석진이랑 넌 안 돼.'

'왜 안 돼? 들었어. 오빠 어머니 때문에 외삼촌이 망했다며? 엄마, 그건 오빠 잘못이 아니잖아. 물론 나도 마음이 아파. 그런데 삼촌이 그렇게 돌아가셨다고 해서, 살아있는 사람들까지 평생 고통받아야 해? 잘 만날게. 속 안 썩일게. 응?'

그게 이정의 마지막 저항이었다.

'이정아.'

더 물러설 곳이 없다고 판단한 지영은 자신의 손목을 들어 보였고, 석진의 엄마와 택수의 관계가 얼마나 부적절했는지를 간략하게 설명했다. 이정도 이제 나이가 서른이니 알 때가 되었다 여기고 남편과 상의 끝에 실행에 옮긴 일이었다.

그런데 딸이 이상했다.

분명 모든 반대를 무릅쓰고 사랑을 택할 것처럼 굴던 이정은 울지도 않고, 화를 내지도 않았다. 무슨 생각을 하는 것인지 이정은 그저 혼자 있게 해 달라 말했고, 다음 날 아침 석진을 데리고 밖에 나갔다 돌아왔다.

급한 일이 생긴 사람처럼 사색이 된 석진이 돌아간 후, 이정이 말했다.

'헤어지자고 했어.'

그 말을 끝으로 이정은 입을 걸어 잠갔다. 그게 벌써 3일째다.

자초지종을 들은 훈일은 잘됐다고 했다. 결국 이렇게 될 거 일찍이 알게 했으면 더 좋았을 뻔했다며 씁쓸하게 안경을 고쳐 썼다.

'고등학생 때야 어쩔 수 없었지. 하지만 이제 걔도 서른이야. 그 정도도 감당 못 할 만큼 나약하게 키우지 않았어.'

딸을 나약하게 키우지는 않았지만, 자신이 저지른 나약한 결정이 이 사태를 더욱 악화시킨 데 대한 죄책감을 안은 지영은 한숨마저 조용히 넘겨야 했다.

내가 그러지만 않았어도, 저 젊은 청춘들이 덜 아팠을까?

356

하지만 그때의 지영은 제정신이 아니었다.

부모님을 일찍 여의고서 너무 어린 나이에 가장이 된 지영은 혈혈단신으로 동생 석택수를 키웠다. 공부를 잘했지만 대학을 목표로 할 수 없는 형편이었기에 여상으로 진학했고, 간신히 학교를 마친 뒤 작은 회사의 경리로 취직해 악착같이 택수를 공부시켰다.

그쯤 만난 훈일과 결혼하면서도 지영은 많은 걸 바라지 않았다. 반지 같은 예물은 필요 없으니, 동생을 뒷바라지하는 것에 대해서만큼은 토를 달지 말아 달라는 게 지영의 유일한 요구 사항이었다.

시집왔으면서도 동생을 챙기는 지영을 시어머니는 탐탁지 않아 했다. 아들이 힘들게 강의해서 번 돈을, 공부를 썩 잘하지도 않는 동생에게 몽땅 가져다 준다며 가혹한 시집살이를 시켰다. 결혼 전 모아 둔 돈을 조금씩 쪼개어 쓰는 거라고 설명해도, 시어머니는 늘 삐딱하기만 했다.

그래도 택수가 무사히 대학을 졸업하고 번듯한 직장에 취업해서 좋았다. 또 착한 올케를 데리고 와 결혼을 하고, 운이 맞아 제 사업을 잘 꾸려 나가는 듯해 뿌듯하기도 했다. 비록 동생일지라도, 지영은 택수를 자신의 자식, 그쯤으로 여기고 살아왔었다.

그런 동생이 보증을 잘못 서서 빚을 지게 되었다. 그 빚을 감당하지 못한 동생은 죽어 버렸고, 그 충격에서 헤어 나오기도 전에 제 친구와 동생이 말하기도 상스러운 그렇고 그런 사이였다는 소문을 들었다.

죄 없는 남편은 돈을 마련하기 위해 퇴직금과 연금을 당겨 받았고, 병상에 누운 시어머니는 맥을 가누지 못하는 손을 들어 지영의 머리채를 잡았다.

'아니야? 내 아들이 번 돈 네 친정에 갖다준 결과가 아니냐고!'

하지만 지영을 가장 가슴 아프게 했던 건 착해 빠진 아이들이었다. 사춘기였던 아들 이준도, 한창 멋을 부리며 젊음을 과시해야 할 나이였던 이정도, 갑자기 어두워진 집안 분위기에 대해 불편한 내색을 하지 않았다.

차라리 투정이라도 부렸다면 덜 미안할 텐데, 자신들의 상황보다 엄마의 기분을 더 우선순위에 두는 아이들을 지켜보는 마음은 말로 설명할 수가 없었다.

357

세상의 어느 부모가 내 자식이 나로 인해 고생하기를 원하겠는가?

결국 동생이 새로운 사업을 시작할 때 남편이 보증을 서 줬다는 걸 알게 된 날, 간당간당하게 유지되던 지영의 이성이 갈 길을 잃었다. 이미 큰돈을 준 뒤라, 그걸로 충분히 누나 역할을 했다고 믿었는데 더 큰 산이 있었을 줄이야.

우울증이 극에 달해 먹는 것도, 자는 것도 성치 않은 상태로 1년 남짓을 살아왔던 지영은 절대로 해서는 안 되는 결정을 내렸다.

부끄러워서였다.

할 줄 아는 건 학자답게 공부하는 것과 학생을 가르치는 것, 그리고 가족을 보듬는 게 전부인 남편을 더는 볼 수가 없어서 그만 선을 넘어 버리고 말았다.

하지만 천신만고 끝에 목숨을 건진 뒤에야 깨달았다. 만약 자신이 죽었다면 그거야말로 남편과 자식들에게 평생 씻을 수 없는 상처를 주는 것임을.

학업 때문에 기숙사에서 사는 아이들에게 군이 우울한 소식을 전하지 않은 남편이 무엇을 원하는지 알았기에 그녀는 깊이 반성했다.

죽어서도 용서받지 못할 만큼 큰 죄를 지을 뻔했다는 걸 자각한 지영은 그날 이후 억지로라도 밥을 삼켰고, 경제적으로 고통을 겪을지언정 내 가족이 나 때문에 힘들어서는 안 된다는 마음으로 하루를 버텼다.

그렇게 살다 보니 안정기가 왔다. 그리고 시어머니가 남긴 유산으로 평생 갚지 못할 것만 같았던 빚을 해결할 수 있었다. 면목이 없어 어쩔 줄 몰라 하는 지영에게, 훈일은 사람 목숨보다 소중한 건 없으니 이제는 그저 행복하기만 하면 된다고 했다.

그사이 아이들은 컸다. 딸은 큰돈을 벌지는 못하더라도 자신이 좋아하는 일을 하며 제 분야에서 두각을 드러냈고, 아들은 이름 있는 대학에 입학해 공부를 하다 군에 입대했다.

이제 좀 살 만하다고, 이제나마 평온한 시간이 다가와서 다행이라고 여겼기에 여느 때와 다름없는 평범한 여름날에 이런 사건이 터질 줄은 정말로 몰랐었다.

"너 출판사 일 남았다고 하지 않았어?"

말하는 법을 잊은 것 같은 딸의 입을 열게 하려면 뭐라도 걸고넘어져야 했다. 들은 건지 못 들은 척하는 건지 이번에도 이정은 말이 없었다.

"마감이 곧이라며? 이렇게 그림 안 그려도 돼?"

하늘이 두 쪽 나도 약속 시간은 지킨다고 하던 딸이 마감을 상기시켜도 붓을 잡을 생각을 하지 않는다. 문화 센터 강의는 대타를 쓰는 것 같은데 책임감 강한 딸이 장점을 잃어 가는 게 안쓰러웠다.

"점심엔 멸치국수나 삶아 먹을까? 아니다. 넌 비빔국수 좋아하지? 은영이 엄마가 작년에 고추장을 줬는데 맛이 아주 기가 막혀. 그걸로 새콤달콤하게 국수 좀 비벼 줄까?"

채 썬 오이를 고명으로 얹은 비빔국수를 해 주면 평소 양보다 1.5배를 더 먹어 치우던 식성마저도 동하지 않나 보다.

세상에 덩그러니 혼자 남은 사람처럼, 무릎을 모아 안은 채 창밖에서 내리는 비만 보고 있는 딸이 짠하지만 과거는 지울 수가 없었다.

젊은 날에 한 사랑, 저 정도는 아프고 지나갈 수도 있지 싶은데 자식이 넋 놓은 꼴을 눈앞에서 보자니 억장이 무너져 내리는 기분이었다. 남편은 그대로 두라고 했지만 지영은 속으로 피눈물을 흘리고 있을 딸을 못 본 체할 수 있는 위인이 아니었다.

"이정아."

"······."

"차라리 울어."

"······."

"아니면 내가 뭘 잘못했냐고, 석진이가 잘못한 건 없다고 소리라도 질러."

이정이 허리를 펴며 고개를 들었다. 그리고 속상함을 숨기지 못하는 엄마를 쳐다보다가 괜히 마른 입술을 비빈 뒤에 슬픈 눈으로 말했다.

"엄마. 난, 되게 나쁜 사람 같아."

지영은 네가 나쁜 사람이면 이 세상엔 좋은 사람이 없다는 말로 딸을 달래려 했지만 이정이 조금 더 빨랐다.

"마냥 좋았어. 좋아했던 남자가 내 앞에 나타나고, 그 남자도 날 오랫동안 좋아했다니까 그냥 다 좋았어. 오빠 어머니 때문에 우리 집이 힘들었던 걸 알게 된 뒤에도 그건 그 사람과 별개의 문제라 생각하고 그냥 만났어."

"……."

"엄마 아빠도 다 설득할 수 있을 줄 알았지. 내 부모님은 좋은 사람이고, 그 남자도 날 좋아하니까 내가 노력하면 다 될 거라고 그렇게 믿었나 봐. 그냥 내 사람들을 다 믿기만 했어."

휴우, 하는 한숨 소리와 함께 이정이 고개를 뒤로 젖혔다. 조명이 꺼진 거실 어딘가를 야속하게 노려보던 이정은 다시 자신의 무릎 위에 이마를 갖다 댔다.

"그런데 엄마."

"응."

"엄마 손목의 흉터를 보는데, 나, 묻어 놨던 기억이 떠올랐어."

"그게…… 뭔데?"

흉터를 보고 떠올린 기억은 절대로 행복한 추억일 수가 없다.

지영이 긴장하며 바라보는데, 이정이 고개를 들었다.

"엄마는 몰라. 그래도 아빠 알아."

"응?"

"우리 가족은 참, 비밀이 많았던 거였어."

"……."

"서로 너무 사랑해서 비밀이 많았어. 그런데 과연, 그게 옳은 일이었을까 싶어. 그 비밀들을 가졌다는 이유로 자신이 최선을 다했다고 믿은 건 아닌지……. 내가 이렇게 했으니까 다들 알아줄 거라고 믿고 산 게 아닐까?"

"그게 무슨 말이야?"

이정은 아직도 기억하고 있었다. 택수의 빚을 분담하느라 집이 어려워졌음에도 이정이 미대 진학에 대한 꿈을 버리지 않을 수 있었던 이유는 아빠 훈일의 고집 때문이었다.

공부에 취미를 보이지 않던 딸이었지만 그림에는 확실히 소질이 있다는 걸 알게 된 훈일은, 심상치 않은 집안의 경제 상황을 걱정하는 이정을 안심시키며 미대에 가도록 뒷바라지해 주겠노라고 약속했다.

그때만 해도 보증 문제가 터지기 전이었다. 다니고 있던 미술 학원비가 부담되어 그만두게 되었지만, 훈일과 친한 동료 교수가 힘을 써 준 덕분에 이정은 훈일이 일하는 대학의 미대 교수와 그의 조교에게 직접 그림 지도를 받았다.

하늘이 무너져도 솟아날 구멍은 있다더니, 그래도 주변인들이 나눠 준 온정이 있어서 힘들어도 힘든 내색 하지 않고 모두가 굳건하게 버텼던 시간들이었다.

그날은 따스한 봄날이었다. 오후 정규 수업을 끝마친 이정은 책가방을 챙겨 하교 준비를 하고 있었다. 예체능으로 대학 진학을 준비하는 몇 명의 친구들 또한 가방을 꾸리는 중이었다.

그때, 복도 쪽이 다소 소란스러워지는가 싶더니 이정의 친구 미라가 교실로 뛰어 들어와 이정을 붙잡았다.

'최이정, 너 이름표 떼, 어서!'

'응?'

'이름표 떼고 자리에 앉아.'

'왜?'

이정이 뭐라 할 새도 없이 교복에 붙어 있는 이름표를 뗀 미라가 반 친구들에게 말했다.

'지금 최이정 여기 없는 거야, 알겠어?'

고등학교 3학년, 열아홉 살 여학생들은 눈치가 빨랐다. 한 학년에 겨우 두 반이 전부인 작은 시골 학교 학생들은 단합력 또한 좋았다. 뭐가 뭔지 몰라도 모두 일단은 암묵적으로 동의를 하던 찰나에, 낯선 남자 어른 하나가 교실에 들어왔다.

'여기가 최이정 반 맞지?'

족히 쉰 살은 되어 보이는 남자는 까만 얼굴 속에 날카로운 눈빛을 가지고 있었다. 누가 봐도 위험한 사람이라는 이미지를 풀풀 풍기는 그 남자를 앞에 두고 반 전체가 얼어붙었을 때 반장 윤혜가 나섰다.

'맞아요. 그런데 이정이 아까 나갔어요.'

떨지도 않고, 지극히 자연스러운 윤혜의 태도에도 불구하고 남자는 여전히 의심이 담긴 눈으로 반을 둘러보았다. 뭐가 뭔지 모르지만 일단은 가만히 있어야 한다는 직감이 스쳤기에 이정은 잠자코 숨을 죽였다.

'이정이 예체능이라 야자 안 해요. 조금 전에 미술 학원에 갔어요.'

누군가가 설명을 덧붙여도 의심의 눈초리를 거두지 못하던 남자는 자율 학습의 시작을 알리는 종이 울리자 교실을 빠져나갔다. 동시에 반 아이들 모두가 긴장감에 아껴 뒀던 숨을 몰아쉬었다.

'그런데 미라야, 저 남자 누군데?'

자신을 찾는 사람이 다녀갔음에도 이정은 이 일에 대해 전혀 감을 잡지 못하고 있었다. 다만 불길할 뿐.

이정이 묻자 반 아이들 모두가 귀를 쫑긋 세웠다.

'나도 몰라. 그런데 저 남자가 수돗가에서부터 최이정 너에 대해 묻고 다니잖아. 정상적인 사람이면 학교에서 널 왜 찾니? 딱 봐도 이상한 사람이라 일단 교실로 뛰어왔어.'

그러자 다른 의문이 생겼다. 바로 미라가 최이정은 여기 없는 거라고 모두를 입단속시킨 점이었다.

반 아이들은 종이 울렸음에도 공부를 시작하지 못한 채 이정과 미라를 흘끔거렸다. 모두의 시선을 불편하게 받아들이던 미라가 이정에게 밖으로 나가자고 말했다.

'빚쟁이 같다는 예감이 들었어.'

학교 건물 뒤 소각장에서 미라가 목소리를 낮췄다.

'뭐? 빚쟁이?'

생소하기 그지없는 말에 이정이 목소리를 높였지만 미라는 초연하기만 했다.

'최이정. 내가 서울에서 여기로 왜 전학 온 줄 알아?'

'……'

'우리 아빠가 사업하다 망했는데, 저급한 빚쟁이들이 나랑 우리 오빠 학교를 들쑤셔 놨어. 쪽팔려서 학교를 다닐 수가 없더라. 그 미친놈들이 수업 도중에 들어와서는 나한테 당장 우리 아빠한테 전화하라고 샀거든. 선생님이 말리니까 오히려 더 난리를

떨었어.'

1학년 때 서울에서 전학 와 털털한 성격으로 반 분위기 메이커를 자처했던 미라에게 그런 과거가 있을 줄이야.

깜짝 놀란 이정의 반응을 뻔히 보면서도 미라는 담담했다.

'그래서 전학 온 거야. 쫄딱 망한 마당에 서울에서 살 여력이 없기도 해서 우리 할머니 집으로 왔지.'

미라가 해탈한 얼굴로 웃었다. 그러고는 아까 재빠르게 숨겼던 이정의 이름표를 되돌려주었다.

'넌 아닐 수도 있어. 나도 그 사람이 나쁜 사람이 아니길 바라고 내가 괜히 오지랖 떤 거면 진짜 좋겠는데, 아까 무섭더라고. 그 아저씨를 보는데 그때 그 미친놈들이 생각나서 말이야. 내가 먼저 겪어 봐서 아는데, 그런 망신은 평생 당할 게 못 돼.'

'……'

'아니겠지. 그런데도 내가 트라우마가 있어서 그랬나 봐. 그러니까 부모님께 확인해 봐. 반 애들한테 설명하는 건, 진실이 뭔지 알고 난 뒤에 생각해.'

훗날 돌이켜 보니 미라의 눈치와 배려는 고3의 머리에서 나올 수 있는 수준을 넘어서고도 남았다. 자신의 아픔을 통해 현실을 보고, 재빠른 판단력을 이용해 한 사람의 자존심을 살린 거였다.

혹시나 하는 마음에 아빠에게 전화를 건 이정은 미라의 통찰력이 적중했음을 알게 되었고 어마어마한 공포심에 몸을 떨었다.

학교에까지 이정을 찾아온 질 나쁜 남자는 이정의 외삼촌 석택수에게 큰돈을 빌려준 사람이었다. 택수가 가족 모두를 데리고 잠수를 타자, 그에 대한 경고로 굳이 이정의 학교까지 발걸음을 한 거였다. 어린아이의 신변을 위협하는 것보다 더 빨리 돈을 받는 방법은 없었으니까.

'엄마에겐 비밀로 하자. 아빠가 알아서 할게.'

모든 건 훈일의 권한 안에서 해결된 듯했고 몸도 마음도 성인에 가까워진 이정은 엄마 앞에선 그에 대해 함구했다.

그냥 그래야 할 것 같았다. 이 문제를 얹지 않아도 엄마는 힘들어 보였다. 그

와중에도 이정은 그 빚쟁이가 사촌동생들과 이준을 건들지 않아 다행이라고 생각했다.

자칫하면 반 친구들이 보는 앞에서 큰 망신을 당할 뻔한 위험천만했던 그날. 해외에 사는 먼 친척이 주소를 분실해서 수소문 끝에 학교로 찾아온 거였다고 친구들에게 둘러댔지만, 머리가 다 큰 열아홉 살들은 반신반의하는 눈치였다.

'이정이 아빠 대학 교수잖아. 설마 이상한 사람이었겠어?'

그래도 아빠의 직업이 번듯했던 덕분에 의심받는 상황을 어렵사리 모면하긴 했지만 그날 일은 두고두고 이정을 괴롭혔다.

돈이라는 게 사람을 어디까지 몰아갈 수 있는지, 원치 않게 배워 버린 끔찍한 경험이었다.

그런데 참 이상했다.

'이정아, 석진이는 왜 안 되는 건지 이야기 좀 들어 봐.'

듣지 않았으면 좋았을 지영의 이야기를 듣자니 고등학교 시절, 빚쟁이가 학교로 찾아왔던 그때가 떠올라 온몸에 소름이 돋았다. 간신히 다 잊었다고 생각했던 그날의 수치심과 두려움이 생생하게 되살아났다.

거기서 생각이 멈췄어야 하는 건데, 이정은 자신이 몰랐던 시간 속으로 서서히 걸어갔다.

까마득하고 어두운 그때.

가족들 모두가 표정을 잃고, 숨 쉬는 것조차 조심스러워했던 몇 년.

자신은 운이 좋게 아슬아슬 피해 간 그 한 번의 경험만으로도 한참이나 아파했는데, 부모님은 그놈의 돈으로 인해 어떤 피해를 입고 여태껏 살아왔을지 가늠이 되지 않았다.

당장 엄마만 하더라도 목숨을 하찮게 여길 만큼 힘들어하지 않았던가?

그리고 그 모든 아픔의 중심에는 석진의 어머니가 있었다. 우석진이라는 남자에게 눈이 멀어서 그건 그거, 이건 이거, 이렇게 분리하며 너무 쉽게 석진의 편에 섰던 자신이 매우 어리게 느껴졌다.

"정말이야? 정말 그런 일이 있었어?"

넋두리를 쏟아 내는 딸의 팔을 흔들며 지영은 화를 참지 못했다.

천하의 나쁜 놈들.

아무리 돈이 급해도 그렇지 어떻게 아무것도 모르는 애를 괴롭히려 했을까?

그보다 조금 철이 없어도 되는 나이에 내 딸은 속에 뭘 그렇게 많이 담고 살아야 했던 건가.

"지난 일이야."

대수롭지 않게 대답했지만 사실 이게 보통 일이 아니라는 건 이정이 더 깊이 통감하고 있었다. 심장이 뻐근해지더니, 교실로 그 빚쟁이가 찾아왔던 때보다 더 빠르게 맥박이 뛰었다.

"왜 말을 안 했어!"

예상대로 흥분하는 엄마를 보며, 이정은 감정이 사라진 말투로 대꾸했다.

"……우리 가족들 중에 한 명이라도 덜 아팠으면 해서. 그래서."

"이정아!"

"화내지 마, 엄마. 아빠도, 엄마도, 나도, 서로를 지나치게 배려한 거야. 알아서 아픈 진실이라면 감추는 게 더 낫다 생각하고 여태껏 산 거야. 우리 가족 중 누구도, 자신만 생각하고 제멋대로 산 적 없어. 그러니까 공평한 거지."

그렇지만 비밀이라는 건, 얇은 유리창과도 같아서 툭 건들면 이토록 쉽게 깨질 수도 있는 거였지.

우리 가족은 그걸, 이제야 안 것뿐이야.

사랑해서 참았던 시간들, 아끼니까 내가 아프더라도 나 혼자 품고 싶었던 가시 돋친 진실들, 그 모든 것들이 한데 뒤엉켜 두 모녀의 가슴을 후볐다.

"그냥…… 참는 것만이 능사는 아닌 걸 알 것 같아. 그런데 나도 모르게 너무 오래 참았더니, 안 참는 건 어떻게 하는 건지, 그걸 모르겠어. 그래서 지금, 내가 뭘 해야 하는지도 난 모르겠단 말이야! 아파. 그런데 이렇게 아픈 게 엄마 아빠 생각에 아픈 건지, 그냥 아픈 건지 몰라. 당장 그 사람이 보기 싫은 이유가 뭐 때문인 건지도 난 몰라. 보고 싶은데, 가족들을 위해서 참고 있는 거일 수도 있는데…… 그래도 난……."

지영은 목 놓아 울었고, 이정은 엄마를 달랠 생각조차 하지 못하고 다시 창밖의 비를 보았다.

너무 막막하면 눈물조차 나지 않는다는 걸, 서른이 되어서 배우게 되었다. 오만 가지 생각이 앞다투어 밀려들어서, 슬픔은 뒷전이 되었다.

답답하고, 막막했다.

비는 시원하게 쏟아지는데, 그녀의 가슴속엔 물기가 스미지 않았다.

바짝 마른 심장이 파스스 부서지며 마찰음을 만들었다.

＊ ＊ ＊

받지 않는 전화에 이골이 날 법도 한데, 석진은 포기하지 못했다. 두현의 빈자리를 채우기 위해 서울과 경기도 곳곳의 현장들을 누비며 까다로운 고객들을 상대하는 것 정도는 하나도 고단하지 않았다.

정말로 힘든 건, 이정에게 달려갈 수 없는 자신의 처지였다. 마음은 다른 곳에 있는데 일을 하나씩 처리해 나가고 있다는 것이 스스로도 신기할 지경이었다.

차에서 쪽잠을 잔 뒤, 집으로 들어가 씻고 옷만 갈아입는 생활을 며칠간 이어 갔다. 잠을 줄이고 먹는 시간까지 아끼면 이정을 만날 수 있을 거라 믿고 24시간을 48시간처럼 쓰는데도 일은 도무지 줄지가 않았다.

— 미안해서 어떻게 하냐?

두현은 진심으로 미안해했다. 병상에서도 부지런히 전화를 받으며 일을 했으나, 몸을 쓸 수가 없으니 실질적인 업무는 석진이 다 처리해야 했다.

"나야말로 너 병문안도 못 가고 있잖아."

— 야, 나도 양심이라는 게 있어. 말 같지도 않은 소리 하지 말고 나한테 올 시간 있으면 잠 좀 자.

아닌 게 아니라 너무 바빠서 두현의 병문안을 가는 것도 사치였다. 사실 그럴 시간이 있었다면 이정에게 먼저 갔을 거라는 게 솔직한 마음이었다.

"괜찮아. 그보다 윤주 씨는 오늘도 왔어?"

— 지금 옆에 있어.

두현의 사고 소식에 깜짝 놀란 윤주가 만사를 제쳐 두고 병원으로 달려왔다는 이야기는 때마침 병원에 있었던 직원들을 통해 들었다. 엉겁결에 두현의 부모님과 윤주가 인사를 하게 되어 눈치껏 빨리 병실을 빠져나왔다며 호기심을 드러내는 직원들에게 석진은 비밀을 만들지 않았다.

'두현이가 만나는 여자 맞아요.'

석진의 빠른 인정으로 두현의 연애는 회사 직원들 사이에서 공식화가 되었다.

"부모님은? 귀한 아들이 거동이 불편한데 가만 계실 분들이 아니잖아."

— 가만 계실 수밖에 없게 됐어. 윤주가 매일 부모님보다 더 빨리 여기 오니까 도리어 불편하신가 봐.

윤주를 반대하셨던 분들이 왜?

묻고 싶은 말은 일단 미뤘다. 윤주가 두현의 곁에 있는데 굳이 분란을 만들 필요는 없으니까. 그리고 가장 궁금한 건 따로 있었다.

"윤주 씨, 이정이랑 통화 자주 해?"

— 자주? 자주는 아닌 것 같아. 이정 씨가 전화 잘 안 받는다고 윤주가 투덜댔어.

"그래?"

— 그래도 아예 안 한 건 아닐 텐데?

이정이 화두가 된 걸 알았는지 옆에서 윤주가 석진이 들을 수 있게끔 물었다.

— 오빠, 이정이 무슨 일 있어요? 애 목소리가 다 죽어 가던데?

"……."

— 오빠 두현 오빠 다친 거, 이정이한테 일부러 말 안 한 거죠? 아님 바빠서 말을 못 했나?

석진이 대답을 못 하는 사이 도저히 안 되겠다는 듯 두현의 휴대폰을 빼앗아 든 윤주는 마침 궁금했던 이정의 안부를 확인했다.

— 엄마 간호할 겸 시골집에 더 머문다고 하는데 혹시 오빠랑 무슨 문제 있는 거 아니죠? 너무 갑자기 그러니까 이상하잖아요.

"아니에요. 아무 문제 없어요."

— 그쵸? 하긴 뭐, 두 사람이 문제 있을 게 뭐 있겠어요. 둘 다 마냥 순둥순둥해서 싸우는 법도 모르는 사람들인데.

두 사람 사이에는 아무 문제가 없다는 걸 확신하는 윤주의 곁에서 두현이 석진은 절대로 순둥순둥한 사람이 아니라고 첨언했다. 이내 깔깔거리는 웃음소리가 들리자, 석진은 두현과 윤주가 자신과 다른 세상에 사는 사람들처럼 느껴졌다.

두 사람, 뭔가 잘되어 가는구나.

— 진짜 무슨 문제 있으면 꼭 말해 줘요. 오빠랑 싸웠냐니까 최이정도 그런 거 아니라고는 하던데, 그럼 어머니 상태가 많이 안 좋으신 건가 싶기도 하고요.

"전부 괜찮아요. 비가 너무 자주 오고 더우니까 몸이 처져서 그럴 거예요."

— 사람 잡는 날씨긴 하죠. 비가 오거나 아니면 찜통이거나. 아유, 그런데 애인은 바빠서 얼굴 보기도 힘들고, 그러니까 최이정 걔가 그렇게 힘이 빠졌나 봐요. 결국 이 남자가 잘못한 거네.

찰싹하는 마찰음과 함께 두현이 '아야!' 하며 엄살을 떠는 소리가 들리자 석진은 허탈한 웃음을 지었다.

사람들에게 최이정과 우석진은 별문제 없이 잘 사귈 연인들처럼 보이나 보다. 요란하지 않게 만나 온 것밖에 없는데도 그런 신뢰를 준 건 달가운 일이었지만 마음이 자꾸만 쓰라렸다.

남들 보기엔 서로 좋아할 시간도 부족한 우리가 왜 이래야 할까.

그나마 석진에게 한 줄기 희망을 준 건, 이정이 가장 친한 친구에게 그간의 일을 함구하고 있다는 사실이었다.

이별.

그 아픈 걸 함부로 입에 올리지 않은 이정에게 고마웠다.

그래, 우린 정말로 아무 일 없는 거야.

네가 무슨 말을 했는지 난 전혀 기억나지 않아.

그런 사소한 희망 한 줄기가 석진을 움직이게 했다. 석진은 수면 부족으로 띵해진 머리를 손바닥으로 누른 뒤 이정에게 전화를 걸었다.

받지 않을 거라는 걸 예감하고 있는 처지가 우울했지만, 그는 믿어 의심치 않았다.

이 또한 언젠간 지나갈 것이라는 걸.

*** * ***

"대표님, 코피 나요!"

직원이 화들짝 놀랐을 땐, 이미 새빨간 핏방울이 흰 셔츠를 적신 뒤였다.

"어."

손으로 코를 막은 석진은 고개를 뒤로 젖히며 직원이 내민 손수건을 받아 들었다. 체했을 때 손을 따면 낫는 것처럼, 코피를 흘리니 머리가 조금 맑아지는 것 같기도 했다.

내가 이렇게 미쳐 가는구나.

몸이 보낸 위험 신호마저 제멋대로 해석하고 있는 이 상황이 정상으로 받아들여지지는 않았다.

"무리하셔서 어떻게 해요?"

걱정을 하면서도 직원들은 감히 석진에게 쉬라는 말을 하지 못했다. 애석하지만 마감을 앞둔 공사가 줄줄이 있었고, 그것들은 하나같이 석진의 개입을 필요로 했다. 병상에 있는 두현이 최대치로 일을 해 봐도 역부족인 상황이라 석진이 몸을 두 배로 쓸 수밖에 없었다.

"잠깐 차에 다녀올게요. 옷을 갈아입어야 할 것 같아서."

가뜩이나 바빠 죽겠는데 하필이면 왜 코피가 셔츠에 떨어져서는.

이대로 일을 할까 했지만, 직원들이나 고객의 걱정을 살 수는 없는 노릇이었다.

용모 단정.

석진이 한국에 올 때 두현이 내세운 조항 중 하나였다. 제아무리 돌가루와

톱밥이 날리는 현장을 쏘다닐지라도 명색이 한 회사의 대표인데 너무 막 입고 다니지는 말자는 게 두현의 생각이었고, 석진 또한 전적으로 동의했다. 업무 분위기가 자유로운 미국 회사에서 일할 때도 티셔츠만 걸치고 출근해 본 적은 없기에 복장 규정을 지키는 게 어렵진 않았다.

그런데 요즘은 깨끗한 셔츠를 입고서 현장을 누비는 일이 조금은 힘들었다. 날씨는 무더웠고 잠을 제대로 자지 못해 체력은 바닥이 난 상태에서 하루에도 몇 번씩 셔츠를 갈아입는 것까지 신경을 쓰려니 생존을 위해서라도 티셔츠를 입어야 하나 싶어질 지경이었다.

인생이라는 게 참 고되고 힘들었다.

어른이 되고, 일을 하고, 돈을 벌고, 연애를 하고.

그렇게 간단하게 축약될 수 있는 과정 속에는 사소하게 지켜야 할 것들이 너무 많았다. 그리고 일과 사랑, 그 사이에서 중심을 잡는 건 처절하다 싶으리만치 어려웠다.

중심은커녕, 지금 당장 이정을 꼭 만나야만 하는데도 고작 전화를 거는 것 말고는 할 수 있는 게 없지 않은가?

차 안에서 셔츠를 갈아입기가 무섭게 휴대폰이 진동음을 냈다.

"휴우."

다음 주 레스토랑 오픈을 앞두고 있는 고객이었다. 두현이 멀쩡할 땐 충분히 소화 가능했던 일정들이 조금씩 마찰음을 만들어 내려 했고, 석진은 그 소리를 필사적으로 잠재워야 할 의무를 가지고 있었다. 하지만 어떤 건 기어코 듣기 싫은 소리를 만들어 냈다.

'예정보다 3일 미뤄지는 거잖아요. 그럼 그만큼 견적에서 빼 주셔야 하는 거 아닌가요?'

'소개해 주신 김 사장님이 시간 하나는 칼같이 지킨다고 하셨는데, 제가 속은 거죠?'

사고를 당했다는 사실은 이해관계에 반영되는 요소가 아니었다. 고객들은 자신의 잇속을 챙기기 위해 자꾸만 딴지를 걸었고 석진은 매 순간 자신의 한계를 깨달아 갔다.

내가 지금 대화를 하고 설득을 해야 할 사람들은 이들이 아닌데.

젠장. 그냥 사표 툭 던지는 걸로 이 회사를 관둘 수 있는 직원이면 좋겠네.

휴대폰이 울렸다.

"네, 우석진입니다."

속으로 욕을 뇌까릴지언정, 손으로는 뻑뻑해진 두 눈을 아플 정도로 비벼 댈지언정, 석진의 목소리는 업무에 최적화되어 있었다.

통화를 하는 사이 다시 코끝에서 뭔가가 흘러내리는 느낌이 났다. 조수석 위에 벗어 놓은 셔츠를 가져와 다급하게 코를 막았다.

그러면서도 고객이 눈치채지 못하도록 성실하게 대답을 했다.

석진은 그 누구보다 힘든 여름을 보내는 중이었다.

힘들어서 주저앉고 싶지만 힘들다는 말은 끝끝내 할 수 없었다. 벌을 받는 거라 생각하니 감히 투정조차 나오지 않았다.

최이정의 곁을 두 번이나 떠난 벌.

현생에서 잘못한 게 있다면 죽어서 벌을 받는다는데 살아 있을 때 이런 식으로 조금씩이나마 벌을 삭감한다면 행복에 더 빨리 닿을 수 있지 않을까?

그런데 정작 난, 이정을 위해서는 아무것도 하지 못하고 있는데.

누가 인생 별거 없으니 쉽게 살라 했나. 매 순간 선택 장애가 오고 자신이 옳은 결정을 했는지에 대한 회의가 밀려왔다.

아무래도, 잘 살고 있는 것 같지 않았다. 이대로는 잘 살아 나갈 자신이 없었다.

＊ ＊ ＊

"수고하셨습니다."

날짜를 지킬 수 있을까 우려했던 레스토랑 공사가 고객이 요청한 날에 딱 맞춰 완공되었다. 마감일이 다가올수록 바짝 긴장한 채로 24시간 일에 매달린 직원들은 홀가분함을 숨기지 못했다.

"우 대표님. 다 같이 저녁이라도 먹을까요? 지금이 4시니까 이른 저녁 먹고 오늘만이라도 쉬었으면 좋겠어요."

"맞아요! 어차피 내일도 아침 일찍부터 일해야 하잖아요. 인간적으로 오늘은 맥주 한잔 마셔요."

잠도 술도 참아 왔던 직원들의 보챔에 고개를 끄덕인 석진은 지갑에서 카드를 꺼냈다.

"이걸로 드시고 싶은 것 맘껏 드시고 오늘은 쉬세요. 그래도 이제 분당 쪽만 오픈 일정에 맞춰 마무리하면 급한 불은 끄니까 힘내시고요."

카드를 받아 든 직원들이 자기들끼리 눈짓을 하다가 물었다.

"대표님은 안 가시게요?"

원래도 회식을 먼저 자처하지는 않았지만 그래도 이런 날엔 꼭 합석을 하던 석진이 불참 의사를 에둘러 표현하니 괜히 눈치가 보여서였다.

"저는 가 볼 데가 있어요."

"어디요? 분당 현장이요? 아유, 오늘은 쉬세요!"

"아니, 현장 말고 개인적인 일로요."

차에서 짧게 쪽잠을 자고, 현장에서 먼지 묻은 김밥과 빵으로 끼니를 때운 게 벌써 며칠째인데, 오늘 같은 날 도대체 무슨 일을?

하지만 직원들은 곧 석진이 여자 친구가 있음을 상기하고서 쉽게 그를 놔주었다. 사람마다 우선순위는 다른 법인데 지금 석진에게 필요한 건 휴식보단 사랑인 것 같아서였다.

누군 애인이 없어서 이러나, 하면서도 깍듯하게 인사하는 직원들에게 수고했다는 말을 남기고서 석진은 냉큼 차에 올라탔다.

손쓸 수 없을 정도로 머리를 짓누르는 두통을 참기 위해 두통약을 먹고 밀려오는 잠을 쫓아 보려 카페인 음료를 마셨다. 어째 요즘은 이 두 가지에 의지해서 버티는 것 같기도 했다.

나만 이러는 건 아니니까.

다들 이렇게 살잖아.

다 마신 캔을 구겼다.

출발한다는 말을 하려고 이정에게 전화를 했지만 역시나였다.

[나 지금 너에게 가.]

그래도 행선지는 말해 줘야 할 것 같아 메시지를 남긴 뒤, 차에 시동을 걸었다.

✱ ✱ ✱

[나 지금 너에게 가.]

며칠간 제대로 먹지 못해 힘이 빠진 손가락이 공중에서 멈췄다.

"……."

이정은 퀭해진 눈을 깜빡여 보다가 의미 없다는 듯 휴대폰을 밀어 버렸다.

자만한 적은 없지만 자신감 같은 건 있었다. 경제적으로 어려움을 겪었을지언정 서로를 아끼는 가족들이 있고, 어두운 환경 속에서도 무사히 공부를 마치고 자신이 좋아하는 일을 잘하고 있다는 것에 대해 종종 스스로를 칭찬해 주곤 했다.

그런데 지금은 모르겠다.

화가 나는데, 보고 싶어.

과거에 돈 때문에 겪은 서러움들이 갑자기 화르르 밀려와서 날 괴롭히는데, 왜 자꾸만 당신 생각이 나는 건지, 정말로 모르겠어.

인간적으로 이 정도 되면, 정신을 차려야 하는 거 아니야?

내 엄마를 잃을 뻔했는데. 내 눈에 보이지 않는 곳에서 우리 아빠가 어떤 수모를 당하고 살았을지도 모르는데.

석진은 자신의 어머니가 저지른 만행에 대해 분명히 말했었다. 그럼에도 불구하고 그의 손을 잡은 건 자신의 선택이었다.

그를 보면 설레었고, 그의 연락을 기다렸고, 그와 함께 있으면 좋았다. 그래서 감히 영원을 생각하며 그를 데리고 당당하게 이 집에 왔다. 하지만 그런 당당함이 허무하리만치 쉽게 그의 손을 놓아 버렸다.

사랑만 있다면 가족 따윈 다 필요 없다는 식으로 굴 만큼 내가 그를 좋아하지 않는 것인지, 아니면 그의 등장으로 인해 아팠던 시간들에 휩싸여 도무지 이 어둠을 밀어내지 못하는 것인지 알 수가 없었다.

그냥 자꾸만 가슴이 아프고 눈물이 나왔다.

세상에서 가장 무능한 사람이 된 것만 같다.

"이정아!"

1층에서 아빠의 목소리가 들렸다. 방학인데도 매일 새벽같이 연구실에 출근하는 훈일은 요 며칠 퇴근 시간을 앞당겼다. 그의 손에는 시장에서 파는 호떡이나 치킨, 떡볶이처럼 이정이 좋아할 만한 것들이 늘 함께했다.

'놔둬. 자기가 안 먹겠다는데. 나이가 서른인데 어련히 알아서 하겠어? 자기가 먹고 싶으면 찾아 먹겠지!'

여러 차례 냉정하게 말하면서도 훈일은 수시로 아내에게 연락을 넣어 이정의 일거수일투족을 물었다. 그리고 딸의 입에 뭐라도 넣어 주기 위한 노력을 기울이는 중이었다. 지영은 지영대로, 훈일은 훈일대로, 이별에 익숙하지 않은 딸을 노심초사하며 바라보아야 했다.

그 짧은 시간 동안 저렇게 많이 정을 줬을까 싶어 못내 답답하면서도 딸의 그런 면이 또 정 많은 자신들을 닮아서라는 걸 부정할 수가 없으니 애가 탈 지경이었다.

내색을 덜 할 뿐, 딸을 지켜보는 훈일의 마음은 절대로 온전치 못했다.

석진과 이정이 연애하는 걸 알았을 때, 딸이 이별하는 순간이 속히 오기를 바랐다. 정이 더 들기 전에 헤어져야 덜 아플 거라는 지극히 수치화된 판단이라는 걸 뒤늦게 깨달았다.

짧은 연애 기간 따위는 이별의 아픔을 줄여 주지 못했다. 이별이라는 것, 그 자체만으로도 뭐가 얼마나 힘든 건지 해맑았던 딸의 얼굴에서 빛이 사라졌다. 처음 하는 이별이 다 그런 거라고 넘기기엔 상태가 심각했다.

네가 선택한 일인데 왜 그러냐고, 차마 거기까지 묻지는 못했다. 세상의 이치를 따지며 딸을 아프게 한 마당에, 아버지로서의 의무를 저버릴 수는 없었다.

사실은, 잔인한 이별이니까.

쿵, 쿵, 쿵.

아빠가 2층으로 올라오는 소리가 들린다. 자는 척해 볼까 했지만 어설픈 연기를 할 바엔 그냥 아빠를 맞이하는 게 더 나았다.

"자니?"

"들어오세요."

힘 빠진 몸을 일으키기도 전에 아빠가 방으로 들어오셨다. 역시나 아빠의 손에 들린 까만 봉지 속에서 튀긴 음식의 냄새가 났다.

"너 좋아했던 찹쌀도넛 사 왔어."

"엄마는요?"

"소파에 누워서 졸고 있기에 조용히 올라왔지. 엄마 먹을 건 따로 챙겨 뒀으니까 너 다 먹어."

봉지를 받아 들면서도 이정의 표정엔 별다른 감흥이 없었다. 훈일은 한숨을 지었다.

석진이 다녀갔던 그해 여름. 갑자기 사라진 미국 손님을 찾으며 짜증을 부리는 딸에게 이 도넛을 사다 주면 잠시라도 집 안이 조용할 수 있었다.

이성에 대한 호기심만큼이나 단맛을 추구하는 욕심 또한 강했던 사춘기 소녀를 달래기 위한 방법으로 이보다 더 좋은 건 없었다.

오일장에서 파는 도넛을 보면 반가움을 숨기지 못하던 딸이 언제 이렇게 커버린 건지. 나이를 먹어 봐야 좋을 게 없구나 싶다. 이 도넛 몇천 원 치면 다 해결이 되었던 그때가 편했다.

"엄마 말로는 누룽지 세 숟갈 먹은 게 다라며?"

"……입맛이 없어요."

"뭐라도 먹어야지. 여름을 버티려면 잘 먹어야 하는데 이게 뭐야, 얼굴이! 깻잎조림 얹어서 밥 좀 먹지 그래?"

"나중에요."

원래도 마른 축에 속하던 딸의 팔뚝이 너무나 앙상하다. 고개를 돌려 책상을 보니 이 와중에도 제 임무는 다하려 노력한 흔적이 보였다. 이정이 그려 놓은 해당화는 그림의 주인과는 달리 화사하고 또 강렬했다.

"많이…… 힘드니?"

이정은 대답하지 않은 채 도넛을 한 입 베어 물었다. 까끌거리는 혀끝에서 설탕이 한 알 한 알 녹는 느낌이 선명하다.

"우리를 원망하니 이정아?"

억지로 도넛을 씹어 삼킨 이정이 고개를 저었다. 차갑고 냉정했던 아빠의 모습이 절대로 진심이 아니라는 걸 알 만큼 그녀도 많이 자랐기에 떼를 쓸 수가 없다.

물론 아빠를 원망했던 적도 있다. 그럴 수밖에 없었다. 하지만 지금은……모르겠다.

"그렇게 많이 좋아했어?"

애써 참았던 눈물이 차올랐다. 석진이 여기로 오고 있을 텐데, 당장 그를 어떻게 돌려보내야 할지도 걱정이고, 그보다 보고 싶은 마음을 어떻게 외면해야 할지에 대한 막연함이 눈물 속에 차오른다.

"요즘 애들은 쉽게 만나고 쉽게 헤어진다잖아. 우리 딸은 왜 그게 안 되는 거야?"

"아빠."

"이렇게 정이 많아서 어떻게 해. 아빠 속상하게."

누군가와 만나는 와중에 다른 사람을 만나는 것. 속된 말로 양다리라는 게 흔한 세상인데, 혼자서 세상의 모든 이별을 다 감당하는 것처럼 우울해하는 딸을 보니 아주 오래전에 끊었던 담배가 생각날 지경이었다.

순리를 따르는 게 이렇게 어려운 것임을 훈일은 여실히 깨달아 갔다. 분명 이정은 옳은 선택을 하였고 그에 대한 뒷감당을 하고 있는 것인데, 이 세상 사람이 아닌 것처럼 허무하게 구는 딸을 보자니 순리를 따르는 게 꼭 옳은 것만은 아닌가, 하는 의구심이 일었다.

아니야, 그래도 그건 아니야.

아빠를 살필 여력도 없이, 이정은 무슨 맛인지도 모른 채 도넛을 먹었다. 목이 턱턱 막혔지만 무의식적으로 입을 움직였다.

"말해 봐. 뭐가 가장 힘들어?"

힘들면 그냥 힘든 거지, 우선순위를 가려야 하나 싶어 이정은 대답하지 않았다. 꿀떡하는 소리가 나며 도넛이 목구멍을 통과하는 느낌이 부자연스럽다.

"석진이를 못 보는 게 힘든 거야, 아니면 엄마 아빠에 대한 미안함 때문에 이러는 거야? 아니면 과거의 네가 미운 거니?"

"……."

의미 없이 움직이던 입이 멈췄다. 마음을 읽은 것처럼 조목조목 문제를 짚는 훈일의 눈을 마주 볼 수가 없어서 괜히 반쯤 남은 도넛을 봉지 위에 올려놨다.

나는 몇 날 며칠을 머리가 아플 정도로 생각을 거듭하고 있는데 결국 내 문제들은 이렇게 간결하게 정리가 될 수 있는 거였구나.

속이 시원해야 하는데 꼭 그렇지만도 않았다.

문제가 뭔지 알면 답도 주시지.

물론 아빠가 정해 놓은 답은 변함이 없을 것이다. 그래서 지금 이렇게 앓고 있지 않은가? 지긋지긋한 도돌이표가 계속되었다.

자식으로서 부모님께 걱정을 끼쳐 드리고 싶지 않다는 효심과 그 어떤 어려움도 불사하고 좋아할 거라 다짐했던 사람을 너무 쉽게 놓아 버린 나약함에 대한 죄책감이 팽팽하게 맞섰다.

"얼마나 더 힘들 것 같니?"

역시. 어릴 땐 세상에서 가장 대단해 보였던 아빠도 모르는 게 있었다.

이정은 멍하니 아빠를 보았다.

얼마나 더 힘들 것 같냐니, 이보다 더 터무니없는 질문이 어디 있을까?

마음이 뜻대로 된다면 당장 이 도넛부터 몇 개 집어 먹고 속 편히 깔깔거리며 아빠의 다리를 베고 누웠을 것이다. 그러곤 서울살이의 고충을 털어놓은 뒤지금 그리고 있는 꽃에 대해 한바탕 시시콜콜한 이야기를 주고받다가, 작업에

도움이 될 만한 부분들이 있다면 기억 속에 고이 저장했겠지.

마음이 마음대로 움직이지 않아서 이렇게 힘든데, 이 기간의 끝이 어디인지를 궁금해하는 아빠의 물음은 너무나 매정하게 다가왔다.

현재 마음이 나약해져서인지 예전 같았다면 별로 대수롭지 않게 넘겼을 모든 것들이 다 서운했다. 어쩌면 잔뜩 예민해져서 분풀이 대상을 찾고 있는 건지도 모른다는 생각이 들어 정신을 다잡았지만 기분은 여전히 엉망이었다.

정말로 온 가족들이 힘들었던 그땐, 어떻게든 강하게 살아남아야 한다는 신념으로 잘 버티고 넘겼었는데 이젠 좀 살 만해져 배부른 투정을 하는 것인지…….

"같이 내려가요, 아빠. 빨래 다 됐겠네요."

"곧 저녁인데 빨래 널게?"

"또 언제 비가 올지 모르니까요. 밤공기에도 빨래는 잘 말라요."

이별의 이유가 뭐였건 아픔은 혼자 감당해야 함을 받아들인 이정은 하나씩 천천히 일상을 받아들이기로 했다. 그러면서도 눈으로는 자꾸 휴대폰을 보고 있었다.

석진이 오지 않았으면 했다.

볼 수가 없는데 그가 자신을 계속 이렇게 찾아 주고 있다는 사실에 떨려 하는 나쁜 심리가 마음에 들지 않는다.

다른 사람들도 다 이렇게 이별하는 것일까?

이별을 해 보지 않아서 어떻게 해야 잘 헤어지는 것인지를 모르겠다.

이 여름이, 어서 지나갔으면 했다.

＊ ＊ ＊

마음 같아서는 쉬지 않고 달리고 싶었지만 휴게소에 두 번이나 들러야 했던 이유는 몸이 보내는 이상 신호 때문이었다. 좀 멎어 가나 싶던 코피가 또다시 흘러내렸고, 수면 부족 증상을 여실히 드러내는 몸과 타협하느라 카페인 음료를 들이켜야 했다.

그럼에도 불구하고 멈출 수가 없었다.

몸이 망가지는 건 정말로 괜찮았다. 하지만 마음을 망가트리고 싶진 않았다. 지금 이 상황에서 마음까지 무너진다면 다시는 일어설 수 없다는 걸 안다.

한편으로는 이 정도 일에 엄살을 떨어서는 안 된다고 스스로를 다그치는 면도 있었다. 잠이야 죽으면 평생 잘 수 있는 건데 나약해지고 싶지 않았다.

두 번이나 이정의 곁을 떠났다. 한 번은 그럴 수 있었다 하더라도, 두 번 그래서는 안 되는 거였다. 더군다나 그녀와 하룻밤을 보낸 뒤라면 더더욱 그래서는 안 됐다.

이게 다 벌받는 거라고 생각하니 못 버틸 이유가 없었다.

이정이 느꼈을 허망함과 상실감이 어느 정도였을지 헤아려 보려는 시도는 진작에 접었다. 그럴 시간에 속죄하는 마음으로 그녀에게 할 수 있는 모든 걸 다 해 주고 싶었다.

이제 와 뼈아프게 후회하지만, 시간을 되돌릴 수 없다면 모든 걸 다 참아 내는 것이 숙명이라고 여기는 중이었으니까.

자꾸만 시야가 흐려지고 정신 속이 희뿌연 안개로 뒤덮여 가도 석진의 차는 고속도로 위를 거침없이 질주했다.

— 고객이 전화를 받을 수 없어…….

벽 하나만 사이에 두고 있을 만큼 이정과 가까이 있는데, 벽 하나만큼의 간격이 너무나 멀었다.

저 집 안에서는 무슨 일들이 일어났을까?

무슨 일이 일어났다 한들 답은 똑같아.

이정이 혼자서 이별하고 마음을 다 정리하지 않았기를 바라며 석진이 벨을 누르려 할 때였다.

"누구세요?"

이미 어두워진 밤, 젊은 남자의 묵직한 목소리에 석진이 뒤돌아보았다.

"어? 형!"

"……."

석진은 상대방이 누군지 한눈에 알아보지 못했지만, 상대방은 석진을 곧장 알아보고 알은체를 했다.

"석진 형 맞죠?"

그제야 석진도 군복을 입고 있는 남자의 이름을 불러 줄 수가 있었다.

"이준아!"

어쩌면 답은 뻔한 거였다. 이 시골 동네에서 자신의 이름을 아는 남자가 최 교수 말고 또 누가 있으려고. 오래전에 잠시 머물렀던 그의 이름을 기억할 만큼 사람들의 기억력은 좋지 않을 터였다.

"와, 이게 얼마 만이래요? 대박. 형이 왜 여기 있어요?"

석진과 열 살 차이가 났던 초등학생은 온데간데없었고 눈높이가 엇비슷한 군인 하나가 반가움을 숨기지 못하며 석진의 손을 잡았다.

"형 언제 한국에 왔어요?"

"그렇게 오래되진 않았어."

"아, 그래서 여기 인사 온 거구나. 진짜 반가워요. 형은 더 근사해졌네요!"

어릴 때도 제법 활발하더니 더욱 사교성 좋은 청년으로 변한 이준이 석진을 바라봤다. 키는 훌쩍 컸지만 어릴 때 이미지가 고스란히 남아 있는 얼굴이었다.

내내 군에 있었던 터라 이준이 그간 집에서 일어난 일을 전혀 모르는 낌새라는 걸 좋아해야 할지, 불편해해야 할지 몰라 석진은 선뜻 말을 덧붙이지 못했다.

"오, 이거 형 차죠? 형 성공했군요?"

순수하게 감탄만 하던 이준은 석진의 팔을 잡아끌었다.

"들어가요. 연락 안 하고 온 거예요?"

"응. 급히 오느라 미리 연락을 못 드렸어."

"형도 참. 우리가 이사 갔으면 어쩌려고. 아무튼 들어가요!"

뭐가 그렇게 신이 난 건지 잔뜩 들뜬 이준의 말이 빨라졌다.

"잘됐어요! 사실 저도 말 안 하고 왔거든요. 갑자기 포상 휴가 3일을 얻었는데 미리 말하면 엄마가 무리해서 음식 만들고 할까 봐 조용히 온 거죠 뭐. 형 알죠? 우리 엄마는 요리하는 낙으로 사는 사람인 거."

"……."

"형이랑 같이 들어가면 진짜 깜짝 놀라실 거 같아요. 얼마나 반가워하시겠어요!"

이준의 말대로 이정의 부모님이 반가워하며 자신을 맞아 준다면 가진 것 전부를 내놓는다 해도 아깝지 않을 것 같았다.

그사이 이준이 벨을 눌렀고 대문이 열렸다. 어쨌거나 일어날 일은 순서대로 진행 중이었다.

"어서 들어가요. 어서요!"

석진은 이준의 재촉을 받아들였다. 시간을 허비할 이유가 없었다.

"엄마! 저 왔어요!"

마당이 떠나가도록 자신의 등장을 알리는 목소리에 현관문 쪽에서 인기척이 들리는가 싶더니 훈일이 밖으로 나왔다.

"어?"

그리고 정말로 놀란 사람처럼 눈을 크게 떴다.

온다는 말도 없이 나타난 아들 때문에 놀란 것도 있지만, 역시나 훈일은 아들 곁에 서 있는 석진을 보고 조금 더 놀랐다.

쉽게 끝날 사랑이 아니라는 걸 어느 정도 각오는 하고 있었기에 언제든 석진이 이 집에 다시 올 줄은 알았다. 그래서 석진의 등장 그 자체에 크게 놀란 건 아니었다.

훈일이 정말로 놀란 건, 며칠 사이에 확연히 나빠진 석진의 낯빛 때문이었다.

풋풋한 젊음을 티 내는 나이는 아닐지라도, 제 일을 잘해 나가는 30대 특유의 건강한 오라를 가지고 있던 석진에게서 더 이상 그 느낌을 찾아볼 수가 없었다.

며칠 사이에 사람이 어떻게 이렇게 변할 수가 있나.

철저하게 자기 관리를 잘할 것 같은 놈이 도대체 어쩌다 이렇게 됐을까?

애석하지만 훈일의 집에도 빛을 잃은 청춘 하나가 웅크리고 있었다. 얼마나 대단한 연애를 한 것인지 아픔을 감당하는 이정과 석진의 모습이 신기할 정도로 닮아 있어, 훈일의 이마에 주름이 깊어졌다.

"아빠, 많이 놀라셨죠? 역시 아빠도 바로 알아보셨군요?"

훈일이 멈칫하는 이유를 알아서 추측한 이준만 신이 나 있었다. 석진이 허리를 숙이며 단정하게 인사를 하는 동안에도 이준은 설렘을 숨기지 못했다.

"형 너무 멋있어지지 않았어요? 어릴 때도 형이 되게 잘생겼다고 생각했는데 더 멋있어진 것 같아요!"

"……."

훈일은 입을 꾹 다물고서 석진을 보았다. 눈치 없는 아들은 석진의 외모를 추앙하기 바빴으나 원래 모습을 아는 사람이라면 걱정을 숨길 수가 없을 정도로, 석진의 상태는 좋지 않아 보였다.

"들어가자."

만약 석진이 온다면 어떻게 해야 할까에 대해 자주 생각한 며칠이었다. 문전박대까지는 아니더라도 딸이 모든 걸 다 결정한 마당에 잘 타일러서 되돌려 보내는 것이 옳다고 판단했다.

이정이 이별을 쉽게 택했을 리 없다. 그리고 그 쉽지 않은 이별을 혼자 감당해 내느라 식음을 전폐한 채 맥이 빠져 있는 딸을 흔들어 놓고 싶지 않았다.

하지만 석진의 얼굴을 보니 도무지 냉정할 수가 없었다. 말라 가는 딸의 입에 뭐라도 넣어 주기 위해 갖은 노력을 기울이느라 신경을 곤두세운 며칠이었다. 그런데 딸보다 더 심각한 모습을 하고 있는 석진을 이대로 돌려보내면 뭔가 큰 사달이 날 것만 같았다. 우선은 사람부터 살려야 했다.

"들어가자니까. 저녁은 먹었어?"

그래서 물었다. 밥은 먹었냐고.

마음이 마음대로 안 되는 일이 많은 요즘이다.

이 녀석이 이렇게 고생할 동안, 그 누구도 녀석을 챙겨 주지 못했겠지.

하지만 그 누구라도 지금 석진을 본다면 자신과 같은 선택을 할 것이라고 믿었다. 인정머리 없이 사람 구실을 못 하고 사는 자가 아니고서야.

기대하지 못한 물음이었는지 석진이 희미하게 웃었다.

"……"

맞아, 저 웃음.

보일 듯 말 듯 한 웃음 한 자락에 훈일의 표정이 굳었다.

그는 뒤늦게 깨달았다. 얼굴조차 기억하지 못하는 생모의 장례식장에 앉아 있던 녀석을 굳이 이 집까지 끌고 온 지영의 마음이 어땠는지를.

그해 여름, 석진을 데리고 가도 되냐는 아내의 연락을 받고선 솔직히 오지랖이라 여겼었다. 아무리 친한 친구의 아들이라 해도, 처음 만난 다 큰 청년을 집에 머물게 하겠다는 아내의 판단이 선뜻 이해가 가지 않았다.

하지만 아내가 왜 그런 결정을 내렸는지 이제 와 짐작이 갔다. 성장 과정 탓인지, 천성 탓인지, 녀석은 어두움을 지니고 있었는데 그 어두움이라는 것이 참 희한했다. 석진은 어두워도 음침하지 않았다. 그 어둠까지도 자신의 일부로 받아들이고 제가 알아서 다스리는 듯했다.

무엇보다 신기한 건, 그 어둠이 마치 기다렸던 것처럼 깨끗하게 걷히는 순간이 있다는 거였다. 훈일은 그런 변화의 계기가 바로 온정이라 여겼다.

그리고 오래전 여름, 자신도 모르게 석진의 밝은 면을 들추고 싶어 꽤 많은 노력을 했던 기억을 돌이켰다. 어쩌면 아내도, 이정도, 이런 마음으로 석진을 대해 온 건지도 모르겠다.

여기까지 왔는데 밥은 먹여 보내야지.

훈일은 그해 여름에 아내가 했음직한 생각을 하며 석진의 어깨를 두드렸다. 하필이면 석진과 이정이 집 앞에서 입맞춤을 하는 상황을 목격하며 석진의 재등장을 받아들이게 된 탓에 놓치게 된 것들이 너무 많았다. 왜 꼭 극한 상황에 치달아야만 시야가 넓어지는 것일까?

물론 석진을 반대하는 훈일의 마음에는 변함이 없었다.

가정을 불행하게 한 원인이 된 여자의 아들, 그리고 딸이 등을 돌린 남자.

석진을 마다할 이유는 오만 가지였지만 해쓱해진 얼굴을 보고서도 모른 척해 버릴 만큼 훈일은 매정하지 못했다. 이렇게 석진이 집으로 들어가면 더 힘들어지 겠지만, 세상에 감당하지 못할 고통은 없을 테니 그건 그때 생각해 보기로 했다.

아빠와 석진 사이에 무슨 감정이 오가는 줄도 모르고 이준이 큰 소리로 "엄마!"를 외치며 현관문을 열었다. 그러자 불편한 다리로 어정쩡하게 서 있던 지영이 훈일 못지않게 놀라며 우뚝 멈춰 섰다.

"서, 석진아!"

지영도 아무 연락 없이 들이닥친 아들보다는 석진의 모습에 더 놀라 버렸다.

"너!"

부스스해진 머리카락이야 바빠서 손을 못 봤을 거라 치면 그만이다. 하지만 퀭하게 들어간 눈과 혈색이라고는 찾아볼 수 없이 하얗게 뜬 입술, 그리고 피곤함을 가득 담은 두 눈을 보자니 가슴이 턱 하고 막혀 버렸다.

조금 더 과장을 보태자면 석진은 당장 죽어도 이상할 게 없는 사람처럼 보였다.

"얼굴이 왜 이래!"

며칠 전, 석진이 떠날 때 억지로 시선을 돌리며 인사조차 제대로 하지 않았던 지영은 덜덜 떨리는 두 손을 들며 석진에게 다가갔다.

"못 먹었어? 못 잤어? 도대체 뭘 어떻게 했기에 이러냐고!"

걱정이 화로 변한 건 순식간이었다. 내 딸이 혼자 갖은 청승을 떠는 꼴을 보는 것만으로도 속이 터지는데 딸보다 더한 꼴을 하고서 나타난 석진을 보자니 울화통이 치민다.

"너 우리한테 반항하니? 내 속 제대로 뒤집어 보려고 그냥 냅다 굶었어? 아니면 술독에 빠져 있다 온 거야? 왜 이렇게 말랐어! 왜 이 꼴을 하고 온 건지 나한테 설명을 해 보라고!"

말끝에 미친 듯이 소리를 지르던 지영은 화를 견디지 못해 툭 하고 석진의 어깨를 밀었다. 그러자 석진의 몸이 맥없이 휘청거렸다.

"어, 형!"

"석진아!"

그냥 잠시 뒤로 물러났다 곧바로 서야 할 석진의 몸이 한쪽으로 기울어진 건 찰나였다.

"엇!"

이준이 빠르게 부축해 주지 않았다면 바닥에 쓰러졌을지도 모른다. 이준의 팔을 붙잡고 퍼뜩 정신을 차린 석진은 흐릿해진 시야를 정상적으로 되돌리기 위해 여러 번 눈을 깜빡거렸다. 몇 번이나 그렇게 노력을 한 뒤, 비로소 눈을 똑바로 떴을 땐 걱정을 숨기지 못하고 자신을 살피는 사람들이 보였다.

"괜찮니?"

그냥 보기에도 예삿일은 아니라 여긴 지영이 석진의 양쪽 뺨을 감쌌다.

"괜찮아요."

"왜 이래? 너 지금 입술이 하얗게 질리다 못해 새파래."

"같이 사업하는 친구가 사고가 나서…… 최근에 일이 많았어요. 곧 괜찮아질 거예요."

일이 많은 데다, 덤으로 마음까지 엉망진창이었을 테니 제아무리 건강한 사람도 버틸 수가 없었을 것이다. 지영은 참담함에 한숨을 몰아쉬었다.

어쩜 이럴까.

집안 반대를 무릅쓰고 사랑이 전부인 것처럼 가진 걸 모두 포기한 채 결혼했던 석진의 엄마 도예가 생각났다.

그깟 사랑이 밥 먹여 주는 것도 아닌데, 아니, 그깟 사랑 때문에 밥을 굶게됐는데도 도예는 사랑에 집착했다.

지금 석진은 불나방처럼 사랑에 달려들던 도예의 모습을 닮아 있었다. 이 녀석은 안 그럴 줄 알았다. 냉정하고 현명한 연애를 할 것 같던 녀석에게 이런 면이 있을 줄이야.

지영은 문득 석진이 도예를 얼마나 닮았을지 궁금했다. 사랑이 식었을 땐 미련 없이 돌아서던 모습까지 답습하는 건 아닌지.

석진이 이정을 놔주길 간절히 바랐지만 또 제 엄마처럼 너무 쉽게 포기해 버린다면 화가 치밀어 오를 것 같았다.

"일단 앉아."

지영이 지시하자 석진이 그녀가 가리킨 자리에 앉았다. 지영이 무슨 생각을 하는지도 모른 채 석진의 눈은 이정을 찾고 있었다.

이 집에 있다면 소리를 듣고서 내려왔을 법한데 2층이 조용했다.

"이준아, 가서 물 한잔 떠다가 형한테 갖다줘."

"네, 엄마."

석진과 부모님 사이에 분명히 무슨 일이 있다는 걸 감지한 이준은 호기심을 꾹 누르고서 눈치껏 행동했다.

"마셔요, 형."

"고마워."

석진이 물을 마시는 사이, 지영은 덜덜 떨리는 손을 꽉 말아 쥐었다. 그리고 잠시 밀어 놨던 원망의 감정을 되찾아 나갔다.

"여기 올 시간이 있으면 쉴 것이지. 도대체 너도, 이정이도 왜 이래? 너희가 이러면 우리가 뭐가 되니? 세상 나쁜 사람밖에 더 돼?"

"······."

"말을 해 봐. 이렇게 된 마당에 여기 와서 뭐 어쩌려고 했는지. 무릎 꿇고 빌 생각이었니? 죽어도 못 헤어지겠으니까 최이정 내놓으라고 시위라도 할 생각이었어? 우리가 되는 걸 안 된다고 하는 게 아니잖아."

핏기가 사라진 석진의 얼굴은 잿빛이 되었다.

무릎을 꿇고 빌 수도 있었고, 시위를 할 수도 있었다.

하지만 그게 우선이 아니었다. 비는 것도, 반항하는 것도, 훈일을 붙잡고서 이미 해 봤지만 과거는 지워지지 않았다. 도리어 어머니의 부도덕한 과거를 조금씩 더 알게 되었을 뿐이다.

그럼 여기에 왜 왔을까?

반항을 하는 것도 빌어 보는 것도 당장은 그의 선택지에 없었다.

"이정이가 보고 싶었어요."

결국 석진의 우선순위는 이정이었다.

"형!"

여태 호기심을 참아 온 이준이 자세를 고쳐 앉는 모습을 흘깃 본 뒤, 석진은 속마음을 털어놓았다.

"얼굴도 못 보는데, 목소리도 못 들으니까 미칠 것 같았어요, 이모. 여기서 더 못 보면 죽을 것 같아서 왔어요. 죽더라도 이정이 얼굴은 보고 싶어서."

그야말로 솔직한 대답이었다. 훈일은 자신이 말할 차례가 아니라 여긴 건지 입을 열지 않았고, 지영만 더 흥분해 버렸다.

"석진아! 너희 연애한 지 얼마 안 됐잖아. 그사이에 뭐 얼마나 깊은 정을 줬다고 이 난리야!"

"연애한 지는 얼마 안 됐지만, 아주 오래, 정말로 오래 그리워했으니까요."

지영의 감정이 격앙될수록 석진은 더 침착해졌다.

"그리워하는 감정도 사랑 속에 포함된다는 걸 이정이 만나고서 알았어요."

지영은 덜덜 떨리는 손을 내밀어 남편의 손을 찾았다. 지금 뭔가를 잡지 않으면 자신이야말로 당장 쓰러질 것 같았다.

녀석, 누굴 닮아서 이렇게 당돌한 건지.

지영에겐 꽤 충격적인 반전이었다.

"솔직히 이정이가 옆에 없을 때도 못 살지는 않았어요. 인사도 못 하고 이 집에서 떠난 뒤로도 공부하고 일하고 그럭저럭 버티면서 살았는데……. 하루에도 몇 번씩 이정이 생각이 났어요. 배가 고프면 이정이랑 같이 밥 먹던 시간이 생각나고, 힘들면 같이 마당에 앉아서 멍하니 꽃을 보던 때가 생각나고…… 좋은 일이 있으면…… 또……."

석진은 주먹을 입 앞으로 가지고 와 짧게 헛기침을 했다. 며칠간 먼지를 들이마신 탓에 건조해진 목이 더욱 가라앉았다. 억지로 침을 모아 삼킨 뒤 제 목소리를 찾자 그는 다시 말을 이었다.

"이쯤에서 어머니 탓을 하면 나아질 것 같기도 한데, 기억에 없는 어머니라서 원망조차 못 하겠어요. 얼굴을 알고, 저한테 직접 나쁜 짓을 하신 추억이라도 한 토막 있었으면 상상 속에서라도 어머니를 세워 놓고 따질 수 있었겠죠.

그러면 저도 좀 후련했을 것 같아요."

"……."

"이모, 그런데 저는 그게 안 돼요. 장례식장에서 본 사진 한 장을 머릿속에 집어넣고 당신 때문에 내 인생이 꼬였다고 욕을 하기엔…… 제가 상상력이 부족한가 봐요. 사실 어머니 탓을 해 봐야 뭐가 남는데요? 그 사람이 남보다 못하다는 걸 받아들이는 것밖에 더 돼요? 그래서 너무 힘들어요. 가슴이 너무 아프고, 그래서 또 아프고…… 너무 힘들어요. 저는 안 좋은 일이 생겨도 제 탓을 하면서 평생을 살아왔거든요. 그런데 이번엔, 마냥 제 탓을 할 수도 없으니까. 다 제 탓으로 해 버리면 그럼 또 제가 너무 안됐잖아요. 저도 나름대로는……. 애쓰면서 살아왔는데, 충분히 저를 많이 질책했는데, 이것까지 다 제가 잘못해서 그렇다고 받아들이면……."

답답해 죽을 것 같다는 듯 감정을 터트려 버린 석진을 멍하니 보던 지영은 결국 손으로 입을 가리고 고개를 숙였다.

"……."

짠한 것.

모성애가 피어올라 석진을 안아 주고 싶었지만 몸이 움직이지를 않았다.

"흑."

대신 입술 사이로 울음이 터져 버렸다.

석진의 말이 옳았다. 누구를 탓하는 것도 그 사람에 대한 추억과 애정이 있어야 하는 거였다.

애석하게도 석진은 제 엄마의 잘못으로 인해 고스란히 모든 뒷감당을 하면서도 엄마에게 그 흔한 원망의 감정조차 제대로 가지지 못해 저토록 갑갑해하고 있었다.

할 수만 있다면 기억의 한 부분을 댕강 잘라 내어 주고 싶었다. 그래도 지영이 기억하는 석진의 엄마 도예는 우아하고 화사한 사람이었기에, 그런 좋은 기억을 아낌없이 공유했으면 했다.

그러면 이 녀석이 덜 억울할까 해서.

지영의 감은 눈 아래로 뚝뚝 눈물이 흘렀다.

"과거엔 존재했었지만 지금은 실체가 없는 사람 때문에 이렇게 힘든 거, 저 그만하면 안 돼요? 저는 충분히 외로웠는데. 엄마 없는 동양인이라고 손가락질받아 가면서, 치열하게 컸는데…… 그렇게 이 자리까지 온 제가 너무 대견해도 스스로단 한 번도 칭찬해 주지 못하고 살았는데……. 제가 그분의 아들로 태어난 죗값을 얼마나 더 갚아야 할까요? 죄송해요. 이런 말을 하려던 게 아니었어요."

눈물이 나는 건 석진도 마찬가지였다. 그래도 지금 울면 안 될 것 같아서 안간힘을 다해 눈을 꽉 감으며 울음을 삼켰다. 이정에 대한 마음을 말하려 했는데 이야기가 샛길로 빠져 버렸고, 그 여파가 상당해서 속이 울렁거렸다.

"석진아."

"어머니와의 추억이 있었다면 아마 그때 곧바로 이모랑 교수님께 사과드렸을 거예요. 제아무리 나쁜 어머니였다고 해도, 어쨌거나 핏줄이니 마음이 동했겠죠. 그래도 최선을 다해 보려고 했어요. 그렇게라도 하면 그 사람과 다를까 해서."

석진이 말한 그 최선을 다한 때가 언제인지 알아챈 훈일은 침통하게 아내의 등을 감쌌다. 북받쳐 오른 감정을 어쩔 줄 몰라 하며 숨을 몰아쉬는 석진의 모습을 보자니 크나큰 죄책감이 엄습해서였다.

어른이어서 옳은 길로 젊은 사람들을 이끈 것뿐이었고, 석진과 이정을 갈라 놓으려 한 것에 대해서는 추호도 후회하지 않았다.

지금도 그랬다. 훈일의 이성이 지시하는 방향은 변함이 없었다.

그런데 왜 잘못한 것 같을까?

왜 죄인이 된 것만 같을까?

안 된다는 신념하에 주장을 펴느라 석진이 어떤 마음으로 살았는지에 대해 깊이 헤아려 보지 못했다. 그냥 도예의 아들이라고만 여겼지, 엄마라는 존재에 대해 석진이 어떤 생각을 가지고 있는지 짐작조차 하지 못했던 것이다.

훈일의 미간이 점점 더 모여들었다.

"아무리 발버둥 치고 살면 뭐 해요? 그럴수록 그 사람의 죄만 더 선명해지는 걸. 제가 어떻게 해야 해요? 제가 어떻게 하면, 이정이 외삼촌이 살아 돌아오실까요? 제가 어떻게 하면, 이 집안사람들 상처가 다 사라질까요? 가르쳐 주세요, 이모. 가르쳐 주세요, 교수님!"

석진의 목소리에 결국 울음기가 스몄다. 일말의 자존심을 지키고 싶은 건지 마른세수를 가장해 두 손으로 얼굴을 한참이나 감싸고 있던 석진은, 어느 순간 모든 걸 포기하고서 자신의 밑바닥에 깔려 있는 감정들까지 모조리 쏟아 냈다.

"돈으로 보상하라면 할게요. 차라리 그렇게라도 하게 해 주세요. 그래도 이 정이 포기하는 건 못 해요. 제가 걔한테 잘못한 게 너무 많아요. 그것만큼은, 그 누구 탓이 아닌 제 탓을 해야만 해요. 제가 무지해서, 제가 어려서 그런 거였다고 아무리 합리화를 해 봐도, 제 스스로가 용서가 안 될 만큼 많이 잘못했어요. 이정이는 더 어렸고, 더 여렸는데……. 그 예쁜 마음을 너무 함부로 꺾었어요. 그러니까 이모. 적어도 제가 원이 없을 정도로 이정이한테 다 갚을 시간은 주세요. 뭐든 다 할 테니까, 이모랑 교수님이 좀 도와주세요."

깊이 숨을 들이켠 석진이 고개를 젖히고 눈을 감았다.

석진의 떨리는 숨소리와 활짝 열린 창문 밖에서 들리는 풀벌레 소리가 거실의 고요함을 규칙적으로 건드리는 동안, 그 누구도 선뜻 말을 하지 못했다.

한참 만에야 훈일이 마른 입술을 뗐을 때도 거실에 앉은 사람들은 그대로 굳어 있었다.

"우리를 원망하지는 않았니? 그때 아무것도 몰랐다면 너는 덜 힘들었을 텐데."

훈일의 목소리에는 기력이 조금도 남아 있지 않았다. 살기 위해 몸부림을 친 건 석진인데, 훈일 또한 석진 못지않게 감정을 소모해 버린 것이다.

"……."

석진이 대번에 고개를 저었다.

단언컨대 그런 생각은 죽어도 해 본 적 없었다. 비록 한여름 밤의 꿈처럼 허망하게 흩어져 버린 시간이었지만, 그래도 인생에 그런 시간이 깃들어 있어서 진정한 가족이 뭔지, 사람 냄새가 뭔지를 배웠다.

그런 꿈같은 시간이 있게 한 사람들을 원망한다면 그 시간 전체를 부정하는 것과 같았다.

"내가…… 한 가지를 크게 놓치고 있었어."

떨고 있는 아내를 한 팔로 더욱 힘주어 감싸며, 훈일이 넋두리를 할 때였다.

"흑."

2층으로 가는 계단 쪽에서 울음소리가 들렸다.

소리가 난 방향으로 고개를 돌린 네 사람은 마치 짠 것처럼 무겁게 입을 다물었다.

"……."

그곳엔 이정이 서 있었다.

"언제 일어났어?"

훈일이 물었으나 이정의 눈은 오직 한 사람을 향해 있었다.

30분 전쯤이었나. 저녁 먹을 시간이라고 불러도 대답이 없어서 2층에 올라가 본 훈일은, 곤히 자는 딸을 깨우지 못했다. 조금 전까지만 해도 가는 팔로 빨래를 탈탈 털어 널더니 언제 이렇게 잠이 든 건가 했다.

요즘 부쩍 이정은 잠이 많아졌다. 먹은 게 거의 없어서인지 잠으로 영양분을 끌어모으는 사람 같았다. 현실이 암울하고, 여름이라 하루가 길어서 긴 잠으로 시간을 죽이는 것일까 하는 의문이 들 정도였다.

얇은 홑이불을 배 위까지 덮어 주며 아무래도 이정의 잠이 길어지겠거니 짐작했다. 마당에서 석진을 봤을 땐, 이정이 깊이 자고 있는 것이 어쩌면 다행이라는 생각도 했었다. 그다음엔…… 석진의 이야기에 빠져서 딸이 이 집에 있다는 사실조차 까맣게 잊고 있었다. 그만큼 훈일은 심각했다.

"아까 아빠가 이불 덮어 주실 때, 그때 깼어요."

울음기 어린 소리를 내며 이정은 석진만을 쳐다봤다. 차마 계단을 다 내려오지 못한 채, 난간을 잡고 간신히 서서 그렇게 석진을 보고 있었다.

"……."

석진도 자리에서 일어날 수밖에 없었다.

많이 보고 싶어 했던 여자가 바로 앞에 있지만, 어떻게 된 일인지 선뜻 다리가 움직이질 않았다.

마음이…… 욱신거렸다.

헤어지고 말을 한 것도, 전화를 안 받는 것도 다 괜찮았다. 이별은 없던 일로 할 수 있고, 이정이 어디에 있건 이렇게 찾아오면 되는 거니 자신은 아무래도 상관없었다.

하지만 이렇게 파리한 이정의 모습을 마주하는 건, 너무나 어려웠다. 스스로를 도무지 용서할 수 있을 것 같지가 않았다.

똑바로 서 있는 것도 어려워 보일 만큼 야윈 몸과 세상에 대한 관심을 잃은 것처럼 총기가 사라진 두 눈. 그리고 새하얗게 질려 있는 얼굴.

도대체 어떻게 살았기에 사람이 저렇게 변할 수 있을까 싶어 숨을 뱉는 것조차도 어려울 만큼 명치끝이 아렸다.

너라도 잘 지냈어야지.

헤어지고 말한 건 너였으니까, 너라도 잘 먹고 잘 자고 그렇게 잘 살았어야지.

"우리, 좀 나가요."

마치 세상에 두 사람만 있는 것처럼, 이준에게 인사하는 것도, 부모님에게 허락을 구하는 것도 생략한 채 이정이 남은 계단을 아슬아슬하게 내려왔다.

마다할 수 없는 제안이었다. 석진은 이정을 부축하려 했으나 그것까진 허락할 수 없었는지 이정이 그의 손을 뿌리쳤다.

그렇게 두 사람은 집을 나갔고, 집 안에 남은 사람들은 집 안을 휩쓸고 간 충격을 감당해야 했다.

"아빠, 이게 무슨 일이죠? 석진이 형이랑 누나, 왜 저래요?"

용케도 오래 참고 있었던 이준의 인내심은 한계에 다다랐다. 그는 닫힌 현관문을 가리키며 흥분을 감추지 못했다.

"나만 모르는 거죠? 두 사람 연애했어요? 도대체 언제요? 네?"

"이준아, 차근차근 이야기해 줄 테니까 일단 좀 가만있어. 아빠도 머리가 아파서 그래."

"아니!"

"이준아, 제발."

지영이 거리낌 없이 눈물을 쏟기 시작했다. 진작 울음이 터졌지만, 석진의 앞에서는 울고 싶지가 않아서 힘껏 참았는데 이젠 눈물을 숨길 의욕이 남아 있지 않았다.

"하아, 쟤는 왜 구구절절 맞는 말만 해서. 하, 진짜."

가슴이 아프다 못해 쓰렸다.

제 앞가림을 야무지게 할 만큼 잘 컸고, 외모가 몹시도 깔끔해서 당연히 성격도 까다롭겠거니 했던 예상과는 다르게 푸념도, 불평도 할 줄 모르는 아이가 석진이었다.

그런 석진이 아픈 과거사를 낱낱이 꺼내 놓으며 자신의 불우했던 성장 과정을 호소하는데, 사람인 이상 어떻게 울지 않을 수가 있겠는가.

최고로 잘해 줬다 할 수는 없어도 최선을 다해 사랑하며 키운 자식이 둘이나 있는 지영은 그 어느 때보다 더 깊이 석진의 엄마 도예를 원망했다.

나쁜 년.

저런 아들을 왜 평생 한 번도 안 찾았어! 엄마 얼굴을 사진으로만 봐서 어떻게 원망해야 하는 건지도 모를 만큼 잘 큰 아들인데, 너는 왜 그랬어!

사랑 없이는 못 살 년처럼 집안에서 그렇게 반대하는 결혼을 해서 저런 아들까지 낳았으면 끝까지 책임을 졌어야지.

나 같은 친구에게 종종 안부 전화를 하기 전에 네 자식 안부부터 챙겼어야지.

"이준아. 너 잠시 네 방에 들어가 있어라."

소리 내어 우는 지영의 어깨를 두드려 주던 훈일이 조용히 말했다.

"아빠."

"엄마랑 아빠가 이야기를 다 끝낸 다음에, 모두 정리해서 말해 줄 테니까 넌 그냥 네 방에 들어가 있어."

나도 다 컸다고 말하려던 이준은 여기서 반항해 봐야 좋을 게 없다 여기고서 일단은 방으로 들어갔다.

궁금한 게 너무 많았지만, 마음 가는 대로 굴어서는 안 될 것 같았다. 이 집에서는 늘 막내 취급 받는 처지가 억울해도 분위기가 좋지 않은 지금은 물러나야만 했다.

"우린 어차피 겪어야 하는 일이었어. 처남은 우리 가족이고, 당신의 유일한 피붙이니까 난 처남의 상황을 외면하지 못했을 거야."

이준이 듣기라도 할까 봐 최대한 목소리를 낮춘 훈일은 안경을 들어 올려 뻑뻑해진 눈두덩을 눌렀다. 그사이 아내의 울음이 멎었다.

"하지만 내가 멍청하게도 그걸 깨닫지 못했어. 석진이는…… 모르고도 잘 살 수 있는 애였어."

"……."

"그날 그런 이야기를 듣지 않았다면 그런대로 좋은 기억만 가지고 돌아갈 수도 있었을 거야. 제 엄마가 죽은 건, 그 녀석 인생에 크게 영향을 끼치지 못했을 테니까. 방금 석진이가 말한 대로, 그 애 인생에는 엄마라는 사람이 쭉 없었고, 그런 엄마가 사라진 것뿐이니까."

"……맞아요."

지영은 순순히 시인했다.

"하물며 우리가 택수와 부적절한 관계였다고 말해 준들, 뭐 얼마나 깊이 와닿았겠어. 이젠 이해가 가."

"그랬겠죠."

이번에도 지영은 쉽게 대답했다.

어린 자식을 버리고 자기 인생을 찾아간 도예였다. 그런 도예가 석진을 낳고 키웠던 짧은 시간 동안 제대로 엄마 노릇을 했을 것 같진 않았다.

도예가 결혼을 하고 석진을 낳고 키웠던 그 몇 년간은 연락이 닿지 않아 그녀가 아들에게 어떤 엄마였을지 상상해 본 적이 없었다. 팔은 안으로 굽는다고, 도예가 이혼을 했다며 연락을 해 왔을 땐 너 같은 자유로운 영혼에게 결혼 생활이 힘들긴 했겠다고 적당히 두둔해 줬었다.

그래도 가끔은, 아무리 구속받는 걸 싫어하는 사람이라도 어쩜 저렇게 쉽게 아들을 남편에게 보냈을까 그런 생각이 들곤 했다.

티 내지 않을 뿐 속으로는 아들을 그리워할 텐데 나까지 보챌 필요는 없다 싶어 말을 아꼈지만, 이혼 후 활발하게 활동하는 도예를 보며 지영의 마음도 편하지는 않았다.

"여보, 처남이 친 사고를 뒷수습하는 동안 내가 가장 힘들었던 게 뭔지 알아?"

"……."

"당신이 내 눈치를 보는 거, 애들 눈치를 보는 거, 그러다 제풀에 지쳐 가는 모습을 내 눈으로 봐야 하는 게 너무 힘들었어. 그까짓 돈 문제야…… 물론 쉽지 않았지. 하지만 너무 잔잔하게 살면 재미없다고 혼자서 주문을 외우면서 열심히 견뎌 봤어."

다 지난 일이라고 해서 쉽게 말하는 게 아니었다. 훈일은 정말로 아내를 가장 걱정했다. 잘못한 게 없는데도 자기 핏줄이 저지른 잘못이라는 이유로 남편 앞에서 작아지는 아내를 마주하는 건 제 살을 도려내는 것만큼이나 아팠다.

죽을죄를 지은 것도 아닌데.

부부면 당연히 함께 감당하는 게 맞는 건데.

훈일의 생각과는 다르게 지영은 늘 죄인이었고, 결국 죄책감 앞에 무릎을 꿇고 말았던 것이다.

"힘들다곤 했겠지. 하지만 내가 당신으로 인해 힘들었다는 말을 하는 건 처음일 거야. 나도 사람인데 왜 내색하고 싶지 않았겠어? 그래도 평생 함께할 사람인데 나라고 기대고 싶지 않았을까?"

"……맞아요. 내가 미안해요."

훈일은 쉽게 체념하는 지영의 손을 꼭 잡았다.

지영에게서 미안하다는 말을 수천 번, 수만 번도 더 들었을 텐데, 그 말은 늘 훈일의 책임감을 견고하게 했다. 책임감이 너무 견고해지니 나약해질 수가 없었다. 쓰러질 수도 없었다.

그랬던 과거가 전혀 자랑스럽지 않은 걸 보니, 분명히 문제가 있었던 모양이다.

"미안하다는 말을 듣자고 하는 소리가 아니야. 이정이가 우리 가족이 한 명이라도 덜 아팠으면 해서 다 참았다고 했다며? 우리 식구들 중에 안 그런 사람이 어디 있었겠어? 내가 안타까운 건, 그래서 서로에게 의지하지 못했다는 거야. 차라리 툭 터놓고 힘들다, 괴롭다, 그런 말이라도 한번 했다면 나도, 당신도, 아이들도 덜 힘들었을지도 몰라. 우리는 서로를 너무 배려했어."

가족들을 지나치게 배려하며 살다 보니 미안함만 커졌고, 그 결과 내 가족이 아닌 타인에 대한 배려심이 줄어들었다.

배려심에도 할당량이라는 게 있나 보다. 온전히 가족에게 다 쏟아 내서, 석진의 마음이 어땠을지에 대해서는 깊이 고민해 보지 못했다는 생각이 고개를 든 것이다.

아니다. 꼭 그런 것만은 아니다.

분명히 많이 노력했다. 얼굴을 본 적도 없는 엄마의 빚을 갚기 위해 노력한 녀석의 어른스러움을 안쓰러워했고, 이정과 연애를 하면 녀석도 크게 상처를 받게 될 것을 우려했다.

하지만 결국 석진에게 상처를 주고 말았다.

이유가 뭐였건 간에, 상처는 상처였다.

"난 나만 힘든 줄 알았고, 내 가족만 고생하는 줄 알았어. 하지만 어쩌면, 더 힘든 시간을 견딘 사람은 석진이었던 것 같아."

멈추는가 싶었던 지영의 울음이 다시 시작되었다.

"우리를 원망했을 법도 한데, 그런 기색 없이 좋았던 기억만 따로 안고 가는 녀석이 얼마나 대단한지, 그게 오늘에서야 보였어."

"……."

"녀석이 얼마나 억울했으면. 나도 참 나쁘지. 석진이가 그렇게 애원할 땐 걔 말이 안 들리더니, 당장이라도 쓰러질 것 같은 꼴을 하고 나타나서 간절하게 속엣말을 하니까 마음이 움직여."

그런 석진이 울분을 터트리게 한 사람이 바로 자신이라는 걸 받아들인 훈일은 한참 동안 말을 잇지 못했다.

이성과 감성을 적절히 다스리며 잘 살아왔다. 남들보다 가방끈이 조금 더 길어서, 명색이 학생들을 가르치는 사람이어서 그 어떤 위기가 닥쳐도 제대로 화한번을 내지 않고 나이를 먹었음을 자부할 수 있었다.

그런데 왜 석진에게만 그토록 모질었는지, 석진의 모친과 석진을 왜 철저하게 구분 짓지 못했는지, 자신의 속을 알 길이 없어 훈일은 답답했다.

생각을 하고 또 하던 훈일은 연신 눈물을 닦고 있는 아내에게 물었다.

"처남댁…… 우리와 얼마나 자주 보지?"

그렇게 쏟아 냈는데도 아직 더 흘릴 눈물이 더 남아 있는 걸까? 지영이 눈에 울음기를 매단 채 훈일을 바라봤다.

＊ ＊ ＊

멀리 나갈 기력 같은 건 없었다. 이정은 마당 한쪽에 쭉 늘어선 커다란 정원석 위에 걸터앉았다. 그러자 석진도 스스럼없이 그녀와 나란히 했다. 더위가 한풀 꺾였는지 밤공기가 제법 선선하게 변해 있었다. 계절은 너무 당연하다는 듯 제 갈 길을 찾아갔다.

"괜찮아?"

석진이 물었다. 괜찮아 보이지 않던 이정의 몸 상태를 걱정하며 물은 말인데, 묻고 보니 질문이 제법 포괄적이었다. 사실은 이정의 마음이 괜찮은지가 궁금했던 건지도 모르겠다.

"……바빴죠?"

정말로 오랜만에 나누는 대화였다. 이정의 목소리는 여전히 냉랭했지만, 그래도 그녀가 자신의 근황을 알고 있었음이 내심 반가웠다.

이정이 불도저 같다며 혀를 끌끌 차던 윤주의 성격이 이럴 땐 고마웠다.

"그래서 늦었지. 병신같이."

이정은 손이 닿는 곳에서 흔들리는 강아지풀을 허탈하게 쳐다보다가 크게 한숨을 쉬었다.

"내가 어떻게 할까요? 못 들은 척할까요, 아니면 다 들은 걸 인정하고 한바탕 울어 버릴까요?"

어둠 속에서도 석진의 씁쓸한 미소는 똑똑히 보였다.

— 야정아, 두현 오빠 사고 났어.

아무것도 못 들었다고 말한 석진이 허둥지둥 서울로 갈 때, 그에게 뭔가 심상치 않은 일이 일어났다는 건 예감했었다. 그러지 않고서야 그 순간에 그렇게 가 버릴 순 없었다.

헤어지자고 말한 주제에 그를 조금 원망했다. 붙잡을 시도는커녕, 아예 없던 일로 해 버리고서 휙 가 버릴 만큼 급한 일이 뭔지 궁금하기도 했었다.

그런데 사고라니.

윤주에게 소식을 듣고선 석진이 그렇게 가 버린 이유를 금방 납득했다. 다른 사람도 아닌 두현이 크게 다친 마당에 사랑 타령을 할 수는 없었으리라. 이해를 하자 곧 뒤따른 건 석진에 대한 걱정이었다.

지금 하고 있는 일만으로도 늘 바쁜 사람이 두현의 일까지 다 도맡게 되는 건 아닌지, 그러다 몸이라도 상할까 봐 마음이 쓰였다. 자신이 한 말에 신경을 기울이다 석진이 다치기라도 한다면 어쩌나, 전전긍긍했다.

참 나. 걱정할 거면 헤어지자는 말은 왜 했어?

그냥 접어.

너무 큰 충격을 받았고, 과거에 자신이 겪었던 말 못 할 고충들이 속속들이 생각나 도무지 석진과는 함께할 수가 없다고 결론지었었다. 대단한 효녀라고 생각해 본 적은 없는데, 자식들 모르게 갖은 고생을 한 부모님께 또 하나의 짐을 얹어 드릴 수가 없어서 고민 끝에 석진을 놓았다.

하룻밤 사이에 석진에 대한 마음을 접기로 결심한 것이 성급하긴 했으나, 틀리지 않은 결정이었다고 몇 번이나 마음을 다잡았는지 모른다. 자꾸 눈물이 나고, 억울하고, 서러워도 시간이 해결해 줄 거라 믿었다. 그래서 자주 잠을 잤다. 잠을 자면 시간이 빨리 가니까.

추진력이 있는 성격은 아니어도 능동적인 편이라 믿었는데, 타의에 의해 결정한 이별은 이정을 한없이 수동적인 사람으로 만들어 버렸다.

언제쯤 괜찮아질까, 언제쯤 나아질까.

1초가 지나지 않아서 1분을 세어 보고, 1분으로도 안 되어 한 시간을 재 봤지만 그럴수록 나아질 거라는 희망만 사라져 갔다. 이별의 상처는 시간이 갈수록 더 깊어지는 고질병이 되어 버렸다.

그해 여름과, 다시 생각해도 운명이라고밖에 받아들일 수 없는 접촉사고, 그리고 바쁜 와중에도 짬을 내어 만나 소소한 것들에 마냥 행복해했던 시간들이 그리웠다. 싱겁게 건네 본 말에 그가 웃는 게 좋았고, 함께 있을 땐 수시로 시계를 보며 아쉬워하는 그의 조바심이 좋았다. 남부럽지 않을 만큼 넓은 어깨를 보고 있으면 평생 그에게 기대 사는 인생은 어떨까 상상해 보게 되었다.

상처를 준 나쁜 남자다. 그리고 두 사람에게 닥칠 위기가 무엇인지도 분명히 알았다. 그러나 그가 너무 좋아서 모두 다 잘될 것이라는 희망에 부풀어 있었나 보다.

차라리 그를 온전히 미워만 할 수 있었다면 지금쯤 기력을 회복했을지도 모르겠다. 하지만 석진에 대한 이정의 감정은 밉고 좋고 그 둘 중 하나를 고를 수 있는 쉬운 문제가 아니었다.

'야, 누가 설거지를 이렇게 대충 하래? 넌 집에서 설거지도 못 배웠냐? 계속 이러면 시급 깔 거야!'

'최이정 선생님, 어떻게 하지? 이번 달에 학원비를 미납한 학생들이 많아서 그러는데, 일단 이것만 받고 남은 20만 원은 다음 달에 줄게.'

돈이 많았다면, 아니 외삼촌이 사고만 치지 않았다면 겪지 않았을 수모와 고통들이 이제 와 이정을 잔혹하게 괴롭혔다. 어쩌다 불쑥 고개를 든 빚쟁이에 대한 기억이 펼쳐지더니 혼자만 아는 곳에 숨어 있던 슬픈 과거가 꼬리를 물고 나타나 그녀를 힘들게 했다.

나도 어렸는데.

나도 재료비 걱정 없이 원 없이 그림을 그리고 싶었는데.

누군가는 이만하면 잘 컸다고, 나름대로 이쪽 분야에서 두각을 나타내지 않았냐고 쉽게 말하겠지만, 그렇게 포장하여 넘기기엔 여기까지 오는 과정이 너무나 힘들고 고달팠던 것이다. 정말이지 쉽지 않았다.

그러면 안 된다는 걸 아는데 석진을 원망하고, 그러다 또 그리워하고. 셀 수 없을 만큼 반복하느라 지쳐 있을 때, 석진이 왔다.

'연애한 지는 얼마 안 됐지만, 아주 오래, 정말로 오래 그리워했으니까요.'

그가 나타날 거란 건 알았어도 집 안까지 들어올 줄은 몰랐다. 여태껏 그의 연락을 모른 척해 왔지만, 집 앞에서 거는 그의 전화까지는 무시할 수는 없을 것 같아 자는 척을 했었다.

그러다 거실이 소란스러워지는 소리에 호기심을 못 참고 내려가서 보게 된 건, 모든 걸 다 내려놓은 채로 슬픈 밑바닥을 드러내는 석진이었다.

언제나처럼 그의 어깨는 기대고 싶을 만큼 넓었지만 그가 가진 나머지 것들 중에선 온전한 게 없었다. 수면 부족인지 거뭇해진 눈 아래와 한 톤 어두워진 혈색, 그리고 무엇보다 전례 없이 흔들리는 그의 목소리가 사태의 심각성을 드러냈다.

'이정이 포기하는 건 못 해요. 제가 걔한테 잘못한 게 너무 많아요.'

그의 절실한 고백에 이정이 흔들린 건 예견된 일이었다. 정리되지 않아 겉도는 마음속에 그에 대한 애정과 걱정이 절절히 녹아 있는데 어떻게 마음이 움직이지 않을 수 있을까?

지금 가겠다는 문자 메시지를 받고서, 석진을 보게 되더라도 냉정하게 그를 뿌리치는 모습을 상상하며 안면 근육에 힘을 줬던 몇 시간이 무색해져 버렸다.

"뭐라도 해. 네가 날 모른 척하는 것보단 나으니까. 그래도 울지는 말았으면 좋겠어."

의미 없이 강아지풀을 쳐다보고 있던 이정은 석진의 목소리에 고개를 들었다. 꽤 오래 생각에 빠져 있었는지 방금 자신이 무슨 말을 했는지 기억해 내기까지 몇 초가 걸렸다.

"부모님 때문에 헤어지자고 한 거 아니에요."

이정이 잠긴 목소리로 말했다.

고민 끝에 나온 말은 결국 자기변명이었다. 답답한 마음에 자신이 어떻게 해야 할지를 물어 놓고선 이별에 관해 설명하려 드는 자신이 싫었지만, 며칠간 사람다운 모습으로 살지 못한 마당에 정상이길 바랄 수는 없었다.

"알아. 그럴 거라 생각했어."

이정은 의외라는 듯 눈을 깜빡였다.

그땐 부모님의 반대 말고는 표면적인 이유가 없었는데, 석진은 과연 어디까지 생각해 본 것일까?

"내가 옆에 있으면 더 아플 거라고 판단했겠지. 난 그렇게 이해했어."

"……."

"하지만 받아들인 건 아니야. 말했지? 난 쭉 못 들은 걸로 할 거야."

주먹을 말아 쥐고 있는데도 자꾸만 손에 힘이 들어갔다. 석진은 자세히 말하지 않았으나, 그는 이정이 무엇 때문에 가슴앓이를 하는지 대충이나마 눈치챈 것 같았다.

강하게 헤어지자는 말을 하는 것도, 아무 일도 없었던 것처럼 그를 대하는 것도 당장 이정이 할 수 있는 일이 아니었다.

석진을 데리고 마당에 나온 건, 절박해 보이는 그를 위한 게 아니라 자신이 숨 쉬기 위해서였다. 가슴속을 다 열어 보인 여파로 어쩔 줄 몰라 하는 석진을 보자니 그대로 그 자리에 서 있을 수가 없어 충동적으로 그를 이끌었다.

그런데 그렇게 온힘을 짜내어 그를 데리고 나왔음에도 이정은 또 한 번 헤매고 있었다. 여전히 가슴이 아프고 호흡이 가빴다. 분명 하고 싶은 말이 많았는데 무슨 말을 해야 할지 알 수가 없었다.

"나는……."

할 말을 제대로 하지 못한 채 울음으로 상황을 모면하려는 드라마 속 여자 주인공들을 그 누구보다 못마땅해했던 과거가 떠올라 간신히 울음을 삼킨 이정이 말을 이어 갔다.

"오빠 말이 맞아요. 내가 너무 아파요. 간신히 밀어 놓은 기억들이 치고 올라와서 내가 견딜 수가 없었어요. 그래서 헤어지자고 했어요."

"......"

"그런데 나, 사실은 모르겠어요. 착한 딸, 착한 누나 하느라 평생 착할 걸 다 써 버린 건지, 그렇게까지 말한 오빠의 마음이 어땠을지 헤아릴 여력이 없어요."

눈물을 참으려고 하니 괜히 얼굴 전체가 덜덜 떨리는 것만 같았다. 하지만 이 정도가 이정이 현재 표현할 수 있는 자신의 마음이었다.

"다 행복했다면 얼마나 좋아요? 그냥 엄마 친구의 아들과 딸로 우리가 알게 되어서 속 편하게 오빠 동생 하며 크다가 적당한 나이가 되어서 연애했으면 정말로 완벽했겠죠. 아니, 그것까진 안 바라요. 차라리 오빠가 아예 모르는 집 아들이었다면, 오빠 부모님이 되게 나쁜 사람들이었다 해도 이만큼 힘들진 않았을 것 같아요. 그분들이 뭘 하셨건, 나를 아프게 한 사람들은 아니니까."

머리가 어질거렸다. 눈에 하도 힘을 줬더니 안압이 몰려 눈을 감는 것도 어려울 지경이었다.

분명히 석진은 어머니의 잘못에 대해 사실대로 털어놓았고, 그런 남자에게 마음을 연 건 자신이었다. 숨겨져 있던 과거에 한 뼘 더 가까워졌다 한들 그 또한 다 감당해야 어른인 건데, 책임감 없이 자꾸만 아파하는 자신의 나약한 마음이 싫었다.

많이 내려놓고 시작했지만, 더 내려놨어야 했다는 걸 미처 몰랐다.

"이기적이지만 나는…… 많이 아파요."

"이정아."

"그땐 다 참았던 것들이 한 번은 제대로 앓아야 괜찮아질 수 있다는 걸 이제 알았어요."

차마 석진이 앉은 쪽을 쳐다보지도 못한 채 이정이 가슴을 문질렀다. 특별한 외상이 없는데도 가슴이 이렇게 아플 줄이야.

"그래서…… 오빠랑 헤어져 있고 싶어. 오빠가 옆에 있으면 내가 마음대로 못 아프잖아요. 오빠를 자꾸 원망하고 탓할 텐데 그러고 나면 나는 또 더 아플 거예요. 그러다 결국엔 마음이 약해져서 오빠를 잡겠죠."

갑갑함이 극에 치달았다. 이정은 어릿한 통증을 이겨 내지 못해 결국 자신의 가슴을 쿵쿵 두드려야만 했다.

어느새 한쪽 무릎을 꿇고 그녀와 마주 앉은 석진은 가슴을 때리는 이정의 손을 쥐며 그녀를 다독였다.

"난 네가 뭘 해도 다 괜찮아. 너만 안 아플 수 있으면, 아니다. 아파도 그냥 내 옆에서 아파. 난 그거까지 다 각오하고서 너 잡은 거야."

도대체 이 남자는 뭘까?

두 번이나 현실에서 달아난 것에 대해 속죄하는 마음으로 의연한 모습을 보이는 거라면, 석진도 그만뒀으면 했다.

이정은 아득한 눈빛으로 석진을 보았다.

자기도 아프면서 누가 누굴 걱정해?

가슴을 두드렸더니 반작용으로 머리가 맑아졌나 보다. 자신이 과연 아프다는 투정을 부릴 자격이나 있을까 하는 의문이 생겼다. 다른 사람의 불행을 통해 자신의 처지에 감사함을 느끼는 건 잔인했지만, 오늘 석진이 보여 준 모습 때문인지 더 이래서는 안 될 것만 같았다.

"날 보면 당연히 그분이 저지른 일들이 생각날 거야. 그런 생각 하면 염치없는데, 그냥 나랑 있자. 이제부터는 내가 네 앞에 설게."

"……."

"난 요구 사항이 많은 사람이 아니야. 그런데."

언제부터였는지도 모르게 이정의 무릎이 젖어 가고 있었다. 고개를 숙인 채 아래를 보고 있는 그녀의 두 눈이 툭툭 빗방울을 만들어 냈다.

"너는, 그냥 나만 봐 줬으면 좋겠어."

"……."

"사람들 앞에서 내가 첫사랑이라고 말해 줬던 그때처럼, 네 눈에 나만 보였으면 좋겠어. 그럼 난 다 괜찮을 것 같아."

잡고 있던 이정의 손을 끌어당긴 석진은 평소보다 더 가늘어진 다섯 개의 손가락을 느끼며 다짐을 굳혔다. 그리고 지금 갈피를 잡지 못해 헤매는 그녀의 마음이, 긴 방황 끝에 결국 자신에게 돌아올 거라고 자기 최면을 걸었다.

이정은 울기만 했다. 생글생글 웃으며 할 말을 다 했던 여자가 아프다는 말을 마지막으로 눈물을 흘리고 있으니 석진의 마음속에도 비가 내렸다.

눈치 없이 이름 모를 풀벌레들만 날개를 비벼 제 소리를 냈다.

"둘 다 들어와."

시간이 얼마나 흐른 것일까?

여름밤의 습기를 가로지른 목소리가 두 사람을 일어나게 만들었다. 분명 공기 중에 허무하게 자취를 감출 정도로 작은 소리지만 이정과 석진을 움직이게 할 만큼의 힘은 가지고 있었다.

"모기가 얼마나 많은데 그것도 모르고 거기서 뭐 해? 어서 들어오라고."

지영이었다. 그녀는 툴툴대듯 두 사람을 불러 놓고는 휙 하니 집 안으로 들어가 버렸다.

"들어가자."

차라리 집 밖으로 나갔다면 속 시원한 결론에 도달했을지도 모른다는 미련을 가지면서도 석진은 지영의 부름을 거절하지 못했다. 그건 이정도 마찬가지였다.

12

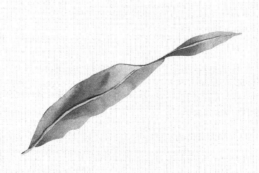

"잘한다, 최이정. 가뜩이나 못 먹어서 피도 모자랄 텐데 제대로 헌혈했네."

밝은 집 안으로 들어서자, 지영이 반바지 아래로 드러난 이정의 다리를 보더니 물파스를 찾았다. 이준과 훈일은 거실에 없었고, 오직 지영만이 부산하게 움직였다. 어색해서 할 일을 만드는 걸로 보이는 행동이었으나 석진에겐 묘하게 안도감을 주었다.

"석진이 넌 자고 가. 이 시간에 어떻게 서울까지 가니? 알겠지만 시골이라 모텔은커녕 민박도 없어. 나도 뭐가 뭔지 모르겠는데, 일단 자."

"……네."

다소 빨라진 지영의 말투 때문인지, 자고 가라는 말 때문인지 석진은 쓰게 웃고 말았다. 그건 며칠 전에도 그랬다. 아무리 석진이 미워도 지영과 훈일은 그를 쫓아낼 수 없는 사람들이었다. 그런 어른들의 됨됨이를 짓밟고 제 발로 이 집을 나간 건 자신이었다.

"뭐 해? 최이정 너는 올라가고 석진이 넌 1층에서 씻고 이준이 방에서 같이 자."

"엄마!"

"네 맘 모르는 거 아니니까 일단 올라가. 내 속 더 뒤집어 놓지 말고. 뭐 해? 물파스 안 챙기고."

쭈뼛쭈뼛 물파스를 손에 쥔 이정은 눈물이 마른 얼굴로 석진을 한 번 쳐다보고는 한숨을 쉬며 계단을 올라갔다.

뭔가 미련이 남는 헤어짐 때문에 석진이 서서히 눈을 올리며 자신에게서 멀어지는 이정을 보는데, 지영이 또 한 번 퉁명스럽게 말했다.

"내일 몇 시에 가야 하니?"

"……새벽 일찍이요."

대답을 하자 지영이 찰싹 소리가 나도록 석진의 팔을 때렸다.

"……."

아파서가 아니라 그야말로 놀라서 맞은 팔을 잡은 석진은 어안이 벙벙한 채로 지영을 보았고, 그러자 지영은 당장이라도 눈물을 쏟을 것 같은 얼굴을 하고서 석진을 나무라기 시작했다.

"그럴 거면 왜 왔어! 몇 시간을 운전해 와서 고작 그 몇 시간 이정이 보고 가면 뭐가 달라지는데? 너 이렇게 우리 집 들쑤셔 놓고 가면 내가 어떨 거 같아? 나야말로 밥이 넘어가겠니? 제 몸이 어떻게 되는 줄도 모르면서 일도 사랑도 놓지 못하는 놈을 내가 어떻게 좋아해!"

"……."

석진이 할 수 있는 건 없었다. 그저 듣는 것밖에는.

"너 도대체 어디까지 사람 속 태울 건데? 책임감 때문에 일도 못 놓겠고, 이정이는 잡아야겠고, 그럼 넌? 너 이러다 죽어. 너 죽는 건 모르고 왜 이러고 살아? 그냥 뭐든 놓으면 되는데 왜 이렇게 힘들게 사냐고!"

모질게 말을 하면서도 자신이 때린 석진의 팔을 쓰다듬던 지영은 결국은 그를 붙잡고 울었다.

"흐윽. 미련하게 왜 이러냐고."

쿵.

2층 쪽 계단에서 무슨 소리가 났다. 아마도 이정일 것이다. 엄마의 목소리를 듣고서 계단에 주저앉아 버린 거겠지.

석진은 파르르 떨리는 눈꺼풀을 닫아야 했다. 마음 같아선 이정에게 가 보고 싶지만, 지금은 그럴 수가 없었다. 지영의 울음소리가 거세어졌기 때문이다. 이정이 어떤 모습으로 울지 상상이 가서 가슴이 저민데, 자신을 잡고 있는 지영의 손을 밀어서는 안 됐다.

어려운 선택은 언제쯤 끝이 날까.

"석진아. 제발 널 위해 살아. 이정이랑 같이 있어 봐야 네 숨 막힐 일만 펼쳐질 텐데, 넌 왜 그걸 못 하니. 이정이 놓으면 쉽잖아. 그러다 좋은 여자 만나서 애 낳고 잘 살면 되는 거 아니야? 왜 인생을 어렵게 살아? 가뜩이나 남들보다 억 겹은 힘들게 산 애가."

살면서 딱 하나, 날 위해 욕심낸 것이 최이정인데 지영은 이정을 놓으라 한다. 인생이 어려워도 최이정만 있으면 될 것 같은데, 지영이 원하는 건 그게 아니다.

"휴우."

석진이 한숨을 쉬자, 그의 양쪽 팔을 붙잡은 채로 고개를 푹 숙이고 있던 지영은 맥이 축 빠져 버린 모습을 하고서 그를 놔 주었다.

"······그래서 새벽 몇 시에 가야 하는 건데?"

그리고 다 내려놓은 사람처럼 손바닥으로 눈물을 닦고서, 석진이 대답할 수 있는 질문을 했다.

"4시 반쯤이면 시간이 맞을 것 같아요."

지영이 두 번이나 떠나는 시간을 체크한 이유가 뭔지 석진은 알고 있었다.

아침밥 때문이다.

그래서 조용히 출발할 생각이었는데 어쩐지 거짓말은 할 수가 없었다.

"왜? 그 시간에 가서 온종일 일하다가 저녁엔 또 몇 시간 달려서 여기 온다고 하지 그러니?"

아닌 게 아니라 내일 공사가 조금 빨리 끝날 기미가 보였기에, 그럼 여기 다시 와야겠다고 생각하던 참이었다.

최소 억 단위의 돈이 오고가는 일을 놔 버리고 사랑에 집중하기엔 딸린 직원들이 많았다. 한정된 시간 때문에 다 매듭짓지 못한 일은 최대한 빨리 해결하는 게 옳았다.

그런데 지영이 날카롭게 선수를 쳐 버리니 대답이 안 나왔다.

"일단 자. 너도 우리도 잘 먹고 잘 잔 뒤에 다시 이야기하자. 날씨도 더운데 기운도 없으니 뭐가 정상이겠어? 최이정 어디 안 숨길 테니까 너도 여기 올 시간에 쉬어."

"……."

"너 급한 일 처리하고 그때 침착하게 다시 이야기하자고."

"이모."

지금 이모가 '다시'라고 하셨나?

설레발치고 싶진 않은데 그 '다시'라는 말에서 자꾸만 희망의 불씨가 보였다.

경계해야 했다. 아직 해결된 건 없다.

"이준이 방에 들어가. 가서 갈아입을 옷 받고 씻어."

하지만 지영은 그에 대해 더 말하고 싶지 않은 사람처럼 자꾸만 석진을 재촉했다. 석진이 이정이 있는 2층을 쳐다보는 이유를 알아채 놓고도 지영은 막무가내였다.

"내가 말했지? 최이정 어디 안 가. 일단 너부터 추슬러. 쟤는 나랑 따로 할 이야기가 있으니까. 너 자꾸 이럴래?"

어쩔 수가 없었다. 궁금한 게 많고 하고 싶은 게 많아도 이 집에선 지영의 말을 들어야 했다. 결국 석진은 이준의 방으로 들어갔다. 마음 어딘가가 조금은, 편안하게 누그러지고 있었다.

"형!"

석진을 본 이준이 침대에서 일어났다. 군인들이 가장 기다린다는 휴가를 나왔음에도 가족들에게 대접받기는커녕 방에 갇히는 신세가 된 이준에게 새삼 미안해진 석진이 멋쩍게 눈초리를 접었다.

"응. 혹시 내가 갈아입을 옷 있을까?"

"네. 당연히 있죠. 그런데 형. 아까 밖에선 몰랐는데 지금 흘리는 땀이……
더워서 그런 거 맞죠?"

"응?"

몇 시간 사이 감정 변화가 심해서 제 몸이 어떤지도 모르고 있었다. 손으로
이마를 쓸어 보자 예사롭지 않은 땀이 묻어났다. 그리고 보니 눈앞이 흐려지는
것 같기도 하다.

"얼굴이 너무 안 좋아요."

"조금 피곤해서 그럴 거야. 씻으면 괜찮겠지."

하지만 몸이 괜찮지 않다는 건 욕실에서 옷을 벗는 순간 바로 깨달았다. 거
울 속 자신의 얼굴은 이준의 호들갑이 과한 게 아니다 싶을 정도로 창백했다.
그보다 더 문제는 몸이었다. 더운 날씨가 무색하게 덜덜 떨리는 몸이 예사롭지
않았다.

안 되는데.

나 지금 아플 수 없는데.

한 줄기 의지를 잡고서 겨우 샤워를 마친 석진은 비틀거리며 거실을 가로질
러 이준의 방으로 갔다. 그러자 이준은 조금 전보다 훨씬 더 놀라며 석진을 밀
듯이 침대에 앉혔다.

"세상에. 형! 지금 이마가 불덩이예요."

온몸의 감각이 둔해진 탓인지 이준이 이마를 만지고 있는 것도 느껴지지 않
았다. 자꾸만 눈이 감기고 몸이 떨렸다.

"감기인가? 잠깐만요. 엄마 모시고 올게요."

석진은 어쩔 줄 몰라 하며 일어나는 이준을 붙잡았다. 지영이 의사도 아닌
데, 지금 이 상황에서 괜한 걱정을 끼칠 수는 없었다. 이정과 이준에겐 아플 때
제일 먼저 찾는 사람이 엄마겠지만, 석진은 혼자 앓는 쪽에 더 익숙한 사람이
었다.

"괜찮아."

"안 괜찮은데."

갑자기 세상이 어두워진 건 그때였다. 머릿속에서 뭔가가 툭 끊어지는 것 같은 소리가 나더니 석진의 세상이 새카만 어둠 속으로 잠식했다.

"엄마! 아빠!"

이준이 다급하게 부모님을 찾는 목소리를 들은 것 같긴 한데, 그다음에 대한 기억은 없었다.

✳ ✳ ✳

"이정이 자니?"

이정이 자지 않는다는 걸 알면서도 어떻게 말을 시작해야 할지 몰라 지영은 형식적인 질문을 하며 딸의 방문을 열었다. 새빨개진 눈을 한 딸이 후다닥 눈물을 닦으며 어설프게 방금 전 일을 감추려는 시도를 했다.

"너 우는 거 본 게 한두 번이 아닌데 왜 그래?"

"아니야."

"다 듣고서 운 거잖아."

"엄마도 울어 놓고선."

지영이 맥없이 피식 웃었다. 슬프게 접히는 엄마의 눈가 주름을 세어 보던 이정은 용기를 내 물었다.

"엄마 석진 오빠 싫잖아. 그런데 그 사람 뭐가 예쁘다고 그렇게 감정 이입을 해?"

지영의 눈가 주름이 조금 더 깊어졌다.

"석진이를 싫어한 적 없어. 그냥 너랑은 안 된다고 생각했던 거지."

울어서 멍해진 와중에 이정이 설핏 고개를 기울였다.

'생각했던 거지.'는 과거형 아닌가?

뭐라 더 말을 하려는데 휴대폰이 울리더니 액정에 윤주의 이름이 떴다. 그러고 보니 아까도 윤주에게서 전화가 왔으나 받지 못했었다. 요즘 계속 그랬었다. 윤주를 통해 두현의 사고 소식을 듣긴 했지만 이상하게 윤주의 전화를 놓칠 때가 많았다. 부재중 통화 목록을 보고 다시 전화를 걸면 되지만 마음의 여유가 없어서인지 그마저도 쉽지가 않았다.

"윤주야? 받아."

상황을 파악한 지영이 허락했을 땐 이미 이정이 통화 버튼을 누른 뒤였다.

"여보세요?"

통화 한번 하는 게 왜 이렇게 어렵냐고 푸념하는 윤주에게 두현의 안부를 묻자 윤주가 지금 중요한 건 그게 아니라고 말하며 목소리를 가다듬었다.

혹시 아기 때문에 무슨 문제라도 생긴 건가 싶어 걱정이 스쳤다.

엄마가 앞에 있는 이상 쉽게 말할 수 있는 주제는 아니라 나중에 다시 전화해야 하나 갈등하는 사이, 지영이 계속 통화하라는 손짓을 하며 조용히 방을 나갔다.

"무슨 일인데 그래? 몸이 안 좋아?"

졸지에 두현의 병간호를 떠맡게 되었다는 말을 듣긴 했는데 윤주의 사정에 신경을 쓸 여력이 없었다.

— 그게 아니라. 나 어쩌다 엄청난 이야기를 들어서…….

"응?"

— 아무래도 하루 종일 병실에 같이 있다 보니까 대화가 많아지잖아. 임신한 마당에 부끄럽긴 한데, 내가 그 사람에 대해 뭘 얼마나 알았니? 이번 기회에 이렇게 알아 가는구나 했는데 말이야.

뭔가 좋지 않은 여지를 남기며 말끝을 흐리던 윤주는 더 시간을 끌 문제가 아니라고 생각했는지 곧바로 본론을 이야기 했다.

— 너희 집 어려웠던 이유가 석진 오빠 어머니 때문이었어?

난 또 뭐라고.

아무리 친한 사이라도 혹여나 윤주가 편견을 가지고 석진을 볼까 봐 과거의 일을 숨겼는데, 그걸 또 두현이 이야기한 모양이다.

불쾌하진 않았다. 이 난리가 난 마당에, 숨겨서 무엇 하겠는가?

"모르고 살았어도 좋은 걸 네가 알아 버렸네?"

이정은 자신이 꽤 담담하게 대답했다고 여겼는데, 윤주가 너무 크게 한숨을 쉬어서 좀 놀랐다. 마치 뭔가 더 큰 문제가 남은 것처럼 길게 숨을 들이켠 윤주는 에라 모르겠다고 혼잣말을 하며 목소리를 낮췄다.

— 두현 오빠 말로는 네가 모르는 게 있대.

"……응?"

두현 오빠는 알지만 나는 모르는 이야기?

등줄기가 싸하게 식어 가는 불안함을 떨치지 못하는데 윤주가 말했다.

— 아무래도 두현 오빠가 나한테 그 말을 해 준 의도는 그 일이 네 귀에 들어갔으면 해서였던 것 같아. 이게 맞는지는 모르겠는데 내 생각에도 네가 아는 게 좋을 듯한데.

"무슨 일인데 그래?"

— 휴. 아 몰라. 설마 이거 때문에 문제가 생기진 않겠지?

"윤주야!"

대단한 비밀이라도 있는 것처럼 횡설수설하며 갈등하던 윤주는 더는 참지 못하겠는지 툭 하고 그 비밀을 꺼내 놓았다.

— 석진 오빠가 그 빚 다 갚으려고 했었대.

"……뭐?"

방금 내가 무슨 말을 들었나?

똑똑히 들어 놓고서도 무슨 말인지 알아들을 수가 없었다.

— 역시, 너 몰랐구나? 석진 오빠가 미국에서 학교 다니는 동안 엄청 고생해서 돈을 벌었는데, 그렇게 돈을 번 이유가 자기 어머니 빚 갚으려고 그랬던 거래.

세상에.

— 그 돈을 두현 오빠가 몇 년 전에 너희 아버님께 전달했는데, 뭐…….

윤주가 더 말을 하지 않아도 알 것 같았다.

아빠는 거절했을 것이다. 아무리 집이 어려웠어도, 석진이 보낸 돈을 받았을 아빠가 아니다.

그다음부터는 윤주의 말이 제대로 들리지가 않았다.

이걸 엄마도 알고 있을까? 그래서 아까 석진을 붙잡고서 그런 말을 했던 건가? 그럼 왜 나에겐 말해 주지 않았지?

설마…… 내가 그 핑계를 대고 우석진과 다시 만날까 봐?

사정없이 심장이 요동치더니 가슴이 너무 먹먹해서 말이 나오지가 않았다. 너무 기가 막혀 입을 벌린 채로 눈만 깜빡이던 이정은 이러고 있을 때가 아니라는 걸 깨닫고서 자리에서 일어났다.

가까이 있잖아. 확인해 보면 될 거 아니야.

하지만 그녀가 계단을 내려가는 사이 큰일이 생기고 말았다.

"엄마! 엄마! 형이 이상해요!"

뭘 더 생각할 겨를이 없었다. 이정은 정신을 놓은 채 1층으로 갔고 그녀를 발견한 이준은 말보다는 눈으로 확인하라는 듯 이정을 자신을 방으로 이끌었다.

"어떻게."

이준의 침대 위에는 석진이 눈을 감은 채로 누워 있었다. 누가 봐도 그는 잠을 자고 있는 게 아니었다. 온몸에 땀을 흘리며 앓고 있었다.

"무슨 일이야?"

뒤늦게 이준의 방에 들어온 훈일과 지영 또한 놀란 건 마찬가지였다. 거칠게 앓는 소리를 내는 석진은 이대로 두면 큰 날 것처럼 많이 아파 보였다.

"열 좀 봐. 아유, 애를 어쩌면 좋아. 올 때부터 이상하다 싶었는데…… 아유, 석진아! 석진아!"

오만 가지 감정이 뒤엉켜 차마 석진을 만져 보지도 못하는 이정을 대신해 지영이 석진의 이마를 짚었다. 이 와중에도 훈일은 현실적인 안을 꺼내 놓았다.

"24시간 응급실까지 가려면 너무 멀어. 일단 읍내 미소내과 원장한테 연락해 볼게."

훈일이 전화를 하러 가고, 지영이 물수건을 만들러 간 뒤에야 이정은 석진의 손을 잡아 볼 수가 있었다.

자신이 기억하는 것보다 훨씬 더 높은 체온이 느껴지자 또 눈물이 왈칵 솟아올랐다. 더 흘릴 눈물이 남아 있지 않을 만큼 울었다고 생각했는데, 다시 눈물이 흐르는 게 신기할 지경이었다.

"누나."

눈치껏 상황을 다 파악한 이준이 이정의 어깨를 두드려 주었다. 그럼에도 불구하고 이정은 눈물을 멈추지 못했다.

✳ ✳ ✳

감은 눈 너머로 밝은 기운이 느껴졌다. 간신히 눈꺼풀을 들어 올렸던 석진은 그마저도 힘들어 다시 눈을 감았다. 천근만근이 된 몸이 아득한 심해로 서서히 가라앉고 있었다. 도대체 깊은 바다의 밑바닥은 어디인지, 몸은 끝도 없이 아래를 향해 갔다.

"오빠."

그런 그를 부르는 소리가 있었다.

이정이 목소리잖아.

대답을 하고 싶은데 꽉 잠긴 목은 그 어떤 소리도 내지를 못했다. 손이라도 내밀어 보고 싶은데 강한 의지를 발휘해도 몸은 움직이지 않았다.

아파.

답답한 와중에 아프다는 생각이 들었다. 그게 몸인지 마음인지는 잘 모르겠지만, 그냥 아팠다. 이대로 평생 깊숙한 곳으로 가라앉아야 하는 걸까 싶을 만치 자신의 모든 것이 정상이 아니었다.

괜찮아.

그럼에도 이 순간 가장 하고 싶은 말은 괜찮다는 것이었다. 얼핏 이정의 목소리가 또 들리는 것 같아서 그렇게 대답을 하고 싶었다.

416

하지만 그는 계속 가라앉는 중이었다. 바닥에 닿으면 몸이 부서질까 두려워서 정신을 놓아 버렸다.

몇 번이고 그런 상황이 반복되었다. 어렴풋이 정신을 차렸나 싶으면 눈조차 뜨지 못한 채 어둠 속을 헤매었고, 그러다 어느 지점에선 고통을 이기지 못해 깊은 잠에 빠졌다. 시간이 어떻게 흐르고 있는지, 지금 자기가 무엇을 하고 있는지도 모른 채 석진은 앓고 또 앓았다.

그러다 비로소 눈 뜰 수 있게 되었을 때, 낯익은 얼굴이 보였다.

"오빠."

석진은 말을 하는 법을 잊은 사람처럼 소리 없이 눈으로 상황을 살펴야 했다. 손등에 꽂혀 있는 바늘과 이어진 줄을 따라 시선을 올려 보니 링거병에서 액체가 똑똑 한 방울씩 떨어지고 있었다. 다시 눈을 내려 앞을 보자 너무나 그리웠던 얼굴이 보였다.

"이정아."

목이 갈라지며 통증이 느껴졌지만 그래도 말을 할 수 있는 걸 보니 바닷속은 아닌 모양이었다. 희미한 정신을 가다듬은 석진은 낯선 공간을 눈으로 훑다가 벽에 걸린 시계를 보았다.

3시라……

창밖이 밝은 걸 보니 오후 3시 같은데 큰일이네. 나 도대체 몇 시간을 잔 거야?

"오빠 괜찮아요?"

자리에서 일어난 이정이 누워 있는 자신을 내려다보며 어쩔 줄 몰라 하자 석진이 희미하게 웃었다.

길게 꿈을 꾼 건지, 아니면 이게 꿈인 건지 알 수는 없지만 이정을 볼 수 있어서 좋았다. 서울에 가지 못한 것에 대한 걱정을 하면서도 그는 그냥 웃었다.

"얼마나 무리했기에 사람이 깨어나지를 못해요? 의사 선생님이 그냥 푹 자는 게 최고라고 해서 마냥 놔두긴 했는데, 오빠 딱 30분만 더 늦게 일어났으면 나 진짜!"

원망의 소리를 하는 이정에게 뭐라고 말을 해 주고 싶은데 말이 나오지 않았다. 그나마 다행인 건 손을 움직일 수 있다는 거였다. 석진은 서서히 양팔을 들어 올렸다. 말을 할 수 없다면 한번 안아 보고 싶었다.

이게 꿈이라면 어서 현실로 돌아가 이정을 볼 수 있는 계기가 되었으면 했고, 현실이라면 더할 나위 없이 좋을 거라 생각했다.

"움직이지 마. 링거 맞고 있잖아요."

이정은 정색했지만 석진은 멈추지 못했다. 서서히 힘이 실리는 팔을 벌리자 그를 잔뜩 노려보던 이정이 그보다 더 빨리 품으로 다가와 주었다.

"진짜 나쁜 남자예요. 알아요?"

그러곤 걱정 어린 푸념을 꺼냈다.

석진은 조심스럽게 이정의 등을 쓸어 주며 어질거리는 머릿속을 정리하기 위해 눈을 감았다.

나쁜 남자.

오래전부터 스스로를 나쁜 놈으로 치부하며 살아와서 색다를 게 없는 표현인데도 이정이 그렇게 말하니 명치끝이 찌릿했다.

나에게 무슨 일이 일어났던 거지?

몸도 마음도 정상으로 돌아오지 못한 탓에 이 상황이 어떻게 전개된 건지 쉽게 정리가 되지 않았다. 분명 샤워를 했었고 이준의 방에 들어온 것까진 기억이 나는데, 그다음부터는 퓨즈가 나간 것처럼 머릿속이 새카맣기만 했다.

"나, 어떻게 된 거야?"

감기일까? 한 마디 한 마디를 할 때마다 성대가 공기에 쓸리듯 따끔거렸다.

몸을 일으킨 이정은 정말로 모르겠냐는 듯 그를 믿지 않게 쏘아보다가 한숨을 쉬며 대답했다.

"과로래요. 그래도 우리 집에서 쓰러졌기에 망정이지 집에 혼자 있다 그렇게 됐으면 어쩌려고 그랬어요?"

"고독사했겠지 뭐."

마른 입술 사이로 나온 대답에 이정이 어처구니없어했다.

"기껏 살려 놨더니 못 하는 말이 없어."

이정의 말대로 살아나긴 했나 보다. 조금 전 눈을 떴을 땐 몸을 어떻게 움직여야 하는지부터 막막했는데 몸이 서서히 뜻대로 움직여 주니 실없는 말이 나왔다.

"이준이가 오빠 업고 여기까지 왔어요. 그래도 걔가 있어서 얼마나 다행이었는지."

이정은 석진이 쓰러진 후에 있었던 일을 간략하게 설명했다.

가족들은 매우 놀랐음에도 침착하게 움직였다. 훈일은 평소 가까이 지내던 읍내 병원 원장에게 연락을 넣어 자초지종을 말했고, 원장은 밤 깊은 시간임에도 병원 문을 열고 석진이 수액실에서 링거를 맞을 수 있게 해 주었다. 작은 동네라 서로가 얼굴을 잘 알기에 가능한 일이었다.

"넌? 여기서 밤샌 거야?"

언뜻 보기에도 불편해 보이는 보호자용 딱딱한 의자 말고는 침대 옆에 놓인 게 없었다. 이정의 말대로라면 오랜 시간 잠들어 있었던 것 같은데, 그동안 이정이 옴짝달싹 못 한 채 저런 의자에 앉아 있었다고 생각하니 이젠 자신의 몸보다 그녀의 몸이 더 걱정되었다.

"졸다 깨다 했어요."

"밥은?"

"오빠. 지금 오빠가 날 걱정할 때가 아닌 것 같은데요?"

얼마 남지 않은 수액을 확인한 이정은 석진의 어깨를 쓸어 주고는 안심하라는 듯 웃음을 지었다.

"서울엔 내가 전화했어요. 두현 오빠가 직원들에게 말해 두겠다고 오빠 다나아서 오래요. 오빠 없어도 잘 돌아가는 거 같은데 왜 그렇게 무리했어요?"

널 한시라도 더 빨리 보고 싶어서.

그렇게 속으로 대답한 석진은 밀려오는 두통 때문에 손으로 이마를 눌렀다.

두현은 아픈 친구에게 마음의 짐을 얹어 줄 수 없어 괜찮다고 했을지 모르나, 석진의 부재로 인해 현장이 어떻게 돌아갈지 눈에 선했다. 몸살이 난 자신을 대신해 며칠 전 수술을 받은 두현이 하루 종일 전화기를 붙든 채 급한 불을 끄느라 정신없는 하루를 보내고 있을 것이다.

미안했지만 지금은 이기적이고 싶었다.

이정의 말이 옳았다. 몇 시간쯤은 내가 없이도 잘 돌아가는 회사인데 왜 이렇게 늦게 이정에게 왔나 후회가 됐다. 지영이 뭐 하나는 내려놓고 살라며 나무라던 모습이 눈앞에 선연했다.

"엄마한테 전화해야 돼요. 오빠 눈 뜨면 연락 달라고, 엣!"

가방에서 휴대폰을 꺼내려던 이정의 몸이 다시 앞으로 쏠렸다. 제 몸 하나 주체하지 못해 쓰러진 남자는 어디로 간 건지, 석진이 자유로운 한 팔로 그녀를 잡아당긴 탓이었다.

쿵, 쿵, 쿵.

졸지에 그의 가슴 위에 얼굴을 내려놓게 된 이정은 뒤통수를 감싸고 있는 손 때문에 몸을 일으키지도 못한 채 그대로 석진의 심장 소리를 들어야 했다.

"최이정."

"……네."

"우린 아무 일도 없었던 거야."

"…… ."

"서로 아끼고 좋아하고, 아무 위기 없이 그렇게 잘 만나고 있는 거야. 알겠어?"

이정의 심장 박동도 석진의 것에 맞추어 뛰기 시작했다.

어제까지만 해도 제대로 이야기를 마무리 짓지 못한 채 떨어져야 했던 사이였다. 석진이 깊은 잠에 빠지기 전까지, 두 사람은 마음의 거리를 떠안은 채 안타까움을 삭여야 했다. 보이지 않는 벽을 사이에 두고서 각자의 이유로 마음의 병을 앓아야 했던 것이다.

안 되는 건 안 되는 거니까.

숨겨 둔 마음의 병이 뒤늦게 재발한 것 같아서.

그래서 헤어지자고 말했지만, 이정은 이제 석진이 말한 대로 이별이 없던 일이 되어 버렸음을 인정해야 했다.

'돈을 번 이유가 자기 어머니 빚 갚으려고 그랬던 거래. 야, 그때 석진 오빠가 어떻게 살았는지 듣는데 나 진짜 눈물 나서 혼났어. 그게 가능한 일일까? 나라면 날 버린 엄마를 위해서 그러지 못할 거 같아.'

윤주의 목소리가 자꾸만 귓가에 맴도는 이상, 지금은 이별해서는 안 됐다. 석진이 그렇게 돈을 벌었던 이유가 어머니를 위해서가 아니라는 걸 이정은 감히 확신할 수 있었다. 그게 진짜인지 꼭 확인해야만 했다.

병원으로 옮긴 뒤 석진의 체온이 떨어져 안심할 수 있게 되자, 이정은 자신이 석진의 곁을 지키겠다며 가족들을 집으로 돌려보냈다. 부모님이 순순히 허락해서 의외라는 생각을 하며 주차장까지 가족들을 배웅할 때였다. 이정은 따로 아빠를 붙잡았다.

'아빠, 석진 오빠가…… 빚을 다 갚으려고 했다는 게 사실이에요?'

엄마와 이준이 앞서가는 모습을 보며 조용히 물었다. 분명히 아빠가 놀랄 거라 예상했는데 아니었다.

'석진이가 너한테 말 안 했어?'

도리어 아빠는 이정이 그걸 알고 있는 것처럼 되물었다.

'그 사람은, 아무 말도 안 했어요.'

고개를 저어 보인 이정은 차라리 석진이 그걸 진작 말해 줬다면 이렇게까지 그에게 미안하지는 않았을 거라고 말했다. 그러곤 마음을 감출 수 없어 원망이 일렁이는 눈으로 아빠를 보았다.

'넌 당연히 아는 줄 알았어. 그래서 둘이 만난 거라고 생각했어.'

이정은 말을 잇지 못했다. 구구절절 과거의 고생담을 털어놓으며 나는 이렇게 내 할 도리를 했다는 식의 넋두리는 석진과 어울리지 않았다.

굳이 그럴 필요가 없었을 것이다. 피차 곤란한 말을 하지 않아도 이정은 너무 쉽게 석진에게 마음을 열었다.

'엄마는…… 알아요?'

'어제 말했다. 받지 않은 돈이라 굳이 말하지 않았는데, 어쩐지 비밀로 할 이야기가

아니라는 판단이 서서. 덕분에 어제, 네 엄마한테 대단히 혼났어.'

어젯밤 불편한 다리를 이끌고 굳이 2층까지 올라온 엄마가 하고 싶었던 이야기가 바로 그게 아닐까 싶었다. 누구를 통해 알게 되었건 간에 어차피 이 여름은 과거의 일들이 속속들이 다 밝혀져야만 끝이 날 모양이었다.

놀라고 슬퍼하는 일이 반복되다 보니 이젠 또 뭐가 남았나, 초연하게 받아들여질 지경이었다.

'조심히 가세요. 오빠 일어나면 전화드릴게요.'

담담히 차에 올라타는 아빠의 모습을 보며 이정은 어젯밤 이후 부모님의 심경에 변화가 생겼다는 걸 확신했다. 나쁜 쪽이 아닌 좋은 쪽으로 방향을 잡은 변화임은 분명한데 자꾸만 마음이 편치 않았다.

터덜터덜 수액실로 들어간 이정은 눈을 감은 석진의 얼굴을 바라봤다. 그래도 열이 내려서인지 그의 숨소리가 많이 부드러워져 있었다.

의사는 과로로 인한 단순 수면 상태라고 하는데, 차에 실려 병원까지 가는 동안에도 정신을 못 차릴 만큼 잠에 빠진 걸 보니 떨어져 있었던 기간 동안 그가 어떤 시간을 보냈는지 충분히 헤아릴 수 있었다.

내가 너무 미안해요.

나만 힘든 과거를 보낸 줄 알았고, 나만 피해자라고 생각해서 미안해요.

난 평생 사랑을 주고받았던 가족들을 위해 고통을 견뎠지만, 당신은…… 그럴 이유가 없었는데.

우리 엄마 말대로 그렇게 다 짊어지고 살 필요가 없었는데.

우리를 만나지 않았다면 오빠 더 행복하지 않았을까요?

석진에겐 졸다 깨다 했다고 둘러댔지만 사실 이정은 물조차 마시지 못한 채 석진의 곁을 지켰다. 도무지 그를 혼자 둘 수가 없었다.

자신을 알기 전에도 외로웠고, 자신을 알고 난 후에도 외로웠던 남자는 아픈 순간에도 혼자인 것처럼 보여 그의 손을 잡아 주고 싶었다.

"의사 선생님 불러야 해요."

누워서도 사람을 쥐락펴락하는 걸 보니 이 남자가 살아났구나 싶어 일어나려는데 마치 링거액의 영양분을 죄다 다 흡수한 사람처럼 석진이 그녀를 놔주지 않았다.

"대답 안 했잖아."

"뭘요?"

"그래. 그렇게 넌 아무것도 모르는 거야."

쿵, 쿵, 쿵.

다시 그의 심장이 뛰기 시작했다. 이정은 한참이나 그렇게 석진에게 붙잡혀 있어야 했다.

묻고 싶은 것들이 너무 많은데.

미안하다는 말도 하고 싶은데.

그의 말대로 그냥 아무것도 모르는 사람으로 있는 게 나을지도 모르겠다는 생각이 들었다. 세상에 말만큼 쉬운 게 어디 있을까? 석진이 보낸 고통의 시간들을 고맙다는 말로 쉽게 치하해 버리고 싶지 않았다. 미안하다는 말을 해 봐야 이 남자는 괜찮다고 할 텐데, 그런 거라면 당장은 그 말도 필요치 않았다.

지금 당신이 가장 원하는 것, 그걸 내가 해 주면 당신 마음이 조금은 편할 수 있기를.

이정은 정말로 아무것도 모르는 사람이 되기로 했다. 적어도 이 순간만큼은.

13

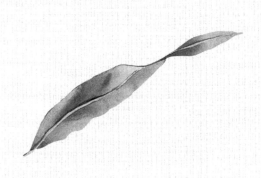

이준이 훈일의 차를 끌고 병원까지 마중을 나왔다.

"아빠는 뭐 타고 출근하셨어?"

석진에게 조수석을 양보한 이정이 뒷좌석에 앉으며 묻자 이준이 어깨를 으쓱해 보였다.

"내가 아침에 연구실까지 태워 드렸지. 차 두고 버스 타고 가겠다 하시는데 우리 동네에 버스가 흔한 것도 아니고."

"못 주무셨을 텐데 오늘은 집에서 쉬시지. 강의가 있는 것도 아닌데."

"아버지 성격 몰라? 요즘 대학원생들 논문 때문에 바쁘신 거 같아."

이준은 대수롭지 않게 말했지만 굳이 차를 두고 출근한 훈일의 선택은 이정에게 많은 걸 생각하게 했다.

"미안하게 됐네. 휴가 많이 기다렸을 텐데 나 때문에 아무것도 못 하고."

석진이 사과하자 이준은 "그건 그래요."라고 농담을 했다. 하지만 그런 장난을 할 만큼 석진과 가깝지 않다 여긴 건지 곧 자신의 말을 바로잡았다.

"갑자기 얻게 된 포상 휴가라 특별한 계획이 있었던 건 아녜요. 친구들도 다 군대 가 있어서 만날 사람도 없고, 부모님이랑 계곡물에 발이나 담가야겠다고 생각했는데 엄마가 다리를 다치신 것도 여기 와서 알았지 뭐예요? 그 정도는 말씀 좀 해 주시지. 매일 전화도 드리는데."

석진은 달래듯 이준의 어깨를 두드려 주었다.

가뜩이나 이준에겐 되는 일이 없는 휴가인데 거기에 자신까지 일을 보태 버렸으니 이 미안함을 어떻게 갚아야 할까 싶었다. 언젠가 두현이 휴가 나온 사촌 동생에게 용돈을 줬다는 말을 했던 것 같은데 이준에게도 그게 통했으면 했다.

"혹시나 미안한 거면 안 그래도 돼요, 형. 형 기억 안 나요? 나 어릴 때 형이 내 방학 숙제 해 준 거. 나 덕분에 상도 받았는데. 그걸로 퉁치면 됩니다. 하하하."

"내가…… 그랬어?"

"형이 수수깡으로 3층집 만들어 줬잖아요. 히야, 지금 생각해도 그거 엄청났어요. 선생님도 제 솜씨가 아닌 거 아시면서도 상을 주시더라고요. 그 상 하나 주고는 학년 끝나니까 댁에 들고 가시긴 했지만. 솔직히 저도 그거 집에 가지고 오고 싶었는데 아까웠어요."

묻고 싶은 말이 많을 텐데 이준은 아무렇지 않게 석진과 자신의 관계가 어느 지점에 있는지를 되짚어 주었다.

석진은 그게 고마웠다. 보고 들은 게 있음에도 이준이 스스럼없이 형이라 부르며 싹싹하게 굴어 줘서.

"엄마 모시고 토종닭 파는 곳에 가서 닭을 세 마리나 사 왔어요. 제가 사 오겠다고 집에 그냥 계시라고 해도 우리 엄마도 은근 고집이 있으셔서. 그런데 아무리 나랑 형이 많이 먹는다고 쳐도 어른 다섯 명에서 닭 세 마리는 너무 많지 않아요? 닭이 그냥 닭이 아니에요. 무슨 닭이 독수리만 한데 그걸……. 하여간 우리 엄마 손 큰 거 알아줘야 해. 세상에, 삼계탕에 넣을 전복까지 샀다니까요?"

"최이준, 너 군대에서 말 못 하고 지냈어? 왜 이렇게 수다스러워?"

당장 집에 가면 어떤 얼굴로 지영을 봐야 할지 몰라 곤란했지만, 이준의 환한 기운에 전염되어 석진도 웃고 말았다. 이정도 기분이 괜찮아진 건지 동생을 타박하며 웃고 있었다.

그해 여름이, 왠지 잠시나마 가까워진 것 같았다. 석진은 차창을 내려 여름의 습한 바람을 손으로 느껴 보았다.

지영은 그녀답지 않게 별다른 말 없이 퉁명스러운 태도로 석진의 앞에 삼계탕 한 그릇을 놔 주었다.

어젯밤만 해도 안타까움에 소리를 질렀지만 그녀도 마음을 다잡은 상태였다.

뭘 어떻게 하겠다는 계획은 없었다. 그냥 딸이 마음 가는 대로 살아 볼 시간을 주자고, 그렇게 남편과 결론을 지었다.

너무 일찍 철이 들어서 자신보다는 가족을 먼저 배려하며 살아온 딸을 항상 자랑스럽게 생각했다. 하지만 그것조차 딸에게 부담이 되었다는 것을, 딸이 서른 살이 된 후에야 깨달았다.

'평생 속 안 썩이고 잘 크더니 이렇게 크게 터트리려고 그랬나 봐요. 딱 자기 같은 딸 낳아 키워 보라지.'

지영은 소심한 악담을 했고 훈일은 그래도 이정이 같은 딸을 낳는 건 큰 축복이라고 말해 아내를 머쓱해지게 만들었다. 그래도 딸을 사랑하는 지영의 마음에는 변함이 없었다.

상대방에 대한 배려가 넘치는 딸이 이번만큼은 뜻대로 살아 봤으면 했다. 내가 아닌 가족을 위해 평생 살아 봐야 좋을 게 없다는 걸 뼛속 깊이 체감한 지영은, 여느 한 많은 엄마들이 그러하듯 내 딸은 나와 다른 삶을 살았으면 좋겠다는 바람을 가지게 되었다.

가족도 다 같은 가족이 아닌데, 남동생에 대한 잘못된 애정으로 인해 너무 많은 사람들이 고통을 겪었다. 인생에 있어 가장 소중한 동반자인 남편도, 그리고 그 누구보다 엄마의 손길이 필요했던 아이들도.

석진에 관한 것 또한 마찬가지였다. 아직도 석진과 이정의 연애를 찬성하고 싶지 않지만 어른들의 이해관계에 의해 사랑할 기회조차 빼앗는 건 잔인했다.

석진을 도예의 아들이 아닌, 그냥 건실한 청년으로 보는 노력을 해 볼 참이었다.

'우리가 그렇게까지 해 줬어도 처남댁 이제 연락조차 없잖아. 다른 남자 만나서 살고 있는 건지, 아니면 우리 보면 처남 생각 날까 봐 연락을 안 하는 건지. 아무튼 우리만 조용히 하면 돼. 그냥 요란하지 않게 지켜봅시다. 방법이 있겠지.'

훈일의 말에 고개를 끄덕이면서도 지영은 과연 내가 그럴 수 있을까, 스스로의 자질을 의심했지만 화가 나면 화를 내고 불편하면 불편한 내색을 하면서 살아 보리라 마음을 잡았다.

"먹어. 가시오가피랑 도라지랑 대추랑 좋은 거 많이 넣고 삶아서 몸에 좋아. 다들 이번 여름 보내느라 고생했으니까, 남기지 말고 다 먹어. 이건 비싼 전복이니 남기지 마."

이미 석진과 이정, 이준의 그릇에는 닭 다리가 하나씩 담겨 있었으나 지영은 닭의 맛있는 부위만 발라내어 자식들에게 공평하게 나눠 주기 바빴다.

"엄마, 나 이거 다 못 먹어."

이정이 푸념하자 지영이 냉정하게 말했다.

"내 속 박박 긁은 벌이야. 다 먹어. 남기면 무슨 일이 생길지 아무도 모른다?"

하나도 무섭지 않은 엄마의 협박에 웃은 이정은 젓가락으로 닭 다리 살을 조금씩 떼어 먹었다.

이상하게 식욕이 돌았다. 표면적으로 해결된 건 아무것도 없는데, 아무 일도 없었던 것처럼 푸짐한 한 상을 차려 준 엄마를 보자니 눈물이 나면서도 자꾸 음식을 먹게 됐다.

"이준이도 나라 지키느라 고생하는데 많이 먹어. 그리고 국물은 남기지 마. 이게 다 약이야, 약!"

"와, 우리 엄마가 이제야 날 챙겨 주시네."

능글거리며 그릇을 들어 뜨거운 국물을 후루룩 마신 이준은 엄지를 들어 보였다.

"올해는 엄마가 해 주는 삼계탕 못 먹고 넘어가나 했는데 이렇게 먹게 되네요? 나 어젯밤까지만 해도 쫄쫄 굶다 갈 줄 알았어요. 엄마, 나 어제 저녁 건너뛴 거 알긴 하세요?"

얄밉게 아들을 노려본 지영이 이번엔 말없이 석진의 앞으로 명이나물이 담긴 접시를 디밀었다.

"가슴살은 퍽퍽하니까 이거에 한 점씩 싸서 먹어 봐. 향긋하니 맛이 괜찮아."

"……네, 이모."

어떤 부분에서 감정이 동한 것인지 잠시 입을 다물고 있던 석진은 억지로 입에 있던 고기를 삼키고 명이나물 끝에 젓가락을 가져갔으나, 잎끼리 찰싹 붙어 있는 탓에 쉽게 떨어지지 않아 고전을 했다. 그러자 이정이 별말 없이 젓가락으로 아래의 잎을 잡아 그를 도와주었다.

"고마워."

석진이 싱긋 웃었고 이정 또한 적절한 웃음으로 화답했다.

이준은 먹느라 정신이 없어 식탁에서 무슨 일이 일어나건 관심을 두지 않았지만 지영은 턱 하니 답답해진 가슴을 어떻게 해야 할지 몰라 차가운 보리차를 넘겼다.

"이모는 왜 안 드세요?"

"먹어야지."

"맛있어요, 이모. 어서 드세요."

지영이 그랬던 것처럼 석진도 소심하게 지영의 앞으로 반찬 그릇 몇 개를 밀어 주었다. 지영은 억지로 숟가락을 들었다.

"이모, 이거 뭐예요? 오이 같긴 한데 조금 달라서요."

싹싹한 구석이라곤 찾아볼 수 없는 석진이 어색한 분위기를 무마시키려는 듯 말을 걸어왔다.

"노각이라는 건데 늙은 오이라고 보면 돼. 어때? 입에 맞아?"

"맛있어요."

"아무리 닭이니 전복이니 하는 것들이 보양식이라고 해도 땅의 힘을 받고 자란 풀들을 이길 수가 없어. 많이 먹어."

보란 듯이 노각을 듬뿍 집어 입에 넣으며 석진이 고개를 끄덕인다.

휴, 녀석아, 너도 참 애를 쓰는구나.

사랑이 뭔지, 다른 사람 눈에 띌 행동을 굳이 사서 할 사람이 아닌 석진이 유독 더 싹싹하게 밥을 먹는 이유가 무엇인지 빤히 보였다.

지영도 자신의 그릇에 소금을 조금 넣어 녹인 뒤 뜨끈한 국물을 넘겼다. 이정과 석진에 비할 바는 아니겠지만 지영 또한 참 오랜만에 제대로 먹는 식사였다. 든든히 먹어야 했다. 앞으로 무슨 일이 생길지 모르는데, 죄 없는 착한 아이들의 방패가 되어 주려면 기력을 차리는 게 급선무였다.

석진을 마냥 예뻐할 수 없는 자신이 옹졸하게 느껴졌지만 억지로 노력하지는 않을 것이다.

억지로 참고, 억지로 비밀을 떠안고, 억지로 웃어 봐야 언젠가는 결국 탈이 날 테니.

지금은 애틋해 죽는 피가 끓는 두 청춘이 서로 원 없이 미워하다 헤어질 수도 있다. 하지만 그 이별의 이유 속에 두 사람이 아닌 다른 사람들에 관한 것이 포함되지 않도록, 딱 거기까지만 선을 지키겠다고 지영은 자신과의 약속을 했다.

* * *

밥을 다 먹은 석진이 아쉬움을 감추지 못하며 서울에 가 봐야 한다고 말했다. 예견된 일이었다. 정신을 차린 석진은 업무 확인차 직원 한 명에게 연락을 넣었는데, 이제 우 대표가 연락이 된다는 소문이 난 건지 직원들이 수시로 전화를 넣어 그를 찾고 있었다.

"이 몸으로 운전을 한다고?"

열만 내렸지 아직 창백한 안색을 보며 지영이 반대했지만 이정이 개입해 엄마를 말렸다.

"링거를 두 병이나 맞았으니 며칠 버틸 힘은 있을 거야. 엄마, 오빠 그냥 가라고 해."

"정신도 흐린 애가 운전하다 사고라도 나면? 저러고 가서 바로 일할 거 아니야. 석진아, 그냥 내일 가면 안 돼?"

한사코 말리는 지영을 물끄러미 보던 석진이 미안한 얼굴로 사정을 설명했다.

"제가 안 가면 또 누군가가 쓰러질 만큼 일해야 해요. 날은 덥고 공사판엔 에어컨을 틀지 않아서 다들 힘들거든요."

"남이 힘든 것까지는 모르겠고 네가 지금 정상이 아니잖아."

자꾸만 눈을 피하고 할 말이 있는 듯 입술을 달싹이다 그냥 입을 다물고, 화가 난 것처럼 한숨을 쉬다가 다 포기한 사람처럼 고개를 저어 버리고.

자꾸만 어색한 모습을 보였던 지영의 마음이 어디를 향하는지 단적으로 표현해 주는 말이 석진을 먹먹하게 만들었다. 그녀답지 않게 다소 퉁명스러운 말투로 일관했지만 이정과 이준을 걱정하는 것처럼 지영은 석진을 싸고돌았다.

지영이 내 딸과 만나도 좋다는 허락을 한 것은 아닐지언정 석진은 마음의 짐을 조금이나마 내려놓고 있었다.

"이모가 그러셨잖아요. 최이정 어디 안 보낸다고."

그래서 어울리지 않는 농담을 해 보았더니 지영이 기막혀하며 웃었다.

"난 모르겠다. 착하고 반듯한 녀석인 줄 알았는데 뒤늦게 사춘기라도 온 건지, 말 안 듣는 건 너나 이정이나 똑같아."

그러면서도 지영은 서울에선 뭘 먹고 사냐며, 매일 인스턴트로 끼니를 때우는 건 아니냐고 석진에게 물었다. 그러고는 아이스박스 같은 걸 좀 사 둬야겠다는 혼잣말을 덧붙였다.

"배웅하고 올게요."

이정이 나서자 지영도 이준도 그냥 집 안에서 석진을 배웅하였다. 아직은 서먹한 기운이 남아 있었지만 서로에 대한 미움은 없는 묘한 분위기를 뒤로한 채 석진은 집 밖으로 나왔다. 어젯밤 이 집 앞에 차를 세울 때만 해도 막막하기만 했던 문제들이 희미해질 기미가 보였다.

뙤약볕 아래 오래 세워 둔 차에 시동을 걸고 다시 내린 석진은 스스럼없이 이정의 손을 잡았다.

"같이 갈래?"

자신 때문에 기약 없이 집에 머물게 된 이정에게 어떤 심경의 변화가 생겼나 궁금하여 던져 본 말에 이정이 단호하게 고개를 저었다.

"가족들끼리 할 말이 많아요. 아무래도 이야기가 길어질 것 같아요."

같이 못 간다는 건 알았지만 이정이 너무 단호하게 나오니 그게 또 서운해진다.

"얼마나?"

"음, 이준이 휴가 끝날 때까지?"

"그럼 그때 데리러 오면 돼? 안 그래도 교수님께 인사도 못 드리고 가는 게 죄송해서."

고민하던 이정이 고개를 끄덕였다.

"오늘은 안 될 것 같고, 내일 오면 너무 빨라?"

석진은 진심이었으나 이정은 절대로 안 된다는 듯 눈에 힘을 줬다.

"엄마 말대로 나 어디 안 가요."

"누가 너 어디 간대? 보고 싶어 그런 거지."

보고 싶어서라는 건 사실이었으나 석진도 자신이 해야 할 일이 있다고 여겼다. 몇 시간 꼬박 아팠던 게 그가 이곳에 와서 한 일의 전부였다. 더 노력하고 싶었고, 더 잘하고 싶었다. 그러기 위해서는 이 집 사람들의 얼굴을 자주 봐야만 기회가 생길 것 같았다.

"도착하면 연락 줘요."

이정은 떠밀 듯이 석진을 차에 태우려 했으나 그는 호락호락하지 않았다.

"이정아."

대신 차에 등을 기댄 채로 이정을 불렀다.

"언젠가 두현이가 물은 적 있어. 세상에 여자는 많은데 왜 그렇게 최이정을 좋아하냐고."

"……"

석진에게 손을 붙잡힌 채로 이정이 눈을 깜빡였다.

"난 그때, 네가 꽃 같은 여자라서 좋아한다고 말했는데 얼마 전에 문득 그런 생각이 들더라."

조금은 간지러운 말을 하기 위해 주변에 사람이 있나 살펴본 석진은 수줍게 입술을 모으다가 마음을 고백했다.

"난, 내가 비를 맞을까 봐 우산을 들고 나와 준 너에게 반한 건지도 모르겠어."

"네?"

쉽게 알아듣지 못했다는 듯 되물었지만 이정은 석진을 처음 만난 그날을 쉽게 떠올렸다.

갑자기 쏟아지던 소나기와, 운동화 속으로 스며든 빗물이 만들어 낸 질척거림, 그리고 버스 정류장 특유의 분위기가 지금도 선했다.

"예고 없이 소나기가 내리면 온몸이 흠뻑 젖을 만큼 비를 맞는 게 당연한 인생을 살았는데, 아마 그날 처음 알게 됐나 봐. 누군가 날 위해 우산을 준다면, 나도 비를 피할 수 있다는 걸."

"……"

"어쩌다 보니 우리, 같이 비를 맞은 적이 몇 번 있었지."

"그러네요."

이정은 순순히 시인했다. 날씨는 쨍한데, 코끝에서 비 냄새가 스치는 것 같았다. 비를 부르는 우(雨)석진 씨와 함께라서 그런지 그와 있을 때면 비가 자주 내렸다.

"이젠 내가 항상 우산을 들고 네 옆에 있을게."

석진의 의미심장한 말에 이정의 눈빛이 아득해졌다.

"내가 그랬던 것처럼, 너도 나로 인해서 비를 피할 수 있었으면 좋겠어."

당장 뭐라 대답할 수 없는 말을 해 놓고선 석진이 짧게 입을 맞춰 왔다. 그리고 그는 이정이 뭐라 하기 전에 차에 올라타 유유히 손을 흔들었다.

"내일 올게."

넋이 나간 이정을 두고서 석진이 차를 출발시켰다.

"누나! 형 갔어? 형이 내 책상에 이걸 놓고 갔는데? 이거 너무 많은 거 아니야? 용돈 하라고 적어 놓긴 했는데 이거 진짜 나 다 가져도 돼?"

5만 원짜리 지폐 몇 장을 손에 쥔 이준이 밖에 나왔을 땐, 얼굴에 발그레한 홍조를 띤 이정이 조금씩 작아지는 차를 보며 손을 흔들고 있었다.

14

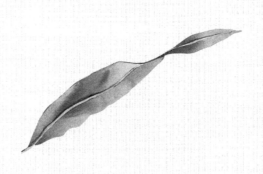

출판사에서 보내 준 증정본을 한 장 한 장 넘겨 보는 이정의 입가에 미소가 어렸다. 남들에겐 사진이 순간을 영원히 저장하는 수단 중 하나라면 이정에겐 자신의 그림이 사진과 일맥상통하는 역할을 하고 있었다.

도라지꽃, 원추리, 수선화.

이번 책엔 유독 꽃 그림이 많았다. 기획 단계에서부터 여름에 피는 꽃과 야생화들이 책 내용의 주를 이루었는데, 의뢰받은 대로 묵묵히 그림을 그렸더니 이렇게 예쁜 책을 손에 쥘 수 있는 날이 왔다. 지금처럼 작업의 결과물을 손에 쥐고 있자면 내 자식이 이토록 귀하고 예쁠까 싶었다.

그림을 그릴 당시에 했던 생각, 먹었던 음식, 만났던 사람, 그 모든 추억들이 책 안에 고스란히 담겨 있었다. 더 잘할 수 있었다는 아쉬움은 있지만 그래도 후회는 없었다.

고생했어, 최이정.

조심스럽게 책을 넘기던 이정의 손을 멈추게 한 건 쑥부쟁이가 있는 페이지였다.

[쑥부쟁이]

한 무더기의 연보라색 꽃들이 페이지를 가득 채우고 있는 모습을 보자니 미소가 짙어졌다.

그렇지. 원래 쑥부쟁이는 이렇게 한 아름 모여 있어야 예쁘지.

그런데 난 왜 이 녀석 한 송이를 피우는 것조차 그렇게 힘들었을까?

검지 끝으로 가만히 꽃을 쓸어 보고 있는데 책 위로 침범한 익숙한 손이 딱 하고 스냅 소리를 만들어 낸다.

"왔어요?"

이정이 고개를 들자 그녀의 뺨을 살짝 두드려 준 석진이 맞은편에 앉았다.

"10월 초인데도 이렇게 더운 건 반칙 아니야?"

초등학교 교과서에서도 10월은 분명 가을로 분류될 터인데, 이번 가을은 찾아올 기미가 없었다. 아침저녁으로 선선한 바람이 불어와 그래도 가을이 오긴 왔군, 하고 체감할 뿐 한낮의 온도는 28도 언저리를 맴돌았다.

"오, 이게 그 귀한 책이란 말이지?"

책을 보며 반색하는 석진에게 이정이 수줍게 고개를 끄덕여 보였다.

오늘 만남의 이유가 바로 이 책 때문이었다. 출판사에 들른 이정은 증정본 두 권을 고이 챙겼고, 나머지는 택배로 보내 달라 부탁한 뒤 곧장 석진을 만나러 왔다.

"이 책 한 권 다 읽으면 식물 박사 되는 거야?"

"이걸 사는 엄마들도 거기까지 바라진 않을 텐데요?"

두 사람은 동시에 소리 없이 웃었다.

석진이 작업한 카페와 레스토랑 같은 곳에 몇 차례 함께 방문한 적이 있었다. 이정에겐 모든 게 다 좋고 근사해 보였지만, 석진은 매의 눈으로 작업 결과물을 살피며 뜻대로 되지 않은 것들에 대해 작은 소리로 실토하곤 했다. 하지만 그건 어디까지나 찰나였고, 그의 얼굴에 만연한 뿌듯함을 이정이 모를 리가 없었다.

석진은 안 그럴 줄 알았는데, 그도 남자였다. 좋아하는 여자 앞에서 자신이 잘한 것들에 대해 과시하고 싶어 하는 유치한 마음이 귀여워, 그가 설계한 공간에 대한 찬사를 아낌없이 드러내곤 했다.

그런데 석진이 했던 그 유치한 짓을 지금 자신이 하고 있었다. 쑥스럽긴 하지만 내가 어떤 사람인지를 보여 주고 싶었달까? 프리랜서라는 직업을 가진 사람에겐 이렇게 결과물을 자랑할 수 있는 일이 드무니, 기왕이면 이 기분을 최대한 만끽해야 했다.

이정이 종이봉투에서 새 책을 꺼내 테이블 위에 올려놓자 석진이 차마 책을 만지지 못하고 자리에서 일어났다.

"잠깐만. 나 손 좀 다시 씻고 올게."

다소 의아한 반응이었다. 하지만 정말로 빛의 속도로 손을 씻고 온 석진은 손수건으로 물기를 닦아 내며 의미심장하게 웃었다.

"네가 힘들게 일한 건데, 깨끗한 손으로 만져 보고 싶어서."

혹시나 그런 건가 짐작했었는데 역시나였다. 석진은 기대감이 서린 눈으로 책을 펼쳤다.

"오."

그리고 그와 어울리지 않는 감탄사를 적절하게 내면서 이정의 책을 경건하게 보았다. 그냥 몇 장 휘리릭 넘기고 말 사람이 아닌 건 알았지만 석진은 예상보다 훨씬 더 깊이 책에 빠져들었다.

"이건 그림 아니라 사진이지?"

그야말로 이정이 기분 좋아할 말만 골라 하며, 누구보다 그녀의 노력을 치하해 주려 했다.

그래도 그렇지, 내 앞에서 어쩜 저렇게 책만 볼 수 있지?

"집에 가서 봐요. 그렇게 보다간 끝도 없겠어요."

참다못한 이정이 투정을 부리자 석진이 정말로 아쉽다는 듯 책에서 눈을 뗐다.

"아, 미안. 재미있어서 그만."

"뭐가 그렇게 재미있어요?"

"그냥. 같이 봤던 꽃들이 눈에 띄잖아. 네가 이름을 많이 가르쳐 줬었는데도 사실 많이 잊어버렸거든. 또 아예 몰랐던 것들도 있고. 이게 이런 이름을 가졌구나, 하고 보니까 재미있는데? 이런 꽃들에게 누가 이름을 다 지어 줬을까?"

"치. 누가 보면 김춘수 시인인 줄."

"응?"

무슨 말인지 알아듣지 못하는 석진의 반응이 재미있어서 이정이 싱긋 웃었다.

평생 한국 땅에서 산 사람처럼 말도 잘하고 일은 더 잘하는 남자에게서 이런 부족한 부분을 발견할 때마다 괜히 즐거웠다. 나만 아는 허당미 덕에 더 친근해지는 기분이 들곤 했다.

'넌 석진 오빠 말이 웃겨서 웃는 거야? 어휴, 진짜 그 오빠 말 참 재미없게 해.'

윤주는 이해할 수 없어 했지만 아무렴 어떨까? 석진과 만나는 사람은 윤주가 아니라 최이정인데.

"참, 준비는 다 됐어요?"

이번에는 석진이 대번에 말을 알아들었다.

그 준비라는 건 이번 주 토요일에 있을 두현과 윤주의 결혼식에 관한 거였다. 석진은 두현의 결혼식 사회를 맡았다. 결혼을 하는 당사자들도, 또 이정도, 남들 앞에 서는 걸 내켜 하지 않는 석진이 당연히 마다할 줄 알았다.

그런데 의외로 석진은 쿨하게 제안을 받아들였다. 도리어 그는 내가 두현이 결혼식 사회를 보지 않으면 누가 볼 거냐고 되묻기까지 해서 사람들을 한바탕 놀라게 만들었다.

"준비랄 게 뭐 있나? 그냥 적은 대로 읽는 거지."

"주례 없는 결혼식은 사회자가 잘해야 한대요."

"그것도 검색하니까 다 나오던데? 안 되면 입장과 동시에 퇴장시키지 뭐. 윤주 씨 몸도 힘들 텐데."

석진이 절대로 그럴 일은 없겠지만 걱정이 되긴 했다. 배가 나오기 시작하면서 예민해진 윤주는 별거 아닌 거에 서운해하며 눈물을 쏟고, 대수롭지 않은 일들에 감동해 울어 버렸다. 덕분에 진땀을 빼고 있는 건 두현이었다.

두현은 부모님의 반대 때문에 많은 걱정을 가지고 있었으나, 의외의 순간에 문제는 쉽게 해결되었다.

두현의 병실에서 윤주를 처음 만난 그의 어머니는, 윤주가 가방에서 파인애플 사탕을 꺼내 먹는 걸 보고서 곧바로 그녀의 임신을 의심했다. 두현의 어머니가 그를 가졌을 때, 심각한 입덧을 하면서도 유일하게 먹은 음식이 파인애플 통조림과 파인애플 사탕이었던 것이다.

아니나 다를까 조심스럽게 임신을 인정하는 윤주를 보고서 두현의 어머니가 그 자리에서 두 손을 들었다. 두현의 집은 손이 귀했다. 두현의 아버지도 어렵게 태어난 외아들이었고, 두현의 어머니 또한 다섯 번의 유산 끝에 두현을 얻었으니 아이를 품은 윤주를 반대할 수 없었던 것이다.

아무튼 그놈의 파인애플이 제 역할을 톡톡히 해낸 덕에, 결혼까지는 그렇게 오랜 시간이 걸리지 않았다. 컨디션이 좋지 않은 윤주를 위해 모든 절차를 간소화하다 보니 벌써 결혼식이 며칠 뒤로 와 있었다.

"그보다 교수님은 몇 시에 도착하신다고?"

윤주의 결혼식이니만큼 이정의 부모님도 참석 의사를 보이셨다. 방학 때면 빡센 아르바이트에 허덕이다 시골 외갓집을 찾듯 이정의 집에서 머물다 가곤 했던 윤주였기에 그만큼의 친밀감이 있었기 때문이다.

"늦지 않게 도착하신대요."

"내가 모시러 가는 게 낫지 않을까?"

"아유, 참. 그날 그럴 정신이 어디 있어요? 거리가 가까운 것도 아닌데."

"그렇게라도 하면 좀 더 예쁘게 봐 주시지 않을까 해서."

"예쁘게 봐 주시기는커녕, 안 그래도 바쁘고 힘든데 왜 그렇게까지 하냐고 야단치실 거 같아요."

충분히 예상 가능한 상황이었기에 석진도 수긍의 고갯짓을 하며 웃었다.

훈일과 지영에게 다가가기 위한 석진의 노력은 계속되고 있었다. 어색하지만 생각이 날 때마다 전화를 드렸고, 여느 남자들이 여자 친구 부모님의 환심을 사기 위해 하는 것처럼 몸에 좋은 것, 맛있는 것을 물어 시골집으로 보내기도 했다.

이정이 집에 간다기에 만사를 제치고 함께 내려가 식탁 한 자리를 차지하고 앉아 저녁을 얻어먹고는 이준의 방에서 하룻밤 머물다 온 적도 있었다.

그럼에도 불구하고, 오래전 여름처럼 편하고 거리낌 없이 서로를 대할 수 있는 사이가 되지는 않았다. 석진은 수시로 지영과 훈일의 눈치를 살폈고, 그건 그쪽도 마찬가지였다. 불쑥 치고 나오는 과거에 관한 기억들도 평생 사라질 기미가 없었다.

그래도 감사한 사실은 지영과 훈일 또한 노력하고 있다는 거였다. 최근 이정은 지영에게서 택배가 왔다며 석진을 집으로 불렀는데, 커다란 스티로폼 박스 안에는 석진이 좋아하는 반찬이 가득 들어 있어 그를 웃게 했다.

이만큼도 얼마나 감사한지 몰랐다. 이젠 더 감출 것도 없고, 더 놀랄 것도 없어진 마당에 눈치 볼 거 없이 연애할 수 있게 되어 다행이었다.

"토요일 날씨가 좋아야 할 텐데요."

기온은 높을지언정 햇살이 끝내주는 창밖을 보며 이정이 턱을 괴었다. 두현이 자신의 로망이라며 모두의 반대를 무릅쓰고 야외 결혼식을 추진했는데 이번 주 토요일에 비가 예상되어 여러 사람이 불안에 떠는 중이었다.

"정두현 똥고집 부렸는데 이참에 혼 좀 나야지."

"윤주는 죄가 없잖아요."

"그렇지. 윤주 씨는 남자 잘못 만난 죄밖에 없지. 그런데 진짜 어쩌나? 우리가 같이 다니면 비 올 확률이 더 높아지는데, 그렇다고 결혼식에 안 갈 수도 없고."

가뜩이나 일기예보가 심상치 않은데 비가 올 확률이 더 높아진다 생각하니 이정이야말로 울상이 되었다. 가장 친한 친구가 결혼식 날 속상해하는 모습이 너무 쉽게 그려져서였다.

"아, 참. 보여 줄 거 있어."

실컷 이정에게 걱정을 떠안길 땐 언제고 석진이 가방 속에서 파일 하나를 꺼내 들었다. 그가 의미심장한 미소를 머금고 파일을 열자, 예쁜 전원주택의 외관을 그려 놓은 스케치 하나가 드러났다.

"와, 새로운 공사인가 봐요."

요즘 도심에서 주로 실내 인테리어 작업을 했던 석진이었기에 이런 전원주택은 다소 의외였다. 어떻게 완공이 될지는 몰라도, 그가 굳이 보여 준 이유를 알 수 있을 만큼 깔끔하고 예쁜 집이었다.

"이거 오빠가 그린 거예요?"

"응. 어제 잠이 안 와서. 곧 정식으로 도면 작업 해 볼까 생각 중이야."

"이런 집에 살면 밥 안 먹어도 배부르겠어요. 이렇게 지으려면 돈이 많이 들겠죠? 집주인은 좋겠다."

"그래? 집주인이 진짜 좋아할까?"

"어떤 고객인지 몰라도 마음에 들어 할 거 같은데요."

석진은 능청스럽게 고개를 끄덕였다. 제아무리 좋은 자재들로 지었다고는 하나, 낡아 버린 시골집이 자꾸 눈에 아른거렸다. 훈일이 한사코 거절하겠지만 그래도 이정의 부모님께 살기 편한 집을 지어 드릴 수 있는 날이 올 거라 믿었다.

그러려면 명분이 있어야 하는데. 가령.

"근데 우린 언제 결혼해?"

"네?"

뜬금없이 나온 결혼 이야기에 이정이 놀라는 모습이 그저 귀여웠다.

"두현이랑 윤주 씨도 결혼하는 마당에 우리라고 못 할 거 없잖아."

"아니, 우리 만난 지도 얼마 안 됐고."

"걔들은 오래됐어? 그렇게 치면 그쪽이 훨씬 더 말이 안 되는 건데."

"아. 그래도 거긴 이유가."

"그럼 우리도 이유를 만들면 되는 거야?"

순식간에 이정의 얼굴이 새빨개졌다. 이쯤에서 더는 혼자 살기 싫다고 보채 볼까 했지만 석진은 적당히 물러나기로 했다. 오늘만 날은 아니니까.

"참, 책 사인해 줘야지."

"사인이요?"

저자도 아니고 삽화를 그렸을 뿐인데 사인이라니. 이정이 감히 내가 이 책에 사인을 해도 되나 망설이는 사이 석진이 네임 펜을 꺼내어 놓았다.

"자, 어서."

석진의 재촉에 망설이던 이정은 책의 첫 장을 펼쳐 자신의 사인을 남기고 그 아래 날짜를 적었다. 하지만 석진은 이 정도로 만족하지 못한 얼굴이었다.

"누구에게 주는지 안 적어?"

"아."

사인이라는 걸 해 봤어야지.

이정은 다급하게 사인 위에 '우석진'을 적어 놓고서 머뭇거렸다. 우석진 님께, 우석진 씨께 중 뭐가 자연스러울지 판단이 어려워서였다. 하지만 석진은 이름의 뒤가 아닌 앞부분을 지적했다.

"그냥 우석진 말고."

"그럼요?"

"네가 생각하는 우석진."

석진의 의도를 알아차린 이정이 수줍게 눈을 찡긋거리다가 용기를 냈다. 그러고는 석진의 이름 앞뒤로 사각사각 뭔가를 적었다.

'비와 함께 나에게 온 첫사랑 우석진 님께

석진은 비로소 만족스러워했고 이정은 부끄러움에 고개를 들지 못했다.

남들은 가을이라 할지 몰라도, 두 사람에겐 아주 늦은 여름날의 오후가 그렇게 흘러가고 있었다.

— fin

3년 전,
그 여름에 관하여

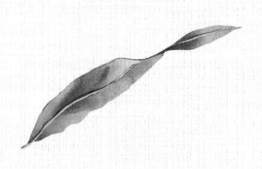

3박 4일에 걸쳐 진행된 학회의 마지막 날. 첫날부터 살인적인 스케줄을 소화하게 할 땐 언제고 주최 측이 센스를 발휘했다. 오후 3시나 되어야 끝날 거라 예상한 행사를 오전 중에 마무리 지어 준 것이다.

세계 곳곳에서 모인 건축가들은 제주를 여행하기 위해 삼삼오오 호텔을 벗어났으나 유독 시차 적응을 힘들어했던 석진은 두 시간가량 호텔방에서 휴식을 취하기로 마음먹었다. 꼭 참석하고 싶었던 학회였던지라 1주일이나 회사를 비우고 왔건만 기대에 비해 얻은 게 없어 맥이 빠져 버린 건지도 모른다.

호텔방 테라스에 마련된 의자에 기대자니 푸른 제주의 바다가 한눈에 들어왔다. 학회 일정이 빠듯하다는 이유로 이 멋진 바다를 이제야 제대로 보게 되다니. 새삼 억울했다.

"내일 아침 비행기라고 했나?"

"응."

대학 동창이자 이번 제주 학회에서 룸메이트가 된 두현의 질문에 긍정한 석진은 제주도의 습한 바람을 만끽하며 차가운 생수 한 잔을 꿀꺽 소리 내어 삼

컸다. 두현은 어서 시원한 실내로 들어가자 부추겼으나 몇 년 만에 한국을 방문한 석진에겐 끈적한 바람마저 소중했다.

"요즘 생활은 어때?"

포기했다는 듯 의자에 나란히 앉은 두현이 맥주 캔을 따며 재미없는 질문을 했다.

"어떻다고 할 게 있나? 그냥 다 똑같지."

"이 염세주의자 같으니."

비아냥대는 소리를 듣고 있자니 비로소 두현과 함께 한국에 있다는 게 실감이 났다.

그러고 보니 염세주의자라는 말도 두현에게 배웠지, 아마.

두현을 처음 만난 건 대학 때였다. 기억도 나지 않을 만큼 어린 시절부터 미국에서 살았던 석진은 유명 대학교 건축학과에 진학했고, 그곳에서 두현을 만났다. 고등학생 때 미국으로 유학을 왔다는 두현은 한국인인 석진의 베스트 프렌드를 자처했다. 석진 또한 자신과는 다르게 싹싹한 성격을 가진 두현이 마음에 들었다.

냉정한 놈, 재미없는 놈, 찔러도 피 한 방울 안 나올 놈.

자신에게 세상에 존재하는 온갖 나쁜 말을 다 갖다 붙이는 두현이 얄미워 눈을 흘긴 적도 많았지만 사내들끼리의 우정은 그런 식으로도 쌓여 갈 수 있다는 걸 두현을 통해 배웠다.

대학을 졸업한 두현은 한국으로 돌아가 군 복무를 마친 뒤, 큰 건축 회사에 취직해 경력을 쌓았다. 하지만 수박 겉핥기식으로 업무를 배우는 게 마음에 들지 않는다며 사표를 썼고, 지인이 운영하는 작은 건축사무소에 들어갔다. 그곳에서 전공을 살려 실내 건축 쪽을 파기 시작하더니 최근에는 제법 이름 있는 건축 공모전에서 큰 상까지 수상한 모양이었다.

"찐, 한국에 들어오는 게 어때?"

두현이 한국행을 부추긴 건 이번이 정확히 다섯 번째였다. 석진은 그 제안이 진심이라는 걸 알았고 그래서 대답을 미루어 왔다.

"나, 한 번쯤은 너랑 같이 일해 보고 싶었거든. 아무래도 내가 곧 독립을 하게 될 것 같은데 든든한 아군이 필요해서 말이지."

"내가 적이 될 거라는 생각은 안 해 봤고?"

"전혀. 넌 나쁜 놈이지만 날 배신할 그릇은 아니야."

솔직히 석진도 솔깃해하고 있었다. 허가 하나를 받는 데도 몇 달이 걸리는 미국 건축 업계의 사정에 질려 버리기도 했거니와 도전을 좋아하는 한국 건축계의 흐름에도 꾸준히 관심을 가져 왔던 것이다.

"너는 기본기가 탄탄해서 한국에 와서도 잘할 거야. 너 정도면 돈 좀 있다는 고객들이 줄지어 올걸?"

"그건 모를 일이고."

"왜 약한 모습 보이실까? 네가 결정만 내리면 모든 준비는 내가 할게. 나, 가진 게 돈밖에 없는 놈이잖냐."

두현의 너스레를 들으며 석진이 픽 웃었다.

"우리 아버지가 괜찮은 사무실 자리 하나 봐 두셨대. 그 정도 지원은 해 주겠다고 하시니까 잘 생각해 봐."

"그래. 긍정적으로 생각해 볼게. 일단 지금 맡은 프로젝트부터 끝내고."

빈말을 하지 않는 석진의 성격을 알기에 두현은 제법 만족스러운 미소를 지었다.

"그런데 너 진짜 한국에 몇 년 만에 온 거냐?"

"음, 10년 만인가?"

"뭐?"

두현이 왜 놀라는지 석진도 모르지 않았다.

"10년 전에 네가 한국에 왔었다고?"

듣고도 믿을 수가 없었는지 두현이 재차 물었고 석진은 고개를 끄덕였다.

"우리가 서른한 살이니까…… 그럼 우리가 대학생일 때?"

"맞아."

"그런데 어떻게 내가 모를 수가 있어?"

두현의 두 눈에 서운함이 서렸고 석진은 그저 멍하니 바다를 바라보았다.

'넌 한국에 마지막으로 간 게 언제야?'

'미국에 온 뒤로 가 본 적 없어.'

한국 나이로 열아홉 살. 두 사람이 강의실에서 처음 만났던 날, 공통된 관심사를 찾기 위해 두현이 대수롭지 않은 질문을 했을 때, 석진은 단호하게 대답했었다.

'그런데 한국말을 왜 이렇게 잘해? 네 말투에는 교포 특유의 악센트가 전혀 없어서 너도 나처럼 유학생인 줄 알았어.'

'아버지랑은 꾸준히 한국말로 이야기했으니까 그런 게 아닐까? 한국인들이 많은 동네에 살았고.'

'그래도 되게 자연스러운데…… . 넌 분위기 자체가 한국에서 자란 사람 같다니까. 그건 그거고, 한국에 가고 싶다는 생각은 안 해 봤어?'

'별로.'

두현은 신기한 눈으로 석진을 쳐다보았고 그 이후 방학 때마다 함께 한국에 갈 것을 제안했다. 재벌까지는 아니더라도 이름을 대면 알 만한 재력가 집안의 자제인 두현은, 숙식을 제공하겠다는 조건을 내걸며 석진을 꽤나 설득하곤 했었다. 그리고 그건 대학을 졸업할 때까지 이어졌다.

"와, 이 시키 진짜 나쁜 놈이네. 날 배신할 그릇은 아니라고 한 거 취소야."

정말로 서운해서 속이 타는 건지 두현은 남은 맥주를 단숨에 입 안에 털어넣었고 요란스러운 소리를 내며 캔을 구겼다.

"미안. 그땐 상황이 좀 그랬어. 너한테 연락을 할까 했었는데 그럴 경황이 없었어."

"그랬다고 해도 나한테 이야기를 했어야지. 내내 같이 학교를 다녀 놓고 말을 안 했단 말이야?"

입 무거운 놈인 건 알았지만 이 정도일 줄이야. 석진의 성격에 대해서는 이골이 났다고 생각했는데, 착각인 모양이었다. 두현은 세 번째 캔을 땄다.

"여행을 가는 거였다면 너한테 이야기를 했겠지. 그런데 너무 갑자기 가게 된 거였어."

"도대체 무슨 일이었기에."

석진은 바다를 보고 있던 눈을 내리깔며 조용히 생각에 잠겼다. 그러다 엷게 웃으며 말했다.

"그때, 어머니가 돌아가셨거든."

"뭐?"

이번에야말로 놀라움을 감당할 수 없었는지 두현이 자리에서 벌떡 일어났다. 이 시키. 특이한 건 알았지만 내 예상을 가뿐히 웃도는 놈이잖아?

"나한테 어머니가 어떤 존재인지, 너 그건 알잖아."

"그거야 알지만."

"소식을 듣고도 한국에 가야겠다는 생각은 전혀 안 하고 있었는데 아버지가 내 등을 떠밀었어. 그래도 어머니 인생에서 자식은 나 하나니까 한국에 가서 마지막 인사는 하고 오라고."

석진은 슬픔도 화도 전혀 담기지 않은 무미건조한 목소리로 그때의 일을 설명했고 두현은 넋 나간 사람처럼 그대로 서 있었다. 제아무리 석진에게 화가 났을지언정 어머니가 돌아가셨다는 이유를 대는데 여기서 뭘 더 따질 수가 있겠는가?

"나부터도 남의 장례식장에 있는 것 같은데 내가 어떻게 너에게 연락을 했겠어."

"……그래."

그래도 연락을 줬다면 좋았을걸. 하긴, 요란 떠는 건 우석진다운 게 아니지.

석진의 넓은 어깨에 손을 얹은 두현은 고개를 끄덕이며 다시 자리에 풀썩 주저앉았다.

"그래서 장례식 끝나고 곧장 미국으로 돌아간 거야?"

"아니."

"그럼?"

"여름 방학 때라 두 달 정도…… 한국에 있었어."

이제 더 놀랄 힘도 남아 있지 않았다. 두현은 될 대로 되라는 심정이었다. 장례식이야 그럴 수 있다 처도 두 달 동안 한국에 있어 놓고 기별조차 없었던 이 야박한 놈을 어쩌면 좋을까? 지난 일이야 부질없다지만 이건 좀 너무한 것 같은데.

"어디에 있었던 거야? 친척집?"

"친척이라고 할 만한 사람은 없는데 뭐, 어쩌다가 어머니 친구분 집에서 머물게 됐어."

"그랬는데도 나에게 연락을 안 했고?"

"미안해."

그동안은 미국에서 자라 개인주의 성향이 강해 그런 거라 치부하며 석진을 이해해 왔지만 이번만큼은 그러기가 어려웠다. 과제를 하기 위해 허구한 날 함께 밤을 지새우고 게이라는 의심을 받을 만큼 어울려 다녔던 친구에게 배신을 당한 기분이랄까?

그때, 두현의 생각을 끊어 내듯 석진이 자리에서 일어났다.

"이제 슬슬 나가 볼까? 근처에 오름이 있다고 하던데, 가 보고 싶어."

그 두 달 동안 한국에서 무엇을 했는지 추궁을 해 볼까 하는 마음을 거두고 두현도 몸을 일으켰다. 오래전 일을 붙잡고 있기엔 시간이 너무 없었다. 2년 전 뉴욕에서 만난 뒤로 오랜만에 친구와 조우했는데 유쾌하지 않은 이야기들로 하루를 채우고 싶지는 않았다. 원래 두현은 포기가 빠른 편이었다.

"휴가 좀 넉넉히 받아 오라니까. 보자마자 이별이라니, 이건 좀 아니잖아."

"이것도 보스 눈치 엄청 보며 온 거야."

"벌 만큼 번 놈이 왜 남의 밑에 있어? 어서 한국 와서 나랑 같이 사장 해."

대답할 가치가 없다는 듯 석진이 렌터카 키를 챙겨 들었다. 두현이 당당하게 맥주를 마시기 시작할 때부터 오늘 핸들을 잡을 사람은 자신으로 정해진 거였다. 사실 두현이 술을 마시지 않았다고 해도 자신이 운전을 하고 싶었다. 가 본 적이 없는 곳을 직접 찾아가는 기분을 만끽하고 싶은 모험 심리가 동했달까?

"저녁에 호텔 근처에서 한잔해야지?"

"좋지. 운전은 내가 하니까 술은 네가 사."

"오냐. 한국에서 우석진과 처음 술을 마셔 보는 건데 내가 또 그 정도는 해 줘야지."

모든 준비를 마친 뒤, 햇살이 강하다며 두현이 선글라스를 찾을 때였다. 침대 위에 팽개쳐져 있던 두현의 휴대폰이 울리기 시작했다.

"은정인가?"

두현의 여자 친구 이름이 은정이었던가? 익숙한 이름에 석진이 고개를 돌리자 두현이 잔뜩 일그러진 얼굴로 휴대폰을 쳐다보고 있었다. 입술을 달싹이며 가벼운 욕설을 뱉은 두현은 어쩔 수 없다는 듯 전화를 받았다.

"네. 무슨 일이십니까?"

그리고 그 전화 한 통에 일이 이상하게 돌아갔다.

현재 두현이 맡고 있는 공사 현장에서 예견치 못한 사고로 인부가 크게 다쳤고 그로 인해 두현이 당장 서울로 올라가야 하는 변수가 생겨 버린 것이다.

"휴, 이 일을 어쩌나?"

함께하려 했던 일정을 접은 채 급히 공항으로 가는 길. 두현은 아쉬움을 감추지 못했다. 그리고 미안하다는 말을 여러 번 반복했다.

"괜찮아. 내년쯤에 내가 한국에 한번 올게."

"이럴 줄 알았으면 어젯밤에 너랑 더 마실걸."

"내년에 몰아서 마시면 되는 거지."

"오, 우리 우석진이 그런 위로도 할 줄 알았어?"

아쉽기는 석진도 마찬가지였지만 자신이 동요하면 두현이 더 미안해할까 봐 감정을 숨겼다. 본래 석진이 가장 잘하는 게 감정을 숨기는 거였다.

"서울 가면 연락할게. 혼자서라도 구경 좀 다니다 돌아가."

"알겠어."

그렇게 두 남자는 다음을 기약하며 헤어졌고 석진은 허전한 발걸음으로 다시 차에 돌아갔다.

'어디로 가야 할까.'

아무래도 원래 가기로 했던 곳에 다녀와야 미련이 없겠지.

오후 3시가 되었는데도 여전히 쨍쨍한 태양이 신경 쓰이긴 했지만 석진은 제주도에 오기 전 지인에게 추천받은 '어승생악'이라는 오름을 목적지로 정했다. 시간적인 여유가 없어 한라산 등반을 포기한 상황에서 한국의 산을 보기엔 그보다 더 좋은 곳은 없을 거라 생각했다.

에어컨을 끄고 차창을 열자 후텁지근한 바람이 얼굴에 닿았다. 나이를 먹으며 인내심도 자란 건지 습한 바람도 견딜 만했다.

10년 전. 그해에도 한국은 이렇게 더웠다. 고즈넉한 시골집엔 에어컨 따위 없었고, 매일 밤 열대야 때문에 잠을 설치기가 일쑤였다. 충분히 힘든 경험이 될 수도 있을 법한 그때의 기억.

그럼에도 불구하고 석진은 그 여름을 아름답게 기억했다. 아무도 모르게 짐을 싸서 미국으로 도망가는 것으로 끝이 마무리된 게 가슴 저밀 뿐. 그래도 아주 잘못된 선택을 했다고 생각지는 않았다.

'석진 오빠. 미국에는 언제 돌아가는데요? 가면 연락할 거죠? 이메일 보내는 거 되게 쉬운데.'

만약 떠나지 않았다면 맹목적일 정도로 자신을 좋아해 줬던 누군가의 가슴에 아픈 못을 박아야만 했을 테니.

"아, 덥다."

선글라스를 썼음에도 불구하고 미간을 모으게 하는 직사광선이 한국 여름의 위엄을 과시했다. 어리목주차장에 차를 세운 석진은 차에서 내리자마자 손으로 눈썹차양을 만들고 자신이 가야 할 길을 찾았다.

잘못된 선택이었을까? 어쩌면 그랬을 수도 있다. 차가 몇 대 없는 주차장을 보니 다른 관광객들은 더 시원한 해변가 쪽을 선호하는 모양이었다. 그래도 여기까지 온 이상 목적지를 바꾸는 건 자존심 상하는 일이었다. 호텔에서 들고 온 생수 한 병만을 손에 쥔 채, 석진은 걸음을 옮겼다.

해가 쨍쨍 내리쬐던 주차장을 벗어나 이정표를 따라 걷자 곧 숲이 우거진 계단 길이 나왔다. 왕복 한 시간이 소요된다는 짧은 여정에 불과했지만 그 시간마저 단축해 보겠다는 승부욕이 돋아 바쁘게 걸음을 옮겼다.

"좋다."

저절로 혼잣말이 나왔다. 비록 땀이 날지언정 습한 공기 속에 짙게 밴 풀 냄새를 맡고 있자니 몸속 곳곳을 흐르는 피가 깨끗해지는 것만 같았다. 하지만 그것도 잠시. 석진은 자신의 선택을 다시금 후회했다.

'매일 오던 뒷산인데 오빠랑 오니까 여기가 낯선 곳 같아요.'

'그게 무슨 소리야?'

'그냥 그렇다고요.'

모든 게 다 10년 전의 여름 때문이었다.

한국에 오면 기억의 한 자락이 선명해지게 될 거라는 걸 각오하긴 했었다. 하지만 혼자 숲속에 들어서자, 10년 전 그날들이 예상보다 더 강하게 그의 가슴을 움켜쥐었다.

이거…… 위험한데.

한국행 항공권을 예약하고 며칠간 잠을 설친 건 아마도 그 아이 때문이리라. 녹음이 우거진 숲속에서 들꽃을 어루만지며 살던 예쁜 여자아이. 수줍음이 많아 보이던 첫인상과는 다르게 당돌한 면을 드러내 사람을 놀라게 하던 최이정.

그 아이와 함께한 두 달 남짓한 시간을 떠올리면 눈앞에 초록빛이 펼쳐지는 것 같았다. 산과 들로부터 멀리 떨어진 도시에서 자란 석진은, 초록색이 눈부시다는 걸 그때 처음 알게 되었다.

내가 아무것도 모른 채 그 여름을 보냈다면 너와 나는 지금 어떤 사이일까?

10년간 수차례 자신에게 했던 질문을 꺼내 보자, 여러 가지 가정들이 촤라락 펼쳐졌다.

꾸준히 연락을 주고받는 지인 사이가 되어 있을 수도 있고 그러다 감정이 짙어져 장거리를 극복하고 사랑을 키웠을지도 모른다. 만약 그랬다면 나는, 그 아이와 가까이 있기 위해 한국에서 내가 할 수 있는 일이 무엇인지를 진지하게 고민했겠지.

물론 그건 어디까지나 세상 모든 일이 아름답게 흘러갔을 때의 일이다. 미국과 한국, 그 먼 거리를 이겨 내지 못해 점차 연락이 줄어들고, 남보다 못한 사람들처럼 싸우다 헤어지는 게 사실 더 현실적이었다.

혹, 그 어려움을 딛고 깊은 사이가 되었다 해도 문제였다. 언제 알았느냐의 차이일 뿐, 두 사람이 만나서는 안 될 이유는 과거 속에서 굳건히 존재하고 있었다.

그래도 석진은 하지 못한 일들에 대해 후회하곤 했다. 마치 꽃 이름을 들먹이듯 자연스러운 말투로 '오빠가 좋아요.'라고 말하던 이정에게 나 역시도 최이정 너에게 자꾸만 눈이 간다고, 이게 어떤 감정인지는 모르겠지만 너와 함께 있는 시간이 너무나 좋다는 말을 해 버렸다면 어땠을까? 우리 두 사람 중 누가 더 힘들어졌을까?

후회에 젖어 사는 것만큼 미련한 일이 없다는데 이정을 생각할 때면 그게 잘 안 됐다. 아마 시작조차 해 보지 못해서 그런 것이리라. 마음을 주고받은 뒤 여느 연인들처럼 서로가 미워진 순간에 돌아서 버렸다면 최이정이라는 여자는 그냥 잊힌 존재로 남아 있었을 텐데.

이정은 많이 궁금해했을 것이다. 불쑥 찾아와 한여름을 함께한 손님이 어느 날 새벽 기척도 없이 사라져 버렸으니.

'그러다 곧 잊었겠지.'

이정이 자신을 잊는 것. 그거야말로 석진이 원하는 바였다. 그래야 이정이 덜 힘들 테니까.

'참 나. 내가 뭐라고.'

꼬리에 꼬리를 무는 이정에 대한 생각들 끝에는 주제 파악이 기다리고 있었다.

그 당시 최이정의 나이는 열일곱 살에 불과했다. 누군가를 쉽게 좋아할 수도 있지만 쉽게 잊을 수도 있는 나이였다. 그런 그녀가 자신으로 인해 힘들어하지 않았을까 걱정하는 건 쓸데없는 오지랖인지도 몰랐다. 누군가에게 마음을 쓰는 것도 결국은 애정이 있어야 하는 것이니.

"휴."

생각이 많아져 두통이 밀려올 기미가 보였다. 석진은 마른 목을 적시기 위해 자리에 멈춰 섰다.

들꽃과 나무, 그리고 풀을 볼 생각으로 택한 코스였는데 결국 최이정을 보고 말았다. 땀에 젖은 앞머리를 손으로 넘긴 석진은 다시 정상을 향해 걸었다.

공간의 힘이라는 게 이토록 무서운 거였다. 10년간 잘 닫아 둔 마음이 이렇게 쉽게 열릴 줄이야.

이정과 헤어져 미국으로 돌아간 뒤, 석진은 한동안 멍하니 그녀와의 추억 속을 헤맬 때가 많았다. 하지만 사람은 망각의 동물이었다. 석진은 점차 무뎌져 갔고, 주어진 삶에 충실했다.

그러나 최이정은 석진의 무의식 어딘가에 확실히 자리매김하고 있었다. 그는 주변 사람들이 이해하지 못할 정도로 한국행을 피했고 이정 또래의 여자들을 볼 때면 그녀가 어떻게 살고 있을까, 혼자 조용히 그녀의 모습을 그려 보곤 했다.

자그마치 10년이었다. 그럼 괜찮아질 줄 알았다.

그런데 10년도 부족했을까? 한국 땅에 발을 디딘 순간부터, 아니 한국행 비행기 티켓을 발권하고부터 석진은 혼자 헤매고 있었다.

"저긴가?"

얼마 걷지 않은 것 같은데 정상으로 보이는 구간이 나타났다. 계단 길을 벗어난 석진은 발걸음을 재촉했고 곧 저 멀리에 있는 한라산이 눈에 들어왔다.

"히야."

그늘 한 점 없는데 선선한 바람이 몸을 스치자 순식간에 땀이 말라 버렸다. 높은 고도에서 부는 바람이 이토록 시원할지 어떻게 알았겠는가?

바람에 몸을 맡기듯 두 팔을 펼친 석진은 어깨가 들썩일 정도로 바람을 들이켜고 천천히 제 자리에서 한 바퀴를 돌았다. 고작 20분 남짓 걸었을 뿐인데 이렇게 높은 곳에 설 수 있다는 사실이 새삼 만족스러웠다.

흰 구름이 잔잔하게 떠 있는 푸른 하늘 아래, 제주도가 한눈에 펼쳐졌다. 저 멀리는 제주시겠지. 저긴 함덕이라는 곳 같은데. 석진은 선글라스를 벗고 제주도의 풍경을 눈에 익혀 나갔다.

폭염 주의보 때문에 어승생악을 포기하지 않은 건 살면서 잘한 일 중 하나였다. 속으로 스스로를 칭찬해 준 석진은 바지 뒷주머니에서 휴대폰을 꺼내 들고 풍경을 사진에 담으려 했다.

현장에서가 아니면 좀처럼 휴대폰 카메라를 사용하지 않는 편이었지만 이번엔 달랐다. 아쉬운 대로 사진으로 남겨 두고 보고 싶다는 생각이 들 만큼, 어승생악의 정상은 그에게 각별하게 다가왔다.

'나도 한 장 찍어 둘까?'

휴대폰 액정에 담긴 제주도를 보던 석진은 제주 속에 있는 자신의 모습을 남기고 싶다는 생각을 했다. 때마침 등산복을 입은 중년 여성 무리가 그의 곁을 지나갔고, 그는 주저 없이 그들을 붙잡았다.

"저기 사진 좀 부탁드려도 되겠습니까?"

"그래요."

누군가에게 사진을 찍히기 위해 서 있는 건 몹시 어색한 일이었지만 그는 묵묵히 자리에 서서 휴대폰을 응시했다.

"사진 잘 나왔나 확인해 보세요."

"네, 잘 나왔네요. 감사합니다."

한 장만 찍으면 정이 없다며 무려 다섯 번이나 휴대폰 셔터를 눌러 준 중년 여성들이 제 갈 길을 가자 그는 다시 혼자 남았다. 손목을 들어 시간을 확인해 보니 조금 더 오래 여기 머문대도 상관없을 듯했다. 두현이 서울로 가 버려 약속까지 없어졌으니, 오직 자신이 원하는 대로 시간을 보내면 되는 거였다.

아무리 봐도 질리지 않는 풍경, 뜨거운 태양과 시원한 바람. 너무나 완벽한 조합을 만끽하던 석진은 정상을 조금 더 자세히 둘러봐야겠다고 생각하며 느긋하게 몸을 움직였다. 그러는 동안 그의 눈은 쭉 먼 곳을 향해 있었다.

그래서 알지 못했다. 자신이 제주도에 정신이 팔려 있는 사이, 자신을 지켜보는 한 여자가 있었다는 걸.

"저기요."

심지어 그 여자가 자신을 불렀을 때조차도 그는 자신을 부르는 소리라는 걸 알아채지 못했다. 귓가를 두드리는 바람 소리가 너무 강해서 그랬는지도 모른다.

"저기요!"

하지만 이번엔 달랐다. '저기요.' 라는 소리를 두 번째 들었을 때, 석진의 목덜미에 선명하게 소름이 돋아났다. 그는 우뚝 그 자리에 멈춰 서고 말았다.

분명히 아는 목소리였다. 그리워했다는 건 과한 표현일지라도 다시 듣고 싶었던 목소리임에는 분명했다. 그런데 몸이 움직이지가 않았다. 등 뒤에서 들리는 목소리의 출처를 확인하려면 당장 뒤돌아야 하는데도.

"석진…… 오빠?"

설마…… 아닌데. 그럴 리가.

누구인지를 확신하고 있으면서도 아닐 거라 단정 짓고 싶은 이상한 심리가 그를 흔들었다.

이럴 수가 없는 일이지 않은가? 우석진이라는 남자를 오빠라고 부르는 사람은 이 세상에 단 한 명, 최이정이라는 여자가 유일한데 그 애가 지금 제주도에, 그것도 어승생악에 있을 리가…….

전신에 퍼지는 소름과 전율을 감당하지 못한 채, 석진이 천천히 고개를 돌렸다.

"……"

그리고 그는 넋이 나간 사람처럼 말을 잃고 말았다.

아무 말도 하지 못하는 건 스무 걸음 남짓 떨어진 곳에 서 있는 여자도 마찬가지였다. 용기내어 그를 불러 놓고도, 여자는 다음 말을 하지 못했다.

좀처럼 거리를 좁히지 않고 서 있는 두 사람 사이로 수차례 바람이 스쳐 지나갔다. 바람에 의해 이리저리 흩날리는 긴 단발머리를 홀린 듯이 쳐다보던 석진은 간신히 입술을 움직였다.

"……최이정."

무슨 말을 해야 할지 정리가 되지 않았기에 일단은 여자의 이름을 불러 보았다. 눈가에 울음기를 매단 여자가 고개를 끄덕였다.

맞구나. 최이정이 맞는 거구나.

우연이라는 말로 이 상황을 설명하기엔 턱없이 부족했다. 어떻게 우리가 여기서 다시 만날 수 있었을까? 간절하면 이루어진다고 하던데, 나도 모르는 내 무의식이 간절하게 너를 그리워했던 걸까?

"아닐 줄 알았어요. 오빠가 여기 있을 리가 없으니까."

석진에 비해 이정이 조금 더 대담했다. 그녀는 가벼운 발걸음으로 서서히 그에게 다가왔고 꿈과 현실을 분간하는 사람처럼 눈을 깜빡였다.

"그건 내가 할 말 같은데. 왜 네가 여기에 있지?"

오랜만이다, 반갑다, 잘 지냈느냐, 하는 종류의 말도 마음이 정돈되어 있을 때나 나올 수 있는 거라는 걸 그때 처음 알았다. 정처 없이 흩날리는 머리카락을 넘기며 석진이 묻자 이정이 살포시 웃었다. 10년 만에 만난 남자 앞에서 보이는 웃음이건만 어색함이 없었다.

"천천히 생각해 보세요. 한국에 사는 내가 제주도에 있는 것과, 미국에 사는 오빠가 제주도에 있는 것 중에 어떤 게 더 놀라운 일일까요?"

10년 전에도 또 지금도, 이정은 사람의 말문을 턱 막히게 하는 재주를 가지고 있었다. 그가 우물쭈물하는 사이 이정이 또 입을 열었다.

"어서 말해 줘요. 우석진 씨 맞는다고."

"……."

"실은 조금 전에 혀를 깨물어 봤어요. 산도깨비에게 홀려서 헛것이 보이는 게 아닌가 해서요. 혀가 아픈 걸 보니 꿈도 아닌 것 같은데……. 진짜 석진 오빠 맞는 거죠?"

이정의 말을 들은 석진은 티 나지 않게 이로 혀를 깨물어 보았다. 어릿한 아픔이 번지는 걸 보니 분명 꿈은 아니었다. 이 모든 것이 실제로 일어나는 일임을 받아들인 석진은 괜스레 목청을 가다듬은 뒤 고개를 주억거렸다.

"맞아. 우석진."

그러자 곧, 이정의 낯빛이 푸른 바다보다 더 환해지기 시작했다.

"나, 말을 걸어 놓고도 긴가민가했는데 오빠가 자기 이름을 말하니까 소름 돋은 거 있죠?"

누가 할 소리를. 점차 해사해지는 이정의 얼굴과는 달리 석진의 얼굴에서는 표정이 사라져 갔다. 놀라움이라는 감정이 서서히 사라지면서 지금이 꿈이 아니라는 것까지 확인하고 나니 심장 언저리가 아파 왔기 때문이었다.

"여긴 무슨 일로 왔어?"

겉치레 인사를 끝끝내 생략해 버린 석진이 물었다.

"그것보다 잘 지냈냐고 묻는 게 순서 아니에요?"

"잘 지내고 있다는 거, 다 보여서."

석진은 엉겁결에 진심을 말했다. 이정은 석진의 말이 좋은 뜻인지, 나쁜 뜻인지를 가늠하는 듯 고개를 갸웃거렸다. 석진은 그런 그녀의 모습 하나하나를 호기심 어린 눈으로 지켜보았다. 다시 심장이 욱신거렸다.

"네가 올해 몇 살이지?"

답은 알고 있지만 아픔을 잊어 보려 해 본 질문에 곧장 답이 돌아왔다.

"스물일곱 살. 나 오빠보다 네 살 어렸는데 기억 안 나요?"

"……."

기억이 안 날 리가 없었다. '네 살 차이는 궁합도 안 본대요.' 라는 이정의 말을 한 번에 알아듣지 못했던 기억이 생생하기만 했으니. 석진은 자신의 귓바퀴가 붉어지고 있음을 인지하지 못했다.

"그럼 오빠 서른한 살이겠네요?"

"한국 나이로는 그렇지."

"그렇게 말하니까 오빠 미국 사람인 거 확실히 알겠어요. 그런데 한국엔 언제 온 거예요?"

"며칠 전에. 제주도에서 학회가 있어서 왔어."

"그랬구나……. 그럼 언제 가요?"

"내일 아침."

한국에 와 놓고서도 왜 연락을 하지 않은 것이냐는 원망 섞인 소리를 듣게 될지도 모른다는 생각이 들어 미리 가슴이 쿵 내려앉았으나 이정은 그에 대해서는 언급하지 않았다. 그냥 정말 오랜만에 만난 사람을 마주한 것처럼 끊임없이 다른 말을 했다.

"학회라고 하면 건축, 그런 거에 관련된 거죠? 오빠 전공이 그런 거니까."

"맞아. 그러는 넌? 너는 여기 어떻게 온 거야?"

"나요? 나도 일 때문에 왔어요."

일? 석진은 눈을 움직여 가며 이정의 차림새를 눈여겨보았다. 하얀 등산복 티셔츠에 검은 등산 바지, 거기에 등산화. 이정의 옷차림만으로 유추할 수 있는 직업은 한 가지였다.

"너 등사녀가 된 거야?"

산을 타는 사람을 한국말로 뭐라고 하는지 퍼뜩 생각이 나지 않아서 '등산'에 '녀'를 붙여 '등사녀'라는 단어를 만들어 내자 그 말을 알아들은 이정이 "네에?" 하며 놀란 소리를 냈다. 그리고 곧 소리 내어 깔깔 웃었다.

"하하, 오빠도 참. 맞다. 오빠 가끔 진지한 얼굴로 이상한 소리 잘 했었죠? 하하하."

자신이 한 표현이 이상했다는 걸 깨달은 석진은 멋쩍어서 입술을 모았다. 그러나 그의 눈가에도 웃음기가 어리고 있었다.

한바탕 웃고 나니 긴장감이 사라지고 용기가 생겼다. 이정과 어떤 감정을 주고받았는지, 어떻게 이정을 떠났는지에 대한 회상을 미뤄 둔 석진이 조금 더 그녀에게 다가갔다.

"산에 오르는 사람은 아닌 것 같고. 그럼 넌 무슨 일을 해?"

"음…… 내가 무슨 일을 할 거 같아요?"

석진에겐 어려운 질문이었다.

기억하건대 이정은 공부에 큰 취미가 없었다. 본인 입으로 자기는 초등학교 때 공부를 포기했다고 당당히 말하던 아이였으니, 특별한 계기가 있어 머리를 싸매고 공부하지 않은 이상 좋은 대학에 들어갔을 것 같지는 않았다.

그렇다고 해도 이정이 자신의 위치에서 제 앞가림은 하고 있을 거라는 확신 같은 건 있었다. 무슨 일을 할 거 같냐고 묻는 이정의 말투에서 묘한 자신감이 느껴진 것도 그런 이유에서일 것이다.

"내가 오빠 미간에 주름이 생길 만큼 어려운 걸 물었어요?"

고민이 너무 길어졌을까?

"어? 어. 솔직히 전혀 모르겠어서. 일 때문이라고 하는데 어승생악에 무슨 일을 하러 왔을까, 전혀 모르겠어."

그럴 줄 알았다는 듯 의미심장하게 웃은 이정이 메고 있던 배낭을 몸 앞으로 당기고는 그 속에서 작은 스케치북을 꺼냈다.

"말로 설명하는 것보다는 보여 주는 게 나을 것 같아서요."

그러곤 두툼한 스케치북의 한 면을 펼쳐 보였다. 그 속에는 이름 모를 노란 빛깔의 꽃이 활짝 피어 있었다. 이 사진과 최이정이 하는 일에 무슨 연관이 있지? 보고도 알 수 없어 하는 석진에게 이정이 설명을 덧붙였다.

"보태니컬 아트라고……. 꽃과 식물을 최대한 실물처럼 그리는 일을 해요. 여기 온 건 제주도 고사리 표본을 얻기 위해서고."

"응?"

지금 최이정이 그림을 그린다고 했나? 석진은 다시 스케치북을 내려다보았다.

"세상에."

너무나 생생해서 당연히 사진인 줄 알았던 이 노란 꽃이 그림이었어? 확인이라도 할 요량으로 스케치북 표면을 덧그리듯 만져 보자 그림 특유의 질감이 느껴졌다.

"사진인 줄 알았어."

"얼마나 정밀하게 그리는가가 중요한 일이니까요."

"식물을 그렇게 좋아하더니 네 길을 찾아갔구나?"

"다들 그렇게 말해요."

이정이 할 말을 다 했다는 듯 스케치북을 거둬들이려 하자 석진이 그것을 빼앗아 들었다. 그러곤 한 장, 한 장, 스케치북을 넘기며 그녀의 그림을 감상하기 시작했다. 그의 입술 사이로 간간이 감탄사가 터져 나왔다.

이정의 스케치북 속에는 추억이 담겨 있었다. 그녀와 함께 봤던 꽃들과 풀들이 초록 내음을 가득 풍기며 그로 하여금 그해 여름에 대한 기억을 소환하게 했다.

좋았지. 좋았었지.

"구멍 나겠어요. 그만 좀 봐요."

너무 빤히 그림을 감상했는지 이정이 부끄럽다는 듯 스케치북을 빼앗았고 석진은 아쉬움을 가득 머금은 채 그녀의 작품을 되돌려주었다.

"그래서 여기서 할 일은 다 마친 거야?"

"새벽부터 근처를 살피고 다녔는데 좋은 표본이 될 만한 녀석을 만나지 못했어요. 고사리를 심도 있게 다루는 책에 들어갈 거라 다양한 표본이 필요한데, 마음에 드는 녀석이 없어 헤매다 보니까 어느새 정상이더라고요. 내일은 한라산에 가 봐야 하나 싶기도 하고."

"제주도에는 언제 온 건데?"

"지난주?"

"예전 그 동네에 그대로 살고 있는 거야?"

"네. 대학 땐 학교 기숙사에서 살았는데 이 일을 시작하고 나니 아빠와 함께 있는 게 여러모로 좋더라고요."

"그렇겠다. 네가 꽃이랑 풀을 그리는 한, 최 교수님만큼 좋은 자문가는 없겠지."

식물학자인 최훈일 교수를 떠올리며 석진이 장단을 맞춰 주자 이정이 고개를 까딱 아래로 내렸다 올렸다.

"그럼 언제 돌아가?"

"아직은 기약이 없어요."

"숙소는 어디야?"

"아빠 친구분이 비워 둔 별장에 머무르는 중이에요."

그럼 뭘 타고 어승생악에 왔는지 물으려던 석진은 다급하게 입을 다물었다. 무례할 정도로 이것저것 많은 질문을 하고 있는 자신을 발견했기 때문이다.

"오빠 왜 그렇게 궁금한 게 많아요? 원래 말 많은 사람 아니잖아요."

아니나 다를까, 이정도 그 부분을 짚으며 한쪽 입꼬리를 비스듬하게 올렸다. 내성적이라고 할 만큼은 아니라도 말이 없는 편에 속하는 남자가 무슨 일일까? 하는 것처럼. 그러던 이정이 의미심장하게 석진을 올려다보았다.

"그럼 나도 뭐 하나 물어도 돼요?"

"응, 말해."

그래야 공평할 테니까.

이정은 뜸을 들이듯 고개를 돌려 한라산을 아련하게 바라보았다. 그리고 차마 석진을 똑바로 보지 못한 채로 입술을 달싹였다. 말할 듯 말 듯. 입술을 깨물기도 하고, 입술을 입 안에 말아 넣기도 하는 이정을 보며 석진은 그녀가 하고 싶어 하는 말이 뭔지 눈치채고 말았다.

'그날, 왜 그렇게 사라졌어요?'

그 말이 하고 싶어서 저렇게 고민이 많은 거겠지. 사실, 만나는 순간부터 이정이 가장 궁금했던 것 또한 그것이리라.

갈등이 깊어 보였고 몇 번 비장하게 입술을 펴긴 했지만 이정은 끝끝내 석진이 예상한 질문을 꺼내지 않았다. 다만 엉뚱한 말로 그를 당황게 했다.

"결혼은 했어요?"

"아니."

"그럼 애인은요?"

석진은 기가 막혀 소리 없이 웃어 버렸다. 그 웃음을 '애인이 없다.'로 해석한 이정이 그를 슬며시 놀리려 들었다.

"한국에서는 오빠 되게 잘생긴 얼굴인데 미국에서는 아닌가 봐요?"

"왜?"

"거기 여자들이 오빠를 가만히 놔둔 게 신기해서요."

"넌 참 여전하구나."

낯간지러운 소리를 얼굴색 하나 변하지 않고 하는 게 10년 전에도 이정의 특기이긴 했지만 누가 봐도 예쁘게 자란 스물일곱 살 여자가 얼굴과 어울리지 않게 능청스러운 소리를 하고 있는 이 상황을 어떻게 받아들여야 할지.

자신도 모르는 사이 얼굴 전체에 완연한 웃음기를 머금고 있는 걸 모른 채 석진은 부러 삐딱하게 고개를 기울였다. 그리고 네 차례라는 듯 이정에게 물었다.

"넌? 결혼을 했다면 혼자 이곳에 왔을 리는 없을 거 같고. 연애는 안 해?"

"나요? 난 일과 결혼한 여자예요."

이번에도 이정이 이겼다. 두 팔을 쫙 펼친 이정은 보란 듯이 기지개를 켜며 눈초리를 접었다. 그 뻔뻔함을 생생하게 눈에 담고 있는 동안, 석진의 가슴속에

선 따뜻한 온기가 번지고 있었다.

그는 반사적으로 다시 시간을 확인했다. 여름이라 해는 늦게 지겠지만 그래도 언젠가는 밤이 올 것이다. 그리고 이 밤을 보내고 나면 한국을 떠나야 한다. 기왕 그렇게 정해진 거, 이정과 밥 한 끼 정도는 먹을 수 있지 않을까 하는 기대감이 고개를 들었다.

밥 먹는 거, 어려운 거 아니잖아.

두현을 보내고 혼자여서 자유롭다는 마음을 먹은 게 불과 몇 분 전이었건만 사람의 마음이라는 건 참 간사했다. 무겁게 가슴을 막고 있는 마음의 추를 모른 척한 석진은, 앞으로 자신이 할 일들을 합리화할 구실을 찾아 나섰다.

지금부터 최이정, 너와 시간을 보낼 수 있다 하더라도…….

과거, 기척 없이 사라져야 했던 이유를 설명할 수 없을 것이다. 아무것도 모르고 있는 게 명백한 천진한 얼굴에 무거운 구름이 드리우게 하고 싶지는 않았다.

내가 네 생각을 얼마나 많이 했는지에 대해서도 함구할 것이다. 그건 내 성격과 맞지 않는 일이니까.

무엇보다 지금. 너로 인해 비로소 심장이 뛴다고, 이 만남이 정말 현실에서 일어난 일인지조차 가늠이 되지 않는다는 솔직한 발언은 끝끝내 참을 것이다.

하지 않아야 하는 것, 하지 말아야 하는 것이 많아서 석진은 이정을 붙잡아 보기로 했다. 그는 목소리를 가다듬었다.

"여기 어떻게 왔어?"

그의 말을 단번에 이해하지 못한 이정이 더 설명이 필요하다는 눈신호를 보냈다.

"내 말은, 뭐 타고 왔냐고. 너도 저 아래 주차장에 차 세워 놓은 거야?"

"아…… 아뇨. 나 장롱면허라. 옆집 사는 분이 여기까지 태워 주셨어요. 일이 끝나면 전화하라 하시더라고요."

"그래서 오늘 일은 다 끝났어?"

"소득은 없었지만, 그렇다고 할 수 있죠."

찰나 야릇한 침묵이 찾아왔다. 이정은 가방에서 물병을 꺼내 어색하게 물을 마셨고 남은 물을 석진에게 권했다. 그러나 그는 손에 쥔 물병을 들어 보였다.

다시 침묵. 하지만 오래가지는 않았다.

"그럼, 나랑 같이 저녁 먹자. 내가 집까지 태워 줄게."

바람을 거슬러 듣게 된 제안에 이정이 만연한 함박웃음을 지었다. 그러고는 몹시도 그녀다운 대답을 했다.

"그 말 안 했음, 나 진짜 화낼 뻔했어요."

석진에겐 농담 섞인 말로 들렸을지 모르지만 그건 이정의 진심이었다.

다시 생각해도 소름이 돋았다. 어떻게 이곳에서 오늘 이 시간에 석진을 만날 수 있었을까? 손끝은 제멋대로 덜덜 떨렸고 여러 번 물로 입 안을 축여도 목구멍이 따끔거렸다.

'우석진이 누군데?'

만약 누군가가 물었다면 이정은 고민할 것도 없이 이렇게 대답했을 것이다.

'내 첫사랑.'

하지만 이정이 자신의 입으로 석진이 첫사랑이라고 말할 일은 일어나지 않았다. 어느 날 갑자기 나타나 어느 날 갑자기 사라진 남자. 가장 친한 친구에게도 말할 수 없었던 소중하고 소중했던 그 남자는 이정의 추억 안에서만 사는 사람이었다.

추억은 아무런 힘이 없었다. 특히나 스스로 달아나 버린 추억은 더욱 그랬다.

그렇게 가슴속에 묻은 남자가 앞에 있었다. 정상에서 주차장까지 가는 길, 석진은 앞장서서 걸었고 이정은 너른 그의 어깨를 눈에 담으며 뒤따라 걸었다.

바람이 나뭇잎을 간지럽히는 소리, 새가 지저귀는 소리, 풀벌레가 우는 소리가 뒤엉켜 조용할 틈이 없는 숲속이건만, 어떻게 된 건지 이정의 귓가에는 석진의 발걸음 소리만 들렸다.

어린 날 귀신 이야기가 가득 담긴 책을 읽은 적이 있었다. 귀신이나 유령은 소리 없이 걷는다지. 그 책이 가르쳐 준 내용이 맞는다면 지금 앞서 걷는 남자는 살아 있는 생명체였다.

어쩌면 좋을까. 너무 좋다. 죽었는지 살았는지 생사조차 몰랐던 첫사랑이 멀쩡히 살아 있음이.

'너 그거 알아?'

'뭐요?'

'너한테서는 비 온 뒤 풀밭에서 나는 냄새가 나.'

'정말요? 나 그 냄새 되게 좋아하는데. 오빠는요? 그거 칭찬인 거죠?'

돌아오는 대답이 없어도 좋았다. 항상 알쏭달쏭한 말만 하는 속내를 알 수 없는 남자일지라도 같이 있고 싶었다.

평생 햇빛을 본 적이 없는 것처럼 흰 피부를 가진, 그야말로 잘생겼다는 말 외에는 달리 표현할 방법이 없는 남자가 사춘기 소녀의 마음을 앗아 가는 데는 오랜 시간이 걸리지 않았다.

뒤꿈치를 들지 않고도 높은 곳에 매달린 포도송이를 딸 수 있을 만큼 큰 키와 건장한 어깨를 가진 석진을 보고 있자면 포도알이 알알이 떨어지며 심장 위를 톡, 톡, 톡 두드리는 것만 같았다. 이정은 그렇게 서서히 석진에게 젖어 갔다.

기간이 정해진 만남이라는 건 처음부터 알았다. 하지만 세상이 얼마나 좋아졌는가? 인터넷이 있기에 이메일을 주고받을 수 있고 메신저를 통해 채팅도 할 수 있는걸.

그렇게 생각하니 거리낄 게 없었다. 세상 모든 것이 다 내 위주로 돌아가는 기분이었다. 극복하지 못할 게 없으니 남은 건 직진이었다.

그러나 모든 행복한 상상은 하루아침에 공중에 흩어져 버렸다.

'석진이가…… 아무래도 가 버린 것 같아요.'

석진이 사라졌던 날 밤, 처음엔 이정도 석진이 다시 돌아올 거라 믿고 있었다. 그가 깨끗하게 짐을 싸서 사라졌다는 사실에 자꾸만 풀이 죽었지만 그래도 그럴 리가 없다고 애써 마음을 다잡으며 늦은 밤까지 잠자리에 들지 않았다.

그런데 타는 속을 달래기 위해 물을 찾아 부엌으로 가던 길, 안방에서 들리는 엄마의 목소리가 이정의 뒷머리를 서늘하게 만들었다.

'아무것도 남기지 않을 걸 보고 다시 안 올 생각이구나 했어. 그래도 그렇지 녀석.'

'걔가 그렇게 간 이유…… 설마 아니겠죠?'

'……그러길 바라야지.'

이정은 벌컥 안방 문을 열었고 나쁜 일을 하다 들킨 사람들처럼 화들짝 놀라는 부모님에게 자초지종을 캐묻기 시작했다.

'엄마, 도대체 무슨 일이야? 석진 오빠 진짜 간 거야?'

'이정아.'

'엄마 아빠는 알고 계세요? 오빠가 말도 없이 가 버린 이유가 뭔지.'

막무가내로 목소리를 높이는 딸 앞에서 우물쭈물하던 부모님은 이정이 알아서 좋을 게 없다는 쪽으로 암묵적인 합의를 했고 그녀를 달래기 시작했다.

'이정아. 석진이도 한국에서 볼일이 있었던 거 같아.'

'그럼 인사를 하고 갔어야죠. 그냥 사라진 게 이상하잖아요. 아빠는 오빠가 왜 그런 건지 알고 계신 거죠? 네?'

'네가 석진이를 많이 좋아한 건 아빠도 알아. 그래도 이해해 주자. 원래 속에 있는 말을 잘 안 하는 녀석이잖아. 그렇게 갔을 땐 사정이 있었지.'

'……'

귓불에서 시작된 열기가 뺨까지 번져 나갔다. 혼자 몰래 한 짝사랑을 아빠가 알고 있었다는 것에 대한 부끄러움 때문이었다. 하지만 그런 1차원적인 수줍음은 오래가지 못했다.

'네 마음은 이해하지만 더 큰 소란은 만들지 말았으면 해.'

아빠의 높낮이 없는 단조로운 음색을 들은 건 태어나서 처음이었다.

'이정아. 아빠가 부탁할 테니 우리 이 이야기는 여기까지 하자. 그리고 석진이 기다리지 마. 그 녀석, 아마 안 올 거야. 어차피 석진이는 곧 미국으로 갈 거였잖아.'

이정이 아는 한, 아빠는 세상에서 가장 설명을 잘하는 사람이었다. 교수라는 직업 특성상 누군가를 가르치는 것에 능숙하다는 이유도 있었겠으나 타고난 성품이 순한 탓이기도 했다.

같은 수학 문제라도 아들딸이 완전히 이해할 수 있을 때까지 백 번이고 천 번이고 풀이 과정을 써 줄 아빠가 대단한 비밀을 감추는 것처럼 입장을 분명히 해 버리니 이정도 아빠를 조를 수가 없었다.

열일곱이면 어리다고 할 수도 있지만 상대방의 표정을 깊게 살필 줄은 아는 나이였다. 이정은 직감하고 만 것이다. 석진에 대해 더 캐묻게 된다면 아빠를 곤란하게 만들지도 모른다는 걸. 그렇게 이정은 석진에 대한 이야기를 속에 묻었다.

과거를 생각하며 걷는 동안에도 석진의 발걸음 소리는 이정의 귓가를 규칙적으로 두드렸다. 다시 저 든든한 등에 업혀 볼 수 있을까?

아니다. 그땐 어려서 가능했던 거겠지. 뒷산에서 말벌에 놀라 허둥지둥하다가 발목을 삔 그녀에게 스스럼없이 등을 내밀었던 남자가 바로 앞에 있지만 이젠 그때만큼 석진과 몸을 가까이 붙일 일은 없을 것이다.

나이를 먹었다는 데 대한 괜한 억울함에 서글퍼진 이정은 석진을 불러 세웠다.

"오빠!"

어쩜 저 남자는 그때나 지금이나 이토록 멋이 없을까? 두 사람이 걸어도 충분한 이 길을 나란히 좀 걸으면 안 되나?

석진은 뒤돌아 멈춰 섰고 이정은 샐쭉 토라진 눈 모양을 만들며 그에게 한 걸음 다가갔다. 그런데.

"엇!"

이런. 마음이 앞섰을까? 같이 좀 가자는 말을 하기도 전에 이정이 사고를 치고 말았다.

"조심해."

아래로 내딛던 오른발이 미끄러진 건 결코 의도한 게 아니었다. 그리고 석진이 반사적으로 내민 손을 가까스로 꽉 붙잡으며 휘청거리던 몸의 중심을 잡은 것 또한 이정이 전혀 예상하지 못한 일이었다.

"……."

한껏 가까워진 두 남녀는 서로의 눈을 바라봤다. 그것도 잠시. 이정이 시선을 떨궜다.

"괜찮아?"

"그러게 같이 가면 좋았잖아요."

이번엔 이정이 앞서 걸었다. 여전히 그에게 손이 잡힌 채였다. 놓을 타이밍을 놓쳐서겠지.

촉촉하게 젖어 가는 손이 부끄러워질 무렵, 석진이 말을 걸었다.

"생각해 놓은 맛있는 집 있어?"

그런 게 있을 리가. 제주도에 혼자 온 데다 일 생각을 하기도 바빠서 맛집을 찾아다닐 여유 따위 부린 적이 없었다. 남자와 함께 저녁을 먹기 좋은 곳에 대해서는 더더욱 무지했다.

"음…… 회 좋아해요?"

그래도 이정은 임기응변 능력을 발휘했다. 맛집 정도야 티 나지 않게 검색해 보면 될 거 아닌가? 과거 석진이 생선을 좋아했다는 걸 떠올린 이정은 그가 거절할 수 없을 만한 제안을 했다.

"좋아해."

역시나 그는 고개를 끄덕였다.

"갈치회 맛있는 집 알아요."

"갈치를 회로 먹어? 그거 비리지 않을까?"

"안 먹어 봤음 말을 말아요. 그게 별로면 갈치조림을 먹어도 되는 거고. 제주도는 갈치가 유명해요."

사실 이정도 갈치회를 먹어 본 적이 없었지만 괜찮겠거니 여겼다. 지금 중요한 건 음식이 아니라 자연스럽게 석진과 함께할 수 있는 상황을 만드는 거였으니.

"그래. 먹어 보지 뭐."

다행이 석진도 흔쾌히 승낙했다. 이정은 그럴 줄 알았다는 듯 입 안으로 웃음을 삼켰다.

석진이 거절할 거라는 생각은 하지 않았다. 차가운 표정 때문에 까다로워 보이는 인상을 풍길지언정 그는 먹는 것에 있어서는 무던한 사람이었다. 실제로 그는 이정의 엄마가 차려 준 밥상을 마주할 때마다 깨끗하게 밥 한 공기씩을 비웠고, 진심 어린 말투로 잘 먹었다는 인사를 했었다. 그런 그의 성향은 여전한 모양이었다.

"가볍게 왕복할 수 있는 길이라고 해도 여름이라 그런지 은근히 멀게 느껴져요."

손을 잡고 있다는 어색함이 와닿아서 이정이 그에게 다시 말을 걸었다. 말을 하면서도 그녀는 그와 맞잡고 있는 손을 내려다보았다. 그러다 감정을 읽을 수가 없는 그의 옆모습을 곁눈질해 보기도 했다.

이렇게 손을 잡은 채로 주차장까지 가도 되는 걸까? 나만 이렇게 긴장하고 있다면 억울할 것 같은데. 이 남자는 여자의 손을 잡고 걷는 게 이상하지도 않나?

"나는 멀지 않은 것 같은데."

"그래요?"

"응. 곧 주차장이잖아."

아닌 게 아니라 조금만 더 가면 주차장이라는 표지판이 보였다. 여전히 석진과 함께 있다는 걸 다 실감하지 못하는 이정에게는 그 표지판마저 현실 속의 사물 같지 않았다. 시원하게 드리워진 나무 그늘도 그리고 저 파란 하늘도, 어쩐지 다 꿈속이나 그림책 속에 있는 것들 같은데…….

"어?"

이정이 하늘을 살피듯 고개를 들었다. 갑자기 길이 급격하게 어두워진 탓이었다. 산길이라 큰 구름이 지나갈 때마다 그늘이 질 수는 있었지만 이렇게 갑자기 어두워질 수는 없었다. 이건 분명…….

"어라?"

고개를 들고 하늘을 본 건 석진도 마찬가지였다.

"저거 비구름 아니야?"

"오늘 소나기가 온다는 말은 없었어요."

물론 이정은 알고 있었다. 일기예보라는 건 자연 현상을 다루는 것이니만큼 100퍼센트 완벽하게 신뢰할 수는 없다는 걸. 그리고 고도가 높은 곳의 날씨는 늘 사람의 예상을 웃도는 변수를 만들어 온다는 것도.

콰쾅!

"엄마야!"

순간 숲속을 뒤흔들 정도로 큰 천둥소리가 보란 듯이 울려 퍼졌고 그와 동시에 굵은 빗줄기가 쏟아져 내리기 시작했다. 근래 보기 드문 소나기였다.

"빨리 가자."

우산 없이 비를 맞아야 하는 사람들에게 주어진 선택지는 단 하나였다. 석진은 잡고 있던 이정의 손을 잡아 이끌었고 이정도 그에게 맞춰 빠른 걸음으로 산을 내려가기 시작했다.

정말이지 산속에서 맞이한 소나기는 거침없었다. 순식간에 등산화 속에 물이 한가득 들이찼고 아까 흘린 땀이 시시하리만치 온몸이 흠뻑 젖어 버렸다. 그래도 멈출 수가 없었다. 두 사람은 아무 말도 하지 않은 채 달렸다.

"휴."

그나마 숨이라도 쉴 수 있게 된 건 차에 올라탄 뒤였다. 물속에서 헤엄을 치다 나왔다 해도 이보다 더 젖지는 않았으리라. 몸과 몸에 걸친 것들 모두에 잔뜩 물기를 머금은 채로 두 사람은 차오른 숨을 골라냈다.

"수건 같은 게 있었음 좋았을 텐데."

렌터카에 그런 게 있을 리가 없었다. 뚝뚝 물이 떨어지는 머리카락을 쓸어 넘긴 석진이 아쉬움에 혼잣말을 했다. 그러고는 어디서부터 이 상황을 정리해 나가야 할지를 고민해 보았다.

앉은 자리가 질척일 정도로 비에 젖은 마당에 다른 장소로 이동하는 건 아무래도 무리가 있었다. 그리고 당장 1미터 앞도 보이지 않을 만큼 비가 오는데 낯선 길에서 운전을 하는 것도 위험천만한 짓이었다.

'비가 언제 그칠까?'

의미 없이 밖을 바라보고 있던 석진은 조수석에서 나는 인기척에 고개를 90도로 돌렸다. 자신과 다를 바 없이 물에 빠진 생쥐 꼴을 한 이정이 배낭을 뒤적여 뭔가를 찾고 있었다.

"아! 그 스케치북!"

불현듯 그녀의 가방 속에 있던 스케치북이 떠올라 석진이 혼잣말 같은 걱정을 하자 이정이 걱정 말라는 듯 싱긋 웃었다.

"걱정 말아요. 방수되는 가방이니까. 그리고 그것들은 손 풀기 삼아 그린 거니까 젖어도 상관없어요."

그렇게 말하는 그녀의 단발머리 끝에서 물이 뚝뚝 떨어졌다. 손을 내밀어 저 머리카락 끝을 움켜쥐면 손 틈으로 주르륵하고 물기가 새어 나올 것이다. 하지만 석진은 그러지 않았다.

"이거요."

그사이 이정은 가방에서 손수건 하나를 꺼내 들어 그의 앞에 내밀었다. 모서리에 레이스가 달린 손수건은 기능보다는 '예쁨'에 더 충실한 걸로 보였다.

혹시 이걸로 물기를 닦으라고? 지금 내 머리에 스치기만 해도 저 얇디얇은 천 조각은 빈틈없이 젖을 텐데. 석진이 주저하자 이정이 조금 더 적극적으로 손을 내밀었다.

"닦아요."

석진은 이정을 물끄러미 바라보았다. 그야말로 '물에 젖은' 여자를 이토록 가까이서 보고 있는 건 처음이었다.

검은 눈썹, 예쁜 선을 그리며 솟아있는 콧망울, 그리고 도톰하고 붉은 입술. 한눈에 띄는 미인이라 할 수는 없더라도 이정은 두고두고 생각날 법한 오묘한 매력을 가진 외모를 하고 있었다. 귀 언저리에서 열기가 도는 것 같았다.

무엇보다 난감한 것은 빗물을 흡수한 이정의 하얀 티셔츠였다. 등산복으로 보이는 그 티셔츠는 땀을 흡수하는 기능을 가지고 있을지는 모르나 비에 젖었다는 것을 없던 일로 만들어 주지는 않았다.

이정의 여린 몸에 찰싹 붙어 버린 티셔츠는 그녀의 가느다란 곡선을 여실히 드러냈고 가슴을 감싼 브래지어 색깔이 무엇인지도 친절히 알려 주고 있었다. 젊은 남자의 몸이 정직하게 반응하기 시작했다.

지갑과 플라스틱 물통, 그 두 가지만 들고 가볍게 '어승생악'에 갔던 결과가 이렇게 돌아올 줄 몰랐다. 비에 젖었다는 것에 대한 곤란함보다 몸이 뜨거워지고 있다는 난감함이 더 크게 와닿았다.

"난 괜찮으니 너부터 좀 닦아."

손수건을 외면한 석진은 뭐라도 해야 할 것 같은 의무감에 시동을 걸었다.

어색해서겠지.

차 유리창을 투둑투둑 두드리는 빗소리만 가지고서는 떨쳐 낼 수가 없는 그런 어색함이 불편해서 자동차 엔진 소리를 보태어 볼 참이었다.

"히터를 틀면 옷이 마르겠지."

그보다 네가 춥지 않을 테니까.

한여름일지라도 비에 젖은 몸은 한기를 느꼈다. 이정의 입술이 파리하게 변하려는 걸 보니 지금의 선택은 에어컨보다는 히터가 맞는 거였다.

위잉, 하는 기계음과 몸에 닿는 바람을 느끼며 이정이 혼잣말을 했다.

"비가 언제 그치려나."

갑자기 내린 소나기이니만큼 금방 지나갈 거라 생각했는데 비가 길어지고 있었다. 비가 그쳐도 문제였다. 히터를 틀었다 해도 속옷까지 젖어 버린 차림으로 저녁을 먹으러 갈 수나 있을지, 이정에겐 그게 중요했다.

운명같이 재회한 남자와 이깟 소나기 때문에 헤어져야 하다니. 그건 안 될 일이었지만 부지런히 머리를 굴려 봐도 뾰족한 방법이 없었다.

이 남자는 아쉽지만 어쩔 수 없다는 말을 하고는 나를 집 앞에 내려 주겠지. 그게 누가 봐도 최선이니까. 맞는데, 그렇게 하는 게 정상인 건데…….

그런 아쉬운 상황을 그려 보자니 벌써부터 가슴이 시큰거렸다.

"춥지 않아? 아니, 덥지 않고?"

혼자 서글퍼하는 이정의 속내를 알 리 없는 석진은 그녀의 몸을 걱정해 주었다. 머릿속이 복잡해서 몸의 반응을 살필 여력도 없었던 이정은 무의미하게 고개를 저었다.

"괜찮아요. 지금이 딱 좋아요."

"다행이네. 이제 가 보자. 언제까지 이러고 있을 수는 없잖아."

"……네."

"별장이 어디야?"

역시. 석진은 저녁을 먹을 장소가 아닌 그녀의 집이 어디인지를 물었고 이정은 입술을 깨물었다.

난 괜찮은데. 비에 젖은 것 따위 아무래도 상관없는데.

하지만 자신 못지않게 젖은 석진을 보자니 조를 수가 없었다. 눈물이 나올 것 같았다. 우리 정말 이렇게 헤어지게 되나? 그럼 이 사람은 내일 아침 미국으로 가 버리나?

'오빠가 좋아요.'

살면서 처음이자 마지막으로 좋아한다는 고백을 해 본 남자였다. 그런데 고백에 대한 대답을 아직 듣지 못했다. 차라리 거절이 나았을 것이다. 그랬다면 그도 나를 좋아했을지 모른다는 희망 같은 건 가지지 않았을 테니.

모든 게 이놈의 소나기 때문이다.

10년 전, 석진이 사라졌던 그날에도 소나기가 내렸다. 쨍쨍하던 하늘에서 소나기가 쏟아졌고 이정은 버스 정류장에서 비가 그칠 때까지 하염없이 기다려야 했다. 만약 비가 조금만 더 빨리 그쳤더라면, 아니, 비를 맞으며 집으로 달려왔더라면 떠나는 석진을 붙잡을 수 있었을 거라며 소나기 탓을 했었다.

하긴, 그때의 이정은 비단 소나기만 탓한 게 아니었다. 갑자기 생긴 약속, 조금 늦게 도착한 버스, 그 모든 게 이정에겐 원망의 대상이었다. 심지어 질척이던 운동화까지도.

그런데 오늘, 물끄러미 비를 보고 있자니 10년 전 석진을 놓친 건 소나기 때문이었다는 확신이 들었다.

이정이 머뭇거리고 대답을 하지 않자 석진이 재차 물었다.

"주소 말 안 해 줄 거야?"

"아, 그게……."

"어디에 가서 뭘 먹더라도 이 차림새로는 곤란하잖아. 너 옷 갈아입어야 하는 거 아니야?"

이정의 얼굴이 일순 환해지기 시작했다.

떠난다는 말이 아니었구나. 우석진 이 남자는 이 비가 그쳐도 나와 같이 있어 주겠다는 말을 하고 있는 거지?

"그런데 집 근처에 옷을 살 만한 곳 없을까? 나도 너무 젖어서."

갈등이 지나간 머릿속이 맑아졌다. 이정은 밝게 웃으며 석진의 고민을 덜어 주었다.

"이준이가 두고 간 옷이 있어요. 다음 주쯤 제주도에 다시 올 거라고 놔두고 갔는데 오빠가 입어도 될 거 같아요. 속옷은 편의점에서 사면 될 거고."

"한국 편의점에서는 그런 것도 팔아? 그보다…… 이준이? 걔는 꼬맹이잖아."

석진이 기억하는 이준은 자신의 허리만큼 오는 키를 가진 초등학생 꼬맹이였다. 그도 그럴 것이 이준은 이정의 늦둥이 동생으로 석진보다 열 살이 어렸다.

"걔 벌써 스물한 살이고 키도 오빠만큼 컸어요."

"아하, 그렇게 됐구나, 벌써."

두 사람이 가지고 있던 고민이 모두 해결되었음을 확인한 순간, 이정은 자신이 머무는 별장의 주소를 내비게이션에 입력했고 석진은 목적지를 향해 차를 출발시켰다.

✳ ✳ ✳

이 남자와 단둘이 밥을 먹는 게 얼마 만일까? 찬찬히 되짚어 보면 처음인 것 같다. 별장에서 비에 젖은 몸을 수습하고 횟집에 올 때까진 괜찮았는데, 석진과 마주 앉아 있자니 괜스레 얼굴이 달아올랐다. 간단히 근황을 묻고 나니 할 말은 금방 바닥을 드러냈다.

어색한 분위기를 무마시키는 건 늘 이정의 몫이었지만 지금은 아니었다. 새삼 수줍고 가슴이 콩콩거렸다. 우연한 만남에 마음이 채 진정되기도 전에 엄청난 소나기를 만난 탓에 미뤄 둔 첫사랑에 대한 감정이 몽글몽글 피어오르고 있었다.

"왜 안 먹어? 네 말대로 맛있는데."

"아, 네. 먹어요. 먹어야죠."

석진은 만족스러운 얼굴로 갈치회를 먹었고 이정도 뒤늦게 젓가락을 들었지만 회 한 점을 쉽게 입에 넣지 못했다. 추억 속에 간직했던 남자를 10년 만에 만났지만 아무렇지 않게 굴 수 없는 나이가 되어 버렸다.

어릴 땐 멋모르고 석진에게 재잘재잘 떠들어 대기 바빴지만 이젠 도무지 그럴 수가 없었다. 이미 어승생악에서도 어색함을 떨치려 두서없이 떠든 것 같아 뒤늦은 후회가 밀려드는 마당에 지금부터라도 조신한 모습을 보이고 싶었다.

"술, 마실 줄 알아?"

잘 마시지 못하는 술이지만 이정은 일단 고개를 끄덕였다. 질문 자체가 술을 시키고 싶다는 속뜻을 내포한 것일 텐데, 석진이 편히 주문을 했으면 하는 배려였다.

"친구가 그러는데 제주도에 유명한 소주가 있다더라고. 여기까지 왔는데 한 번 마셔 보고 싶어서."

술을 시키는 연유에 대해 굳이 부연 설명을 곁들인 석진이 한라산이라는 소주를 요청했다.

"여기 있습니다."

직원은 신속하게 술을 가져왔다. 마시기 위해 주문한 술이니 머뭇거릴 게 없었다. 석진은 이정의 빈 잔을 채워 주었고 이정 또한 그가 했던 대로 그의 잔을 채웠다. 그 찰나, 이정이 '풋' 소리 내어 웃었다.

"왜?"

"그냥 내가 진짜 어른이 된 것 같아서요."

석진은 금방 수긍했다.

10년 전, 더운 여름밤 훈일과 캔 맥주를 마실 때면 맥주는 어떤 맛이냐며, 나도 한 모금만 마셔 보면 안 되냐고 묻곤 했던 이정이 눈에 선했다. 아빠의 당연한 반대에 샐쭉 토라지던 입술의 모양을 석진은 아직도 기억하고 있었다.

자연스럽게 두 사람의 잔이 부딪쳤고 술이 목구멍을 타고 흘렀다. 술을 자주 마시는 편도 아니고, 또 마신다 해도 소주를 마실 일은 거의 없었던지라 그 특유의 알코올 향이 퍼지는 느낌이 낯설었다.

이건 한 잔으로 족한 술이네.

그런데 마음과는 달리 그는 술을 멈출 수가 없었다.

"술 잘 마셔?"

"소주는 다섯 잔까지요. 오빠는요?"

"취할 정도로 소주를 마셔 본 적이 없어."

맨정신으로 24시간을 살아도 하루가 늘 아쉬웠다. 그런 석진에게 술에 취해 시간을 허비하는 건 있을 수 없는 일이었다.

그런데 오늘은 달랐다. 술이 당겼다.

할 말은 많지만 숨길 것이 더 많아서 자꾸만 입을 다물게 되었고, 그러다 보면 원치 않게 대화가 단절되는 이 상황을 술이 해결해 주길 바라는 건 과한 욕심일까? 여전히 가슴 떨리게 만드는 여자에게 다가가고 싶어도 그 방법이 뭔지 석진은 알지 못했다.

믿지 못할 순간에 일어난 기막힌 우연에겐 미안한 일이었지만 이정과 단둘이 있는 지금이 편하지는 않았다. 주인도 모르는 별장에서 샤워를 하고 별장 어귀에 있는 횟집까지 이정과 함께 걸어갈 때 비가 그쳐 다행이라는 다소 형식적인 말을 꽤 여러 번 한 걸 보면 확실히 그는 갈피를 잡지 못하고 있었다.

사실은 당연한 일이었다. 꼭 해야만 하는 말을 건너뛰고서 오가는 말 속에 뭐 얼마나 대단한 진심이 들어 있겠는가? 진심이 없으니 말이 어려워질 수밖에.

"왜 혼자 마셔요? 같이 마셔요."

"그럴까?"

석진은 담담하게 이정의 잔을 다시 채워 주었다.

낯선 술맛에 대한 거부감을 떨치니 취기가 올랐다. 취한 건 비단 석진만이 아니었다. 말없이 술 몇 잔이 오가다 보니 이정의 볼도 빨개져 있었다.

"오빠."

주량을 다 채우지도 못했는데 취해 버렸다. 여기서 더 술을 마시면 안 된다고 스스로를 단속하며 이정이 석진을 불렀다.

억울하게도 그는 흐트러짐이 없었다. 취할 정도로 술을 마셔 본 적이 없다기에 술을 즐기지 않나 보다 했는데, 술이 너무 세서 취한 적이 없는 게 아닐까 싶을 정도였다. 그는 어느새 술 한 병을 더 주문하고 있었다.

이제야 비로소 석진이 제대로 보였다. 10년이 지났지만 그의 근사한 외모는 세월을 비껴간 듯했다. 단정한 턱선와 깨끗한 피부, 그리고 잘생겼다는 말 외에는 달리 표현할 말이 없는 그의 이목구비는 여전하기만 했다. 거기에다 사회생활을 통해 얻었음직한 깊이감이 더해져 성숙한 수컷의 이미지까지 풍겨 대는 그는 이젠 완전히 다른 세상을 사는 남자 같았다.

하긴 언제는 아니었겠냐마는.

앞으로도 우린 평생 다른 세상을 살아갈 사람들인데 궁금한 거 하나쯤은 용기 내어 물어보고 싶다는 생각이 든 건 그때였다.

"오빠 그때 왜 그랬어요? 간다는 말도 없이."

"……."

석진은 한숨을 숨기지 못했다.

이정이 의미심장하게 '오빠'라고 했을 때부터 그녀가 무슨 말을 할지는 예상하고 있었다. 지금 꼭 필요한 질문이라는 걸 알았고, 그 역시도 그 문제를 놓고 고민하던 중이었지만 갑갑함에 한숨이 다시 나왔다.

"하아……."

대답을 미루고 술 한 잔을 더 삼킨 석진은 고민을 거듭했다.

진실은 얼마나 대단한 힘을 가지고 있을까?

내가 지금 진실을 다 말한다 한들 얻을 게 뭐지?

10년이라는 시간 동안 석진이 깨우친 건, 세상엔 몰라야 더 좋은 이야기들이 분명히 존재한다는 사실이었다. 먼저 진실에 다가간 덕분에 고통스러웠지만, 그래서 배운 건 있었다.

최이정은, 몰라야 했다.

적어도 오늘은.

"급한 일이 생겼다는 아버지의 연락을 받았어. 인사를 못 한 건, 그만큼 정신이 없어서였고."

급조한 엉성한 거짓말은 역시나 설득력을 가지지 못했다. 이정이 쓴웃음을 지었다.

거짓말을 믿는 대신, 그녀는 그에 대한 불신을 굳건히 한 게 분명했다.

어차피 이렇게 된 거, 석진은 조금 더 뻔뻔해지기로 마음먹었다.

"나도 궁금한 게 있어."

말할 의욕을 잃은 이정을 앞에 두고, 석진은 당돌한 질문을 툭 던졌다.

"날 좋아한다는 말, 진심이었니?"

온몸에 퍼진 알코올이 제 능력치를 키우는지 서로가 부끄러울 법한 말을 했음에도 더는 민망하지 않았다.

우석진이 왜 그렇게 떠났는가를 이정이 궁금해하는 것처럼, 석진도 10년간 의심하고 또 의심했었다. 바람결에 흔들리는 풀잎 같은 사춘기 소녀의 마음이야 그날 이후 수백 번도 더 변했겠지만, 그에게 중요한 건 그때 그 순간이었다.

적어도 그 말을 했을 때만이라도 이정이 진심이었으면 했다. 그녀의 그 한마디에 기대어 여태껏 살아왔기에 그래야만 지나온 10년이 슬프지 않을 수 있었다.

이정은 빈 소주잔을 만지작거리다 입술을 깨물 뿐 쉽게 대답하지 않았다. 그녀의 그런 태도에 석진이 바짝 애를 태울 때였다.

"살면서 그런 말을 해 본 건 처음이었어요."

머뭇거리던 이정이 대답했다. 석진에겐 애매모호한 대답이었다. 그의 간절함을 알아들은 듯 이정이 덧붙였다.

"처음이라는 게 다 그렇죠. 처음이라서 모르고, 처음이라서 겁이 없기도 하고. 하지만 나에게 있어서 처음은, 처음이어서 진심이었어요."

가슴 졸인 보람이 있었다. 뭐라 더 말을 할 수 없을 만큼 전신에 팽팽한 긴장감이 퍼지며 그녀에 대한 애틋함이 생생하게 되살아나는 순간이었다.

"다행이네. 잠시라도 너에게 내가 그런 사람이어서."

"잠시, 아닌데."

"응?"

"잠시 스쳐 간 감정, 아니라고요."

먹는 것도, 마시는 것도 잊은 두 사람 사이로 말 못 할 아련한 감성이 흘러갔다.

"궁금한 게 많은 것 같던데 더 안 물어봐요? 잠시가 아니면 뭐냐고."

주량을 넘기면 사람이 얼마나 추해질 수 있는지 알았다. 이정은 술을 더 마시는 대신 차가운 물을 넘기며 석진을 바라봤다.

어쩌다 하게 된 고백의 여운이 상당했다.

모든 게 다 술 때문이다.

뭐라도 하지 않으면 안 될 것 같아 술을 마시듯 어렵게 물을 삼키던 그녀를 멈추게 한 건 석진의 무심한 한마디였다.

"진심이었다면 다른 건 상관없어."

"……."

"너도 나와 같았는지 궁금했을 뿐이니까."

그게 무슨 말이냐고 눈으로 묻는 이정에게 석진이 말했다.

"내가 널 많이 좋아했어."

"……."

기대하지 못한 전개였다. 벙어리가 된 이정을 두고 석진은 담담하게 말을 이어 갔다. 마치 그녀의 고백에 화답이라도 하려는 사람처럼.

"네가 날 좋아한다고 고백했던 그때, 나도 널 좋아하고 있었다고."

믿을 수 없는 이야기에 이정의 머릿속이 하얗게 변했다.

감정을 쉽게 드러내지 않았던 석진이었다. 크게 소리 내어 웃은 게 손에 꼽힐 정도였고, 싫은 내색을 한 적도 없었다. 그렇다고 해서 만만해 보이는 사람도 아니었기에 그의 마음이 자신에게 향해 있었을 거라고는 짐작조차 못 했다.

"그럼 왜…… 말을 안 했어요?"

어차피 먼저 고백한 사람은 나니까 당신이 잃을 건 없었을 텐데.

"그때 나한테는 말이라는 것만큼 쉬운 게 없었어. 지나고 보니 그 말도 참 어려운 거였지만……. 그 시간이 나에게 주는 의미는 단순하지 않았어."

너무 소중해서 무엇 하나 함부로 할 수 없을 때가 있다. 석진에겐 그 여름이 그러했다. 이정의 집이 아닌 다른 공간에서 만나 오직 그녀와 단둘만 아는 사이였다면 진작 그녀에게 담백한 제안을 했을 것이다.

자꾸 너라는 사람이 눈에 들어오는데, 우리 한번 만나 보는 게 어떻겠냐고.

그는 스물한 살이었고, 연애에 자유로울 수 있는 나이였다.

그런데 그녀의 가족들이 너무 깊이 개입된 관계가 자꾸만 석진을 붙잡았다. 걱정 많은 얼굴로 두 사람의 간격을 살피는 최 교수의 눈빛이, 아무 의심 없이 석진을 가족처럼 대하는 지영의 애정이 그에게 자꾸만 중요한 사실을 상기시킨 것이다.

최이정이라는 여자는, 너무 많은 사람에게 사랑받고 있었다. 혹시나 내가 주는 사랑이 그녀에게 부족할까 봐, 또는 그녀를 아프게 할까 봐 두려웠다.

"오빠가 했던 질문, 내가 다시 해도 되나요?"

"응?"

"날 좋아했다는 말, 진심이에요?"

"이 상황에서 내가 거짓말을 할 것 같아? 진심이야. 널 좋아했어."

"그럼 지금은요?"

술을 그만 마셔야겠다는 결심을 깨고서 이정이 자신의 잔에 술을 따랐다. 그러곤 목마른 사람처럼 소주를 들이켜고는 석진을 똑바로 쳐다봤다.

"오늘 날 만나서 어땠어요? 실망하고 그랬으려나."

이정의 눈빛을 그대로 받으며 석진은 또렷하게 대답했다.

"미치는 줄 알았어."

"왜요?"

"꿈일까 봐. 늘 꾸던 꿈처럼 네가 사라질까 봐."

"……"

"꿈이 아닌 걸 확인하고 나서는 자꾸 시계를 보게 돼. 후회하고 싶지 않은데, 어떻게든 후회가 남겠지. 그런 거라면 어떻게 해야 좋을까, 고민하고 있어."

그 말과 동시에 석진은 고민을 끊어 냈다.

몇 시간 뒤에 비행기를 타야 한다. 한정된 시간 안에 뭐 얼마나 절절하게 그동안 혼자 쌓아 온 애정을 다 풀어놓고 갈 수 있겠냐마는 고민할 시간에 원 없이 하고 싶은 걸 다 해 보는 것도 나쁘지 않을 것 같았다.

"나가자."

거의 손대지 않은 상을 두고 석진이 먼저 일어났다. 술을 더 마시면 구차하게 과거사를 낱낱이 꺼내 놓으며 이때 너에게 반했고, 이래서 네가 좋았다는 말을 하게 될 것 같아서였다. 무례하게 떠난 불청객인 주제에 지난 일을 놓고 이정의 관심을 끌고 싶진 않았다.

"하아."

잠시 내리는 것 같던 비는 다시 멎어 있었다. 횟집 밖으로 나온 석진은 크게 숨을 마시며 술이 깨기를 바랐다. 그리고 곧 뒤따라 나온 이정을 물끄러미 바라보다 허락 없이 그녀의 손을 잡았다.

"……."

"아까부터 이러고 싶었어."

아슬아슬하게 손이 스친 적은 있었지만 이렇게 손을 잡아 본 건 처음이었다. 이정의 가녀린 손가락 사이사이에 자신의 손가락을 끼워 넣은 석진은 지금 비가 오지 않아 다행이라고 생각했다.

이 손을 잡기까지 10년이 걸렸다. 그래서 소중하고 애틋했다. 고맙게도 이정은 그에게 잡힌 손을 빼지 않았다.

"좋네. 네 손을 잡으면 이렇게 좋은 거였어."

석진이 넋두리하며 걸음을 옮기자 이정도 순순히 그를 따랐다. 현무암으로 쌓아 놓은 낮은 담장이 이어진 길을 따라 천천히 걷자니 어두운 밤하늘이 보였다. 꽤 많이 내린 비 때문인지 습한 밤공기가 얼굴에 닿는 느낌을 기억하며, 석진이 잠시 걸음을 멈췄다. 그리고 이정을 향해 몸을 돌렸다.

얼떨떨하며 흔들리는 두 눈동자의 모양을 소중하게 가슴에 담다가 자유로운 한 팔을 내밀어 그녀를 안았다. 스르르, 잡고 있던 손이 풀리자 자유로워진 그의 나머지 팔도 이정의 등을 감쌌다.

"네가 많이 보고 싶었어. 어떻게 자랐는지, 무슨 일을 하고 있는지 너무 궁금했어."

"……."

"좋아했던 여자를 오랜만에 만나면 실망한다는데, 넌 내 예상보다 더 예뻐. 고마울 정도로."

이정은 덜덜 떨리는 손을 들어 석진의 등을 안았다. 좋아했던 마음이 일방적인 게 아니었음을 확인했고, 더불어 늘 궁금했던 그의 체온을 확인하고 있는 지금을 도무지 믿을 수가 없었다. 쿵쿵 뛰는 그의 심장이 가슴에서 느껴지자 이정은 그대로 눈을 감았다. 이 밤이 영원했으면 했다.

"많이 보고 싶을 거야."

하지만 찬란한 감흥은 오래가지 못했다. 시간을 한정 짓는 석진의 발언에 이정의 손이 맥없이 떨어져 버리고 말았다.

마치 이젠 다시 볼 일 없는 사이라는 듯한 말에 아름다운 여름밤의 여운이 싹 가셔 버렸다.

또 이렇게 시작되는 건가?

이 남자의 마음을 모르고서도 자그마치 10년이라는 시간을 추억에 잡혀 살았는데, 가슴 저릿한 추억을 얹게 된 가슴이 얼마나 오랫동안 석진을 붙잡고 있을지, 벌써부터 머리가 아파 왔다.

"왜 날 안 볼 생각만 해요?"

한 발짝 뒤로 물러선 이정은 원망 어린 목소리로 물었다.

하지만 그녀는 대답을 알고 있었다. 정말로 곧 떠날 사람이다. 그리고 무모한 일을 저지르기엔 그도 나이를 먹었다. 평생 미국에서 일하며 살아야 하는 사람이 이 한정된 시간 동안 뭘 더 할 수 있겠는가?

과거의 감정에 사로잡혀 연애를 하자고 한들 그 끝은 정해져 있었다. 기껏해야 1년에 두어 번 가질 수 있는 만남과 시차로 인해 엇나가는 통화 시간. 하물며 오래 사귀다 장거리 연애를 하게 된 연인들도 극복하지 못한 문제를 이 남자가 굳이 나서서 자처할 이유는 없었다.

사실 두려운 건 이정도 마찬가지였다. 10년간 이 남자가 어떻게 변했는지 어떻게 알 수 있겠는가? 함께했던 고작 몇 시간을 담보로 마음을 다칠 일에 배팅하기엔 그녀도 어리지 않았다.

그래도 이대로 석진을 보낼 수는 없었다. 그를 원망하는 마음속엔 아무것도 하지 못했던 자신에 대한 자책 또한 분명히 포함되어 있었으니.

"네가 날 잊는 게 널 위한 거니까."

석진은 그녀를 위한다 말했지만, 지금 이정이 원하는 건 그게 아니었다. 이렇게 헤어지더라도 하지 못한 일들에 대해 미련을 가지고 싶지 않았다.

"남은 몇 시간만 그냥 나한테 줘요."

"……."

"왜 그렇게 고민이 많아요? 애인 없다면서요. 그럼 우리 나쁜 짓 하는 거 아니잖아요. 좋아했었던 마음만 가지고, 읍."

이정의 남은 말은 석진의 입 안에서 사라졌다. 무슨 일이 있어도 선을 넘지 말아야 하는 사이라는 건 석진도 알고 있었다. 더 나아가면 상처 말고는 얻을 게 없는 관계여서 자꾸만 이정을 밀어내 보려 애썼지만, 이렇게 생생하게 다가오는 그녀를 거부하는 건 이미 그의 소관을 벗어난 지 오래였다.

그는 두 손으로 이정의 뺨을 감싸며 키스에 몰두했고, 이정은 그에게 순간을 맡긴 채 뒷꿈치를 들었다.

아무래도 밤이 길어질 조짐이 보였다.

＊ ＊ ＊

술기운을 빌릴 만큼 용기가 부족했던 적도, 술기운에 기댈 만큼 나약해 본 적도 없는 인생을 살아왔건만 석진은 주저하고 있었다.

다시 돌아온 별장.

이정을 벽으로 밀어붙인 뒤 두 팔 사이에 가두어 버리는 것까지는 쉬웠으나 그다음에 해야 할 일들에 대한 갈등이 그의 팔을 옭아매고 있었다. 대담하게 몇 차례나 키스를 나누며 여기까지 왔지만 이제 멈춰야겠지.

하지만 그럴 수가 없었다.

이건 한여름 밤의 꿈인 걸까?

언젠가 꿈에서 깨어나야 한다면 끝까지 가도 되는 거 아닐까?

석진은 마주 서 있는 이정을 뜨겁게 내려다보았다. 이정도 석진의 시선을 피하지 않았다.

이정의 얼굴은 10년이라는 시간을 우습게 비껴간 듯 여전히 앳되고 예뻤다. 하지만 석진의 가슴속에서 불이 타오른 이유는 비단 이정의 외모 때문만은 아니었다.

그도 그럴 것이 이정은 석진에게 진심 어린 온정이 뭔지를 알게 해 준 사람이었다. 추억 속에서만 살던 어리고 예쁜 여자는 10년 만에 그의 앞에 나타나 오래전 그날의 고백이 진심이었노라 말했고, 석진 또한 내일이 없는 것처럼 숨겨 둔 자신의 감정을 꺼내 놓았다.

그럼에도 불구하고 석진은 그녀의 입장을 헤아리는 중이었다.

분명 좋아했던 여자다. 이 여자를 뜨겁게 안는 꿈을 횟수를 헤아릴 수 없을 만큼 꿨고, 이 여자를 떠올리기만 해도 몸이 반응했다. 그 시간이 자그마치 10년.

결국 그 추억을 감당해 내지 못해 너를 좋아했다고 고백까지 한 오늘 밤.

그런데 뭐가 문제일까?

우리는 어른인데, 삶의 한 지점에서 서로를 좋아했는데.

"오빠."

술 때문에 붉어진 얼굴을 남자에게 들키기 싫어 두 손으로 뺨을 감싼 이정이 나선 건 그때였다.

"오늘만 같이 있어요."

그녀는 고민이 많은 석진에게 먼저 다가갔다.

"첫사랑은 이루어지지 않는다는 거 알고 있어요. 이루어지지 않을 사랑이라도 좋으니까, 오늘 밤만 날 예뻐해 주면 안 돼요?"

첫사랑.

이정은 듣기만 해도 풋풋한 첫사랑이라는 말을 꺼내 놓고선 석진의 얼굴을 쓰다듬었다. 예뻐해 달라는, 그야말로 예쁜 말을 한 그녀 때문에 석진은 전신의 피가 끓었다. 자꾸만 손이 움직였다.

최이정은 내가 감히 넘볼 수 없는 여자인데.

내 더러운 손이 닿기엔 이 여자가 너무나 고운데.

"날 좋아해 달라는 말 안 해요. 책임지라는 말은 더욱 안 해. 이건 내가 원한 일이니까요."

석진의 속도 모른 채 이정이 뒤꿈치를 들고 입을 맞췄다. 그녀의 입술이 지나간 자리에서 시작된 열기가 석진의 온몸에 급속도로 번져 갔다. 조금 전 어두운 길에서 키스를 나눴을 때와는 또 다른 감각이 피어오르기 시작했다.

입맞춤의 여파일까? 이정은 수줍게 머리를 숙였지만 이내 다시 고개를 들어 석진을 올려다보았다. 그녀의 긴 단발머리를 손끝으로 쓸어내리는 석진의 마음이 점점 기울어져 갔다.

오늘은 그놈의 술에 기대고 싶다.

그리고 이정을 붙잡고서 10년 전에는 하지 못한 사랑이라는 걸 해 보고 싶다.

시간이 없는데.

나는 너를 두고 가야 하는데.

"무슨 생각을 그렇게 해요?"

그 어떤 도발을 해도 반응이 없는 그에게 이정이 물었다.

석진은 솔직하게 말했다.

"……너랑 자고 싶다는 생각."

예상을 짓밟고 나온 대답이 이정을 얼어붙게 만들었다.

스물일곱 살. 자고 싶다는 말이 단순히 잠을 잔다는 뜻만 가지고 있지 않다는 걸 아는 나이였다. 먼저 앙큼을 떤 건 맞지만 그렇다고 해서 석진이 이렇게 직설적인 대답을 할 줄이야.

하지만 이정은 놀란 기색을 싹 지우고 특유의 밝은 미소를 되찾았다.

"그럼 나랑 자면 되잖아요."

어차피 내가 처음도 아닐 텐데, 설마 방법을 몰라서 이러는 건가요?

조금 더 대담해진 이정의 손끝이 석진의 목덜미를 쓸어내렸다.

"많이 좋아했는데, 그때 왜 그렇게 떠나 버렸냐고 따지지 않을게요. 내일 미국으로 돌아가야 하는 사람에게 비행기 타지 말라고 떼쓰지도 않아요. 그러니까……."

이정이 말을 얼버무리던 순간이었다.

"읏!"

그녀의 입에서 낮은 비명이 터져 나왔다.

벽에 기대 있어서 더 물러날 곳도 없는 이정을 밀어붙인 석진이 그녀에게 몸을 밀착시키며 숨 쉴 틈도 없이 입술을 물어 왔기 때문이었다. 벌어진 입술 사이로 유연한 혀가 밀려들어 오는 순간 이정은 눈을 감았다.

석진은 이정의 혀를 강하게 빨아 당기며 그녀의 체향을 들이켰다. 하지만 그걸로는 10년간 쌓인 갈증이 해갈되지 않아 더욱 애타게 그녀를 안았다.

서로를 탐하는 소음과 불규칙적인 숨소리가 뒤엉키기 시작했을 때, 석진은 마음을 단단히 굳혔다. 지금 이 시간, 오늘 이 밤만큼은 자신의 감정에 솔직해 보자고. 사실 지금의 이런 행위가 지극히 타당하다 해도 좋을 정도로 이정을 그리워하지 않았던가?

적어도 내가 잘못한 건 없는 일이라는 확신을 가지고서 석진이 조금 더 마음의 문을 열었다.

"하아, 하."

이정은 쉽게 허물어졌다. 휘청이는 이정의 허리를 안은 석진이 상기된 얼굴로 말했다.

"그때도, 지금도 너는 사람 피 말려 죽이는 데 탁월한 재주가 있어."

네가 해맑게 웃으며 한 말들이, 순진하게 내민 손길이 사람을 얼마나 미치게 만들었는지 너는 알까?

알았다면 그랬을 리가 없지.

다른 사람도 아닌, 너라는 여자가.

"아."

석진이 몸을 비비자, 이정은 움찔거리는 몸을 지탱하기 위해 주먹을 말아 쥐어야 했다. 다시 그녀의 입술을 깨문 석진은 혀로 능숙하게 그녀의 입을 열었고 고개를 틀어 입 안 더 깊은 곳을 탐하려 들었다.

성급하게 움직이는 그의 혀만큼, 그의 손도 부지런하게 그녀의 몸을 익혀 갔다. 이정의 엉덩이를 쥐었던 긴 손가락이 이번엔 허리 뒤쪽을 배회했다. 뜨거워진 두 사람의 몸이 맞붙었을 무렵, 석진은 서슴없이 그녀가 입고 있는 원피스의 지퍼를 내려 버린 뒤 한 꺼풀 허물을 벗은 그녀를 안아 들고 성큼성큼 침실로 향했다.

"처음이자 마지막이야. 너 정말로 오늘 밤 일을 감당할 수 있겠어?"

그녀를 침대에 눕힌 그가 거칠게 자신의 옷을 벗으며 물었다.

"네 말대로 너도 성인이니까, 지금부터 일어나는 일들에 대해 연연하지 않을 자신 있냐고."

대답 대신 고개를 끄덕이기가 무섭게 이정의 남은 옷들이 벗겨졌다. 그리고 그 순간부터 석진은 말을 잃었다.

그는 평균 신장보다 훨씬 큰 몸을 이정의 여린 몸 위에 겹친 뒤 오만 가지 감정이 담긴 눈으로 내려다보았다.

1초, 2초, 3초.

눈으로 뭔가를 말하던 석진이 이정의 흰 목에 입술을 내려놓았다.

그러자 세상이 흔들리는가 싶더니 시야가 흐려졌다. 불과 몇 시간 전까지만 해도 나는 지루한 학회장에서 시간이 빨리 가기만을 기다리고 있었는데 어쩌다 이정을 만나 이렇게 가슴 시린 순간을 만들게 된 것일까?

떨림을 주체하지 못해 버둥거리는 이정의 몸을 결박한 석진은 그녀의 몸 위로 고개를 내렸다. 그의 내면에 존재하는 수컷의 본능이 힘을 키워 가고 있었다.

"아, 오빠."

석진의 가슴에 눌려 숨을 헐떡이던 이정이 애타게 불렀지만 그는 멈추지 않았다.

"흑."

이정이 흐느낌에 가까운 소리를 냈다. 생경하고 아찔한 감각에 배꼽 아래가 뜨거워지는가 싶더니 스스로도 느낄 수 있을 만큼 몸이 달았다. 자신의 몸에서 일어나는 반응이 부끄러워 허벅지를 붙여 보려 했지만 그녀의 그런 시도는 석진의 악력에 의해 제지당했다.

"거긴……."

둔부를 맴돌던 그의 입술이 배꼽을 스쳤다.

"안 돼요."

애초에 의미가 없는 말이었다. 석진은 아무런 대꾸 없이 자신이 하던 일을 계속해 나갔고 이정은 자신을 탐하는 그의 까만 머리카락을 내려다보았다.

어딘가 모르게 외로워 보였던 사람. 외로워 보일 수밖에 없도록 커 온 사람. 하지만 한 번씩 치밀한 눈빛으로 상대방의 마음을 압도하던 남자는 침대 위에서도 타고난 성정을 버리지 못했다. 애달프고 고집스럽게 그녀의 몸을 파고들고 있는데도 그는 쓸쓸해 보였다.

이정은 입술을 꽉 깨물며 소리를 참아 냈다.

후회하지 않을 것이다. 오래전부터 원했던 일이 지금 이렇게나마 실현되고 있는 거니까.

사랑하는 남자를 떠올릴 때마다 소환시켰던 얼굴. 그 얼굴의 주인이 그녀를 어루만지고 있었다. 한없이 거칠다가도 조심스러워지기를 반복하던 석진의 손이 이정의 손에 깍지를 껴 왔다.

서서히 심해로 가라앉는 것 같은 무거움과 먹먹함. 현실인지 꿈인지 가늠되지 않아 정신이 몽롱해질 즈음, 예고 없이 치고 들어온 아픔이 이정의 몸을 갈라놓았다.

"아!"

'아파'라는 두 글자조차 완성해 내지 못할 정도로 아찔한 고통이 온몸에 급속도로 번졌다.

"……."

뭐가 못마땅한 걸까? 묻고 싶은 말이 있는 것처럼 이정을 보던 석진이 혼란으로 가득 찬 눈을 감으며 길게 입을 맞췄다. 그러곤 이마를 맞대는가 싶더니 천천히 몸을 움직이기 시작했다.

"흐."

참아 보려고 했지만 참아지지가 않았다. 이정은 자신의 안으로 파고드는 석진의 몸을 받아들이며 나름대로의 요령을 익혀 나갔다. 아픔의 언저리에 맴돌고 있는 쾌감을 찾아가다 그의 단단한 팔을 움켜쥐었다.

아릿한 통증에 익숙해지자 몸이 달아올랐다. 간신히 다리를 움직이자 그와 몸이 더 밀착되었다.

"아."

목을 숙여 그녀의 목덜미를 핥던 석진이 헐떡이는 소리를 냈다. 이정은 그 소리마저 기억 속에 쓸어 담기 위해 안간힘을 써야 했다.

그렇게 밤이 깊어 갔다.

✳ ✳ ✳

이정은 깊이 잠들어 있었다. 에어컨 바람에 그녀가 감기라도 들까 봐 이불을 잘 덮어 준 석진은 두 손으로 머리를 감쌌다. 더할 나위 없이 아름다운 몇 시간을 보냈지만 그 끝에 알게 된 충격적인 사실이 그를 세상의 끝으로 몰아 버렸다.

어떻게, 그런 일이.

어떻게…… 사람이 죽어.

얼굴을 본 적도 없는 이정의 외삼촌 석택수의 부고 소식을 왜 하필 이 타이밍에 듣게 된 것일까.

그는 고개를 돌려 잠든 이정을 한참 동안 바라보았다.

내가 저 여자를 위해 무엇을 해 줄 수 있을까?

좋아하는 여자를 예뻐해 주고 먼 곳에서나마 부지런히 애정을 표현하며 연애할 수야 있겠지만 그다음은?

이정을 안을 때만 해도 다 극복할 수 있을 것 같았던 현실의 문제들이 엄습해 오자, 석진은 참담하게 한숨을 쉬며 자신의 처지를 안타까워했다.

죽은 사람이 돌아올 수는 없잖아.

그때, 방 한쪽 책상 위에 놓인 이정의 가방이 그의 눈에 들어왔다. 조용히 몸을 일으킨 석진은 가방에서 스케치북을 꺼내고 스탠드를 켰다. 설핏 인상을 쓰는 듯했으나 이정은 잠에서 깨지 않았다.

한 장 한 장 스케치북을 넘기던 석진의 손이 쑥부쟁이가 그려진 페이지에서 멈췄다.

갖고 싶다.

기다림이 꽃말이라는 이 꽃을.

하지만 소중한 작업물을 찢어 가 버릴 수는 없었다. 대신 그는 휴대폰 속에 그녀의 그림을 담았다. 그러고도 한참을 고민하다 책상에 앉았다.

그리고 한 자 한 자 마음을 담아 이정에게 편지를 적었다.

내가 이 편지를 빨리 발견했으면 좋겠어.

갑자기 사라진 날 찾다가 지쳤을 무렵이 아니라, 그냥 내가 사라진 것도 모를 무렵에 이 편지를 봤으면 해.

이정아.

이렇게 네 이름을 부른 적이 몇 번 안 될 거야. 내 기억에 없는 걸 보면.

하지만 마음속으로는 네 이름을 셀 수 없을 만큼 많이 불렀어.

너에 관해서라면 늘 생각이 많았어.

그러다 늘 원치 않게 기회를 놓치고, 후회하고, 또 막상 너를 보면 네 이름조차 부를 수 없을 만큼 혼자 생각에 빠지곤 했어.

아마 이번에도 난 후회하겠지.

하지만 지난번처럼 아무 말 없이 비겁하게 떠나는 놈이 되고 싶진 않아.

알아.

그러려면 지금 널 깨워야 하는데, 가뜩이나 가슴 아픈 이별을 하는 마당에 네 얼굴을 마주하게 되면 발이 떨어지지 않을 거야.

넌 분명히 울 텐데, 그런 널 두고 어떻게 이곳을 떠날 수 있겠어?

상상만으로도 그건 안 될 것 같아.

이렇게 또 야멸스럽게 굴어 미안하지만 난 지금 돌아가야 해.

이깟 프로젝트 따위 가볍게 무시할 수 있을 만큼 간이 큰 사람이 아니라는 게 나 역시도 답답한데 이거 하나는 약속해.

네가 원한다면 모든 걸 최대한 빨리 마무리 짓고 널 보러 올게.

사실은 너에게 꼭 해야 할 말이 있어.

지금까지는 나 혼자 아는 걸로 됐다 생각했고, 지금도 그게 옳다는 판단이 서서 널 끝내 깨우지 못하지만 난 네 연락을 기다릴 거야.

쉽지 않은 이야기야. 어쩌면 네 인생이 흔들릴 수도 있고, 네가 날 마치도록 싫어하게 될 수도 있는 그런 이야기.

하지만 네가 날 찾아 준다면, 나도 이젠 마음이 가는 대로 널 원 없이 사랑했으면 해.

기억 속에서만 움직이는 너를, 다시 안았으면 좋겠어.

이 순간부터 널 많이 그리워하고, 널 많이 기다리게 될 거야.

부디 좋은 꿈 꾸고 있기를.

편지 아래 연락처를 남긴 석진은 다시 페이지를 앞으로 넘겨 쑥부쟁이 그림을 보다가 자리에서 일어났다.

어렴풋이 집 안이 밝아지고 있었다.